WOLFGANG UND HEIKE HOHLBEIN

GENESIS 3

DIAMANT

UEBERREUTER

ISBN 3-8000-5267-9
ISBN 978-3-8000-5267-7

Umschlaggestaltung von Init, Büro für Gestaltung, Bielefeld, unter Verwendung einer Illustration von Peter Gric

Druck: CPI Moravia Books GmbH
1 3 5 7 6 4 2

Ueberreuter im Internet: www.ueberreuter.at
Wolfgang Hohlbein im Internet: www.hohlbein.net

Was sich erhoben hat, mag VERSINKEN,
und was versunken ist, mag sich ERHEBEN.
Die ABSCHEULICHKEITEN warten
und träumen in der TIEFE,
und der VERFALL breitet sich
über die STÄDTE der Menschen aus.

H. P. LOVECRAFT, CTHULHUS RUF

1

EINE HALBE STUNDE SPÄTER trafen sie alle wieder in der Zentrale zusammen – die übliche Besatzung in der üblichen Umgebung, dachte Ben. Mit der Zentrale verbanden sich für ihn mittlerweile nur noch negative Assoziationen. War er überhaupt jemals in diesem Raum gewesen, ohne dass der Besuch auf die eine oder andere Weise in einem Missklang geendet hatte?

So genau wusste er das nicht mehr, aber dafür wusste er umso besser, dass die Erinnerung an fünfundzwanzig der dreißig Minuten, die seit ihrem Zusammentreffen mit den Eiskreaturen vergangen waren, derart unerfreulich war, dass er vorgezogen hätte, sie für immer zu vergessen. Den deutlich kleineren (wenn auch deutlich unangenehmeren) Teil dieser fünfundzwanzig Minuten hatte er damit zugebracht, sich eine Standpauke seines Vaters anzuhören – was *genau* er ihm gesagt hatte, das gehörte zu den Dingen, die er *tatsächlich* ausgeblendet hatte, und den deutlich längeren (allerdings auch deutlich peinlicheren) unter den kundigen Händen seiner Mutter, die seinen Körper Zentimeter für Zentimeter in Augenschein genommen und abgetastet hatte, um sicherzugehen, dass er auch wirklich ohne den klitzekleinsten Kratzer davongekommen war. Er hatte sich zwar ein paar üble Schrammen eingehandelt, vor allem an den Händen, die aber ausschließlich von seinem Sturz herrührten. Jetzt saßen sie zusammen an dem großen Tisch in Ramanovs Allerheiligstem, und Harry stritt sich – zur Abwechslung – wieder einmal mit dem Russen. Eines war allerdings neu: Diesmal war es Harry, der sich in der Defensive befand.

»Falls ich mich richtig erinnere«, sagte Ramanov gerade, und er musste sich nicht einmal anstrengen, um seiner Stimme dabei den anheimelnden Klang einer Kreissäge zu verleihen, »dann ist es noch keine vierundzwanzig Stunden her, seit Sie behauptet haben, dass wir vollkommen sicher sind. *Nichts und niemand kommt hier herein, ohne dass wir es merken*«, zitierte er mit verstellter Stimme. »Das waren doch Ihre Worte, oder?«

Harry starrte ihn beinahe schon hasserfüllt an und presste die Kiefer so fest aufeinander, dass Ben seine Zähne knirschen hören konnte. »Das stimmt«, sagte er schließlich. »Und ich bleibe auch dabei, immer vorausgesetzt …« Er sprach nicht weiter, sondern wandte sich übertrieben langsam zu Tahia um, die mit vor der Brust verschränkten Armen und in betont lässiger Haltung an der Wand neben dem Monitor lümmelte. Die Söldnerin führte den begonnenen Satz für ihn zu Ende.

»… wir haben vollen Zugriff auf das System.«

»Was soll das heißen?«, schnappte Ramanov. »Wollen Sie etwa behaupten –?«

»Ich behaupte gar nichts«, unterbrach ihn Tahia. Ben konnte ihr deutlich ansehen, wie gründlich sie sich überlegt hatte, was sie sagte, und wie sehr sie jedes einzelne Wort genoss. Noch bevor sie auch nur den ersten Satz zu Ende gesprochen hatte, war ihm klar, dass Ramanov zumindest diesmal keine Chance haben würde; und ein rascher Blick ins Gesicht des Russen zeigte ihm, dass er das wohl genauso sah. Er wirkte … überrascht, aber auch verunsichert … und ein bisschen bestürzt.

»Ich *sage«,* fuhr Tahia nach einer dramatischen Pause und mit veränderter Betonung fort, »dass Tooth ununterbrochen aufgepasst und sämtliche Kameras beobachtet hat. Ich war fast die ganze Zeit bei ihm und Gerrit auch. Wir hätten ihr Eindringen schon alle drei übersehen müssen.«

»Vielleicht funktionieren ja nicht mehr alle Kameras«, murmelte Ben. Er hörte selbst, wie wenig überzeugend das klang.

»Oder Sie haben schlichtweg schlecht gearbeitet«, bemerkte Ramanov verächtlich.

Tahia ignorierte ihn und schlenderte scheinbar gelangweilt heran. »Nein. Die Kameras funktionieren alle.« Sie warf Harry einen – fast – unmerklich fragenden Blick zu, den dieser mit einem ebenso angedeuteten Nicken beantwortete. Gerade auffällig genug, dass das stumme Zwiegespräch Ramanov eben nicht entging. »Unser Problem ist ein ganz anderes«, erklärte sie schließlich.

Ramanov runzelte wunschgemäß die Stirn und fragte: »Und welches?«

Tahia tauschte einen weiteren Blick mit Harry, bevor sie antwortete und zugleich die Hand in einer fast beiläufig wirkenden Bewegung nach der Computertastatur ausstreckte, die vor Ramanov auf dem Tisch lag. Der Russe machte eine Bewegung, wie um sie daran zu hindern, wagte es dann aber doch nicht. Ben nahm an, dass es auch gesünder für ihn war.

»Eigentlich sind es zwei Probleme. Vielleicht fange ich mit dem kleineren an.« Ihre Finger huschten über die Tastatur, und der Monitor hinter ihr erwachte lautlos zum Leben. In der ersten Sekunde zeigte er das gewohnte Schneegestöber, aber schon nach einem Augenblick leuchtete das Bild in allen nur vorstellbaren Grüntönen und ähnelte plötzlich dem, was er vorhin auf Tooths Laptop gesehen hatte, nur dass es deutlich größer war und um einiges schärfer.

Trotzdem erkannte man keine Einzelheiten, und nach ein paar Sekunden fragte Ramanov dann auch: »Und? Was bedeutet das?«

Tahias Finger glitten weiter über die Tastatur, ohne dass sie auch nur hingesehen hätte, und das Bild wurde noch einmal schärfer; vielleicht hatte sich Ben inzwischen auch nur an den Anblick gewöhnt. So oder so konnte er jetzt tatsächlich Details ausmachen. Aus den grünen Gespenstern wurden menschenähnliche und klar unterscheidbare Gestalten, immer noch Gespenster, nun aber *menschliche* Gespenster. Hinter ihnen, gerade weit genug entfernt, um ein unheimlicher, zitternder Schemen zu bleiben, stand etwas Großes und Helles, das eine bizarre Krone zu tragen schien. Es war nicht nötig, es genau zu erkennen.

»Das war vor einer Stunde«, sagte Tahia ruhig.

»Als Sie ganz fest davon überzeugt waren, dass alles in Ordnung ist«, schnaubte Ramanov.

»Das ist die der Rückseite der Station«, fuhr Tahia fort, als hätte er gar nichts gesagt. »Dort gibt es eine Serviceklappe, den Zugang zu einem Schacht, der zur Klimaanlage und dem Belüftungssystem gehört.«

»Eine sensationelle Erkenntnis«, stichelte Ramanov.

»Allerdings ist er mit einem ziemlich massiven Gitter gesichert – und zusätzlich natürlich mit der Alarmanlage gekoppelt.«

Sie sah den Russen an, als erwarte sie eine ganz bestimmte Antwort, und Ramanov tat ihr auch den Gefallen. »Was Sie und Ihre Kollegen offensichtlich nicht davon abgehalten hat, ihr Eindringen nicht zu bemerken. Ich nehme doch an, sie sind auf diesem Weg hereingekommen?«

»Schauen Sie in die rechte obere Ecke des Bildschirms, Professor«, sagte Tahia ruhig. »Sie sehen die Uhrzeit und die Nummer der Kamera, von der diese Aufnahme stammt, nicht wahr?« Sie berührte eine einzelne Taste. »Und was sehen Sie nun?«

Das Bild wechselte zu der ebenfalls falschfarbenen Aufnahme einer wesentlich kleineren Gruppe plumper dreifingriger Gestalten, die einfach mitten im tobenden Sturm standen und gar nichts taten.

Das Einzige, was sich nicht änderte, war die Uhrzeit und die Nummer der Überwachungskamera in der Bildschirmecke.

Ramanov beugte sich mit gerunzelter Stirn vor und starrte den Monitor mindestens fünf Sekunden lang an: »Und was … ist das?«

»Das, Professor«, meldete sich Harry an Tahias Stelle zu Wort, »ist die Aufnahme, die *wir* gesehen haben. Dieselbe Kamera – angeblich – und dieselbe Uhrzeit.«

Ramanov nickte. »Sie wollen behaupten, es sei ein technischer Defekt gewesen und Sie könnten gar nichts dafür?«, vermutete er spöttisch.

»Genau das habe ich im ersten Moment auch geglaubt«, antwortete Harry. »Aber dann hat sich Tahia diese Avi-Datei genauer angesehen.«

Avi-Datei?, dachte Ben verwirrt. Wieso Avi-Datei? Das war ein komprimiertes Bildformat, mit dem man Dateien besonders platzsparend und klein auf einer DVD oder Festplatte unterbringen konnte – aber diese Bilder waren eine Realzeitübertragung des Kamerabildes … oder?

Er glaubte nicht, dass Harry dieses Wort rein zufällig gewählt hatte, aber wenn es Ramanov etwas sagte, dann ließ er es sich jedenfalls nicht anmerken. Er sah Harry nur auffordernd und eher noch misstrauischer an. Der Söldner gab Tahia ein Zeichen.

»Das ist keine Liveübertragung«, sagte sie.

»Sondern?«, fragte Ben, wobei er allerdings das ungute Gefühl hatte, die Antwort bereits zu kennen.

»Eine Schleife. Neunzig Sekunden, in ständiger Wiederholung … aber raffiniert gemacht, das muss ich zugeben. Die Datenmenge ist klein genug, dass es weder zu einem Ruckeln noch zu einer erkennbaren Verzögerung bei der Übertragung kommt, und dazu gibt es noch ein winziges Programm, das den Clip in zufällig wechselnden Variationen abspielt, mal um eine Winzigkeit schneller oder langsamer, in unterschiedlicher Qualität und Helligkeit und auch mal rückwärts.« Sie machte ein anerkennendes Gesicht. »Die Unterschiede sind so klein, dass man sie bewusst gar nicht wahrnimmt, aber trotzdem hat man nicht das Gefühl, immer dasselbe zu sehen. Wie gesagt: sehr raffiniert.«

»Das ist ja ganz beeindruckend«, meldete sich Jennifer Berger zu Wort. »Aber warum erzählen Sie uns das? Meinen Sie nicht, dass wir im Moment andere Probleme haben, als uns über ein raffiniertes Computerprogramm zu unterhalten?«

»Ich fürchte, das *ist* unser Problem, Jennifer«, sagte Harry betont. Bens Vater runzelte die Stirn, als Harry seine Frau so ganz selbstverständlich mit dem Vornamen ansprach. Seine Mutter fragte nur:

»Wieso?«

»Das war keine technische Fehlfunktion, meine Liebe«, sagte Ramanov, noch bevor Harry oder Tahia antworten konnten. »Habe ich Recht?«

Die letzte Frage galt Harry, der sie mit einem finsteren Nicken beantwortete. »Ja. Jemand hat uns diese Bilder untergeschoben. Ganz gezielt.« Er deutete auf den Laptop, den Tooth mitgebracht hatte. »Wir haben uns auch die anderen Aufzeichnungen angesehen. Sie sind in Ordnung. Nur diese eine wurde manipuliert.«

»Das heißt, jemand hat sich an der Kamera zu schaffen gemacht?«, fragte van Staaten erschrocken.

»Ich wünschte, es wäre nur das«, sagte Harry ernst. »Hätten sie nur die Kamera zerstört oder sich irgendwie daran zu schaffen gemacht, würde mich das nicht einmal sehr beunruhigen, offen gestanden. Mir ist ein Gegner, der scheinbar gar nichts tut, eindeutig unheimlicher als einer, *der* etwas unternimmt, auch wenn er mich damit in Schwierigkeiten bringt. Aber das da ist ein ganz anderes Kaliber.«

»Ach?«, meinte Ramanov. »Und wieso?«

»Weil es nicht unsere Freunde dort draußen waren. Verstehen Sie, Professor? Diese Bilder wurden *vorbereitet,* und zwar lange bevor sie angefangen haben das Gitter zu entfernen. Wie gesagt, jemand hat sie uns untergeschoben.« Er legte eine spürbare Pause ein, in der sein Blick kurz, aber sehr aufmerksam über die Gesichter der Anwesenden tastete. Dann sagte er betont: »Jemand von *hier drinnen.«*

»Wissen Sie, was Sie da behaupten?«, fragte Ramanov schockiert.

»Dass wir einen Verräter unter uns haben. Ja.«

»Aber das ist doch Unsinn!«, rief Bens Mutter. »Man sollte niemals vorschnell einen Verdacht äußern. Vor allem nicht in einer Situation wie unserer. Vielleicht war es wirklich ein technisches ... Versagen. Oder diese ... Dinger da sind schlauer, als wir bisher angenommen haben.«

»Die Alarmanlage wurde ebenfalls manipuliert«, sagte Tahia ruhig. »Und zwar von hier drinnen. Ich kann Ihnen sogar sagen, wann und von wo.«

»Von wo?«, wollte Ramanov wissen.

»Genau von hier aus, Professor. Von Ihrem Rechner aus, um genau zu sein, und mit Ihrem Passwort. Das war, bevor ich die Zugriffscodes geändert habe.«

Ramanov wollte auffahren, doch Tahia hob rasch die Hand. »Das bedeutet überhaupt nichts, Professor. Wer immer für diese Sache verantwortlich ist, ist ganz bestimmt auch clever genug, ein Passwort zu knacken.

»Sie haben die Zugriffscodes geändert? Das heißt, Sie verweigern mir den Zugriff auf unser System? Wer hat Ihnen den Auftrag erteilt, hier das Kommando zu übernehmen? Ich –«

Tahia fegte Ramanovs Protest einfach beiseite: »Es gibt gar keinen Zweifel, dass es so ist, wie Harry sagte: Wir haben einen Verräter unter uns.«

»Und ich vermute sogar, dass er hier im Raum ist«, fügte Harry hinzu. »Es ist einer von uns.«

Für einige Augenblicke wurde es sehr still, aber dann sagte Jennifer Berger: »Ich kann das immer noch nicht glauben, tut mir leid.«

»Wie viele Beweise brauchen Sie denn noch?«, fragte Tahia.

»Es geht hier nicht um irgendwelche *Beweise,* sondern um Logik.«

»Genau wie bei dem hier«, sagte Tahia und legte demonstrativ die Hand auf den Laptop. »Computer lügen nicht, und sie arbeiten streng logisch.«

»Ihre Behauptung ist aber vollkommen unlogisch.«

»Wieso?«

»Also, ich bin bestimmt keine Militärexpertin«, erwiderte Bens Mutter, »aber das muss man auch nicht sein, um den Denkfehler in Ihren Überlegungen zu entdecken. Nehmen Sie's mir nicht übel, aber ... es ergäbe für keinen hier irgendeinen Sinn, mit diesen Kreaturen zusammenzuarbeiten.«

»Wieso nicht?« Harry klang misstrauisch.

»Weil keiner von uns etwas zu gewinnen hätte«, antwortete sie unerwartet heftig. »Hier geht es doch nicht um ... um Geld oder Einfluss oder Macht oder worum auch sonst Krieg geführt wird, sondern um das nackte Überleben. Was hätte irgendeiner von uns – *irgendein Mensch auf der ganzen Welt* – denn zu gewinnen, wenn er mit diesen Geschöpfen zusammenarbeiten würde? Ich meine: Falls das alles so ist, wie wir annehmen, dann ist in ihrer Welt nicht allzu viel Platz für unsereins.«

»Ein berechtigter Einwand«, sagte Harry, sah sie dabei aber auf eine Art an, die ganz offensichtlich nicht nur Ben überhaupt nicht gefiel. »Sobald ich die Antwort herausgefunden habe, sind Sie garantiert die Erste, der ich sie verrate. Aber leider ist das nicht unser einziges Problem.« Er seufzte und gab Tooth einen Wink. »Ich fürchte beinahe, das hier ist noch schlimmer.«

Der Söldner trat schweigend neben ihn, griff unter seine Jacke und zog einen der größten Schraubenschlüssel hervor, die Ben jemals gesehen hatte. Eigentlich hätte er gar nicht unter seine Jacke passen dürfen. Der

Tisch machte einen kleinen Hüpfer, als er ihn mit einem Knall auf die Platte warf.

»Ah«, machte Ramanov. Er tat so, als würde er sich neugierig vorbeugen und das Werkzeug aufmerksam betrachten, schenkte ihm in Wahrheit aber nicht einmal einen flüchtigen Blick. »Ein Schraubenschlüssel. Wie interessant.«

»Das ist er in der Tat. Wenn Sie sich vielleicht die Mühe machen würden, sich diesen Schraubenschlüssel ein wenig genauer anzuschauen, Professor?«

Natürlich reagierte Ramanov zuallererst mit einem wütenden Blick in Harrys Richtung, beugte sich dann aber gehorsam ein zweites Mal vor und betrachtete den Schraubenschlüssel tatsächlich aufmerksamer.

Ben tat dasselbe (wobei er allerdings den wütenden Blick wegließ) und es dauerte nicht einmal eine Sekunde, bis er erkannte, was Harry gemeint hatte: Es war ein ganz gewöhnlicher und allenfalls ein bisschen zu groß geratener Schraubenschlüssel, aber der Schriftzug, der in das Metall eingraviert war, ließ Ben entsetzt die Augen aufreißen: *Princess of the Dawn, Hamburg.*

»Aber das ist doch –!«, keuchte Ramanov.

»Ganz genau. Dieses Werkzeug stammt von der *Princess.* Und von uns hat es ganz bestimmt niemand mitgebracht.«

»Und was … was bedeutet das?«, murmelte van Staaten verstört.

»Dass sie es sich geholt haben«, antwortete Harry.

»Ja, sicher, aber –«, begann van Staaten, und Bens Mutter unterbrach sie mit leiser, erschütterter Stimme:

»Verstehst du nicht, was das bedeutet? Bisher hatten wir es nur mit besseren Zombies zu tun.« Sie machte eine fast schüchtern wirkende Geste auf den Monitor. »*Diese* Dinger da benutzen Werkzeuge!«

»Es sind ja auch nicht dieselben«, sagte Harry. Jennifer Berger warf ihm einen verstörten Seitenblick zu und schwieg.

»Und was heißt das jetzt für uns?« Auch Ramanov wirkte jetzt deutlich nervöser, gab sich aber alle Mühe, sachlich zu klingen.

»Das, was ich die ganze Zeit über befürchtet habe. Diese neuen …« Harry schien dieselben Schwierigkeiten zu haben wie Ben. Auch ihm wollte es nicht gelingen, diese Geschöpfe als *Menschen* zu bezeichnen. »… Kreaturen sind nicht nur schnell, sondern auch eindeutig intelligent. Das waren einmal Menschen. Vielleicht sind sie es auf irgendeine Weise sogar immer noch. Wir sollten besser davon ausgehen, dass sie auch genauso raffiniert wie menschliche Gegner sind. Das bewahrt uns möglicherweise vor weiteren unangenehmen Überraschungen.«

»Also, sonderlich intelligent haben sie sich nicht verhalten, nach dem, was Sie erzählt haben«, bemerkte van Staaten: »Ich verstehe sowieso nicht, was dieser Angriff sollte … wenn es einer war.«

»Das versteht niemand«, antwortete Harry. »Aber auch darüber sollten wir froh sein.«

»Es wurde niemand verletzt?«, vergewisserte sich Ben.

»Außer dir?«, fragte Harry spöttisch. »Nein. Ich verstehe es nicht. Sie haben sich verdammt große Mühe gegeben, um hier reinzukommen, und kaum haben sie es geschafft, scheinen sie schlagartig vergessen zu haben, warum sie überhaupt gekommen sind.«

»Oder sie hatten es schon erledigt«, murmelte Ben, ohne genau zu wissen, warum, und im Grunde auch nur zu sich selbst. Trotzdem starrten ihn plötzlich alle an, und vor allem Harry sah mit einem Mal sehr nachdenklich aus.

»Was? Hab ich was Falsches gesagt?«

Statt zu antworten wandte sich Harry leicht hektisch an Tahia. »Zeig mir noch mal die Karte!«

Auf dem Monitor erschien beinahe augenblicklich wieder die grafische Darstellung der Station, und Harry stand auf und ging hin, um sie aufmerksam und aus der Nähe zu betrachten. »Hier sind sie reingekommen, und hier haben wir sie erwischt«, sagte er, während sein Zeigefinger auf die entsprechenden Punkte auf der Karte tippte. »Aber was gibt es dazwischen, was für sie von Interesse sein könnte? Wir haben die Strecke dreimal abgesucht, aber da ist nichts.«

»Vielleicht habt ihr ja in der falschen Richtung gesucht«, meinte Ben. Harry starrte ihn an. »Es könnte ein Ablenkungsmanöver gewesen sein.« Er deutete auf die Karte. »Was liegt in der anderen Richtung?«

»Nichts«, sagte Ramanov. »Ein paar Lager und leer stehende Räume.«

»Was für Lager?«, fragte Harry.

»Nichts Besonderes. Ersatzteile. Wissenschaftliches Material und …«

»Und?«, fragte Harry.

»Lebensmittel«, flüsterte Ramanov. »Der Vorratsraum. Alles, was nicht in den Kühlraum gehört, wird dort aufbewahrt. Die Tür am anderen Ende des Ganges.«

»Verdammt«, zischte Harry. Ohne dass es einer Aufforderung bedurft hätte, klapperten Tahias Finger über die Computertastatur, und das Bild auf dem Monitor wechselte in rasender Folge fast ein Dutzend mal, bevor sie die richtige Kamera gefunden hatte.

Ein allgemeines Aufstöhnen ging durch den Raum.

Ben war nicht ganz sicher, ob das, was er sah, tatsächlich einmal ein Vorratsraum gewesen war – jetzt jedenfalls war es ein einziges Chaos. Die Regale, die sich in langen Reihen und deckenhoch an den Wänden entlangzogen, waren unversehrt – sie zu zerstören oder umzuwerfen hätte zu viel Mühe gekostet und vermutlich auch zu viel Lärm gemacht –, aber buchstäblich alles, was sie enthalten hatten, war in der Mitte des Raumes zu einem mehr als meterhohen Berg aufgetürmt worden. Und selbst auf dem nicht besonders guten Bild war zu erkennen, dass der gesamte Haufen mit irgendeiner Flüssigkeit überschüttet worden war, die sich in einer unregelmäßigen Lache fast im ganzen Raum ausgebreitet hatte.

»O nein«, flüsterte van Staaten.

Harry sagte noch einmal: »Verdammt!«, fuhr dann herum und machte sich mit Riesenschritten auf den Weg zur Tür. »Gerrit! Tooth! Tahia! Mitkommen!«

Selbstverständlich war niemand dageblieben, um in aller Seelenruhe abzuwarten, bis Harry und die anderen eventuell zurückkamen und ihnen Bericht erstatteten; ganz im Gegenteil waren sie ihm und den drei anderen *en bloc* gefolgt. Und ebenso selbstverständlich bildete Ben die Spitze der kleinen Verfolgertruppe.

Sie fielen schon nach einem Dutzend Schritten zurück, und etwa auf halber Strecke blieb Tahia auf einen Wink Harrys stehen und versuchte sie aufzuhalten – mit dem Ergebnis, dass sie um ein Haar über den Haufen gerannt worden wäre und sich gerade noch mit einem erschrockenen Satz in Sicherheit bringen konnte. Kaum eine Minute später erreichten sie den Vorratsraum, und Ben stürmte fast unmittelbar hinter Gerrit durch die Tür.

Jedenfalls wollte er es, aber er hatte den Raum noch nicht ganz betreten, da wurde er von Tooth gepackt und zurückgerissen. Obwohl sie auf dem Bildschirm gesehen hatten, dass der Raum leer war, hatten Gerrit und er rechts und links des Eingangs Stellung bezogen und sicherten die Kammer mit angeschlagenen Waffen. Auch Harry hatte seine Pistole wieder gezogen und sah sich sehr aufmerksam und immer wieder nach allen Seiten um. Doch er schien wohl Augen im Hinterkopf zu haben, denn er sagte: »Lass ihn rein.«

Tooth ließ seinen Arm los, und Ben ging rasch zu Harry, wobei er sich genauso aufmerksam umschaute wie er. Hinter ihm versuchte sich Ramanov Zutritt zu verschaffen und scheiterte im ersten Moment genau wie er an Tooth, doch Ben sah nicht einmal hin. Schaudernd betrachtete er den gewaltigen Berg aus Lebensmittelpackungen, der sich vor Harry und ihm nahezu bis auf Brusthöhe türmte. Sein Blick wanderte zu den Regalen, ein – erbärmlich kleiner – Rest von Vorräten lag noch an seinem Platz, aber das Allermeiste hatten die Angreifer in der Mitte des Raumes zusammengetragen und zerstört: zerfetzt, zerrissen und zerbrochen und dann großzügig mit einer farblosen, scharf riechenden Flüssigkeit durchtränkt.

»Was ist das?«, fragte er angewidert, während er sich in die Hocke sinken ließ und zögernd die Hand nach der glitzernden Lache ausstreckte, in der Harry und er standen. Der Geruch kann ihm sehr bekannt vor, trotzdem konnte er ihn nicht einordnen.

»Lass das lieber«, sagte Harry.

»Warum?«

»Das würde mich auch interessieren«, bemerkte Ramanov hinter ihm. Irgendwie war es ihm gelungen, an Tooth vorbeizukommen, und die Söldner mussten wohl kapituliert haben, denn nun drängten alle hinter ihm in den Raum. »Um Gottes willen! Ist … ist alles zerstört?«

»So ziemlich«, sagte Harry düster. »Die Jungs haben ganze Arbeit geleistet.« Er drehte sich endlich herum und warf einen stirnrunzelnden Blick auf Ramanov und die anderen, die genauso hilflos und verwirrt aussahen wie der Russe.

»Fassen Sie das nicht an«, rief er, als van Staaten Anstalten machte, sich zu bücken und den Zeigefinger in die Lache zu tunken. »Ach ja, und falls einer von Ihnen raucht, dann wäre er wahrscheinlich gut beraten, diesem Laster im Augenblick nicht zu frönen. Wenigstens so lange nicht, bis er hier hinaus ist und die Schuhe gewechselt hat.«

Und endlich erkannte Ben den Geruch. Eigentlich hätte er ihn gleich identifizieren müssen. »Benzin?«, murmelte er verwirrt.

»Hundert Oktan, sehr hochwertiges Zeug«, bestätigte Harry ungerührt. »Vermutlich ebenfalls von der *Princess.*«

»Benzin?«, wiederholte Ramanov ungläubig. »Aber warum sollten sie hier *Benzin* ausgießen?«

»Weil es nicht nur gut brennt,«, meldete sich Jennifer Berger zu Wort, »sondern auch ziemlich giftig ist.« Sie zog eine Grimasse und versetzte dem Berg aus aufgeweichten und zerrissenen Lebensmittelkartons und -tüten vor sich einen eher behutsamen Tritt. »Natürlich müssen wir uns jede Packung einzeln ansehen, aber ich schätze, das meiste davon ist ungenießbar.«

»Ungenießbar«, wiederholte Ramanov, als hätte er Mühe, die Bedeutung dieses Wortes zu verstehen, dann wandte er sich mit einem fast Hilfe suchenden Blick an van Staaten. Die Ärztin schüttelte jedoch nur den Kopf.

»Ich fürchte, sie hat Recht, Professor.«

»Soll das heißen, dass wir ... dass wir jetzt fast alle unsere Lebensmittel verloren haben?«, fragte Ramanov stockend.

»Den größten Teil davon«, bestätigte Harry.

»Lebensmittel für vierzig Leute und ein halbes Jahr?«, ächzte Ramanov. »Aber... aber das ist doch nicht möglich!«

»Wie Sie sehen, ist es das doch«, antwortete Harry, noch immer in einem gelassenen Ton, der Ben allmählich rasend zu machen begann. Vor allem weil er etwas wie widerwillige Anerkennung darin zu hören glaubte. »Sie sollten ein paar Ihrer Leute herbringen, Professor, die sich alles genau ansehen. Vielleicht ist ja das eine oder andere noch zu retten.«

»Aber warum haben sie das getan?« Ramanov flüsterte nun fast. »Das ... das ergibt doch überhaupt keinen Sinn!«

»Das meinen Sie jetzt nicht im Ernst!«, rief Robert Berger. »Wir haben den größten Teil unserer Lebensmittel verloren, und Sie meinen, es ergäbe keinen Sinn?«

»Das tut es auch nicht!«, widersprach Ramanov heftig. »Wenn sie uns schaden wollten, dann verraten Sie mir, warum sie nicht einfach ein Streichholz hinterhergeworfen haben. Das hätte die halbe Station in Schutt und Asche gelegt!«

Niemand sagte etwas dazu, und selbst sein Vater sah Ramanov nur einen Herzschlag lang zuerst verblüfft und dann mit noch größerem Schrecken an, aber schließlich murmelte Ben: »Vielleicht haben sie ja Angst vor Feuer.«

Ramanov tat sein Möglichstes, um ihn mit seinem Blick zu vergiften, und Ben bedauerte diese alberne Bemerkung bereits, noch bevor er sie ganz ausgesprochen hatte. Nur Harry sah ihn sehr nachdenklich an.

»He! Das war ein Scherz!«

»Ich weiß. Aber möglicherweise war das, was ihr drei gerade gesagt habt, gar nicht so dumm.«

Ihr drei?, dachte Ben verwirrt. Und als hätte er seine Gedanken gelesen, deutete Harry auf Ramanov, seinen Vater und ihn. »Was wäre denn, wenn sie tatsächlich *uns* schaden wollen, aber nicht der Station?«

»Was soll denn das jetzt schon wieder heißen?«, maulte Ramanov.

»Genau das, was ich gesagt habe, Professor. Wenn diese Biester schlau genug geworden sind, zur *Princess* zurückzugehen und sich dort nicht nur Werkzeuge zu besorgen, sondern auch gleich kanisterweise Benzin, dann verraten Sie mir bitte, warum sie das Zeug nicht über die Station gekippt und sie komplett abgefackelt haben.« Eine oder zwei Sekunden lang sah er Ramanov geradezu triumphierend an, bevor er dazu ansetzte, seine eigene Frage zu beantworten. Ben kam ihm zuvor.

»Weil sie nur *uns* schaden wollen. Nicht der Station.«

»Genau. Sie brauchen sie unbeschädigt.« Das war alles, was er sagte! Aber er legte den Kopf auf die Seite und sah ihn auf eine Weise an, die Ben zutiefst verwirrte. Sein Blick mochte anerkennend sein, wirkte aber irgendwie auch misstrauisch … und es lag noch etwas darin, was Ben über die Maßen irritierte, ohne dass er das Gefühl wirklich in Worte fassen konnte. Doch es gefiel ihm nicht.

»Was für ein Quatsch«, ereiferte sich Ramanov. »Hast du vergessen, womit wir es zu tun haben? Was sollten sie wohl mit dieser Station anfangen? Sich unterstellen, weil es ihnen draußen zu kalt ist?«

»Das ist gar keine so dumme Frage, Professor«, sagte Harry. »Wenn wir nur ein bisschen mehr über unseren Feind wüssten, dann könnte ich sie Ihnen vielleicht sogar beantworten.«

Wieder sah er Ben auf diese ganz besondere Art und Weise an, was diesmal auch den anderen nicht verborgen blieb. Schließlich seufzte er und sagte mehr zu sich selbst als zu Ramanov: »Wenn wir wenigstens wüssten, was sie *wollen.«*

»Uns umbringen?«, schlug Ramanov vor.

Harry sah weiter Ben an. Wortlos. Ungefähr zehn Sekunden, dann seufzte er tief, schloss kurz die Augen und seufzte noch einmal. Als er die Augen wieder öffnete, hatte sich der Ausdruck auf seinem Gesicht geändert. »Also gut. Das hat alles wenig Sinn, jedenfalls im Moment nicht. Gehen Sie jetzt bitte wieder an Ihre Arbeit.«

»Welche Arbeit?«, fragte Bens Vater.

»Und lassen Sie uns unsere tun.« Mit leicht erhobener Stimme und an Tahia gewandt, die als Einzige draußen auf dem Gang zurückgeblieben war, fügte Harry hinzu: »Tahia, schau dir den verdammten Computer noch einmal an. Ich will wissen, wer von uns für diese Schweinerei verantwortlich ist. Und ihr«, wandte er sich an die beiden anderen, »seht euch die Karte noch einmal an. Ich will jede einzelne Schwachstelle dieses verdammten Rattenlochs kennen, und danach schweißen wir sie zu.«

Die drei Söldner verschwanden, und Harry sah sich übertrieben erstaunt um. »Worauf warten Sie noch?«

»Sie haben vergessen *verdammt* zu sagen«, antwortete van Staaten spöttisch, aber Ramanov nahm die Sache mit deutlich weniger Humor.

»Wer hat Sie eigentlich zum Kommandanten gemacht?«

»Derselbe, der für diese Schweinerei hier verantwortlich ist. Oder kennen Sie jemanden hier, dem sie noch hundertprozentig vertrauen?«

»Ich frage mich, ob wir *Ihnen* trauen sollten«, sagte der Russe spitz.

»Warum?«, fragte Harry ruhig. »Weil ich schon zwei Drittel meiner Leute verloren habe und Sie alle schon tot wären ohne uns?«

Nicht nur zu Bens Überraschung ging Ramanov nicht hoch wie eine Silvesterrakete, sondern schaute sein Gegenüber nur einen Atemzug lang fast betroffen an. »Entschuldigen Sie. Das war ... unpassend von mir. Aber es war alles ein bisschen viel. Auch für mich.«

»Ich weiß, Professor«, antwortete Harry. »Schwamm drüber. Gehen Sie und schicken Sie mir ein paar Leute, die gerade nichts Besseres zu tun haben. Wir müssen uns einen Überblick verschaffen, was von diesem Zeug noch zu gebrauchen ist.«

2

ER HATTE SICH ANGEBOTEN, beim Sichten der übrig gebliebenen Lebensmittel oder wenigstens beim Aufräumen zu helfen, aber Harry hatte das nicht nur abgelehnt, sondern ziemlich gereizt darauf reagiert und ihn am Ende regelrecht hinausgeworfen, was Ben auf der einen Seite beinahe verstehen konnte, was ihn zugleich aber natürlich maßlos ärgerte. Er hätte wirklich nicht mit den Söldnern tauschen wollen, doch wenn Harry immer noch nicht begriffen hatte, auf welcher Seite er stand, dann sollte er wohl besser anfangen, sich ernsthafte Sorgen um seine geistige Gesundheit zu machen.

Unglücklicherweise war Ärgern aber auch so ziemlich alles, was er tun konnte ... außer sich zu langweilen. Als er den verwüsteten Vorratsraum verließ (um ganz genau zu sein, hatte ihn Harry an den Schultern gepackt und ziemlich unsanft nach draußen bugsiert), hatte er damit gerechnet, auf einige der anderen zu treffen, aber er war allein gewesen, was seine Laune noch weiter in den Keller beförderte, und schließlich hatte er sich, in Ermangelung irgendeiner anderen sinnvollen Tätigkeit, auf den Weg zum Quartier der Söldner gemacht. Vielleicht fand er dort jemanden, mit dem er reden konnte; möglicherweise konnte er Tahia davon abbringen, seinen MP3-Player endgültig zu massakrieren ... falls das nicht schon längst geschehen war.

Die ehemalige Messe war jedoch verlassen (was eigentlich zu erwarten gewesen war), und die bemitleidenswerten Überreste des MP3-Players waren überall auf dem Tisch verteilt und sahen nicht so aus, als würden sie sich jemals wieder zusammensetzen lassen.

Zumindest nicht zu etwas, das funktionierte. So viel zu Tahias hochheiligem Versprechen, dass er sich keine Sorgen zu machen brauchte.

Der Anblick hätte ihn wütend machen sollen, aber Ben fühlte sich nur niedergeschlagen und enttäuscht. Er hatte Vertrauen zu der jungen Soldatin gefasst – mehr als zu allen anderen –, und deshalb taten ihm die chaotisch durcheinander liegenden elektronischen Bauteile ganz besonders weh. Vielleicht weil er gegen jede Logik erwartet hatte, dass Tahia ahnen musste, wie viel ihm dieses winzige Gerät bedeutete. Tahia hatte diese Erwartung enttäuscht, und Ben fühlte sich verraten.

Also war jetzt auch noch seine letzte Verbindung zu Sasha zerstört; und wie es aussah, unwiderruflich. Ben verwarf die *Idee*, es mit einem anderen ähnlichen Gerät zu probieren, sofort wieder. Die Vorstellung war albern. Er wusste einfach, es würde nicht funktionieren.

Das Geräusch der Tür drang in seine Gedanken, eine durchaus willkommene Unterbrechung ... wenigstens so lange, bis er sich herumdrehte und sah, *wer* hereingekommen war. Insgeheim hatte er auf Tahia gehofft oder Harry, selbst mit Gerrit hätte er noch leben können – aber es war ausgerechnet Tooth, der ihn selbstverständlich sofort anfuhr: »Was machst du denn hier? Ich mag es nicht, wenn einer hier herumschnüffelt, wenn keiner da ist.«

Ben schluckte die ärgerliche Antwort hinunter, die ihm auf der Zunge lag. Er kannte Tooth nicht gut genug, um zu wissen, wie weit er bei ihm gehen konnte, und außerdem war er nicht hierher gekommen, um Streit anzufangen. »Ich bin ja auch nicht *einer«*, sagte er betont und mit einer Geste auf seine Kleidung, »sondern gehöre schon fast zu euch.«

Das war ganz offensichtlich die falsche Antwort, denn Tooths Gesicht verfinsterte sich noch weiter. Er war unter der Tür stehen geblieben und hatte den Laptop, den er offensichtlich aus Ramanovs Allerheiligstem geholt hatte, unter den linken Arm geklemmt. Jetzt schob er die Tür mit dem Fuß hinter sich ins Schloss, dass es knallte, ging zum Tisch und lud den Computer geräuschvoll und alles andere als sanft darauf ab. »Willst du mich verarschen, Kleiner?«

»Nein.« Ben zwang sich zu einem Lachen (was ihm *wirklich* schwer fiel) und deutete auf den elektronischen Schlachthof vor sich. »Ich hatte gehofft, Tahia wäre hier. Aber ich fürchte, den Weg hätte ich mir sparen können.«

Tooth starrte ihn eine Sekunde lang noch misstrauischer an, dann setzte er sich, klappte den Computer auf und schaltete ihn ein, bevor er antwortete. »Keine Angst, Kleiner. Wenn es jemand schafft, das Ding wieder zum Laufen zu bringen, dann sie.«

Für eine Sekunde erfüllten die Worte Ben tatsächlich mit einer wilden Hoffnung, dann aber sah er noch einmal auf das ausgeschlachtete Gerät hinab und sagte sich, wie unsinnig sie war. Trotzdem fragte er: »Ist sie echt so gut?«

Tooth startete mit wenigen raschen Tastenanschlägen ein Programm auf dem Laptop, und Ben schlenderte wie zufällig hinter ihn, um einen Blick auf den Monitor werfen zu können.

»Gut?« Tooth lachte. »Gib ihr ein paar Büroklammern und eine Rolle Klebeband, und sie baut dir ein Spaceshuttle.«

Ben verzog die Lippen zu einem pflichtschuldigen Lächeln, das Tooth aber gar nicht sah, weil seine ganze Konzentration mittlerweile dem Bildschirm galt. Außerdem war er nicht einmal sicher, ob der Söldner diesen Blödsinn nicht tatsächlich ernst gemeint hatte.

»Solltet ihr nicht die Basis nach Schwachstellen absuchen?«, fragte er und hoffte, dass Tooth diese Frage nicht als Kritik auffassen und zu einem willkommenen Anlass nehmen würde, eine kleine zahnkosmetische Korrektur an ihm vorzunehmen.

Tooth lachte jedoch nur. »Tu ich doch. Gerrit und ich haben gewettet und er hat verloren. Jetzt kriecht er durch irgendwelche ölverschmierten Schächte und friert sich den Arsch ab, und ich tue das hier.«

Ben trat mit einem weiteren Schritt direkt hinter ihn und beugte sich vor, um auf den Monitor zu sehen. Er war mittlerweile zum Leben erwacht, zeigt aber nichts Dramatischeres als die Computergrafik, die er bereits kannte; eine schematisierte Darstellung der Station mit allen Gängen und Räumen, die auf den allerersten Blick wie ein einziges sinnloses Durcheinander aussah. Dennoch spürte er, dass sich etwas geändert hatte, musste aber noch einmal hinsehen, um den Unterschied zu erkennen. Zwischen den dünnen grünen Linien auf schwarzem Grund waren jetzt zahlreiche weiße, rote und grüne Punkte auszumachen. Manche von ihnen bewegten sich träge, die meisten aber blieben da, wo sie waren.

»Was ist das?«, fragte Ben.

Tooth lachte leise. »Ich hab dir doch gesagt, dass Tahia Klasse ist, Kleiner. Sie hat sich Ramanovs kleine Spionageanlage gründlich angesehen. Dieser Irre hat tatsächlich die gesamte Anlage verwanzt – aber er war dabei nicht besonders clever. Es hat Tahia ungefähr drei Minuten gekostet, seine Passwörter zu knacken und durch andere zu ersetzen, auf die nur wir Zugriff haben. Außerdem ist der ganze Rattenbau nur so gespickt mit Bewegungsmeldern. Tahia hat sie aktiviert … und noch ein hübsches kleines Tool dazugeschaltet, von dem Ramanov wahrscheinlich keine Ahnung hat. Hier.«

Mit einem erstaunlichen Geschick, das Ben ihm niemals zugetraut hätte, platzierte er den Cursor über einem der leuchtenden Punkte und drückte die rechte Maustaste, und auf dem Bildschirm öffnete sich ein winziges Fensterchen, in dem sein Name erschien.

»He!«, sagte Ben überrascht. »Das ist ja toll!«

»Sag ich doch, dass Tahia gut ist«, griente Tooth. »Ich wette, nicht einmal der Zar selbst hat eine Ahnung, was er wirklich mit seinem Computer anfangen könnte. Wenn er es könnte.«

Ben sah in leicht irritiert an. »Das heißt, du kannst feststellen, wo sich jeder Einzelne hier in der Station gerade aufhält?« Plötzlich kam ihm eine Idee. Sie war verrückt und würde wahrscheinlich auch nicht funktionieren, aber trotzdem …

»Und was sie tun. Ungefähr jedenfalls«, fügte Tooth stolz hinzu.

»Kannst du … erkennen, wo Ramanov ist?«, fragte Ben zögernd.

»Sicher. Aber ich kann auch gleich nachsehen, wo deine kleine Freundin gerade ist und ob sie allein ist und wie du am besten zu ihr kommst, ohne dass Ramanov es merkt. Warum fragst du nicht einfach danach?«

Ben glotzte.

Tooth schenkte ihm ein gelbes, zahnlückiges Grinsen, aber seine Finger huschten bereits wieder über die Tastatur, und einer der kleinen weißen Punkte begann zu pulsieren und wechselte gleichzeitig seine Farbe und wurde rot. »Hast Glück. Sie scheint allein zu sein, und wie es aussieht, schläft sie. Jedenfalls bewegt sie sich nicht, und ihre Atmung ist ziemlich flach und gleichmäßig.«

»Wo ist sie? Immer noch bei ihrem Großvater?«, fragte Ben.

Tooths Zeigefinger stieß auf den Monitor hinab. »Sieht aus wie … ja, Ramanovs Zimmer. Der Thronsaal des Zaren.« Er fuhr den Weg mit dem Cursor ab. »Ist ganz leicht. Zweimal links, einmal rechts, wieder links und dann zweimal rechts, und dann nur den Nippel durch die Lasche ziehen.« Er kicherte leise. »Wird dir aber nichts nützen.«

»Wieso?« Ben sah weiter gebannt auf den Schirm. Mittlerweile kannte er sich gut genug in der Station aus, um sich zuzutrauen, den Weg zu finden.

»Die Tür ist elektronisch gesichert. Ohne die Codenummer kommst du weder rein noch raus … ups!«

»Ups?« Ben sah ihn fragend an, und Tooths fleckiges Grinsen wurde noch breiter.

»Jetzt hab ich doch die Verriegelung ganz aus Versehen abgeschaltet! Dabei kann ich das eigentlich gar nicht.«

Ben blickte ihn nur verständnislos an, und aus Tooths Grinsen wurde ein eher ungeduldiger Gesichtsausdruck. »Worauf wartest du? In spätestens fünf Minuten haut mit der Computer gewaltig auf die Finger, und dann brauchst du eine Kanone, um diese Tür aufzukriegen.«

Ben wartete auf nichts mehr. Er rannte los.

Die fünf Minuten, von denen Tooth gesprochen hatte, reichten allemal, um jeden beliebigen Punkt innerhalb der Station zu erreichen, aber er war so nervös, dass er sich prompt verlief, obwohl er der Meinung gewesen war, sich den Weg gründlich eingeprägt zu haben. Dazu kam, dass ihm deutlich mehr Menschen begegneten, als ihm lieb sein konnte. Keinen einzigen davon kannte er, aber ganz zweifellos kannten sie alle *ihn,* und ebenso zweifellos war irgendein übereifriger Gefolgsmann Ramanovs dabei, der dem Boss unverzüglich Bericht erstatten würde, dass sich ein gewisser jugendlicher Wüstling auf dem Weg zu seinen Gemächern befand; und damit zu seiner Enkeltochter.

Aber das war ihm egal. Er musste Sasha sehen. Jetzt.

Ganz wie Tooth es ihm versprochen hatte, war die Tür am Ende des grauen Plastikkorridors, auf die er schließlich zustürmte, nicht verschlossen, aber das nutzte ihm erst mal wenig; Sasha war nicht da, und das Zimmer war kein Zimmer, sondern nur ein Teil einer ganzen Zimmer*flucht,* die zudem kaum beleuchtet war, sodass er prompt über irgendetwas stolperte und alle Mühe hatte, nicht auf die Nase zu fallen. Nachdem es ihm gelungen war, mit wild rudernden Armen sein Gleichgewicht zurückzuerobern (das Ergebnis war ein gewaltiges Scheppern und Klirren, mit dem etwas umfiel und zerbrach, ein Geräusch, das sich ziemlich teuer anhörte), sah er sich ratlos um. Er fand sich in grauer Schwärze und Stille wieder. Das einzige Licht fiel durch die offen stehende Tür, und kurz darauf hörte er ein Ticken wie das einer altmodischen Standuhr, ohne das Geräusch jedoch eindeutig orten zu können.

Wenigstens tauchte Ramanov nicht hinter einem Möbelstück auf, um auf ihn zu schießen.

Ben verscheuchte diesen albernen Gedanken, überlegte kurz und tat dann etwas, was ihm eigentlich die Haare zu Berge hätte stehen lassen müssen: Er zog die Tür ganz hinter sich zu, woraufhin die Dunkelheit um ihn herum natürlich *vollkommen* wurde.

Zumindest so lange, bis sich seine Augen an die veränderten Lichtverhältnisse gewöhnt hatten – zwei oder drei Sekunden, in denen sein Herz zu Höchstform auflief und eine Taktfrequenz erreichte, bei der jeder Heavy-Metal-Drummer blass geworden wäre. Dann gewahrte er einen blassgelben Strich irgendwo vor sich, tappte mit vorsichtig ausgestreckten Armen darauf zu und erreichte schließlich eine Tür, zu seinem Erstaunen ohne weiteren nennenswerten Schaden angerichtet zu haben. Sein Herz legte noch einen Zahn zu, als er nach der Klinke griff und sie herunterdrückte. Als er die Tür öffnete, war er nahezu hundertprozentig sicher, gleich Ramanov gegenüberzustehen, der ihn grinsend und mit vor der Brust verschränkten Armen (und in Begleitung eines Dutzends Kosaken) erwartete, um ihn zu fragen, was er hier zu suchen hatte.

Ausnahmsweise trafen seine schlimmsten Befürchtungen nicht ein. Das Zimmer, in das er trat, wurde nur von einer einzelnen altmodischen Lampe mit einer noch altmodischeren Glühbirne in schattendurchwobenes, gelbes Licht getaucht. Ramanov (und schon gar kein Dutzend schnauzbärtige Kosaken) erwartete ihn nicht, und das, was er suchte, lag mit einer dünnen weißen Decke zugedeckt und in ein ebenfalls weißes seidenes Nachthemd gehüllt und mit geschlossenen Augen auf einem riesigen geschnitzten Himmelbett, das nahezu das gesamte Zimmer einnahm, und schien tief und fest zu schlafen. Jedenfalls deutete der Umstand, dass Sasha leise schnarchte, darauf hin.

Ben musste lächeln. Was Schnarchen anging, blickte er auf eine lange leidvolle Erfahrung mit seinem Vater zurück, der regelmäßig abends vor dem Fernseher einschlief und dabei schon den gesamten südamerikanischen Regenwald umgesägt haben musste, und ihm war es immer peinlich gewesen, dieses Geräusch auch nur zu hören. Bei Sasha fand er es irgendwie … *niedlich.*

Sie lag in entspannter Haltung auf dem Bett, den Kopf halb auf die Seite gedreht und den Mund leicht geöffnet, sodass er ihre regelmäßigen, strahlend weißen Zähne sehen konnte, und ihr leises Schnarchen setzte ein so überwältigendes Gefühl von Zärtlichkeit in ihm frei, dass er sich mit aller Kraft gegen den Impuls wehren musste, sich über sie zu beugen und sie in die Arme zu schließen.

Stattdessen blieb er neben dem überdimensionalen Bett stehen, sah auf sie hinab und genoss die Wärme und Geborgenheit, die ihr bloßer Anblick in ihm wachrief. Er kannte dieses Mädchen gerade einmal ein paar Tage, und genau genommen wusste er außer ihrem Namen so gut wie nichts über sie – aber zugleich war sie ihm vertrauter als jeder andere Mensch auf der Welt. Und dabei war die intimste Berührung, die es bisher zwischen ihnen gegeben hatte, das Gefühl ihrer Finger in seiner Hand gewesen.

Verrückt, dachte er. Und trotzdem wunderschön.

Dieser Glücksmoment wurde jäh beendet, als hinter ihm die Tür aufflog und eine Stimme, die er ohne den geringsten Zweifel als die Ramanovs identifizierte, ihn anraunzte: »Was zum Teufel machst du hier?!«

Ben schloss die Augen, zählte in Gedanken ganz langsam bis fünf und versuchte ein möglichst unverfängliches Lächeln auf sein Gesicht zu zaubern, als er sich herumdrehte. Ramanov stand in der geöffneten Tür hinter ihm, zwar ohne ein Dutzend Kosaken, die mit angelegten Gewehren auf ihn zielten, aber mit einem Blick, der deren Abwesenheit allemal wettmachte.

»Ich … ich wollte nur nach Sasha sehen«, antwortete er stockend. Gleichzeitig blickte er verstohlen auf die Armbanduhr – und riss ungläubig die Augen auf. Ein Teil von ihm hatte sich schon mit großer Vorfreude die perfidesten Foltermethoden für Tooth ausgedacht, der ihn offensichtlich ins offene Messer hatte laufen lassen – aber der Söldner konnte nichts dafür. Ben hätte unmöglich sagen können, wo die Zeit geblieben war … aber er hatte länger als zwanzig Minuten neben Sashas Bett gestanden und sie angesehen. Das war fast schon unheimlich. Er konnte sich nicht einmal erinnern, was er in dieser Zeit gedacht hatte.

»Nach ihr sehen?«, wiederholte Ramanov. Er knallte die Tür hinter sich zu, kam näher und musterte zuerst das schlafende Mädchen und dann ihn und schließlich noch einmal Sasha mit einem Ausdruck, der Ben nicht nur die Schames-, sondern auch die Zornesröte ins Gesicht trieb.

»Nach ihr sehen«, bestätigte Ben. »Ich habe mir Sorgen um sie gemacht, weil ich so lange nichts mehr von ihr gehört hatte, und da habe ich eben nach ihr gesucht.«

»Hier?« Ramanov trat noch näher. »Nun ja, jetzt hast du sie ja gesehen und dich davon überzeugt, dass sie wohlauf ist. Dann kannst du ja jetzt beruhigt wieder gehen. So ganz nebenbei, das hier ist mein Schlafzimmer. Ist es da, wo du herkommst, üblich, ungefragt in anderer Leute Wohnungen einzubrechen?«

Wenn es etwas gab, was ihn in diesem Moment noch wütender machen konnte, dann waren es diese völlig überflüssigen Worte. Ben war praktisch schon bereit gewesen, einen strategischen Rückzug anzutreten, jetzt aber wandte er sich mit einem trotzigen Schnauben um, beugte sich über die schlafende Sasha und rüttelte an ihrer Schulter.

Sie reagierte genau so, wie er es erwartet hatte, nämlich gar nicht.

Auch nicht, als er noch einmal und jetzt deutlich stärker an ihrer Schulter rüttelte. Sasha *schlief* nicht einfach, begriff er. Das war etwas anderes.

»Sie haben es wieder getan. Warum?«, fuhr er zu Ramanov herum.

Es funktionierte nicht. Der Russe sah ihn nur kalt an und lächelte dann knapp und noch kälter. »Ich habe gar nichts getan. Sie ist müde und sehr erschöpft, wie wir alle. Wenn du ihr einen Gefallen tun willst, mein Junge, dann solltest du sie jetzt in Ruhe lassen.«

Vielleicht war es das *mein Junge,* das Ben endgültig rasend machte.

»Ich tue *Ihnen* gar keinen Gefallen«, sagte er eisig – und nicht ganz richtig –, während er sich nicht nur zu Ramanov herumdrehte, sondern sich in derselben Bewegung auch demonstrativ zwischen ihm und Sasha postierte, wie um sie vor seiner bloßen Anwesenheit zu beschützen. »Es sei denn, Sie sagen mir endlich, warum Sie ihr das antun!«

»Antun?«, wiederholte Ramanov. »Was genau meinst du damit, mein Junge?«

Das machte Ben noch wütender. So wütend, dass er nahe daran war, Ramanov zu packen und so lange zu schütteln, bis er mit der Wahrheit herausrückte. Und womöglich hätte er es sogar getan, hätte es nicht genau in diesem Moment an der Tür geklopft.

Ramanov runzelte die Stirn und wirkte regelrecht beleidigt, und Ben schickte ein lautloses Dankgebet zum Himmel. Noch ein paar Sekunden länger und er wäre wirklich auf Ramanov losgegangen; und das war so ziemlich das Letzte, was sie alle jetzt noch brauchen konnten.

Es klopfte wieder – und jetzt deutlich energischer – und Ramanov wandte sich mit einem Ruck um und verschwand durch eine zweite Tür auf der anderen Seite des Raumes. Ben blickte ihm ebenso irritiert wie zornig hinterher, aber dann wandte er sich wieder fast schuldbewusst zu Sasha um.

Aus dem Nachbarzimmer, in das Ramanov verschwunden war, drangen plötzlich laute und aufgeregte Stimmen; die Ramanovs, aber auch mehrere andere, die wild durcheinander zu reden schienen, und mindestens eine davon erkannte er. Sie gehörte seiner Mutter.

»Ich sorge dafür, dass das aufhört. Sie werden dir nichts mehr geben«, versprach er der schlafenden Sasha, während er rasch um das Bett herumeilte und Ramanov folgte. Der Raum, in den er kam, war deutlich größer als Ramanovs Schlafzimmer und erinnerte so stark an den Thronsaal eines alten russischen Zaren, dass er überzeugt war, Tooth müsse ihn schon einmal gesehen haben. Wände, Fußboden und Decke bestanden auch hier aus dem allgegenwärtigen grauen Kunststoff, von dem allerdings nicht viel zu sehen war, denn auf dem Fußboden lagen abgewetzte, trotzdem aber unübersehbar wertvolle Teppiche, und die Wände waren mit goldgerahmten Bildern, Wandteppichen und Fahnen geschmückt. An einem der Bilder, das in einem besonders prachtvollen, reich mit Schnitzereien verzierten Rahmen hing, blieb sein Blick für den Bruchteil einer Sekunde hängen. Es zeigte eine dunkelhaarige Frau undefinierbaren, aber noch nicht sehr weit fortgeschrittenen Alters, die ihn an irgendjemanden erinnerte. Aber er konnte nicht sagen, an wen. Die Einrichtung hätte mühelos die der luxuriösen Kabinen auf der *Princess* in den Schatten gestellt, und auch hier kam das Licht nicht aus einer Leuchtstoffröhre, die das Spektrum natürlichen Sonnenlichts imitierte, wie sonst überall in der Station, sondern einem gewaltigen Kristalllüster, auf dem mindestens zwei Dutzend altmodische Glühbirnen brannten, die die Form von Kerzenflammen nachahmten. Ben hatte so etwas bisher nur auf Fotos und in Filmen gesehen, aber auch in natura wirkte es kein bisschen weniger kitschig.

Nicht dass ihn das im Moment interessierte. Wie er vermutet hatte, war es seine Mutter, die sich gerade heftig mit Ramanov stritt, und sie war nicht allein gekommen. Sein Vater war bei ihr, aber auch Dr. van Staaten, und zu seiner leisen Überraschung (und Beunruhigung) entdeckte er hinter den dreien Tahia und Harry. Die beiden Söldner waren noch nicht ganz eingetreten, sondern in der offenen Tür stehen geblieben, was daran liegen mochte, dass Ramanov nicht die geringsten Anstalten machte, den Weg freizugeben, sondern im Gegenteil so heftig mit den Händen herumfuchtelte, als könnte er sich gerade noch beherrschen, die uneingeladenen Besucher nicht gewaltsam wieder nach draußen zu befördern. Was war passiert? Neue schlechte Nachrichten?

Er trat hinzu und platzte mit der Frage »Was ist los?« in das Gespräch.

Ramanov setzte dazu an, etwas zu sagen, was er wahrscheinlich gar nicht hören wollte, doch seine Mutter kam ihm zuvor. »Wir haben dich gesucht«, sagte sie, machte eine Kopfbewegung auf Harry und Tahia und fügte mit sonderbarer Betonung hinzu: »Deine Freunde haben uns gesagt, wo wir dich finden.«

»Ich wollte nur –«, begann Ben, doch Ramanov unterbrach ihn.

»Ich finde, es trifft sich gut, dass deine Eltern hier sind, mein Junge. Vielleicht können sie dir ja begreiflich machen, warum an manchen Türen Schlösser sind. Und was es zu bedeuten hat, wenn man sie abgeschlossen vorfindet.« Er warf einen kurzen, aber giftigen Blick in Harrys Richtung, der klar machte, dass er sehr wohl wusste, wie es Ben gelungen war, in sein Allerheiligstes vorzudringen, und Ben blickte seine Mutter an und sagte leise: »Er hat es schon wieder getan.«

»Was?«, fragte sie alarmiert.

»Sasha.«

Seine Mutter runzelte nur fragend die Stirn, van Staaten jedoch fuhr sichtbar zusammen und eilte dann wortlos an Ramanov und ihm vorbei, um im angrenzenden Schlafzimmer zu verschwinden. Ramanov machte eine Bewegung, wie um ihr zu folgen, doch nun streckte Bens Mutter rasch die Hand aus, um ihn am Arm zu ergreifen und festzuhalten.

Ramanov riss die Augen auf. »Was fällt Ihnen ein?«

»Wir müssen mit Ihnen reden, Professor.« Dann sah sie Ben an. »Und mit dir auch.«

Sie ließ Ramanovs Arm los, woraufhin dieser einen Schritt zurückprallte und sein Handgelenk zu massieren begann, als hätte sie es ihm übel gequetscht, trat zur Seite und gab Harry und Tahia mit einer Kopfbewegung zu verstehen, endgültig hereinzukommen. Beide gehorchten. Harry postierte sich (ganz gewiss nicht zufällig) so neben und ein Stück hinter Ramanov, dass dieser praktisch zwischen ihm und den anderen eingesperrt war, während Tahia direkt auf Ben zutrat, in die Tasche griff und etwas hervorzog, was er erst nach einer Sekunde, aber mit einem Gefühl ungläubiger Überraschung als den MP3-Player identifizierte. Noch überraschter war er, als sie den winzigen Kopfhörer auffordernd in seine Richtung schwenkte.

»Du hast ...?«

»Ich habe dir doch gesagt, dass du dir keine Sorgen zu machen brauchst. Aber kannst du mir erklären, was das bedeutet?«

Ben hatte auf einmal ein seltsames Gefühl. Er griff gehorsam nach dem dünnen Kabel und bugsierte den Knopf in sein Ohr, aber Tahia machte eine abwehrende Geste, als er auch nach dem daran hängenden Gerät greifen wollte. An seiner Stelle drückte sie die winzige Play-Taste, und ganz leise, von einem sonderbaren Echo begleitet, als käme sie aus weiter Ferne, hörte er Sashas Stimme:

»JVC.«

Er runzelte verwirrt die Stirn, und hinter der offen stehenden Tür auf der anderen Seite des Zimmers erklang ein erschrockener Laut, sodass er sich mit aller Kraft zusammenreißen musste, nicht herumzufahren und nachzusehen, was van Staatens Reaktion zu bedeuten hatte. Zweifellos nichts Gutes. Mit einem Nicken bedeutete er Tahia, den Soundclip noch einmal abzuspielen, und wurde mit demselben vermeintlich bedeutungslosen *JVC* belohnt.

»Was soll das?«, fragte er.

»Genau das wollten wir von dir wissen, Ben«, sagte Harry. Täuschte er sich oder war der Klang seiner Stimme eisig, fast feindselig?

»Die Stimme ist dieselbe, nicht wahr?«, vergewisserte sich Tahia.

Er nickte. »Sasha.«

Ramanov riss die Augen auf.

»Aber das –«

»Das ist nicht dasselbe, was wir vorher gehört haben«, führte Tahia seinen Satz zu Ende.

Und dafür war ihre erste Botschaft verschwunden. Ben war völlig verwirrt. Er konnte nur nicken.

»Das ist wirklich seltsam«, fuhr Tahia fort, mehr an sich selbst und allenfalls Harry gewandt als an ihn. »Ich meine: Ich glaube es zwar nicht, aber natürlich ist es möglich, dass ich das Soundfile versehentlich gelöscht habe, als ich an dem Gerät gearbeitet habe.« Sie sah nun doch ihn an, und das auf eine sehr seltsame Art. »Aber es ist ausgeschlossen, dass ich aus Versehen stattdessen eine neue Nachricht platziert habe. Noch dazu mit Sashas Stimme.«

»Sashas Stimme?«, mischte sich Ramanov ein. Er versuchte zu lachen, aber es misslang kläglich. »Das ist doch lächerlich! Woher wollen Sie wissen, wie Sashas Stimme klingt? Niemand hat sie je gehört.«

»Doch«, widersprach Tahia. Sie deutete auf Ben. »Er. Und wir«, fügte sie mit einer zweiten Geste auf das kleine Gerät auf ihrer rechten Handfläche hinzu. Ramanov starrte den MP3-Player an und wirkte für die Dauer eines einzelnen Herzschlags einfach nur erschüttert. Dann aber lachte er abermals, leise und bewusst höhnisch.

»Sie sind ja verrückt.«

Tahia sagte gar nichts dazu, sondern wandte sich wieder an Ben. »Und du hast keine Ahnung, was das bedeuten könnte?«

Und wo es herkommt, fügte sie hinzu, zwar ohne es laut auszusprechen, trotzdem aber auch unüberhörbar. Ben schüttelte hilflos den Kopf.

»Drehen hier jetzt langsam alle durch?«, fragte Ramanov aufgebracht. »Wollen Sie mir etwa weismachen, dass Alexandra über dieses Ding da mit Ihnen spricht?«

»Nicht mit uns«, sagte Tahia beinahe sanft. »Aber mit Ben.«

»Sicher«, erwiderte Ramanov abfällig.

»Sie erinnern sich? Zweihunderteinundvierzig?«

»Was soll das sein?«

»Die Nummer, die auf der Tür des Kühlraumes stand«, erklärte Harry an Tahias Stelle. »Ben hat uns darauf aufmerksam gemacht.«

»Ja«, grollte Ramanov. »Und die Erklärung, woher er das wusste, ist er uns bis jetzt schuldig geblieben, falls ich mich richtig erinnere.«

»Nur Ihnen, Professor.« Harry wies auf den Player. »Es war dort drauf. Mit Sashas Stimme.«

Ramanov starrte ihn geschlagene drei Sekunden durchdringend an, aber selbstverständlich schüttelte er nur wieder den Kopf und sagte noch abfälliger: »So ein Blödsinn!«

»Das habe ich zuerst auch gedacht«, bestätigte Tahia. Sie drehte den MP3-Player in der Hand. »Wissen Sie, wie lange so ein Gerät mit einer Akkuladung läuft, Professor?«

»Nein, und es interessiert mich auch nicht.«

»Über zwölf Stunden. Diese Geräte brauchen extrem wenig Energie. Praktisch gar keine.«

»Wie interessant«, erwiderte Ramanov verächtlich.

»Genau genommen sind Gedanken auch nichts anderes als Energie, Professor«, mischte sich Bens Vater ein. »Eigentlich sollten Sie das wissen.«

Ramanov lachte, laut und völlig unecht. »Jetzt wird es wirklich albern. Also, nur damit ich das richtig verstehe ... Sie wollen damit andeuten, dass Alexandra ihre ... Gedanken auf dieses Gerät übertragen hat, um mit Ihrem Sohn zu sprechen? Ist es das, was Sie sagen wollen?«

Der ätzende Spott in Ramanovs Stimme schien wirkungslos an seinem Vater abzuprallen. »Vielleicht. Die junge Dame hier hat Recht, wissen Sie? Ich verstehe nicht viel von dieser Art von Technik, aber sie hat es mir erklärt. Ich bin zwar nicht sicher, aber es scheint durchaus möglich, dass diese Geräte in der Lage sind, Alphawellen zu empfangen.«

»Sicher. Lassen wir einmal beiseite, geschätzter Kollege, dass Sie gerade vollkommen hanebüchenen Unsinn reden – warum sollte sie das tun?«

»Um uns etwas mitzuteilen«, sagte Ben. »Das ist schon ein paarmal passiert. Die Nummer des Kühlraums war nicht die erste Warnung, die sie mir auf diesem Weg geschickt hat.« Er überlegte kurz, von ihrem ersten Hilferuf zu berichten, kam aber dann zu dem Schluss, dass es im Moment erstens nicht nötig war und zweitens überhaupt nichts brachte, Ramanov noch weiter zu reizen.

»Und du hast es nicht für notwendig befunden, uns etwas davon zu sagen?«, erkundigte sich Ramanov mit einem falschen Lächeln.

»Hätten Sie mir denn geglaubt?«, gab Ben zurück.

»Nein. Genauso wenig wie jetzt.« Der Russe schürzte abfällig die Lippen. »Meine Herrschaften, wir haben wirklich andere Probleme, als uns mit einem solchen Unsinn zu beschäftigen, finden Sie nicht?«

»Dieser Unsinn könnte das Einzige sein, was uns noch rettet«, sagte Harry.

Ramanov beachtete ihn gar nicht und wandte sich direkt an Jennifer Berger. »Also gut, wenn Sie meine und Ihre Zeit damit vergeuden wollen, bitte. Ich vergesse jetzt mal, dass wir alle erwachsene Menschen und im Vollbesitz unserer geistigen Kräfte sind, und tue so, als würde ich diesen Blödsinn glauben. Selbst wenn es so ist: Warum sollte Sasha auf diesem komplizierten Weg Kontakt zu Ihrem Sohn aufnehmen, meine Liebe? Er selbst hat uns doch gesagt, dass sie normalerweise in seinen Träumen mit ihm spricht. Warum also dieser Umweg?«

»Weil sie nicht mehr träumt!«, erwiderte Ben heftig. »Dafür haben Sie ja gesorgt!«

Seine Mutter runzelte fragend die Stirn, und auch Harry sah deutlich misstrauisch aus, während Ramanov – er gab sich alle Mühe, es zu verbergen, aber es gelang ihm nicht – leicht zusammenfuhr und wie das personifizierte schlechte Gewissen aussah. Gleich darauf hatte er sich wieder in der Gewalt und der übliche herablassende Ausdruck erschien auf seinen Zügen.

»Blödsinn! Alexandra ist –«

»Ich weiß nicht, was mit Ihrer Enkeltochter ist«, sagte van Staatens Stimme hinter ihnen. Ben fuhr überrascht herum. Die Ärztin war wieder unter der Tür des Schlafzimmers erschienen. Sie war blass und ihre Lippen zitterten vor Aufregung. In der rechten Hand hielt sie eine kleine bunt bedruckte Pappschachtel. »Aber ich weiß, was mit Ihnen los zu sein scheint. Sie müssen den Verstand verloren haben!« Sie erwachte aus ihrer Starre, kam mit so schnellen Schritten auf Ramanov zu, als wollte sie sich auf ihn stürzen, und wedelte anklagend mit der Medikamentenpackung. »Wie konnten Sie das tun? Ich habe Ihnen gesagt, was passieren kann!«

Ben, seine Mutter und auch die beiden Söldner sahen van Staaten nur ebenso fragend wie erschrocken an, sein Vater nahm der Ärztin jedoch die Pappschachtel aus der Hand und zog dann erstaunt die Augenbrauen hoch.

»Noch eine taktische Atombombe?«, murmelte Ben. Warum war er überrascht? Er hatte es doch gewusst.

Sein Vater schüttelte den Kopf. »Nein. Das hier ist schon eher eine

Wasserstoffbombe.« Plötzlich schien ihn Wut zu überkommen. Er schloss die Finger so fest um die Schachtel, dass er sie dabei in der Faust zerquetschte. »Sind Sie völlig verrückt geworden, Professor? Wenn Sie schon keine Ahnung haben, womit Sie da herumspielen, dann sollten Sie sich wenigstens die Mühe machen, jemanden zu fragen – oder zumindest den Beipackzettel lesen. Wollen Sie sie umbringen?«

»Unsinn!«, verteidigte sich Ramanov. Er wirkte immer noch trotzig, aber sein Blick flackerte jetzt unsicher. »Ich kenne Alexandra besser als Sie. Glauben Sie mir, ich weiß, was ich ihr zumuten kann und was nicht.«

»Was ist das?«, wollte nun auch Bens Mutter wissen.

Ihr Mann presste wütend die Lippen aufeinander und ließ zwei oder drei Sekunden verstreichen, bevor er antwortete. »Ich habe dieses Medikament noch nie selbst eingesetzt, aber ich kenne es. Es gehört zu den stärksten Psychopharmaka, die es überhaupt gibt. Es versetzt den Betroffenen in einen Tiefschlaf, den man schon beinahe als Koma bezeichnen kann. Und falls auch nur das Geringste schief geht oder man sich auch nur um eine Winzigkeit in der Dosierung verschätzt, dann fällt er ins Koma, und mir sind mindestens ein Dutzend Fälle bekannt, in denen der Patient nicht wieder aufgewacht ist. Warum haben Sie das getan? Ich dachte, sie lieben Ihre Enkeltochter.«

»Gerade weil ich sie liebe«, sagte Ramanov. Sein Trotz und auch der Zorn, der ihn begleitete, bröckelten nun sichtlich. Er wirkte jetzt nur verstört, eingeschüchtert. Und er hatte Angst, das sah man ihm deutlich an. Aber es war nicht die Angst vor Bens Vater oder den Söldnern, sondern etwas ganz anderes. Etwas, was wahrscheinlich keiner hier verstand.

»Ja«, sagte Bens Vater sarkastisch, »das klingt logisch.«

»Sie wissen ja nicht, wovon Sie reden«, flüsterte Ramanov.

»Dann erklären Sie es uns!«

Ramanov starrte ihn nur an, doch van Staaten sagte leise: »Tun Sie es, Professor. Oder ich tue es.«

Noch ein letztes Mal schien es, als verwandele sich Ramanov wieder ganz in den alten zurück, aber die hitzige Wut, die in seinem Blick aufflammte, erlosch beinahe ebenso schnell, wie sie kam. Ein paar Sekunden lang schaute er die Ärztin fast traurig an, dann konnte Ben regelrecht sehen, wie etwas in ihm nachgab. Er senkte den Kopf. Aber er schwieg weiter.

»Was wolltest du uns erzählen?«, wandte sich Bens Vater schließlich an van Staaten, nachdem er eine Zeit lang vergebens darauf gewartet hatte, dass der Russe von sich aus begann.

Die Ärztin setzte dazu an, etwas zu sagen, trat aber dann stattdessen mit einem schnellen Schritt an Ramanov vorbei und auf Harry zu. »Würden Sie uns bitte alleine lassen?«

»Also ich denke, dass –«, sagte Tahia, wurde aber sofort von Harry unterbrochen.

»Selbstverständlich.« Er bedeutete Tahia mit einem gleichermaßen mahnenden wie auffordernden Blick, es dabei zu belassen und ihm zu folgen, und die Söldnerin machte mit ihm kehrt, drehte sich dann aber noch einmal zu Ben herum.

»Ich behalte den Player erst mal. Es gibt noch eine Kleinigkeit, die ich reparieren will. Und falls dir einfallen sollte, was diese drei Buchstaben bedeuten, dann gib uns Bescheid, versprochen?«

»Versprochen«, antwortete Ben, während er das Gerät in Tahias Hand mit einer Mischung aus Sehnsucht und Enttäuschung betrachtete.

Van Staaten wartete, bis sich die Tür hinter den beiden Söldnern geschlossen hatte, sprach jedoch nach wie vor nicht, sondern drehte sich zu Ramanov herum und sah ihn an, wie um ihm eine letzte Chance zu geben, doch noch an ihrer Stelle das Wort zu ergreifen. Der Russe starrte nur an ihr vorbei ins Leere, und schließlich schüttelte van Staaten traurig den Kopf.

»Es geht um seine Tochter.«

Seine Eltern tauschten einen überraschten Blick und Ben spürte beinahe so etwas wie Schrecken. Plötzlich fuhr er herum und starrte noch einmal das goldgerahmte Bild an. Wieso hatte er es nicht sofort erkannt? Es war *Sashas* Gesicht, um zwanzig oder fünfundzwanzig Jahre älter, aber ganz eindeutig dasselbe Gesicht.

Van Staaten nickte wortlos, und der Russe drehte sich langsam zu ihm herum, sah ihn an und wandte sich dann ab, um ins Schlafzimmer zurückzugehen. Van Staaten wirkte enttäuscht und wollte fortfahren, doch Bens Mutter gab ihr keine Gelegenheit dazu, sondern folgte Ramanov und holte ihn ein, noch bevor er die Tür erreicht hatte.

»Was war mit Ihrer Tochter, Professor?« Sie hatte auch jetzt wieder die Hand ausgestreckt, wie um ihn notfalls mit Gewalt zurückzuhalten, doch das war nicht nötig. Ramanov war stehen geblieben. Er schwieg. Nicht nur alle Farbe, alles … *Leben* schien aus seinem Gesicht gewichen zu sein.

»Sie hatte dieselben Fähigkeiten, habe ich Recht?«, fragte Ben leise.

Sein Vater riss ungläubig die Augen auf und starrte ihn an, doch seine Mutter wirkte kein bisschen überrascht, und nach einer kleinen Ewigkeit nickte Ramanov.

»Ist sie das?«, fragte Ben mit einer Geste auf das Porträt an der Wand.

Ramanovs Blick folgte seiner Bewegung, und etwas in seinen Augen schien endgültig zu erlöschen. »Nikita. Ja. Sie war meine einzige Tochter. Mein einziges Kind.«

»Was ist passiert?«, wollte Jennifer Berger wissen.

Ramanov sah immer noch das Bild an. In seinen Augen war ein so großes Leid, dass Ben nicht anders konnte, als tiefes Mitgefühl mit ihm zu empfunden. »Meine Frau ist kurz nach ihrer Geburt gestorben, und sie war alles, was ich noch hatte. Ich habe sie allein großgezogen.«

Er brach wieder ab, offensichtlich uberwaltigt von dem Schmerz, den ihm die Erinnerung bereitete, und Ben sah ihm an, dass er mit den Tränen kämpfte. Er wollte eine Frage stellen, doch seine Mutter brachte ihn mit einer raschen Geste und einem fast erschrockenen Blick zum Verstummen, und er geduldete sich. Er sagte auch nichts, als sich Ramanov schließlich wieder umwandte und seinen Weg fortsetzte. Sie folgten ihm.

Ramanov war neben Sashas Bett stehen geblieben. Ben konnte sein Gesicht nicht wirklich erkennen, und doch war es, als könne er den Ausdruck unendlicher Zärtlichkeit und Liebe, der mit einem Mal darauf lag und allen Zorn und selbst den Schmerz ausgelöscht hatte, regelrecht spüren.

»Du hast Recht, Ben«, murmelte der Russe. »Nikita hatte dieselben Fähigkeiten.« Er schüttelte den Kopf und fügte mit veränderter, bitterer Stimme hinzu: »Denselben *Fluch.*«

»Sie meinen, Sie hat Ihnen auch von den *Alten* erzählt?«, flüsterte Ben.

»Sie hatte Visionen. Schreckliche Albträume, zeit ihres Lebens. Ich habe gedacht, es wäre nicht mehr als das. Nur Träume. Aber sie wurden immer verstörender und schrecklicher.«

»Waren Sie bei einem Arzt?«, erkundigte sich Bens Vater.

»Bei einem?«, antwortete Ramanov, ohne den Blick vom Gesicht seiner schlafenden Enkeltochter zu lösen. Er lachte hart. »Bei Dutzenden! Bei jedem, der versprochen hat, ihr helfen zu können, und auch bei fast jedem, der das nicht getan hat. Bei den besten ihres Faches, bei Scharlatanen und Gesundbetern ...« Er seufzte tief. »Ich habe alles versucht. Es wurde erst besser, als sie … als sie ein gewisses Alter erreichte. Ein Alter, in dem gewisse … körperliche Veränderungen einsetzen, Sie verstehen?«

Jennifer Berger lächelte flüchtig. »Die Pubertät, meinen Sie?«

Ramanov nickte. »Die Träume hörten nicht auf, aber sie wurden seltener und waren nicht mehr ganz so schlimm.«

»Hat Schulz das gewusst?«, fragte Bens Mutter.

Ramanov schüttelte den Kopf.

»Sie haben es ihm nicht gesagt?«, fragte sein Vater. Er klang ein bisschen ungläubig.

»Nein. Ich wollte es, aber Nikita wollte es nicht. Und soviel ich weiß, hörten die Träume auch ganz auf, nachdem sie verheiratet war. Jedenfalls bis …«

»Bis wann?«, hakte Bens Mutter nach, als Ramanov nicht weitersprach, sondern nur ein paarmal hörbar und schwer schluckte und schließlich die Hand ausstreckte, um Sasha eine Strähne ihres weißen Haars aus dem Gesicht zu streichen.

»Sie war hier«, sagte er.

»Hier?«, wiederholte Ben ungläubig.

»Und in diesem Moment fingen die Träume wieder an, habe ich Recht?«, fragte seine Mutter.

»Ja.« Ramanov nickte. »Schlimmer denn je. Es war ganz am Anfang. Ich hatte gerade angefangen hier zu arbeiten, als ganz normaler, kleiner Wissenschaftler, und ich war so stolz, dass ich ihr unbedingt zeigen musste, was ich geschafft hatte.« Er schloss die Augen, und nach einer Pause fuhr er mit bebender Stimme fort. »Es war furchtbar. Sie ist regelrecht zusammengebrochen. Wir … mussten ein Flugzeug kommen lassen, das sie wegbringt.« Er lachte ganz leise. »Um ein Haar hätte es mich meine Stellung gekostet. Hätte es das doch. Dann wäre all das hier nicht passiert.«

»Und Kapitän Schulz hat von alledem nichts gewusst?«, fragte Bens Mutter zweifelnd.

»Nein«, beharrte Ramanov. »Er war damals Offizier auf irgendeinem Schiff und die meiste Zeit des Jahres unterwegs, und bis ich ihn benachrichtigen konnte und er zurück war, ging es ihr schon wieder besser. Nikita hat behauptet, es sei ein Nervenzusammenbruch gewesen, der Stress der Reise, die Klimaveränderung …« Er hob die Schultern. »Ich weiß nicht, ob sie ihm irgendwann einmal die Wahrheit erzählt hat. Wenn ja, so hat er jedenfalls nie etwas erwähnt. Ein Jahr später wurde sie schwanger und Alexandra kam auf die Welt.«

Er brach ab, doch Ben spürte, dass das nicht die ganze Geschichte war. Nicht einmal der schlimmste Teil. Seiner Mutter musste es ähnlich ergehen, aber sie bedeutete ihm auch jetzt mit einem raschen, verstohlenen Kopfschütteln, nichts zu sagen, und so schwieg er und wartete, bis Ramanov von selbst weitersprach; auch wenn es eine kleine Ewigkeit zu dauern schien.

»Ich hatte es beinahe vergessen. Nein, das stimmt nicht. Ich *wollte* mich nicht mehr daran erinnern. Aber dann kam Alexandra auf die Welt und ... und ...« Seine Stimme versagte endgültig. Er drehte sich halb herum, und Ben konnte sehen, wie Tränen über sein Gesicht liefen. Er tat ihm noch immer unendlich leid.

»Und sie ist gestorben«, führte er an Ramanovs Stelle den Satz zu Ende.

Der Russe schüttelte den Kopf. »Nein.«

»Nein?«, vergewisserte sich Bens Vater. »Aber Kapitän Schulz hat uns erzählt, Sashas Mutter sei bei ihrer Geburt gestorben.«

»Ich weiß. Doch das ist nicht die Wahrheit. Sie lebt.«

»Aber warum –?«, begann Bens Vater.

»Weil sie den Verstand verloren hat«, unterbrach ihn Ramanov hart. »Sie befindet sich in einer Heilanstalt in der Schweiz.«

»Und Kapitän Schulz war es zu peinlich, zuzugeben, dass seine Frau verrückt geworden ist?«, fragte Bens Mutter. Ben starrte sie beinahe schockiert an, doch Ramanov schien die Bemerkung nicht übel zu nehmen.

»Wir haben uns auf diese Geschichte geeinigt. Es war meine Idee. Jedermann sollte glauben, dass sie tot ist.«

»Warum?«, fragte Ben.

Ramanov und deutete auf Sasha. »Um ihretwillen. Vielleicht war es ein Fehler. Ich weiß es nicht. Aber wir wollten beide nicht, dass sie mit diesem Wissen aufwächst.«

»Vor allem weil sie so ist, wie sie ist«, vermutete seine Mutter. Auch sie sah auf das schlafende Mädchen hinab, aber Ben entdeckte nur sehr wenig Mitgefühl in ihrem Blick. Sie wirkte allenfalls interessiert, das jedoch auf eine rein wissenschaftliche Art.

»Als Alexandra geboren wurde und Nikita sie das erste Mal gesehen hat«, fuhr Ramanov fort, »hat sie angefangen zu schreien. Und wenn die Ärzte sie nicht ruhig gestellt hätten, würde sie das wohl heute noch tun.«

»Und welche Diagnose hat man gestellt?«, wollte Bens Vater wissen.

Ramanov hob die Schultern. »Sehr viele. Ich bin kein Psychologe wie Sie, Doktor Berger, aber ich glaube, die Ärzte wissen es selbst nicht. Möglicherweise hat sie einen Traum zu viel geträumt und findet den Weg zurück jetzt nicht mehr.«

Die Worte jagten Ben einen eisigen Schauer über den Rücken, denn sie erinnerten ihn an sein letztes Zusammentreffen mit Sasha, an die furchtbare Stadt der *Alten* und die Grauen erregenden Kreaturen, die näher gekommen waren. Sasha hatte eindeutig Angst vor ihnen gehabt und ihn gewarnt, dass sie nicht zu lange bleiben durften. Er hatte sich vergebens gefragt, was diese Geschöpfe ihnen denn antun sollten, denn schließlich existierten sie ja gar nicht und war nur Gebilde in einem Traum. Doch nun glaubte er zu wissen, was passiert wäre, wären sie zu lange geblieben.

»Und jetzt haben Sie Angst, dass es Sasha genauso ergehen könnte«, vermutete sein Vater. Ramanov nickte, und er fuhr fort: »Deshalb haben Sie ihr dieses Medikament verabreicht.«

»Damit sie nicht träumt, ja.«

»Ich will Sie gar nicht fragen, wie Sie daran gekommen sind, Professor.« Er streifte van Staaten mit einem knappen, aber eindeutig anklagenden Blick, und die Ärztin wandte sich rasch und schuldbewusst ab. »Ich kann Sie verstehen, Professor. Was Sie getan haben, war gefährlich und unverantwortlich, aber ich kann Sie verstehen. Aber Sie müssen damit aufhören. Versprechen Sie mir das?«

Ramanov schien wie aus einem Traum zu erwachen und sah ihn verwirrt und ein wenig erschrocken an. »Aber wie kann ich das? Haben Sie mir nicht zugehört? Diese Träume haben Nikitas Geist ausgelöscht. Sie werden auch Sashas auslöschen, wenn ich sie nicht beschütze.«

»Ich sagte doch gerade, ich kann Sie verstehen. Aber Sie helfen Ihr nicht, Professor. Ich rede jetzt nichts als Bens Vater mit Ihnen, sondern als Fachmann. Glauben Sie mir – diese Pillen beschützen sie vielleicht vor den Träumen, und nicht einmal dessen bin ich mir ganz sicher, aber sie bringen sie auch um. Wenn nicht physisch, dann psychisch.«

»Aber was soll ich denn tun?«, flüsterte Ramanov.

»Lassen Sie mich mit ihr reden«, sagte Ben. Sein Vater sah ihn fast strafend an, und auch seine Mutter runzelte die Stirn – auch wenn Ben das ungute Gefühl hatte, den wahren Grund für dieses Stirnrunzeln nicht einmal erahnen zu können –, doch Ramanov verzog nur bitter die Lippen.

»Wie könntest du ihr schon helfen, mein Junge?«

»Vielleicht können wir das alle«, antwortete Ben. Der Blick seines Vaters wurde noch ärgerlicher, aber er ignorierte ihn einfach. »Es sind keine Träume, Professor, verstehen Sie das immer noch nicht? Sie versucht uns etwas zu sagen. Uns allen, nicht nur mir. Ich bin nur zufällig der Einzige, der sie versteht. Lassen Sie mich zu ihr, im Traum. Sie kann mir womöglich sagen, wie wir ihr helfen können.«

»Ich glaube nicht, dass das so eine gute Idee –«, begann seine Mutter.

Ben blickte weiter den Russen an. »Bitte!«

»Scheint mir nicht einmal die schlechteste Idee«, sagte sein Vater plötzlich und offensichtlich nicht nur zu Bens vollkommener Verblüffung. »Ich wüsste auf jeden Fall nicht, was es schaden könnte.« Er hob die Hand, als Ben etwas sagen wollte. »Aber ich muss deinen Hoffnungen leider einen kleinen Dämpfer verpassen, Ben. Ich weiß nicht, wie lange das Medikament noch wirkt, aber es wird auf jeden Fall lange sein. Mindestens vier oder fünf Stunden.« Er deutete ein trauriges Kopfschütteln an. »Ich kann dir nicht einmal versprechen, dass sie überhaupt noch einmal wach wird.«

3

ER WAR NOCH LANGE BEI SASHA GEBLIEBEN, für eine kleine Weile zusammen mit Ramanov, van Staaten und seinen Eltern, dann, nachdem sie gegangen waren, für eine sehr viel längere Zeit allein. Zwei- oder dreimal hatte er – wider besseres Wissen – versucht sie zu wecken, aber sie hatte nicht reagiert, weder auf seine Stimme noch auf seine vorsichtige Berührung und auch nicht, als er sich schließlich neben sie setzte und sie behutsam an sich drückte. Sie schlief einfach weiter; so tief und fest, dass er ein paarmal vorsichtig ihr Kinn anhob und ihr ins Gesicht sah, wie um sich davon zu überzeugen, dass sie noch atmete.

Irgendwann spürte er, dass er beobachtet wurde, und als er aufsah, blickte er in Ramanovs Gesicht, der hinter ihm in der Tür stand. Es war Ben unmöglich, in seinem Mienenspiel zu lesen, aber etwas hatte sich verändert. Beinahe schon schuldbewusst wollte er Sasha loslassen, doch Ramanov schüttelte rasch den Kopf.

»Nicht. Bleib ruhig. Das ist schon in Ordnung. Im Gegenteil. Ich bin froh, dass es jemanden gibt, der sich um sie sorgt.«

Ben war völlig verwirrt. Obwohl er zu spüren glaubte, dass diese Worte ehrlich gemeint waren, ließ er Sashas Kopf und Schultern behutsam auf das Kissen zurücksinken und zog noch behutsamer den Arm unter ihr hervor in dem völlig widersinnigen Bestreben, sie nicht zu wecken. Ramanov beobachtete ihn weiter, leicht amüsiert, aber immer noch voller Sorge, und bedeutete ihm anschließend mit einer Geste, ihm nach nebenan zu folgen. Ben gehorchte und ertappte sich auch auf dem Weg zur Tür dabei, möglichst leise aufzutreten und nur kein überflüssiges Geräusch zu machen, und selbst Ramanov zog die Tür so gut wie lautlos hinter ihm ins Schloss – wo ihnen doch nichts lieber gewesen wäre, als sie zu *wecken*! Manche Verhaltensweisen ließen sich anscheinend nur sehr schwer ablegen.

Van Staaten und sein Vater waren nicht mehr da, seine Mutter jedoch saß an einem kleinen, schrecklich kitschigen Tisch mit geschwungenen Beinen, der allem Anschein nach zur Gänze mit Blattgold überzogen war, und winkte ihn herbei. Während Ben der Einladung folgte und auf einem der beiden freien Stühle Platz nahm – Ramanov steuerte den anderen an – tastete sein Blick noch einmal und jetzt vielleicht zum ersten Mal wirklich aufmerksam durch den Raum. Er hatte ja vorhin festgestellt, wie überladen und … sonderbar dieses Zimmer war. Dieser Eindruck bestätigte sich jetzt. Es war kein Thronsaal, wie Tooth es scherzhaft bezeichnet hatte, sondern eher eine Mischung aus Museum und Mausoleum. Flüchtig musste er an die Transportkosten denken, die jedes Kilogramm Fracht verursachte, das hierher ans Ende der Welt geschafft wurde. Aber schließlich blieb sein Blick wieder an dem goldgerahmten Ölgemälde von Sashas Mutter hängen.

Er verstand weniger denn je, dass er sie nicht sofort erkannt hatte, denn die Ähnlichkeit war nicht nur verblüffend, sondern schon beinahe unheimlich. Die Frau auf dem Bild war deutlich älter und hatte schulterlanges dunkles Haar, doch davon abgesehen hätte sie eine eineiige Zwillingsschwester Sashas sein können.

Ramanov beugte sich vor, um nach einer geschliffenen Karaffe mit einer dunkelrot schimmernden Flüssigkeit zu greifen. Es konnte ihm unmöglich entgangen sein, wie aufmerksam Ben das Ölgemälde gemustert hatte, aber er sagte nichts dazu, sondern nahm den gläsernen Stopfen von der Karaffe und deutete gleichzeitig auf ein leeres Glas. »Möchtest du Wein?«, fragte er, fuhr ganz leicht zusammen und warf Bens Mutter einen raschen, fast schon schuldbewussten Blick zu. »Ich meine: Du … du hast doch schon einmal Alkohol getrunken, oder?«

Wenn du wüsstest, dachte Ben. Seine Mutter schien alle Mühe zu haben, einigermaßen ernst zu bleiben, und Ramanov wirkte nun vollends irritiert.

»Dann und wann«, sagte Ben schließlich.

Ramanov schenkte ihm ein Glas ein – in den beiden anderen, die auf dem Tisch standen, befand sich bereits ein Rest Wein, und wenn man es genau nahm, war die Karaffe auch nur noch halb voll – und fuhr mit einem nervösen Lächeln fort: »Das sind wohl die Gelegenheiten, bei denen mir klar wird, dass ich allmählich alt werde. Die jungen Leute heutzutage sind wohl ein wenig … weiter als wir damals.«

»Ein ganz kleines bisschen, Professor«, fügte seine Mutter spöttisch hinzu, während sie nach ihrem eigenen Glas griff und vorsichtig daran nippte. Ben tat dasselbe und musste sich beherrschen, um nicht angewidert das Gesicht zu verziehen. Der Wein war grauenhaft.

»Wo ist Vater?«, fragte er, eigentlich nur um den peinlichen Moment zu überspielen.

»Er ist mit dieser …«, begann seine Mutter scharf, unterbrach sich dann und nippte noch einmal an ihrem Wein, ehe sie mit veränderter Stimme und nun wieder völlig beherrscht neu ansetzte. »Doktor van Staaten und er hatten etwas zu besprechen. Aber deshalb haben Iljitsch und ich dich nicht hierher gebeten.«

Doktor van Staaten?, dachte Ben. Interessant. Und *Iljitsch.* Noch interessanter. Er sagte nichts dazu, sondern gab dem Wein noch eine zweite Chance. Es blieb dabei: Das Zeug schmeckte, als hätte sich Ramanov die Füße darin gewaschen, und zwar ganz eindeutig mehr als ein Mal.

»Und warum dann?«, fragte er schließlich.

Ramanov sah das Bild seiner Tochter an, als er antwortete. »Ich möchte mich bei dir entschuldigen, Benjamin. Ich glaube, ich habe mich dir gegenüber ziemlich unfair benommen.«

Ben tat ihm nicht den Gefallen, ihm zu widersprechen oder gar die Absolution zu erteilen; schon wegen *Benjamin.* Ramanov wartete einen Herzschlag lang vergebens auf irgendeine Reaktion, bevor er enttäuscht die Schultern hob und dann wieder zu Nikitas Porträt hinüberschaute. Bens Blick folgte dem des Russen, blieb jedoch an etwas hängen, was auf dem Teppich lag. Es war klein und weiß, und es dauerte einen Moment, bis er begriff, was es war. Und als er es begriff, sah er fast hastig weg und wieder auf das Ölgemälde.

»Du musst Professor Ramanov verstehen, Ben«, sagte nun auch seine Mutter. »Was er getan hat, war sicherlich nicht richtig, aber seine Absichten waren ehrenhaft. Und darauf kommt es doch schließlich an, oder?«

Nicht richtig?, dachte Ben. Ramanov hätte Sasha um ein Haar *umgebracht!* Ja, das konnte man durchaus als *nicht richtig* bezeichnen.

»Alexandra ist alles, was mir noch geblieben ist«, sagte Ramanov leise und noch immer ohne den Blick vom Porträt seiner Tochter zu lösen. Fast als gälten seine Worte viel weniger ihm als Nikita; als bäte er sie um Vergebung für das, was er ihrer Tochter angetan hatte. »Es hat in meinem ganzen Leben drei Menschen gegeben, die mir etwas bedeutet haben. Meine Frau, meine Tochter und Alexandra. Zwei von ihnen wurden mir genommen. Ich würde es nicht ertragen, Alexandra auch noch zu verlieren.«

Ben schluckte die Frage hinunter, warum er dann alles in seiner Macht Stehende tat, um genau das zu erreichen, aber Ramanov musste sie trotzdem irgendwie gehört haben, denn als er weitersprach, schlich sich ein fast um Verständnis bettelnder Ton in seine Stimme.

»Vielleicht war es falsch, was ich getan habe, aber dieser Ort … wird sie töten, das spüre ich.«

»Dieser Ort, Professor«, antwortete Ben so ruhig, wie es ihm in diesem Moment möglich war, »wird uns *alle* töten, wenn wir noch lange hier bleiben.« Er stand auf, ging betont langsam durch den Raum und blieb auf halber Strecke zu dem Ölgemälde stehen. Es fiel ihm ziemlich schwer, weiterhin nur das Bild anzusehen und nicht das, was ihn in diesem Augenblick sehr viel mehr interessierte. Aber irgendwie gelang es ihm.

»Vielleicht ist es ja weniger dieser *Ort*«, sagte seine Mutter.

Alarmiert drehte sich Ben herum – gerade noch rechtzeitig genug um zu sehen, dass seine Mutter zwar weiterhin scheinbar gelassen an ihrem Wein nippte, trotzdem aber einen sonderbaren Blick mit Ramanov tauschte; einen Blick, der ihm ganz und gar nicht gefiel.

»Was genau meinst du damit?«, fragte er – größtenteils weil er spürte, dass seine Mutter genau dieses Stichwort von ihm erwartet hatte. Zugleich arbeiteten seine Gedanken auf einer tieferen Ebene wie besessen an einem anderen Problem. Die Idee war verrückt – um nicht zu sagen: der schiere Wahnsinn! –, aber sie nahm dennoch immer mehr Gestalt hinter seiner Stirn an. Was hatte er zu verlieren außer seinem Leben?

»Du hast vorhin mit Harry gesprochen, nicht wahr?«, antwortete seine Mutter mit einer Gegenfrage. Ben starrte sie nur an. Wenn man es genau nahm, dann hatte er in den letzten Tagen *unentwegt* mit Harry gesprochen; wie alle hier.

»Bevor diese hässliche Geschichte mit dem Vorratsraum passiert ist«, fügte Ramanov erklärend hinzu.

»Und?«

»Er hat dich auf die Höhle angesprochen, in der er ja angeblich nicht war«, meinte seine Mutter und tauschte einen weiteren dieser sonderbaren Blicke mit dem Russen. Ben war zwar voll und ganz damit beschäftigt, seine kleine Charade zu inszenieren, spürte aber dennoch eine wachsende Beunruhigung. Außerdem war er überrascht. Woher konnte sie das wissen? Harry hatte ihr ganz bestimmt nichts gesagt, und …

Natürlich kannte er die Antwort im gleichen Augenblick, in dem er sich die Frage stellte. Anscheinend gehörte es in dieser Station zu den beliebtesten Freizeitbeschäftigungen, dass jeder jeden belauschte und abhörte. Er musste unbedingt mit Tahia reden und ihr sagen, dass sie die Überwachungsanlage offenbar doch nicht so gut unter Kontrolle hatte, wie sie annahm. Aber natürlich *ohne* dass Ramanov oder sonst wer mithörte …

»Und?«, fragte er noch einmal.

Seine Mutter wirkte jetzt leicht ungehalten, gab sich aber alle Mühe, weiterhin nachdenklich zu klingen. »Ich muss die ganze Zeit an das denken, was passiert ist … was diese Söldnerin gesagt hat …«

»Tahia«, half ihr Ben aus. Seine Mutter wusste verdammt gut, wie sie hieß.

»Tahia. Ja. Jemand hat am Computer manipuliert. Jemand von hier drinnen.«

»Worauf willst du hinaus?«, fragte Ben in schärferem Ton, als er beabsichtigt hatte. »Glaubst du etwa, dass sie es ist? Oder Harry?«

»Wenn ich das glauben würde«, antwortete Ramanov an ihrer Stelle, »dann lägen Hauptmann West und seine Spielzeugsoldaten schon längst in Ketten.«

So viel also zu seiner Hoffnung, dass Ramanov durch eine wundersame Fügung des Schicksals zu einem normalen Menschen mutiert sein könnte. Er war immer noch ganz der alte; nur schien er ein deutlich besserer Schauspieler zu sein, als Ben bisher geglaubt hatte. Er sparte es sich, diese Gedanken laut auszusprechen, genau wie die Frage, wie Ramanov

Harry und seine Leute eigentlich *in Ketten* legen wollte. Die Söldner waren zwar nur noch zu viert, aber Ben zweifelte nicht daran, dass Tahia ausreichen würde, um diese gesamte Station aufzumischen; wenn es sein musste, auch mit auf dem Rücken gefesselten Armen.

»Und was soll das Ganze dann?«, fragte er. Sein Fuß rutschte eine Winzigkeit nach links.

»Nichts«, behauptete seine Mutter. »Wir machen uns nur so unsere Gedanken. Genauer gesagt fragen wir uns, ob wir wirklich einen Verräter unter uns haben. Und wer es ist.«

Das war nicht nur albern, dachte Ben, das wurde allmählich peinlich. »Warum sagst du nicht geradeheraus, dass du Harry verdächtigst?« Sein Blick schweifte wie zufällig über den Boden und blieb dann an seinem Schuh hängen. Er runzelte demonstrativ die Stirn. Nur schade, dass niemand da war, um seine oscarverdächtige schauspielerische Leistung zu würdigen.

»Ich sage ja gar nicht, dass ich ihn verdächtige«, antwortete seine Mutter, während sie der Bewegung, mit der er sich nach seinem Schuh bückte, mit unangenehm aufmerksamen Blicken folgte. »Ich frage mich nur, warum er bestreitet, in dieser Höhle gewesen zu sein.«

Ben band – völlig unnötigerweise – seinen Schuh fester zu, und die Bewegung, mit der er nicht nur den Schuhbändel liebevoll richtete, sondern auch noch etwas in seiner Hand verschwinden ließ, war nicht nur oscarreif, sondern hätte auch einen Houdini vor Neid erblassen lassen.

Vielleicht.

Vielleicht auch nicht, denn Ramanov starrte nun wie gebannt seine rechte Hand an. »Manche Dinge machen einen nun mal misstrauisch.«

Ben konnte spüren, wie ihm alles Blut aus dem Gesicht wich. »Was ... zum Beispiel?«

»Es fällt mir immer noch schwer, zu glauben, dass Alexandra ... über *diesen* MP3-Player Kontakt mit dir aufgenommen haben soll. Aber selbst wenn es so sein sollte – oder wenn West und die anderen es auch nur *glauben* –, warum haben sie uns dann nichts davon gesagt?«

»Aber das haben sie doch«, protestierte Ben.

»Viel zu spät und auch erst, nachdem sie sowieso keine andere Wahl mehr hatten«, sagte seine Mutter. Sie hob die Hand, als er abermals auffahren wollte. »Also gut, lass uns offen sprechen.« Sie wandte sich an den Russen. »Zeig es ihm, Iljitsch.«

Ramanov stand auf und ging zu einem kleinen Schränkchen mit Dutzenden von Schubladen, dessen Kitschigkeit den kleinen Tisch um mindestens eine Zehnerpotenz übertraf. Ben nutzte die Gelegenheit, den Inhalt seiner rechten Hand rasch in die Hosentasche gleiten zu lassen.

»Warum sollte Harry das überhaupt tun?«, fragte er an seine Mutter gewandt. »Du hast es doch vorhin selbst gesagt, erinnerst du dich? Keiner von uns hat irgendetwas zu gewinnen, wenn er mit diesen Ungeheuern zusammenarbeitet.«

Ramanov schob die Schublade zu und wandte sich zu ihm um. »Das ist wahr. Aber da kannte Jennifer auch das hier noch nicht.« Er kam näher, streckte die Hand aus und hielt Ben etwas hin, das ihm im ersten Moment wie ein mandarinengroßer Klumpen aus mattem Kandiszucker vorkam.

Allerdings war er dafür entschieden zu schwer.

»Was ist das?« Der Brocken war nicht nur schwer, er fühlte sich ... *seltsam* an. Alles andere als angenehm.

»Das habe ich mich auch gefragt«, antwortete der Russe. »Du erinnerst dich doch an die Stadt ... die Höhle?«

»Die, über die wir vor drei Sekunden gesprochen haben?«, fragte Ben spitz. Er nickte.

Ramanov überging den Seitenhieb. »Ich habe es dort gefunden und eingesteckt. Ohne recht zu wissen, warum. Und ehrlich gesagt habe ich es hinterher einfach vergessen. Schließlich hatten wir alle genug anderes im Kopf. Aber dann hat mir Jennifer von ihrem Verdacht berichtet, und da ist es mir wieder eingefallen.«

»Spannend«, sagte Ben und drehte den glitzernden Klumpen weiter ratlos in der Hand. Das unangenehme Gefühl, das ihm seine Berührung bereitete, wurde nicht schwächer, sondern schien im Gegenteil ganz allmählich zuzunehmen. Und es war eigentlich kein ... körperliches Unbehagen. »Und was hat das mit Harry zu tun?«

»Erinnerst du dich an die Sterne?«, fragte Ramanov. »Die Kristalle an der Höhlendecke, die angeordnet waren wie ein Sternenhimmel?«

Ob er sich erinnerte? Wie hätte er diesen unheimlichen Anblick jemals vergessen können? Auch wenn Ramanov es nicht wissen konnte, es *war* ein Sternenhimmel gewesen. Er hatte das glitzernde Band aus Tausenden und Abertausenden schimmernder Lichtpunkte noch einmal gesehen, als Sasha ihn mit in die Stadt der *Alten* genommen hatte; nur war es dort ein wirklicher Sternenhimmel gewesen; Sternbilder und -konstellationen, wie er sie vor mehr als zweieinhalbtausend Millionen Jahren gesehen hätte, hätte er genau an diesem Ort gestanden und den Blick in den Himmel gehoben.

Und dann begriff er. »Das sind sie?«, fragte er beinahe erschrocken. »Diese Kristalle?«

Seine Mutter nickte und wandte sich mit einem Lächeln an Ramanov. »Schenkst du ihn Ben, Iljitsch?«

»Kein Problem. Er gehört dir, mein Junge.«

Ben blickte verwirrt von ihm zu seiner Mutter und wieder zurück. Er verstand nichts mehr.

»Herzlichen Glückwunsch, Ben«, sagte seine Mutter. »Du bist jetzt Millionär.«

»Ich … verstehe nicht«, murmelte Ben. Hilflos blickte er auf den Kristall in seiner Hand. Das Tasten und Regen unter seiner Oberfläche schien noch weiter zugenommen zu haben; als wäre etwas darin eingesperrt, was nun langsam zu erwachen begann und *heraus*wollte.

»Oh, das wirst du schon noch«, meinte Ramanov. »Ich habe es auch nicht gleich erkannt. Aber stell ihn dir geschliffen und poliert vor. Er dürfte danach nicht ganz so groß sein wie der Koh-I-Noor, aber viel fehlt wahrscheinlich nicht.«

Es dauerte noch einen Moment, bis diese Worte Ben etwas sagten, aber dann riss er noch einmal und fast schon entsetzt die Augen auf. »Sie meinen, das … das ist ein –?«

»Ein Diamant, ja«, erklärte seine Mutter. »Und es ist nur einer von Tausenden. Vielleicht von Zehntausenden.«

Ben starrte sie an. »Und Sie … Sie sind sicher?«, wandte er sich nach einer kleinen Ewigkeit und mit bebender Stimme an den Russen.

»Dass es ein Diamant ist? Ich bin kein Mineraloge und kann nichts über seine Qualität sagen, aber *dass* es ein Diamant ist, da bin ich mir sogar ganz sicher.«

»Selbst wenn sie nicht lupenrein sind«, fügte seine Mutter hinzu, »dann liegt unter unseren Füßen immer noch der größte Schatz, den es auf diesem Planeten geben dürfte. Milliarden, Ben. Nicht nur Millionen. *Milliarden.* Sehr viele Milliarden.«

Natürlich wusste er, was sie damit sagen wollte – aber er weigerte sich trotzdem, es zu glauben. So sehr *konnte* er sich doch nicht in Harry getäuscht haben!

»Wir *waren* in dieser Höhle«, erklärte seine Mutter betont; aber auch sehr sanft. »Ich wäre jetzt nicht hier, wenn er mich nicht getragen hätte, Ben. Er muss es gesehen haben.«

»Aber das ist doch verrückt«, murmelte Ben. »Ich meine ... er wäre doch völlig wahnsinnig, dieses Risiko einzugehen! Was nutzt ihm denn alles Geld der Welt, wenn wir hier sterben, wenn er hier stirbt?« Die Frage war so überflüssig, dass es beinahe schon schade um den Atem war, den er gebraucht hatte, um sie auszusprechen. Ramanov beantwortete sie trotzdem.

»Menschen tun die verrücktesten Dinge, sobald es um Geld geht. Ich will nicht vorschnell urteilen, aber ...«

Er sprach nicht weiter. Wozu auch? Er hatte alles gesagt, was zu sagen war.

Eindeutig mehr, als Ben überhaupt hören wollte.

»Das glaube ich nicht«, erwiderte er trotzig.

»Ja, das kann ich sogar verstehen«, sagte seine Mutter leise. »Du magst diesen Harry, nicht wahr? Ich meine: Er ist ziemlich gewöhnungsbedürftig, aber er ... er hat irgendetwas. Schwer vorstellbar, dass er uns alle in Gefahr bringen sollte, nur wegen ein paar lächerlicher Milliarden.«

Ben fand zumindest diesen letzten Satz höchst überflüssig, fast schon verletzend, aber es dauerte auch nur einen Moment, bis ihm der Denkfehler in dieser Argumentation auffiel.

»Das wäre doch völlig sinnlos. Falls dort unten wirklich so viel zu holen ist, wie du behauptest, dann reicht es doch für uns alle! Warum sollte er dieses Risiko eingehen? Weil es einen Unterschied macht, ob er als fünfzig- oder als fünf*hundert*facher Millionär in Frührente geht?«

»Wir sind hier mehr als vierzig Menschen, Ben«, sagte Ramanov. »Und nicht alle davon interessieren sich für Geld. Er kann sich nicht darauf verlassen, dass jeder seinen Anteil nimmt und Stillschweigen bewahrt. Würdest du es tun, wenn Alexandra etwas zustieße? Würdest du ein paar Millionen einstecken und schweigen?«

»Natürlich nicht!«, antwortete Ben heftig.

»So wenig wie ich. Oder dein Vater, wenn deine Mutter ums Leben käme. Nein. Dieses Risiko kann er nicht eingehen. Ich an seiner Stelle jedenfalls täte es nicht.«

Ben glaubte es trotzdem nicht, und er sprach es auch aus, aber Ramanov lächelte nur müde, als hätte er genau mit dieser Reaktion gerechnet.

»Vielleicht gibt es ja auch noch eine ganz andere Erklärung«, sagte er mit wenig Überzeugung. »Auf jeden Fall sollten wir ihn fragen.«

»Aber vorsichtig«, fügte seine Mutter hinzu, was Bens Meinung nach *noch* überflüssiger war als ihre vorhergehende Bemerkung.

Er war völlig verwirrt. Alles in ihm sträubte sich fast verzweifelt dagegen, diesem ungeheuerlichen Verdacht auch nur eine Spur von Glauben zu schenken, aber er war einmal da und weigerte sich schlichtweg, wieder zu verschwinden; wie ein bösartiges, schleichendes Gift, das sich in seinen Gedanken ausbreitete.

»Wir wollten es dir nur sagen, Ben«, erklärte seine Mutter. Sie stand auf. »Du hast von allen hier das größte Recht, die Wahrheit zu erfahren. Aber jetzt tu bitte nichts Unüberlegtes. Wir müssen herausfinden, was *wirklich* passiert ist, bevor wir ihn zur Rede stellen oder irgendetwas anderes unternehmen.«

»Was genau meinst du mit *unternehmen*«, fragte er misstrauisch.

»Nichts Konkretes.« Ben spürte genau, dass das eine Lüge war. »Denk einfach in Ruhe über das nach, was wir dir gesagt haben.«

Ben starrte den riesigen Rohdiamanten auf seiner Handfläche sekundenlang wortlos an. Er sah völlig unscheinbar aus, tatsächlich wie ein zu groß geratener Brocken Kandiszucker oder schmutziges Eis. Aber er spürte immer deutlicher, dass er das nicht war. Etwas … lebte in ihm.

»Weiß Vater davon?«, fragte er.

»Ich habe es selbst erst vor kurzem erfahren. Aber Iljitsch und ich gehen jetzt zu ihm, um es ihm zu sagen. Du kannst uns begleiten, wenn du möchtest.«

»Aber du kannst auch hier bei Alexandra bleiben, falls dir das lieber ist«, fügte Ramanov hinzu.

Ben musste ihn wohl ziemlich fassungslos angestarrt haben, denn seine Mutter lachte plötzlich leise. »Daran bin ich nicht ganz unschuldig«, beantwortete sie die unausgesprochene Frage, die dafür umso deutlicher auf seinem Gesicht abzulesen sein musste. »Ich habe ihm klar gemacht, dass es besser ist, wenn jemand auf Sasha aufpasst. Und ich habe mich für dich verbürgt«, fügte sie mit einem Augenzwinkern hinzu. »Also tu bitte nichts, was ihr Schande bereiten würde.«

Gut, das war nun die *allerüberflüssigste* Bemerkung, die sie hatte machen können. Fand sie das irgendwie witzig?

Ben schaute seine Mutter nur durchdringend an, und nach einer weiteren Sekunde begann ihr Lächeln auch prompt zu entgleisen. »Also wir … ähm … wir gehen dann jetzt. Du bleibst?«

Ben nickte, immer noch beleidigt, und streckte Ramanov die Hand mit dem riesigen Rohdiamanten entgegen, doch der Russe schüttelte den Kopf. »Er gehört dir. Das war mein Ernst.«

»Sie werden ihn brauchen, um meinen Vater zu überzeugen«, wandte Ben ein.

»Wenn er meinem Wort nicht mehr glaubt«, sagte seine Mutter, »dann wird ihn dieser Klunker wahrscheinlich auch nicht überzeugen.«

»Und schlimmstenfalls kannst du ihn ihr ja noch einmal leihen«, fügte Ramanov hinzu. »Außerdem weiß ich, wo ich noch mehr davon finde.« Er machte ein fragendes Gesicht. »Du bleibst hier und passt auf Alexandra auf?«

Damit sie nicht wegläuft?, dachte Ben spöttisch. *Klar.* Er nickte nur.

»Gut«, seufzte Ramanov. »Ich schicke van Staaten später her, damit sie noch einmal nach ihr sieht. Wenn sie vorher aufwacht oder irgendetwas anderes passiert, dann rufst du mich. Siehst du die kleine rote Taste neben der Tür?«

Bens Blick folgte seiner deutenden Geste. Die *kleine rote Taste* war nicht ganz so groß wie eine Postkarte und bestand eigentlich aus Gold mit einem ziselierten Rand, der ein wenig an eine Häkeldecke erinnerte, hatte aber immerhin einen winzigen roten Punkt in der Mitte, der sich auf den zweiten Blick als Leuchtdiode entpuppte. Er nickte.

»Wenn du sie drückst, dann ist deine Stimme in der ganzen Station zu hören«, fuhr Ramanov fort. »Ich bin dann sofort hier. Aber denk dran: *Jeder* kann dich hören.«

Er ging zusammen mit seiner Mutter, und Ben blieb vollkommen verstört und hin- und her gerissen zwischen Wut und Verwirrung und einem Gefühl abgrundtiefer nagender Furcht zurück. Für einen Moment hasste er Ramanov – ja, und auch seine Mutter – für das, was er gerade erfahren hatte. Selbst wenn sich am Ende für alles eine völlig plausible Erklärung finden würde, er hatte gespürt, wie schnell das Gift des Misstrauens wirkte und wie immun es seinerseits gegen jede Vernunft und allen guten Willen war. Wieso war es nur um so vieles leichter, zu zerstören, als etwas aufzubauen?

Und wem in dieser ganzen verdammten Station konnte er überhaupt noch trauen?

Die Antwort befand sich nur wenige Schritte neben ihm, hinter der offen stehenden Tür zu Ramanovs Schlafzimmer. Aber er hatte plötzlich beinahe Hemmungen, zu ihr zu gehen; und sei es nur aus dem lächerlichen Grund, dass Ramanov es ihm nicht nur erlaubt, sondern ihn geradezu dazu *aufgefordert* hatte.

Trotzdem ging er natürlich.

Sasha schlief immer noch. Was hatte er erwartet? Dass sie alle Gesetze der Natur und der Biochemie mit einem Schulterzucken abtat und quietschvergnügt die Augen aufschlug und ihn anlächelte, als wäre nichts geschehen? Und es schien dunkler und irgendwie … kälter hier drinnen geworden zu sein. Und das, obwohl es hier drinnen genauso unangenehm warm war wie im Rest der Station.

Aber die Kälte, die er spürte, kam auch nicht von außen.

Er hatte das Gefühl, dass da noch etwas war; eine unsichtbare eiskalte Präsenz, die in den Schatten lauerte …

Mit einiger Anstrengung schüttelte er den Gedanken ab und trat wieder dichter an das riesige geschnitzte Himmelbett heran, in dem Sasha jetzt so unendlich verloren und verwundbar wirkte, dass der Anblick beinahe körperlich schmerzte. Vier oder fünf Stunden hatte sein Vater gesagt, mindestens. Das war nicht einmal besonders lange, wenn er berücksichtigte, was sie durchgemacht hatte, aber zugleich auch eine kleine Ewigkeit, in der alles Mögliche passieren konnte.

Und passieren *würde.*

Das wusste er plötzlich.

Es war nicht nur ein Gefühl. Er wusste, dass etwas Schreckliches geschehen würde, vielleicht gerade in diesem Moment bereits geschah, und dass Sasha möglicherweise der einzige Mensch auf diesem ganzen Kontinent war – wenn nicht gar auf dem ganzen Planeten! –, der sie vor dieser Gefahr warnen konnte.

Oder es gekonnt hätte, hätte Ramanov es ihr nicht unmöglich gemacht …

Ben blickte noch einmal auf den riesigen, flüsternden Diamanten in seiner Hand, dann wechselte er ihn von der Rechten in die Linke und griff mit der frei gewordenen Hand in die Tasche, um die winzige weiße Gelatinekapsel herauszunehmen, die er vorhin unbemerkt aufgehoben hatte. Weder sein Vater noch irgendjemand anders hier hatte bemerkt, wie sie aus der Medikamentenpackung gefallen war, die er wütend in der

Hand zerquetscht hatte. Die Kapsel sah so harmlos aus, aber er hatte nicht vergessen, was sein Vater ihm über ihre Wirkung erzählt hatte; und hätte er es, so hätte ein einziger Blick auf die schlafende Sasha gereicht, um ihn wieder daran zu erinnern. Auf einmal hatte er furchtbare Angst.

Aber er hatte auch keine Wahl. Wenn er die fünf – oder mehr – Stunden abwartete, dann mochte es sein, dass sie *nie wieder* aufwachte … oder die Einzige war, die es noch konnte.

Bevor sein Verstand die Chance bekommen konnte, ihn zur Vernunft zu bringen, schluckte er die Pille kurzerhand hinunter, setzte sich neben Sasha auf die Bettkante und schwang dann (mit einem kindischen Gefühl von Schadenfreude, das etwas mit Ramanov und der zweifellos kostbaren Seidenbettwäsche zu tun hatte) die Beine auf das Bett, ohne die Schuhe ausgezogen zu haben.

Dann wartete er.

Nach dem, was sein Vater über dieses Teufelszeug erzählt hatte, musste jetzt eigentlich etwas wirklich Dramatisches passieren. Aber alles, was er spürte, war ein leichtes nervöses Kribbeln in der Magengegend, das wahrscheinlich nur an seiner Nervosität lag und nichts anderes als pure Einbildung war. Er war beinahe schon ein bisschen enttäuscht.

Was immer er auch erwartet hatte, es war nichts gegen den Hammerschlag, der sein Bewusstsein ohne jede Vorwarnung traf und regelrecht zerschmetterte.

4

DER KOLOSS GLITT LAUTLOS durch die immerwährende Dunkelheit eines Ozeans, der für ihn das feindlichste aller Elemente war. Er würde ihn töten – nicht bald, denn der schweigende Leviatan gehörte zu einem Volk, dessen Lebensspanne sich gegen die der Menschen ausnahm wie das tausendjährige Leben eines Baumes gegen den Flügelschlag eines Schmetterlings – aber irgendwann. Er spürte, wie das Gift, durch das er glitt, mit jedem seiner unendlich langsamen Herzschläge an seiner zähen Haut fraß, jeder seiner unendlich tiefen Atemzüge den Tod in seine mächtigen Lungen pumpte, und das Licht der grausamen Sonne, vor der er in die ewige Nacht dieser Meerestiefen geflohen war, ihn bald auch hier erreichen würde. Er konnte noch tiefer gehen, weiter hinab und fort von dem gnadenlosen Licht, denn die Ozeane dieser Welt waren tiefer als die, in der er geboren worden war und an die er sich nur noch manchmal erinnerte. Doch so tief sie auch waren, sie *hatten* einen Grund, und da sich seine Lebenszeit an der von Sternen orientierte, war die einer Welt kaum mehr als ein Wimpernschlag für ihn, und er wusste, dass ihm das sengende Licht folgen würde. Vielleicht würde es eine Million Jahre dauern – selbst für ihn eine lange Zeit –, vielleicht zwei oder drei, aber irgendwann würde es ihn erreichen, und dann würde er sterben.

Für ein Wesen, dem der Begriff *Tod* fremd war, war diese Erkenntnis bitter. Umso bitterer, als er der Letzte seiner Art war … und das, wo er doch der Erste hatte werden sollen.

Der Gedanke stimmte ihn traurig, aber er machte ihn auch wütend, sodass er die schützende Dunkelheit verließ und ins Reich des Lichtes hinaufglitt, auf der Suche nach etwas, woran er seine Wut auslassen konnte.

Er musste nicht lange warten, bis er die Aufmerksamkeit der räuberischen Bewohner dieser jungen Welt erregt hatte und sie herankamen. Es waren gefährliche Bestien, wahre Riesen mit furchtbaren natürlichen Waffen und fast unzerstörbaren Panzerplatten. Manche sahen beeindruckend und Ehrfurcht gebietend aus, und etliche reichten an Größe und vermeintlicher Körperkraft durchaus an den Leviatan heran oder übertrafen ihn sogar.

Doch Größe allein besagt gar nichts. Die titanischen Fangarme der Bestie schossen vor, packten die ersten fünf oder auch zehn Angreifer nahezu gleichzeitig und rissen sie so schnell in Stücke, dass die meisten nicht einmal Zeit fanden, zu begreifen, was ihnen widerfuhr. Andere kamen heran, manche von ihnen größer und wilder und vielleicht auch intelligenter als ihre Vorgänger, nur um fast ebenso schnell zu sterben. Das Meer färbte sich rot. Ganze Wolken von Blut filterten das Licht der hungrigen Sonne. Doch das gewaltige Sterben und Schreien ringsum fachten den Blutdurst des Giganten nur noch mehr an. Sein Zorn steigerte sich zur Raserei, die wiederum zu reiner Mordgier wurde, die mehr und mehr und immer mehr wollte, ganz egal mit wie vielen Leben er sie auch zu stillen versuchte. Seine Raserei war die eines tobenden Gottes, und sie währte ein Jahrtausend lang, bis es in dem giftigen Meer, in dem er schwamm, nichts mehr gab, was seine Tentakel noch ergreifen und zermalmen oder sein schrecklicher Riesenschnabel packen und zerfetzen konnte.

Und als die Raserei endete und nichts mehr da war, was er hätte töten können, hatte die schreckliche Sonne am Himmel ihr Werk getan, und nun war er an der Reihe, zu sterben. Er war zu lange an der Oberfläche geblieben, und in seinem Blutrausch hatte er den Pesthauch nicht gespürt, der das verwundbare Fleisch seines künstlich geschaffenen Leibes durchdrungen und von innen heraus zerfressen hatte. Und nun war es zu spät. Er hätte in die lichtlosen Tiefen des Ozeans zurückkehren können, um das Unvermeidliche so um einige Millennien hinauszuzögern, doch das tat er nicht.

Stattdessen wandte er seine Aufmerksamkeit dem Land zu und der Fülle von Leben, die es hervorgebracht hatte. Sein Toben hatte es unberührt gelassen, und eine Zeit lang beschäftigte er sich damit, es zu studieren; all die kleinen und großen sanften und blindwütigen, schönen und hässlichen Kreaturen, die in seiner Erde lebten, auf gewaltigen Schwingen durch die Luft glitten oder ihre Köpfe über die Wipfel seiner dampfenden Dschungel erhoben, um mit gewaltigem Brüllen ihren Herrschaftsanspruch über eine Welt kundzutun, die ihnen nie gehört hatte und niemals gehören würde.

Die Vielfalt an Leben erstaunte selbst ihn. Es gab buchstäblich unzählige unterschiedliche Lebensformen, die meisten aggressiv und wild, manche verschlagen, und einige wenige viel versprechend, doch keine davon wirklich geeignet.

Er hatte versagt.

Die Erkenntnis war bitter. Bitterer noch als die seines bevorstehenden Todes. Man hatte ihn geschickt, um die Welt auf die Rückkehr seines Volkes vorzubereiten, doch in *dieser* Welt würde sein Volk nicht existieren können.

Einen Moment lang – für ihn ein Moment, für diesen Planeten lange genug, seinen Weg um die verheerende Sonne ein halbes Dutzend Mal zu vollenden – überlegte er, an Land zu steigen und sein Wüten dort fortzusetzen; jenes falsche und nutzlose Leben dort ebenso auszulöschen, wie er es in den Meeren getan hatte – selbst dazu wäre er vermutlich noch immer in der Lage gewesen – und seine Existenz in einem Akt reinigender Raserei zu beenden und die Bühne für denjenigen seiner Brüder vorzubereiten, der nach ihm kommen würde, um es noch einmal –

und hoffentlich klüger – zu versuchen. Er hätte es gekonnt, und gleichzeitig auch wieder nicht, denn dazu reichte die Zeit nicht mehr.

Aber er konnte etwas anderes tun.

Tausend weitere, langsame Wanderungen des Planeten lang überlegte er, dann schickte er seinen Geist in die große Leere zwischen den Welten hinaus, bis er ein anderes, kleineres Kind der Sonne gefunden hatte, das ihm geeignet schien. Groß genug, um diese Welt zu reinigen, aber nicht so groß, um sie vollends zu zerstören. Dann rief er es herbei.

Der Meteor brannte eine feurige Spur durch die vergiftete Atmosphäre, prallte auf das Meer und riss in einem Gebiet, das unzählige Millionen Jahre später von einem anderen und schwächeren Volk auf den Namen *Golf von Mexiko* getauft werden sollte, einen Krater von fast dreihundert Kilometer Durchmesser in den Meeresboden. Die Explosion hatte die Kraft von mehr als einer Million Atombomben und war nicht nur gewaltig genug, selbst den Körper dieses gottgleichen Wesens spurlos zu verzehren, sondern auch neunzig Prozent allen Lebens auf diesem Planeten auszulöschen.

5

ER ERWACHTE zur Abwechslung endlich einmal wieder auf van Staatens Operationstisch, umgeben von seiner Familie, die besorgt um ihn herumstand und noch besorgter auf ihn herabsah, und mit einer Injektionsnadel im rechten Arm, aus der unverdünnte Schwefelsäure in seinen Blutkreislauf floss.

Nun, genau genommen war es nicht der Operationstisch, sondern immer noch das riesige Himmelbett, auf dem er eingeschlafen war, und die Nadel, die die Ärztin gerade jetzt aus seiner Vene zog, enthielt natürlich keine Schwefelsäure, auch wenn es sich so anfühlte.

Und *ganz* genau genommen stand auch nicht seine komplette Familie neben ihm, sondern nur sein Vater; und er blickte auch nicht wirklich besorgt auf ihn herab, sondern allenfalls ein bisschen erleichtert und darüber hinaus sehr, *sehr* wütend.

»Allmählich beginne ich mich zu fragen, ob du wirklich mein Sohn bist«, sagte er, noch bevor Ben auch nur die Augen ganz aufgemacht hatte. »Weißt du, ich kann mir nämlich einfach nicht vorstellen, einen kompletten Idioten gezeugt zu haben.«

»Ja, danke. Ich freue mich auch, dich zu sehen«, nuschelte Ben, der sich noch immer ein wenig schlaftrunken fühlte. Außerdem hatte er rasende Kopfschmerzen.

Der Vorrat an Humor, über den sein Vater verfügte, schien jedoch ziemlich begrenzt zu sein, denn plötzlich war er nur noch einen Hauch davon entfernt, zu schreien. »Bist du wahnsinnig geworden? Hast du gar nicht zugehört? Weißt du, was dir hätte passieren können, verdammt noch mal?! Was dir vielleicht passiert *ist*?!«

»Nein«, murmelte Ben. Irgendwie prallte der Zorn seines Vaters von ihm ab, aber als er sich aufzusetzen versuchte, wurden seine Kopfschmerzen noch stärker und ihm war schrecklich schwindelig. Trotzdem drehte er sich mühsam nach rechts und stellte ohne große Überraschung, aber mit einem Gefühl tiefer Enttäuschung fest, dass Sasha nicht mehr da war.

»Wo ist Sasha?«, fragte er.

»Wir haben sie weggeschickt, nachdem sie wach geworden ist«, antwortete van Staaten. »Vor gut zwei Stunden.«

»Zwei Stunden?«, wiederholte Ben verständnislos. »Wie lange ... wie lange war ich denn –?«

»Sei froh, dass du überhaupt noch einmal wach geworden bist! Mein Gott, ich dachte, ich wäre deutlich genug gewesen, als ich über dieses Scheißzeug geredet habe! Was hattest du vor? Dich umzubringen?«

»Es ist doch gar nichts passiert«, verteidigte sich Ben schwächlich. Er versuchte sich einzureden, dass sich sein Vater nur aus Angst um ihn so aufregte, und an diesem Gedanken war sicherlich auch etwas dran ... aber er klang tatsächlich *sehr* wütend. »Ich meine: Ich bin schließlich wieder aufgewacht, oder?«

»Schon mal das Wort *Nebenwirkungen* gehört, du Intelligenzbolzen, oder *Spätfolgen?«*

»Von einer einzigen Tablette?«, fragte Ben und schüttelte heftig den Kopf, bedauerte diese leichtsinnige Bewegung jedoch sofort wieder, als ihm ein pulsierender Schmerz durch den Hinterkopf schoss und zwischen seinen Schläfen explodierte.

»Also gut, ich habe Kopfschmerzen«, gestand er mit zusammengebissenen Zähnen.

»Oh, die kommen nicht davon«, sagte van Staaten fröhlich. »Die kommen von dem Mittel, das ich dir gespritzt habe, um dich wach zu kriegen. Aber keine Sorge«, sie blinzelte ihm zu, »sie vergehen nach ein paar Stunden. Es könnte allerhöchstens sein, dass sie bis dahin noch schlimmer werden.«

»Na prima«, nörgelte Ben. Noch einmal – jetzt allerdings sehr viel vorsichtiger – versuchte er die Beine vom Bett zu schwingen und es gelang ihm sogar, ohne dass sich sein Kopf in einem Atompilz auflöste. Gut, er hatte nun das Gefühl, dass jemand hinter seiner Stirn Klavierspielen übte (und zwar mit einem Presslufthammer), aber ein bisschen Schwund war schließlich immer.

»Wie geht es Sasha?«, fragte er gepresst.

»Ganz bestimmt besser als dir«, antwortete sein Vater. »Verdammt – was sollte denn der Blödsinn? Weißt du eigentlich, in welche Gefahr du dich gebracht hast? Und warum? Sag mir nicht, dass du auf diese Weise mit dem Mädchen sprechen wolltest!«

»Irgendwie musste ich es doch versuchen«, antwortete Ben kleinlaut.

»Indem du ein Medikament nimmst, von dem ich dir vorher lang und breit erklärt habe, dass es keinem anderen Zweck dient, als das Unterbewusstsein ruhig zu stellen und dafür zu sorgen, *dass man nicht mehr träumt*?!« Die letzten Worte hatte er beinahe schon wieder geschrien.

»Es war wichtig«, sagte Ben störrisch.

»Ach ja? Wieso?«

»Das weiß ich nicht. Ich … ich habe es … gespürt.«

»Gespürt, so. Und deshalb riskierst du dein Leben – oder zumindest deine Gesundheit? Ich hätte dich für schlauer gehalten!«

»Aber was soll denn passieren? Es war nur ein Schlafmittel.«

»Was passieren soll?« Sein Vater machte ein abfälliges Geräusch. »Gleichgewichtsstörungen, Kreislaufzusammenbruch, Herzinfarkt, Schlaganfall … such dir was aus.«

Ben hatte einen bitteren Geschmack im Mund. »Aber du hast doch selbst gesagt, dass man das Mittel in Kliniken anwendet, und –«

»Unter ärztlicher Aufsicht und streng kontrollierten Bedingungen«, unterbrach ihn sein Vater.

»Jetzt ist es gut«, sagte van Staaten. »Lass den Jungen in Ruhe, Robert. Du hast ihm jetzt lange genug Angst gemacht. Ich glaube, er wird es sich merken.«

Ben warf ihr einen (vorsichtig) dankbaren Blick zu, aber die Ärztin wirkte kaum weniger verärgert als sein Vater, als sie sich schließlich zu ihm herumdrehte. »Wie es aussieht, hast du noch mal Glück gehabt. Mit ziemlicher Sicherheit kommst du mit einem blauen Auge davon.«

»Kopfschmerzen«, verbesserte Ben sie. »Atomkopfschmerzen, um genau zu sein.« Das stimmte. Mittlerweile trieb ihm das dröhnende Hämmern Tränen in die Augen, und van Staaten hatte nicht gescherzt: Die Schmerzen wurden eindeutig *schlimmer.*

»Aber dein Vater hat völlig Recht. Das war ziemlich dumm von dir. Zumindest leichtsinnig.«

Eher beides, dachte Ben niedergeschlagen. Aber die Strafe dafür hatte er ja schon. Er bekam sie mit jedem Pulsschlag, der sein Gehirn weiter zu Brei zermanschte.

»Hat es wenigstens funktioniert?«, fragte sie.

»Nein.«

»Es hätte mich auch sehr gewundert«, sagte sein Vater, und Ben fuhr fort:

»Ich meine, ich habe Sasha nicht gesehen, aber geträumt habe ich trotzdem.«

Er wusste sehr wohl, dass das nicht besonders klug war, aber als er seinen Vater ansah, konnte er nicht anders als hinzuzufügen: »Ganz so toll scheint dein Wundermittel wohl doch nicht zu funktionieren.«

Nein, es war *wirklich* nicht sehr klug gewesen. Im Gesicht seines Vaters zog ein Unwetter auf, das den tobenden Polarsturm draußen mühelos in den Schatten stellte, und van Staaten fragte fast hastig:

»Was hast du denn geträumt?«

Beinahe hätte Ben ganz impulsiv geantwortet, aber dann wurde ihm trotz seiner Kopfschmerzen klar, wie verrückt sich die Geschichte anhören musste, die er zu erzählen hatte, und dass sie aber auch rein gar nichts mit Sasha zu tun gehabt hatte.

»Nur verrücktes Zeug. Wo ist Sasha? Ich möchte sie sehen.«

»Das ist im Moment vielleicht nicht die beste Idee«, sagte sein Vater.

»Wieso? Was ist mit ihr?« Ben richtete sich erschrocken auf, und sein Kopf verwandelte sich endgültig in eine riesige Bronzeglocke, auf die zehntausend hässliche Zwerge mit Stahlhämmern einschlugen.

»Nichts. Aber ihr Großvater ist im Moment nicht besonders gut auf dich zu sprechen, fürchte ich.«

Nicht dass das etwas Neues wäre.

»Aber vorhin war er ganz freundlich zu mir.«

»Vorhin«, erwiderte sein Vater betont, »hat er ja auch noch geglaubt, dass du auf seine Enkeltochter aufpassen würdest. Er war nicht begeistert davon, dich neben ihr im Bett vorzufinden, völlig zugedröhnt und beinahe im Koma.«

»Ganz so war es nicht!«, protestierte Ben – sehr vorsichtig und ohne den Kopf auch nur um einen Millimeter zu bewegen.

»Das weiß ich. Aber Ramanov sieht es leider so. Du kennst ihn. Es dürfte ziemlich schwierig sein, ihn vom Gegenteil zu überzeugen.«

Damit hatte er nur *zu* Recht, dachte Ben niedergeschlagen. Er dachte noch einmal an seinen Traum, dann drehte er sich ungeachtet seines dröhnenden Schädels mit einem Ruck herum und streckte die Hand nach der Bettdecke aus.

»Suchst du das hier?«, fragte sein Vater.

Ben riss die Augen auf, als er den milchigen Kristall sah, den sein Vater in der Hand hielt.

»Den hattest du in der Hand, als Ramanov uns alarmiert hat. Ich dachte schon, ich müsste dir die Finger brechen, so fest hast du ihn gehalten. Er muss dir sehr wichtig sein.«

»Das ist –«

»Ich weiß, was das ist. Ramanov hat es uns gesagt.«

Aber ganz zweifellos nicht alles, dachte Ben. Und wie auch? Ramanov und alle anderen hielten dieses Ding für einen ganz gewöhnlichen, wenn auch verführerisch großen Diamanten, aber er wusste es besser. Schon ihn anzusehen machte ihn nervös. Trotzdem streckte er die Hand aus. »Kann ich ihn wiederhaben?«

Sein Vater zögerte für Bens Geschmack eine Winzigkeit zu lange, hob dann aber die Schultern und gab ihm den Diamanten. Ben schloss die Faust darum und lauschte mit geschlossenen Augen in sich hinein. In der allerersten Sekunde spürte er nichts, aber dann … es war immer noch da. Das lautlose Flüstern unter der glatten, harten Oberfläche, das Zerren und Wogen, das *Herauswollen* …

Hastig steckte er den Stein ein und öffnete erst dann wieder die Augen. Wenn er den Blick, mit dem sein Vater – aber auch van Staaten – ihn maß, auch nur halbwegs richtig deutete, dann war ihnen beiden klar, dass dieser Stein für ihn mehr war als ein ganz besonders kostbarer Diamant.

»Habt ihr Harry schon darauf angesprochen?«, fragte er.

»Noch nicht, aber –«

»Dann tut es bitte auch nicht«, sagte Ben hastig. »Wenigstens für eine kleine Weile. Ich … ich möchte ihn noch etwas fragen.«

»Dann musst du dich aber beeilen«, meinte van Staaten. »Soviel ich weiß, trifft er sich gerade mit Ramanov und deiner Mutter in der Zentrale.«

»Wozu?«, fragte Ben erschrocken.

»Keine Ahnung. Ich glaube, diese Söldnerin, diese …«

»Tahia«, half Ben aus.

»Tahia«, bestätigte van Staaten und runzelte die Stirn. »Ein komischer Name … niemand heißt *Tahia*. Wahrscheinlich hat sie ihn sich selbst gegeben. Ist ja heutzutage wohl üblich, dass sich die jungen Leute ihre Namen selbst ausdenken. Je verrückter, desto besser.«

Schließlich hatte ja nicht jeder das Glück, auf einen so originellen Namen wie *Heidi* zu hören, dachte Ben spöttisch. »Und was ist mit ihr?«

»Keine Ahnung. Aber sie scheint ja so eine Art Computerfreak zu sein oder spielt sich jedenfalls so auf. Angeblich hat sie irgendwas im Computer entdeckt, was sie Ramanov jetzt mit großem Tamtam präsentieren will.«

»Wann?«, fragte Ben erschrocken.

Van Staaten sah auf die Uhr. »Jetzt.«

Kopfschmerzen hin oder her – Ben sprang mit einem Satz auf und war mit wenigen schnellen Schritten aus dem Zimmer, noch bevor van Staaten oder sein Vater richtig begriff, was er vorhatte. Als er die Tür erreichte, blieb er jedoch noch einmal stehen und schlug mit der flachen Hand auf Ramanovs kleine rote Taste.

»Professor! Professor Ramanov! Hier ist Ben! Was immer Sie tun, warten Sie bitte damit. Ich bin in einer Minute bei Ihnen!«

6

IN DER ANGEKÜNDIGTEN MINUTE hätte er es ohnehin nicht geschafft, denn der Weg zur Zentrale betrug zwar nur knapp drei Dutzend Schritte, aber er hatte noch nicht die Hälfte davon zurückgelegt, da explodierten seine Kopfschmerzen zu solcher Agonie, dass ihm zuerst übel und dann schwarz vor Augen wurde und er sich gegen die Wand lehnen musste, um nicht zusammenzubrechen.

Irgendwie gelang es ihm, sich so weit zusammenzureißen, dass er sich zumindest nicht übergeben musste, aber er stand minutenlang zitternd da, schluckte bittere Galle, die sich immer schneller unter seiner Zunge zu sammeln schien, je hektischer er sie hinunterzuwürgen versuchte, und wartete darauf, dass das quälende Hämmern hinter seiner Stirn endlich aufhörte.

Es geschah nicht, aber es sank zumindest von *vollkommen unerträglich* auf ein nur *unerträgliches* Maß hinab, und schließlich wagte er es, vorsichtig die Augenlider zu heben. Das Licht stach wie mit Messern in seine Augen und seine Knie zitterten so stark, dass er ganz und gar nicht sicher war, ob er seinen Weg fortsetzen konnte, das Schlimmste jedoch schien vorbei. *Was für ein Teufelszeug hatte van Staaten ihm da gespritzt?*

Er war allein. In dem von roten Nebeln durchzogenen Wust hinter seiner Stirn, der seine einzige Erinnerung an die letzten drei oder auch vier Minuten darstellte, waren Schritte und das Gefühl, jemand sei da gewesen und habe sogar einen kurzen Moment neben ihm angehalten, doch diese Person schien es nicht für nötig befunden zu haben, ihn anzusprechen oder sich gar zu erkundigen, ob der junge Mann, der kreidebleich an der Wand lehnte und sichtbar mit aller Kraft dagegen ankämpfte, nicht den ganzen Laden voll zu kotzen, vielleicht Hilfe brauchte. Es war schon eine reizende Truppe, die Ramanov da um sich geschart hatte.

Erstaunlicherweise half ihm der Ärger, den dieser Gedanke in ihm auslöste, die Übelkeit endgültig zurückzudrängen. Auch seine Kopfschmerzen besserten sich, und als er mit langsamen, tappenden Schritten weiterging, nahm er sich vor, in Zukunft besser auf das zu hören, was van Staaten – oder irgendein anderer Arzt auf der Welt – ihm riet.

Falls er die Welt außerhalb dieses grauen Kunststoff-Albtraumes jemals wiedersah, hieß das.

Mit einer Verspätung von gut acht- oder neunhundert Prozent erreichte er den zentralen Computerraum, bekam mit einiger Mühe die Tür auf, die mit einem Mal gut eine Tonne zu wiegen schien, und stolperte hindurch. Das Licht war viel heller als draußen auf dem Gang und tat ihm in den Augen weh, und zuerst sah er nur ein paar verschwommene Schemen.

»Hi, Ben«, sagte eine spöttische Stimme. »Pünktlich wie immer, wie?«

Ben konnte sie erst nach einer geschlagenen Sekunde Tahia zuordnen und drehte sich blinzelnd in die ungefähre Richtung, aus der sie gekommen war. Tahias breites Grinsen machte einer eindeutig erschrockenen Miene Platz. »Alles in Ordnung?«

»Sicher, das sieht man doch«, mischte sich eine andere Stimme ein. »Er sieht doch aus wie das blühende Leben!«

Rasche Schritte näherten sich ihm, aber er erkannte seine Mutter erst, als sie ihn erreicht hatte und ihn ohne viel Federlesens zum Tisch führte, um ihn auf einen freien Stuhl hinunterzudrücken. Normalerweise hasste es Ben, derartig bemuttert zu werden, auch – und gerade – *wenn* ihm etwas fehlte, doch nun war er einfach nur dankbar dafür. Was war nur mit ihm los? Seine Kopfschmerzen waren mittlerweile tatsächlich auszuhalten, aber nun begann sich alles um ihn herum zu drehen, und das Gesicht seiner Mutter sah aus, als betrachte er es durch einen Zerrspiegel.

»Was ist los mit dir?«, fragte sie, eindeutig besorgt, aber zugleich auch in strengem Ton.

Ben widerstand der Versuchung, mit den Schultern zu zucken, nicht nur weil diese Bewegung ihm den Schädel möglicherweise endgültig von den Schultern gesprengt hätte, sondern auch weil er seiner Mutter ansah, dass sie nicht besonders freundlich auf eine solche Antwort reagiert hätte … und das Letzte, was er jetzt brauchte, war jemand, der ihn *anschrie.*

»Ich weiß es nicht. Mein Kopf … van Staaten hat mir –«

»Van Staaten«, grollte seine Mutter. »Natürlich, wer sonst! Ich werde dieser verkappten Pferdeärztin …«

»Schon gut«, unterbrach sie Ben. »Es war nicht ihre Schuld. Ich meine … sie hat mich gewarnt, mich nicht zu schnell zu bewegen, aber ich habe nicht auf sie gehört.«

Das entsprach zwar nicht ganz der Wahrheit, würde ihren Zorn auf van Staaten aber vielleicht ein bisschen dämpfen, den Ben ohnehin nicht verstand. Als seine Mutter das letzte Mal (gut, das *vor*letzte oder, wenn er jetzt genauer darüber nachdachte, das *vorvor*letzte) über van Staaten gesprochen hatte, da hatte sie es in durchaus freundlichem Ton getan. Die beiden hatten sich sogar beim Vornamen genannt, was bei seiner Mutter schon einen gewaltigen Vertrauensbeweis darstellte. Irgendetwas musste zwischen ihnen vorgefallen sein. Etwas ziemlich Ernstes.

Aber jetzt war ganz bestimmt nicht der richtige Zeitpunkt, danach zu fragen.

Er wäre auch gar nicht dazu gekommen, denn in diesem Augenblick erklang hinter ihm van Staatens Stimme, die in zuckersüßem Ton fragte: »Was werden Sie mit dieser verkappten Pferdeärztin tun, meine Liebe?«

Seine Mutter fuhr wie von der sprichwörtlichen Tarantel gestochen herum, und auch Ben drehte behutsam den Kopf und sah zur Tür. Van Staaten und sein Vater waren hereingekommen, und es brauchte trotz seines jämmerlichen Zustandes nur einen einzigen Blick, um Ben wissen zu lassen, was mit seiner Mutter los war.

Eigentlich war es eher etwas mit seinem *Vater*, dachte er erschrocken. Er stand einen halben Schritt neben van Staaten und berührte sie nicht einmal, aber da war etwas unglaublich *Vertrautes* zwischen ihm und der belgischen Ärztin, und er sah eindeutig *ertappt* aus.

»Was haben Sie ihm gegeben?«, fuhr seine Mutter van Staaten an. »Sind Sie völlig verrückt geworden, ihn in diesem Zustand allein losgehen zu lassen?«

»Gegeben?« Van Staaten sah ehrlich überrascht aus. Sie kam mit schnellen Schritten näher, und sein Vater folgte ihr in einigem Abstand. »Nichts. Nur ein harmloses Stärkungsmittel, um seinen Kreislauf zu –« Sie brach ab, als sie nahe genug war, um ihm ins Gesicht sehen zu können, und wirkte plötzlich regelrecht erschrocken. Anscheinend sah er genauso aus, wie er sich fühlte. »Ich schwöre Ihnen, es war nur –«

»Ist schon gut«, sagte Ben schwach. »Ich fühle mich schon besser. Und es war wirklich meine Schuld. Hab mir wohl ein bisschen zu viel zugemutet.«

Weder seine Mutter noch van Staaten wirkten auch nur im Geringsten überzeugt von dieser Behauptung; die Spannung zwischen ihnen schien noch zuzunehmen. Man konnte es regelrecht knistern hören, und Ben hätte sich wahrscheinlich auch gar nicht mehr gewundert, wären nun kleine blaue Blitze zwischen ihnen hin und her gezuckt.

»Wenn ich den Damen Duellpistolen bringen soll, sagen Sie Bescheid«, rief Harry in die aggressive Stille hinein. »Ansonsten wäre es nett, wenn wir weitermachen könnten. Wir haben schon genug Zeit verloren, und ich habe eindeutig Besseres zu tun, als mir Ihren Zickenkrieg anzuschauen.«

Van Staaten und seine Mutter fuhren in einer vollkommen synchronen Bewegung herum, und nun schien sich ihr Zorn auf Harry zu konzentrieren; Ben begriff, dass das zweifellos der Sinn seiner Worte gewesen war.

Dann lachte van Staaten, und das Geräusch brach den Bann. Bens

Mutter lachte nicht und – viel schlimmer – er hatte das unheimliche Gefühl, dass sie es auch gar nicht mehr *konnte.*

Harry kam nun auf ihn zu, während Tahia weiter mit verschränkten Armen an die Wand neben dem eingeschalteten Bildschirm gelehnt stehen blieb, ihn aber voller Sorge musterte. Die einzige andere Person im Raum – Ramanov – rührte sich nicht, und Ben zog es auch vor, ihn nicht genauer anzusehen. Er war ziemlich sicher, dass ihm *sein* Gesichtsausdruck nicht besonders gefallen würde.

Halt. Das mit der *einzigen* anderen Person im Raum stimmte nicht. Es war noch jemand da, nämlich Sasha, die völlig reglos neben ihrem Großvater auf einem Stuhl saß und ins Leere starrte. Ramanov verdeckte sie halb, aber Ben verstand trotzdem nicht, wieso er sie nicht sofort bei seinem Eintreten bemerkt hatte. Ausgerechnet sie!

»Was ist mit dir?«, fragte Harry geradeheraus.

»Nichts«, behauptete Ben. »Wie gesagt: Ich habe mir zu viel zugemutet. Vielleicht werde ich auch allmählich alt.«

Harry blieb ernst. »Zumindest senil. Dein Vater hat mir erzählt, was du getan hast. Ziemlich leichtsinnig. Ich hätte dich für klüger gehalten.«

Dem konnte Ben wohl schwerlich widersprechen, ohne sich endgültig zum Narren zu machen. Aber er tat es trotzdem. »Es war wichtig! Ich musste mit Sasha reden!«

Harry grinste knapp und völlig humorlos. »Na, dann tu das doch«, sagte er spöttisch, indem er mit der Hand auf Sasha deutete. »Nur zu.«

Ben schenkte ihm einen zornigen und Sasha einen beinahe schon flehenden Blick, auf den keiner der beiden reagierte, und Harry fuhr in verändertem, jetzt wieder ernsthaftem Ton fort: »Aber es trifft sich ganz gut, dass du da bist. Wir müssen euch etwas zeigen. Vor allem dir.«

»Mir? Warum?«

»Weil du nicht ganz unschuldig daran bist«, antwortete Tahia vom anderen Ende des Raumes aus. »Genauer gesagt haben wir es dir zu verdanken.«

»Aha«, sagte Ben. Er hatte schon wieder dieses ungute Gefühl.

Tahia lachte jedoch, nahm die Arme herunter und erklärte beinahe fröhlich: »Du hast mich auf eine Idee gebracht. Eigentlich Sasha und du.«

Jetzt verstand Ben überhaupt nichts mehr, aber dem amüsierten Funkeln in den Augen der Söldnerin nach zu schließen, sollte er das wohl auch nicht. Sie genoss den Augenblick sichtlich und fuhr erst fort, als selbst sie zu begreifen schien, dass sie dabei war, nicht nur seine Geduld überzustrapazieren.

»JVC – erinnerst du dich?«

Natürlich erinnerte er sich. Er nickte.

»Und diese Buchstaben sagen dir gar nichts?«, bohrte Tahia.

»Nein.« Er hatte sich lange genug den Kopf über die Bedeutung dieser kryptischen Botschaft von Sasha zerbrochen, aber keine Erklärung gefunden. Allerhöchstens …

»Ich kenne es als Firmenlogo«, sagte er schulterzuckend. »Stereoanlagen, MP3-Player und so weiter, aber –«

»Und Videokameras«, unterbrach ihn Tahia. »Ganz genau.« Sie klang äußerst zufrieden. Und sie sah noch zufriedener aus, als sie in die Jackentasche griff und etwas Silberfarbenes von der Größe einer Zigarettenschachtel herausholte. Erst als sie es aufklappte und Ben das LCD-Display sah, identifizierte er es als digitale Videokamera.

»JVC. Das war es, was Sasha uns sagen wollte.«

»Dass Sie eine Videokamera besitzen?«, fragte Ramanov bissig.

»Nicht ich«, antwortete Tahia. »Sie hat Sonja gehört. Unserer Kameradin, die unten in der Höhle … verschwunden ist.«

»Und?«, fragte Ramanov.

Ben schaute konzentriert zu Sasha hin. Er war nicht sicher, ob er es sich vielleicht nur einbildete, weil er es sehen wollte – doch als Tahia die Videokamera herausgenommen hatte, schien so etwas wie Interesse in ihren Augen aufgeflammt zu sein. Aber es war sofort wieder erloschen.

»Ich habe sie unten in der Höhle gefunden«, erklärte Harry. »Sie war in ihrem Rucksack. Das war alles, was ich von Gerd und ihr noch entdecken konnte.«

»Das ist äußerst tragisch«, antwortete Ramanov, »und es tut mir auch aufrichtig leid um die beiden. Aber warum erzählen Sie uns das?«

»Weil die Kamera offensichtlich die ganze Zeit über gelaufen ist«, sagte Tahia. »Wir haben es bei der vielen Aufregung total vergessen, aber nachdem ich Sashas Nachricht gehört hatte, ist es mir wieder eingefallen … wenn auch leider nicht sofort.«

»Sashas Nachricht!«, sagte Ramanov höhnisch. »Sie glauben diesen Unsinn also? Telepathische Botschaften auf einem MP3-Player?«

»Energie, Professor«, entgegnete die Söldnerin ruhig. »Ich habe mich ein bisschen schlau gemacht und mit einigen Ihrer Kollegen gesprochen.

Die Energie einer durchschnittlichen Alpha-Welle würde tatsächlich ausreichen, um von einem solchen Gerät empfangen zu werden. Vorausgesetzt man findet einen Weg, Gehirnströme in elektromagnetische Signale umzuwandeln, noch dazu in solche, die ein Gerät wie dieses aufzeichnen kann.

Ramanov machte ein abfälliges Geräusch. »Mit welchem meiner so genannten *Kollegen* haben Sie gesprochen?«

»Das werde ich Ihnen nicht sagen«, erwiderte Tahia lächelnd. »Nachher stellen Sie den armen Kerl noch an die Wand.«

»Kaum. Ich würde ihn allerhöchstens auspeitschen lassen. Und jetzt machen Sie es bitte nicht so spannend und zeigen Sie uns schon, was diese Kamera aufgenommen hat. Deswegen haben Sie uns doch herbeizitiert, oder?«

Tahia wirkte ein ganz kleines bisschen aus dem Konzept gebracht. Allerdings nur für einen Moment, dann bückte sie sich, hob einen reichlich mitgenommen aussehenden weißen Rucksack auf und beförderte ihn mit einem gekonnten Schwung auf ihren Rücken. Fast in der gleichen Bewegung befestigte sie die Videokamera mit einem Clip so an dessen Gurt, dass das Objektiv wie ein neugieriges elektronisches Auge über ihre rechte Schulter linste.

»Das machen wir immer so. Auf diese Weise können wir unsere Einsätze hinterher in Ruhe ansehen und auswerten.«

»Wie interessant«, schnappte Ramanov.

Tahia wirkte jetzt ein wenig beleidigt, nahm den Rucksack aber wieder von der Schulter und verband die Kamera mittels eines USB-Kabels mit dem großen Monitor. Statt sie jedoch einzuschalten, streckte sie die Hand nach der Tastatur aus und berührte eine Taste, und der Anblick des ewig gleichen Schneegestöbers draußen wich einem Bild, das Ben nur zu gut kannte. Es war das Zimmer, in dem sie die Eiskreatur gefangen hatten, die der dicken Frau mit der Designerbrille glich. Zuerst glaubte Ben sogar, es sei dieselbe Aufnahme, die er schon kannte, denn die unheimliche Gestalt stand noch immer in völlig unveränderter erstarrte Haltung da, doch dann fielen ihm winzige Unterschiede auf: die alberne Sonnenbrille sah jetzt noch designermäßiger aus, ihre Kanten und Linien waren weicher und das ganze Ding wirkte runder und insgesamt ein wenig asymmetrisch. Oder anders ausgedrückt: Es begann zu schmelzen. Und wenn man genauer hinsah, konnte man erkennen, dass das nicht nur für die Sonnenbrille galt, sondern für die ganze bizarre Gestalt. Anscheinend hatte Ramanov Harrys Wunsch nicht entsprochen, die Heizung in den entsprechenden Räumen abzudrehen.

»So, und jetzt schauen Sie bitte ganz genau hin«, sagte Tahia, gerade als Ramanov zu einer weiteren spitzen Bemerkung ansetzte. »Es sind nur einige wenige Bilder. Ich habe fast eine Stunde gebraucht, um sie überhaupt zu entdecken.«

Sie drückte einen Knopf auf der Videokamera, und das Bild wechselte zu einem Durcheinander aus Schatten und wild hüpfenden Lichtern. Erst nach ein paar Sekunden begriff Ben, dass das jetzt die Aufnahme der Videokamera war, die die verschollene Söldnerin offensichtlich auf der Schulter getragen hatte, während sie rannte. Das Bild schwankte, hüpfte und ruckelte so wild, dass einem wahrscheinlich schwindelig wurde, wenn man zu lange hinsah. Trotzdem half dieses Begreifen Ben, mehr Einzelheiten zu identifizieren. Was sie sahen, war die riesige Höhle unter der Station, aber sie war nicht mehr so verlassen und – vermeintlich – friedlich wie vor ein paar Tagen, als er selbst dort unten gewesen war. Die Kamera lieferte auch die passenden Geräusche zu den Bildern, doch Tahia war rücksichtsvoll genug gewesen, den Ton weit herunterzudrehen. Sie hörten trampelnde Schritte, die keuchenden Atemzüge der Söldnerin, aber auch Schüsse und zwei- oder dreimal das kurze abgehackte Rattern einer MPi-Salve. Und auf einmal erschien etwas Riesiges, Weißes ohne Gesicht im Bild und zerbarst danach in eine Million fliegende Splitter, als die automatische Waffe erneut losratterte.

»Jetzt«, sagte Tahia. »Sehen Sie genau hin!«

Das tat Ben, aber er erkannte trotzdem nichts als ein rasches weißes Aufblitzen – vielleicht Gestalten? –, das zu schnell verschwunden war, um mehr als einen vagen Eindruck von Unbehagen zu hinterlassen.

»Was war das?«, fragte van Staaten alarmiert.

Tahia warf ihr einen fast dankbaren Blick zu, dass wenigstens sie etwas gesehen hatte und ihre Leistungen damit würdigte, fummelte gleichzeitig an der Kamera herum, und das Bild lief ein Stück weit zurück und erstarrte dann.

Und nicht nur Ben konnte ein erschrockenes Keuchen nicht mehr unterdrücken.

Es waren Eiskrieger. Dutzende, wenn nicht Hunderte der unheimlichen gesichtslosen Kreaturen, die die *Princess* überfallen und sie quer über das antarktische Eis hierher gejagt hatten – aber nicht nur sie.

Zwischen ihnen bewegten sich menschliche Gestalten. Die meisten taumelten anscheinend willenlos über den schwarzen Stein des Höhlenbodens, und viele schienen von ihren unheimlichen Bewachern einfach vor sich hergetrieben oder auch mitgezerrt zu werden.

»Was … bedeutet das?«, murmelte Ramanov stockend.

Statt zu antworten tat Tahia irgendetwas an der Kamera, und ein bestimmter Bildausschnitt zoomte heran. Die Qualität nahm dadurch noch einmal ab, doch es reichte immer noch, um die Person in der Bildmitte zu erkennen.

Es war eine kleine, eher dickliche Frau, die einen zerrissenen und hoffnungslos verdreckten Parka trug, dem man aber immer noch ansah, wie teuer er einmal in irgendeiner Nobelboutique gewesen sein musste, und eine geschmacklose (und zweifellos noch teurere) Designerbrille.

»Spinne ich jetzt?«, murmelte van Staaten.

»Ich wollte, es wäre so«, sagte Tahia düster. »Sie erkennen sie wieder, oder?«

Van Staaten antwortete nicht, aber Bens Mutter sagte: »Das sind die Passagiere von der *Princess*.«

»Und die Mannschaft«, fügte Harry hinzu. »Geh mal zwei Bilder vor.«

Tahia gehorchte, und auf dem Monitor erschien jetzt ein dunkelhaariger Mann in einer zerschlissenen Borduniform.

»Den kennen wir auch«, sagte Harry.

Er hatte Recht. Sie alle hatten dieses Gesicht schon einmal gesehen; genauer gesagt seine zerbrochene Kopie aus milchigem Eis, die inmitten des verwüsteten Schlachtfeldes oben vor der Station gelegen hatte. Ben hatte eigenhändig mitgeholfen sie zu beerdigen.

»Die Leute von der … von der *Princess*?«, wiederholte Ramanov stockend. Er klang viel mehr verwirrt als erschrocken, fand Ben.

»Aber … wozu … ich meine: Warum tun sie das?«

»Warten Sie, Professor«, sagte Harry. »Es kommt noch besser. Tahia!«

Die Söldnerin machte sich abermals über die Computertastatur her, und auf dem Monitor erschien jetzt ein Bild, das sie alle schon kannten: die falschfarbenen, grünen Gespenster im Sturm, die sich an der Rückseite der Station zu schaffen machten. Allerdings war das Bild um so vieles besser, dass Ben sich fragte, ob es auch dasselbe war.«

»Tahia hat lange gebraucht, um es so gut hinzukriegen«, erklärte Harry beinahe im Plauderton, »aber es hat sich doch gelohnt, oder? Erkennen Sie irgendjemanden darauf?«

»Das ist unmöglich!«, sagte Ramanov. »Der Mann ist tot. Wir haben seine Überreste gefunden. Ich habe sie *in der Hand* gehalten.«

Genau dieser Meinung war Ben auch. Es war sogar erst ein paar Sekunden her, dass er dasselbe Gesicht auf einer anderen Aufnahme gesehen hatte, die gut zwei Tage *älter* war als diese Bilder – in Stücke gebrochen. Es war der Steward von der *Princess.*

»Das war nur eine Kopie«, sagte Harry. »Und wie es aussieht, nur eine von mehreren Kopien – und jetzt fragen Sie mich bitte nicht, wie das möglich ist. Ich habe nämlich nicht die geringste Ahnung.«

»Aber es ergibt Sinn«, sagte van Staaten. Alle starrten sie an. »Bisher waren diese Dinger ziemlich dämlich. Gefährlich, aber ziemlich blöd. Das hat sich geändert, seit diese … zweite Generation aufgetaucht ist.«

»Zweite Generation?«, wiederholte Jennifer Berger zweifelnd. »Was soll das sein?«

»Es war ja nur so eine Idee«, verteidigte sich van Staaten.

»O ja, und was für eine!«

»Immerhin *sind* sie gefährlicher geworden, seit es diese … menschenähnlichen Geschöpfe gibt«, sagte Harry.

»Ja, weil sie jetzt bessere Vorlagen haben, nach denen sie ihre Kopien anfertigen können«, sagte Bens Mutter spöttisch. Jedenfalls sollte es spöttisch klingen, aber niemand lachte, und Ben war auch ganz und gar nicht der Einzige, der sie verwirrt ansah. Es war noch gar nicht so lange her, dass seine Mutter ziemlich vehement eine ganz ähnliche Theorie verteidigt hatte. Vielleicht gefiel sie ihr ja nur nicht, weil sie von van Staaten kam – aber das konnte er sich eigentlich nicht vorstellen. Seine Mutter mochte ja sauer auf die Ärztin sein, womöglich sogar mit Recht eifersüchtig, aber sie war auch und vor allem *Wissenschaftlerin,* für die in einer Situation wie dieser nur die Fakten zählten.

»Ich finde, es klingt irgendwie logisch«, meinte Harry. »Diese Biester sind eindeutig gefährlicher geworden, seit wir ihnen das erste Mal begegnet sind.«

»Weil sie dazugelernt haben, wie?«

»Nein. Aber die, die sie lenken.« Er seufzte hörbar. »Allerdings ändert das alles nichts daran, dass wir noch einmal dort hinuntermüssen.«

Für zwei oder drei Sekunden wurde es vollkommen still.

»Wozu?«, fragte Ramanov schließlich.

»Das fragen Sie noch?«, schnaubte Harry. »Sie haben es doch gesehen! Die Leute sind noch am Leben. Sollen wir sie etwa dort lassen?«

Ramanov überlegte einen Moment angestrengt, schüttelte aber dann nur noch einmal den Kopf. »Vielleicht waren sie das, als diese Aufnahmen gemacht wurden. Aber das ist länger als zwei Tage her. Sie müssen inzwischen alle längst erfroren sein.«

»Vielleicht«, räumte Harry ein. »Vielleicht aber auch nicht. Sie haben nicht genau hingesehen, wie?« Ohne auf eine entsprechende Anweisung zu warten, schaltete Tahia wieder um, und auf dem Monitor war nun wieder das Bild der gefangenen Passagiere und Besatzungsmitglieder der *Princess* zu sehen, die von einer Armee unheimlicher weißer Gestalten durch die Höhle getrieben wurden. »Fällt Ihnen gar nichts auf, Professor?«

Ramanov tat ihm zwar den Gefallen, noch einmal hinzusehen, schüttelte aber dann nur erneut den Kopf.

»Schauen Sie sich die Leute genau an, Professor. Diese Frau dort hinten – sie trägt nur Jeans und ein T-Shirt. Oder der junge Mann gleich neben ihr. Er hat nur einen Pullover an und nicht einmal vernünftiges Schuhwerk. Selbst wenn es in dieser Höhle wärmer sein sollte als draußen – und das ist es nicht, wie wir alle wissen –, dürften diese Leute nicht mehr am Leben sein.«

»Genau das versuche ich Ihnen ja gerade klar zu machen.«

»Was Harry meint«, mischte sich van Staaten ein, »ist eher: Sie hätten gar nicht lebend dort ankommen dürfen, Professor. Auch ohne den Polarsturm, der draußen tobt, hätten sie es niemals drei Kilometer weit über das Eis geschafft. Nicht bei dreißig Grad unter null und ohne entsprechende Kleidung.«

»Aber wie ist das möglich?«, fragte Ramanov.

»Eigentlich gar nicht.« Van Staaten klang ein bisschen unglücklich. Vor allem als sie hinzufügte: »Jemand schützt sie. Oder *etwas.*«

»Ich verstehe«, antwortete Ramanov finster. »Sie fangen jetzt also auch noch an mit diesem Unsinn?«

»Es ist kein Unsinn!«, mischte sich Ben ein. Ramanov maß ihn mit einem eindeutig verächtlichen Blick, der auszusagen schien, dass es sich nicht einmal lohnte, über seine Worte nachzudenken, aber Ben gab sich nicht geschlagen:

»Sie haben es doch vorhin selbst erzählt, Professor. Sie wissen, dass mit diesem Ort etwas nicht stimmt! Sie wissen von Sashas Träumen! Und von denen Ihrer Tochter!«

Ramanov fuhr ganz leicht zusammen, und Harry war nicht der Einzige, der zu ihm hinsah und fragend die Stirn runzelte. Doch der Russe hatte sich sofort wieder in der Gewalt.

»Unsinn! Ich weiß ganz gut, was ich gesagt habe, mein Junge, aber ich habe damit ganz bestimmt nicht gemeint, dass wir über der letzten Kolonie der Yetis sitzen und uns der Angriffe irgendwelcher vorzeitlicher Ungeheuer erwehren müssen!«

Ben hätte wütend werden sollen, aber er spürte eher so etwas wie Betroffenheit und vielleicht Verwirrung. Abgesehen von ihm selbst und Sasha musste Ramanov derjenige hier sein, der am besten wusste, dass mit diesem Fleckchen Erde etwas ganz und gar nicht stimmte – und bis zu einem gewissen Punkt auch, was –, und doch schien er sich zu weigern, es zur Kenntnis zu nehmen. Wieso versuchte er diese Situation, die schon so viele unschuldige Leben gekostet hatte, noch immer ins Lächerliche zu ziehen?

Harry schüttelte den Kopf. »Ich weiß ja nicht, was noch alles passieren muss, bis Sie es einsehen, Professor, aber für mich ist dieser *Unsinn* die plausibelste Erklärung, die ich bisher gehört habe.« Er hielt Ramanov mit einer raschen Geste davon ab, zu widersprechen. »Und selbst wenn es Unsinn ist, spielt es jetzt überhaupt keine Rolle. Wir können uns später gern darüber streiten, gegen wen oder was wir gekämpft haben. Jetzt müssen wir dort hinunter, um diese Leute zu holen.«

Ramanov starrte den Bildschirm an. »Dort hinunter?«, vergewisserte er sich, als hätte er immer noch nicht ganz richtig verstanden.

»Sehr versessen bin ich auch nicht darauf. Aber dort unten könnten an die zweihundert Menschen sein und auf unsere Hilfe warten.«

»Zweihundert Menschen? Ihnen ist klar, dass wir gar nicht genug Platz haben, um zweihundert Flüchtlinge hier aufzunehmen? Und dass wir gerade den größten Teil unserer Lebensmittelvorräte verloren haben? Wir haben nicht einmal genügend für *zwanzig* Leute, geschweige denn für *zweihundert.*«

Ben starrte ihn fassungslos an – und nicht nur er – und Harry fragte: »Sollen wir sie einfach diesen Kreaturen ausliefern, Professor? Weil wir hier nicht genug Platz haben und uns der Kaffee ausgehen könnte?«

»Kaffee haben wir noch genug«, antwortete Ramanov kalt. »Mit allem anderen sieht es ziemlich schlecht aus. Und ich schlage keineswegs vor, dass wir diese Leute da unten im Stich lassen. Ich weise nur auf ein paar Probleme hin, die wir haben, das ist alles.« Er versuchte etwas verständnisvoller zu klingen. »Sie hoffen, dass Ihre vermissten Kameraden auch noch am Leben sein könnten, habe ich Recht? Nun, das kann ich verstehen, aber –«

»Ich würde auch dann dort hinuntergehen, wenn ich ganz genau *wüsste*, dass sie nicht mehr am Leben sind, Professor«, unterbrach ihn Harry. Auch seine Stimme war so kalt wie Eis. »Aber selbstverständlich haben Sie Recht. Das *ist* einer meiner Beweggründe. Neben der Möglichkeit, dass zum Beispiel auch Kapitän Schulz noch am Leben sein könnte ... Sashas Vater.«

Ben sah fast erschrocken zu Sasha hin, aber sie reagierte auf diese Worte so wenig wie auf alles andere, was bisher gesprochen worden war.

Einen quälend langen Moment schien jeder in dem Raum darauf zu warten, dass einer der anderen etwas sagte, und schließlich räusperte sich Harry unecht und gab Tahia ein Zeichen, die Kamera abzuschalten. »Wir gehen dort hinunter«, sagte er noch einmal. »Uns bleibt keine andere Wahl. Immerhin wissen wir jetzt, dass es sich nicht um Menschen handelt, und brauchen keine Hemmungen mehr zu haben, unsere Waffen einzusetzen ... was immer uns das nützen mag. Und jetzt entschuldigen Sie uns bitte. Meine Leute und ich haben noch ein paar Vorkehrungen zu treffen.«

Tatsächlich wollte er sich auf der Stelle herumdrehen und gehen, doch Ramanov hielt ihn zurück. »Einen Augenblick noch«, sagte er, tauschte einen nervösen Blick mit Bens Mutter und fügte dann ein beinahe noch nervöseres »Bitte« hinzu.

Harry blieb auch wirklich stehen, maß den Russen und sie aber mit einem sehr nachdenklichen Stirnrunzeln. »Ja?«

»Da ist noch etwas, worüber wir reden müssen. Ich weiß, der Zeitpunkt ist ungünstig, aber –«

»Oh, das macht nichts«, unterbrach ihn Harry. »Ich habe es nicht eilig, dort runterzugehen.«

»Als Sie das erste Mal dort unten waren«, sagte Ramanov, hörbar unsicher und indem er sich immer wieder mit der Zungenspitze über die Lippen fuhr; ein linkisches Verhalten, das Ben noch nie an ihm beobachtet hatte, »ist Ihnen da irgendetwas ... Außergewöhnliches aufgefallen?«

»Außergewöhnlich?«, wiederholte Harry verdutzt. »Was genau meinen Sie damit? Eigentlich habe ich ziemlich wenig *Gewöhnliches* gesehen ...

genau wie Sie, Professor. Wenn ich mich richtig erinnere, waren Sie dabei.«

»Das meine ich nicht. Sie haben nicht zufällig irgendetwas –«

»Was Professor Ramanov meint«, mischte sich Bens Mutter ein, eine Spur zu hastig und kaum weniger nervös als der Russe, »ist ein zweiter Eingang. Eine Spalte oder Schlucht oder etwas in der Art.«

Ben sah sie fassungslos an, und auch Harry wirkte mit einem Mal viel eher misstrauisch als verwirrt. Aber sie deutete nur auf den abgeschalteten Monitor und fuhr fort: »All diese Leute müssen ja wohl irgendwie hereingekommen sein, und durch das Labor sind sie ganz bestimmt nicht spaziert, ohne dass wir es bemerkt hätten.«

»Das ist richtig«, bestätigte Harry. Der Ausdruck von Misstrauen in seinem Gesicht wurde nicht einmal um eine Spur schwächer. »Und?«

»Es wäre wohl klüger, einen anderen Eingang zu suchen. Wenn diese Wesen jetzt tatsächlich so intelligent sind, wie Sie annehmen, dann rechnen sie möglicherweise damit, dass Sie kommen. Möchten Sie, dass es Ihnen genauso ergeht wie Ihren Kameraden?«

»Daran haben wir auch schon gedacht«, sagte Harry. »Es gibt mit Sicherheit einen zweiten Eingang, aber bei diesem Sturm haben wir keine Chance, ihn zu finden. Selbst wenn wir wüssten, wo er ist, kämen wir niemals dorthin.«

Er wartete einen Moment lang vergebens darauf, dass jemand noch etwas sagte, hob schließlich die Schultern und wandte sich zum zweiten Mal zum Gehen. Diesmal versuchte niemand mehr, ihn zurückzuhalten. »Sie entschuldigen mich bitte. Wir brechen in einer Stunde auf, und da gibt es noch einiges zu tun.«

»Was zum Teufel sollte das?«, polterte Ramanov los, kaum dass die Söldner den Raum verlassen hatten. »Wieso hast du mich daran gehindert –?«

»Ihn zu warnen?« Bens Mutter schüttelte heftig den Kopf. »Du glaubst doch nicht wirklich, dass diese Kamera zufällig ausgerechnet jetzt aufgetaucht ist?« Ein knappes, fast höhnisches Lächeln huschte über ihre Lippen. »Anscheinend hält er sich für ziemlich schlau, aber eigentlich ist er ziemlich leicht zu durchschauen.«

»Was meinst du damit?« Ramanov wirkte leicht erschrocken, aber auch ein wenig konsterniert.

»Vielleicht hat er Verdacht geschöpft. Auf jeden Fall ahnt er wahrscheinlich, dass *wir* Verdacht geschöpft haben. Und wir müssen ihn ja nicht unbedingt mit der Nase darauf stoßen, oder? Lass uns doch sehen, was er jetzt tut.«

»Und dann?«, fragte Ben.

»Woher soll ich das wissen?«, gab seine Mutter grob zurück, lächelte aber auch praktisch sofort zerknirscht. »Tut mir leid, Ben. Ich bin wohl etwas nervös. Aber ich habe es auch nicht jeden Tag mit einem verrückt gewordenen Möchtegern-Rambo zu tun, von dem ich nicht genau weiß, ob er mich nicht im nächsten Augenblick umbringt.«

»Jetzt übertreibst du es aber ein bisschen mit deinem Misstrauen, Liebling«, sagte Bens Vater.

»Findest du?«, gab seine Frau kühl zurück. Ihr Blick streifte van Staaten und kühlte dabei noch einmal sichtbar ab, aber sie fuhr trotzdem an ihn gewandt und mit einer heftigen Kopfbewegung auf den dunkel gewordenen Bildschirm fort. »Du glaubst doch nicht etwa, dass dieser Film echt ist, oder?«

»Warum sollte er ihn fälschen?«, fragte van Staaten.

»Und wie?«, wollte Ben wissen.

»Weil er noch einmal in diese Höhle will«, antwortete seine Mutter, ohne van Staaten dabei auch nur anzusehen. »Und das *Wie* ist wohl das kleinste Problem. Du hast doch gehört, was er über diese Kleine gesagt hat. Sie kennt sich mit Computern aus. Ich glaube nicht, dass es sehr schwer ist, ein paar unscharfe Wackelbildchen wie die zu türken, die sie uns gerade gezeigt haben.«

Ben schwieg. Er wusste nichts gegen die Überlegungen seiner Mutter vorzubringen, und trotzdem kam ihm nichts von alledem irgendwie überzeugend vor. Es ergab … keinen Sinn.

So wenig wie irgendetwas anderes.

Statt noch etwas zu sagen, stand er auf und ging um den Tisch herum auf Sasha und ihren Großvater zu. Ramanov sah ihn zwar alles andere als freundlich an, schien aber trotzdem nichts dagegen zu haben, dass er neben Sasha Platz nahm (hätte er es gehabt, hätte es ihn auch nicht interessiert), und van Staaten versuchte noch einmal, seine Mutter von ihrer Anwesenheit in Kenntnis zu setzen, indem sie fragte:

»Was sollte Harry denn davon haben, noch einmal dort hinunterzugehen?«

»Das weiß ich nicht. Vielleicht wollen sie ja ihre Reisekasse ein wenig auffüllen.«

»Jetzt übertreibst du *wirklich*«, sagte Bens Vater.

»Ja, wahrscheinlich. Tut mir leid. Aber ich bleibe dabei. Ich traue dem Kerl nicht.«

Ben wünschte sich, er hätte einfach weghören können. Seine Mutter war gereizt und übelster Laune (und sie hatte vermutlich allen Grund dazu), aber im Moment schien sie beinahe schon krampfhaft nach Argumenten zu suchen, die gegen Harry und seine Leute sprachen.

Und er?

Suchte er gerade krampfhaft nach Argumenten, die *für* ihn sprachen?

Möglicherweise. Aber er wusste, dass die Erklärung nicht so simpel war, wie seine Mutter glaubte. Harry und seine Leute hatten mehr als einmal ihr Leben riskiert, um sie und die anderen hier auf der Station und auf dem Schiff zu beschützen. Er weigerte sich zu glauben, dass sie nun das Leben all dieser Menschen hier wegen ein bisschen *Geld* aufs Spiel setzen sollten ... auch wenn es mehr als nur *ein bisschen* war ...

Seine Gedanken begannen sich im Kreis zu drehen, genau wie das Gespräch zwischen seinen Eltern und van Staaten, dem er jetzt gar nicht mehr richtig folgte, und seine Hand glitt fast ohne sein Zutun in die Tasche und zog den Diamanten heraus. Er war jetzt nicht mehr so kalt wie vorhin und fühlte sich absurderweise leichter an. Seine Kopfschmerzen schienen schlagartig wieder zuzunehmen, kaum dass er ihn berührt hatte; was zweifellos nichts als Einbildung war.

Und auch das unheimliche Flüstern und Tasten unter seiner milchigen Oberfläche war immer noch da. Eine körperlose Stimme, die uralte Geschichten vom Leben und Tod eines tobenden Gottes erzählte, der geschickt worden war, eine Welt zu erschaffen, und sie am Ende zerstört hatte.

Aber da war auch noch mehr. Eine Erinnerung. Nicht die falsche Erinnerung, die ihm der Diamant eingeflüstert hatte, sondern etwas, was er erlebt und mit eigenen Augen gesehen hatte, etwas, was –

»Ben?«

Die Stimme seiner Mutter riss ihn nicht nur aus seinen Gedanken, sondern durchtrennte auch den dünnen Faden, an dem er sich gerade hatte entlangtasten wollen. Das Bild, das noch nicht deutlich genug Gestalt in seinen Gedanken angenommen hatte, um es wirklich erkennen zu können, war fort, und Ben sah mit einer Mischung aus Enttäuschung und Ärger zu seiner Mutter auf. Erst im Nachhinein kam ihm zu Bewusstsein, dass sie ihn mindestens das zweite oder dritte Mal angesprochen haben musste.

»Ja?«, antwortete er hastig.

Seine Mutter deutete auf Ramanov, dann auf den Bildschirm. »Professor Ramanov hatte gerade eine Idee, die uns helfen könnte endlich Klarheit über deinen Freund und seine Leute zu gewinnen«, sagte sie. Ihr Blick sagte etwas anderes. Sie sah ihn auf eine Art an, dass er sich beinahe vor ihr zu fürchten begann.

»Und wie?«

»Es ist … ein kleines bisschen gewagt. Aber nur ein bisschen. Und hinterher wissen wir ohne jeden Zweifel, ob wir Harry trauen können – dir liegt doch etwas daran, das zu beweisen, oder?«

Ben hob nur die Schultern. Seiner Mutter lag ganz offensichtlich etwas am Gegenteil, aber er schluckte alles, was ihm dazu einfiel, hinunter und sah sie nur weiter fragend und auffordernd an.

»Aber wir benötigen deine Hilfe dazu«, erklärte sie.

7

HÄTTE ER NOCH EINEN BEWEIS dafür gebraucht, dass Ramanov seinen Vorschlag ernst meinte, dann wäre er hiermit erbracht gewesen: Ramanov hatte nicht nur nichts dagegen gehabt, dass Sasha ihn begleitete, sondern sie ihm regelrecht angeboten. Nachdem Ben seine erste ungläubige Überraschung überwunden hatte, argwöhnte er zwar, seine Mutter sei nicht ganz unschuldig an dieser Entscheidung, aber das änderte nichts daran, dass er es selbst dann noch nicht ganz glaubte, als sich Sasha und er bereits auf dem Weg zum Quartier der Söldner befanden. Seine Mutter musste den Russen hypnotisiert haben oder etwas Ähnliches, anders war Ramanovs abrupter Sinneswandel kaum zu erklären. Noch vor ein paar Stunden hätte er ihm am liebsten eine Kette mit einer fünfzig Kilo schweren Eisenkugel ans Bein gebunden, und jetzt …?

Gut, wenn man es genau nahm, dann hatte er das auch getan. Sasha wog zwar bestimmt keine fünfzig Kilo, und die Kette, die sie miteinander verband, war unsichtbar und bestand nicht aus Stahl, aber sie war genauso massiv, und allein ihre Nähe würde ihn zuverlässiger daran hindern, irgendetwas zu tun oder zu sagen, was Ramanov nicht gefiel, als alles andere, was sich der Russe ausdenken mochte. Aber gut – mit *dieser* Art Misstrauen konnte er leben. Vielleicht sollte er sich in Zukunft sogar öfter freiwillig zu irgendwelchen Botengängen oder Spionagemissionen melden, wenn Ramanov ihn jedes Mal *so* an die Kette legte …

Nicht dass er besonders viel davon gehabt hätte: Sasha ließ sich widerstandslos von ihm an der Hand ergreifen und aus dem Raum führen (auch wenn Ben das missbilligende Stirnrunzeln schon beinahe körperlich zu spüren glaubte, das beim Anblick dieser vertrauten Berührung auf Ramanovs Gesicht erschien), und als er sie nach ein paar Schritten losließ, ging sie auch weiter neben ihm her, ohne dass er sie dazu auffordern musste – aber all seine Versuche, sie anzusprechen oder irgendwie ihre Aufmerksamkeit zu erregen, blieben nutzlos. Selbst als er ihr schließlich den Arm um die Schulter legte und sie im Gehen sacht an sich drückte, hatte er das Gefühl, eine willenlose Puppe im Arm zu halten statt eines lebenden Menschen, sodass er den Arm schon nach ein paar Augenblicken wieder herunternahm. Außerdem war es ziemlich wahrscheinlich, dass Ramanov ihn über seine verdammten Kameras auf Schritt und Tritt beobachtete, und diese Vorstellung war ihm wirklich *unangenehm.* Sie machte aus einer harmlosen Geste etwas … Anzügliches.

Er hatte eine Atmosphäre von Hektik oder Nervosität im Quartier der Söldner erwartet, vielleicht auch etwas wie mühsam unterdrückte oder überspielte Furcht, aber nichts von alledem war zu spüren. Ganz im Gegenteil: Es herrschte eine schon fast fröhliche Stimmung. Harry und die drei anderen waren damit beschäftigt, ihre Ausrüstung zusammenzustellen und ihre Waffen ein letztes Mal zu überprüfen. Tooth fummelte an seinem Gewehr herum, hatte dabei die Füße auf den Tisch gelegt und balancierte einen der billigen Plastikstühle so auf den zwei hinteren Beinen, dass sie sich nicht nur deutlich unter seinem Gewicht durchbogen, sondern der Söldner auch alle Gesetze der Physik außer Kraft gesetzt zu haben schien, weil er nicht einfach umfiel. Als Ben und Sasha hereinkamen, schenkte er ihm ein breites Grinsen und fuhr dann beim Anblick des Mädchens so überrascht zusammen, dass er nun tatsächlich das Gleichgewicht verlor und garantiert hintenübergekippt wäre, hätte er nicht im letzten Moment das rechte Bein heruntergenommen und kraftvoll auf den Boden gestampft, um sich so abzustützen. Auch Harry, der mit dem Rücken zur Tür an der Küchenzeile stand und irgendetwas in einen weißen Rucksack stopfte, drehte kurz den Kopf und zog dann erstaunt die Augenbrauen hoch, als er das Mädchen hinter Ben entdeckte, während Tahia und Gerrit gar keine Notiz von ihm zu nehmen schienen. Die beiden standen so weit von der Tür entfernt da, wie es nur ging, waren ebenfalls damit beschäftigt, ihre Ausrüstung zusammenzusuchen, und unterhielten sich dabei mit gedämpften Stimmen. Ben konnte die Worte nicht verstehen, aber da war etwas ungemein Vertrautes zwischen ihnen, das ihn mit einem flüchtigen Gefühl von Wärme erfüllte. Gerrit hätte ihm gar nicht sagen müssen, dass Tahia und er mehr waren als Kameraden, spätestens jetzt hätte er es ohnehin gewusst.

»Komm rein, Ben«, sagte Harry, während er sich wieder seiner Beschäftigung zuwandte. Im Herumdrehen streifte er Sasha allerdings mit einem leicht neugierigen Blick, der Ben nun seinerseits erschrocken zusammen- und hastig zu ihr herumfahren ließ. Er hatte etwas vergessen. Es war zwei Tage her, und inzwischen war so vieles und so Schreckliches geschehen, dass er gar nicht mehr daran gedacht hatte … aber als Sasha Harry das letzte Mal gegenüberstand, hatte sie bei seinem bloßen Anblick panisch die Flucht ergriffen.

Jetzt reagierte sie gar nicht. Ben war nicht einmal sicher, ob sie den Söldner überhaupt *sah.* Der Anblick ihrer leeren Augen jagte ihm nicht zum ersten Mal einen eisigen Schauer über den Rücken, und obwohl er dabei das Gefühl hatte, sie irgendwie im Stich zu lassen, drehte er sich hastig weg und ging schon beinahe ein bisschen zu schnell auf Harry zu. Tooth schaute ihm stirnrunzelnd hinterher, sagte aber nichts, sondern nahm seinen Kampf gegen die Schwerkraft wieder auf, indem er nun den rechten Fuß wieder auf die Tischkante pflanzte.

»Hat dich der Zar geschickt?«, fragte Harry, noch bevor er auch nur ein einziges Wort sagen konnte. Ben war sehr froh, dass Harry nicht in seine Richtung blickte, denn sonst hätte ihm kaum entgehen können, wie ihm plötzlich alles Blut aus dem Gesicht wich. Woher konnte er das wissen?

»Wieso?«, brachte er nur hervor.

Harry lachte leise. »Na, um uns zur Vernunft zu bringen und uns doch noch davon abzuhalten, zweihundert Menschenleben zu retten?«

Ben atmete innerlich auf und tat so, als betrachte er interessiert den weißen Rucksack, an dem sich Harry zu schaffen machte. Eigentlich tat er nicht nur so, aber sein Interesse erlosch beinahe augenblicklich wieder.

Für das, was er vorhatte, war das Ding vollkommen ungeeignet. »Nein. Ich bin gekommen, um dir anzubieten, euch zu begleiten.«

Das war purer Unsinn, zugleich aber auch das Einzige, was ihm spontan eingefallen war, und immerhin bewirkte es, dass Harry nun nicht nur von seinem Rucksack aufsah, sondern ihn überrascht anblinzelte und sich seine Gedanken möglicherweise nicht mehr in eine andere Richtung bewegten, die ihm weit unangenehmer gewesen wäre.

»Eine hervorragende Idee«, sagte er spöttisch. »Nur du oder willst du deine Freundin auch mitnehmen?«

»Ich meine es ernst. Ihr seid schließlich nur noch zu viert. Ich dachte, ihr könntet jede Hilfe gebrauchen.«

»Jau«, sagte Tooth. »Vor allem brauchen wir einen kleinen Jungen, der uns auf Schritt und Tritt im Weg ist und auf den wir auch noch aufpassen müssen, wenn's ernst wird.«

»Ben ist kein kleiner Junge mehr, Tooth«, widersprach Harry mit einem angedeuteten Lächeln, während sich seine Augen auf eine Art und Weise in Bens Gesicht bohrten, die ihm überhaupt nicht gefiel, »sondern ein junger Mann, der ziemlich genau weiß, was er tut.« Er drehte sich endgültig von seinem Rucksack weg, lehnte sich gegen die Kante der Küchenzeile und verschränkte die Arme vor der Brust, bevor er fortfuhr: »Sagst du uns jetzt, warum du wirklich hier bist?«

Ben war nahe daran, es tatsächlich zu tun. Vorhin, als seine Mutter und Ramanov ihm ihren Plan unterbreitet hatten, war er schockiert und ein bisschen empört gewesen, aber mit jeder Sekunde, die seither verstrichen war, wuchs sein Widerwille eher noch, die einzigen Menschen in dieser Station auszuspionieren, die er als so etwas wie Freunde bezeichnen konnte. Und dass seine Mutter mit ihrer Argumentation durchaus Recht hatte, änderte daran gar nichts. Aber natürlich tat er es nicht, sondern rettete sich nur in ein hilfloses Achselzucken und ein noch verunglückteres Lächeln.

»Ich wollte nur sehen, ob ich euch irgendwie helfen kann«, behauptete er. Harrys Stirnrunzeln wurde noch fragender, und nach zwei oder drei weiteren Sekunden gestand Ben kleinlaut: »Ehrlich gesagt weiß ich selbst nicht genau, warum ich gekommen bin. Ich habe es in der Zentrale einfach nicht mehr ausgehalten.«

»Ja, das kann ich sogar verstehen.« Harry lachte leise und wandte sich wieder seinem Gepäckstück zu, um weiter scheinbar wahllos Dinge hineinzustopfen, von denen die allermeisten Ben überhaupt nichts sagten –

außer dass rein gar nichts davon wie eine Waffe aussah, was ihn in dieser Situation ein wenig überraschte –, deutete zugleich aber auch mit einer Kopfbewegung auf Sasha: »Womit hast du Ramanov erpresst, sie von der Kette zu lassen?«

»Es war eher umgekehrt«, antwortete Ben. Harry sah ihn fragend an, und er fügte hinzu: »Ich glaube, *sie* ist die Kette.«

»Um ganz sicher zu sein, dass du auch zurückkommst, ich verstehe.« Harry machte die Verschlüsse seines Rucksacks zu, überprüfte noch einmal alles auf festen Sitz und zog dann eine Schublade auf, in der sich vor ein paar Tagen vermutlich noch Dinge wie Essbesteck, Dosenöffner und Eierschneider befunden hatten, jetzt war sie randvoll mit gebogenen schwarzen Magazinen für Maschinenpistolen. Harry nahm vier Stück davon heraus, zögerte noch einmal kurz und ergriff dann noch zwei weitere, um sie alle zusammen auf den Tisch zu legen. Ben zog fragend die Augenbrauen hoch.

»Erwartest du größere Probleme?«

»Man kann nie wissen«, antwortete Harry. »Außerdem sind sie für uns alle zusammen.«

»Und sollten wir auf unerwartete Schwierigkeiten stoßen, haben wir immer noch das da«, sagte Tahia. »Mein Lieblingsspielzeug.« Sie deutete auf ein klobiges Gewehr mit einem absurd langen Lauf und einer Mündung, die an eine aufgequollene schwarze Zwiebel erinnerte. Ben erkannte es erst auf den zweiten Blick als den Flammenwerfer, mit dem sie den Kühlraum ausgeräuchert hatte. Anscheinend war es Harry bitterernst gewesen, als er vorhin gesagt hatte, sie bräuchten nun keine Hemmungen mehr zu haben, ihre Waffen einzusetzen.

»Hast du mir nicht erzählt, ihr hättet keine Munition mehr dafür?«

»Richtig«, bestätigte Harry ungerührt. »Aber man braucht nur ein paar simple Chemikalien, die sich in jeder gut sortierten Wetterstation am Südpol finden lassen. Tahia ist ganz gut in solchen Dingen.«

Tahia. Ben sah die Söldnerin an. »Gibt es irgendetwas, was du nicht kannst?«

Tahia tat so, als müsse sie angestrengt über diese Frage nachdenken, dann deutete sie ein Achselzucken an. »Kochen?«

»Das ist gelogen«, mischte sich Gerrit ein. »Sie kauft die besten Big Macs, die ich jemals gegessen habe.«

Tahia lächelte und stieß ihm gleichzeitig den Ellbogen so hart in die Rippen, dass er keuchend nach Luft rang.

»Lasst den Unsinn!«, sagte Harry streng.

»Zu Befehl, Boss!« Tahia salutierte übertrieben zackig, und Harry setzte zu einem noch strengeren Verweis an und beließ es dann bei einem resignierenden Seufzen und einem Kopfschütteln.

»Kinder«, murmelte er, wandte sich dann mit einem Ruck um und ging wieder zur Küchenzeile, um eine weitere Schublade aufzuziehen, die ursprünglich wohl für Kochtöpfe oder andere, größere Utensilien gedacht gewesen war, nun aber die Maschinenpistolen enthielt, die zu den Magazinen gehörten. Er packte drei davon auf den Tisch, und Ben runzelte schon wieder die Stirn.

»Nur drei?«

»Tooth bleibt hier. Nur für alle Fälle.«

»Für *welche* Fälle?«

Harry sah ein bisschen genervt aus. »Man geht nie, ohne eine Reserve zurückzulassen.«

»Könnte ja was passieren«, fügte Tooth hinzu. »Und dann ist es ganz clever, wenn man seine besten Leute in Reserve hat, um einen herauszuhauen.« Er blickte erwartungsvoll von einem zum anderen. Als weder Harry noch Tahia oder Gerrit irgendetwas sagten, sondern sich nur bedeutungsvoll ansahen, kippte er seinen Stuhl so weit nach hinten, dass er endgültig Übergewicht bekam, sprang im allerletzten Moment auf die Füße und schaffte es sogar noch, den Plastikstuhl mit der linken Hand aufzufangen, bevor er umfallen konnte. Beifallheischend sah er sich um, doch als niemand seine artistische Leistung entsprechend würdigte, schob er den Stuhl beleidigt wieder an den Tisch, setzte sich und klappte seinen Laptop auf.

Ben trat neugierig an den Tisch, um die Waffen zu betrachten, zog sich aber wieder zurück, bevor Harry eine entsprechende Bemerkung machen konnte.

»Vielleicht trifft es sich ja ganz gut, dass du gekommen bist«, sagte Harry, sah zuerst ihn, dann die drei Maschinenpistolen und dann wieder ihn an, und Ben machte vorsichtshalber zwei weitere Schritte vom Tisch zurück, zumal er aus den Augenwinkeln bemerkte, dass Sasha ihm gefolgt war. Die MPis hatten allesamt keine Magazine und waren zusätzlich gesichert, aber ihm wäre nicht wohl gewesen, wenn sie sie berührt hätte.

Beinahe hätte er gelächelt, als ihm klar wurde, dass er genauso über Sasha dachte wie Harry anscheinend über ihn.

»Wieso?«

»Was weißt du über die Höhle?«

»Ich?« Ben war ehrlich überrascht. »Nichts. Wie kommst du darauf? Ich habe sie genauso lange gesehen wie du, und –«

»He, reg dich nicht auf! So war das nicht gemeint.«

»Wie denn sonst?« Ben bedauerte seinen aggressiven Ton schon wieder, aber nicht so sehr, dass dieses Bedauern sein Misstrauen vollständig beseitigt hätte.

»Du hast gesagt, du warst schon einmal da«, erinnerte Tahia.

»Ich habe – was?«

»Im Traum. Schon vergessen?«

»Natürlich nicht, aber das war doch nur –«

»Ein Traum, ja«, unterbrach ihn Harry. »Und wahrscheinlich bedeutet er nichts. Aber es kann auch nicht schaden, oder? Los, zeig uns noch mal die Bilder von der Kamera.«

Ben sah sich automatisch nach der kleinen Videokamera um, doch Tooth drückte nur ein paar Tasten auf seinem Computer; offensichtlich hatte er den Film bereits auf die Festplatte kopiert. Er startete sofort, und auf dem viel kleineren Monitor des Laptops war das Bild auch deutlich schärfer als auf dem riesigen Wandbildschirm, aber es fiel Ben trotzdem schwer, irgendetwas zu erkennen, was über Schatten und bloße Bewegung und blitzende Lichtreflexe hinausging.

Vielleicht lag es auch an ihm. Für Ben waren diese Bilder mehr als nur ein paar verwackelte Aufnahmen von einer billigen Videokamera. Für Harry und die drei anderen sicher auch, denn sie zeigten immerhin die letzten Augenblicke im Leben ihrer Kameraden, aber für ihn bedeuteten sie weit mehr. Er war *dort* gewesen. Nicht in dieser unheimlichen Landschaft aus erstarrter Lava unter der Station, sondern in der Stadt, die ihr als Vorbild gedient hatte, und er hatte ihre Bewohner *gesehen.* Für einen Moment war die Erinnerung so übermächtig, dass er sich mit aller Kraft beherrschen musste, um nicht erschrocken zurückzuprallen.

»Alles in Ordnung?«, fragte Harry alarmiert. Anscheinend hatte er sich doch nicht so gut in der Gewalt, wie er angenommen hatte.

»Klar«, antwortete Ben hastig. »Es war nur ...« Er hob die Schultern, und Harry sah ihn eine Sekunde noch aufmerksamer an, zuckte aber dann ebenfalls mit den Achseln und machte eine Kopfbewegung auf den Bildschirm.

»Kommt dir irgendetwas davon bekannt vor?«

Ben kämpfte sein Unbehagen mit aller Macht nieder, zwang ein nervöses Lächeln auf sein Gesicht (nur für den Fall, dass irgendjemand hier noch nicht gemerkt hatte, wie es wirklich in ihm aussah) und lehnte sich gehorsam vor, um noch einmal auf den Bildschirm zu sehen. Harry tat neben ihm dasselbe, und auch Sasha, die keinen Schritt von seiner Seite gewichen war, blickte auf den Laptop hinab.

Das kam Ben nicht nur ungewöhnlich vor, sondern beunruhigte ihn auch, sodass er sich zu ihr umwandte und ihr aufmerksam ins Gesicht sah. Es war so schön – und ausdruckslos – wie immer, und ihr Blick war zwar tatsächlich auf den Bildschirm gerichtet, aber er konnte nicht sagen, ob sie das Bild darauf sah oder etwas ganz anderes – oder vielleicht auch gar nichts.

»Ben?«, fragte Harry.

»Schon gut.« Ben sah abermals auf den Computer hinunter.

Er erkannte immer noch nichts, dann konzentrierte er sich und identifizierte immerhin einige der bizarren Umrisse, die er bei seinem ersten Besuch unten in der Höhle gesehen hatte. Im allerersten Moment nutzte ihm auch dieses Begreifen nicht viel, dann aber schien hinter seiner Stirn irgendetwas spürbar einzurasten, und plötzlich ergab zumindest einiges von dem, was er sah, Sinn.

»Fahr mal ein Stück zurück. Ein paar Sekunden.«

Tooth gehorchte, und das Bild ruckelte ein Stück weit zurück und hielt dann an, als Ben eine entsprechende Geste machte.

»Und?« Harry gab sich zwar Mühe, eher desinteressiert zu klingen, aber es gelang ihm nicht, seine Anspannung zu verbergen.

»Ich bin nicht ganz sicher«, antwortete Ben zögernd. »Aber dieses hohe Gebäude dort, das … könnte es sein.«

»Was?«, fragte Harry.

»Welches Gebäude?«, wollte Tooth wissen.

Er hatte natürlich Recht. Es war kein Gebäude, sondern ein bizarres Gebilde aus Lava, dessen bloßer Anblick schon so unangenehm war, dass es Ben Mühe kostete, sich nicht davon abzuwenden. Aber in seinen Träumen *war* es ein Gebäude gewesen und nicht nur irgendeines, sondern ein gewaltiger, düsterer Koloss, der sich wie ein zu schwarzem Stein erstarrter Schrei in einen von fremden Sternen beherrschten Himmel wand. Und irgendwie … war er es immer noch, wenn auch nur für ihn und nur in seiner Erinnerung, und das sagte er auch.

»Du meinst, das ist so etwas wie …« Harry suchte nach Worten. »Ihr Zentrum?«

»Das weiß ich nicht. Aber dort halten sie Sasha gefangen.«

Tooth sah ihn zweifelnd an.

»Ihren Geist.«

Nun blickte auch Harry skeptisch.

»Also, im Traum«, fügte Ben nervös hinzu.

»Klar«, sagte Tooth.

»Und da drinnen haben sie auch die Leute von der *Princess* gefangen?«, vergewisserte sich Harry.

»Das habe ich nicht gesagt. Aber es ist das Einzige, das ich nicht nur von außen kenne. Und ich hatte das Gefühl, dass es irgendwie wichtig für sie ist.«

Das entsprach nicht völlig der Wahrheit. Er *wusste*, dass dieses spezielle Gebäude (selbst es nur so zu nennen, und sei es auch nur in Gedanken, fiel schwer) von größter Wichtigkeit für die Erbauer dieser Stadt war, aber er sparte es sich, das auszusprechen. Harry hätte ihn vielleicht gefragt, *woher* er dieses Wissen nahm, und diese Frage hätte er unmöglich beantworten können. Er hob nur die Schultern.

»Denkbar wäre es immerhin«, sagte Harry. »Das Ding habe ich gesehen, nicht einmal allzu weit vom Eingang entfernt.«

»Und wenn sie da nicht sind, verliert ihr nur wertvolle Zeit«, sagte Tooth.

»Ja, und können anfangen blind herumzusuchen«, bestätigte Harry. »Du meinst, genau das zu tun, was wir sowieso tun müssen … nur ohne vorher nachgesehen zu haben. Verstehe ich dich recht?«

Tooth zog eine Grimasse. »Schade, dass es draußen so viele Bäume gibt. Sonst würde ich euch eine Wünschelrute basteln.«

»Und wahrscheinlich würde ich sie sogar benutzen«, antwortete Harry kühl. »Zeig uns noch mal die Bilder mit den Gefangenen.«

Tooth war klug genug, jetzt nichts mehr zu sagen, sondern ließ seinen Ärger stattdessen an seinem Laptop aus, indem er mit solcher Gewalt auf die Tasten einschlug, dass es knirschte. Das Bild wechselte erneut und zeigte nun wieder die Passagiere und Besatzung der *Princess*, die von ihren unheimlichen Bewachern vorwärts getrieben wurden. Ben sah noch einmal genauer hin, erkannte aber auch jetzt im ersten Moment keinerlei Einzelheiten, jedenfalls nicht in der Höhle …

»Warte!«, rief er.

Tooth stoppte das Bild, und Ben deutete auf eine der winzigen verschwommenen Gestalten. Sie unterschied sich kaum von allen anderen in ihrer Nähe, und doch hatte irgendetwas daran seine Aufmerksamkeit erregt. *Einen* Unterschied gab es doch: In gewisser Weise ähnelte sie den Eiskriegern, die sie bewachten, denn auch sie war weiß.

»Kannst du den da näher heranholen?«, fragte er.

Tooth versuchte es, und tatsächlich sprang die verschwommene Silhouette plötzlich regelrecht auf sie zu und füllte nahezu den gesamten Bildschirm aus, zerlief aber dabei auch endgültig zu etwas wie einem matschigen weißen Fleck ohne irgendwelche Details.

Tooth probierte es weiter. Der Umriss wurde ein wenig schärfer, allerdings nicht in einem Ausmaß, das wirklich hilfreich gewesen wäre.

»Besser geht's nicht«, sagte Tooth, und Tahia beugte sich zwischen Harry und Ben hindurch über seine Schulter und begann auf dem Laptop zu tippen, ohne sein verärgertes Stirnrunzeln auch nur zur Kenntnis zu nehmen. Das Bild veränderte sich abermals und wurde nun tatsächlich schärfer und detailreicher, wenn auch immer noch nicht annähernd so sehr, wie Ben es sich gewünscht hätte.

Trotzdem ...

»Ich glaube fast, du hattest Recht, Harry.«

»Womit?«, erkundigte sich Tooth.

Harry starrte ebenfalls auf den Bildschirm und wirkte ziemlich erschrocken. »Ja, vielleicht. Es könnte Schulz sein.«

Ben war ganz und gar nicht sicher – aber die Gestalt, die selbst jetzt kaum zu erkennen war, hatte etwas sonderbar Vertrautes, ohne dass er genau sagen konnte, was. Selbst ihre Farbe, die ihn zunächst so irritiert hatte, konnte ganz gut die zerschlissene weiße Galauniform sein, die der Kapitän am letzten Abend auf der *Princess* getragen hatte.

Irgendwo hinter ihnen sog jemand keuchend die Luft ein, und im gleichen Moment – wenn auch eindeutig zu spät – erinnerte sich Ben daran, dass er nicht allein war, und fuhr hastig herum.

Sasha war zwar einen halben Schritt zur Seite gewichen, um der Söldnerin Platz zu machen, stand aber immer noch so da, dass sie ohne Probleme auf den Bildschirm blicken konnte. Und für den Bruchteil einer Sekunde, dennoch aber so deutlich, dass es diesmal ganz gewiss keine Einbildung war, *erkannte* er etwas in ihren Augen.

Furcht.

»O verdammt!«, fluchte er und machte einen raschen halben Schritt nach links, um ihr die Sicht auf den Bildschirm zu nehmen.«

»Was ist los?«, fragte Tahia alarmiert. Eine halbe Sekunde lang starrte sie ihn an, dann folgte sie seinem Blick und fuhr sichtbar zusammen, als sie in Sashas Gesicht sah. »Sag nicht, sie hat etwas gesehen!«

»Sasha?«, fragte Ben.

Sie reagierte nicht, aber auch die Furcht in ihren Augen war weg. Ihr Blick war jetzt wieder leer und auf einen imaginären Punkt irgendwo im Nichts gerichtet, und wohl zum allerersten Mal, seit Ben sie kannte, war er fast froh darum. Ihren Vater in der Gewalt dieser Ungeheuer zu erblicken, das wäre jetzt so ungefähr das Letzte gewesen, was er ihr gewünscht hätte.

»Ich … weiß nicht.« Das war Blödsinn. Er wusste es genau, aber manchmal half es eben, sich selbst zu belügen. Und wenn das Schicksal einigermaßen gnädig zu ihr war, dann hatte sie es bereits wieder vergessen.

Aber irgendetwas sagte ihm, dass das Schicksal nicht gnädig zu Sasha war. Das war es nie gewesen. Selbst die nahezu unheimlichen Fähigkeiten, über die sie ganz zweifellos verfügte, ob ihr Großvater das nun zugeben wollte oder nicht, erwiesen sich am Ende wahrscheinlich eher als Fluch, denn die einzige Welt, in der sie aus ihrer immerwährenden Isolation flüchten konnte, war ein nie endender Albtraum, von dem er selbst bisher allenfalls einen Schatten wahrgenommen hatte; und schon das war beinahe mehr, als er ertragen konnte. Und so war er auch sicher, dass sie den Anblick ihres Vaters nicht vergessen, sondern nur in ihren unsichtbaren Kerker mitgenommen hatte, wo er sie weiterquälen würde.

»Ich glaube, das reicht jetzt auch«, sagte Harry. Die Worte galten Tooth, der zu Bens Erleichterung ausnahmsweise darauf verzichtete, den Hofnarren zu geben, sondern den Computer ausschaltete und gleichzeitig den Bildschirm herunterklappte. »Es wird sowieso Zeit. Habt ihr eure Sachen beisammen?«

»Noch fünf Minuten«, sagte Tahia, wandte sich um und ging mit schnellen Schritten zu Gerrit zurück, der auf der anderen Seite stehen geblieben war und die kurze Szene mit gerunzelter Stirn beobachtet hatte. Ben ergriff Sasha bei der Schulter und führte sie zwei, drei Schritte weit weg, obwohl der Computer jetzt ausgeschaltet war, und kurz wusste er nicht genau, was er tun sollte. Am liebsten hätte er Tooth gebeten, ihm das Bild noch einmal zu zeigen, aber erstens wusste er, der Söldner würde diesen Wunsch ganz bestimmt nicht erfüllen, und zweitens hatte er das Gefühl, das Sasha nicht antun zu können. Harry sah ihn mal wieder durchdringend und nachdenklich an, und Ben befürchtete, dass er ihm möglicherweise den wahren Grund seines Hierseins verraten würde, wenn er jetzt auch nur noch einige weitere Worte mit ihm wechselte.

»Kommst du noch einmal, Ben?«, bat Tahia.

Ben drehte sich gerade noch rechtzeitig zu ihr herum, um zu sehen, wie sie einen verstohlenen Blick mit Harry tauschte, und sein Herz begann ein bisschen schneller zu schlagen. Mit einem Mal war er gar nicht mehr sicher, ob die Söldner nicht längst wussten, warum er wirklich hier war. Schließlich hatten sie ihre elektronischen Augen und Ohren buchstäblich überall in der Station.

Er ging trotzdem zu ihr, und Sasha folgte ihm auch jetzt, ohne dass er sie extra dazu auffordern oder gar an der Hand ergreifen musste. Vielleicht hatte sie ja Glück, dachte er, und es war fast wie ein Stoßgebet, und sie hatte das furchtbare Bild tatsächlich schon wieder vergessen.

Tahia nahm eine dick gefütterte Jacke von einem Stuhl und streifte sie über, als er sie erreichte. »Da gibt es noch etwas, was ich dir sagen wollte. Ich will nicht unken, aber ich denke, dir ist auch klar, wir gehen nicht zum Picknicken dort hinunter.«

»Natürlich.« Worauf wollte sie hinaus?

»Falls irgendetwas schief geht«, fuhr die Söldnerin fort und lächelte gleichzeitig in dem – vergeblichen – Versuch, ihren Worten etwas von ihrem düsteren Ernst zu nehmen, »dann halte dich an Tooth. Er weiß, was zu tun ist. Und noch etwas: Tooth weiß ebenfalls Bescheid, aber ich denke, dass du besser mit Ramanov klarkommst als er. Wenn wir aus irgendeinem Grund nicht zurückkehren oder nicht in der Lage sind, es selbst zu tun, dann fragst du den Zaren nach der Bedeutung einer versteckten Computerdatei, die ich in seinem Rechner gefunden habe. Ihr Name lautet: OMEGA DOOM.«

»Omega Doom?« Das klang irgendwie … unheimlich. »Was bedeutet das?«

»Wenn ich das wüsste, müsstest du ihn nicht danach fragen, oder?« Aber auch das war eine Lüge, das spürte er genau. Ebenso deutlich, wie er spürte, dass sie ihm keine weitere Frage über dieses Thema beantworten würde.

»Mach ich. Aber du rechnest doch nicht wirklich damit, nicht zurückzukommen, oder?«

»Natürlich nicht. Wenn ich ernsthaft damit rechnete, würde ich nicht gehen. Ramanov bezahlt uns nicht schlecht, aber so gut nun auch wieder nicht, dass Selbstmord in der Leistung inbegriffen wäre.« Sie war damit fertig, die schwere Jacke überzuziehen und all die komplizierten Reißverschlüsse und Schnallen zu schließen, ergriff ein Paar dicke Handschuhe, die auf demselben Stuhl lagen, und schob sie unter ihren Gürtel, bevor sie zum Tisch ging und zwei der Maschinenpistolen sowie vier Reservemagazine ergriff. Ben warf einen raschen Blick in Gerrits Richtung – er war gerade voll und ganz damit beschäftigt, sich ebenfalls in eine klobige Thermojacke zu hüllen, und ging dabei nicht annähernd so geschickt oder schnell zu Werke wie Tahia –, bevor er einen weiteren Schritt machte und sich erneut neugierig über den futuristisch aussehenden Flammenwerfer beugte. Sasha blieb stehen, wo sie war.

»Fass das nicht an!«, sagte Tahia scharf.

»Keine Sorge. Ich bin nicht lebensmüde. Ich finde das Ding nur ... seltsam.«

Das war noch untertrieben. Die Waffe sah so aus, als stamme sie aus der Requisitenkammer eines Science-Fiction-Filmes. Der Lauf war lächerlich dünn und mindestens so lang wie sein Arm, und an dem klobigen Schaft gab es beinahe ein Dutzend Knöpfe, Schalter und winzige Lämpchen, dazu eine Anzahl buckelige Erhebungen, deren Sinn ihm völlig verschlossen blieb. Aber der Anblick brachte ihn auf eine Idee. Verstohlen griff er in die Tasche und zog den winzigen Gegenstand heraus, den Ramanov ihm gegeben hatte.

»Das Ding sieht verrückt aus. Es hat ja nicht einmal einen Tank.«

»Du meinst einen, den man auf dem Rücken trägt, damit deine Feinde darauf schießen und dich abfackeln können? So etwas ist heute nicht mehr nötig. Gerrit – deine Waffe.«

Ben wandte sich immer noch nicht zu ihr herum, aber er sah aus den Augenwinkeln, wie sich Gerrit herumdrehte und den Arm ausstreckte, und wenn er es jetzt nicht riskierte, hätte er vermutlich überhaupt keine Chance mehr. Im gleichen Moment, in dem Tahia ihrem Freund die Maschinenpistole und die Reservemagazine reichte, beugte er sich noch weiter über die sonderbare Waffe und tat so, als würde er bewundernd mit den Fingern über den schlanken Lauf streichen.

»Ich habe dich gebeten, es nicht anzufassen!«, sagte Tahia erwartungsgemäß in jetzt wirklich scharfem Ton und auf jeden Fall laut genug, um das ohnehin fast unhörbare Klicken zu übertönen, mit dem sich die winzige magnetische Kamera an die Unterseite des Laufes schmiegte. Ben prallte übertrieben erschrocken zurück, und Tahia war mit einem einzigen zornigen Schritt neben ihm, riss den Flammenwerfer vom Tisch und legte ihn sich über die Schulter. »Das ist kein Spielzeug!«

»Entschuldige. Ich wollte nur –«

»Ja, schon gut«, unterbrach ihn Harry. »Wenn das alles hier vorbei ist, schenke ich dir die größte Wasserpistole, die ich finden kann, versprochen. Aber jetzt müssen wir los.«

8

IMMERHIN HATTEN HARRY und die beiden anderen ihm noch gestattet, sie gemeinsam mit Sasha ein Stück weit zu begleiten – das lag wohl weniger daran, dass sie ihn so sehr ins Herz geschlossen hatten, sondern wohl eher an der simplen Tatsache, dass sie auf dem Weg zum Labor an der Zentrale vorbeimussten.

Die drei Söldner gaben sich ungewohnt schweigsam, was Ben zuerst auf sich münzte und den Missklang, in dem ihr Treffen geendet hatte; er hatte Harry selten und Tahia noch nie so verärgert erlebt, zumindest nicht im Umgang mit ihm. Und Harrys allerletzte Worte beim Verlassen der Messe, die Ben vorgezogen hatte sich nicht zu merken, waren höchst überflüssig gewesen und hatten irgendetwas mit unvernünftigen Kindern und Fingern zu tun gehabt, die einem unter gewissen Umständen ziemlich schnell abhanden kommen konnten.

Trotzdem war viel wahrscheinlicher, dass mittlerweile auch die drei Söldner Nerven zeigten. Immerhin wussten sie alle, was sie dort unten erwartete. Er hätte im Moment um nichts auf der Welt mit ihm und den beiden anderen tauschen wollen.

Kurz bevor sie die Abzweigung zur Zentrale erreichten, blieb Sasha stehen und machte dann mit einer so abrupten Bewegung kehrt, dass Ben erschrocken zusammenfuhr und Tahia ihr bis zur nächsten Gangbiegung folgte. Als sie wieder zurückkehrte und Ben Anstalten machte, Sasha nachzugehen, hielt sie ihn mit einer raschen Handbewegung zurück.

»Lass sie. Sie ist in ihr Zimmer gegangen. Sie will einfach für eine Weile ihre Ruhe haben.«

Tahia hatte offensichtlich keine Ahnung, wie viel *Ruhe* Sasha in den letzten Tagen gehabt hatte, und außerdem kannte sie das Mädchen natürlich nicht annähernd so gut wie er. So phlegmatisch wie sie sich in den letzten Tagen benommen hatte, kam diese plötzliche Initiative geradezu einem Temperamentsausbruch gleich. Er machte abermals eine Bewegung, um ihr nachzugehen, und diesmal vertrat ihm Tahia ganz offen den Weg und schüttelte energisch den Kopf.

»Lass sie besser in Ruhe«, sagte sie und hob gleichzeitig die Hand, um seinem Widerspruch zuvorzukommen. »Ich weiß, du bist so ziemlich der Einzige hier, der es wirklich gut mit ihr meint, und wohl *wirklich* der Einzige, dem sie vertraut. Aber im Moment ist es sicher besser, wenn sie allein ist.«

»Tahia«, sagte Harry ungeduldig.

»Gleich.« Tahia hob die Hand, aber ihr Blick ließ Ben nicht los. »Versprichst du es mir?«

»Du glaubst, sie hat das Bild doch gesehen?«

»Nein, das glaube ich nicht. Ich *weiß* es. Schließlich habe ich Augen im Kopf. Und außerdem bin ich ebenfalls eine Frau, und Frauen spüren so etwas. Also lass sie eine Stunde in Ruhe, und sobald wir zurück sind, reden wir gemeinsam mit ihr. Wenn du willst, spreche ich mit ihr.«

»Wenn du so weitermachst, sind wir in einer Stunde noch nicht einmal aufgebrochen, geschweige denn zurück«, nörgelte Harry, aber Tahia ignorierte ihn.

»Sie kann nicht reden«, gab Ben zu bedenken.

»Aber zuhören. Und sie ist auch nicht blind. Also lass sie jetzt einfach in Ruhe, und mit ein bisschen Glück kommen wir ja vielleicht sogar mit ihrem Vater zurück, und dann sieht die Welt schon ganz anders aus.«

»Mutter Teresa?«, fragte Harry. »Wenn Sie mit Ihrer seelsorgerischen Tätigkeit fertig sind, könnten wir dann weitergehen oder willst du warten, bis die Klimaerwärmung die Höhlen freigelegt hat?«

Tahia verdrehte die Augen und ließ – vermutlich ganz bewusst – noch eine weitere Sekunde verstreichen, bevor sie sich herumdrehte und Harry und Gerrit folgte. Ben sah ihnen nach, bis sie hinter der nächsten Abzweigung verschwunden waren, und er blieb auch dann noch kurz stehen und dachte ernsthaft daran, doch zu Sasha zu gehen, entschied sich dann aber dagegen. Vielleicht hatte Tahia ja sogar Recht und es war besser, wenn sie jetzt allein blieb.

Stattdessen setzte er seinen Weg fort und betrat nach wenigen Augenblicken die Zentrale.

Wie er es erwartet hatte, waren sowohl Ramanov und van Staaten als auch seine Eltern anwesend, sonst aber niemand, was ihn einigermaßen überraschte. Obwohl er bis heute nicht wusste, welche Rolle Dr. Vatec in der komplizierten Hierarchie hier genau spielte, war er doch ziemlich sicher, dass sie so etwas wie seine rechte Hand darstellte – spätestens nach Baxters Tod –, und ohne seinen jungen Assistenten war Ramanov selten in der Zentrale anzutreffen, ganz zu schweigen von dem Dutzend als Möchtegern-Soldaten verkleideten Technikern und Wissenschaftlern, mit denen sich der Russe normalerweise umgab. Aber es blieb dabei: Seine Eltern und die beiden anderen waren allein, und irgendwie spürte er, dass auch niemand mehr kommen würde. Dabei ging es bei dem, was die drei Söldner gerade taten, möglicherweise um nicht weniger als ihr aller Überleben.

»Hat alles funktioniert?«, fragte Ramanov, statt sich mit etwas so Überflüssigem wie einer Begrüßung aufzuhalten.

Ben schloss mit einer betont langsamen Bewegung die Tür und drehte sich dann noch – beinahe schon provozierend – langsamer um. »Ja«, sagte er knapp.

»Dann können Sie die Kamera jetzt einschalten, meine Liebe«, wandte sich Ramanov an Bens Mutter.

»Lieber nicht. Ich weiß nicht, wie lange die Batterien in diesem winzigen Ding halten. Im Moment können wir sie doch noch über die normalen Kameras verfolgen, oder?«

Ramanov setzte wieder seinen gewöhnlichen Gesichtsausdruck auf – er blickte finster –, griff aber nach seiner Computertastatur und lehnte sich auf seinem Stuhl zurück. Immerhin schien er mittlerweile von Tahia gelernt zu haben, dass das Ding nicht kaputt war, sondern kein Kabel brauchte, um auch auf dieser Seite des Tisches zu funktionieren.

»Haben sie etwas gemerkt?«, fragte seine Mutter.

»Ich glaube nicht.« Ben steuerte einen freien Stuhl am Tisch an und ließ sich darauf nieder, und erst als er saß, stellte er fest, dass er so weit von Ramanov entfernt saß, wie es überhaupt nur ging; und auch von seiner Mutter.

»Du *glaubst* nicht?«, fragte Ramanov.

»Ich bin sicher«, gab Ben gereizt zurück. »Aber Harry ist nicht dumm. Es würde mich nicht wundern, wenn er mit etwas in dieser Art gerechnet hätte.«

Ramanov sparte sich eine Antwort, tippte einen Befehl auf seiner Tastatur, und der große Wandmonitor erwachte zum Leben. Im Moment zeigte er allerdings nichts Dramatischeres als einen leeren grauen Korridor und ein Stück einer massiven Panzertür, neben der sich eine kompliziert aussehende Schalttafel befand.

»Sie müssten längst da sein«, sagte Ramanov. »Wo zum Teufel –?«

Wie auf ein Stichwort hin erschienen Harry und die beiden anderen in diesem Moment im Bild. Sie schienen es tatsächlich nicht besonders eilig zu haben (was Ben gut verstehen konnte) und hielten schließlich auf halber Strecke an, um in aller Ruhe, fast schon übertrieben umständlich, noch einmal ihre Ausrüstung zu überprüfen und schließlich ihre Kapuzen hochzuschlagen und die Handschuhe überzustreifen. Ben fragte sich beiläufig, wie Harry mit diesen klobigen Dingern die winzigen Knöpfe der Tastatur neben der Tür bedienen wollte.

Aber das wollte er gar nicht. Harry hatte seine Kapuze noch nicht hochgeschlagen, kam ein paar Schritte näher und sah dann zielsicher in das Objektiv der versteckt angebrachten Kamera hinauf.

»Geben Sie mir den Code durch oder können Sie die Tür von dort aus öffnen, Professor?«

Ramanov zog die Augenbrauen zusammen. »Woher weiß er, dass wir ihn sehen können?«

»Ja, woher bloß?«, fragte Bens Vater spöttisch.

Ramanov schenkte ihm einen giftigen Blick, schwieg jedoch, machte sich erneut an seiner Tastatur zu schaffen und tippte eine mindestens zehn- oder auch zwölfstellige Ziffer ein. Auf dem Monitor erwachte das Kontrollfeld für einen Moment zu einem fast bedrohlich anmutenden Rot und wechselte nach einigen Sekunden zu Grün, und selbst über die alles andere als gute Verbindung hinweg war das dumpfe Klacken zu hören, mit dem sich das Monstrum von Tür entriegelte und wie von Geisterhand aufschwang.

»Gut«, sagte Harry. »Wir lassen eine Kamera unten vor der zweiten Tür zurück. Tahia gibt Ihnen die Frequenz durch, auf der Sie das Bild empfangen können. Behalten Sie es im Auge. Es könnte sein, dass wir es auf dem Rückweg ziemlich eilig haben.«

»Sechsundachtzig Komma zwei, Professor«, drang Tahias Stimme von außerhalb des Bildes aus den Lautsprechern.

»Aber tun Sie sich selbst einen Gefallen und schalten Sie den Ton ab. Wir senden zwar gar keinen, aber irgendetwas hier stört die Audiofrequenzen. Die Störungen sind mörderisch.«

»Dafür ist der Ton aber ziemlich gut«, sagte Jennifer Berger ironisch.

»Er kommt über Kabel, nicht per Funk«, antwortete Ramanov abwesend, während er bereits wieder auf seinen Tasten herumhackte. »Er hat Recht. Fast alle unsere Funkfrequenzen sind gestört, seit dieser Irrsinn angefangen hat. Hoffentlich verlieren wir nicht die Verbindung zu *unserer* Kamera.«

In einer Ecke des Bildschirms erschien jetzt ein kleineres Fenster, das absolut nichts zeigte.

Ramanov zog die Augenbrauen zusammen und griff nach einem Mikrofon, das hinter ihm auf dem Schrank stand. Da es im Gegensatz zu seiner Tastatur ein Kabel hatte, hätte er es um ein Haar heruntergerissen und sogar die Balance auf seinem Stuhl verloren. Es sah wirklich komisch aus, aber niemand lachte.

»Da ist nichts zu sehen.« Harrys heftigem Zusammenzucken nach zu schließen, musste er den Lautsprecher auf der anderen Seite voll aufgedreht haben.

»Das könnte daran liegen, dass wir sie noch nicht eingeschaltet haben«, antwortete Harry trocken. »Halten Sie trotzdem die Augen auf. Wir gehen jetzt los.«

Nacheinander traten die drei Söldner durch die Tür, die sich nur zur Hälfte geöffnet hatte. Dahinter war nichts als Dunkelheit zu erkennen, die auch dann nicht wich, als sie ihre Scheinwerfer einschalteten. Ganz im Gegenteil schien das geisterhafte Licht die Schwärze hinter der Tür eher noch zu betonen, bevor es nach ein paar Augenblicken wieder erlosch.

»Funktionieren die Kameras unten im Labor noch?«, fragte Bens Vater.

»Nein«, antwortete Ramanov. »Aber wir haben ja noch einen Trumpf im Ärmel. Schauen wir doch mal, was unsere Freunde dort unten *wirklich* vorhaben.«

Der triumphierend-erwartungsvolle Ton in seiner Stimme gefiel Ben nicht im Geringsten, aber er wandte seine Aufmerksamkeit trotzdem vollends dem Monitor zu, auf dem das Bild des Korridors nun einer körnigen Schwarz-Weiß-Aufnahme wich, die rein gar nichts zeigte ... jedenfalls nichts, was irgendeinen Sinn ergeben hätte. Alles, was er sah, waren tanzende Schatten und verschwommene Schemen.

»Aha«, sagte van Staaten. Niemand erwiderte etwas. Der Tanz der Schatten und Flecken auf dem Monitor wurde noch eine Spur hektischer.

»Und was ist das?«, fragte van Staaten. Auch darauf antwortete niemand. Ben schon gar nicht.

Das Bild blieb, wie es war, doch nach einigen weiteren Sekunden erschien eine ebenfalls schwarz-weiße, aber gestochen scharfe Abbildung der unteren Panzertür in dem kleineren Bildschirmfenster, und Harrys Stimme sagte: »Sieht ganz schön wüst aus hier unten. Ihre Selbstzerstörungsanlage funktioniert jedenfalls, Professor. Schade, dass Sie nicht sehen können, wie gut.«

»Schwenken Sie die Kamera herum«, sagte Ramanov in sein Mikrofon.

»Clevere Idee«, erklang nun – leiser – Tahias Stimme.

»Immerhin ist er Professor«, fügte die Gerrits hinzu. »Er *muss* clevere Ideen haben.«

Harry lachte glucksend, aber das Kamerabild begann sich prompt wackelnd zu drehen.

»Halten Sie die Kamera ruhig, West«, knurrte Ramanov, »bevor hier oben jemand einen epileptischen Anfall bekommt.«

»Ich stelle sie auf die Treppe. Auf diese Weise haben Sie die Tür auch besser im Blick.« Trotzdem versuchte er offensichtlich, die Kamera ruhiger zu halten, denn das Bild stabilisierte sich einigermaßen, während er sie herumschwenkte und zurück zur Treppe trug, sodass man jetzt mehr Einzelheiten erkennen konnte – nur bedauerte Ben diesen Umstand fast. Selbst wenn man bedachte, dass das grelle Scheinwerferlicht und die schwarzweiße Darstellung den Effekt sicherlich noch verstärkten, war der Anblick noch immer so unheimlich, dass ihm ein eisiger Schauer über den Rücken lief. Die Kammer war vollkommen ausgebrannt. Der graue Kunststoff, mit dem die Wände verkleidet gewesen waren, war nicht geschmolzen, sondern *verschwunden*; zusammen mit sämtlichen Rohrleitungen, Kabeln und überhaupt allem anderen außer dem nackten Beton der Wände und des Fußbodens. Sogar von der massiven Metalltreppe war nur noch ein ausgeglühtes Skelett geblieben, dem Ben unter normalen Umständen nicht einmal sein eigenes Körpergewicht anvertraut hätte. Er verstand immer weniger, wie er lebend aus dieser Hölle herausgekommen war.

Harry setzte die Kamera auf einer der unteren Stufen der Treppe ab, drehte sie so, dass sie nun genau auf die Tür gerichtet war, und legte seine eingeschaltete Taschenlampe daneben.

»Die Batterie hält eine gute Stunde«, kam er Ramanovs Frage zuvor. »Machen Sie sich keine Sorgen. Wenn wir nicht zurück sind, bevor sie leer ist, dann haben Sie vermutlich andere Probleme, über die Sie sich den Kopf zerbrechen sollten.«

»Blödmann«, sagte van Staaten, aber es klang eher amüsiert.

»Das habe ich gehört. Wir wären dann so weit, Professor.«

»Das sehe ich. Und?«

»Die Tür. Es wäre nett, wenn Sie sie öffnen würden. Natürlich nur, falls es Ihnen nichts ausmacht.« Er richtete einen zweiten Scheinwerferstrahl auf die Schalttafel neben der Tür – genauer gesagt das rechteckige verkohlte Loch, wo sie einmal gewesen war.

»Einen Moment.« Ramanov berührte ein paar Tasten, und aus dem Lautsprecher drang ein gedämpfter Knall.

»Was war das?«, erkundigte sich Harry misstrauisch.

»Die obere Tür. Sie glauben doch nicht ernsthaft, dass ich beide Türen öffne? Weiß der Teufel, was sich da unten herumtreibt.«

Harry sparte sich jeden Kommentar und erschien nun zum ersten Mal selbst im Bild, während er sich der Tür näherte. Ramanov tippte wieder auf seiner Tastatur, und erneut erscholl das dumpfe, sonderbar schwere Klacken. Diesmal verging jedoch eine geraume Weile, bevor sich die Tür zu öffnen begann, und auch dann öffnete sie sich nur langsam und ruckelnd und mit einem erbärmlichen Quietschen, das in den Ohren schmerzte.

»Die Mechanik muss etwas abbekommen haben«, sagte Harry, als er sich als Letzter durch den schmalen Spalt quetschte. »Besser, Sie lassen sie offen, bis wir zurück sind. Wer weiß, wie oft sie noch funktioniert.«

»Worauf Sie sich verlassen können«, knurrte Ramanov. Er wartete, bis Harry endgültig durch den Türspalt geschlüpft und auch das Licht ihrer Scheinwerfer erloschen war, dann berührte er eine weitere Taste, und die beiden unterschiedlichen Bilder auf dem Monitor tauschten wieder die Plätze.

Allerdings war auf dem Bild der kleinen Kamera noch immer nicht mehr zu sehen als tanzende Schatten und graue und weiße Schemen.

»He!«, rief van Staaten erfreut. »Ein Diaabend! Soll ich Getränke und Kräcker holen?«

Niemand reagierte auf den Scherz. Bestimmt eine Minute sahen sie alle schweigend zu, wie ein monotones Flecken- und Schattenmuster über den Bildschirm zog, dann fragte seine Mutter beinahe im Plauderton:

»Sag mal, Ben, wo genau hast du die Kamera angebracht?«

»An ... ähm ... einem sicheren Platz, wo sie bestimmt nicht danach sucht«, antwortete Ben ausweichend.

»Sie?«, fragte Ramanov.

»Tahia. Ich habe die Kamera an ihrer Waffe befestigt. Unter dem Lauf. Dort schaut bestimmt niemand nach.«

»Unter dem Lauf?«, vergewisserte sich Ramanov. Täuschte sich Ben oder klang seine Stimme ein ganz kleines bisschen schrill? »Du meinst, unter dem Lauf *des Gewehres, das sie sich nun über die Schulter gehängt hat?*«

Ben verfolgte das Muster auf dem Bildschirm interessiert weiter. Wenn man einmal von der mangelnden Bildqualität absah, war es eigentlich ganz hübsch. Er widerstand der Versuchung, sich herumzudrehen, aber er konnte beinahe körperlich spüren, wie ihn alle anstarrten.

»Das ist jetzt nicht dein Ernst, oder?«, fragte seine Mutter schließlich.

»Das war der sicherste Platz, und schließlich musste ich improvisieren«, verteidigte sich Ben. »Und sie wird sie schon herunternehmen, sobald sie in die Höhle kommen.«

»Warum?«, fragte Ramanov.

»Weil man normalerweise seine Waffe in die Richtung hält, in die man zielt«, antwortete Ben spitz.

»Vorausgesetzt, es ist etwas da, worauf man zielen müsste«, erwiderte Ramanov.

»Jetzt lassen Sie ihn doch in Ruhe, Professor«, sagte van Staaten. »Er hat Recht. *Ich* würde meine Waffe herunternehmen, bevor ich auch nur einen Schritt in diese Höhle täte.«

Wieder kehrte für eine geraume Weile unangenehme Stille ein, in der Ben weiter stur auf den Monitor sah. An dem Bild änderte sich im Großen und Ganzen nichts, und doch kam es ihm immer sonderbarer vor, je länger er es ansah. Dabei betrachtete er bloß die Decke des Korridors, die noch dazu nur blass im Streulicht der Scheinwerfer zu erkennen war, die die Soldaten in den Gang richteten.

Dann begriff er es.

»Sagt mal ... bin ich der Einzige hier, dem etwas auffällt?«

»Was denn?«, fauchte Ramanov. »Eine Gangdecke?«

»Sie ist unbeschädigt. Sollte sie nicht verbrannt sein? Der Kunststoff draußen im Vorraum ist regelrecht verdampft.«

»Und hier ist nicht einmal ein Rußfleck zu sehen«, fügte van Staaten hinzu. »Sieht so aus, als hätte die Sterilisation doch nicht überall funktioniert.«

»Auf diesem Bild erkennt man gar nichts«, gab Ramanov trotzig zurück. Dennoch konnte Ben hören, wie er wieder auf seiner Tastatur zu hämmern begann. Zwei oder drei Sekunden später sagte er: »Zu den Kameras bekomme ich jedenfalls keine Verbindung. Und zu allem anderen auch nicht. Aber sie müssten gleich an der Abzweigung sein. Der Gang dahinter ist niedriger. Dort sehen wir besser. Vor allem die Decke«, fügte er – völlig überflüssig – hinzu.

Wie gebannt saßen alle da und starrten den Bildschirm an. Das Muster aus Schatten und hellen und dunklen Bereichen veränderte sich für endlose Sekunden scheinbar gar nicht, dann flackerte das Bild kurz, und als es sich wieder stabilisierte, zeigte es tatsächlich eine völlig unversehrte, mit geriffelten grauen Kunststoffplatten verkleidete Decke.

»Verdammt!«, sagte van Staaten.

»Das muss noch gar nichts bedeuten«, gab Ramanov nervös zurück. »Vielleicht sind nur einige Bereich des Labors –«

»Was?«, unterbrach ihn van Staaten. »Die ganze Anlage sollte mit zweitausend Grad ausgebrannt werden. Das da sieht nicht nach zweitausend Grad Celsius aus, Professor. Sie wissen, wie empfindlich diese billigen Deckenplatten sind.«

Ramanov sagte nichts dazu, sondern grollte: »Wenn wir wenigstens etwas sehen könnten.«

»Wir können sie doch über Funk erreichen, oder?«, fragte Robert Berger.

»Sicherlich«, antwortete Ramanov abfällig. »Damit sie uns fragen können, woher wir wissen, dass dort unten etwas nicht stimmt – meinen Sie das?«

»Es ist ohnehin komisch, dass *sie* sich noch nicht gemeldet haben«, murmelte Bens Mutter. »Bisher sind wir doch alle davon ausgegangen, das Labor sei komplett zerstört worden. Harry scheint nicht besonders überrascht zu sein, dass –«

Sie brach ab, als das Bild abermals flackerte und dann endgültig erlosch. »Was ist denn jetzt?«

Statt zu antworten machte sich der Russe mit verbissenem Eifer über die Computertastatur her. Gut zwei oder drei Minuten lang probierte er eine Sache nach der anderen aus und wurde dabei immer nervöser und fahriger, schließlich aber gab er es auf und warf die Tastatur mit einer so wütenden Bewegung auf den Tisch, dass Ben halbwegs damit rechnete, die Tasten in alle Richtungen davonfliegen zu sehen.

»Nichts«, sagte er wütend und maß Ben dabei mit einem noch wütenderen Blick. »Die Kamera ist tot … was für ein Zufall!«

»He!«, protestierte Ben. »Schauen Sie mich nicht so an. Es ist nicht meine Schuld. Ich habe sie genau so angebracht, wie Sie es mir gezeigt haben.«

»Und wieso funktioniert sie dann nicht mehr?«

»Woher soll ich das wissen?«

»Das genügt!«, fuhr seine Mutter dazwischen. »Ich bin sicher, dass Ben alles richtig gemacht hat, Iljitsch.«

»Die Kamera war völlig intakt«, beharrte der Russe. »Ich habe sie selbst überprüft, bevor ich sie Ihnen gegeben habe.«

»Vielleicht ist der Sender ja zu schwach«, schlug sein Vater vor. »Immerhin liegt das Labor gut zehn Meter unter unseren Füßen … und ich habe keine Ahnung, wie viel davon massiver Stahlbeton ist. Wissen Sie es?«

»Nein«, raunzte Ramanov, »und es spielt auch –«

»– eine ziemlich große Rolle«, fiel ihm Bens Vater ins Wort, nun schon eine Spur schärfer. »Sie haben uns selbst erzählt, dass das alles dort unten einmal eine Art Bunker war; und diese ganze Station eine amerikanische Spionageeinrichtung, während des Kalten Krieges. Liegt es da nicht nahe, dass die Räume dort unten auch gegen Funkwellen und andere Strahlen isoliert sind?«

Ramanov funkelte ihn ärgerlich an, aber er schwieg, und nach ein paar Augenblicken hatte Ben auch das Gefühl, dass der Ärger viel mehr ihm selbst galt, weil er nicht auf diese naheliegende Erklärung gekommen war. Schließlich zuckte der Russe nur noch einmal fast trotzig mit den Schultern, angelte die Tastatur vom Tisch und legte wortlos das Bild von Harrys Kamera wieder auf den Monitor.

»Und was tun wir jetzt?«, nörgelte er.

»Wie wäre es mit dem, worum Harry uns gebeten hat?«, fragte Bens Vater und deutete auf den Schirm. »Hier bleiben und aufpassen, dass nichts durch diese Tür kommt.«

Ben wünschte sich, er hätte das nicht gesagt. Auf dem Bild rührte sich nichts, und zwischen der Treppe und ihnen war auch immer noch eine zweite, tonnenschwere Panzertür, aber er hatte nicht vergessen, was er dort unten gesehen hatte … und wenn das Labor tatsächlich nicht zerstört worden war, dann bedeutete das nichts anderes, als dass etliche von diesen Kreaturen jetzt frei dort unten umherspazierten.

Er versuchte sich damit zu trösten, dass Baxters kleine Lieblinge vermutlich längst erfroren waren. Aber wirklich funktionierte es nicht. Allein bei dem Gedanken an die grausige Kreatur hinter der Panzerglasscheibe lief ihm schon wieder ein eisiger Schauer über den Rücken.

»Mein Vorschlag gilt noch«, sagte van Staaten. »Ich hole Kräcker und Salzstangen, und wir machen uns einen gemütlichen Videoabend.«

Ramanov blickte sie böse an. »Wenn Sie irgendwo Kräcker und Salzstangen finden, dann tun Sie sich keinen Zwang an.«

Van Staatens Grinsen wirkte nun ein wenig gezwungen und Ben fragte: »So schlimm?«

»Schlimmer«, antwortete Ramanov. »Wir haben noch keine endgültige Bestandsaufnahme, aber ich fürchte, dass wir höchstens noch für zwei oder drei Tage Lebensmittel haben. Vielleicht für eine Woche, wenn wir sie streng rationieren und uns damit abfinden, mit knurrenden Mägen ins Bett zu gehen.«

»Eine Woche ist eine lange Zeit«, sagte Bens Vater. »Möglicherweise ist der Sturm bis dahin ja vorbei oder wir haben wenigstens eine Funkverbindung und können Hilfe anfordern.«

»Und wenn nicht?«, fragte Ben.

»Dann dauert es eben länger«, sagte Ramanov unfreundlich. »So schnell verhungert man nicht. Das dauert Wochen.«

»Sie haben eine reizende Art, jemanden aufzumuntern, Professor«, meinte Robert Berger.

»Es ist nur die Wahrheit«, antwortete Ramanov ungerührt. »Ich kann natürlich auch gerne behaupten, dass es ganz schnell geht und wir binnen vierundzwanzig Stunden alle verhungert sind, sobald wir unsere letzten Vorräte aufgebraucht haben. Wäre Ihnen das lieber?«

»Haben wir wenigstens genug Wasser?«, fragte Ben fast hastig und auch nur, damit sich sein Vater und Ramanov nicht noch weiter in die Haare gerieten.

»Wasser?« Ramanov sah ihn an, als hätte er die Frage überhaupt nicht verstanden.

»Wasser«, bestätigte Ben. »Was ist daran so komisch?«

»Wir sind hier in der Antarktis. Du weißt, was passiert, wenn das Eis am Nordpol schmilzt?«

»Der Wasserspiegel steigt.« Was sollte das?

»Ja, und zwar um schätzungsweise anderthalb oder zwei Meter. Wenn das Eis hier in der Antarktis schmilzt, steigt er um über *sechzig* Meter. Wir sitzen hier auf dem größten Süßwasserreservoir der Welt … da werden wir ein paar Liter für uns abzweigen können.«

»Aber all dieses viele Eis ist nicht hier drinnen«, sagte Ben stur.

Ramanov verzog das Gesicht. »Wir haben genug Wasser.«

»Jetzt fangt ihr beiden bitte nicht auch noch an«, seufzte seine Mutter. »Unser aller Nerven schleifen im Moment am Fußboden, aber unsere Situation wird nicht besser, wenn wir uns jetzt gegenseitig an die Kehle gehen. Wir werden hier ganz bestimmt nicht verhungern, und ich bin sicher, wir finden auch einen Weg, um Verbindung mit dem Festland aufzunehmen.«

»Wir können ja Rauchzeichen geben«, schlug ihr Mann vor.

»Wir haben hier fast drei Dutzend der besten Wissenschaftler der Welt versammelt, Doktor Berger«, sagte Ramanov abfällig. »Es wäre doch gelacht, wenn es ihnen nicht gelingen würde, eine simple Funkanlage auszutricksen.«

»Und den Sturm des Jahrhunderts«, fügte Bens Vater böse hinzu.

Ramanov wollte auffahren, und Bens Mutter verdrehte die Augen und setzte dazu an, die erhitzten Gemüter zu besänftigen, und van Staaten rief: »Dort! Seht doch!«

Sie alle fuhren zum Bildschirm herum.

Auf den ersten Blick hatte sich dort nichts verändert. Der Monitor zeigte noch immer eine Aufnahme der unteren Panzertür, die von einer Taschenlampe angestrahlt wurde, dann aber erschien ein Schatten, der nicht dorthin gehörte und der sich bewegte …

»Was ist das?«, murmelte Ramanov.

Bevor auch nur irgendjemand etwas sagen konnte, bekam er die Antwort auf seine Frage. Der Schatten bewegte sich weiter, und eine schlanke, in einen dünnen weißen Mantel gehüllte Gestalt trat ins Bild und näherte sich der offen stehenden Tür.

»Sasha?!«, entfuhr es Ben.

»Alexandra?«, murmelte Ramanov. Dann beugte er sich über sein

Mikrofon und schrie, so laut er konnte: »Alexandra! Bleib sofort stehen!«

Wenn es dort unten noch irgendetwas gab, was seine Worte übertragen konnte, so reagierte Sasha jedenfalls nicht darauf. Nicht einmal sehr schnell, aber ohne zu zögern, ging sie weiter auf die Tür zu und hatte sie schon nahezu erreicht, als Ramanov auf einen Schalter schlug, woraufhin sich die schwere Metallplatte mit einem erbärmlichen Quietschen zu schließen begann.

»Sind Sie verrückt geworden?«, keuchte Robert Berger. »Wollen Sie sie zerquetschen?«

Ramanov ließ noch eine weitere kostbare Sekunde verstreichen, aber dann stoppte er die Bewegung der gewaltigen Tür wieder. Bens Vater hatte Recht. Die Tür bewegte sich viel zu langsam, als dass sie sich noch schließen konnte, bevor Sasha sie erreichte, und an ihrer Art, sich zu bewegen, war etwas schrecklich Zielsicheres, das selbst ihren Großvater davon zu überzeugen schien, dass sie nicht anhalten würde. Hilflos mussten sie zusehen, wie Sasha die Tür erreichte und ohne innezuhalten durch den Spalt schlüpfte. Ramanov schrie noch zwei- oder dreimal ihren Namen in sein Mikrofon und gab erst dann auf, als sie schon längst außer Hörweite sein musste. Dann wirbelte er zu Ben herum und fuhr ihn an:

»Wie konnte das passieren? Ich dachte, du wolltest auf sie aufpassen?«

»Das habe ich auch!«, verteidigte sich Ben. »Sie ist in ihr Zimmer gegangen!«

»Ja, aber offensichtlich ist sie nicht dort geblieben!«, brüllte Ramanov. »Wie konntest du sie allein lassen? Ich habe sie dir anvertraut!«

»Hören Sie auf, Professor«, sagte Bens Vater scharf. »Ben kann nichts dafür. Erklären Sie uns lieber, wie sie dort hinunterkommen konnte! Ich denke, Sie haben die Tür geschlossen?«

»Das habe ich auch«, fauchte Ramanov. »Sie ist –«

Er brach überrascht mitten im Wort ab. Inzwischen hatte er wieder umgeschaltet, sodass der Monitor nun erneut den Korridor vor der oberen Panzertür zeigte. Sie stand sperrangelweit offen.

»Da waren wir wohl ein bisschen nachlässig, Professor, wie?«, fragte Bens Vater.

»Das war ich nicht!«, protestierte Ramanov. »Ich weiß ganz genau, dass ich die Tür geschlossen habe. Sie haben es doch gehört!«

»Was ich *sehe*, ist auf jeden Fall etwas anderes.«

»Hört auf!«, sagte Ben scharf. »Professor Ramanov hat Recht. Die Tür *war* zu.«

Ramanov wirkte ziemlich verdutzt, dass ausgerechnet er ihn verteidigte, und seine Mutter fragte ruhig:

»Kennt Sasha den Code?«

»Den braucht sie nicht«, antwortete Ben, bevor Ramanov etwas dazu sagen konnte. »Sie hat diese Tür schon einmal geöffnet. Erinnert ihr euch nicht mehr?«

Ein paar Sekunden lang sagte niemand etwas, dann murmelte Ramanov: »Aber ... was will sie denn dort unten?«

»Das ist meine Schuld«, flüsterte Ben.

Diesmal dauerte das Schweigen länger.

»Was soll das heißen?«, fragte Ramanov schließlich.

»Sie ... sie war bei mir, als ich bei Harry und den anderen war. Wir haben uns noch einmal die Bilder aus der Höhle angesehen, und ich habe Schulz auf einem davon erkannt und Tahia gebeten es zu vergrößern.«

»Kapitän Schulz?«, vergewisserte sich van Staaten. »Sashas Vater?«

»Hat Alexandra diese Bilder gesehen?«, schnappte Ramanov.

»Ja«, gestand Ben. »Zuerst habe ich geglaubt, sie habe nichts gemerkt, aber jetzt ... Ja, wahrscheinlich hat sie sie gesehen.«

»Und jetzt will sie ihren Vater suchen«, sagte seine Mutter leise.

»Ist das denn überhaupt möglich?«, wandte sich van Staaten in zweifelndem Ton an Robert Berger.

»Alexandra ist doch nicht schwachsinnig!«, polterte Ramanov.

»In diesem Fall sind wir wohl ausnahmsweise einmal einer Meinung«, bestätigte Bens Vater. »Nur weil sie nicht spricht und nicht auf äußere Reize reagiert, bedeutet das nicht, dass sie nichts von ihrer Umgebung mitbekommt. Und auch nicht, dass sie auf gar nichts reagieren könnte. Ich fürchte beinahe, Ben hat Recht. Aber es ist trotzdem nicht deine Schuld«, fügte er fast hastig und direkt an Ben gewandt hinzu.

Ramanov schwieg, aber seinem Blick nach zu urteilen, sah er das wohl etwas anders.

»Ich gehe ihr nach«, sagte Ben entschlossen.

»Das kommt überhaupt nicht in Frage«, widersprach sein Vater. »Das verbiete ich. Es ist viel zu gefährlich.«

»Aber es ist meine Schuld! Wenn ich nicht so blöd gewesen wäre, hätte sie dieses verdammte Bild gar nicht gesehen, und –«

»– und für so etwas haben wir hier Fachleute«, fiel ihm sein Vater ins Wort. »Rufen Sie diesen Söldner, Professor.«

Ramanov berührte eine Taste. Das Bild auf dem Monitor änderte sich nicht, aber aus den Lautsprechern kam ein rauschendes Knistern, und Ramanov beugte sich über sein Mikrofon. »Hier spricht Professor Ramanov«, begann er und wurde fast augenblicklich von Tooths Stimme unterbrochen.

»Ist schon alles klar, Professor. Ich habe das Bild auch auf dem Schirm.«

»Worauf warten Sie dann noch?«, polterte Ramanov. »Sie müssen meine Enkeltochter holen! Auf der Stelle!«

»Tut mir leid, Professor. Aber ich kann hier nicht weg. Harrys Befehl war da ganz eindeutig. Ich bleibe als Eingreif-Reserve zurück, falls was passiert.«

»Was soll das heißen?«, erwiderte Ramanov. »Es *ist* ein Notfall, und ich befehle Ihnen –«

»Keine Chance, Professor. Ich nehme nur Harrys Befehle entgegen.«

»Sind Sie wahnsinnig?«, schrie Ramanov. »Haben Sie vergessen, wer Ihr Gehalt bezahlt?«

»Harry«, erwiderte Tooth gelassen.

»Tooth, bitte!«, mischte sich Ben ein. »Tu es für mich. Sasha ist in Gefahr. Du musst ihr helfen!«

»Keine Chance, Kleiner«, antwortete Tooth. »Und es wäre auch völlig sinnlos – und überflüssig. Harry und die beiden anderen sind da unten. Sie werden sich um deine kleine Freundin kümmern, keine Angst.«

»Dann funken Sie ihn an!« schnappte Ramanov.

»Habe ich schon versucht. Im Moment kriege ich keine Verbindung. Aber ich versuche es weiter.«

Ben war der Verzweiflung nahe. Warum hatte Harry auch ausgerechnet *Tooth* zurücklassen müssen?! Wären Tahia oder Gerrit als Reserve zurückgeblieben, er war sicher, *sie* hätten ihm geholfen. Aber Tooth würde sich eher ins Knie schießen lassen, bevor er sich von seinem verdammten Computer wegbewegte!

Ramanov schien das wohl genauso zu sehen, denn er trennte die Verbindung kommentarlos, starrte das Mikrofon aber so wütend an, als würde er es am liebsten in Stücke brechen.

»Jetzt mach dir keine Sorgen«, sagte seine Mutter. »Er hat Recht.

Harry wird sie ganz bestimmt finden und sich um sie kümmern. Er ist gut. Du weißt das.«

Natürlich wusste er das. Harry war gut. Aber er spürte, dass Sasha in Gefahr war. Und dieses Gefühl wurde mit jedem Atemzug stärker und unerträglicher.

Er drehte sich mit einem Ruck herum und ging zur Tür. Als er sie fast erreicht hatte, sagte sein Vater: »Nur für den Fall, dass du auf irgendwelche absonderlichen Ideen kommen solltest, Sohn – kannst du diese Tür ebenfalls ohne den Code öffnen?«

Ben drehte sich alarmiert zu ihm um.

»Würden Sie freundlicherweise die obere Tür wieder verriegeln, Professor?«, sagte sein Vater.

»Bitte!«, flehte Ben.

Sein Vater wandte sich jedoch bloß mit einem auffordernden Blick an Ramanov, und der Russe nickte, beugte sich über seine Tastatur und hob dann mit einem Ruck den Kopf, um den Monitor anzustarren, bevor er auch nur eine einzige Taste berührt hatte.

Ben fuhr hastig in dieselbe Richtung herum, und für die kaum messbare Zeitspanne, die diese winzige Bewegung brauchte, erfüllte ihn eine wilde Hoffnung.

Aber sie wurde enttäuscht. Der Bildschirm zeigte noch immer die halb offen stehende Panzertür im unteren Schleusenraum, und Sasha war nicht zurückgekommen. Stattdessen huschte etwas Kleines, nur schemenhaft Erkennbares durch den Lichtstrahl der Taschenlampe und war im nächsten Augenblick wieder verschwunden.

»Was war das?«, fragte van Staaten erschrocken.

»Können Sie das bitte ranzoomen?«, fragte Robert Berger.

»Keine Ahnung«, antwortete Ramanov wahrscheinlich auf beide Fragen gleichzeitig.

Doch es war auch nicht nötig. Der Schatten tauchte erneut auf, und seine rasend schnellen ruckartigen Bewegungen ließen Ben jetzt erkennen, worum es sich handelte.

Es war eine Spinne. Nicht das riesige Monster, das er in Baxters Labor entdeckt hatte, aber trotzdem ein Riese seiner Art, eckig und mit drahtigem grauem Fell und mindestens so groß wie eine gespreizte Männerhand. Auf den ersten Blick sah sie beinahe normal aus – abgesehen von ihrer Größe natürlich –, aber als sie näher herankam, konnte man doch einige Unterschiede ausmachen. Ihre Beine schienen zu viele Gelenke zu haben, und ihr Hinterleib war unförmig aufgequollen und mit fast ins Groteske vergrößerten Spinndrüsen übersät, die wie nässende, entzündete Geschwüre aussahen.

»Was für ein Ungeheuer.« Van Staaten schüttelte sich und starrte Ramanov an. »Eines von Baxters Spielzeugen?«

»Ich vermute es«, antwortete der Russe. Auch seine Stimme klang belegt. »Ich hatte keine Ahnung, dass er *solche* Ungeheuer züchtet.«

Wenn du wüsstest …, dachte Ben schaudernd. Aber er sah auch zugleich ins Gesicht seiner Mutter, und was er dort erblickte, das ließ ihn für einen Moment alles andere vergessen.

Er hatte erwartet, seine Mutter schreckensbleich und am Rande der Panik zu erblicken. Normalerweise reichte bei dieser sonst so beherrschten Frau schon eine harmlose Hausspinne, um sie kreischend auf den nächsten Tisch oder wenigstens einen Stuhl springen zu lassen – aber sie blieb nicht nur vollkommen ruhig, sondern schien dieses abgrundtief hässliche Geschöpf sogar höchst interessiert zu betrachten. Und es war nicht das erste Mal, dass er diese neue Reaktion an ihr beobachtete. Unheimlich …

Die Spinne kam näher, füllte kurz den gesamten Bildschirm aus und stakste dann so dicht an der Kamera vorbei, dass man das Klicken ihrer harten Beine auf dem Metall der Treppenstufe hören konnte.

»Jetzt sollten Sie wirklich die Tür schließen, Professor«, sagte sein Vater. »Es sei denn, Sie möchten dieses niedliche Tierchen hier oben in der Station haben.«

Ramanov hatte es plötzlich sehr eilig, wieder umzuschalten und den entsprechenden Code einzugeben, der die Tür schloss. Als sie mit einem dumpfen Geräusch einrastete, atmete er hörbar auf.

»Ich muss dort hinunter!«, rief Ben.

»Ben, sei vernünftig«, sagte sein Vater. »Du –«

»Du verstehst nicht«, unterbrach ihn Ben. Er gestikulierte aufgeregt in Richtung des Bildschirmes, auf dem jetzt wieder die untere, offen stehende Tür zu sehen war. Zumindest im Augenblick kamen keine weiteren Ungeheuer heraus, aber was bedeutete das schon? »Dieses Ding da war … gar nichts! Da unten lauern noch ganz andere Ungeheuer, und Sasha ist allein! Ich … ich muss sie da rausholen!«

Sein Vater antwortete gar nicht, sondern sah ihn nur erschrocken an, und nach zwei oder drei Sekunden wandte sich Ben wieder zu Ramanov um. »Professor! Bitte!«

Ramanov schwieg. Zehn Sekunden. Fünfzehn. Zwanzig.

Dann nickte er. »Falls dein Vater einverstanden ist. Aber nimm ein Funkgerät mit. Und eine Waffe.«

»Und du gehst nicht allein«, fügte sein Vater hinzu. »Ich begleite dich.«

9

DIE SPINNE SASS AUF DER OBERSTEN STUFE DER TREPPE, fast als hätte sie damit gerechnet, dass sich die Tür in unmittelbarer Zukunft öffnen und sich ihr so eine Gelegenheit zur Flucht bieten würde.

Womit sie höchstwahrscheinlich nicht gerechnet hatte, war Bens Vater, der den Fuß hob und sie kurzerhand zu Brei zerstampfte.

Ben verspürte einen kurzen, aber heftigen Schub von Übelkeit. Er hatte normalerweise kein Problem mit Spinnen, aber das Tier war noch deutlich größer gewesen, als es auf dem Bildschirm den Anschein gehabt hatte; und noch um einiges hässlicher. Noch eine Kleinigkeit größer und sein Vater hätte sie vermutlich nicht einmal zertreten können.

Was jetzt an seinem Stiefel klebte, das hatte auch mehr Ähnlichkeit mit den Überresten eines Yorkshireterriers oder einer besonders fetten Ratte, die unter eine Dampfwalze geraten war, als mit einer Spinne.

»Unglaublich«, murmelte sein Vater, während er ungeschickt auf einem Bein balancierte und zugleich mit dem Schuh über die Kante der Treppenstufe scharrte, um die Schweinerei irgendwie loszuwerden. »Dieser Baxter muss doch echt einen Sprung in der Schüssel gehabt haben.«

Ben schluckte ein paarmal, um den säuerlichen Geschmack in seinem Mund loszuwerden. »Macht dir das … gar nichts aus?«, fragte er mühsam.

»Die Sauerei an meinem Stiefel? Und ob!«

»Die Spinne, meine ich.«

»Nein«, antwortete sein Vater und grinste breit. »Ein Phobiker in der Familie reicht. Und schließlich bin ich Psychologe.«

»Und die haben vor nichts Angst?«

»Doch.« Er hatte seinen Schuh gereinigt, so gut es eben ging, und langte nach dem ausgeglühten Treppengeländer. Die gesamte Konstruktion ächzte hörbar, und Ben bildete sich ein, sie unter sich wanken zu fühlen. Und vielleicht bildete er es sich ja nicht nur ein …

»Aber wir kennen mehr Tricks, um sie uns nicht anmerken zu lassen.«

Direkt in Bens rechtem Ohr erscholl ein scharfes Knacken, gefolgt von Ramanovs Stimme, die mindestens genauso unangenehm klang und laut genug war, gerade noch nicht *wirklich* wehzutun. »Falls Sie mit Ihrer Privatvorlesung fertig sind, Herr Doktor, wäre ich Ihnen äußerst verbunden, wenn Sie weitergingen. Alexandra ist jetzt schon seit gut fünf Minuten da unten.«

Ben und sein Vater drehten in einer vollkommen synchronen Bewegung und beide gleich hastig die Lautstärke der Funkempfänger herunter. Sein Vater verzog übertrieben schmerzhaft das Gesicht und sagte scheinbar ins Nichts hinein: »Und sie ist seit gut fünfzehn Jahren *Ihre* Enkeltochter, Professor, nicht meine.«

Er schaltete ganz ab, bevor ihn Ramanovs Antwort erreichen konnte, setzte sich aber trotzdem rasch in Bewegung und begann die Treppe hinunterzugehen, und Ben begriff, dass er gerade keiner Täuschung erlegen war: Die Treppe vibrierte unter ihren Schritten, und wenn er sich darauf konzentrierte, konnte er spüren, wie sie ganz sacht schwankte. Hätten Sie sich nun auf der *Enterprise* befunden, dachte er, dann hätte der Bordcomputer ihnen jetzt vermutlich in beiläufigem Ton erklärt, dass die strukturelle Integrität gefährdet sei; aber mit einem Mal hörte sich das gar nicht mehr komisch an – vermutlich weil es die Wahrheit war. Die massive Metalltreppe *war* schwer beschädigt, was ihn erneut zu der Frage brachte, wie um alles in der Welt Harry, seine Mutter und er das Inferno hatten überleben können, das hier drinnen getobt hatte.

Er fand die Antwort darauf jetzt so wenig wie die unzähligen Male zuvor, die er sich dieselbe Frage gestellt hatte, und versuchte sich davon zu überzeugen, dass diese wirklich massive Treppe die paar lächerlichen Kilos schon noch aushalten würde, die sein Vater und er auf die Waage brachten.

Als sie die Hälfte der Strecke nach unten hinter sich gebracht hatten, ertönte ein dumpfer Knall, und diesmal schwankte die gesamte Treppe *spürbar* unter ihnen. Etwas fiel von der Decke und zerbrach krachend unter ihnen. Er blieb erschrocken stehen, und sein Vater schaltete mit einer hastigen Bewegung den Funk wieder ein.

»Was war das?«

»Nur die obere Tür, Herr Kollege«, antwortete Ramanov gelassen. »Irgendwie musste ich doch Ihre Aufmerksamkeit erregen.«

»Das ist Ihnen gelungen«, antwortete Bens Vater säuerlich. »Und jetzt machen Sie sie bitte wieder auf.«

»Ganz bestimmt nicht. Es sei denn, Sie garantieren mit, dass der Raum sauber ist und wir hier oben keinen unerwünschten Besuch bekommen.«

»Die Spinne ist tot«, mischte sich Ben ein. »Mein Vater hat sie erledigt.«

»Gut. Aber wenn ich mich richtig erinnere, dann hast du selbst mir erklärt, dass da unten noch viel übleres Ungeziefer herumkriecht.« Seine Stimme wurde hörbar härter. »Diese Tür geht erst wieder auf, wenn ich euch zusammen mit Alexandra zurückkommen sehe.«

Ben wollte auffahren, aber sein Vater schüttelte nur rasch den Kopf, und er beließ es bei einem schweigenden Blick zum oberen Ende der Treppe. Ramanov hatte ja Recht – aber er hatte trotzdem für einen Moment das Gefühl, in einer riesigen unterirdischen Gruft eingesperrt zu sein, aus der er nie wieder hinauskommen würde. Und was Ramanov über *zusammen mit Alexandra* gesagt hatte, das überhörte er. Er hatte ohnehin nicht vor, *ohne* Sasha zurückzukommen.

»Und schalten Sie bitte die Kamera ein«, fügte Ramanov hinzu, als keiner von ihnen antwortete.

Sein Vater sagte auch dazu nichts, griff aber mit beiden Händen nach oben und schlug die Kapuze seiner gefütterten weißen Jacke zurück, bevor er mit der rechten Hand einen der beiden starken Scheinwerfer einschaltete, mit denen Ramanov sie ausgerüstet hatte, und mit der anderen die winzige drahtlose Kamera an seinem Stirnband. Es sah einigermaßen abenteuerlich aus, war aber zugleich auch ziemlich praktisch, denn auf diese Weise nahm die Kamera automatisch alles auf, was er anschaute.

»Und jetzt sollten Sie losgehen, Doktor Berger«, fuhr Ramanov fort. »Alexandra ist schon ziemlich lange dort unten.« Der bissige Spott war aus seiner Stimme verschwunden, und er klang jetzt nur noch besorgt.

»Er hat Recht«, sagte Bens Vater. »Komm. Und bleib immer dicht hinter mir.«

Das war nicht unbedingt das, was Ben vorgehabt hatte, aber zumindest auf dem ersten Stück blieb ihm ohnehin nichts anderes übrig. Der Türspalt, durch den Sasha so mühelos geschlüpft war, erwies sich beim

Näherkommen als so schmal, dass sie nur hintereinander hindurchkonnten. Sein Vater schien es nicht besonders eilig zu haben, denn er leuchtete das schmale Stück des Fußbodens dahinter lange und misstrauisch mit seinem Scheinwerferstrahl ab, und er zögerte auch dann noch einen spürbaren Moment, bevor er sich mühsam durch den Spalt quetschte. Ben konnte es ihm nicht verdenken. Auch ihm wären auf Anhieb ungefähr zweitausend Orte eingefallen, wo er lieber gewesen wäre als in dem unheimlichen Labor auf der anderen Seite.

Aber dort drüben war auch Sasha und sie war in Gefahr, und das bedeutete, dass er selbst dann durch diese Tür gegangen wäre, wenn er genau gewusst hätte, dass der Teufel persönlich auf der anderen Seite auf ihn wartete.

Und wer weiß – vielleicht tat er das ja.

Er wartete nicht einmal ab, bis sein Vater ganz durch den Türspalt war, sondern drängte ungeduldig hinter ihm her und dankte Ramanov im Stillen für die dick gefütterte Jacke und die Handschuhe, ohne die er sich vermutlich an den scharfen Kanten der Tür blutige Schrammen geholt hätte. Trotzdem kam er nicht einmal auf den Gedanken, Ramanov darum zu bitten, die Tür weiter zu öffnen. Genau genommen war der Türspalt für seinen Geschmack noch viel zu breit, wenn er an gewisse … *Geschöpfe* dachte, die möglicherweise hier umherstaksten …

Er drückte die Sprachtaste seines Funkgerätes. »Professor Ramanov, geht diese Tür noch einmal auf, wenn Sie sie schließen?«

Fünf oder sechs Sekunden Schweigen, dann: »Ich bin nicht sicher. Das Metall scheint sich unter der Hitze verzogen zu haben.« Ramanovs Stimme war sehr ernst, aber auch sehr sachlich. »Ich verstehe, was du meinst … doch das Risiko ist zu groß, dass sie nicht mehr aufgeht und ihr dort unten eingesperrt seid.«

»Gut«, sagte sein Vater. »Oder besser: schlecht. Lassen Sie die Tür offen. Aber behalten Sie die zweite Kamera im Auge.« Er wandte sich an Ben. »Schalt deine Lampe ein.« Ben gehorchte, und sein Vater sog scharf die Luft zwischen den Zähnen ein und fügte blinzelnd hinzu: »Aber halt sie nicht unbedingt in mein Gesicht!«

Ben senkte die Lampe zwar gehorsam, tröstete sich aber damit, dass er nicht nur seinen Vater geblendet hatte, sondern wahrscheinlich auch Ramanov.

»Also los«, sagte sein Vater. »Suchen wir sie. Und … Ramanov?«

»Ja, Berger?«

»Versuchen Sie weiter, Harry und die anderen zu erreichen.«

Ben schwenkte seinen Scheinwerfer herum und rief zwei- oder dreimal Sashas Namen, so laut er konnte. Natürlich bekam er keine Antwort, aber er bezweifelte auch fast, dass er sie gehört hätte. Die unheimliche Szenerie, die sein Scheinwerferstrahl der Dunkelheit vor ihm entriss, hielt all seine Sinne gefangen.

Die Selbstzerstörungsanlage hatte tatsächlich nicht funktioniert – aber das Labor war auch nicht unbeschadet davongekommen. Er sah keine Spinnen oder andere Monster, doch die Wand auf der linken Seite war schwarz verkohlt und die Kunststoffverkleidung überall geschmolzen; sie gab den Blick auf den nackten Beton und ein Gewirr aus verkohlten Kabeln und Rohrleitungen frei. Ein Teil der Deckenverkleidung war heruntergebrochen und bildete eine regelrechte Barrikade, die zu übersteigen nicht gerade leicht sein würde. Und als wäre das alles noch nicht genug, hatte das Erdbeben, das der Katastrophe vorausgegangen war, einen gut doppelt handbreiten Riss im Beton des Fußbodens hinterlassen, aus dem ein unheimlicher, fast weißer Dunst emporstieg.

Ben wollte unverzüglich losgehen, aber sein Vater hielt ihn mit einem Kopfschütteln zurück. »Es hat keinen Zweck, blind draufloszurennen. Hast du eine Ahnung, wo sie sein könnte?«

»Vermutlich in der Höhle, um ihren Vater zu suchen.«

»Dann wäre sie Harry und den anderen direkt in die Arme gelaufen, und sie wären schon längst auf dem Rückweg. Ich schlage vor, wir durchsuchen erst einmal das Labor. Du kennst dich ja hier aus … wenigstens besser als ich.«

Und genau das war der Grund, aus dem Ben allein bei diesen Worten schon wieder ein eisiger Schauer über den Rücken lief. Er wusste nur zu gut, was sich hinter einer dieser Türen verbarg.

»Ein guter Vorschlag«, drang Ramanovs Stimme aus ihren Kopfhörern, bevor Ben antworten konnte. »Machen Sie es so. Aber beeilen Sie sich … oder noch besser: Teilt euch auf. Es reicht, wenn einer von euch das Labor durchsucht. Wenn Alexandra bei diesen Söldnern ist, heißt das automatisch, dass sie *nicht* in Gefahr ist.«

»Kommt nicht in Frage«, sagte Bens Vater in entschiedenem Ton. »Aber wir beeilen uns. Komm.« Er kletterte – vorsichtig, aber mit erstaunlichem Geschick – über die Barriere aus Splittern und Betontrümmern hinweg und schwenkte dabei seine Lampe unablässig von links nach rechts. Einmal glaubte Ben etwas Kleines durch den Lichtstrahl huschen zu sehen, aber es war verschwunden, bevor er sicher sein konnte, und danach rührte sich nichts mehr. Vielleicht nur seine Nerven.

Sein Vater ließ den Lichtstrahl weiter aufmerksam über Fußboden, Decke und Wände gleiten und folgte ihm mit Blicken, vermutlich damit Ramanov und die anderen oben in der Zentrale sahen, was er sah; aber er rührte sich nicht; auch nicht als Ben das Hindernis überwunden und neben ihm angekommen war.

Er sah seinen Vater fragend an, doch Ramanovs Stimme aus dem Kopfhörer kam ihm zuvor. »Was ist los? Worauf warten Sie?«

»Irgendetwas stimmt hier nicht«, sagte Bens Vater nachdenklich.

»Ja, das kommt mir auch so vor«, antwortete Ramanov sarkastisch. »Ich sollte die Putzfrau rauswerfen.«

Sein Vater machte sich nicht einmal die Mühe, zu antworten, sondern lenkte den Scheinwerfer weiter durch den Gang. Das bleiche Licht riss grauen Kunststoff und zerrissene Kabel und Ruß- und Brandflecken aus der Dunkelheit, und ein paarmal brach sich das Licht schimmernd auf geborstenem Glas ...

Aber auch *nur* auf Glas.

»Du hast Recht«, sagte Ben. »Hier stimmt etwas nicht.« Sein Vater sah ihn fragend an, und Ben machte eine fast ungeduldige deutende Geste. »Fällt dir nichts auf?«

»Mach es nicht so spannend«, polterte Ramanovs Stimme in seinem Ohr. »Was hast du entdeckt?«

»Kein Eis. Seht ihr das nicht? An den Wänden ist kein Eis. Es ist viel zu warm hier drin!«

»Ich finde es nicht unbedingt *warm*«, sagte sein Vater betont, aber Ben schüttelte nur noch einmal den Kopf.

»Hier müssten zwanzig oder dreißig Grad unter null sein! Aber hier ist nicht einmal ein einziger Eiskristall zu sehen! Weißt du, was das heißt? Dass die Heizung noch funktioniert!« *Und all die kleinen oder auch nicht ganz so kleinen Ungeheuer, die Baxter erschaffen hatte, vielleicht noch am Leben waren ...*

»Unsinn!«, widersprach Ramanov. »Die ganze Anlage ist tot! Auf meinem Monitor ist nichts zu sehen!«

Das glaubte ihm Ben sogar ... aber es bedeutete im Grunde auch nicht mehr als das, was Ramanov gerade selbst gesagt hatte: dass sein Computer nichts anzeigte. Und es *war* entschieden zu warm hier unten.

Die Gedanken seines Vaters mussten sich wohl auf ganz ähnlichen Pfaden bewegen, denn er stellte zwar keine weitere Frage mehr, griff aber mit der Hand in die Tasche und zog die Pistole heraus, die Ramanov ihm gegeben hatte. Genau genommen hatte er ihnen *zwei* Pistolen gegeben, aber sein Vater hatte sie *beide* eingesteckt.

»Deine Lampe«, sagte er, während er sich der nächstgelegenen Tür näherte.

Ben richtete seinen Scheinwerferstrahl gehorsam auf die Tür, während der seines Vaters – und die Mündung seiner Pistole – auf den Boden unmittelbar vor seinen Füßen gerichtet blieb, als er sich der Tür näherte.

Ben wusste nicht, was er erwartet hatte – vielleicht etwas Hässliches mit zu vielen Beinen –, aber hinter der Tür bewegte sich nichts, als er sie behutsam aufzog.

Jetzt *sahen* sie Eis, das in einer dünnen gesprungenen Schicht auf dem Fußboden glitzerte, dann Trümmer und zerborstenes Glas und schließlich genau das, was Ben befürchtet hatte: eine Spinne.

Eine ziemlich große Spinne sogar.

Allerdings war sie tot.

Sie war beinahe so groß wie Tarantula, Baxters Schoßtierchen; sie lag auf dem Rücken, hatte im Tod die Beine an den Leib gezogen und sah zwar noch immer ziemlich widerwärtig aus, aber kein bisschen gefährlich.

Sein Vater schob die Tür weiter auf, und sie sahen noch mehr – und allesamt tote – Spinnen. Die Tiere waren ganz offensichtlich erfroren; manche von ihnen waren mit glitzerndem Raureif überzogen, und als er schließlich dicht hinter seinem Vater durch die Tür trat und dieser die Lampe herumschwenkte, bot sich ihm ein besonders grausiger Anblick: Einige Tiere waren regelrecht an den Wänden oder auch Möbelstücken festgefroren.

Er erkannte den Raum jetzt zweifelsfrei wieder. Es war das Labor, in dem er das Monster entdeckt hatte – allerdings hatte es sich verändert. Nachdem er gegangen war, musste es eine zweite Explosion gegeben haben, denn die gläserne Trennwand war verschwunden, und die Sicherheitsschleuse hatte sich in eine bizarre Skulptur aus Glas, Gummi und Metall verwandelt. Nun wusste er auch, woher all die toten Spinnen stammten. Die Explosion oder Druckwelle, oder was immer es auch gewesen war, hatte all die Terrarien zerschmettert, in denen sie gefangen gewesen waren.

Ben betete, dass es nicht wirklich *alle* gewesen waren.

Sein Herz jagte, und der unangenehme Geschmack auf seiner Zunge wurde noch stärker. Am liebsten hätte er auf der Stelle kehrtgemacht, aber sein Vater ging bereits weiter, und sosehr sich Ben auch vor dem fürchtete, was er auf der anderen Seite der zerborstenen Glaswand finden mochte, so wenig war es ihm möglich, sich *nicht* mit eigenen Augen davon zu überzeugen.

Wie er erwartet hatte, enthüllte der Scheinwerferstrahl eine Szenerie, gegen die sich Dantes Inferno ausnahm wie eine harmlose Walt-Disney-Produktion. Nahezu sämtliche Terrarien und Glaskästen waren zerbrochen, und ihre ehemaligen Bewohner lagen tot und erfroren auf dem Boden; Hunderte, wenn nicht Tausende toter Spinnen.

Er machte einen weiteren Schritt. Glas knirschte unter seinen Stiefelsohlen, und sein Herz schlug ihm bis zum Hals und schien plötzlich ebenfalls mindestens ein Dutzend dünne Beine auszuklappen, auf denen es in seine Kehle heraufzukriechen versuchte.

Die schlechte Nachricht war: Auch das große Terrarium existierte nicht mehr. Die Scheibe aus fast zentimeterdickem Glas war tausendfach gesprungen und hatte sich selbst in etwas wie ein kompliziert verästeltes Spinnennetz verwandelt.

Die gute war: Die Riesenspinne war noch da.

Die *wirklich* gute war: Sie war ebenso tot wie alle anderen.

»Großer Gott«, murmelte sein Vater. »Was … was ist denn … *das?!*« Der Scheinwerfer in seiner Hand zitterte so stark, dass er Mühe hatte, ihn weiter auf das tote Ungeheuer gerichtet zu halten; was den unheimlichen Anblick aber eher noch verstärkte. Die tote Spinne lag mit angezogenen Beinen auf dem Rücken wie die meisten ihrer kleineren Brüder und Schwestern ringsum, doch das zitternde Licht erschuf eine grässliche Illusion von Bewegung.

»Aber das … das ist doch gar nicht möglich!«, krächzte sein Vater. »So … so etwas kann es doch gar nicht geben!«

»Ja«, antwortete Ben leise. »Dasselbe habe ich auch gedacht, als ich sie das erste Mal gesehen habe.«

»Soll das heißen, du hast dieses Ungeheuer schon einmal gesehen?«, erklang Ramanovs Stimme in seinem Ohr.

»Ja. Genau wie Sie, Professor.«

»Unsinn!«, sagte Ramanov. »Ich schwöre, ich habe dieses ... *Ding* noch nie gesehen! Ich hatte keine Ahnung, was Baxter dort unten treibt, verdammt! Hätte ich es gewusst, ich hätte ihn eigenhändig umgebracht!«

»Ja, das klingt glaubhaft«, meinte sein Vater spöttisch. Jedenfalls gab er sich alle Mühe, spöttisch zu klingen, aber dass seine Stimme beinahe ebenso sehr zitterte wie der Lichtstrahl, den er noch immer auf das erfrorene Spinnenmonstrum richtete, verdarb ihm irgendwie den Effekt. Trotzdem fuhr er fort: »Wer leitet noch mal diese Station?«

»Das reicht jetzt«, sagte Ramanov streng. »Wir haben alles aufgezeichnet und reden später darüber. Jetzt suchen Sie bitte weiter nach Alexandra.«

»Darauf können Sie sich verlassen, dass wir noch darüber reden!«, grollte sein Vater. »Und zwar nicht nur über dieses ... *Ding* hier!«

Er drehte sich mit einem Ruck herum, und da sein Scheinwerfer die abrupte Bewegung mitmachte, hatte Ben für einen Sekundenbruchteil tatsächlich den Eindruck, dass die Spinne aufsprang, um sich auf ihn zu stürzen. So schnell er es gerade noch konnte, ohne zu rennen, folgte er seinem Vater und atmete erst vorsichtig auf, als sie wieder draußen auf dem Gang waren und er die Tür hinter sich zugezogen hatte.

»Dieser verdammte Mistkerl!«, ereiferte sich sein Vater. »Das hat er gewusst, mein Wort drauf! Er hat uns von Anfang an belogen! Von der ersten Sekunde an! Das hier ist keine Wetterstation, das ist Frankensteins Labor!«

Ben hoffte, dass er das Funkgerät abgeschaltet hatte – aber eigentlich war es ihm egal. Jetzt, wo sie diesen schrecklichen Raum verlassen und die Tür hinter sich geschlossen hatten, klärte sich das Durcheinander hinter seiner Stirn allmählich. Seine Angst verschwand nicht ganz, aber er empfand nun zusätzlich beinahe so etwas wie Erleichterung, denn immerhin wusste er jetzt, dass van Staaten ihr Wort gehalten und niemandem etwas von dem verraten hatte, was er ihr anvertraut hatte. Und – es war seltsam, und er wunderte sich beinahe selbst darüber und konnte nicht den leisesten Grund dafür angeben – er *glaubte* Ramanov, dass er nichts von der wahren Natur von Baxters Experimenten gewusst hatte.

Außerdem erinnerte er sich nun wieder daran, warum sie hier waren.

»Sasha«, sagte er.

Sein Vater nickte stumm, griff ebenso wortlos in die Jackentasche und nahm die zweite Pistole heraus, die Ramanov ihm gegeben hatte. »Du schießt auf nichts, was weniger als sieben Beine hat, ist das klar?«

»Sehr komisch«, antwortete Ben, griff aber natürlich trotzdem fast hastig nach der Pistole und steckte sie ein; was ein sehr sonderbares Gefühl in ihm auslöste. Als sein Vater sich vorhin geweigert hatte, ihm die Waffe zu geben, war er enttäuscht und auch ein bisschen zornig gewesen, so offensichtlich wie ein Kind behandelt zu werden, und im Umkehrschluss hätte er jetzt ein bisschen stolz sein oder sich zumindest sicherer fühlen sollen.

Keines von beidem war der Fall. Der lahme Scherz seines Vaters hatte natürlich keinem anderen Zweck gedient, als seine eigene Nervosität zu überspielen und Ben spüren zu lassen, wie wenig wohl ihm dabei war, seinem Sohn eine geladene Waffe auszuhändigen. Dass er es trotzdem getan hatte, ließ gewisse Rückschlüsse über den Ernst ihrer Situation zu, über die Ben lieber nicht genauer nachdachte …

Gerade als sie das Labor endgültig verlassen wollten, knackte es in seinem rechten Ohr, aber jetzt war es nicht Ramanovs Stimme, sondern die seiner Mutter, die aus dem Funkgerät drang.

»Robert, bitte dreh dich noch einmal langsam im Kreis. Ich möchte einen Komplettschwenk, den wir später auswerten können.«

»Dafür haben wir keine Zeit«, widersprach ihr Mann missmutig. »Wozu überhaupt?«

»Du sollst das Labor ja auch nicht gründlich durchsuchen, sondern nur einmal aufnehmen. Vielleicht ist es später wichtig, zu wissen, was da unten noch funktioniert und was nicht.«

Sein Vater zierte sich noch einen Moment, gehorchte aber dann und benötigte für den gewünschten Kameraschwenk einen Bruchteil der Zeit, die sie zuvor mit dieser sinnlosen Diskussion verschwendet hatten. Schließlich aber verließen sie das verwüstete Labor endgültig und machten sich daran, auch die übrigen Räume des Labortraktes in aller Eile zu durchsuchen. Überall stießen sie auf Zeichen der Zerstörung unterschiedlichen Ausmaßes – und auf eine unangenehm große Anzahl *lebender* Spinnen, auch wenn es sich zum allergrößten Teil um ganz durchschnittliche Arachnoiden handelte und nicht ein einziges Ungetüm etwa jener Größe dabei war, wie es sein Vater oben auf der Treppe zertreten hatte.

Einige der (gottlob zumeist toten) Tiere, die sie sahen, waren jedoch … sonderbar. Hätte Ben sie an irgendeinem anderen Ort der Welt gesehen, hätte er sie für Missgeburten gehalten – oder den schlechten Scherz eines ebenso begnadeten wie gelangweilten Modellbauers –, aber hier und jetzt bekam ihre Entdeckung einen unangenehmen Beigeschmack. Diese Spinnen hatten zu viele (oder auch zu wenige) Beine, manche eine zusätzliche Taille oder die falsche Anzahl und Form von Augen, und sehr viele wiesen aufgequollene Hinterleiber und absurd vergrößerte Spinndrüsen auf; was zumindest ein *Indiz* dafür war, dass Baxters eigentliche Intention darin bestanden hatte, Spinnen*seide* in größerem Stil zu produzieren, nicht Spinnen*monster*.

Das Schlimmste aber war, dass ihm etliche dieser absurden Monstrositäten *bekannt* vorkamen. Er hatte sie schon einmal gesehen, genauer gesagt ihre Kopien aus Eis, die Gerrit und er draußen an der Spalte gefunden hatten. Weder sein Vater noch er verloren auch nur eine Bemerkung darüber, aber seine wachsende Nervosität ließ keinen Zweifel daran aufkommen, dass auch er sich sehr wohl an ihren grausigen Fund erinnerte und sich seine Gedanken dazu machte.

Schließlich aber – nach wahrscheinlich weniger als fünf Minuten, die sich jedoch zu einer schieren Ewigkeit dehnten – hatten sie den Labortrakt durchsucht, ohne auf eine Spur von Sasha gestoßen zu sein.

»Dann muss sie in der Höhle sein«, sagte Ramanov, der ihre erfolglose Suche über seinen Monitor mitverfolgt hatte.

»Dann hätten Harry und seine Leute sie finden müssen«, wandte sein Vater ein.

Sie standen jetzt am Ende des Korridors, und vor ihnen lag der Eingang des kniehohen Tunnels, der zur Höhle führte. Ben betrachtete ihn voller Unbehagen. Sasha war irgendwo auf der anderen Seite, und natürlich würde er ihr folgen – aber das änderte nichts daran, dass ihm dieses schwarze Loch im Fels in diesem Moment vorkam wie das gierig aufgerissene Maul eines Ungeheuers, das nur auf ein paar Dummköpfe wartete, die freiwillig hineinkrochen, um sie zu vertilgen.

Und zumindest seinem Gesichtsausdruck nach zu schließen schien es seinem Vater ganz genauso zu ergehen.

»Das ist gut möglich«, antwortete Ramanov. »Aber sie melden sich immer noch nicht. Sie werden wohl hineingehen und nachsehen müssen.«

Der Gedanke, sich auf Hände und Knie hinabzulassen und freiwillig in dieses steinerne Drachenmaul zu kriechen, gefiel Ben immer weniger und im nächsten Moment …

… spielte all das keine Rolle mehr, denn aus dem bodenlosen schwarzen Loch vor ihnen drang das mehrfach gebrochene, peitschende Echo eines Schusses.

10

NOCH BEVOR SIE DAS ENDE DES STOLLENS ERREICHTEN, der übrigens wie durch Zauberei auf das mindestens Zehnfache der Länge angewachsen zu sein schien, die Ben in Erinnerung hatte, fiel zuerst die Bildverbindung aus, dann wurde auch Ramanovs über genau diesen Umstand nörgelnde Stimme in seinem Ohr immer unverständlicher und verstummte schließlich ganz. Als Ben und sein Vater sich auf der anderen Seite des Stollens wieder aufrichteten, drang aus ihren Kopfhörern nur noch ein monotones statisches Rauschen, und sein Vater schaltete das Funkgerät ab. Die Stille, die sich daraufhin ausbreitete, traf Ben so unverhofft und mit solcher Wucht, dass er tatsächlich wankte und einen hastigen halben Schritt zur Seite tat, um nicht das Gleichgewicht zu verlieren.

Es lag wohl an dieser Höhle. In der Realität war er erst einmal hier gewesen, aber im Traum immer wieder, und er hatte sie aus den unterschiedlichsten Blickwinkeln auf dem Bildschirm gesehen – und doch kam ihm nichts hier irgendwie bekannt vor. Für einen ganz kurzen, aber sehr unangenehmen Moment wurde das Schwindelgefühl noch stärker. Aus den Augenwinkeln sah er, dass es seinem Vater nicht besser erging: Auch er machte einen Schritt zur Seite und ein kleines Stück zurück, wobei er die Beine leicht spreizte; wie ein Seemann an Deck eines kleinen Schiffchens, das unversehens von einer kräftigen Welle getroffen worden war. Vielleicht war es, weil dieser Ort einem das Gefühl gab, dass man nicht hierher gehörte – dass er einen *nicht wollte* –, und das mit einer Intensität, die körperlich spürbar war.

Ben verscheuchte diesen albernen Gedanken und konzentrierte sich mit einiger Mühe wieder auf den Grund, aus dem sie hier waren. Sasha war irgendwo hier unten, und sie mussten sie finden.

Aber möglicherweise hätte er diesen Plan besser doch nicht so klar in Worte gefasst, denn ihm wurde fast gleichzeitig auch bewusst, wie lächerlich er war. Sie standen wie bei ihrem letzten Besuch hier unten auf dem Geröllhang und blickten auf die bizarre Landschaft aus Felsen und zu grotesken Formen erstarrtem Lava hinab. Und dann erkannte er, dass sie sich verändert hatte. Vielleicht war diese Veränderung nicht einmal wirklich sichtbar, zumindest nicht auf eine Art, die man mit Worten beschreiben konnte: Alles schien noch einmal eine Spur düsterer und abweisender – *fremder* –, als es ohnehin gewesen war, als hätte sich diese ganze gewaltige Felsenlandschaft um eine Winzigkeit weiter in Richtung dessen entwickelt, was es eigentlich sein wollte. Noch einmal und jetzt ganz deutlich spürte er, dass sie nicht hier sein sollten. Dieser Ort war nicht nur fremd, er war *feindselig*.

»Das ist unheimlich«, sagte sein Vater in diesem Moment. Er war also nicht allein mit seinem Gefühl.

»Ja. Ich hätte nicht gedacht, dass du es auch –«

Er brach mitten im Satz ab, als er sich zu seinem Vater herumdrehte und feststellte, dass dieser gar nicht in die Höhle hinunterschaute, sondern den Kopf in den Nacken gelegt hatte und den künstlichen Sternenhimmel über ihnen betrachtete. Ben widerstand ganz bewusst dem Impuls, dasselbe zu tun. Der Anblick machte ihm Angst.

»Was?«, fragte er ungeduldig.

»Was schätzt du, wie tief wir hier unter der Erde sind?«, entgegnete sein Vater. »Zehn, zwölf Meter?« Er beantwortete seine Frage gleich selbst mit einem Nicken.

»Allerhöchstens. Aber jetzt ist wirklich nicht der –«

»Und was schätzt du, wie hoch diese Decke über uns ist?«, fuhr sein Vater in nun eindeutig triumphierendem Ton fort. »Vierzig Meter? Fünfzig?«

Eher mehr, dachte Ben bedrückt. Und zwar *deutlich* mehr. Als er das erste Mal hier gewesen war und bewusst nach oben gesehen hatte, da hatte er das vom Boden der Höhle aus getan, die ihrerseits gute zwanzig oder dreißig Meter unter ihnen am Fuß der riesigen Schutthalde lag. Es war ihm schlicht und einfach nicht aufgefallen, aber die Höhle schien ganz eindeutig höher zu sein, als es überhaupt möglich war.

»Das ist völlig unmöglich«, murmelte sein Vater.

Und durch und durch unheimlich dazu, dachte Ben, aber sie waren trotzdem aus einem anderen Grund hier.

»Sasha«, erinnerte er.

Sein Vater wirkte fast ein bisschen enttäuscht, aber er riss seinen Blick trotzdem mit einiger Mühe von dem erstarrten Sternenhimmel über sich los und nickte, schüttelte aber auch praktisch in derselben Bewegung den Kopf, als Ben losgehen wollte.

»Es hat keinen Sinn, blindlings draufloszustürmen. Wir sollten einen Moment nachdenken. Wo könnte sie sein?«

Unglückseligerweise hatte er Recht, dachte Ben. So gigantisch und sonderbar die Höhle auch war, die sich unter ihnen ausbreitete, rührte sich doch nirgendwo etwas, und wenn das Geräusch, das sie letzten Endes hierher gelockt hatte, tatsächlich ein Schuss gewesen war, dann ließ sich der Schütze jedenfalls nicht blicken. Es war, als hätte die riesige Höhle Harry und seine Begleiter verschlungen. Genauso wie Sasha. Er zuckte nur hilflos mit den Schultern.

»Denk nach«, drängte sein Vater. »Wo könnte sie hingegangen sein?«

»Falls du glaubst, ich hätte in letzter Zeit telepathische Fähigkeiten entwickelt, muss ich dich enttäuschen«, erwiderte Ben in schärferem Ton, als er beabsichtigt hatte, und er bedauerte die Worte auch im gleichen Moment schon wieder.

Sein Vater schien sie ihm jedoch nicht übel zu nehmen. »Wohin wollten Harry und die anderen? Erinnerst du dich, wohin die Gefangenen gebracht worden sind?«

Nein, daran erinnerte er sich nicht. Und soviel er wusste, war das auf dem winzigen Filmschnipsel auch gar nicht zu sehen gewesen. Aber er erinnerte sich, was Harry ihn *gefragt* hatte – und daran, dass Sasha neben ihnen gestanden hatte, als er antwortete …

Statt die ohnehin bewundernswerte Geduld seines Vaters noch mehr auf die Probe zu stellen, drehte er sich wieder herum und ließ seinen Blick aufmerksam durch die riesige Höhle streifen.

Es wäre nicht einmal wirklich nötig gewesen – das monströse Gebilde, in dem er Sasha in seinem Traum begegnet war, überragte alles in weitem Umkreis, sodass man es gar nicht übersehen konnte, aber Ben zögerte trotzdem kurz, bevor er in die entsprechende Richtung deutete. Dieses … *Etwas* war das Einzige hier, was ihm überhaupt etwas sagte, aber das bedeutete ganz und gar nicht, dass sie Sasha auch dort finden würden. Er kleidete seine Bedenken in Worte, doch sein Vater schüttelte nur den Kopf.

»Es ist der beste Hinweis, den wir haben. Wenn sie dort nicht ist, können wir immer noch anfangen wild herumzusuchen.« Er runzelte die Stirn. »Habe ich etwas besonders Komisches gesagt oder warum grinst du so?«

»Ich musste nur daran denken, dass Harry und Tooth vor einer halben Stunde fast wortwörtlich dieselbe Unterhaltung geführt haben. Nur mit vertauschten Rollen.«

»Dann seid ihr euch anscheinend ähnlicher, als ich dachte«, antwortete sein Vater.

»Wer?«

»Tooth und du, wer denn sonst?«

Ben verzichtete klugerweise auf eine Antwort und setzte seinen Weg vorsichtig fort. Als er diesen Hang das erste Mal hinuntergestürzt war, hatte er die Strecke in kaum zwanzig Sekunden (und inmitten einer Steinlawine) zurückgelegt. Jetzt brauchte er zwei oder drei Minuten, und als er unten angelangt war, zitterten seine Knie. Trotzdem machte er rasch zwei oder drei Schritte zur Seite, bloß für den Fall, dass sein Vater diesmal derjenige sein sollte, der einen mittleren Erdrutsch auslöste. Es kam allerdings nur ein einziger kleiner Stein angeflogen, der mit einem hellen *Plink!* von einem Felsen abprallte und in der Dunkelheit verschwand, nur einen Moment später gefolgt von seinem Vater, der mit unerwartetem Geschick über den unsicheren Grund heranbalanciert kam.

»Findest du den Weg?«, fragte er.

Von hier aus war das Gebäude im Herzen der Stadt der *Alten* nicht zu sehen, aber Ben beantwortete seine Frage trotzdem mit einem Nicken. Er war schon einmal dort gewesen, im Traum, und irgendetwas sagte ihm, dass er den Weg auch mit traumwandlerischer Sicherheit finden würde.

Vielleicht wäre mit *albtraumhafter Sicherheit* treffender gewesen. Bens Zeitgefühl erlosch schon nach den ersten Schritten, wie seine räumliche Orientierung, kaum dass sie den ersten Schritt in das Labyrinth aus schwarzem Stein und eishartem Irrsinn getan hatten, aber er spürte immerhin, dass nicht allzu viel Zeit vergangen sein konnte, als sie den großen Platz im Zentrum der Stadt erreicht hatten. Sie waren niemandem begegnet, niemand (und was viel wichtiger war: *nichts)* hatte sie aufgehalten, und doch gehörten die Augenblicke, die sie hierher gebraucht hatten, zu den bisher schrecklichsten seines Lebens. Jeder Quadratzentimeter Boden, auf den sie ihren Fuß setzten, schien ihnen das Atmen schwer zu machen, jeder Schatten wurde zu einer schneidenden Messerklinge, jedes Stück Dunkelheit zu einem verschlingenden Abgrund. Ben geriet nicht in Panik, nicht einmal annähernd, aber er lernte eine neue Bedeutung des Wortes *Furcht* kennen, bevor sie ihr Ziel erreichten.

»Ist es das?« Sein Vater deutete auf das riesige ... Lavagebilde auf der anderen Seite des Platzes, das an den bizarren Turm aus seinem Traum erinnerte, zugleich aber auch an nichts, was er jemals gesehen hätte. Aber er erkannte die Treppe wieder, die er hinaufgegangen war (auch wenn es in Wirklichkeit alles war, nur keine *Treppe*), und nickte, und sein Vater ging mit schnellen Schritten weiter, sodass er ihm wohl oder übel folgen musste. Sein Herz klopfte immer schneller.

In seinem Traum war es sehr mühsam gewesen, die Treppe hochzusteigen und das steinerne Drachenmaul des Eingangs zu erreichen, der fast auf halber Höhe des Lavafelsens lag, jetzt, in der Realität, überstieg es beinahe ihre Kräfte. Sein Vater war so erschöpft, dass er sich zitternd an den grotesk geformten Torbogen lehnte, als sie endlich oben angekommen waren, und auch Bens Knie zitterten vor Anstrengung, und sein Atem ging schnell und schmeckte so scharf in seiner Kehle, dass es beinahe wehtat. Außerdem war es hier in der Höhle spürbar kälter als oben im Labor. Jeder Atemzug erschien als graue Dampfwolke vor seinem Gesicht, seine Haut prickelte, und seine Finger waren trotz der dicken Handschuhe bereits so steif gefroren, dass jede noch so kleine Bewegung schmerzte. Flüchtig dachte er an die Waffe in seiner rechten Jackentasche und fragte sich, ob er überhaupt noch fähig sein würde sie zu benutzen, falls sie angegriffen würden.

»Und jetzt?«, fragte sein Vater.

Ben sah sich ebenso ratlos um, wie sein Vater klang. Sie befanden sich in einer sonderbar geschnittenen Kammer, die nur eine einzige Ähnlichkeit mit dem Raum aus seinem Traum hatte: Sie war genauso unheimlich. Es war nicht wirklich ein künstlich geschaffener Raum, aber auch keine Höhle, sondern etwas … dazwischen, das sich immer dann zu bewegen schien, wenn er nicht direkt hinsah.

»Dort … vorne«, murmelte er unschlüssig. Das *glaube ich,* fügte er nur in Gedanken hinzu; auch wenn sein Vater es irgendwie trotzdem gehört zu haben schien, seinem Gesichtsausdruck nach zu schließen.

Der tanzende Schein ihrer beider Handscheinwerfer machte es auch nicht gerade leichter, sich zu orientieren. Immer da, wo sich das Licht zurückzog, schien sich etwas zu bewegen, wie ein Meer winziger tastender Ärmchen, über das ein unfühlbarer Wind strich.

Nach einem knappen Dutzend Schritten erreichten sie einen weiteren Durchgang, hinter dem ein bodenloser Abgrund gähnte, der das Licht ihrer Scheinwerfer einfach zu verschlucken schien. Sein Vater sparte sich die Frage, ob dies der richtige Weg sei, und wandte sich wortlos einem zweiten, missgestalteten Torbogen zu, hinter dem eine schräge Rampe in die Tiefe führte. Sie war nicht einmal allzu steil, aber der Fels glitzerte vor Eis, und nach vielleicht acht oder zehn Schritten machte der Stollen einen scharfen Knick nach links, hinter dem von einer massiven Wand bis hin zu einem gähnenden Abgrund alles Mögliche lauern konnte. Die Vorstellung, *dort* hinunterzugehen, erfüllte ihn nicht gerade mit Begeisterung.

Sein Vater nahm ihm die Entscheidung ab, indem er die Lampe irgendwie so an seinem Gürtel befestigte, dass der Lichtstrahl auf den Boden unmittelbar vor seinen Füßen fiel, und dann, mit vorsichtigen kleinen Schritten und sich mit ausgestreckten Armen rechts und links an der Wand abstützend, losging. Es sah ganz leicht aus, aber als Ben ihm auf die gleiche Weise zu folgen versuchte, hatte er alle Mühe, auf den Beinen zu bleiben. Der Boden war spiegelglatt, und die verrückte Geometrie dieses Ortes narrte auch hier seine Augen: Die Neigung des Stollens war deutlich stärker, als es den Anschein gehabt hatte. Ben war nicht einmal sicher, dass sie den Rückweg auf die gleiche Weise bewältigen würden.

Sein Vater verschwand hinter der Biegung und rief ihm irgendetwas zu, das er nicht verstand; aber zumindest klang seine Stimme nicht erschrocken. Ben versuchte ein wenig schneller zu gehen, mit dem Ergebnis, dass er auf dem spiegelglatten Boden prompt den Halt verlor und das letzte Stück nicht nur hilflos schlitternd zurücklegte, sondern auch ziemlich unsanft gegen seinen Vater prallte, der unmittelbar hinter der Biegung auf ihn wartete.

Gut, auf diesem Weg würden sie ganz bestimmt nicht zurückkommen.

Sein Vater löste die Lampe vom Gürtel und ließ den Strahl durch den riesigen asymmetrischen Raum schweifen, in den der Schacht mündete. Er war deutlich höher, als es eigentlich möglich war, wenn man den Höhenunterschied bedachte, den der Schacht hinter ihnen überwunden hatte, aber über solche Kleinigkeiten zerbrach sich Ben mittlerweile schon gar nicht mehr den Kopf. Sie waren eben in einem Winkel der Welt gestrandet, in dem die Naturgesetze, wie sie sie kannten, keine Gültigkeit mehr hatten, basta.

Außerdem schlug ihn das, was er im bleichen Licht des Scheinwerfers sah, viel zu sehr in seinen Bann, als dass er auch nur noch einen Gedanken an diese weitere Unmöglichkeit verschwendet hätte.

Die Decke der Höhle war mit schimmernden Sternen aus Kristall übersät, auch wenn es nicht einmal annähernd so viele waren wie draußen, und auf den Wänden … befand sich etwas.

Ben konnte es nicht genauer in Worte fassen. Hätte er ein Foto betrachtet, so hätte er geglaubt, es sei unscharf und hoffnungslos verwackelt, nur dass es eben keine Fotografie war, sondern die Realität. Der Effekt war jedoch derselbe. Was immer die Wände vom Boden bis zur Decke übersäte, entzog sich auf fast schwindelig machende Weise ihren Blicken.

»Es sieht aus wie ein … Bild«, murmelte sein Vater, während er zögernd näher an die nächstgelegene Wand herantrat und den Lichtstrahl auf eine bestimmte Stelle richtete. Das unheimliche Flimmern wurde dadurch allerdings eher noch verstärkt. Man erkannte immer noch keine Einzelheiten, aber wenn man zu lange hinsah, bekam man Kopfschmerzen. Vielleicht hatte sein Vater mit seiner Vermutung Recht, vielleicht auch nicht … auf dem schwarzen Stein war jedenfalls etwas, was einem Bild ähnelte, oder genauer gesagt etwas, was versuchte ein Bild zu *werden*, ohne dass es ihm richtig gelang. Ben glaubte Formen zu identifizieren, wabernde Umrisse, Linien und … Dinge, und je länger er hinsah, desto intensiver wurde das Gefühl, sie *kennen* zu müssen. Und doch entzog sich ihm dieses Begreifen stets im allerletzten Moment, und zwar so, als läge es nicht an ihm, sondern als *verhindere* etwas, dass er wirklich erkannte, was er da sah. Der Anblick löste ein heftiges Unbehagen in ihm aus.

»Unheimlich, nicht?«

»Ja«, antwortete Ben automatisch und begriff erst, als sein Vater neben ihm erschrocken herumwirbelte, dass es gar nicht seine Stimme gewesen war, auf die er geantwortet hatte. Beinahe entsetzt fuhr auch er herum und kniff geblendet die Augen zusammen, als er in das grelle Licht eines starken Scheinwerfers blinzelte, der direkt auf sein Gesicht gerichtet war.

»Und verdammt leichtsinnig von euch«, fuhr eine Stimme irgendwo hinter dem grellen Licht fort, die er als die Harrys zu identifizieren glaubte, ohne allerdings völlig sicher zu sein. »Wenn ich Tooth mitgenommen hätte statt Gerrit, dann hätte er erst geschossen und mich dann gerufen, um nachzusehen, was er getroffen hat. *Was zum Teufel tut ihr hier, verdammt noch mal?*«

Die letzten Worte hatte er fast geschrien. Ben konnte immer noch nichts erkennen außer gleißendem Licht, das ihm die Tränen in die Augen trieb, aber er hörte, wie der Söldner näher kam, und auch noch die Schritte einer zweiten Person. Außerdem machte er eine sehr interessante, wenn auch alles andere als angenehme Erfahrung:

Man konnte spüren, wenn jemand eine Waffe auf einen richtete, auch ohne dass man sie sah …

»Nimm die Funzel herunter und ich erkläre es dir«, sagte er, bevor sein Vater antworten konnte.

Eine Sekunde lang geschah gar nichts, dann aber löste sich der blendend weiße Lichtstrahl von seinem Gesicht, doch er brauchte noch einmal drei oder vier Sekunden, in denen er heftig blinzelte, bevor er überhaupt wieder etwas sehen konnte und die verschwommenen Schatten vor seinen Augen zu Harrys Gesicht zusammenflossen. Hinter ihm arrangierte sich ein zweiter Schemen zu einer menschlichen Gestalt, doch bevor er ihr Gesicht erkennen konnte, wurde aus seinem unangenehmen Gefühl Gewissheit. Er hatte sich nicht nur eingebildet, dass der Lauf einer Waffe auf ihn gerichtet war. Allerdings wurde ihm ein bisschen flau im Magen, als er erkannte, dass es keine Maschinenpistole war, sondern etwas Größeres mit einem viel längeren Lauf, der in einer knollenförmigen Mündung endete …

»Ich frage noch einmal, was zum Teufel ihr hier zu suchen habt?«, wiederholte Harry. Er gab sich jetzt Mühe, nicht mehr zu schreien, aber das Ergebnis war eher noch einschüchternder.

»Wir dachten, wir hätten einen Schuss gehört«, antwortete sein Vater.

»Habt ihr«, knurrte Harry. »Das war ich, draußen. Ich habe auf einen Schatten geschossen, weil wir alle ein ganz kleines bisschen nervös sind … und das hätten ebenso gut Sie oder Ihr Sohn sein können, verdammt! Also: Was wollt ihr hier?«

»Sasha«, antwortete Ben. Er sah Harry an, aber ihm entging dabei keineswegs, dass Tahia langsam auf ihn zukam und die Mündung des Flammenwerfers weiterhin direkt auf ihn zielte. »Sie ist weggelaufen. Ich fürchte, sie hat ihren Vater auf dem Bild erkannt und will ihn jetzt suchen.«

»Sie ist hier«, bestätigt Harry.

»Hier?!«, wiederholte Ben erschrocken. »Sie ist euch –«

»Sie war *vor uns* hier«, fiel ihm Harry ins Wort. »Und jetzt frag mich bitte nicht, wie sie das geschafft hat. Wir sind gerade noch rechtzeitig gekommen, um sie von einer ziemlichen Dummheit abzuhalten.« Er schüttelte den Kopf und sah plötzlich eher resigniert als wütend aus. »Und jetzt ihr. Sind das jetzt alle oder kommen noch mehr? Ich meine: Am Platz soll es nicht liegen. Wir kriegen locker die gesamte Besatzung unter.«

»Wir hätten Sie angefunkt, aber die Verbindung ist abgebrochen«, sagte Bens Vater gereizt.

»Geht es Sasha gut?«, wollte Ben wissen.

Harry sah sie abwechselnd an, als könne er sich nicht entscheiden, wem er zuerst antworten solle, und sagte dann gar nichts, und Tahia kam noch näher und starrte Ben ebenso durchdringend wie misstrauisch an. Die Mündung des Flammenwerfers berührte jetzt fast seine Brust.

»Könntest du mir einen Gefallen tun und äh … das Ding herunternehmen?«, bat Ben stockend. »Es macht mich ein bisschen nervös.«

Tahia starrte ihn weiter auf diese beunruhigende Weise an. Sie dachte nicht daran, ihre schreckliche Waffe zu senken, sondern streckte die andere Hand aus – Ben fiel erst jetzt auf, dass sie trotz der grausamen Kälte keine Handschuhe trug – und kniff ihm so kräftig in die Wange, dass er vor Schmerz aufschrie und einen Schritt zurückprallte.

»He! Was soll das?!«

»Ich glaube, er ist echt«, sagte Tahia an Harry gewandt. Immerhin nahm sie ihre Waffe herunter.

»Seid ihr übergeschnappt?«, keuchte Ben, während er seine schmerzende Wange massierte. Für einen Scherz ging das entschieden zu weit. Es tat *weh*, verdammt noch mal! »Sehe ich etwa aus wie eine wandelnde Eisskulptur?«

»Ich finde auch, das geht ein wenig zu weit«, pflichtete ihm sein Vater bei.

»Ach, finden Sie?«, fragte Harry kühl. »Na, dann kommt mal mit.« Er wedelte auffordernd mit seiner Waffe (warum behandelte er sie immer so, als wären sie seine Gefangenen?, dachte Ben verwirrt) und gestikulierte zugleich ungeduldig mit der freien Hand in die Richtung, aus der Tahia und er gerade gekommen waren, und Ben und sein Vater setzten sich widerwillig in Bewegung.

Sie verließen die Höhle durch einen schmalen Spalt, an dessen jenseitigem Ende ein unwirkliches blasses Licht schimmerte. Ben hatte das ungute Gefühl, zu wissen, was dieses Licht bedeutete, und er wurde nicht enttäuscht: Sie gelangten in eine zweite, deutlich größere Höhle, deren Decke ebenfalls mit verschiedenfarbenen Diamanten übersät war. Nur dass diese hier wie Hunderte winziger Lampen von innen heraus leuchteten. Harry hatte sich offensichtlich zunutze gemacht, was sie schon bei ihrem ersten Besuch hier unten bemerkt hatten, und einen seiner mitgebrachten Scheinwerfer so auf den Boden gelegt, dass der Strahl gegen die Decke gerichtet war und die Kristalle zum Leuchten brachte.

Und wieder galt: Was immer der grelle Scheinwerferstrahl in den Kristallen zum Leben erweckte, es war nicht nur Licht …

Doch er kam nicht dazu, seine Bedenken in Worte zu kleiden, denn der Anblick, der sich ihm im flackernden Streulicht der diamantbesetzten Decke bot, war zu bizarr; und zugleich zu erschreckend. Gerrit – und auch Sasha! – hielten sich nur wenige Schritte jenseits des Eingangs auf, und Ben stürmte sofort zu ihnen hin, aber sie waren ganz und gar nicht die einzigen … Gestalten, die es hier drinnen gab. Ben gewahrte auf Anhieb mindestens fünfzig oder sechzig Männer und Frauen, die reglos dastanden; lebensecht und komplett aus schimmerndem Eis bestehend. Zwei oder drei lagen in Stücke zerbrochen da, und er glaubte zu wissen, wer dafür verantwortlich war, verschwendete jedoch kaum einen Gedanken daran, sondern eilte zu Sasha und schloss sie in die Arme.

»Ist alles in Ordnung mit dir? Bist du verletzt?«

»Nein«, antwortete sie. »Mir … fehlt … nichts.«

11

BEN PRALLTE SO HEFTIG ZURÜCK, als hätte sich Sasha in seinen Armen von einem Sekundenbruchteil auf den nächsten in etwas Gefährliches und Bissiges verwandelt, und starrte sie an, und Sasha starrte zurück. Das hieß: Sie *starrte* nicht, aber sie sah ihn ganz eindeutig an, nicht nur auf einen Punkt im Nichts irgendwo in seiner Richtung, und in ihren Augen stand *Erkennen* geschrieben. Und sie hatte gesprochen. Langsam und schleppend zwar, so als bereite ihr jedes Wort große Mühe, aber sie hatte *gesprochen*!

Falls er nicht verrückt geworden oder einer besonders heimtückischen Halluzination aufgesessen war …

Verwirrt sah er sich um und blickte nacheinander seinen Vater und die drei Söldner an. Wenn es eine Halluzination war, dann eine, der zumindest auch sein Vater erlegen war, denn er sah genauso fassungslos und ungläubig aus wie er. In Harrys Gesicht rührte sich nichts, während Tahia auf eine schon fast unangemessen fröhliche Art grinste.

»Du spinnst nicht«, sagte sie. »Sie spricht.«

»Aber … aber wie ist denn das … möglich?«, stammelte Ben.

»Keine Ahnung«, antwortete Harry. »Es hat angefangen, als wir hier hereingekommen sind.«

»Du kannst mich ... auch selbst ... fragen«, fügte Sasha stockend hinzu.

Ben fuhr schuldbewusst zusammen und wandte sich hastig wieder zu ihr um. Etwas war anders als in seinem Traum, und das war vielleicht der endgültige Beweis, dass er wach war und das alles hier wirklich erlebte: ihre Stimme. Es war noch immer eine sehr schöne, fast sinnliche Stimme, eine Spur tiefer und rauer, als er erwartet hätte, was möglicherweise daran lag, dass ihr das Sprechen so sichtliche Mühe bereitete – aber es war ganz eindeutig die Stimme eines Menschen, nicht mehr das engelsgleiche Flüstern, mit dem sie in seinen Träumen zu ihm gesprochen hatte.

»Aber wie ist das möglich?«, wandte er sich nun direkt an sie.

»Nahe. Sie sind ... fast schon ... erwacht, Ben.« Während sie sprach, erschien in ihren Augen ein alter, wenn auch unwillkommener Bekannter: ein Ausdruck tiefer Verzweiflung, auch wenn Ben das Gefühl hatte, sie galt eher dem Umstand, dass es ihr nicht gelingen wollte, die richtigen Worte zu finden.

»Streng dich nicht an«, sagte er hastig. »Es reicht, wenn du nickst oder den Kopf schüttelst, okay?«

Sasha nickte, und Tahia sagte fast empört: »Bist du jetzt ganz durchgeknallt? Sei doch froh, dass sie sprechen kann!«

»Ben hat Recht«, mischte sich sein Vater ein. »Sie hat noch nie gesprochen. Ich habe auch keine Erklärung dafür, wieso sie es plötzlich kann, aber es muss zweifellos sehr anstrengend für sie sein.« Rasch trat er zwischen Ben und Sasha, ergriff sie bei den Schultern und sah ihr ernst in die Augen. »Du verstehst mich, Alexandra?«

Sie nickte. »Sasha ... kann Alexandra nicht ... leiden.«

Bens Vater lächelte flüchtig, wurde aber sofort wieder ernst. »Sasha, gut. Du weißt, warum wir hier sind?« Wieder ein Nicken, diesmal wortlos, und er fuhr fort: »Dann weißt du, wo dein Vater und die anderen sind? Und wie wir zu ihnen kommen?«

»Oh, das können wir Ihnen auch sagen«, sagte Harry ruhig.

Nicht nur Ben, sondern auch sein Vater fuhren überrascht zu ihm herum und starrten ihn an.

»Kommt mit«, sagte Harry, wandte sich zu Gerrit um und deutete auf Sasha. »Pass auf sie auf.«

»He, was soll das?«, beschwerte sich Ben, aber Harry ging einfach, und Gerrit baute sich in beinahe drohender Haltung hinter Sasha auf und legte ihr die Hand auf die Schulter.

»Geh einfach mit«, sagte er, »dann verstehst du es schon.«

Ben zögerte noch kurz – Sasha wehrte sich nicht gegen den Griff des Söldners, und sie sagte auch nichts, doch sie sah ihn so vorwurfsvoll an, dass ihm schier das Herz brach, und außerdem *wollte* er sich nicht von ihr trennen, nicht jetzt, wo sie endlich aus ihrem Gefängnis ausgebrochen war und er die *wahre* Sasha kennen gelernt hatte! –, aber schließlich wandte er sich doch widerstrebend um und folgte Harry und seinem Vater.

Der Weg war nicht weit, stellte aber das bisher unangenehmste Stück dar, denn sie mussten die Höhle komplett durchqueren und dabei im Slalom den Gestalten aus Eis ausweichen. Etliche davon glaubte Ben wiederzuerkennen – Passagiere und Besatzungsmitglieder der *Princess* –, doch er zog es vor, nicht zu genau hinzusehen. Keine von ihnen rührte sich, und es gab noch einen viel gewaltigeren Unterschied zu den Eisgeschöpfen, denen sie bisher begegnet waren: Bei diesen ... Dingern handelte es sich um nichts anderes als perfekte, aber trotzdem vollkommen leblose Statuen; präzise Kopien aus Eis, doch mehr auch nicht. Aber irgendwie machte das ihren Anblick beinahe noch unheimlicher.

»Was bedeutet das?«, fragte sein Vater.

»Keine Ahnung«, antwortete Harry und zuckte mit den Schultern, sodass sein Scheinwerferstrahl für einen Moment wild auf und ab hüpfte und die tanzenden Schatten die unheimliche Phalanx der Eisstatuen nun doch zu lautlosem Leben zu erwecken schien. »Aber wenn Sie mich fragen, dann ist das eine verdammte Armee! Nebenan stehen noch einmal so viele, und wer weiß, wie viele von diesen Höhlen es noch gibt. Ein paar sind doppelt oder auch dreifach da – aber das wollte ich Ihnen nicht zeigen.« Er wies mit seinem Scheinwerferstrahl direkt nach vorne. »Passt bloß auf, wo ihr hintretet.«

Ben ging zögernd an ihm vorbei, nahm sich seinen Rat aber trotzdem zu Herzen und war nur einen Moment später sehr froh, es getan zu haben.

Der Scheinwerferstrahl verlor sich vor ihnen im Nichts, weil die gegenüberliegende Wand viel zu weit entfernt war, als dass er sie erreichen konnte.

Aber es gab auch keinen Boden mehr.

Wo sich der mit glitzerndem Raureif bedeckte Fels erstrecken sollte, gähnte ein bodenloser Abgrund.

»Seid vorsichtig«, sagte Harry, erstens völlig unnötigerweise und zweitens trat er selbst so nah an die Kante heran, dass Ben schon allein vom

Hinsehen schwindelig wurde, und als wäre das noch nicht genug, ließ er sich so dicht vor dem Abgrund in die Hocke sinken, dass seine Zehen ein gutes Stück über die Kante hinausragten. Ben rechnete halbwegs damit, dass er auch noch auf den Zehenspitzen zu wippen beginnen würde, aber so weit ging seine Angeberei dann doch nicht. Er beließ es dabei, sie mit einer weit ausholenden Geste heranzuwinken.

Ben näherte sich der Kante äußerst vorsichtig und beugte sich noch behutsamer vor, um in den Abgrund hinunterzuspähen. Trotzdem wurde ihm prompt wieder schwindelig, sodass er sich hastig neben Harry auf die Knie sinken ließ, bevor er es ein zweites Mal versuchte.

Der Abgrund war nicht ganz so tief, wie es ihm in seinem ersten Schrecken vorgekommen war, aber er maß dennoch gut und gerne seine dreißig Meter, und die Wand unter ihm war nicht nur so spiegelglatt, als wäre sie sorgsam poliert worden, sondern stürzte auch vollkommen lotrecht in die Tiefe. Ben konnte im allerersten Moment nicht genau erkennen, was sich unter ihnen befand, doch dann lenkte Harry seinen Scheinwerferstrahl an ihm vorbei in die Tiefe, und Ben stockte der Atem.

Unter ihnen befanden sich die vermissten Passagiere. Die Entfernung war zu groß, um Einzelheiten zu erkennen oder gar eine bestimmte Person zu identifizieren, aber es waren ganz eindeutig lebende Menschen, keine seelenlosen Eisskulpturen.

Wenigstens hoffte Ben, dass sie noch am Leben waren, denn nicht eine der Gestalten rührte sich. Sie saßen oder lagen auf dem Boden, zum Teil wild übereinander gestürzt, als wären sie mitten in der Bewegung von einer unsichtbaren Macht niedergestreckt worden.

»Wir konnten deine kleine Freundin gerade noch davon abhalten, kopfüber hinunterzuspringen«, sagte Harry. »Eine Sekunde später und sie wäre gesprungen.«

Sein Vater blickte betroffen, und auch Ben verspürte ein plötzliches, heißes Erschrecken, aber es fiel ihm zugleich schwer, Harrys Worten wirklich zu glauben. Der Söldner hatte keinen Grund, ihn zu belügen, aber er konnte sich einfach nicht vorstellen, dass Sasha *so etwas* tun sollte. Sie war vielleicht sonderbar, aber nicht dämlich. Und sie war ganz bestimmt nicht hier heruntergekommen, um Selbstmord zu begehen.

Langsam beugte er sich ein zweites Mal vor und sah nach unten. Der Anblick hatte sich nicht verändert und schien beim zweiten Mal eher noch unheimlicher zu sein.

»Wenn du Schulz suchst, er ist da drüben auf der anderen Seite.« Harry reichte ihm ein klobiges Fernglas und gestikulierte mit der anderen Hand nach unten und links. Ben rutschte vorsichtshalber ein kleines Stück von der Kante zurück, bevor er das Fernglas ansetzte und ein paar Augenblicke fast hektisch herumsuchte, bevor er sah, was Harry offensichtlich vor ihm entdeckt hatte. Eine untersetzte Gestalt in einer zerfetzten Borduniform, deren ursprüngliches Weiß man nur noch erahnen konnte, und die ebenso reglos wie alle anderen dastand und ihm den Rücken zuwandte, sodass er ihr Gesicht nicht erkennen konnte. Er war beinahe sicher, dass es Kapitän Schulz war, aber es war wie auf dem Bild oben auf Tooths Computer: eben nur *beinahe.*

Neugierig beugte er sich noch etwas weiter vor, spürte den Sog der Tiefe und wankte ein wenig, und sein Vater rief erschrocken: »Pass auf!«

Wahrscheinlich lag es nur an diesen Worten, dass ihm das Fernglas entglitt. Viel zu hastig griff er mit beiden Händen danach, spürte, dass er dem Abgrund dadurch nun tatsächlich gefährlich nahe zu kommen drohte, und prallte instinktiv wieder zurück, wodurch der Feldstecher nun endgültig zwischen seinen Fingern hindurchrutschte und in die Tiefe fiel.

Wenn auch nicht besonders weit.

Statt wie ein Stein in die Tiefe zu fallen, beschrieb das Fernglas einen engen Bogen und flog dann mit einem hellen Laut gegen die Wand.

Und das war noch nicht alles. Ben tauschte einen ebenso betroffenen wie überraschten Blick mit Harry, beugte sich hastig vor und riss dann mit einem ungläubigen Keuchen die Augen auf.

Das Fernglas klebte keine dreißig Zentimeter unter ihm an der Wand.

Ben blinzelte, presste eine Sekunde lang die Augen zusammen und sah noch einmal hin, aber der Feldstecher hing nach wie vor an der senkrechten Wand.

»Was ist denn *das?*«, murmelte sein Vater fassungslos. Auch er hatte sich vorgebeugt und starrte das Fernglas aus aufgerissenen Augen an – ebenso wie Harry, der aber eher verdutzt aussah. Er hob nur die Schultern.

»Kann die Wand … magnetisch sein?«, vermutete sein Vater.

»Das Ding ist aus Kunststoff und Glas«, antwortete Harry. Er beugte sich – sehr behutsam – weiter vor, griff in die Jackentasche und zog einen billigen Kugelschreiber aus durchsichtigem Plastik heraus. Vermutlich, um auch ganz sicherzugehen, dass sein Testobjekt kein Metall enthielt, schraubte er ihn auseinander, warf die Mine und die Feder achtlos hinter sich und ließ den Rest dann vielleicht zehn Zentimeter jenseits der Kante fallen.

Die Einzelteile des Kugelschreibers fielen auch ungefähr zehn Zentimeter tief, beschrieben einen perfekten Bogen und prallten dann ein Stück oberhalb des Feldstechers gegen die Wand, wo sie wie angeklebt hängen blieben. Nur der winzige Plastikring, der die beiden Teile auf Abstand gehalten hatte, rollte noch ein gutes Stück weiter und kippte schließlich auf die Seite. Jetzt riss auch Harry ungläubig die Augen auf.

»Das ist … seltsam«, murmelte er.

Seltsam, dachte Ben, war gar kein Ausdruck. Unendlich behutsam beugte er sich vor und streckte die Hand aus. Zuerst spürte er nichts, dann jedoch schien eine unsichtbare Kraft nach seinem Arm zu greifen und ihn sacht, aber beharrlich an die Wand zu drücken. Es kostete ihn spürbare Anstrengung, den Arm wieder zurückzuziehen.

»Das gibt's doch nicht«, ächzte Harry. »Was …?«

Ben überlegte noch einen Moment, dann setzte er sich, rutschte auf dem Hosenboden wieder an die Kante heran und ließ die Beine in den Abgrund baumeln.

Nur dass sie nicht baumelten, sondern von derselben Kraft, die er gerade schon einmal gespürt hatte, sanft an die Wand herangezogen wurden.

»Kannst du mir verraten, was das ist?«, fragte sein Vater alarmiert.

Statt zu antworten ließ Ben sich weiter über die Kante gleiten, nahm all seinen Mut zusammen – und stieß sich mit einer kraftvollen Bewegung ab. Sein Vater stieß eindeutig entsetzt die Luft zwischen den Zähnen aus, und Harry machte eine blitzartige Bewegung, wie um nach ihm zu greifen, die aber viel zu spät kam. Ben schlitterte ein kurzes Stück die Wand hinunter und erwartete, nun von derselben unsichtbaren Hand ergriffen und gegen die Wand gepresst zu werden.

Das geschah auch, aber auf eine Art, die er nun wirklich *nicht* erwartet hätte. Er stürzte nicht, doch er hatte auch nicht das Gefühl, gegen die Wand gedrückt und dort festgehalten zu werden. Stattdessen stülpte sich nicht nur sein Magen um, sondern seine gesamten inneren Organe (einschließlich seines Gehirns), und praktisch im gleichen Sekundenbruchteil vollführte die Welt vor seinen Augen einen komplizierten, anderthalbfachen Salto.

Als sie sich wieder beruhigte, fand sich Ben auf dem Rücken liegend und die Decke über seinem Kopf anstarrend wieder, die eben noch der gegenüberliegende Rand des Abgrunds gewesen war.

»Ben? Alles in Ordnung?«

Ben legte den Kopf in den Nacken und sah mit klopfendem Herzen nach oben (auch wenn sein Gleichgewichtssinn hartnäckig darauf bestand, es wäre *hinter ihm*). Sein Vater und Harry starrten aus bleichen Gesichtern auf ihn herab, und irgendetwas an ihrer Haltung war auf schreckliche Weise falsch.

»Ich glaube schon«, murmelte er benommen, während er sich umständlich auf die Ellbogen hochstemmte und dann aufstand, ohne auch nur einen Gedanken an diese Bewegung zu verschwenden.

Im nächsten Augenblick hätte er beinahe schon wieder das Gleichgewicht verloren, diesmal allerdings aus purer Überraschung.

Er stand aufrecht auf den Füßen, aber irgendwie … konnte das nicht stimmen, denn der Feldstecher lag nun direkt neben ihm auf dem Boden, zusammen mit den Einzelteilen des Kugelschreibers. Sein Vater und Harry waren ebenfalls erschrocken in die Höhe gefahren … nur dass sie von seiner Perspektive aus auf dem Rücken zu liegen schienen …

»Aber das … das ist doch … das ist doch absolut unmöglich!«, stammelte sein Vater.

Ben sagte gar nichts dazu, sondern drehte sich mit klopfendem Herzen herum und sah hinter sich. Was jetzt hinten war, das war vor einem Augenblick noch unten gewesen, und all die Leute dort boten jetzt denselben unmöglichen Anblick wie Harry und sein Vater auf der anderen Seite: Sie schienen an der Wand zu kleben, als hätte die Schwerkraft für sie keine Bedeutung mehr; die meisten lang ausgestreckt und liegend, einige aber auch sitzend oder auf den Beinen stehend und waagerecht der Schwerkraft spottend.

Denselben Anblick musste er für Harry und seinen Vater bieten, und als er diesen Gedanken dachte, begriff Ben endlich. Unmöglich oder nicht, an dieser Wand war die Schwerkraft um neunzig Grad gekippt.

»Anscheinend war Sasha doch nicht ganz so verrückt«, sagte er und begriff erst danach, was er da gerade gesagt hatte. Am liebsten hätte er sich auf die Zunge gebissen, aber die Worte waren nun einmal heraus und ließen sich nicht mehr zurücknehmen, und Harry hatte sie zweifellos genauso verstanden, wie er sie gemeint hatte: *Woher hatte Sasha das wissen können?*

Harry sah ihn jedoch nur zwei oder drei schwere Herzschläge lang durchdringend an, dann drehte er den Kopf und rief über die Schulter zurück – genauer gesagt *hinunter:* »Tahia! Gerrit! Kommt her! Und bringt das Mädchen mit!«

»Und du bleibst, wo du bist!«, sagte sein Vater streng. »Rühr dich bloß nicht von der Stelle!«

Ben hatte ohnehin nicht vor, etwas Derartiges zu tun. Er hatte ganz im Gegenteil alle Mühe, überhaupt auf den Beinen zu bleiben. Sein Verstand war zwar ziemlich schnell mit einer (ganz und gar absurden, nichtsdestotrotz aber überzeugenden) Erklärung bei der Hand gewesen, aber was ihm seine Augen zeigten, war etwas anderes. Für einen Moment wurde ihm so schwindelig, dass er sich mit aller Kraft zusammenreißen musste, um sich nicht zu setzen – auf eine lotrecht nach unten stürzende Wand. *Unmöglich?* Nein; dieses Wort reichte nicht. Für das, was hier geschah, hätte man einen neuen Begriff erfinden müssen.

Es verging nicht einmal eine Minute, bevor Gerrit, Tahia und Sasha hinter – genauer gesagt *unter* – ihm auftauchten. Die beiden Söldner rissen ebenso ungläubig die Augen auf wie Harry und sein Vater zuvor und erstarrten für eine halbe Sekunde, und Sasha nutzte die Chance, um Gerrits Hand abzustreifen und ohne das geringste Zögern über die Kante zu treten … wodurch sie von der Waagerechten wieder in die Senkrechte kippte; sie bewältigte diesen Wechsel weitaus souveräner als Ben einige Augenblicke zuvor. Sie strauchelte zwar leicht, fand ihr Gleichgewicht aber augenblicklich wieder und trat mit zwei oder drei schnellen Schritten neben ihn.

Mit dem nächsten Schritt wäre sie an ihm vorbei und weitergegangen, hätte Ben nicht rasch die Hand ausgestreckt und sie am Arm festgehalten. »Warte.«

Sasha blieb tatsächlich stehen, bedachte ihn aber mit einem fast zornigen Blick, bei dem sich Bens schlechtes Gewissen regte. Übertrieben hastig ließ er ihr Handgelenk los, schüttelte aber zugleich den Kopf.

»Warte. Wir gehen zusammen.«

Sashas Blick wurde noch vorwurfsvoller, aber sie blieb trotzdem stehen, und Ben wandte sich wieder zu seinem Vater und den Söldnern um – oder *hinab*, je nachdem. Sein Vater starrte ihn weiter schockiert an, während die Söldner – Harry voran – Sasha und ihm folgten, wobei sie es allerdings nicht ihr gleichtaten, sondern ihm, indem sie sich auf den Hosenboden hinabließen, über die Kante rutschten und dann in einer überaus kompliziert wirkenden Bewegung wieder *aufstanden.* Das sah zwar einigermaßen lächerlich aus, aber Ben hatte auch vollstes Verständnis dafür. Ganz egal, was ihnen ihr Verstand auch sagte – alles in ihnen musste sich dagegen sträuben, einen Schritt ins Nichts zu machen.

»Willkommen in der Twilight-Zone«, murmelte Harry, während er sich umständlich in die Senkrechte hochstemmte ... oder auch Waagerechte ... oder welche Richtung auch immer.

Als Letzter (und genauso umständlich) folgte sein Vater, und endlich machten sie sich auf den Weg nach *unten.* In der Senkrechten war es eine Ewigkeit gewesen. Sie brauchten nur wenige Sekunden, um die paar Dutzend Schritte bis zum Ende des Schachtes zurückzulegen.

Sasha wurde immer nervöser, je näher sie ihrem Ziel kamen, aber sie versuchte wenigstens nicht noch einmal, ihnen davonzurennen, auch wenn ihr Blick immer hektischer über die Menschenmenge tastete, die vor ihnen an der Wand klebte. Ben versuchte genau wie sie, eine bestimmte Gestalt unter den gut zweihundert Männern und Frauen zu identifizieren, aber die auf so unheimliche Weise verschobene Perspektive machte es ihm völlig unmöglich. Ihm wurde fast schlecht, wenn er nur hinsah.

Am Ende ihres unheimlichen Weges angekommen fragte sich Ben flüchtig, wie sie den neuerlichen *Richtungswechsel* bewältigen sollten, und bekam die Antwort augenblicklich: Er machte eine letzten zaghaften Schritt und fand sich unversehens der Länge nach auf dem Boden wieder; nur den Bruchteil einer Sekunde später gefolgt von Sasha, die (natürlich) sofort und höchst elegant wieder aufstand und sich nach allen Seiten umsah. Hastig folgte Ben ihrem Beispiel und trat rasch ein paar Schritte zur Seite, um nicht unter Harry oder einem der anderen begraben zu werden, die hinter ihm aufrecht gehend und mit sehr verstörten Gesichtern die senkrechte Wand herunterspaziert kamen.

Sasha hatte sich inzwischen schon den ersten reglos daliegenden Gestalten zugewandt und blickte immer hektischer von einem Gesicht ins andere, wobei sich ein Ausdruck wachsender Verzweiflung auf ihren Zügen breit zu machen begann.

»Lass das«, sagte Ben beruhigend. »Das hat keinen Sinn. Harry weiß, wo dein Vater ist. Wir finden ihn, keine Sorge.«

»Wir müssen ... uns beeilen«, antwortete Sasha stockend. »Sie sind ... auf dem Weg.«

Ben ertappte sich dabei, wie er sie schon wieder überrascht ansah. Er war es einfach nicht *gewohnt*, dass sie überhaupt auf seine Worte reagierte. Und noch viel weniger war er es gewohnt, sie antworten zu hören.

Harry hatte damit anscheinend weniger Probleme, denn er kam gerade neben ihnen die Wand heruntermarschiert, sprang mit einer federnden Bewegung in die Höhe und fragte: »Wen meinst du mit *sie*?«

Sasha sah ihn nur erschreckt an und schwieg. Ungeduld blitzte in Harrys Augen auf, beinahe so etwas wie Zorn, aber dann drehte er sich nur mit einem Ruck zu den beiden anderen um und gestikulierte ihnen hektisch zu. Im Grunde war es auch gar nicht nötig, dass sie antwortete, dachte Ben niedergeschlagen. Sie wussten alle, von wem sie sprach.

»Schulz«, sagte er direkt an Harry gewandt. »Wo ist er?«

Harry blickte ihn nun beinahe so feindselig an wie Sasha gerade, drehte sich dann aber gehorsam um und blickte suchend in die Runde. Für einen Moment wirkte er fast hilflos, was Ben verstehen konnte. Ihm selbst erging es kaum besser und den anderen vermutlich auch nicht. Oben und unten hatten wieder ihre angestammten Plätze eingenommen, doch die bloße Erinnerung an das eben Erlebte ließ ihre Sinne immer noch revoltieren.

»Da hinten«, sagte er schließlich und hob die Hand. Er klang nicht wirklich überzeugt, fand Ben, und auch seine Geste machte eher den Eindruck total willkürlich zu sein. Er ging auch nicht los, sondern ließ sich neben dem nächsten reglosen Körper auf die Knie sinken, drehte ihn wenig sanft auf den Rücken und zerrte mit den Zähnen seinen rechten Handschuh herunter, um nach seinem Puls zu tasten. Ben kannte den Mann nicht – seiner reichlich mitgenommenen Kleidung nach zu schließen gehörte er zur Besatzung der *Princess*, nicht zu den Passagieren –, doch sein Anblick versetzte ihm einen heftigen Stich. Sein Gesicht war mit dunklen Flecken und rauen Stellen übersät – Erfrierungen, vermutete Ben – und er hatte ein paar üble Verletzungen an den Händen. Seine Kleider waren zerrissen, und er trug nur noch einen Schuh, was bedeutete, dass er *barfuß* die ganze Strecke über das Eis hierher gelaufen sein musste. Das Schlimmste aber war der Ausdruck auf seinem Gesicht.

Es gab keinen.

Seine Züge waren so schlaff und leer, wie es die Sashas bisher gewesen waren; als wäre nicht nur das Bewusstsein, sondern auch noch etwas anderes, sehr viel Größeres und Wichtigeres daraus gewichen. So wie es Sasha endlich gelungen war, die Wände des Kerkers niederzureißen, in dem sie zeit ihres Lebens gefangen gewesen war, schien dieser bedauernswerte Mann nun in denselben bodenlosen Abgrund gestürzt zu sein.

Und nicht nur er …

Ben wandte sich einer zweiten Gestalt zu, dann einer dritten und vierten und schließlich einer jungen Frau in einem viel zu dünnen Kleid, die wie mitten in der Bewegung erstarrt neben ihnen stand und aus toten Augen ins Nichts starrte, und er begegnete überall derselben schrecklichen Leere.

Als hätte sie seine Gedanken gelesen – was im Moment vermutlich nicht besonders schwer war –, sagte Sasha leise: »Sie sind dort, wo ich bisher war.«

Die Worte jagten nicht nur Ben einen eisigen Schauer über den Rücken. Auch Harry und sein Vater sahen das weißhaarige Mädchen betroffen an und auf eine Art, die keinen Zweifel daran aufkommen ließ, dass sie ganz genau verstanden hatten, was ihre Worte bedeuteten. Am wenigsten zu ertragen war, wie *schuldbewusst* sich Sasha anhörte.

»Ich hätte sie warnen müssen«, fuhr sie traurig fort. »Sie hätten nicht hierher kommen dürfen.«

»Also, dafür kannst du nun wirklich nichts, Kleines.« Ben war ein wenig überrascht, dass es ausgerechnet Harry war, der Sasha zu beruhigen versuchte, aber natürlich hatte er Recht. »Ich weiß ja nicht, wie viel du … mitbekommen hast … aber sie wurden hierher verschleppt, weißt du? Niemand hätte das verhindern können. Auch du nicht.«

Und natürlich nutzte es nichts. Sasha schüttelte nur den Kopf, und Ben glaubte mühsam unterdrückte Tränen in ihren Augen schimmern zu sehen. Der Anblick schnürte ihm die Kehle zu. Zum allerersten Mal stand er der wahren Sasha gegenüber, und das erste Gefühl, das er in ihren Augen las, war *Schmerz.*

»Sie hätten nicht hierher kommen dürfen. Nicht in diesen Teil der Welt. Ich habe es gewusst. Ich hätte sie warnen müssen. Aber ich … wollte hierher.«

Und plötzlich … glaubte Ben zu begreifen, was sie meinte. Aber diesen Gedanken würde er nicht zulassen.

»Du hast es ja schließlich auch versucht«, antwortete er in fast wütendem Ton. Sein Vater warf ihm einen erschrockenen Blick zu und versuchte ihm irgendwie zu bedeuten, auf der Stelle die Klappe zu halten, aber Ben ignorierte seinen fachmännischen Rat. »Wenn hier jemanden die Schuld trifft, dann mich, weil ich zu dumm war, dich zu verstehen!«

In Sashas Augen schimmerten immer noch Tränen, aber sie lächelte zugleich matt; auch wenn er das ungute Gefühl hatte, dass dieses Lächeln nur der guten Absicht hinter seinen Worten galt, nicht dem, *was* er gesagt hatte.

»Wir müssen uns beeilen«, sagte sie nur. »Sie kommen.«

»Da hinten.« Harry deutete noch einmal in dieselbe Richtung wie gerade. »Ich glaube, dort ist es.«

Das wirkte genauso überzeugend wie beim ersten Mal, aber Ben beeilte sich nun trotzdem, ihm zu folgen; und sei es nur, um dem schrecklichen Anblick dieser leeren Gesichter und Augen zu entkommen. Ganz automatisch wollte er nach Sashas Hand greifen und sie mit sich ziehen, bevor er sich daran erinnerte, dass das nicht mehr nötig war, und die Hand mit einer fast beschämten Geste wieder zurückzog … und dann war es Sasha, die nach *seiner* Hand griff und sie festhielt.

»Gerrit, Tahia, alles in Ordnung?«, rief Harry.

»Alles klar«, erwiderten die beiden Söldner im Chor. Tahias Stimme kam von links und aus unmittelbarer Nähe, wie es schien, während Gerrits ein deutliches Echo hatte und leicht verzerrt klang, als käme sie aus einem Tunnel. Ben sah jedoch weder nach rechts oder links oder auch nur zu Harry und seinem Vater hin. Sein Blick blieb wie hypnotisiert an Sashas Gesicht hängen. Sie war so … so *anders*, obwohl sie sich nicht im Mindesten verändert hatte; als hätte er bisher nur ein vermeintlich lebensechtes Bild von der wahren Sasha gesehen und niemals sie selbst.

»Man könnte meinen, du hättest mich noch nie zuvor gesehen, so wie du mich anstarrst«, sagte Sasha. »Dabei hattest du doch Zeit genug, mich anzusehen.«

»Das … das hast du … gemerkt?«, stammelte Ben betroffen.

Sasha lächelte spöttisch. »Ich bin autistisch. Nicht blind.«

Ben starrte sie einen Moment betroffen an und grub dann einen deutlich längeren Moment und ziemlich hektisch in seinem Gedächtnis, um sich möglichst an alles zu erinnern, was er jemals in ihrer Gegenwart zu ihr oder über sie gesagt hatte. Natürlich gelang es ihm nicht, aber Sashas Lächeln wurde noch spöttischer, auch wenn der Schmerz in ihren Augen keinen Deut schwächer wurde.

»Mach dir keine Sorgen«, sagte sie. »Das meiste war ziemlich nett.«

»Das meiste?«, wiederholte Ben. »Aha.« Allmählich verstand er seine eigene Reaktion nicht mehr. Seit er Sasha kennen gelernt hatte, hatte er sich nichts mehr gewünscht als das – und nun war es eingetroffen, und das Einzige, was er tat, war sie anzugaffen und herumzustottern.

Sasha lachte leise, als hätte sie auch diesen Gedanken gelesen, aber sie verzichtete zu seiner Erleichterung auf einen weiteren Kommentar und schritt nun ein wenig rascher aus, um zu Harry aufzuschließen, und dabei schienen sich ihre Rollen endgültig umzukehren, denn jetzt war ganz eindeutig sie es, die ihn hinter sich herzog, und Ben, der alle Mühe hatte, mit ihr Schritt zu halten. Er hätte seinen ersten Schock mittlerweile überwunden haben sollen, aber das genaue Gegenteil war der Fall: Es fiel ihm immer schwerer, auch nur einen einzigen klaren Gedanken zu fassen. Er kam sich schon wieder wie in einem Traum vor, nur in einem, in dem gar keine Regeln mehr zu gelten schienen. Er war beinahe froh, als sie endlich anhielten und Harry mit einer stummen Kopfbewegung auf eine untersetzte Gestalt deutete. Schulz.

Sasha trat langsam dichter an ihren Vater heran, und Ben ließ sie dabei keinen Sekundenbruchteil aus den Augen. Sie wirkte abgrundtief entsetzt, blieb jedoch äußerlich vollkommen ruhig und sah ihren Vater an. Ben konnte nicht anders als ihre Kraft zu bewundern. Er bezweifelte, dass er es geschafft hätte, die Fassung zu bewahren, hätte er seinen Vater im selben Zustand vorgefunden.

Schulz bot einen schrecklichen Anblick. Seine Kleider waren zerrissen und angesengt, aber das waren sie auch auf der *Princess* schon gewesen. In seinen Augen stand dieselbe schreckliche Leere wie in denen aller anderen, die Ben bisher hier unten gesehen hatte, und die grausame Kälte hatte auch von ihm einen Tribut gefordert: Ben verstand nicht allzu viel davon, aber er schätzte, dass Schulz mindestens die Hälfte seiner Finger einbüßen würde und möglicherweise auch die Nase und die Ohren. Das alles hatte sich schwarz verfärbt und ein Teil seines Gesichts und sein rechtes Handgelenk ebenfalls.

»Er ist bei ihnen«, sagte Sasha leise. »Sie sind alle bei ihnen. Wir müssen sie wegbringen.«

»Aus keinem anderen Grund sind wir hier«, erwiderte Harry ernst. »Ich fürchte nur, dass das gar nicht so einfach sein wird.«

»Sie kommen näher«, sagte Sasha, ohne den Blick vom Gesicht ihres Vaters zu lösen. »Wir müssen sie wegbringen. Wenn sie herkommen und sie finden, sind sie verloren.«

»Von welchem *sie* sprichst du gerade, Kleines?« Tahia war unbemerkt hinter sie getreten und bemühte sich, ein möglichst freundliches Lächeln zur Schau zu stellen – dessen Wirkung allerdings von dem brachialen Flammenwerfer über ihrer rechten Schulter und der schussbereiten Maschinenpistole in ihrer Armbeuge ziemlich zunichte gemacht wurde.

Nicht nur zu Bens Überraschung reagierte Sasha jedoch auf ihre Worte. Sie stand noch weitere zwei oder drei endlose Sekunden einfach da und sah ihren Vater auf diese fast Angst machende Weise an, dann jedoch trat sie einen halben Schritt zurück und schenkte Tahia ein kurzes, aber sehr warmes Lächeln, während sie sich zu Ben herumdrehte.

»Kommt mit.«

Ben tauschte einen verwirrten Blick mit seinem Vater – auf den er wie erwartet nur einen noch verwirrteren Blick und ein Achselzucken zur Antwort bekam –, folgte ihr und registrierte fast beiläufig, dass sowohl er als auch Harry und Tahia sich ihnen anschlossen.

Sasha führte sie zurück zu der Wand, die sie gerade *heruntermarschiert* waren. Natürlich war es ihm nicht aufgefallen, so aufgedreht, wie er gewesen war, aber nun sah er, dass auch diese Wand mit unheimlichen Bildnissen und Formen übersät war.

Und sie waren weitaus deutlicher zu erkennen als die, die sie oben gesehen hatten ...

Diesmal waren es nicht nur die *Ahnungen* von Bildern; es *waren* Reliefs, vor Millennien in den schwarzen Stein gemeißelt und ...

Ben taumelte wie unter einem Schlag zurück, als sein Blick auf das Bild fiel, das Sasha ihm zeigen wollte.

»Nyarlathotep«, keuchte er.

Das Geschöpf war gigantisch, ein grausamer Gott mit peitschenden Armen und riesigen starren Augen und einem schrecklichen Schnabel, groß genug, um ganze Welten zu zerfetzen, und obwohl es nur Linien und Flächen waren, die ein unbekannter Künstler vor unvorstellbaren Zeiten in den schwarzen Stein gemeißelt hatte, war es doch zugleich auch mehr, spürte er die brodelnde Wut und den Hass auf alles Lebende und Fühlende, die dieses Ungeheuer beseelten. Nyarlathotep. Das Ungeheuer mit den tausend Kindern. Erschaffer von Welten.

Und Vernichter.

»Wie hast du ihn genannt?«, murmelte sein Vater mit belegter Stimme.

»Was?«, meinte Harry.

»Wie bitte?«, fügte Tahia verwirrt hinzu.

»Das ist sein Name«, sagte Sasha.

»*Was* ist *wessen* Name?«, wollte sein Vater wissen. Er klang … alarmiert, fand Ben. Aber er hatte das Gefühl, dass diese Beunruhigung nicht allein dem schrecklichen Geschöpf galt, das das Relief abbildete, sondern noch einen anderen Grund hatte.

»Das … das ist das *Ding*, das ich im Traum gesehen habe.« Ben deutete auf die Wand. Unter dem schwarzen Stein schien sich etwas zu bewegen. Etwas *Böses*. »Das ist Nyarlathotep. Einer der *Alten.*«

»Woher weißt du das?«, fragte sein Vater.

Weil er ihn gesehen hatte. In der furchtbaren Vision, von der er nun endgültig wusste, dass sie weit mehr gewesen war als ein Drogentrip, den er sich versehentlich eingeworfen hatte, war er *es* gewesen. Er hatte miterlebt, wie dieser tobende Gott das Leben einer ganzen Welt ausgelöscht hatte, er hatte seine maßlose Enttäuschung gespürt und seine Wut darüber, dass sich das Leben auf dieser Welt nicht so entwickelt hatte, wie es ihm aufgetragen worden war, sodass sie – wieder einmal – von vorne anfangen mussten, noch einmal Millionen und Abermillionen Jahre des geduldigen Abwartens und Beobachtens und behutsamen Lenkens, eine Zeitspanne, die selbst die Geduld eines Gottes strapazierte; und vielleicht nur, um am Ende festzustellen, dass das Ergebnis auch diesmal wieder nicht gut genug war.

Aber in dieser Vision hatte er den Namen des Ungeheuers nicht gewusst. Nun wusste er ihn und noch mehr.

Er blieb seinem Vater die Antwort auf seine Frage schuldig und trat stattdessen noch ein wenig dichter an das Bild heran, das in seinen Gedanken raunte und uralte, düstere Geschichten erzählte, Geschichten von Macht und Untergang, von Triumph und Schmerz und einem unendlich tiefen, unstillbaren Hass auf alles Lebende und Fühlende.

»Sie … kommen zurück«, hörte er sich selbst flüstern. Fast ohne sein eigenes Zutun machte er einen weiteren Schritt auf das Bild zu und hob die Hand, um es zu berühren, und Sasha sagte erschrocken: »Fass es nicht an!«

Ben prallte so abrupt zurück, als wäre er kurz davor gewesen, die Hand auf eine glühende Herdplatte zu legen, und machte dann noch einen weiteren Schritt zurück. Die lautlose Stimme in seinen Gedanken wurde leiser, aber sie brach nicht ganz ab, und Ben verspürte ein neuerliches, noch eisigeres Frösteln. Für einen Moment hatte er den Geist des uralten Geschöpfes beinahe berührt; und für den Bruchteil der Zeit, die ein Gedanke braucht, um zu entstehen und wieder zu vergehen, hatte er seine Absichten und Pläne erkannt. Nicht wirklich und nicht einmal in Ansätzen, und doch war diese bloße Ahnung einer Ahnung schon beinahe mehr, als er ertragen konnte. Er wagte nicht, sich vorzustellen, was geschehen wäre, hätte er das Bild tatsächlich berührt.

»Danke«, sagte er.

»Ihr dürft sie nicht berühren«, sagte Sasha ernst. »Niemals.«

»Warum?«, fragte Harry. Fast schon provozierend trat er an Ben und ihr vorbei und streckte die Hand nach dem Bild aus, führte die Bewegung aber dann nicht zu Ende. »Es ist doch nur ein Bild.«

»Es sind nicht nur Bilder«, widersprach Ben, und auch dieses Wissen war urplötzlich und jenseits alles Zweifels einfach *da.* Er wusste, dass niemand diese Bilder gemacht hatte, und auch, wieso sie deutlicher und klarer wurden, je tiefer sie kamen.

Harry sah abwechselnd ihn und das unheimliche Bild an, und auch Tahia trat nun näher, hielt aber einen deutlich größeren Abstand, und das Unbehagen, mit dem sie das Bild erfüllte, war ihr überdeutlich anzusehen.

»Was *ist* das?«, hauchte sie. »Es sieht ein bisschen aus wie ein Krake … aber mit Flügeln?«

»Es sieht aus wie …« Harry brach ab und wurde sichtbar blass, und Bens Vater sprach aus, was er so offensichtlich erst jetzt erkannt hatte:

»Es sieht aus wie das Ding, das die *Princess* angegriffen hat. Großer Gott, Mann – erkennen Sie es denn nicht? Das ist das Ungeheuer, das Ihr Hovercraft verschlungen hat!«

Harry antwortete nicht darauf, aber er sah noch nachdenklicher aus und es fiel ihm sichtlich schwer, sich seinen Schrecken nicht anmerken zu lassen.

»Unsinn«, sagte Tahia. Sie versuchte zu lachen, aber es misslang und ihre Stimme klang viel mehr hysterisch als abfällig. »So ein … *Ding* gibt es doch gar nicht.«

»Ich fürchte, er hat Recht, Tahia«, meinte Harry düster. »Du warst nicht dabei, aber ich. Genau dieses Vieh hat das Hovercraft geholt.« Er warf Sasha einen unsicheren Blick zu und setzte sichtlich dazu an, eine Frage zu stellen, aber dann zuckte er nur mit den Schultern und wandte sich mit veränderter Stimme wieder an Tahia.

»Also gut, Schluss mit der Geschichtsstunde. Tahia, du fotografierst hier alles, und wir streiten uns später darüber, was wir wirklich gesehen haben und was nicht. Im Moment haben wir ein anderes Problem.«

Sie gingen zurück zu Schulz, der noch immer in unveränderter Haltung dastand; wie eine lebensechte Puppe. Harry betrachtete ihn stirnrunzelnd und wandte sich dann mit einem niedergeschlagenen Seufzen an Bens Vater. »Haben Sie eine Idee?«

»Was für eine Idee?«, erkundigte sich Bens Vater misstrauisch.

»Nur falls Sie es vergessen haben sollten«, antwortete Harry, »wir sind hier, um diese Leute rauszuholen. Aber dazu müssen wir sie irgendwie wach kriegen … es sei denn, Sie wollen sie tragen. Also – ich bin für Vorschläge offen.«

»Ich verstehe nicht, was ich dabei tun kann.«

»Sind Sie hier der Arzt, oder nicht?«, fragte Tahia.

»Oder nicht. Ich bin Psychologe, junge Dame. Von dem hier verstehe ich ungefähr so viel wie Sie.«

»Dann *haben* wir ein Problem«, erklärte Harry. Wieder sah er Sasha fragend an, aber sie schüttelte nur traurig den Kopf. Harry zog eine Grimasse, wandte sich Schulz zu und griff nach seinem Arm. Schulz reagierte nicht, aber er leistete auch keinen Widerstand, als Harry ihn zwei Schritte weit hinter sich herzog, sondern folgte ihm gehorsam. Er blieb allerdings sofort wieder stehen, als Harry seinen Arm losließ.

»Wenigstens etwas«, murrte Harry. Sonderlich begeistert klang er nicht.

»Das meinst du jetzt nicht ernst«, keuchte Tahia. »Hier sind mindestens zweihundert Menschen! Wir können sie unmöglich alle einzeln –«

»Hier lassen?«, fiel ihr Harry ins Wort.

Tahia sah ihn betroffen an und schwieg.

»Also gut«, meinte Harry, nachdem er kurz nachgedacht hatte. »Wir verschwinden von hier und nehmen ihn mit. Sonst niemanden. Vielleicht findet Ihre Frau heraus, wie man sie wach bekommt, oder van Staaten.«

»Aber wir können sie doch nicht hier lassen!«, rief Ben erschrocken. Verzweifelt wandte er sich an Sasha, aber die schüttelte auch jetzt wieder nur traurig den Kopf.

»Glaubst du etwa, mir gefällt das?«, fragte Harry bitter. »Wenn hier einer eine bessere Idee hat – immer her damit. Wenn nicht …«, er sah sich auffordernd um, aber niemand sagte etwas. »Ja«, seufzte er, »das habe ich mir gedacht. Also los!«

12

DIE WAND HINAUFZUGEHEN war ein beinahe noch seltsameres Erlebnis, als es der Weg nach unten gewesen war. Ben beobachtete mit klopfendem Herzen, wie sein Vater einen letzten Schritt auf die senkrechte Wand zumachte und sich dann umständlich auf Hände und Knie und schließlich ganz in die Höhe stemmte, um plötzlich nur ein paar Zentimeter über dem Boden waagerecht in der Luft zu schweben; wie ein bizarrer Astronaut auf dem Rumpf eines noch viel bizarreren steinernen Raumschiffes. Allein bei dem bloßen Anblick wurde ihm schon schwindelig.

Er selbst drehte sich im letzten Moment herum, sodass er sich auf dem Rücken liegend wiederfand, als die Schwerkraft umkippte, aber das machte es auch nicht wirklich besser. Das Einzige, was ein wenig half, war, als er die Augen schloss und wartete, bis Sasha und die anderen ihm gefolgt waren.

Wenigstens Schulz machte keine Probleme. Ben hatte befürchtet, dass es sich als fast unmöglich erweisen würde, ihn mitzunehmen, aber das genaue Gegenteil war der Fall: Harry legte ihm die Hand auf die Schulter und schob ihn mit sachtem Druck vor sich her. Es sah aus wie ein Blinder, der von einem Sehenden geführt wurde, nur umgekehrt.

Als sie die halbe Strecke nach oben hinter sich hatten, gesellte sich Gerrit wieder zu ihnen. Er wirkte ein bisschen verdutzt, als er Sashas Vater erblickte, sagte aber kein Wort, sondern eilte auf einen Wink Harrys mit weit ausgreifenden Schritten voraus und kippte nach wenigen Sekunden in einer ganz und gar magenumstülpenden Bewegung über die Kante und war dann verschwunden – nicht ganz problemlos, wie es klang. Ben konnte ihn zwar nicht mehr sehen, aber irgendetwas schepperte lautstark und er hörte den Söldner ungehemmt fluchen.

Es erwies sich dann auch als äußerst kompliziert, den Schwerkraftwechsel in *dieser* Richtung zu bewältigen, aber durch Gerrits Beispiel gewarnt schafften sie es irgendwie ohne größere Blessuren – Schulz absurderweise am elegantesten.

Gerrit war bereits an die Stelle vorausgeeilt, wo er und Sasha vorhin auf sie gewartet hatten, um den Scheinwerfer und diverse andere Utensilien einzusammeln, die dort zurückgeblieben waren. Ben löste ganz automatisch seine eigene Lampe vom Gürtel, als Gerrit den großen Scheinwerfer ausschaltete, denn er rechnete natürlich damit, dass es dunkel würde, aber die diamantbesetzte Decke flackerte nur kurz und schien danach eher noch heller zu leuchten – auch wenn das Licht plötzlich … *anders* war. Es schien zu flüstern.

»Sie … rufen … uns«, sagte Sasha stockend. Auch sie war stehen geblieben und hatte den Kopf in den Nacken gelegt, um zu den unheimlichen leuchtenden Kristallen hinaufzusehen. Das bunte Licht überzog ihr Gesicht mit unheimlichen grünen und roten und blauen und orangefarbenen Flecken, und zusammen mit ihren Worten war die Wirkung dieses Anblicks so schrecklich, dass Ben sich beherrschen musste, um nicht erschrocken zurückzuprallen.

»Was meinst du damit?«, fragte er beunruhigt. Vielleicht waren die Farben und ihre Worte nicht der einzige Grund für den jähen Schreck, den er empfand. Etwas … fehlte in ihrem Gesicht, ausgelöscht von den unheimlichen Farben, die wie schattenhafte Tiere über ihre Haut huschten.

»Das spielt jetzt keine Rolle«, mischte sich Harry ein. »Wir müssen weiter! Gerrit – pack deinen Kram zusammen, und dann nichts wie weg.«

Gerrit beeilte sich tatsächlich, allerdings nur für zwei oder drei Sekunden, dann stockte er mitten in der Bewegung, runzelte die Stirn und streckte die Hand nach einem milchigen Klumpen von der Größe einer Babyfaust aus, der neben ihm auf dem Boden lag. »He!«, sagte er.

»Was?« Harry klang alarmiert. »Was ist los?«

Statt zu antworten drehte Gerrit den Kristall nachdenklich in der Hand, zog dann sein Messer aus dem Gürtel und schabte damit an seinem Fund. Das Ergebnis waren drei schimmernde Kratzer – auf der Messerklinge. »Unglaublich!«, murmelte er.

»Was?«, fragte Harry gereizt. »Verdammt, lass dir nicht jedes Wort einzeln aus der Nase ziehen!«

Gerrit stand auf, steckte das Messer ein und ließ seinen Fund auf der ausgestreckten Handfläche hin und her rollen. »Also ich bin kein Spezialist für so was, aber wenn du mich fragst, ist das hier ein ungeschliffener Diamant!«

»Blödsinn!«, sagte Harry, beugte sich aber trotzdem neugierig vor, um den Stein zu betrachten. Auf Gerrits anderer Seite tat Tahia dasselbe und nickte dann.

»Das *ist* ein Diamant«, sagte sie bestimmt.

»Ach? Und woher willst du das so genau wissen?«, fragte Harry.

»Weil ich eine Frau bin und Frauen wissen so was«, behauptete Tahia grinsend. »Außerdem war mein Großvater Diamantschleifer, und ich habe ihn oft genug in seiner Werkstatt besucht. Wenn das kein astreiner Rohdiamant ist, dann die perfekteste Fälschung, die ich je gesehen habe. Mein Gott, das Ding muss eine halbe Million wert sein, mindestens!«

»Eine halbe Million?« Gerrit riss die Augen auf. »Du meinst, nur dieser eine Stein?«

Tahia trat einen Schritt zurück und legte den Kopf in den Nacken, um zu den funkelnden Sternen über ihnen emporzusehen. Gerrit folgte ihrem Beispiel und stieß mit einem Keuchen die Luft aus, als hätte er einen Schlag in den Magen bekommen.

»Du meinst, dass da oben sind *alles Diamanten?«*

»Sieht so aus«, meinte Tahia.

»Aber dann wäre das ja … ich meine, das würde ja bedeuten, dass …« Er atmete hörbar ein. »Aber sie sind so bunt! Gibt es denn grüne und rote Diamanten?«

»Die meisten sind farblos oder hellblau«, antwortete Tahia. »Aber im Prinzip gibt es sie in allen Farben. Sogar schwarz.«

»Wie interessant«, knurrte Harry. »Jetzt steck das Ding ein und dann weg hier. *Pronto!*«

»Aber verstehst du denn nicht?«, keuchte Gerrit. »Das da oben sind … Millionen! Ach, was sag ich! Mindestens –«

»Na, dann flieg hoch und pflück dir ein paar«, schnappte Harry. »Und falls du das nicht kannst, verschwinden wir von hier, und zwar auf der Stelle!« Er machte eine Handbewegung, um dem Widerspruch zuvorzukommen, zu dem Gerrit ansetzte. »Wenn das alles hier vorbei ist, kommen wir zurück und kümmern uns darum. Aber jetzt gehen wir – klar?«

Eine Sekunde lang war Ben beinahe sicher, dass Gerrit sich ihm widersetzen würde, aber dann sah er nur noch einmal nach oben und nickte schließlich. Er versuchte erst gar nicht, seine Enttäuschung zu verhehlen.

Als sie sich endgültig daranmachten, den Saal zu verlassen, lief eine lautlose Welle aus Farben über die Decke.

Ben blieb erschrocken stehen und sah nach oben, und neben ihm stieß Sasha einen dünnen, halblauten Schrei aus.

»Sie kommen! Wir müssen weg hier! Sie … rufen ihre … Krieger!«

»Was soll das heißen?«, fragte Harry, der gerade wieder die Hand auf Schulz' Schulter gelegt hatte, sie jetzt aber hastig zurückzog und stattdessen die Maschinenpistole von der Schulter nahm. Hinter ihm griffen auch Gerrit und Tahia zu ihren Waffen. »Was meinst du mit ›rufen‹?«

Bevor Sasha antworten konnte, flackerte eine weitere lautlose Farbexplosion über sie hinweg, und nun fuhr auch Harry erschrocken zusammen.

»Farben«, sagte Sasha mühsam. »Ihre Sprache sind ... Farben ... und Licht.«

Wie als Reaktion darauf lief eine dritte, noch heftigere Woge von Farben durch den Raum, und als wäre das noch nicht unheimlich genug, schienen die tanzenden Schatten die zahllosen Gestalten aus Eis zu ruckhaftem Leben zu erwecken. Was hatte Sasha gerade gesagt? *Sie rufen ihre Krieger?*

»Okay«, sagte Harry. »Das reicht. Raus hier! Schnell!«

Aber sie waren nicht schnell genug. Der diamantene Himmel über ihnen pulsierte jetzt in einer ununterbrochenen Folge greller Farben, und noch bevor sie dem Ausgang auch nur nahe gekommen waren, wurde Ben klar, dass er sich getäuscht hatte: Es war nicht das flackernde Licht, das die Eisgestalten scheinbar zum Leben erweckte.

Sie erwachten tatsächlich.

In den ersten Momenten war die Bewegung kaum wahrzunehmen. Hier hob sich eine Hand, da drehte sich ein Kopf um eine Winzigkeit, dort öffnete sich ein Augenpaar langsam, und schließlich machte die erste Gestalt einen einzelnen torkelnden Schritt auf Tahia zu.

Die Söldnerin wich ihr ohne die geringste Mühe aus, aber schon griff eine zweite, weiß schimmernde Gestalt nach ihr und diesmal packte Tahia den ausgestreckten Arm, wirbelte die weiße Gestalt herum und schmetterte sie gegen die Wand, wo sie in Stücke zerbrach.

Doch das war erst der Anfang. Ein weiterer Angreifer taumelte auf sie zu und dann noch einer und noch einer, und auch Gerrit und Harry wurden plötzlich aus allen Richtungen bedrängt. Noch gelang es ihnen, den unbeholfenen Angreifern auszuweichen, aber die Bewegungen der Eiskrieger wurden bereits flüssiger, und man musste kein Hellseher sein, um zu erkennen, dass sie es nicht bis zum Ausgang schaffen würden.

Harry schien wohl zum gleichen Schluss gelangt zu sein, denn er ließ Sashas Vater abermals los, hob seine Waffe und gab rasch hintereinander drei Schüsse ab. Jeder einzelne traf, und drei der unheimlichen Gestalten explodierten regelrecht.

Harry hatte nicht auf die am nächsten stehenden Angreifer geschossen, damit die herumwirbelnden Eissplitter niemanden verletzten, und Tahia und Gerrit machten es ihm im nächsten Moment nach. Die wenigen Angreifer, die ihrer ersten Salve entgingen, warfen sie kurzerhand um und sie zerbrachen ausnahmslos. Das lautlose Flackern über ihren Köpfen wurde hektischer.

»Doc!«, brüllte Harry. »Nehmen Sie ihn! Und Beeilung, sie werden schneller!« Er versetzte Schulz einen Stoß, der ihn auf Bens Vater zutaumeln ließ, und gab gleichzeitig zwei weitere Schüsse ab, die von einem lang anhaltenden Splittern und Bersten hinter ihren Rücken belohnt wurden. Ben ergriff ganz instinktiv Sashas Hand, während sein Vater Schulz wenig sanft am Arm packte und kurzerhand hinter sich herzerrte.

Harry hatte Recht gehabt: Die Eiskrieger *wurden* schneller, als sie sich dem Ausgang näherten. Gerrit, Tahia und er mussten noch drei- oder viermal feuern, bevor sie den niedrigen Durchgang erreichten, und als Ben sich im Laufen umsah, bot sich ihm ein durch und durch Angst einflößender Anblick: Nur die allerwenigsten der unheimlichen Geschöpfe hatten sie direkt angegriffen – was wahrscheinlich der einzige Grund war, aus dem sie es überhaupt bis hierher geschafft hatten –, die meisten torkelten einfach mit betrunken wirkenden Bewegungen durcheinander oder standen mit leeren Gesichtern da. Manche starrten ihre Hände an, als müssten sie angestrengt überlegen, was sie damit anfangen sollten, und zwei oder drei hatten offensichtlich Probleme, sich zu orientieren, denn sie liefen immer wieder vor die Wand, taumelten zurück und versuchten es aufs Neue. Es hätte komisch ausgesehen, hätten sich nicht mehr und mehr der grotesken Gestalten in ihre Richtung gewandt, um mit pendelnden Armen und hängenden Schultern hinter ihnen herzuschlurfen. Ihre Bewegungen waren eckig und schon beinahe lächerlich langsam, aber es war auch etwas schrecklich Unaufhaltsames daran, und sie wurden zusehends fließender und schneller.

Als sie den Ausgang erreichten, drehte sich Harry herum und gab ein halbes Dutzend Schüsse auf diejenigen Kreaturen ab, die vorwitzig genug gewesen waren, ihnen zu folgen, aber wirklich besser machte er es damit nicht. Die Eiskrieger, auf die er gezielt hatte, barsten in Millionen Stücke, aber er hatte nur fünf oder sechs erledigt, und ein Mehrfaches dieser Zahl wandte sich bereits wieder um und schlurfte auf sie zu. Vermutlich würde es höchstens noch eine Minute dauern, bis die gesamte Bande endgültig aufgewacht war und auf sie losging.

Harry schien zu demselben Schluss gekommen zu sein, denn er gab zwar noch einmal drei oder vier Schüsse ab, dann ließ er seine Waffe sinken und zog etwas Kleines aus der Jackentasche.

»Das ist nicht Ihr Ernst!«, keuchte Bens Vater. »Das können Sie nicht –«

»Und ob ich das kann«, sagte Harry, während er den Splint aus der Handgranate zog und ausholte. »Fünf Sekunden. Beeilt euch lieber!«

Und damit warf er die Granate.

Ben unterdrückte einen erschrockenen Schrei und verwandte seinen Atem lieber darauf, schneller zu laufen. Dicht hinter Schulz und seinem Vater stürmte er durch den Ausgang und warf sich nach links, und hinter ihnen rannte Harry heraus und machte eine blitzschnelle Drehung in die entgegengesetzte Richtung.

Kaum hatte er es getan, da wehte ein gewaltiger Knall aus der angrenzenden Hohle heraus. Ein greller, fast weißer Blitz löschte die pulsierenden Farben aus, und die dazugehörige Explosion marterte nicht nur ihre Trommelfelle, sondern schien das gesamte riesige Gebäude in seinen Grundfesten zu erschüttern. Eine brüllende Wolke aus zermahlenem Eis und Schnee, Splittern und zertrümmertem Gestein schlug aus dem Durchgang, und für einen Moment regnete es auch überall um sie herum Trümmer und Kristalle, die aus der wankenden Decke brachen. Bens Ohren klingelten, und die Luft war so voller Staub und wirbelndem Schnee, dass er husten musste.

»Sind Sie wahnsinnig?«, brüllte sein Vater. »Wollen Sie uns alle umbringen?«

Harry sagte gar nichts dazu, sondern trat mit einem raschen Schritt wieder in die Höhle zurück, und Ben ließ Sashas Hand los und folgte ihm. Zuerst sah er kaum etwas. Die Decke leuchtete jetzt nur noch in einem matten, zusehends verblassenden Glanz, und die Luft war auch hier so voller Staub und pulverfein zermahlenem Eis, dass er kaum mehr als Schemen ausmachen konnte.

Trotzdem erkannte er, dass die Handgranate ganze Arbeit geleistet hatte. Die Explosion und viel mehr wohl noch die nachfolgende Druckwelle hatte die allermeisten Eiskreaturen zerstört oder doch zumindest schlimm genug zugerichtet, dass sie keine Gefahr mehr darstellten. Alles in allem standen weniger als drei Dutzend der unheimlichen Geschöpfe noch auf ihren Füßen, und die erledigte Harry mit wenigen Schüssen. Als die letzte Gestalt zerbarst, erloschen die Diamanten unter der Decke.

Als sie zurückkamen, war Gerrit emsig dabei, sich die Taschen mit walnussgroßen milchigen Brocken voll zu stopfen, die überall auf dem Boden verstreut lagen. Harry setzte zu einer entsprechenden scharfen Bemerkung an, doch er kam nicht einmal zu einem einzigen Wort, bevor Bens Vater ihn anfuhr: »Was sollte dieser Wahnsinn, Sie Irrer? Können Sie nichts anders, als von Zeit zu Zeit etwas in die Luft zu jagen? Sie hätten uns alle umbringen können!«

»Halten Sie die Klappe, Doc«, sagte Harry gelassen. »Wäre es Ihnen lieber gewesen, wenn die Biester uns verfolgt hätten?« Er fuhr mit einer wütenden Bewegung zu Gerrit herum. »Hör sofort mit diesem Blödsinn auf! Geh vor und sichere den Weg!«

Gerrit ließ es sich nicht nehmen, hastig noch zwei oder drei weitere Diamanten vom Boden aufzuklauben, nahm aber dann fast ebenso hastig sein Gewehr von der Schulter, schaltete seine Lampe ein und rannte los, und Harry blickte ihm finster nach und schüttelte den Kopf – und bückte sich dann selbst nach einem besonders großen Diamantbrocken. Allerdings nur, um ihn einen Moment lang unschlüssig in der Hand zu drehen und ihn dann wieder fallen zu lassen. »Los! Ich traue dem Frieden nicht. Wer weiß, wie viele von diesen *Dingern* noch hier herumkriechen.«

Er machte keine Anstalten, sich wieder Schulz anzunehmen, sondern ging mit schnellen Schritten hinter Gerrit her, wenn auch erst, nachdem er Tahia bedeutet hatte, den Abschluss zu bilden, sodass Bens Vater den Kapitän nun wieder am Arm ergriff. Ben wollte dasselbe bei Sasha tun, bevor er sich abermals daran erinnerte, dass das nicht mehr nötig war – und sie es ihm möglicherweise verübeln würde, wenn er sie weiter wie ein hilfloses Kind behandelte. Also drehte er sich nur zu ihr herum und sah sie auffordernd an.

Seltsamerweise reagierte sie nicht darauf, sondern erwiderte seinen Blick nur verwirrt. Etwas stimmte nicht mit ihr, dachte er alarmiert. Sie sah verängstigt aus und irgendwie … desorientiert. »Ist alles in Ordnung?«, fragte er.

Es verging beinahe eine Sekunde, bis sie auf seine Frage antwortete. »Nein«, sagte sie, lächelte matt und verbesserte sich dann: »Doch. Ich meine … es *ist* alles in … Ordnung. Mach dir … keine Sorgen. Ich bin nur … erschöpft. Das ist … sehr … anstrengend.«

Nichts war in Ordnung, dachte Ben erschrocken. Sie war blass, ihre Hände zitterten und ihre Stimme klang genauso schleppend und angestrengt wie vorhin, als er sie das erste Mal gehört hatte. Was, wenn das alles hier nur ein kurzer grausamer Traum gewesen war und er sie wieder verlieren würde, noch bevor er sie auch nur richtig gefunden hatte?

»Ben, bitte!«, drängte Tahia.

Vielleicht täuschte er sich ja. Vielleicht hatte sein Vater Recht und das alles hier war einfach zu viel für sie. Er ergriff nun doch ihre Hand und zog sie hinter sich her, während er sich beeilte, seinem Vater und den anderen zu folgen.

Er hätte nicht sagen können, ob sie denselben Weg zurücknahmen wie den, auf dem sie hier heraufgekommen waren. Trotz der starken Scheinwerfer, mit denen Tahia und Harry den Weg beleuchteten, kam ihm die Dunkelheit massiver und bedrohlicher vor als auf dem Hinweg, und er spürte, dass irgendetwas in ihr lauerte, aber es war zu schnell und zu verstohlen, um von den Lichtstrahlen erfasst zu werden. Wahrscheinlich brauchten sie nicht einmal fünf Minuten, um den Ausgang und damit den Anfang der unmöglichen Treppe zu erreichen, die wieder hinunter in die Stadt der *Alten* führte, aber Ben starb in diesen wenigen Minuten innerlich tausend Tode.

Und was sie erwartete, war auch nicht unbedingt dazu angetan, seine Stimmung zu heben.

Seine größten Befürchtungen bewahrheiteten sich nicht. Niemand wartete auf sie. Aber die riesige Höhle war auch nicht mehr dunkel. Die zahllosen Kristallsterne unter der Decke funkelten in einem milden Licht, das die Bereiche zwischen den bizarren Gebilden unter ihnen mit unheimlichen Schatten und lautlos wogender Bewegung erfüllte.

»Also los«, befahl Harry. »Gerrit, du gehst voraus. Wir anderen bleiben dicht zusammen. Wenn wir getrennt werden, versucht sich jeder auf dem kürzesten Weg ins Labor durchzuschlagen. Seid ihr bewaffnet?«

Die Frage galt Ben und seinem Vater. Sein Vater nickte nur, während Ben die Pistole aus der Tasche zog und sie demonstrativ in die Höhe hielt.

Harry zog eine Grimasse. »Ganz wunderbar. Pass nur auf, dass du dir nicht selbst ins den Fuß schießt.«

Ben warf einen raschen Blick in Sashas Gesicht. In dem faserigen bleichen Licht war der Ausdruck darauf nicht zu deuten, aber was seine Augen nicht sahen, das fügte seine Fantasie mit großer Begeisterung hinzu. »Sasha?«, fragte er.

»Es ist … alles … in Ordnung«, antwortete sie. Schleppend und mit einer Stimme, die das genaue Gegenteil ausdrückte. »Wir müssen … uns … beeilen. Sie … wissen … dass wir … hier sind.«

»Kannst du uns etwas über sie sagen?«, fragte Harry. »Oder kennst du einen anderen Weg hier hinaus?«

Sasha schüttelte traurig den Kopf, und Harry machte zwar ein enttäuschtes Gesicht, ging aber ohne ein weiteres Wort los.

Der Weg die Treppe hinunter war ein schierer Albtraum, und das auch in rein körperlicher Hinsicht. Das unmögliche Gebilde aus Schrägen, Stufen, Winkeln, Rampen und namenlosen *Etwassen* hinaufzusteigen war schon schwierig genug gewesen, es in umgekehrter Richtung zu bewältigen erwies sich als nahezu unmöglich. Sasha taumelte vor Schwäche, als sie endlich am Fuße des zyklopischen Tunnels angekommen waren, und auch er selbst hätte in diesem Moment seinen rechten Arm dafür gegeben, auch nur eine einzige Minute ausruhen zu dürfen, doch Harry trieb sie unbarmherzig weiter. Er hatte kein einziges Wort gesagt, während sie nach unten gegangen waren, aber seine Nervosität war mit jedem Schritt sichtbar gewachsen. Hätte Ben ihn nicht besser gekannt, er hätte behauptet, der Söldner habe Angst.

Immer wieder sah er beunruhigt in Sashas Gesicht. Die körperliche Anstrengung hatte deutliche Spuren darauf hinterlassen, aber ihre Augen waren noch immer voller Leben, und als er sie das dritte oder vierte Mal ansah, raffte sie sich sogar zu einem matten Lächeln auf und sagte: »Keine Sorge. Ich … ich gehe dir schon … nicht verloren.«

»Das würde ich auch nicht zulassen«, antwortete Ben und kam sich dabei selbst ein bisschen lächerlich vor. Und eigentlich meinte er es auch gar nicht so, aber er hatte irgendwie das Gefühl, dass es in einer Situation wie dieser angebracht sei, also fügte er hinzu: »Du glaubst doch nicht, ich lasse dich jemals wieder los, oder?«

Sasha lächelte zwar, aber ihre Antwort war ganz und gar nicht das, was er hatte hören wollen, sondern jagte ihm im Gegenteil einen eisigen Schauer über den Rücken.

»Das solltest du dir lieber nicht wünschen, Ben«, sagte sie.

13

DER ANGRIFF ERFOLGTE, als sie die Stadt schon beinahe verlassen hatten, und hinterher wurde Ben klar, dass sie es hätten wissen müssen, denn es geschah keineswegs überraschend. Das matte Leuchten der diamantbesetzten Decke über ihnen nahm zu, je weiter sie sich vom Zentrum der Stadt entfernten, und schon bald war es kein gleichmäßiger Schein mehr, sondern ein rhythmisches Pulsieren, das an das Schlagen eines gewaltigen, düsteren Herzens erinnerte, und nach einer weiteren kurzen Weile gesellten sich die ersten, noch sanften Farben hinzu; eine Woge von pastellfarbenen Grün-, Rot-, und Blautönen, die lautlos über den steinernen Himmel rollte.

Und trotzdem fuhren sie alle – auch Harry – erschrocken zusammen, als Gerrit vor ihnen einen Schrei ausstieß und praktisch gleichzeitig eine kurze abgehackte MPi-Salve aufbrüllte.

»Ihr bleibt hier!«, befahl Harry. »Tahia! Pass auf sie auf!«

Ben setzte zu einem geharnischten Protest an, aber Harry war bereits auf dem Absatz herumgefahren und stürmte davon. Allerdings kehrte er schon nach wenigen Augenblicken zurück und gestikulierte hektisch.

»Falscher Alarm. Es war nur einer, und den hat Gerrit erledigt. Aber du hattest Recht, Sasha – sie kommen. Los jetzt!«

Eine weitere Aufforderung war nicht nötig. Sie alle erinnerten sich noch zu gut an das stumme Horrorkabinett, und selbst sein Vater sah mit einem Mal ziemlich erleichtert aus, dass Harry zumindest die Eiskrieger hinter ihnen unschädlich gemacht hatte. So schnell es mit dem immer noch willenlosen, aber eben auch alles andere als schnellen Schulz im Gefolge möglich war, stürmten sie los und kamen nach wenigen Dutzend Schritten bei Gerrit an. Der Söldner hatte sich auf ein Knie sinken lassen und die Lampe neben sich auf den Boden gelegt, und seine Waffe schwenkte ununterbrochen von rechts nach links und wieder zurück. Es sah beeindruckend aus, fand Ben, allerdings auch ziemlich übertrieben – vor ihm war nämlich absolut nichts, worauf er zielen konnte.

»Und?«, fragte sein Vater ungeduldig. »Worauf warten wir?«

Die Frage entbehrte nicht einer gewissen Berechtigung, dachte Ben. Sie hatten zwischen den letzten Gebäuden der monströsen Stadt angehalten, und vor ihnen lagen allerhöchstens noch hundert Meter nahezu ebenes, mit Trümmern und zum Teil mehr als mannsgroßen Lavabrocken übersätes Gelände und dann die Geröllhalde, an deren oberem Ende der Durchgang zum Labor lag. Nirgends war eine Bewegung zu erahnen, und es war fast unheimlich still.

Trotzdem schien der Anblick Harry nicht zu gefallen. Er wirkte angespannt und nervös, und Ben sah ihm deutlich an, dass er am allerliebsten kehrtgemacht und nach einem anderen Weg gesucht hätte.

Natürlich tat er das nicht. Er stand zwar noch einige weitere Sekunden lang da und spähte aus misstrauisch zusammengekniffenen Augen in die Runde, aber schließlich nickte er widerwillig. »Los!«

Gerrit und er gingen auch diesmal voraus; die anderen bildeten eine dicht geschlossene Gruppe mit Tahia am Schluss, deren Tempo auch jetzt wieder von Schulz bestimmt wurde. Immerhin erwies sich Bens größte Angst als grundlos: Sasha blieb so schweigsam, wie sie es die ganze Zeit über gewesen war, und sie wirkte noch immer leicht desorientiert und sehr müde, aber ihr Zustand schien sich zumindest nicht verschlechtert zu haben.

So weit zu den guten Nachrichten.

Die schlechten begannen, als sie die ersten acht oder zehn Schritte zurückgelegt hatten.

Eine Explosion von Farben loderte über den steinernen Himmel, und ein Stück vor und links von ihnen erschien eine gedrungene weiße Gestalt ohne Gesicht.

Harry erledigte sie mit einem einzigen Schuss, aber das peitschende Echo war noch nicht ganz verklungen, als eine zweite und dritte Gestalt zwischen den Felsen auftauchte, und auch auf der anderen Seite war plötzlich weiße Bewegung, wo zuvor nur leere Schatten gewesen waren.

Und dann brach die Hölle los.

Ben hätte hinterher nicht mehr sagen können, *wer* zuerst das Feuer eröffnete – Tahia oder Gerrit. Die Waffen der beiden ratterten nahezu gleichzeitig los, und ebenfalls beinahe im selben Sekundenbruchteil stoben rechts und links von ihnen Funken und Splitter aus dem Stein, gefolgt von blitzenden und schimmernden Eistrümmern, die in einem klirrenden Scherbenregen überall zugleich niederzuprasseln schienen. Etwas Kleines, Weißes jagte mit einem hässlichen Zischen direkt zwischen Ben und Sasha hindurch und zerstob nur wenige Meter hinter ihnen an einem Felsen zu glitzerndem Staub, und kurz darauf begann auch Harry abermals zu feuern. Glitzernde gedrungene Gestalten ohne Gesichter explodierten überall rings um sie herum, brachen wie von Hammerschlägen getroffen in Stücke oder schienen einfach zu *verschwinden*, wenn sie in die Bahn der rasenden MPi-Geschosse gerieten, und irgendetwas Großes, das inmitten des tobenden weißen Infernos nicht genau zu erkennen war, bäumte sich für einen Moment hinter den Felsen auf und explodierte dann ebenso. Das Ganze dauerte deutlich weniger als eine Minute (wahrscheinlich nicht einmal zwanzig *Sekunden*, auch wenn es Ben wie eine schiere Ewigkeit vorkam), und als es vorbei war, hatte sich die Höhle rings um sie herum so drastisch verändert, wie es nur möglich schien. Von den schwarzen Lavafelsen war praktisch nichts mehr zu sehen. Wohin sie auch blickten, türmten sich schimmerndes Eis und glitzernde Schneewehen, zerborstene Gliedmaßen und zerbrochene Leiber und Köpfe ohne Gesichter, und die Luft war von einem feinen, dunstigen Nebel erfüllt, der sich nur ganz allmählich zu senken begann und zum Niesen reizte, wenn man nicht ganz vorsichtig oder durch den Mund einatmete. Bens Ohren klingelten, und als er sich hastig zu Sasha herumdrehte, hatte auch sie schmerzhaft das Gesicht verzogen und beide Hände gegen die Ohren gepresst.

»Puh«, sagte sein Vater vor ihm. »Das war verflixt –«

»– zu leicht«, unterbrach ihn Harry scharf. »Verdammt noch mal, ich erwarte nicht, es mit lauter kleinen Blüchers zu tun zu bekommen, aber das war zu simpel! So dämlich *können* sie nicht sein!«

»Also ich fand es schlimm genug«, sagte Bens Vater. Er klang ein wenig empört, aber Harry ignorierte ihn.

»Gerrit, auf diesen Brocken da!« Er deutete auf einen fast hausgroßen Lavabrocken mit spiegelglatt wirkenden Wänden neben dem Schlachtfeld und wandte sich selbst in die entgegengesetzte Richtung. »Wir gehen dort lang.«

»Aber das ist die falsche Richtung!«, protestierte sein Vater – was stimmte. Wenn sie in die von Harry vorgeschlagene Richtung gingen, dann entfernten sie sich vom Labor, statt sich ihm zu nähern.

»Ja, aber das Gelände ist dort übersichtlicher«, antwortete Harry ungeduldig. »Ich habe keine Lust, in einen Hinterhalt zu laufen. Und jetzt gehen Sie los – oder bleiben Sie hier, mir auch egal.« Er stiefelte los, und Tahia schloss sich ihm an. Und nach einem kurzen, aber spürbaren Zögern auch sein Vater mit Schulz im Schlepptau.

Ben atmete erleichtert auf. Obwohl er Harry im Stillen Recht gab, hätte er nicht gewusst, was er tun sollte, hätte sein Vater sich offen gegen Harry gestellt.

Eine weitere pulsierende Woge aus Farben lief über die Höhlendecke, erreichte das jenseitige Ende und schwappte in verändertem Rhythmus zurück, und irgendwo vor ihnen blitzte es weiß zwischen den Felsen auf. Aber es war nur ein verirrter Lichtstrahl, der sich auf Eis brach; *ganz normalem Eis*, keinem, das zu der unheimlichen Karikatur von Leben erwacht war.

Irgendwie musste es Gerrit gelungen sein, auf den Felsen hinaufzukommen, denn sie hatten noch keine zwanzig Schritte zurückgelegt, als sich Harrys Funkgerät meldete. Er hatte die Lautstärke weit genug aufgedreht, dass sie Gerrits Worte verstehen konnten.

»Du hattest Recht, Harry. Sie warten zwischen den Felsen auf uns. Eine ganze Bande. Mindestens fünfzig.«

»Und was tun sie?«

»Gar nichts. Sie stehen nur rum. Aber da sind … noch andere Viecher dabei. Ziemlich groß. Solche hab ich noch nie gesehen. Aber sie rühren sich nicht.«

»Wundert mich kein bisschen. Wie sieht es vor uns aus?«

»Alles frei, soweit ich von hier aus sehen kann. Aber allzu viel *kann* ich nicht sehen. Also passt besser auf.«

»Okay. Dann bleib noch eine Minute, und wenn sich bis dahin nichts tut, dann kommst du nach.« Harry schaltete das Walkie-Talkie aus und steckte es ein. »Ihr habt es gehört«, sagte er, ohne zu ihnen zurückzublicken. »Seid vorsichtig.«

»Sobald wir hier heraus sind, werde ich noch ein paar Takte mit diesem Möchtegern-General reden«, grollte sein Vater.

»Oh, das können Sie auch gleich, Doc«, sagte Harry. Anscheinend hatte sein Vater lauter gesprochen, als er beabsichtigt hatte – oder gerade so laut, *wie* er beabsichtigt hatte. »Wenn Sie ein Problem mit mir haben, können Sie gerne verschwinden. Ich habe Sie nicht gebeten herzukommen, Doc. Wenn Sie allerdings möchten, dass ich Sie trotzdem hier raushole, dann halten Sie die Klappe und tun, was ich Ihnen sage. Das hier ist keine Demokratie.«

Ben befürchtete, dass der Streit jetzt erst richtig losgehen würde, aber sein Vater war klug – oder auch einfach nur perplex – genug, um nichts mehr zu sagen.

Gerrit schien Harrys Befehl nicht unbedingt wortwörtlich ausgelegt zu haben, denn es verging kaum mehr als eine Minute, bis er mit weit ausgreifenden Schritten angelaufen kam und sich zu Harry gesellte, woraufhin Tahia wieder zurückfiel und ihren Rücken deckte. Inzwischen hatten sie sich ein gutes Stück vom Tunnel zum Labor entfernt, und Ben begann sich allmählich zu fragen, ob Harry vorhatte, eine Abkürzung über den Nordpol zu nehmen, als sie endlich nach rechts schwenkten und sich wieder dem Anfang der Schutthalde näherten. Den Tunnel von hier aus zu erreichen, dachte er missmutig, würde deutlich länger dauern als der Weg herunter und ungefähr zehnmal anstrengender sein. Trotzdem musste er widerwillig zugeben, dass er an Harrys Stelle vermutlich nicht anders entschieden hätte. Auf dem Weg, den sie gewählt hatten, gab es nur ein paar kleinere Trümmerstücke und Risse, nichts, wohinter sich etwas von der ungefähren Größe eines Menschen verbergen konnte. Hier konnten ihre Verfolger auf keinen Fall auf sie warten, und das taten sie auch nicht.

Sie warteten auf dem Hang.

Ben spürte es den Bruchteil einer Sekunde, bevor es geschah. Es war ein Gefühl des Herannahens, das beinahe schon körperliche Empfinden von etwas unvorstellbar *Mächtigem* und *Bösem*, das erwachte und sich unsichtbar über ihnen aufbäumte. Gut, was dabei vielleicht auch ein wenig half, war, dass Sasha einen spitzen Schrei ausstieß und die Decke über ihren Köpfen plötzlich in einer noch heftigeren orangefarbenen und roten Explosion düsterer Farben aufflammte, aber er spürte es eindeutig *vorher* und versuchte noch, Harry irgendwie zu warnen, doch es war zu spät.

Und alles, was danach geschah, passierte so schnell und scheinbar gleichzeitig, dass Ben selbst hinterher nicht ganz sicher war, was sich genau abgespielt hatte und in welcher Reihenfolge. Die Geröllhalde explodierte, als hätte ein Titan mit einem Hammer von unten dagegen geschlagen, und überschüttete sie mit einem Hagelschauer aus Steinen und zerbrochener Lava, und noch bevor die ersten dieser heimtückischen Geschosse auch nur den Zenit ihrer Bahn überschritten hatten, ergoss sich eine wahre Flut schimmernder weißer Gestalten aus der aufgebrochenen Erde. Harry sank auf das linke Knie hinab und begann noch in der gleichen Bewegung zu schießen, und neben ihm versuchte Gerrit dasselbe zu tun, schrie auf und griff sich an die Schulter, wo ihn einer der heranwirbelnden Steinbrocken getroffen hatte. Seine Waffe polterte zu Boden, während er mit schmerzverzerrtem Gesicht zur Seite kippte. Dafür feuerten Harry und Tahia umso schneller. Beide hatten ihre Waffen auf Dauerfeuer geschaltet und jagten der heranstürmenden Front der Ungeheuer eine vernichtende Salve entgegen, die selbst die scheinbar unerschöpfliche Flut zurückwarf. Ben hatte sich – ebenso wie sein Vater und Schulz – instinktiv geduckt und sich dabei schützend über Sasha geworfen, aber er sah trotzdem, dass sie es diesmal nicht mit den gesichtslosen dreifingrigen Ungeheuern zu tun hatten, sondern mit den gleichen Geschöpfen, denen sie vorhin im Turm begegnet waren: blitzenden weißen Kopien der Menschen, die von Bord der *Princess* entführt worden waren. Und ihre Bewegungen hatten nichts mehr mit dem betrunkenen Taumeln jener Geschöpfe zu tun, die Harry vor ein paar Minuten auf so dramatische Weise ausgeschaltet hatte. Sie bewegten sich schnell und fast elegant und vor allem *zielgerichtet.* Der größte Teil der Angreifer hatte keine Chance, Tahias und Harrys Feuer zu entgehen, aber die wenigen, *denen* es gelang, stürzten sich keineswegs blindwütig auf ihre Gegner, sondern taten genau das, was auch *wirkliche* Menschen getan hätten: Sie suchten hastig Deckung hinter Lavabrocken und Felsen oder versuchten das Sperrfeuer zu umgehen und zu ihren Gegnern zu gelangen.

Und es blieb nicht bei dem Versuch. Tahia und Harry feuerten ununterbrochen weiter, und auch Gerrit stemmte sich benommen in die Höhe und tastete nach seiner Waffe, doch mindestens zwei der unheimlichen Angreifer hatten das Sperrfeuer irgendwie durchbrochen und wollten sich auf Tahia stürzen. Diesmal war Ben geistesgegenwärtig genug, einen warnenden Schrei auszustoßen, aber seine Stimme ging im Höllenlärm der Schüsse unter.

Sasha reagierte wesentlich besser: Sie riss sich los, klaubte einen faustgroßen Stein vom Boden auf und schleuderte ihn auf einen der Angreifer. Der Stein – der gar kein Stein war, sondern ein milchiger Rohdiamant, wie Ben erkannte – traf die Kreatur an der Schulter und zerschmetterte sie. Ihr rechter Arm brach ab und polterte zu Boden, und die Wucht des Wurfes war so gewaltig, dass die ganze Gestalt taumelte und der Länge nach an Tahia vorbei hinfiel. Den zweiten Angreifer erledigte Tahia mit einem blitzschnellen Kolbenhieb, der ihn regelrecht in Stücke sprengte. Aus der gleichen Bewegung heraus drehte sie sich um, warf Sasha ein dankbares Lächeln zu und nutzte die Zeit auch noch, um ihr leer geschossenes Magazin gegen ein frisches auszutauschen und den gestürzten Eiskrieger, der ungeschickt versuchte, sich auf dem verbliebenen Arm in die Höhe zu stemmen und seinen Angriff fortzusetzen, mit einem fast beiläufigen Fußtritt endgültig in Stücke zu schlagen.

Dann riss sie ihre MPi hoch und feuerte auf Sasha und ihn.

Natürlich schoss sie nicht *wirklich* auf sie, aber im allerersten Moment kam es ihm ganz genau so vor, und diesmal waren seine Reaktionen schneller als sein Verstand: Er warf sich mit weit ausgebreiteten Armen auf Sasha und riss sie mit solcher Wucht zu Boden, dass sie zuerst vor Schrecken und dann ganz eindeutig vor Schmerz aufschrie, als sie auf die eisenharte Lava aufschlug – und möglicherweise war seine Reaktion doch nicht *so* überzogen gewesen, denn Tahias MPi-Salve jagte so dicht über sie hinweg, dass er sich das Pfeifen der Geschosse nicht nur einbildete, sondern es tatsächlich *hörte*. Sasha so fest an sich gepresst, wie er nur konnte, rollte er fast ein halbes Dutzend Mal herum, bevor er es wagte, sie loszulassen und in die Richtung zu blicken, in die Tahia immer noch schoss.

Er war nicht besonders überrascht, auch von dort eine ganze Armee weißer Gestalten heranstürmen zu sehen. Auch bei diesen Kreaturen handelte es sich zum größten Teil um Kopien der menschlichen Gefangenen, aber es waren auch etliche gesichtslose, dreifingrige Gestalten dabei.

Und es waren *viele*.

Tahias Maschinenpistole wütete fürchterlich unter ihnen, und jedes einzelne ihrer Geschosse streckte mindestens zwei oder drei der bizarren Angreifer nieder, indem es ihre zerbrechlichen Körper durchschlug und hinter ihnen weitermachte. Aber ihre Zahl schien unerschöpflich zu sein; Dutzende, wenn nicht Hunderte, die rasend schnell und scheinbar aus allen Richtungen zugleich auf sie zustürmten, mehr und schneller, als Tahias verbissenes Feuer sie zurückwerfen konnte. Die Söldnerin nahm den Zeigefinger gar nicht mehr vom Abzug und erledigte in jeder Sekunde ein halbes Dutzend der seelenlosen Bestien, aber ihre Front rückte trotzdem näher. Und Ben bezweifelte, dass Tahia überhaupt genug Munition dabeihatte, um auch nur die Hälfte der unheimlichen Angreifer abzuwehren.

Die Söldnerin schien das wohl genauso zu sehen, denn sie feuerte zwar verbissen weiter, bis auch ihr zweites (und damit vorletztes) Magazin leer geschossen war, wechselte es aber nicht aus, sondern ließ die Waffe sinken und zerrte stattdessen den Flammenwerfer von der Schulter. Ben stockte vor Entsetzen fast der Atem, als er für einen Sekundenbruchteil direkt in die brandgeschwärzte Mündung blickte und die winzige blaue Zündflamme darin sah.

Tahia war mit einem einzigen weit ausgreifenden Schritt neben Sasha und ihm und schoss. Der dünne, zischende Feuerstrahl war kaum zu sehen, aber die Wirkung war verheerend. Die drei oder vier Angreifer, die direkt davon getroffen wurden, lösten sich im Bruchteil einer Sekunde in kochenden Dampf auf – die pure Wucht des Strahls riss auch ihre unmittelbaren Nachbarn in Stücke – und die ungeheure Hitze ließ mindestens noch einmal so viele mitten in der Bewegung zerschmelzen.

Der Rest der Kreaturen stürmte unbeeindruckt weiter heran, einer Armee aus Robotern gleich, die weder Tod noch Schmerzen fürchteten (und warum auch?), doch Tahia schwenkte ihre Waffe in aller Seelenruhe herum und gab drei, vier weitere kurze Feuerstöße ab, und damit hatte der Spuk ein Ende. Die wenigen Eiskrieger, die den künstlichen Feuersturm überstanden hatten, erledigte sie mit gezielten einzelnen Schüssen aus ihrer MPi, bevor sie sich herumdrehte, um Harry und Gerrit zu helfen, obwohl der Angriff auf dieser Seite inzwischen spürbar an Schwung verloren hatte.

Tahia beendete ihn endgültig, indem sie einen Feuerstrahl in die gewaltsam geschaffene Öffnung jagte, aus der die Eismonster hervorquollen. Eine gewaltige Dampfexplosion riss die letzten Angreifer in Stücke, und an mindestens einem Dutzend Stellen rings um die Öffnung im Hang schlugen Flammen und winzige graue Dampfgeysire aus der Geröllhalde, dann war auch hier Ruhe. Trotzdem blieb Ben noch gute zehn Sekunden mit angehaltenem Atem und über Sasha gebeugt liegen, bevor er es wagte, auch nur den Kopf zu heben und sich dann – behutsam – in die Höhe zu stemmen.

Sasha japste hörbar nach Luft. »Danke. Ich wusste gar nicht, dass du so … stürmisch bist.«

»Stürmisch?« Ben blinzelte.

»Atemberaubend wäre wohl … eher passend«, keuchte Sasha.

»Vor allem weil dein rechtes Knie in ihrem Magen war«, fügte Tahia hinzu.

Ben starrte sie betroffen an, dann fuhr er erschrocken wieder zu Sasha herum. »Ist das wahr?«

»Halb so … schlimm«, behauptete Sasha, während sie sich umständlich aufsetzte. Sie war keine besonders gute Lügnerin. »Es war ja … gut … gemeint.«

Ben zwang sich zwar zu einem nervösen Lächeln – und er empfand auch tatsächlich Erleichterung, weil Sasha so offensichtlich unversehrt davongekommen war – aber hinter seiner Stirn schrillte auch schon wieder eine leise, aber penetrante Alarmglocke. Sasha war nicht nur außer Atem. Auch, ja, aber ihre Worte klangen deutlich schleppend und auf eine Art angestrengt, die nichts mit der Atemlosigkeit zu tun hatte. Hastig streckte er die Hand aus und half ihr, auf die Beine zu kommen.

Nur ein Stück neben ihm rappelte sich auch sein Vater in die Höhe und benutzte seinen ersten Atemzug dafür, Harry anzufauchen: »War Ihnen das jetzt raffiniert genug oder immer noch zu simpel?«

Eine pochende Welle aus Farbe brandete über den versteinerten Himmel, wie um seinen Worten noch mehr Nachdruck zu verleihen. Ben verstand nicht ganz, was dieser plötzliche Ausbruch sollte, und Harry anscheinend auch nicht, denn er sah seinen Vater nur eine halbe Sekunde lang irritiert an und wandte sich dann zu Tahia um.

»Danke. Lange hätten wir nicht mehr durchgehalten.«

»Den Eindruck hatte ich nicht«, sagte Ben, aber Harry sah ihn nur düster an, zog das Magazin aus seiner MPi und rammte ein neues hinein, das er aus der Jackentasche zog. »Das letzte. Fünfzig Schuss, dann ist Feierabend.«

»Bei mir auch«, fügte Gerrit hinzu. Tahia nickte nur stumm, und eine weitere lautlose Explosion aus farbigem Licht raste über den Himmel. Täuschte er sich oder wurde der Rhythmus schneller?

»Aber wir haben doch noch den Flammenwerfer!«, sagte Bens Vater. Er klang nervös.

»Ja. Nur eignet der sich nicht besonders gut für den Nahkampf«, antwortete Harry ernst. »Wir müssen hier weg, und zwar schnellstens.« Er wandte sich an Sasha. »Kommst du allein zurecht?«

Sasha sah ihn einen halben Atemzug lang an, als wüsste sie mit diesen Worten nichts anzufangen, aber dann nickte sie – mühsam –, und Harry drehte sich wieder zu Ben um, deutete jedoch gleichzeitig auf Schulz und seinen Vater. »Du hilfst ihm! Wir müssen uns beeilen!«

Ben war wenig begeistert von der Idee, aber natürlich hatte Harry Recht: Schulz leistete seinem Vater zwar keinerlei Widerstand, doch er war auch nicht unbedingt kooperativer als eine Aufziehpuppe, die sich starr in eine einmal eingeschlagene Richtung bewegt, selbst wenn sie direkt vor eine massive Wand führt. Allein würde es seinem Vater wahrscheinlich nicht einmal gelingen, ihn den Hang hinaufzubekommen.

Außerdem gab Harry ihm nicht einmal die Chance, ihm zu widersprechen. Er schlug zwar einen respektvollen Bogen um den neu geschaffenen Tunnelausgang, aus dem noch immer Flammen und brodelnder grauer Dampf quollen, marschierte aber trotzdem auf der Stelle los, und Gerrit schloss sich ihm wortlos an.

»Geh ruhig«, sagte Tahia. Sie deutete mit einem knappen, aber sehr warmen Lächeln auf Sasha. »Ich passe schon auf, dass sie nicht verloren geht.«

Das war mit Sicherheit ebenso ehrlich wie beruhigend gemeint, dachte Ben, aber es funktionierte nicht. Ben sah rasch in Sashas Gesicht, und was er darin erblickte, weckte eine tiefe Trauer in ihm. Sasha erwiderte seinen Blick und versuchte sogar mit einigem Erfolg zu lächeln, aber es wirkte nicht echt, und er spürte, welch große Kraft es sie kostete. Er wusste, was geschehen würde. Und auch, dass er absolut machtlos dagegen war.

Plötzlich hatte er einen so harten, bitteren Kloß im Hals, dass er kaum noch Luft bekam. Seine Augen begannen zu brennen. Mit einem hastigen Ruck drehte er sich zu seinem Vater um und half ihm, Schulz wie eine zu groß geratene, fette Barbiepuppe auf die Beine zu stellen. Als sie losgingen, jagte eine weitere Farbwelle über den Himmel, und diesmal gab es keinen Zweifel mehr daran, dass sie sich verändert hatte. Die Farben waren düsterer, unheimlicher, und etwas war in ihrem Rhythmus, was ihm Angst machte.

Seine Einschätzung, was Kapitän Schulz anging, erwies sich als richtig. Sein Vater und er ergriffen ihn an den Armen und führten ihn mit sanfter Gewalt zwischen sich her, und er gehorchte zwar problemlos, aber dass man die Füße heben sollte, um einem im Weg liegenden Stein auszuweichen, schien er irgendwie vergessen zu haben – und es gab nicht nur *eine Menge* Steine; Schulz erwies sich als so etwas wie ein menschliches Trüffelschwein, was Lavabrocken anging. Er stolperte buchstäblich über jeden einzelnen Brocken, der ihm im Weg lag – was bei einer fünfundzwanzig Meter hohen und mindestens dreißig Grad steilen Böschung ziemlich viele waren. Sie fielen schon auf den ersten Schritten hoffnungslos zurück, obwohl Harry und Gerrit nicht einmal besonders schnell gingen, und es wurde schlimmer, je weiter sie sich den Hang hinaufarbeiteten.

Auch das Flackern über ihren Köpfen nahm zu. Ben vermied es krampfhaft, nach oben zu schauen, aber auch so konnte ihm nicht entgehen, dass das hektische Pulsieren immer schneller und aggressiver wurde, und es waren jetzt eindeutig Farben dabei, die er noch nie zuvor gesehen hatte und die ihn mit einer Furcht erfüllten, die an Panik grenzte.

Dafür blickte er immer öfter zu Sasha zurück. Sie folgte ihnen in kaum einem halben Dutzend Schritten Abstand, und genau wie sie es versprochen hatte, ging Tahia hinter ihr und achtete darauf, dass sie nicht zu weit zurückfiel. Aber Ben erkannte auch, dass ihr jeder Schritt schwerer zu fallen schien als der vorhergehende. Der größte Schrecken, nach dem er Ausschau hielt, zeigte sich nicht. In ihren Augen war noch immer Leben, und allein die Tatsache, dass sich die Anstrengung so deutlich auf ihrem Gesicht widerspiegelte, bewies, dass ihr Bewusstsein noch nicht wieder in jenen bodenlosen schwarzen Abgrund gestürzt war – aber er spürte mit unerschütterlicher Gewissheit, dass er sie verlor. Jetzt. Für einen kurzen und unendlich kostbaren Moment, während sie an jenem schrecklichen Ort im Herzen der schwarzen Stadt gewesen waren, hatte sie sich aus dem Gefängnis befreit, doch das Tor begann sich bereits wieder zu schließen, mit jedem Schritt mehr, den sie sich davon entfernten.

Schulz stolperte und wäre um ein Haar gestürzt, und sein Vater fuhr ihn an: »Pass doch auf, verdammt!«

Ben griff hastig fester zu, überlegte es sich dann anders und schlang sich Schulz' linken Arm um die Schulter, und auf der anderen Seite folgte sein Vater fast augenblicklich seinem Beispiel. Auf diese Weise spürten sie das Gewicht des Mannes sehr viel deutlicher, denn sie trugen ihn jetzt mehr, als dass sie ihn führten, aber es war trotzdem einfacher.

»Entschuldige«, sagte er.

Sein Vater rückte Schulz' Arm in seinem Nacken in eine etwas bequemere Position und sah ebenfalls rasch zu Sasha zurück. »Schon gut. Ich verstehe, was du meinst. Mist, verdammter!«

Vor ihnen krachte ein Schuss.

Ben fuhr so erschrocken zusammen, dass er Schulz um ein Haar losgelassen hätte, und gerade noch rechtzeitig herum, um zu sehen, wie nur ein kurzes Stück vor Harry und Gerrit etwas Weißes und Riesiges in Stücke zersprang.

Diesmal war es keine Höhle, die sich vor ihnen auftat. Stattdessen waren wie aus dem Nichts mindestens ein Dutzend hell leuchtender Gestalten überall um sie herum erschienen, und während Ben hinsah, polterten auch links von ihnen Steine den Hang hinunter und lösten eine dröhnende Gerölllawine aus, und weitere bizarre Gestalten wuchsen in die Höhe. Etwas war anders, nicht so, wie es sein sollte, aber Ben konnte im ersten Moment nicht sagen, was.

Und als er es begriff, war es beinahe zu spät.

Es war einzig Harrys schnelle Reaktion, die eine *wirkliche* Katastrophe verhinderte. Gerrit fuhr auf dem Absatz herum und riss seine MPi in die Höhe, und Harry bewegte sich womöglich noch rascher und schlug den Lauf seiner Waffe mit einer blitzartigen Bewegung nach oben. Nur eine einzige Kugel der kurzen Salve traf einen der Eiskrieger und sprengte ihn in Stücke, der Rest prallte als Funken sprühende Querschläger von den Felsen ab oder jagte harmlos nach oben. Gerrit wollte sich schon wütend zu Harry herumdrehen und riss dann stattdessen ungläubig die Augen auf.

»Scheiße«, sagte Tahia inbrünstig.

Ben konnte ihr nur beipflichten. Er erkannte jetzt, was ihn am Anblick der Angreifer so gestört hatte: Nur ungefähr die Hälfte von ihnen waren Eiskrieger, bei den anderen handelte es sich um Menschen, genauer gesagt die entführten Passagiere der *Princess,* die die Ungeheuer wie lebende Schutzschilde vor sich herstießen.

»So ein verdammter Mist!«, schrie Harry. Er erledigte mit einem gezielten Schuss einen Eiskrieger, der ihm schon bedrohlich nahe gekommen war, und brüllte, ohne sich zu ihnen herumzudrehen: »*Haut ab! Wir geben euch Deckung!*« Gleichzeitig gab er einen weiteren Schuss ab und schaltete damit ein zweites Ungeheuer aus, diesmal ebenfalls, ohne dass sein lebender Schutzschild auch nur eine Schramme abbekam. Aber die anderen rückten unbeeindruckt näher, und es waren deutlich mehr, als Ben im ersten Moment angenommen hatte.

Auch Gerrit gab einen Schuss ab, der ebenso präzise platziert war wie die Harrys, und Ben erwachte endlich aus seiner Erstarrung, packte Schulz' Arm fester und lief weiter. Zu seiner Erleichterung sah er aus den Augenwinkeln, wie sich Sasha ihnen unaufgefordert anschloss, und auch sein Vater schien den Ernst der Situation endlich begriffen zu haben. Sie versuchten nicht mehr, Schulz zum Gehen zu animieren, sondern trugen ihn jetzt endgültig zwischen sich her, was unglaublich kräftezehrend war, sie aber sehr schnell von der Stelle brachte. Zwischen ihnen und dem rettenden Tunnel lagen vielleicht noch fünfzig oder sechzig Meter, selbst auf einem mit losem Geröll und Schutt übersäten steilen Hang und mit einem hilflosen Zwei-Zentner-Mann zwischen sich eine Strecke, die zu schaffen war. Hinter ihnen begann auch Tahia zu feuern, und ein hastiger Blick über die Schulter zurück zeigte Ben, dass sich die Söldner nun Schritt für Schritt zurückzogen und sich dabei ziemlich gut hielten. Hätten sie es mit normalen Gegnern zu tun gehabt, hätte es keinen Zweifel am Ausgang des Kampfes gegeben, denn die Eiskrieger fielen wortwörtlich wie die Fliegen. Tahia und Gerrit und Harry schossen schnell und äußerst präzise, aber nur dann, wenn sie sicher sein konnten, keinen der lebenden Schutzschilde zu treffen, und der Abstand zwischen ihnen schrumpfte ganz allmählich zusammen; ein kleiner werdender Dreiviertelkreis, in dessen Zentrum sich die drei Söldner befanden und der sich langsamer als sie, aber in dieselbe Richtung den Hang hinaufbewegte.

Schulz stolperte, riss seinen Vater komplett und ihn beinahe mit sich von den Füßen und gab zum ersten Mal, seit sie ihn gefunden hatten, einen Laut von sich: ein schmerzerfülltes Keuchen, als sein Knie mit einem dumpfen Krachen gegen einen Felsbrocken stieß. Ein Geräusch, das ihm sagte, dass sie ihn von jetzt an tragen *mussten.*

»Verdammt noch mal, beeilt euch!«, schrie Harry. »Ich weiß nicht, wie lange wir sie noch zurückhalten können!«

Ben sparte sich die Zeit, noch einmal zu ihnen zurückzublicken, ergriff Schulz kurzerhand unter den Armen, während sein Vater seine Füße ergriff. Sie mussten sich jetzt seitwärts den Hang hinaufbewegen, was sogar noch anstrengender war, aber nach weiteren quälenden zwei oder drei Minuten hatten sie es geschafft und den Tunnel erreicht, der zum Labor führte. Sein Vater sank mit einem erschöpften Seufzen in die Knie, und auch Ben ließ Schulz' Oberkörper so behutsam zu Boden sinken, wie er noch konnte (was nicht wirklich behutsam war; Schulz würde wahrscheinlich nicht nur mit einem pochenden Knie aufwachen, sondern auch mit ziemlich üblen Kopfschmerzen), blieb ein paar Sekunden lang mit geschlossenen Augen auf den Knien hocken und wartete darauf, dass sein Herz seine Versuche einstellte, aus seinem Hals zu springen.

Es tat ihm den Gefallen nicht, sondern begann im Gegenteil noch rasender in seiner Brust zu hämmern, als er sich herumdrehte, um nach Sasha zu sehen.

Sie war ihnen nicht gefolgt, sondern genau dort stehen geblieben, wo Schulz gestürzt war, und starrte aus weit aufgerissenen, starren Augen zu ihnen herauf. Harry und die beiden anderen schossen noch immer, aber nicht mehr annähernd so schnell wie zuvor, sie beschränkten sich jetzt darauf, nur die Angreifer zu erledigen, die ihnen gefährlich nahe zu kommen drohten, und zogen sich dafür immer rascher in ihre Richtung zurück. Beiläufig registrierte Ben, dass sich die heimtückische Taktik der

Eiskrieger, ihre hilflosen Gefangen als lebende Schutzschilde zu benutzen, nun gegen sie wandte: Wären sie allein gewesen, hätten sie die drei Söldner längst durch ihre schiere Zahl überrannt.

Als ob das jetzt eine Rolle spielte!

»Bring Schulz in Sicherheit!«, keuchte er, während er bereits aufsprang und so schnell zu Sasha zurückstolperte, wie es nur ging. Er brauchte nur ein paar Sekunden, um sie zu erreichen, doch in dieser Zeit schloss sich der Belagerungsring um die drei Söldner noch enger, und seine Bestürzung steigerte sich zu Entsetzen, als er den Ausdruck auf ihrem Gesicht sah. Es war nicht die Leere, die er befürchtet hatte, sondern ganz im Gegenteil ein Ausdruck höchster, fast schmerzhafter Konzentration, als tobe in ihrem Inneren ein so gnadenloser Kampf, dass sie schier daran zu zerbrechen drohte.

»Sasha, was … was ist mit dir?«, stammelte er. »Was hast du?«

Sasha reagierte nicht, aber es war diesmal nicht so, dass sie seine Stimme nicht hörte. Sie konnte es nicht. Ihr ganzer Körper zitterte vor Anstrengung, und der Ausdruck auf ihrem Gesicht, den er bisher für Konzentration gehalten hatte, war purer Schmerz.

Ben griff nach ihren Schultern, und die Berührung schien den Bann zu brechen, unter dem sie stand. Der Ausdruck qualvoller Anstrengung auf ihren Zügen erlosch und sie stieß ein halblautes, fast erleichtert klingendes Seufzen aus. Dann wich so abrupt alle Kraft aus ihr, als wäre hinter ihrer Stirn ein Schalter umgelegt worden, und sie brach so warnungslos zusammen, dass Ben gerade noch die Arme ausstrecken und sie auffangen konnte, bevor sie sich an dem mit spitzen Steinen übersäten Boden verletzte.

Ohne auch nur darüber nachzudenken, was er tat, nahm er sie kurzerhand auf die Arme, wirbelte herum und stürmte los. Ein Teil von ihm erschrak, als er spürte, wie leicht sie war. Er fühlte ihr Gewicht kaum, und das hätte nicht sein dürfen, nicht einmal wenn er bedachte, dass sich das Mischungsverhältnis von Blut und Adrenalin in seinen Venen im Moment wahrscheinlich umgekehrt hatte; als wäre mehr aus ihrem Körper gewichen als nur das Bewusstsein.

Hinter ihm ertönte ein spitzer, wenngleich auch eher wütender Schrei, und für einen kurzen Moment wurde das Schießen wieder hektischer. Eine MPi-Salve brüllte auf, gefolgt von einem gewaltigen Klirren und Bersten, als trampele eine Herde wütender Elefantenbullen durch den größten Porzellanladen der Welt, und plötzlich wuchs auch vor ihm eine bizarre weiße Gestalt in die Höhe, die mit einer plumpen dreifingrigen Hand nach ihm grabschte. Ben entging dem Angriff mit einer ganz instinktiven Bewegung (als er später darüber nachdachte, gestand er sich ein, dass es in Wahrheit wohl nichts anderes als Glück gewesen war), stapfte weiter und sah sich im nächsten Augenblick von gleich drei der riesigen gesichtslosen Gestalten attackiert, und *diese* Ungeheuer waren ohne lebende Schutzschilde gekommen, was nichts anderes hieß, als dass sie *schnell* waren.

Er versetzte dem ersten Eiskrieger, der dumm genug gewesen war, ihn frontal zu attackieren, einen Fußtritt, der ihn hintenüber auf die Felsen schmetterte, wo er in Stücke zersprang, aber er verlor durch die Bewegung das Gleichgewicht und kämpfte wie wild, um nicht zu stürzen oder gar Sasha fallen zu lassen oder beides.

Durch sein hektisches Herumstolpern entging er dem wütenden Prankenhieb des zweiten Eiskriegers, und als er sein Gleichgewicht wiedergefunden hatte, fielen hinter ihm praktisch gleichzeitig zwei Schüsse, und die beiden Ungeheuer explodierten wie von Hammerschlägen getroffen. Ben schrie vor Schmerz auf, als sich etwas Kleines und Spitzes wie ein glühender Nagel in seine Schläfe bohrte. Blut lief über sein Gesicht und machte ihn beinahe blind, und kurz wurde der Schmerz so stark, dass ihm fast übel wurde. Dennoch taumelte er verbissen weiter.

Als er den Tunnel erreichte, wurde ihm vor Anstrengung und Schmerz endgültig schwarz vor Augen. Er sank auf die Knie und kippte hilflos nach vorne. Seine Kraft reichte nicht mehr, Sashas Körper zu halten. Sie glitt zu Boden und wäre haltlos den Hang wieder hinabgerollt, hätte nicht im letzten Moment eine riesige weiße Hand nach ihrem Fußgelenk gegriffen und sie festgehalten.

Der eisige Schrecken riss ihn in die Wirklichkeit zurück. Er warf sich mit einem Schrei nach vorne, bevor er sah, dass die Hand zwar weiß und groß war, aber *fünf* Finger hatte und nicht aus Eis bestand, sondern in einem dick gefütterten weißen Handschuh steckte. Sie gehörte keinem Eiskrieger, sondern seinem Vater.

»Beeil dich!«, brüllte er. »Sie sind gleich da!«

Ben wagte es nicht, hinter sich zu blicken, sondern drängte Übelkeit und Schmerz zurück und ergriff Sasha an den Schultern, um sie in den Tunnel zu schieben, während sein Vater nun auch ihren anderen Fuß packte und mit aller Kraft zerrte. Sasha kam nicht ohne Schrammen und Blessuren davon, aber irgendwie schafften sie es, sie in den Tunnel hineinzuzerren und zu -schieben, und nachdem sich Ben erst einmal auf Hände und Knie aufrichten konnte, ging es leichter: Er griff unter ihre Arme und hielt ihren Rücken mit zusammengebissenen Zähnen wenigstens hoch genug, dass ihr Hinterkopf nicht über den harten Fels schrammte. Es war unglaublich anstrengend, aber sie kamen von der Stelle. Bis ungefähr zur Mitte des Tunnels …

… dann schloss sich eine unvorstellbar starke dreifingrige Klaue um seinen Knöchel und zerrte ihn mit solcher Gewalt zurück, dass er vor Schmerz aufbrüllte und Sasha losließ. Ihr Kopf schlug mit einem Geräusch auf dem Fels auf, das er wie einen körperlichen Schmerz spürte, und auch Ben kippte nach vorne, drehte sich aber noch im Fallen auf den Rücken und trat blindlings mit dem anderen Fuß zu. Der schwere Stiefel krachte ins nicht vorhandene Gesicht des Eismonsters und verwandelte es in ein milchig graues Spinnennetz aus Rissen und ineinander laufenden Sprüngen, aber die Kreatur schleifte ihn erbarmungslos weiter zurück.

Ben trat noch einmal und mit noch größerer Gewalt zu, und diesmal zielte er auf die Hand, die seinen Knöchel umklammerte. Die Finger zerbarsten, und er spürte einen neuerlichen stechenden Schmerz, der durch seinen Körper schoss, gefolgt von der klebrigen Wärme seines eigenen Blutes. Er war frei, aber nur für den Bruchteil einer Sekunde; dann warf sich der Eiskrieger mit seinem ganzen Gewicht auf seine Beine und presste ihn gegen den Boden. Seine verbliebene Hand krallte sich in Bens Gürtel und zog ihn mit solcher Gewalt zusammen, dass ihm die Luft wegblieb und statt eines Schreis nur ein japsender Laut über seine Lippen kam. Mit verzweifelter Kraft bäumte er sich auf, strampelte und trat und hämmerte mit beiden Fäusten auf den Schädel des Eismonsters ein, aber es nutzte nichts. Ebenso gut hätte er auch auf massiven Fels einschlagen können. Er wurde weiter zurückgezerrt, trat noch einmal und mit der Kraft der schieren Todesangst zu und wurde mit dem Geräusch von splitterndem Eis belohnt, zugleich aber auch ein weiteres Stück zurückgerissen. Und selbst wenn es ihm gelungen wäre, das Ungeheuer zu zertrümmern, hätte es nichts genutzt: Hinter dem Monster, das ihn gepackt hielt, schimmerte das schmutzige Weiß eines weiteren Angreifers und hinter diesem weitere. Der Tunnel war voller Ungeheuer, die nur darauf warteten, ihn zu packen und in ihr finsteres Reich zurückzuschleppen!

Verzweifelt griff er in die Tasche, riss die Pistole heraus, die sein Vater ihm gegeben hatte, und drückte ab. Nichts geschah. Der Abzug rührte sich nicht, und als er die Waffe herumdrehte und nach dem Sicherungshebel suchte, zog ihn das Monster ein weiteres Stück zurück. Die Pistole entglitt seinen Fingern und polterte zu Boden, und am jenseitigen Ende des Tunnels ging eine weiße, grausam kalte Sonne auf.

Ben schrie vor Schmerz und Angst, riss instinktiv die Arme über das Gesicht und hielt den Atem an, als eine gewaltige Hitzewelle über ihn hinwegfegte. Seine Haut schien zu brennen. Er hatte das Gefühl, flüssiges Feuer zu atmen, und roch verbrannten Kunststoff und schwelenden Stoff. Flammen tobten ringsum. Ein heller, zischend-boshafter Laut marterte sein Gehör, und die Hitze nahm noch weiter zu. Verzweifelt zerrte und riss er, bekam seinen linken Fuß frei und dann mit einer letzten, ungeheuerlichen Anstrengung auch den anderen, warf sich herum und kroch blind auf Händen und Knien los, bis er das Ende des Tunnels erreicht hatte und sein Vater nach ihm griff, um ihn endgültig ins Freie zu zerren.

Alles drehte sich um ihn. Ben war übel vor Schmerz und Anstrengung, und für zwei oder drei rasende Herzschläge war er so desorientiert, dass er nicht wusste, wo er war. Irgendwo links von ihm flackerte ein Licht, er hörte die Stimme seines Vaters, ohne die Worte zu verstehen – vermutlich irgendeine intelligente Frage, der Wie-geht-es-dir-Art –, und rechnete ernsthaft damit, jetzt das Bewusstsein zu verlieren.

Das Gegenteil war der Fall. Aus irgendeiner verborgenen Quelle strömte neue Kraft in seinen Körper. Schmerz und Erschöpfung und Furcht blieben, sanken aber auf ein Maß hinab, das es ihm nicht vollkommen unmöglich machte, einen klaren Gedanken zu fassen, nur die schreckliche Orientierungslosigkeit blieb – was allerdings auch daran liegen konnte, dass es um ihn herum dunkel war. Benommen tastete er nach dem Scheinwerfer an seinem Gürtel.

Sein Vater kam ihm zuvor, indem er seine eigene Lampe einschaltete und einen Moment lang direkt auf ihn richtete; zweifellos nur, um sich davon zu überzeugen, dass ihm auch wirklich nichts fehlte. Das Licht blendete ihn trotzdem. Er blinzelte und hob demonstrativ die Hand vors Gesicht, aber der Scheinwerferstrahl wanderte trotzdem nur ganz langsam weiter an seinem Körper hinab und blieb schließlich an seinen Stiefeln hängen.

Sie qualmten. Die Sohlen hatten sich halb aufgelöst und zogen klebrige Fäden, als er die Füße vom Boden löste. Wenigstens wusste er jetzt, woher der Geruch nach verbranntem Gummi gekommen war. Nun ja, immerhin hatte es nicht nach verbranntem *Fleisch* gerochen …

»Sasha«, sagte er nur.

Sein Vater schwenkte den Scheinwerfer zwar gehorsam zur Seite, richtete den Strahl aber nicht auf das Mädchen, sondern auf den Tunnelausgang, aus dem er ihn gerade herausgezerrt hatte. Ben war zwar enttäuscht – er musste sich um Sasha kümmern –, aber natürlich hatte sein Vater Recht. Wenn die Ungeheuer ihnen folgten und über sie herfielen, konnte er nichts mehr für Sasha tun. Mit klopfendem Herzen beugte er sich vor und spähte in den Tunnel.

Sie wurden nicht verfolgt, aber der Anblick jagte ihm trotzdem einen eisigen Schrecken über den Rücken.

Der Strahl des kräftigen Scheinwerfers brach sich nach kaum fünf oder sechs Metern an blitzendem Eis. Die grausame Hitze, die Tahias Flammenwerfer entfesselt hatte, war noch immer deutlich zu spüren. Die Luft roch verbrannt, und von den unregelmäßig geformten Wänden und der Decke des Felstunnels tropfte Wasser. Trotzdem war das geschmolzene Eis bereits wieder erstarrt und bildete einen regelrechten Pfropfen, der den Tunnel hermetisch abschloss, und eine Laune des Zufalls wollte es, dass Schultern und Kopf des Eiskriegers, der ihn gepackt hatte, nahezu unversehrt aus dieser schimmernden Barriere herausragten. Das gesprungene Un-Gesicht schien ihn angstvoll anzustarren, und seine fingerlose rechte Hand war noch immer in seine Richtung ausgestreckt, als versuche die Kreatur selbst jetzt noch nach ihm zu greifen.

»Das war verdammt knapp«, murmelte er.

»Knapp?«, sein Vater machte ein abfälliges Geräusch. »Diese Irre mit ihrem Flammenwerfer hätte dich beinahe umgebracht! Diese Typen sind doch alle gleich! Kaum haben sie eine Waffe in der Hand, schalten sie ihr Gehirn aus!«

»Ohne diese *Irre mit dem Flammenwerfer* wäre ich jetzt tot«, antwortete Ben mit belegter Stimme. »Oder bei *denen da.*« Er schüttelte den Kopf, als sein Vater widersprechen wollte. »Tahia und die beiden anderen sind da drüben eingesperrt. Wir müssen ihnen helfen!«

»Prima Idee«, antwortete sein Vater. Er deutete auf die Barriere aus Eis und verschmolzenen weißen Gliedmaßen. »Mit dem richtigen Werkzeug und ein paar Stunden Zeit kommen wir da spielend durch – falls deine schießwütige Freundin nicht zwischendurch auf die Idee kommt, sich den Weg freizuschießen, und wir gegrillt werden, heißt das.«

Sowenig es Ben gefiel, er musste ihm Recht geben. Sie hatten keine

Chance, sich durch die zwei oder drei Tonnen Eis zu graben, die den Tunnel versperrten, und Tahia konnte sich den Weg jederzeit mit ihrem Flammenwerfer freischmelzen. Wenn sie es noch konnte …

Der Tunnel versank wieder in barmherzige Dunkelheit, als sein Vater die Lampe herumschwenkte und zuerst auf Schulz und dann auf seine Tochter richtete. Der ehemalige Kapitän der *Princess* stand reglos und mit leerem Gesicht da wie eine menschengroße Aufziehpuppe, und auch Sasha, die auf dem Boden lag, rührte sich nicht; sie hatte offensichtlich das Bewusstsein verloren. Ihr Gesicht war zerschrammt, schmutzig und mit Blut bedeckt, und sie hatte einen Handschuh verloren. Ben beugte sich hastig über sie und tastete nach ihrem Puls. Er war schwach und sehr langsam und verriet ihm zwar, dass sie noch am Leben war, doch damit waren seine medizinischen Kenntnisse auch schon erschöpft. Ohne ein weiteres Wort lud er sie sich wieder auf die Arme. Neben ihm ergriff sein Vater Schulz am Arm, und sie marschierten los.

14

ER ERINNERTE SICH NICHT MEHR GENAU, wie sie es zurück nach oben geschafft hatten. Nach ein paar Schritten war die Funkverbindung zu Ramanov wieder da, und ungefähr auf halber Strecke musste sich wohl auch das Kamerabild wieder aufgebaut haben, denn die Stimmen in seinem Kopfhörer wurden aufgeregter; auch wenn er inzwischen viel zu erschöpft war, um die Worte zu verstehen. Sie wurden nicht noch einmal aufgehalten oder gar angegriffen, und auch die Anzahl und Größe der Spinnen, denen sie begegneten, hielt sich in Grenzen. Ben erinnerte sich verschwommen, dass sein Vater die größten und vorwitzigsten von ihnen zertreten hatte, und irgendwie musste es ihm wohl auch gelungen sein, Ramanov zu überreden ihnen Hilfe zu schicken, denn als sie den Vorraum erreichten, war plötzlich alles voller Männer in plumpen Schutzanzügen und mit Waffen, die sie in Empfang nahmen und ihn von Sashas Gewicht befreiten, und obwohl er lieber seinen rechten Arm geopfert hätte, als sie in die Obhut eines anderen zu geben, ließ er es zu; den Weg die steile Treppe hinauf hätte er ohnehin nicht mehr geschafft.

Wie er anschließend in van Staatens Krankenzimmer gekommen war, wusste er nicht mehr. Er verlor nicht das Bewusstsein, aber alles wurde zu einem einzigen Durcheinander aus Bildern und Geräuschen, sodass die Wirkung nahezu die gleiche wie die einer echten Ohnmacht war: Er fand sich urplötzlich lang ausgestreckt und nur noch in seinen Boxershorts auf dem mit Leder bezogenen Behandlungstisch wieder, und der einzige *wirkliche* Unterschied zu den vielen Malen davor war der, dass van Staaten nicht mit einer Nadel in seiner Vene herumstocherte.

Das hatte diesmal seine Mutter übernommen.

»Bleib ganz still liegen. Nur einen Moment. Das Mittel wirkt in einer Minute.«

»Was für ein Mittel?« Seine Zunge und seine Lippen waren taub und gehorchten ihm nicht richtig, sodass er es eher nuschelte, aber seine Mutter verstand ihn trotzdem.

»Nur ein harmloses Stärkungsmittel, aber wenn du dich zu früh bewegst, bekommst du rasende Kopfschmerzen. Sollte dir bekannt vorkommen. Van Staaten hat es dir auch schon einmal gegeben. Tut mir leid, aber die Auswahl an Medikamenten ist hier nicht besonders groß.«

Ben sah sie verständnislos an und schlug – natürlich – ihre Warnung in den Wind, indem er sich vorsichtig aufsetzte und die Beine von der Liege schwang. Prompt wurde ihm schwindelig, aber die befürchteten Kopfschmerzen blieben aus.

»Was ist passiert?«, murmelte er. »Wo ist Sasha? Wie geht es ihr?«

»Gut, nebenan und das weißt du besser als ich«, antwortete ihm seine Mutter.

»Wie?«

»Warum stellst du drei Fragen auf einmal, wenn du die Antwort nicht verstehst?« Sie lächelte nicht bei diesen Worten, und sie klang auch eher verärgert, fuhr aber trotzdem nach einem Augenblick fort: »Sie hat ein paar Schrammen abbekommen, ansonsten scheint sie jedoch unversehrt zu sein. Sie ist nebenan, zusammen mit ihrem Vater. Doktor van Staaten kümmert sich um sie … und was passiert ist, weiß ich nicht. Wir hatten keine Verbindung mehr zu euch, nachdem ihr das Labor verlassen habt. Dein Vater hat mir in Stichworten erzählt, was passiert ist … aber alles habe ich nicht verstanden, wenn ich ehrlich sein soll. Es klang … ziemlich sonderbar.«

Wenigstens wusste sein Vater jetzt, wie es sich anfühlte, wenn man eine Geschichte zu erzählen hatte, die einem niemand glaubte, dachte Ben grimmig. Er sagte nichts dazu, sondern ließ sich vorsichtig von der Kante der Liege gleiten und biss im nächsten Moment die Zähne zusammen, als ein scharfer Schmerz durch seinen Knöchel schoss. Erst dann sah er an sich hinab und erblickte den dicken weißen Verband an seinem rechten Fußgelenk.

»Das ist nichts Ernstes«, kam seine Mutter seiner Frage zuvor. »Nur eine ziemlich tiefe Schramme. Der Kratzer an deiner Schläfe macht mir mehr Sorgen ... was hat dich getroffen? Stein oder Eis?«

Ben hob die Hand an die Schläfe und spürte auch dort einen frischen, straff angelegten Verband. Er konnte nur hilflos mit den Schultern zucken. Wenn es Eis war, haben wir ein Problem, oder?«, fragte er mit einem verunglückten Grinsen.

»Nicht wir, sondern du. Und es kommt ganz darauf an, welches Eis.«

Das war nicht komisch, aber Ben hatte auch nicht das Gefühl, dass es witzig gemeint gewesen war.

Kommentarlos – und mit einem Ächzen wie ein alter Mann – bückte er sich nach seinen Kleidern, doch seine Mutter schüttelte rasch den Kopf und stieß sie mit dem Fuß beiseite. »Auf dem Stuhl liegen frische Kleider. Und beeil dich. Ramanov möchte mit dir sprechen.«

Ben schlurfte gehorsam durch den winzigen Raum und begann sich anzuziehen, sagte aber: »Zuerst möchte ich Sasha sehen.«

Zu seinem Erstaunen erhob seine Mutter keine Einwände, auch wenn sie ein Gesicht machte, als hätte er gerade etwas *wirklich* Dummes gesagt. Sie wartete schweigend, bis er sich fertig angezogen hatte, und deutete dann stumm auf die Tür.

»Wie lange –?«, begann er.

»Eine Viertelstunde, nicht einmal ganz«, unterbrach ihn seine Mutter. »Bitte beeil dich. Wir müssen dringend mit dir reden.«

Gerade hatte sie noch *Ramanov* gesagt, dachte Ben. Jetzt war es schon *wir.* Aber er behielt diese Erkenntnis für sich und beeilte sich stattdessen, auf den Gang hinauszutreten. Das Licht flackerte ganz leicht, und das Bienenstocksummen des Sturmes hatte hörbar an Lautstärke zugenommen.

Außerdem wurden sie erwartet. Zwei von Ramanovs Männern standen rechts und links der Tür und schlossen sich ihnen schweigend an, als sie sich nach links wandten. Beide trugen weiße Kittel und zumindest einer von ihnen ganz sichtbar eine Waffe im Gürtel.

»Was soll das?«, murrte Ben.

Seine Mutter machte eine rasche, besänftigende Geste; vielleicht war sie auch befehlend. »Sei froh, dass sie dich überhaupt rauslassen. Ramanov wollte dich einsperren, bis wir sicher sind, ob du infiziert bist oder nicht. Ich habe mich für dich eingesetzt.« Sie deutete auf den Verband an seiner Stirn, und sie sagte es, als wäre sie nicht seine Mutter und die Tatsache, dass sie sich für ihn eingesetzt hatte, etwas Besonderes.

Ben kam nicht dazu, seiner Verwunderung Ausdruck zu verleihen, denn sie hatten ihr Ziel bereits erreicht. Sasha war nicht wirklich *nebenan* untergebracht, aber tatsächlich nur wenige Türen weiter, und er hätte es vermutlich auch erraten, wenn seine Mutter nicht mit davor stehen geblieben wäre. Auch vor dieser Tür standen zwei bewaffnete Posten, von denen sich der eine alle Mühe gab, möglichst grimmig dreinzuschauen, während man dem anderen ansah, wie wenig wohl er sich in seiner Haut fühlte.

»Was soll denn das?«, beschwerte sich Ben. »Sasha ist nicht verletzt worden.«

»Aber Ramanov wollte, dass sich Doktor van Staaten davon selbst überzeugt«, antwortete seine Mutter kühl. »Und niemand weiß, was mit ihrem Vater ist. Wessen Idee war es eigentlich, ihn mitzubringen.«

»Meine. Warum?«

»In seinem Zustand?«

»Hätten wir ihn dalassen sollen?«

Seine Mutter streckte die Hand nach der Türklinke aus. »Hast du schon vergessen, was auf der *Princess* geschehen ist?«

Sie öffnete die Tür und trat ein, bevor Ben etwas darauf erwidern konnte, und im nächsten Moment hatte er alles andere vergessen und stürmte an ihr vorbei, denn er hatte Sasha entdeckt. Sie lag auf einem Bett auf der anderen Seite des überraschend großen Raumes, und van Staaten stand über sie gebeugt da und tupfte ihr gerade mit einem Wattebausch, der mit einer scharf riechenden Flüssigkeit getränkt war, das Gesicht ab.

»Sasha!« Ben war mit einem einzigen Satz neben dem Bett. »Was ist mir ihr?!«

»Nichts«, antwortete van Staaten. »Keine Sorge, ich habe sie untersucht. Soweit ich es beurteilen kann, hat sie keinen Kratzer abbekommen.« Sie tauschte das mittlerweile verschmutzte Wattebällchen gegen ein neues aus, das sie aus einer verchromten nierenförmigen Schale neben dem Bett nahm, runzelte die Stirn und verbesserte sich mit einem flüchtigen Lächeln: »Na ja, ein paar Schrammen hat sie schon, aber mehr auch nicht. Was ist passiert? Sie sieht aus, als hätte sie jemand mit dem Gesicht über ein Reibeisen geschleift. Du übrigens auch«, fügte sie nach einem raschen Blick in sein Gesicht hinzu, »nur dass deines zusätzlich noch ziemlich heiß gewesen sein muss.«

Ben hob instinktiv die Hand ans Gesicht und verzog gleich darauf schmerzhaft die Lippen. Es tat ziemlich weh, und seine Haut fühlte sich heiß und rau an. Er nahm sich vor, bei der nächsten sich bietenden Gelegenheit ein eingehendes Gespräch mit Tahia über das Thema zu führen, welche Waffe man in welcher Situation einsetzen sollte.

Dann fuhr er zusammen, als ein weiterer Teil seiner Erinnerung zurückkam. »Harry? Was ist mit ihm und den anderen?«

Van Staaten hob die Schultern. »Keine Ahnung. Ich war mit ihr beschäftigt, seit ihr zurückgekommen seid.«

Fragend sah er seine Mutter an, aber die zuckte ebenfalls mit den Schultern. »Dito.«

»Hat sie … irgendetwas gesagt?«, fragte Ben. Sasha war nicht bewusstlos, sondern lag wach und mit weit offenen, aber leeren Augen auf dem Bett und starrte die Decke an.

Van Staaten starrte *ihn* an.

»Ich meine: Hat sie irgendetwas gesagt?«

»Nein. So wenig wie die letzten sechzehn Jahre, soviel ich weiß.«

Ben wollte ganz instinktiv und aufgebracht widersprechen, besann sich aber dann eines Besseren. Van Staaten würde ihm sowieso nicht glauben, und wie auch? »Und ihr Vater?«

»Den untersuche ich gleich.« Van Staaten deutete auf die Verbindungstür am anderen Ende des Zimmers. »Er ist dort drüben. Gut bewacht, keine Sorge. Ich glaube nicht, dass er eine Gefahr darstellt. Er ist völlig katatonisch.«

Die letzten Worte schienen eher seiner Mutter zu gelten als ihm, aber sie reagierte nur mit einem kurzen Hochziehen der linken Augenbraue und wandte sich direkt an ihn. »Du hast dich überzeugt, dass es ihr gut geht. Können wir jetzt weiter?«

Irgendetwas war in ihrer Stimme, ein neuer, eisiger Unterton, der Ben alarmierte, ohne dass er ihn einordnen konnte. Und was vielleicht noch seltsamer war: Als er sich wieder zu van Staaten herumdrehte, gewahrte er dieselbe spröde Kälte in ihrem Blick.

»Was geschieht jetzt mit ihr?«, fragte er mit einer Geste auf Sasha.

»Nichts. Ich gebe ihr ein leichtes Beruhigungsmittel.« Van Staaten hob die Hand, als Ben auffahren wollte. »Keine Sorge, wirklich nur ein leichtes Beruhigungsmittel. Sie ist ziemlich erschöpft, und Schlaf ist im Augenblick wahrscheinlich die beste Medizin.«

Das fand Ben auch, wenn auch aus einem gänzlich anderen Grund. »Davon könnte ich auch eine kleine Dosis gebrauchen. Wenn Sie noch ein bisschen davon übrig haben ...«

»Später«, mischte sich seine Mutter ein. »Wir müssen jetzt mit Ramanov und deinem Vater sprechen. Dringend, Ben. Wir haben Probleme, weißt du?«

Er war nicht sicher, ob das nur eine Ausrede war oder nicht, aber er hatte das dafür umso sicherere Gefühl, dass es nicht besonders klug wäre, noch länger hier zu bleiben. Er warf einen letzten Blick auf Sasha und suchte in ihren Augen vergeblich nach einer Spur des Lebens, das er vorhin darin gesehen hatte, dann fuhr er ihr zärtlich mit den Fingerspitzen über die Wange und wandte sich mit einem Ruck um. Van Staaten wirkte ein wenig überrascht, aber auf eine angenehme Art, während seine Mutter ... irritiert aussah. Und nicht besonders erfreut.

»Gehen wir.«

Die beiden Aushilfsbodyguards, die draußen vor der Tür zurückgeblieben waren, schlossen sich ihnen wortlos wieder an, als sie sich auf den Weg zur Zentrale machten, blieben aber diskret zwei oder drei Schritte hinter ihnen zurück – wenn auch erst, nachdem seine Mutter ihnen einen vernichtenden Blick zugeworfen hatte.

»Keine Sorge. Der eine kommt aus Kasachstan, der andere vom Mars, glaube ich. Sie sprechen kein Deutsch.«

Aber Ramanov, dachte Ben. Und er war ganz sicher, dass er jetzt vor irgendeinem seiner verdammten Monitore hockte und sie nicht nur auf Schritt und Tritt beobachtete, sondern auch jedes ihrer Worte hörte.

Eine Zeit lang gingen sie schweigend nebeneinanderher, doch schließlich hielt Ben die Stille nicht mehr aus. »Was war da gerade los, zwischen van Staaten und dir?«

Im Gesicht seiner Mutter regte sich kein Muskel, und sie sah ihn auch nicht an, als sie antwortete. »Frag deinen Vater.«

Ben schwieg. Er war nicht einmal überrascht. Nur sehr traurig.

Sie schwiegen weiter, bis sie die Zentrale erreichten (deren Zugang selbstverständlich von zwei weiteren bewaffneten Möchtegern-Soldaten bewacht wurde), wo Ramanov und sein Vater auf sie warteten. Sonst niemand. Ben war ziemlich überrascht. Er hatte einen *großen Bahnhof* erwartet oder doch zumindest Dr. Vatec und Ramanovs Assistenten – und vor allem natürlich Tooth, den das Geschehen unten in der Höhle von allen wohl am meisten anging –, aber die beiden waren allein, und Ben konnte die angespannte Stimmung, die zwischen ihnen herrschte, geradezu mit Händen greifen. Der große Wandmonitor war eingeschaltet, zeigte jedoch nur eine verschwommene Schwarz-Weiß-Aufnahme der unteren Labortür.

»Ben!« Sein Vater empfing ihn mit einem matten Lächeln und winkte ihn zugleich heran. Er trug noch immer dieselben verdreckten Kleider wie vorhin, sogar die dick gefütterte Jacke, obwohl es hier drinnen beinahe schon zu warm war. Ramanov versuchte mit wenig Erfolg durch ihn hindurchzusehen und zwang sich schließlich zu einer Begrüßung.

»Ich freue mich, dich zu sehen«, sagte er – in einem Ton und vor allem mit einem Blick, die das genaue Gegenteil besagten. »Vielen Dank, dass du Alexandra unversehrt zurückgebracht hast.« Aber auch das sagte er, als gäbe er ihm die Schuld daran, dass sie überhaupt erst gegangen war. Ben warf einen fragenden Blick in das Gesicht seines Vaters, bekam aber nur ein hilfloses Schulterzucken zur Antwort. Einen Moment lang wartete er vergebens darauf, dass einer der beiden etwas sagte, dann fragte er: »Es gibt Probleme?«

»So könnte man es ausdrücken«, antwortete Ramanov unfreundlich. »Unsere Satellitenverbindung steht.«

Ben brauchte geschlagene drei Sekunden, um zu begreifen, was Ramanov gerade gesagt hatte. Dann starrte er ihn ungläubig an. »Soll das heißen, Sie haben wieder eine Funkverbindung zum Festland?«

Ramanov nickte.

»Und was ist daran so schlimm?«

Statt direkt zu antworten angelte Ramanov nach seiner Computertastatur und drückte eine einzige Taste, und das Bild auf dem Monitor wechselte. Ben erkannte allerdings nicht mehr als einen Wust von größtenteils düsteren Farben und geschwungenen Linien, die mit winzigen Dreiecken gespickt waren.

Er kramte angestrengt in seinem Gedächtnis und fragte dann: »Eine … meteorologische Karte?«

Ramanovs Blick drückte fast so etwas wie widerwillige Anerkennung aus. »Was du da siehst, ist einer der stärksten Polarstürme seit Beginn der Wetteraufzeichnung.« Nach einer bewusst eingelegten dramatischen Pause fuhr er fort: »Und er zieht genau auf uns zu.«

Die grauen Farbkleckse auf dem Monitor blieben graue Farbkleckse, aber sie wirkten mit einem Mal düsterer und bedrohlicher als noch vor einem Augenblick.

»Aber Sie ... haben Funkkontakt?«, fragte Ben zögernd.

Ramanov nickte, genauso zögerlich. »Ja. Aber es nutzt uns leider nichts. Solange dieser Sturm tobt, kann uns niemand helfen.«

»Aber –«

»Professor Ramanov hat Recht«, unterbrach ihn sein Vater. Er klang auf eine Art mutlos, die ihm beinahe Angst machte. »Kein Schiff der Welt wird sich bei diesem Sturm auch nur in unsere Nähe wagen. Und ein Flugzeug schon gar nicht.«

»Und was heißt das im Klartext?«, fragte Ben.

»Dasselbe, was wir sowieso schon wussten«, sagte seine Mutter hinter ihm. »Dass wir hier festsitzen, solange dieser Sturm tobt. Nur dass wir jetzt auch noch die offizielle Bestätigung haben.«

Das hatte Ben nicht gemeint, und er sagte es auch. »Aber dieser Sturm kann uns doch nicht gefährlich werden, oder? Ich meine: Sie haben doch gesagt, dass diese Station jedem vorstellbaren Sturm standhält.«

»Ja«, sagte Ramanov, und sein Vater fügte hinzu: »Es sei denn, wir erleben einen *unvorstellbar* starken Sturm.«

Für ein paar Sekunden wurde es sehr still.

»Aber Sie ... Sie haben ihnen gesagt, was hier los ist?«, fragte Ben schließlich.

»Dass wir hier Probleme haben?« Ramanov nickte. »Ja.«

»Probleme? Sie meinen, Sie haben Ihnen nichts von –«

»Ich habe nichts von ...«, Ramanov tat so, als müsste er eine Sekunde nach den richtigen Worten suchen, und machte eine wedelnde Handbewegung auf den Bildschirm, »... deinen Ungeheuern erzählt, wenn du das meinst.«

»Es sind nicht *meine* Ungeheuer!«, ereiferte sich Ben. Allmählich wusste er nicht mehr, an wessen Verstand er zweifeln sollte – an seinem oder Ramanovs. »Was um Gottes willen muss denn noch passieren, bis Sie mir glauben?«

»Es geht nicht darum, ob ich dir glaube oder nicht. Dass hier etwas vorgeht, was keiner von uns erklären kann, ist unbestritten. Aber es wäre nicht klug, gleich mit der ganzen Geschichte herauszurücken. In den Filmen, die ihr Jugendlichen so gern seht, würde wahrscheinlich eine ganze Armee Ledernacken anrücken, aber in Wirklichkeit schicken sie vermutlich eher ein Lazarettschiff mit einer ganzen Ladung Zwangsjacken.«

»Hauptsache, sie schicken *überhaupt jemanden*«, gab Ben aufgebracht zurück. »Außerdem ist es in diesen Filmen immer so, dass dem einsamen Helden niemand glaubt, bis es beinahe zu spät ist.«

»Ja, und es ist nach zwei Stunden vorbei«, sagte Ramanov ungerührt. »Aber wir werden hier wohl eher zwei Wochen durchhalten müssen – oder auch zwei Monate, falls wir Pech haben.«

Ben starrte ihn an. Zwei Monate? Nach dem, was er gerade unten in der Höhle erlebt hatte, war er nicht einmal sicher, dass sie noch die nächsten zwei *Stunden* überstehen würden!

»Und was genau bedeutet das jetzt?« Ramanov und sein Vater tauschten einen Blick, der ihm gar nicht gefiel.

»Dass wir noch eine ganze Weile hier bleiben müssen und keine Ahnung haben, womit wir es *wirklich* zu tun haben«, antwortete Ramanov. »Vielleicht ist es nicht ganz so schlimm, wie es sich anhört. Ein französisches Unterseeboot ist auf dem Weg hierher, aber sie werden uns nicht vor dem Sturm erreichen. Und solange er andauert, können sie weder auftauchen noch haben wir die geringste Chance, die Küste zu erreichen und an Bord zu gehen.« Er hob bedauernd die Schultern, machte zugleich aber auch eine abwehrende Geste, als Ben erneut widersprechen wollte. »Wir können auch noch bis morgen hier herumsitzen und mit dem Schicksal hadern, aber dadurch wird es nicht besser.«

Ben schenkte ihm zwar einen bösen Blick, musste ihm im Stillen jedoch Recht geben und schluckte die ärgerliche Antwort hinunter, die ihm auf der Zunge lag. »Und warum haben Sie mich rufen lassen?«

»Dein Vater hat uns schon in groben Zügen berichtet, was dort unten in der Höhle passiert ist. Was meinst du? Werden sie uns angreifen?«

Ben sah kurz auf den Schirm, der immer noch die meteorologische Karte zeigte. »Wenn sie durch die Tür kommen …«

»Kaum.« Ramanov schaltete wieder zur Kammer am Fuß der Treppe um, und Ben sah nun, dass auch die untere Panzertür geschlossen war. »Wenn sie das könnten, hätten sie es vermutlich längst getan. Außerdem bin ich nicht sicher, ob sich die Tür überhaupt noch öffnen lässt. Ich hatte ziemliche Schwierigkeiten, sie hinter euch zu schließen.«

»Und Harry und die beiden anderen?«, fragte er zögernd.

Ramanov sah ihn nur wortlos und völlig unbeeindruckt an, aber sein Vater sagte in mitfühlendem Ton: »Sie hatten ohnehin keine Chance, Ben.«

»Aber das kannst du doch gar nicht wissen!«, protestierte Ben; allerdings leise und in nicht annähernd so empörtem Ton, wie er es beabsichtigt hatte. Vermutlich hatte sein Vater Recht, so schmerzhaft der Gedanke auch war. Als er die Söldner das letzte Mal gesehen hatte, waren sie noch mindestens dreißig oder vierzig Meter vom Eingang des rettenden Tunnels entfernt gewesen, und der Belagerungsring um sie hatte sich rasend schnell weiter geschlossen … nein, sein Vater hatte Recht. Die Söldner konnten der Übermacht nicht entkommen sein, die sie aus allen Richtungen bedrängt hatte. Trotzdem fuhr er fort: »Und wenn doch? Was ist, wenn sie es geschafft haben und jetzt vor dieser verdammten Tür stehen?«

»Du weißt, dass das nicht der Fall ist«, sagte Ramanov fast sanft. »Sie sind tot … wenn sie Glück haben.«

»Und das scheint Sie zu freuen, wie?«, entfuhr es Ben zu seiner eigenen Überraschung.

»Ganz bestimmt nicht, Ben. Ich gebe ja gerne zu, dass ich Hauptmann West und seine Leute nicht unbedingt ins Herz geschlossen habe, aber wir hätten sie *gebraucht*. Jetzt steht zwischen uns und diesen Ungeheuern nur noch ein einziger Mann, dieser Tooth … und wieweit wir ihm trauen können, weiß ich nicht. Glaub mir, mein Junge, ich bin alles andere als fröhlich über den Verlust der Söldner.«

Ramanov sprach über sie wie über ein … *Ding*, dessen Verlust zwar unangenehm war, mehr aber auch nicht, dachte Ben. Doch er schluckte diese Bemerkung vorsichtshalber hinunter, und bevor er eine weitere Frage stellen konnte, mischte sich seine Mutter ein.

»Was uns am meisten interessiert, ist das Labor. Eure Kamera hat nicht besonders viel aufgenommen. Und die wenigen Bilder waren von minderer Qualität. Wie sieht es dort unten aus?«

»Viel sehen konnten wir nicht«, antwortete Ben wahrheitsgemäß. »Aber ich glaube nicht, dass das Feuer allzu großen Schaden angerichtet hat.«

»Wie?«, machte sein Vater.

»Es ist alles ein bisschen verrußt und angesengt. Und es ist eine Menge

Glas zu Bruch gegangen ... aber wirklich große Schäden habe ich nicht bemerkt. Ich schätze, das meiste dürfte noch funktionieren, wenn man ein bisschen Staub wischt und den Strom wieder einschaltet ... warum?«

»Oh, nur ... so«, antwortete seine Mutter. Es klang nicht sonderlich überzeugend.

»Du hast Angst vor den Spinnen«, sagte ihr sein Vater auf den Kopf zu. »Aber das brauchst du nicht. Die meisten sind erfroren, und die, die es noch nicht sind, werden es bald sein. Die Räume müssen ziemlich gut isoliert sein, aber allmählich wird es verdammt kalt da unten.«

»Außerdem sind beide Türen geschlossen«, fügte Ramanov hinzu. Dann wandte er sich wieder direkt an Ben. »Dein Vater hat mir gesagt, du hättest den Namen eines dieser Ungeheuer genannt?«

»Nyarlathotep, ja.« Ben wunderte sich fast ein bisschen selbst, wie leicht ihm dieses Wortungeheuer von den Lippen ging. Er nickte.

»Woher kennst du ihn?«

»Ich kenne ihn eben. Sasha hat auch gesagt, dass er so heißt.«

»Alexandra?« Ramanov lächelte geringschätzig. »In deinen Träumen, nehme ich an.«

»Als wir unten in der Stadt waren.«

»Gesagt?« Ramanovs Stimme hörte sich sonderbar an, aber nicht überrascht. Er tauschte einen raschen Blick mit seinem Vater, der Ben begreifen ließ, dass er dem Russen offensichtlich alles erzählt, dieser ihm aber anscheinend nicht alles *geglaubt* hatte.

»Ja, gesagt«, antwortete Ben in leicht gereiztem Ton. »Ich weiß, es klingt unglaublich, aber sie ist dort unten aufgewacht.«

»Aufgewacht?« Ramanov klang immer noch abfällig, doch jetzt auf eine seltsam *gewollte* Art, beinahe als versuche er mit aller Kraft, *nicht* zu glauben, was er hörte. »Du meinst, sie hat mir dir gesprochen?«

»Was soll das, Professor?«, fragte sein Vater scharf. »Ich habe Ihnen erzählt, was passiert ist.«

»Ja, das haben Sie. Aber das macht es nicht unbedingt glaubhafter. Alexandra hat in ihrem ganzen Leben noch nichts aus eigener Veranlassung getan. Geschweige denn auch nur ein einziges Wort gesprochen.«

»Was soll das? Ben hat es gehört, ich habe es gehört und Harry und die beiden anderen auch.«

»Die aber leider Gottes nicht hier sind, um Ihre Worte zu bestätigen.«

»Wollen Sie mir unterstellen, dass ich lüge?«

»Nein, sicher nicht.« Ramanov machte eine besänftigende Geste. »So wenig wie Ihr Sohn, Doktor Berger. Aber das dort unten ist zweifellos ein … merkwürdiger Ort. Falls auch nur die Hälfte von dem stimmt, was Sie darüber erzählt haben, dann sollte es mich nicht wundern, wenn er einen gewissen … Einfluss auf den menschlichen Geist ausübt.«

»Das tut er, Professor«, sagte Ben. »Aber anders, als Sie glauben.« Er ignorierte den fragenden Blick, den ihm sein Vater zuwarf, ebenso wie das fast erschrockene Stirnrunzeln, das auf dem Gesicht seiner Mutter erschien – aber er übersah es keineswegs.

»Wie meinst du das?«, fragte Ramanov.

»Ich glaube, dass nichts von dem hier Zufall ist. Dass meine Eltern und ich hier sind, vielleicht. Bestimmt sogar. Aber Sasha? Sie hat mir erzählt, dass sie hierher *wollte.*«

»Hierher?«, wiederholte Ramanov überrascht. »Zu mir?«

»An diesen Ort«, erwiderte Ben, wobei er Ramanovs Frage ganz bewusst nicht beantwortete. »Sie gibt sich die Schuld an dem, was den Menschen auf der *Princess* passiert ist.«

»Was für ein Unsinn!«, schnaubte Ramanov. Ben war nicht ganz sicher, was er damit meinte.

»Sie sagt, sie habe zeit ihres Lebens hierher gewollt, und ich glaube ihr. Und ich weiß auch, warum.«

»Warum?«, wollte seine Mutter wissen.

»Wenn du mit uns da unten gewesen wärst, wüsstest du es. Man … man spürt es einfach. Ich kann es nicht anders erklären. Vielleicht ist das, was von ihnen übrig ist, dort unten am stärksten. Vielleicht ist diese Stadt so etwas wie ihr Zentrum oder es sind die Diamanten … ich habe keine Ahnung. Aber sie hat mir erzählt, dass sie hierher wollte, solange sie denken kann, und sie gibt sich die Schuld an dem, was ihrem Vater passiert ist … und allen anderen auf dem Schiff.«

»Und deshalb hat sie angefangen zu sprechen?« Ramanov versuchte immer noch spöttisch zu klingen, aber es gelang ihm nicht.

»Man konnte regelrecht dabei zusehen, Professor«, erklärte sein Vater. »Sie wurde … wacher, je tiefer wir in dieses Gebäude eingedrungen sind. Und auf dem Rückweg war es genau andersherum. Mein Sohn hat Recht, Professor. Irgendetwas dort unten hat Ihre Enkeltochter beeinflusst. Was immer es ist, es hilft ihr, aufzuwachen.«

Das überhebliche Lächeln blieb auf Ramanovs Gesicht, aber es wirkte jetzt so falsch, wie es überhaupt nur ging. Hinter seiner Stirn arbeitete es. Schließlich stand er auf, machte die paar Schritte zum Bildschirm und blieb mit hinter dem Rücken verschränkten Händen davor stehen. Bestimmt eine Minute – eine kleine Ewigkeit – stand er reglos da und starrte die grobkörnige Schwarz-Weiß-Aufnahme der geschlossenen Panzertür zehn Meter unter ihren Füßen an. Dann sagte er ganz leise: »Sie meinen, wenn man sie dort hinunterbringen würde, dann ... dann könnte sie ... gesund werden?«

Weder Ben noch sein Vater antworteten darauf, doch nach einigen weiteren Sekunden sagte Jennifer Berger: »Wenn es wirklich so ist, wie Ben glaubt, dann ist es wohl eher umgekehrt, fürchte ich, Professor.«

Ramanov fuhr mit einem Ruck herum. »Wie meinen Sie das?«

»Offensichtlich ist Ihre Enkeltochter irgendwie mit diesen Wesen verbunden, Professor. Genau wie Ihre Tochter – Sashas Mutter – und möglicherweise auch noch andere. Dann ist das da unten eher die *Ursache* für Sashas Zustand und nicht die Therapie.«

Ramanov starrte sie ausdruckslos an, und Ben musste sich beherrschen, um nicht aufzufahren. Sein Verstand sagte ihm, dass seine Mutter als Wissenschaftlerin sprach und sie – von diesem Standpunkt aus – vermutlich sogar Recht hatte. Aber da war zugleich auch noch etwas in ihr, was ihn beinahe ... abstieß. Und unglaublich wütend machte. Er schwieg. Alles, was er hätte sagen können, wäre in diesem Augenblick nicht unbedingt konstruktiv gewesen.

Es vergingen noch einmal gute zehn Sekunden, in denen Ramanov sie weiter wortlos ansah und auch sonst niemand etwas sagte.

Schließlich räusperte sich sein Vater unecht, und Ramanov fuhr sichtbar zusammen und wandte sich mit einer ebenso sichtbaren Anstrengung ganz zu Ben um. »Diesen Namen, den du gerade genannt hast. Nyarlathotep ... woher kennst du ihn? Ich meine: Bist du sicher, dass du ihn nie zuvor gehört oder irgendwo gelesen oder sonst wie aufgeschnappt hast?«

»Ja!«, antwortete Ben hilflos. »Was –?«

»Nyarlathotep. Was ist mit Wendigo? Cthulhu?« Er tauschte einen sehr sonderbaren Blick mit seinem Vater. »Was ist mit diesen Namen? Sagen die dir etwas?«

Ben wollte – schon aus Prinzip – auffahren, aber dann las er etwas im Gesicht seines Vaters, was ihn davon abhielt, und er tat Ramanov den Gefallen und kramte angestrengt in seinem Gedächtnis. Nein, da war nichts. Diese Namen waren ihm noch nie zuvor begegnet. An diese zungenbrecherischen Ungeheuer (die Ramanov übrigens erstaunlich glatt über die Lippen gingen) hätte er sich ganz bestimmt erinnert.

Und doch …

Da … *war* … etwas. Diese unheimlichen Worte berührten etwas in ihm. Keine Erinnerung, sondern etwas Älteres, was ihm einen eisigen Schauer über den Rücken laufen ließ.

Aber schließlich schüttelte er trotzdem den Kopf. »Nein.«

Ramanov wirkte nicht überzeugt, und auch sein Vater sah nicht unbedingt so aus, als hätte er das gehört, was er erwartet hatte. Plötzlich überkam ihn das Gefühl, etwas ziemlich Falsches gesagt zu haben. Er hatte nur nicht die geringste Ahnung, was.

Gottlob sprang ihm in diesem Moment seine Mutter bei. »Ich glaube, dass das im Moment nicht unser vordringlichstes Problem ist, Professor. Viel wichtiger als die Frage nach den Namen dieser Kreaturen dürfte das sein, was Robert und Ben über das veränderte Verhalten der Eiskrieger berichten. Was wir ja ohnehin befürchtet haben, scheint sich zu bewahrheiten. Sie lernen dazu. Schneller, als wir gehofft haben.«

»Man könnte es fast als Evolution bezeichnen, nicht wahr?«

Sie alle – Ben eingeschlossen – fuhren zur Tür herum, als van Staatens Stimme erklang. Keiner von ihnen hatte gehört, wie die Ärztin hereingekommen war, aber dem Anschein nach stand sie schon eine geraume Weile da und hatte ihnen zugehört. »Nur dass es ein bisschen schnell geht.« Sie löste sich von ihrem Platz an der Tür und schlenderte näher, wobei ihr Blick aufmerksam von einem Gesicht zum anderen tastete und jedes Mal einen neuen Ausdruck annahm. Zumindest Ben sah sie einigermaßen freundlich an. »Zuerst waren sie kaum mehr als Roboter … gefährlich, aber blöd. Kurz darauf verwendeten sie Werkzeuge und ließen sich raffinierte Ablenkungsmanöver einfallen, und jetzt benutzen sie menschliche Schutzschilde, um uns auszutricksen. Leider ziemlich brutal, aber clever. Ich bin gespannt, was sie sich als Nächstes einfallen lassen. Falls es so war.«

»Was soll das heißen?«, fragte Bens Vater scharf.

»Nichts. Versteh mich nicht falsch. Ich will damit nicht sagen, dass du lügst oder dein Sohn. Aber da unten ging alles drunter und drüber, und ihr wart in Lebensgefahr. Da kommt einem manches hinterher anders vor, als es wirklich war.« Sie kam seinem Widerspruch mit einer gleichermaßen besänftigenden wie energischen Handbewegung zuvor. »Vielleicht war es ja auch so. Das werden wir wahrscheinlich nie erfahren. Oder aber doch.«

»Was heißt das?«, fragte Ramanov.

»Möglicherweise gibt es noch einen weiteren Zeugen«, antwortete van Staaten, die die Situation sichtlich genoss. »Ihren Schwiegersohn.«

»Schulz?«, entfuhr es Bens Vater. »Ist er wach?«

»Noch nicht, doch ich habe ihn gerade noch einmal untersucht, und ich schätze, dass er dabei ist, aufzuwachen. Auf jeden Fall hat er die ganze Geschichte erstaunlich gut verkraftet.«

»Den Eindruck hatte ich nicht«, widersprach Robert Berger.

»Er wird zwei, drei Finger verlieren, möglicherweise auch die Ohren, aber er ist nicht lebensgefährlich verletzt. Und er ist ein sehr kräftiger Mann. Ich glaube nicht, dass er bleibende Schäden davonträgt. Deshalb bin ich hier.«

Ramanov sah sie fragend an. »Wieso?«

»Wie gesagt – ich werde ihm zwei oder drei Finger amputieren müssen. Am besten, bevor er aufwacht.«

»Um ihn vor vollendete Tatsachen zu stellen, Frau Kollegin?«, fragte Bens Mutter spöttisch.

Van Staaten ignorierte sie und fuhr an Ramanov gewandt fort: »So wie die Dinge liegen, sind Sie, außer Sasha, sein einziger lebender Verwandter, und um sein Einverständnis kann ich ihn nicht bitten, solange er bewusstlos ist. Natürlich können wir warten, aber es wäre eine unnötige Belastung, gleich wieder die Narkose einzuleiten. Aber es ist natürlich Ihre Entscheidung.«

»Falls es wirklich notwendig ist«, erwiderte Jennifer Berger.

»Sie können Kapitän Schulz gerne untersuchen und meine Diagnose überprüfen, Frau Kollegin.«

»Meine Damen – bitte!« Ramanov klang müde. Mit einem resignierenden Blick wandte er sich an van Staaten. »Wie lange wird es dauern, bis ich mit ihm sprechen kann?«

»Wenn es keine Komplikationen gibt?«, van Staaten überlegte kurz. »Es ist keine besonders schwierige Operation. Ziemlich blutig und endgültig, aber nicht kompliziert. Drei Stunden … allerhöchstens vier.«

»Dann tun Sie es.« Er drehte sich zu Bens Vater um. »Und Sie, Doktor Berger, möchte ich um einen persönlichen Gefallen bitten.«

»Worum geht es?«

Ramanov schwieg gerade einen Sekundenbruchteil zu lange, damit es nicht auffiel. »Dieser Soldat«, sagte er schließlich. »Der letzte Söldner, der noch übrig geblieben ist.«

»Tooth«, half Ben aus.

»Tooth.« Ramanov nickte. »Ist das sein richtiger Name?«

»Nein – aber ich glaube, seinen richtigen Namen hat er selbst vergessen. Jeder nennt ihn so. Was ist mit ihm?«

»Falls uns diese Kreaturen noch einmal angreifen sollten, ist er der Einzige, der uns verteidigen kann«, antwortete Ramanov, allerdings weiter an seinen Vater gewandt. »Ich würde mich wohler fühlen, wenn Sie mit ihm reden und ihm ein bisschen auf den Zahl fühlen würden – nur um sicherzugehen, dass er nicht genau in dem Moment zusammenklappt, in dem wir ihn am dringendsten brauchen.«

»Sie trauen ihm nicht?«, empörte sich Ben.

»Das habe ich nicht gesagt, aber –«

»Professor Ramanov hat Recht«, mischte sich sein Vater ein. »Und du natürlich auch. Tooth ist sicher absolut vertrauenswürdig und loyal, aber ich weiß nicht, wie er auf diesen Druck reagiert. Vielleicht gehen wir besser noch einmal hin und reden mit ihm. Nur für alle Fälle.«

Er stand auf, ohne Bens Antwort abzuwarten, und wandte sich zur Tür; viel zu hastig und er sah dabei weder in van Staatens Richtung noch in die seiner Frau. Er hatte es sichtbar eilig, hier herauszukommen, aber ganz bestimmt nicht nur, weil er mit Tooth sprechen wollte.

Ben folgte ihm, doch er ging nur ein paar Schritte weit, bevor er noch einmal stehen blieb und sich zu Ramanov herumdrehte. »Professor?«

»Was?«, fragte Ramanov unfreundlich.

»Da ist noch etwas. Tahia hat es mir gesagt. Omega Doom, Professor. Was bedeutet das?«

15

SIE WAREN NICHT DIREKT in die Messe gegangen, um mit Tooth zu sprechen, sondern in das Zimmer, das sein Vater zusammen mit seiner Mutter bewohnte – oder bewohnt hatte.

Ben wusste, dass sich etwas geändert hatte; etwas Dramatisches und nicht besonders Gutes. Die eine Hälfte des Bettes, das den Großteil des vorhandenen Platzes beanspruchte, war demonstrativ abgezogen, und etwas … fehlte. Nichts, was man hätte greifen können, aber er spürte es auch zu deutlich, um es zu ignorieren. Es war …

»Du hast Recht, Ben«, sagte sein Vater hinter ihm. Er schob mit einem hörbaren Klicken die Tür ins Schloss, sah ihn einen Moment lang schweigend an und eilte dann mit raschen Schritten an ihm vorbei zu einem kleinen Schränkchen, das sich als gut bestückte Bar entpuppte, als er es öffnete. Ben sah mit einigem Erstaunen zu, wie er ein Glas aus geschliffenem Kristall fast bis zur Hälfte mit einer goldgelben Flüssigkeit füllte und dann mit einem einzigen Zug leerte. Seine Hände zitterten.

»Womit habe ich Recht?«

Sein Vater setzte dazu an, das Glas neu zu füllen, stellte es dann aber wieder ab und schwenkte die Flasche mit einem fragenden Blick in Bens Richtung. Ben schüttelte den Kopf – sein Vater wusste, dass er nur sehr selten Alkohol trank und auch dann allenfalls einmal ein Bier, ganz bestimmt keine harten Sachen –, doch er begriff sehr wohl den Sinn dieser Geste. Sein Vater schenkte sich nun doch einen weiteren, diesmal allerdings normalen Cognac ein, und er trank auch nicht davon, sondern hielt das Glas nur in der Hand. Als bräuchte er etwas, um sich daran festzuklammern.

»Mit deiner Mutter. Sie wohnt nicht mehr hier. Sie hat Ramanov gebeten, ihr ein eigenes Quartier zuzuweisen, und natürlich hat er ihrem Wunsch sofort entsprochen.«

»Iljitsch«, korrigierte ihn Ben. Der bittere Unterton in der Stimme seines Vaters war ihm nicht entgangen. »Sie nennt ihn Iljitsch … wenigstens wenn sie allein sind.« Sein Vater sah ihn nachdenklich an und ging dann mit seinem Glas zum Tisch, und Ben fügte hinzu: »So wie du Doktor van Staaten Heidi.«

»Zwischen Ramanov und deiner Mutter ist nichts«, antwortete sein Vater überzeugt und nippte nun doch an seinem Cognac. »So wenig wie zwischen Doktor van Staaten und mir.«

»Den Eindruck hatte ich allerdings nicht.«

»Stell dir vor, das ist sogar mir aufgefallen«, antwortete sein Vater spöttisch und nickte übertrieben heftig, um seine Behauptung zu unterstreichen – was ihm *damit* ganz bestimmt nicht gelang –, nippte noch einmal an seinem Glas und forderte Ben mit einer Kopfbewegung auf, sich zu ihm zu setzen.

Ben gehorchte, wenn auch widerstrebend. Er fühlte sich alles andere als wohl. Er wollte dieses Gespräch nicht führen, schon gar nicht *jetzt* – aber er spürte zugleich auch, dass es seinem Vater wichtig war.

»Doktor van Staaten – Heidi – ist eine gute Freundin. Sie ist reizend. Sie ist hübsch und witzig und sie ist eine gute Zuhörerin, aber das ist auch alles. Sie ist viel zu jung für mich«, er lächelte schmerzerfüllt, »das klingt irgendwie charmanter, als dass ich zu alt für sie bin, finde ich, und zwischen uns liegen Welten; und das wortwörtlich. Außerdem kenne ich sie gerade erst ein paar Tage.«

»Und warum dann«, Ben machte eine Kopfbewegung auf die leere Betthälfte, »das?«

»Wir sind in einer extremen Situation, Ben. Und in extremen Situationen neigen Menschen manchmal dazu, Dinge auf den Punkt zu bringen.«

Das verstand Ben nicht.

»Ich kann mir vorstellen, wie unangenehm diese Situation für dich ist, Ben. Gerade jetzt. Du bist zum ersten Mal im Leben verliebt.« Er hob die Hand, als Ben ganz automatisch widersprechen wollte. »Du kannst dir nicht vorstellen, dass es irgendwann auch einmal anders sein könnte, und dann siehst du, was zwischen deiner Mutter und mir geschieht. Das willst du nicht verstehen. Und es macht dich wütend, habe ich Recht?«

Ben schwieg. Sein Vater kannte die Antwort. Wenn nicht er, wer dann?

»Zwischen deiner Mutter und mir läuft schon lange einiges schief. Ich weiß, du hast nichts davon gemerkt. Niemand hat das, glaube ich. Wir waren sehr … diskret. Vermutlich war es dumm, denn gerade ich hätte es besser wissen müssen, aber wir haben uns eine Weile eingebildet, dass es besser für dich ist, wenn du nichts davon weißt. Vielleicht sogar, dass sich die Sache schon wieder einrenkt, wenn wir nur lange genug so tun, als wäre alles in bester Ordnung.« Er lachte bitter. »Natürlich hat es nicht funktioniert. Die Wahrheit ist, dass unsere Ehe schon seit zwei Jahren am Ende ist.«

»Seit zwei Jahren? Aber wieso? Das verstehe ich nicht. Euer Umzug! Eure neuen Jobs und diese Reise und …«

Er konnte nicht weitersprechen. Seine Kehle war mit einem Mal wie zugeschnürt, und seine Stimme versagte ihm den Dienst. Er musste wieder an jenen Abend auf der *Princess* denken, an dem er seine Eltern Arm in Arm und so glücklich wie seit langer Zeit nicht mehr gesehen hatte. Das konnte doch nicht alles nur Theater gewesen sein!

»Nein, das war es auch nicht«, sagte sein Vater.

Ben starrte ihn verstört an, bevor er begriff, dass er zumindest seinen letzten Gedanken laut ausgesprochen hatte. Und möglicherweise nicht nur diesen.

»Diese Kreuzfahrt war sozusagen unser letzter Versuch, es doch noch zu schaffen. Naiv, ich weiß, aber du wärst erstaunt, wie oft so etwas tatsächlich funktioniert.«

»Und?«, fragte Ben bitter. »Hat es funktioniert?«

»Bis diese Geschichte auf der *Princess* losgegangen ist, dachten wir das wenigstens. Vielleicht hätte es wirklich funktioniert … aber das spielt keine Rolle mehr.«

»Wieso?«

»Weil es nicht nur darum geht, Ben. Es ist … Sie hat sich verändert. Jennifer. Deine Mutter. Seit wir hergekommen sind, ist sie … *anders* geworden. Ich kann es nicht besser ausdrücken, aber ich spüre es. Sie ist … irgendwie nicht mehr sie selbst.«

Also war es keine Einbildung gewesen. Trotzdem sagte er: »Sie ist wohl nur eifersüchtig.«

»Auf Doktor van Staaten?« Ben war sicher, dass sein Vater ihren Vornamen ganz bewusst nicht benutzte. »Ja, das dachte ich zuerst auch. Vielleicht ist sie sogar ein bisschen eifersüchtig, und vielleicht habe ich ihr auch Grund dazu gegeben, obwohl es nicht in meiner Absicht lag. Aber das allein ist es nicht. Sie hat sich verändert, seit sie mit diesem Harry in der Höhle war.«

Ben lächelte matt, obwohl ihm nicht danach zu Mute war. »Was ist das? Bist du jetzt eifersüchtig auf ihn?«

»Nein. Ich zähle nur zwei und zwei zusammen. Dieser Ort … verändert die Menschen. Wir waren nicht mal eine Stunde dort, aber sie viele Stunden.« Er gab sich einen sichtbaren Ruck, nippte noch einmal an seinem Glas und fuhr dann in deutlich verändertem Ton fort. »Ich wollte nur, dass du das weißt.«

»Und was erwartest du von mir? Wessen Partei soll ich ergreifen?«

»Partei?« Sein Vater wirkte ehrlich überrascht. »Niemandes Partei natürlich. Glaubst du etwa, ich hätte dir das alles nur erzählt, damit du *meine Partei ergreifst?* Nein. Ich wollte, dass du es weißt, das ist alles.« Er setzte sein Glas an, stellte es dann aber wieder auf den Tisch zurück, ohne auch nur daran genippt zu haben, und schob es schließlich demonstrativ ein Stückchen zur Seite. »Ich weiß, es ist nicht leicht zu verstehen … für mich auch nicht, glaub mir. Ich hätte es dir gar nicht gesagt, aber ich wollte, dass du … Falls die Geschichte hier schief geht, und …«

»Ich verstehe«, murmelte Ben. In seiner Stimme war ein bitterer Ton, der ihn selbst erschreckte, gegen den er aber machtlos war. Er war nicht einmal überrascht. Die Eröffnung, die ihm sein Vater gerade gemacht hatte, war ohne jede Vorwarnung gekommen und hätte ihn wie der berühmte Blitz aus heiterem Himmel treffen sollen, und in gewissem Sinne *hatte* sie das auch – und zugleich auch wieder nicht. Als hätte er tief in sich schon längst gespürt, dass etwas nicht stimmte, und dieses Gefühl nur nicht zugelassen.

»Wie kommst du darauf, dass es schief gehen könnte?«, fragte er, als sein Vater ihn nur weiter ansah ohne zu reagieren.

»Weil Dinge nun einmal schief gehen. Manchmal. Das ist der Unterschied zwischen einer Geschichte und der Wirklichkeit, weißt du? In deinen Büchern und Filmen kann man die schrecklichsten Risiken auf sich nehmen, und hin und wieder wird es auch eng, aber am Ende geht dann doch alles gut aus. Aber das muss nicht so sein.«

»Du glaubst, ich halte das alles hier nur für ein … Abenteuer?«

»Abenteuer sind die Geschichten, die am Ende gut ausgehen. Von den anderen hört man meistens gar nichts mehr.« Er stand auf. »Entschuldige. Ich glaube, ich rede Unsinn. Komm – sehen wir nach Sasha.«

Ben erhob sich gehorsam, aber er zögerte, seinem Vater zu folgen. Er war vollkommen durcheinander, und er fühlte sich so hilflos, dass es beinahe körperlich wehtat. Sein Vater hatte ihm längst nicht alles gesagt, was er ihm hatte sagen wollen, das spürte er, aber er spürte auch genauso deutlich, dass er ihm jetzt keine weiteren Fragen beantworten würde. Schließlich gab er sich einen sichtbaren Ruck und trat dicht hinter ihm auf den Korridor hinaus, doch dann blieb er stehen und runzelte fragend die Stirn, als sich sein Vater nach rechts wandte. Sashas Unterkunft lag in der anderen Richtung.

»Ich muss vorher noch mit diesem Soldaten reden, du erinnerst dich«, sagte sein Vater, noch bevor er seine Verwunderung in Worte kleiden konnte. »Und es wäre mir lieber, wenn du dabei bist. Du kennst ihn am besten.«

Das stimmte zwar, aber ihn *am besten* zu kennen bedeutete in diesem Zusammenhang ganz und gar nicht, ihn *gut* zu kennen. Trotzdem widersprach er nicht. Mittlerweile war er nicht mehr sicher, ob er überhaupt noch irgendjemanden wirklich kannte.

»Das, wonach du Ramanov gerade gefragt hast«, sagte sein Vater, nachdem sie ungefähr die halbe Entfernung hinter sich gebracht hatten – also nach weniger als einer Minute. »Dieses Computerprogramm …?«

»Omega Doom«, half Ben aus, obwohl er sehr sicher war, dass sich sein Vater an den Namen erinnerte. Diese Worte vergaß man nicht so schnell.

»Omega Doom, ja. Was genau bedeutet das?«

Ben hob die Schultern. Ramanov hatte behauptet, nichts mit diesem Begriff anfangen zu können, und sich auch stur geweigert, weiter darüber zu reden. Aber Ben hatte ihm angesehen, dass er sehr wohl wusste, was dieses Wort bedeutete, und es ihn zu Tode erschreckt hatte. Und sein Vater musste es auch gesehen haben, wenn er nicht mit Blindheit geschlagen war. »Es ist eine Computerdatei, kein Programm. Aber mehr weiß ich auch nicht. Tahia hat mich gebeten, Ramanov darauf anzusprechen, falls … etwas passiert und sie nicht zurückkommt.«

»Und sonst nichts?«

»Sonst nichts. Omega Doom … das klingt beunruhigend, finde ich.«

»Das klingt nach einem zweitklassigen Science-Fiction-Film aus den achtziger Jahren. Oder wie etwas, was unsere amerikanischen Freunde zurückgelassen haben. Sie haben ein Faible für Mickymaus-Melodramatik.«

Ben war klug genug, nichts dazu zu sagen. Sein Vater ließ keine Gelegenheit aus, um zu betonen, dass er ein durch und durch unpolitischer Mensch sei, aber auch keine, um auf die amerikanische Außenpolitik gegen Ende des vergangenen Jahrhunderts zu schimpfen. Ben interessierte dieses Thema herzlich wenig. Ganz im Gegenteil: Im Moment gab es nicht besonders viel, was er sich mehr gewünscht hätte als eine Kompanie schwer bewaffneter Marines.

Auch wenn er das sehr sichere Gefühl hatte, dass ihnen das auch nichts mehr helfen würde …

Als sie sich der Messe näherten, ging die Tür auf und seine Mutter kam heraus.

Für eine oder zwei Sekunden standen sie alle drei nur da und starrten sich an, und Ben hatte das verrückte Gefühl – er hasste sich fast dafür, aber er war machtlos dagegen –, dass seine Mutter nicht nur unangenehm überrascht, sondern regelrecht *ertappt* aussah.

»Was tust du hier?«, fragte sein Vater schließlich, und *das* war beinahe noch seltsamer.

»Ich … ich habe diesen Soldaten gesucht, diesen … Tooth. Professor Ramanov wollte mit ihm sprechen.«

»Worüber?« Irrte er sich oder war in der Stimme seines Vaters deutliches Misstrauen zu hören?

»Das weiß ich nicht«, antwortete seine Mutter, während sie die Tür vollends hinter sich ins Schloss zog und sich zugleich mit einer linkischen Bewegung glättend über die Jacke fuhr. »Ich sollte ihn nur zu ihm bringen. Aber er ist nicht da. Umso besser. Ich habe ohnehin Besseres zu tun.« Und damit ging sie.

Ben schaute ihr verwirrt nach, zumal seine Mutter so demonstrativ an ihm vorbeistarrte, dass man es gar nicht mehr übersehen *konnte*. Und er fand auch, dass sie eindeutig zu schnell ging. Es sah schon beinahe nach einer Flucht aus.

Ohne ein weiteres Wort setzten sie ihren Weg fort und betraten die Messe. Der große Raum war verwaist, ganz wie seine Mutter behauptet hatte. Auf den Tisch, auf dem immer noch Tooths aufgeklappter Laptop stand, herrschte ein heilloses Chaos. Aus einem antiquierten CD-Walkman dudelte dreißig Jahre alte Rockmusik, und in einem überquellenden Aschenbecher qualmte eine halb heruntergebrannte Zigarette vor sich hin. Seltsam – Ben konnte sich nicht erinnern, einen der Söldner jemals rauchen gesehen zu haben.

Er schaltete die Musik aus, warf im Vorbeigehen einen Blick auf den Monitor des Laptops – er zeigte nichts außer einem albernen Bildschirmschoner, auf dem eine vampirzähnige Maus mit langen Klauen und Fledermausohren ein verschüchtertes Kätzchen jagte – und überlegte, die Zigarette auszudrücken, aber sein Ekel davor, das Ding anzufassen, war zu groß. So ging er weiter, umkreiste den Tisch mit schnellen Schritten und ließ seinen Blick dabei aufmerksam über das Tohuwabohu darauf schweifen.

»Was suchst du?«, fragte sein Vater von der Tür aus.

»Meinen MP3-Player. Tahia wollte ihn reparieren, aber …« Er war nicht da. Dort, wo die Söldnerin gesessen hatte, lag inmitten des Chaos sogar noch der monströse Schraubenzieher, mit dem sie in den empfindlichen Eingeweiden des Gerätes herumgewühlt hatte, von dem winzigen Player selbst fehlte jedoch jede Spur.

»Bist du sicher, dass du ihn hier gelassen hast?«, erkundigte sich sein Vater, während er mit gemächlichen Schritten um den überladenen Tisch herumkam. »Ich meine: Bei all der Aufregung und dem Durcheinander …?«

Ben wollte antworten, doch da erklang hinter der Tür am anderen Ende des Raumes das unverkennbare Geräusch der Toilettenspülung, und sie fuhren beide im gleichen Moment überrascht herum.

»Hat sie nicht gesagt, es sei niemand hier?«, murmelte sein Vater.

Ben sah ihn verstört an – zumal er nicht nur nahezu wortwörtlich dasselbe gedacht, sondern auch das neu aufflammende Misstrauen in der Stimme seines Vaters gespürt hatte. Trotzdem sagte er: »Nun ja, *da* wird sie vielleicht nicht nachgesehen haben.«

Die Tür ging auf und Tooth kam herein. Wenn er erstaunt war, ihn und seinen Vater hier zu sehen, so ließ er es sich jedenfalls nicht anmerken. Er maß sie nur mit einem müden Blick, wischte sich seine noch nassen Hände an der Hose ab und angelte den Zigarettenstummel aus dem Aschenbecher, bevor er sich wieder hinter den Laptop setzte. Erst dann schien ihm aufzufallen, dass etwas nicht stimmte, denn er streckte die Hand nach dem CD-Player aus, zog sie aber dann wieder zurück, ohne ihn eingeschaltet zu haben. Seine Besucher ignorierte er weiter.

»Ich … ähm … wusste gar nicht, dass du rauchst«, sagte Ben schließlich; und aus keinem anderen Grund als dem, überhaupt etwas zu sagen.

»Tu ich auch nicht« antwortete Tooth, ohne ihn anzusehen und indem er gleichzeitig einen tiefen Zug von seinem Glimmstängel nahm. »Hab vor zwei Jahren damit aufgehört.«

»Warum haben Sie wieder angefangen?«, fragte Bens Vater.

»Wieso, Doc? Haben Sie Angst, dass das meiner Gesundheit schadet? Ich glaube kaum, dass ich meine Lebenserwartung mit den Dingern noch drastisch verkürzen kann.«

Wieder machte sich ein sehr unangenehmes Schweigen zwischen ihnen breit, bis sich Bens Vater schließlich laut räusperte und sagte: »Das mit Ihren Kameraden tut mir leid. Wirklich.«

»Ja«, murmelte Tooth, nahm einen weiteren Zug und starrte auf den Monitor. »Mir auch.« Seine Augen schimmerten feucht, aber vielleicht lag das ja nur am Zigarettenqualm.

»Und wie … wie soll es jetzt weitergehen?«, fuhr sein Vater unsicher fort. »Ich meine: So wie die Dinge liegen, sind Sie der Letzte.«

»Der Letzte *was*?«, fragte Tooth, noch immer ohne den Blick von seinem Laptop zu nehmen. Ben trat unauffällig hinter ihn, sah auf den Monitor und stellte ohne Überraschung fest, dass der Bildschirmschoner immer noch aktiv war und die Vampirmaus noch immer hinter der Katze herjagte, ohne dass sie sie jemals fangen würde.

»Tooth, es tut uns wirklich leid. Ich will nicht behaupten, dass ich verstehe, wie du dich jetzt fühlst, aber ich habe Harry und die anderen auch gemocht. Ich fürchte nur, uns bleibt jetzt keine Zeit, zu trauern. Sie werden angreifen, weißt du, und du bist der Einzige, der uns noch beschützen kann.«

Zwei oder drei Sekunden lang reagierte Tooth überhaupt nicht, dann sah er ihn an, und für weitere zwei oder drei Sekunden war Ben fast sicher, dass seine Worte Wirkung zeigten; doch dann schüttelte Tooth nur den Kopf und grinste ebenso knapp wie humorlos. »Netter Versuch, Kleiner. Aber ich wüsste nicht, was ich noch tun könnte. Wir waren ein Dutzend, als wir hier angekommen sind, und jetzt bin nur noch ich übrig. Was glaubst du wohl, kann ich noch tun?«

Ben wollte antworten, doch sein Vater kam ihm zuvor. »Zum Beispiel damit aufhören, sich selbst zu bemitleiden, und endlich das tun, wofür Sie bezahlt werden!«

Tooth fuhr mit einem Ruck herum und seine Augen wurden schmal. Etwas in seinem Blick erlosch und machte etwas anderem, Gefährlicherem Platz, aber Bens Vater fuhr in unverändert scharfem, fast schon herausforderndem Ton fort: »Verdammt, Mann, reißen Sie sich zusammen! Wir werden vermutlich angegriffen, und Sie sind der einzige Soldat, den es hier noch gibt! Es interessiert mich herzlich wenig, ob Sie sich selbst für einen guten Soldaten halten oder für einen schlechten! Wir brauchen Sie!«

Eine halbe Sekunde lang stand es wirklich auf der Kippe. Ben sah Tooth deutlich an, wie nahe er daran war, aufzustehen und etwas ziemlich Unangenehmes zu tun. Dann aber erlosch das gefährliche Glitzern in seinen Augen wieder, und Ben konnte regelrecht beobachten, wie er innerlich zusammensackte und auch noch das letzte bisschen Kraft aus seinem Körper wich. »Sie sind ja verrückt«, murmelte er.

»Bitte, Tooth!«, sagte er in fast flehendem Ton. »Wenn du aufgibst, dann war das alles hier umsonst.«

Der Söldner lächelte müde, nahm einen weiteren, tiefen Zug von seiner Zigarette und setzte zu einer Antwort an, von der Ben ganz sicher war, dass er sie nicht hören wollte, wurde dann jedoch von einem Hustenanfall gepackt und brauchte endlose Sekunden, bevor er wieder zu Atem kam. Mit einer so zornigen Bewegung, dass die Funken flogen, rammte er die Zigarette in den Aschenbecher und wedelte übertrieben mit der flachen Hand vor dem Gesicht herum, um den Rauch zu vertreiben. »Sie glauben, dass sie noch einmal angreifen?«

»Ich wundere mich fast, dass sie es nicht schon getan haben. Vielleicht versuchen sie im Moment noch, durch die Tür zu kommen. Aber sobald sie begriffen haben, dass sie sich die Zähne daran ausbeißen, suchen sie garantiert nach einem anderen Weg.« Bens Vater machte eine Kopfbewegung auf den hochgeklappten Bildschirm des Laptops. »Muss ich Sie daran erinnern, dass sie es schon einmal geschafft haben?«

Tooth starrte eine geraume Weile wortlos auf den Bildschirm. Die Vampirmaus mühte sich weiter vergebens ab, das verschüchterte Kätzchen zu fangen, und je länger er dieser aussichtslosen Jagd zusah, desto weniger komisch kam sie ihm vor. Es war nur ein albernes Programm, das irgendein gelangweilter Computerspezialist in einer freien Minute ersonnen hatte, und doch machte ihm der Anblick mit einem Mal fast Angst. Er fragte sich, wer in diesem Spiel eigentlich die Katze und wer die Maus war.

»Also gut«, sagte Tooth plötzlich. »Aber macht euch keine zu großen Hoffnungen. Die Hälfte von dem Müll hier funktioniert nicht mehr richtig.« Er beugte sich vor und begann mit Zeige- und Mittelfinger beider Hände auf die Tastatur einzuprügeln, und der Bildschirmschoner erlosch und machte der Ben schon hinlänglich bekannten grafischen Darstellung der Station Platz. Es schien sich nichts daran geändert zu haben. Verschiedenfarbige Linien und winzige Punkte mit noch winzigeren Buchstaben- und Zahlenkombinationen daneben; aber irgendetwas an diesem Bild erweckte seine Aufmerksamkeit …

Ben beugte sich vor, runzelte konzentriert die Stirn und starrte angespannt auf den Monitor, bis ihm die fragenden Blicke seines Vaters und des Söldners auffielen. Rasch richtete er sich wieder auf und schüttelte den Kopf, um die unausgesprochene Frage, die er in den Augen seines Vaters las, zu beantworten. Da war nichts. Er war nervös, das war alles.

Und doch: Ein sonderbares Gefühl der Beunruhigung, des *Falschen* blieb.

»Ich checke noch einmal die Außenkameras und Sensoren«, sagte Tooth. »Wenn das stimmt, was der Russe über diese Station erzählt hat, bräuchten sie schon ein kleines Schiffsgeschütz, um durch die Wände zu kommen. Die Schleuse macht mir Sorgen.«

»Die Schleuse?« Er erinnerte sich an die massiven Stahltüren und die womöglich noch massivere Schleusenkammer, und er wollte seine Zweifel gerade in Worte kleiden, als ein anderes Bild vor seinem inneren Auge auftauchte: tiefe Schrammen und Kratzer in der vermeintlich so unzerstörbaren Stahltür draußen; Schrammen wie von gewaltigen Krallen …

Tooth berührte eine Taste, und die Stationsgrafik machte einem zumindest für Ben völlig sinnlosen Durcheinander aus Anzeigen und winzigen leuchtenden Symbolen Platz. Wenigstens war das Bild schön bunt.

»Ich kann von hier aus –« , begann Tooth, stutzte dann und starrte den Bildschirm mit neuer Konzentration und aus misstrauisch zusammengekniffenen Augen an.

»Was?«, fragte Ben alarmiert.

Der Söldner antwortete nicht sofort, sondern ließ weitere zwei oder drei Sekunden verstreichen, in denen er den Bildschirm betrachtete; dann schüttelte er den Kopf und seine Lippen bewegten sich lautlos – als hätte er sich in Gedanken eine Frage gestellt und sie auch gleich selbst beantwortet. »Nichts.«

»Das sah aber nicht nach *nichts* aus«, meinte Bens Vater.

Tooth blickte ihn verunsichert an. »War es aber. Ich verstehe nicht viel davon. Jedenfalls nicht so viel wie Tahia.«

»Sie machen das schon«, erwiderte Bens Vater, und er brachte sogar das Kunststück fertig, einigermaßen überzeugend zu klingen. »Wenn Sie irgendwelche Hilfe brauchen, dann sagen Sie Ben oder mir Bescheid. Wir reden dann mit Ramanov.«

Er gab Ben einen fast unmerklichen Wink und wandte sich zur Tür, und Ben folgte ihm auch gehorsam, blieb aber schon nach dem ersten Schritt wieder stehen und deutete auf den zugemüllten Tisch. »Ich suche meinen MP3-Player. Weißt du zufällig, wo er geblieben ist?«

Tooth schüttelte den Kopf, ohne auch nur in die entsprechende Richtung zu sehen. »Keine Ahnung. Vielleicht hat Tahia ihn weggeräumt.«

Das hatte sie ganz bestimmt nicht. Ihr Aufbruch war zwar einigermaßen überhastet gewesen, aber *daran* hätte Ben sich erinnert. Er sparte es sich, Tooth weiter damit zu behelligen, trat jedoch noch einmal an den

Tisch heran und begutachtete das Durcheinander darauf aufmerksam; natürlich mit demselben Ergebnis wie bisher.

Und schließlich gab er es auf und folgte seinem Vater auf den Gang hinaus.

»Glaubst du, dass er es schafft?«, fragte sein Vater, nachdem sie ein kleines Stück gegangen und ganz sicher außer Hörweite des Söldners waren.

»Was?«, fragte Ben.

»Ich kenne Menschen wie ihn.« Sein Vater klang besorgt. Von dem aufgesetzten Optimismus, der gerade noch in seiner Stimme gelegen hatte, war nichts mehr geblieben. »Sie spielen die Unbesiegbaren, aber unter Druck brechen sie leicht zusammen. Wir hätten es nicht schlechter treffen können.«

»Wenn das deine wahre Meinung ist, dann hast du dich gerade aber wirklich gut verstellt.«

Sein Vater lächelte müde. »Ich bin Psychologe, schon vergessen? Wir werden dafür bezahlt, uns zu verstellen.« Er schüttelte noch einmal den Kopf und wurde dann übergangslos sehr ernst. »Aber wie es aussieht, bleibt uns sowieso keine andere Wahl, als ihm zu vertrauen. Vielleicht geht ja doch noch alles gut aus. Mit ein bisschen Glück schicken sie Hilfe.«

Ben war sehr nahe daran, seinen Vater zu fragen, wen er mit *sie* meinte. Aber dann ließ er es bleiben. Sein Vater mochte sich selbst für einen guten Lügner halten, und was seine Patienten anging, war er das wohl auch. Wenn es darum ging, sich selbst etwas vorzumachen, war er es eindeutig nicht.

Außerdem hatten sie ihr Ziel beinahe erreicht. Er beendete die ohnehin sinnlose Diskussion mit einem angedeuteten Achselzucken und einem bedauernden Blick ins Gesicht seines Vaters, schritt jetzt schneller aus und steuerte Sashas Zimmer an. Gerade als er die Hand nach der Klinke ausstrecken wollte, wurde die Tür von innen aufgerissen und eine höchst aufgeregte Dr. van Staaten kam so schnell herausgestürmt, dass sie ihn beinahe über den Haufen gerannt hätte. Ben konnte gerade noch mit einem hastigen Schritt zur Seite weichen, und sie war viel zu schnell an ihm vorbei, als dass er auch nur Gelegenheit gehabt hätte, eine einzige Frage zu stellen – aber der erschrockene, beinahe schon entsetzte Ausdruck auf ihrem Gesicht war ihm trotzdem nicht entgangen. Irgendetwas stimmte nicht!

Hinter ihm rief sein Vater van Staaten irgendetwas hinterher, aber darauf achtete er gar nicht, sondern war mit einem einzigen Satz durch die Tür und an Sashas Bett.

Sie schlief. Wie es aussah, sehr tief und sehr friedlich, und sie war diesmal auch nicht an ein Spinnennetz aus Drähten und Kabeln angeschlossen. Der Anblick hatte trotzdem nichts Beruhigendes. Im Gegenteil. Die Bettdecke war zurückgeschlagen, und van Staaten hatte einen Ärmel ihres weißen Nachthemds hochgeschoben und den Arm so herumgedreht, dass die Handfläche nach oben zeigte. Die zu diesem Arrangement passende Spritze lag nur eine Handbreit neben ihrer Armbeuge, und ganz offensichtlich war er buchstäblich im letzten Moment gekommen, denn van Staaten hatte die Schutzhülle bereits von der Nadel gezogen und Sashas Vene mit dem Wattebausch betupft, der ebenfalls neben ihr lag und einen hässlichen dunklen Fleck auf dem Bettzeug hinterlassen hatte. Ein durchdringender Geruch nach Alkohol stieg Ben in die Nase, als er sich hastig über das schlafende Mädchen beugte.

»Sasha? Was hast du?«

»Was ist los?«, fragte nun auch sein Vater, der ihm gefolgt war. Seine Stimme klang alarmiert.

Ben hob die Schultern. »Ich weiß es nicht. Aber irgendetwas ...«

Sein Vater hatte das Bett mittlerweile umkreist und beugte sich von der anderen Seite über Sasha, und ganz offensichtlich erfasste er die Lage eindeutig schneller als Ben. Er sah dem schlafenden Mädchens zwar vielleicht eine Sekunde lang ebenso hilflos und erschrocken ins Gesicht wie Ben, dann aber blieb sein Blick an etwas hängen und seine Augen wurden groß. Hastig beugte er sich vor, hob die Spritze auf, die neben Sashas Arm auf dem Bett lag, und kniff die Augen zusammen, um die winzige Schrift darauf zu entziffern. Ben konnte sehen, wie jedes bisschen Farbe aus seinem Gesicht wich.

»Um Gottes willen!«, keuchte er. »Hat sie ihr etwa –?«

Er sprach nicht weiter, sondern beugte sich abermals und so hastig und weit vor, dass er beinahe das Gleichgewicht verloren hätte, um mit der freien Hand nach Sashas Arm zu greifen und ihn in die Höhe zu heben.

»Was hast du?«, fragte Ben alarmiert.

Sein Vater antwortete nicht, sondern unterzog Sashas Arm einer gründlichen Untersuchung, ließ ihn dann einfach fallen und schlug auch die Decke auf der anderen Seite zurück, um sich ihre rechte Armbeuge ebenso aufmerksam anzusehen. Dann schüttelte er zornig den Kopf, machte eine Bewegung, wie um die Spritze wütend zu Boden zu schleudern, besann sich dann aber eines Besseren und kam mit schnellen Schritten um das Bett herum. Beinahe grob stieß er Ben zur Seite, nahm mit spitzen Fingern den Wattebausch hoch und tastete durch jede Falte des Bettzeugs, bis er gefunden hatte, wonach er so offensichtlich suchte: die winzige Plastikschutzhülle, die auf der Nadel gesessen hatte. Sehr sorgfältig streifte er sie wieder über die Nadel und verstaute die komplette Spritze dann in seiner rechten Jackentasche.

»Das kann nicht sein.« Er klang fassungslos und zornig. »Das *kann* sie nicht getan haben!«

»Was?!«, schrie Ben. Er musste sich beherrschen, um seinen Vater nicht am Kragen zu packen und so lange zu schütteln, bis er die Frage beantwortete. »Was hat sie mit Sasha gemacht?!«

»Nichts.« Er versuchte beruhigend zu lächeln, aber seine Miene drückte eher das Gegenteil aus. »Sie hat es ihr nicht gegeben, keine Sorge.«

»Was?«, fragte Ben zum dritten Mal. Dann konnte er selbst spüren, wie ihm das Blut aus dem Gesicht wich und er erbleichte. »Sie … sie hat ihr nicht wieder dieses … dieses Teufelszeug gegeben, um sie zu betäuben?!«

»Nein«, antwortete sein Vater, eindeutig eine Spur zu hastig, um überzeugend zu klingen. »Sie hat ihr gar nichts gegeben. Aber es sieht so aus, als …« Er brach ab und machte einen so verlorenen Eindruck, dass er Ben leidgetan hätte, hätte er jetzt noch irgendetwas anderes empfinden können als Angst um Sasha. »Hier stimmt etwas nicht.« Dann fuhr mit einem Ruck herum und war schon wieder bei der Tür, noch bevor Ben auch nur dazu ansetzen konnte, eine Frage zu stellen. »Komm mit!«

Das tat Ben – allerdings erst, nachdem er sich noch einmal zu Sasha herumgedreht und davon überzeugt hatte, dass ihr auch wirklich nichts fehlte, und auch erst, nachdem er ihren Arm ordentlich wieder neben sie gelegt und sie zugedeckt hatte. Als er das Zimmer schließlich verließ, sah er seinen Vater gerade noch hinter der nächsten Gangbiegung verschwinden. Er lief, so schnell er konnte, um ihn einzuholen, aber es gelang ihm erst, als sie van Staatens Behandlungszimmer erreicht hatten.

Sein Vater stieß die Tür so ungestüm auf, dass sie gegen die Wand krachte und van Staaten, die mit dem Rücken zu ihnen dastand und sich über eine Gestalt auf ihrem Behandlungstisch beugte, erschrocken zusammenfuhr und irgendetwas fallen ließ, das klirrend auf dem Boden zerbrach.

»Was hast du getan?!«, schrie sein Vater die Ärztin an.

Van Staaten sah kurz völlig verwirrt aus, aber sie fing sich sofort wieder, schüttelte den Kopf und schnitt seinem Vater zugleich mit einer Handbewegung das Wort ab. »Nicht jetzt!«, sagte sie scharf. »Hilf mir!«

Sein Vater bewies in diesem Moment, dass er ein Profi war, denn er verschwendete keine Zeit mehr mit überflüssigen Fragen, sondern war mit zwei schnellen Schritten neben ihr und am Behandlungstisch, und Ben trat – aus einem unerfindlichen Grund zögernd – hinter ihm ein und machte einen Schritt zur Seite, um den Patienten besser erkennen zu können. Es war Schulz. Er war offensichtlich nackt und nur bis zur Hüfte mit einem sterilen grünen Tuch zugedeckt, und im Gegensatz zu Sasha *war* er an ein gutes halbes Dutzend Kabel angeschlossen, die mit einer fast so großen Anzahl beeindruckend klickender und blinkender Instrumente auf einem kleinen Bord an der Wand verbunden waren. An einem verchromten Gestell über seinem Kopf hingen gleich zwei durchsichtige Infusionsbeutel, deren Schläuche mit einem kleinen T-Stück miteinander verbunden waren, sodass sie ihren Inhalt gleichzeitig in den zu einer Nadel in seiner Vene führenden Schlauch abgeben konnten. Sein Mund und seine Nase waren unter einem Mundstück aus halb durchsichtigem Kunststoff verborgen.

»Was ist hier los?«, erkundigte er sich.

Van Staaten zog in aller Hast eine Injektionsspritze auf, warf aber trotzdem zugleich einen raschen Blick über die Schulter zu ihm zurück. »Nicht jetzt!«, schnappte sie. »Verschwinde! Oder mach die Tür zu!«

Ben dachte nicht daran, zu verschwinden, aber er ging zumindest zur Tür zurück, drückte sie ins Schloss und legte nach sekundenlangem Zögern auch den winzigen Riegel vor. Er sah nicht so aus, als könnte er irgendjemanden, der es wirklich ernst meinte, daran hindern, dieses Zimmer zu betreten, doch vermutlich sollte er auch nur verhindern, dass jemand unabsichtlich mitten in eine Operation am offenen Herzen hereinplatzte.

Van Staaten drückte die fertige Spritze seinem immer noch ziemlich verdattert dreinschauenden Vater in die Hand und sagte knapp: »Gib sie ihm! Schnell!«, während sie bereits herumfuhr und mit wehendem Kittel zu einem Medikamentenschrank am anderen Ende des Zimmers eilte, um eine winzige Medikamentenflasche und eine steril in Cellophan eingeschweißte Spritze zu holen.

»Was ist los?«, fragte Ben noch einmal. Er war immer noch unglaublich wütend auf van Staaten, doch er konnte zugleich auch spüren, wie seine Wut rasch verebbte und einer dafür immer größer werdenden Verwirrung Platz machte. Ganz offensichtlich war es so, wie sein Vater gerade behauptet hatte: Hier stimmte etwas nicht. Doch wie es aussah, in ganz anderer Hinsicht, als er bisher angenommen hatte.

Van Staaten antwortete auch diesmal nicht, sondern rammte die Spritze – zu Bens Entsetzen – in Schulz' Brust; und wenn er sich nicht sehr irrte, direkt in sein Herz. Ihr Gesicht war vollkommen ausdruckslos, aber Ben spürte ihre Angst.

Nachdem sie den Kolben langsam heruntergedrückt und die Nadel dann ebenso vorsichtig wieder herausgezogen hatte, wie sie sie vorher grob hineingestoßen hatte, legte sie die Spritze aus der Hand, drehte sich zu den Überwachungsmonitoren herum und betrachtete sie fünf oder sechs Sekunden lang konzentriert, bevor sie sich langsam wieder zu ihnen umwandte. Sie versuchte noch immer, möglichst ruhig auszusehen, aber ganz gelang es ihr nicht.

»Jetzt können wir nur noch abwarten. Falls er in einer halben Stunde noch lebt, kommt er durch.«

Ben wollte abermals – und vermutlich zum vierten Mal – dieselbe Frage stellen, doch sein Vater brachte ihn mit einer raschen Geste zum Schweigen. »Was ist passiert?«, fragte er, gab van Staaten aber gar keine Gelegenheit, zu antworten, sondern griff in die Jackentasche und zog die Spritze heraus, die er aus Sashas Zimmer mitgebracht hatte. »Das wolltest du nicht wirklich dem Mädchen geben, oder?«

Van Staaten schüttelte beinahe erschrocken den Kopf. »Nein. Ich wollte es nicht. Aber beinahe hätte ich es.« Sie schwieg zwei oder drei endlose Sekunden, bevor sie mit hörbar leiserer und fast tonloser Stimme hinzufügte: »Und *ihm* habe ich es gegeben.«

Ben wusste immer noch nicht, worum es sich bei dem geheimnisvollen Medikament handelte, aber allem Anschein nach war es nicht nur harmlose Kochsalzlösung, denn sein Vater stieß mit einem Keuchen die Luft aus, und auch van Staaten wirkte erschrocken und sehr mutlos.

»Was ist da drin?«, murmelte Ben mit einer Geste auf die Spritze, die sein Vater immer noch in der Hand hielt. »Doch nicht dasselbe Teufelszeug, das Sie Sasha schon einmal gegeben haben, oder?«

Van Staaten sah ihn traurig an. »Nein. Jedenfalls nicht genau dasselbe.«

»Was soll das heißen?«

»Es ist im Prinzip derselbe Wirkstoff«, antwortete sein Vater an ihrer Stelle. »Nur mindestens zwanzigmal konzentrierter.«

»Und was bedeutet das?«

Van Staaten sah weg, und sein Vater antwortete: »Dass sie möglicherweise daran gestorben wäre, hätte sie ihr die Spritze gegeben. Zumindest bei dieser Menge.«

Ben verspürte einen eisigen, fast lähmenden Schrecken. Er wartete darauf, abermals wütend zu werden, doch nichts geschah. Der Ausdruck in van Staatens Gesicht machte es ihm unmöglich, ein derartiges Gefühl zu empfinden. Er las nichts als Entsetzen und Schuldbewusstsein in ihren Augen. Dabei hatte sie Sasha die Spritze doch gar nicht gegeben, sondern …

Und dann begriff er.

»Aber Sie haben es Kapitän Schulz gespritzt.«

Van Staaten sah ihn immer noch nicht an. »Ja.«

»Wie viel?«, erkundigte sich Bens Vater.

»Zwei Einheiten.«

Bens Vater erbleichte noch weiter. »Zwei –?«

»Ich wusste es nicht. Ich habe die Spritzen vorbereitet, drei Stück – eine für Sasha, damit sie noch ein paar Stunden ruhig schläft, und zwei für Schulz, zur Vorbereitung auf die Operation und um ihn vielleicht ein etwas milderes Anästhetikum geben zu können. Ich schwöre, ich habe ein ganz harmloses Beruhigungsmittel aufgezogen. Ich habe mich zweimal davon überzeugt! Ich habe keinen Fehler gemacht, ich bin ganz sicher! Aber als ich gerade bei Sasha war, da …« Sie brach mitten im Wort ab, starrte eine Sekunde lang ins Leere und fuhr dann mit einem Ruck herum, um wieder zum Medikamentenschrank zu gehen. Als sie zurückkam, hielt sie eine in Cellophan eingeschweißte, schlanke Einwegspritze in der Hand.

»Hier! Das ist es. Ich nehme an, du kennst dieses Mittel.«

Sein Vater legte die Spritze in seiner Hand behutsam neben Schulz auf das Kunstleder des Operationstisches, griff nach jener, die van Staaten ihm hinhielt, und betrachtete sie lange und aufmerksam. Dann nickte er. Auch Ben beugte sich neugierig vor. Er verstand nichts von solcherlei Dingen, aber auch ihm fiel auf, dass sich die beiden Spritzen ähnelten; hinlänglich genug jedenfalls, um sie verwechseln zu können, wenn man nicht allzu genau hinsah.

»Und was … was bedeutet das?«, fragte er schließlich unsicher.

»Dass jemand die Spritzen ausgetauscht hat«, antwortete sein Vater an van Staatens Stelle. »Wenn Heidi die Wahrheit sagt. Und ich glaube ihr.«

Wieder spürte Ben einen eisigen Schauer, der ihm wie eine Armee eisiger Spinnenbeine den Rücken hinunterlief. Auch er glaubte der Ärztin. Ganz egal, was er bei der einen oder anderen Gelegenheiten auch über sie gedacht und auch schon mal gesagt hatte – sie war eine sehr verantwortungsvolle Ärztin und ganz bestimmt niemand, der schlampig mit gefährlichen Medikamenten umging. Und das konnte nur bedeuten …

»Jemand wollte sie umbringen«, flüsterte er. »Sasha und ihren Vater.«

»Sasha ist nicht in Gefahr«, sagte sein Vater rasch. »Aber bei Schulz …«

»… ist es ihm vielleicht sogar gelungen«, flüsterte van Staaten niedergeschlagen. »Ich weiß nicht, ob ich es noch rechtzeitig genug bemerkt habe. Ich kann es nur hoffen.«

»Aber Sie müssen etwas tun!«, protestierte Ben.

Die Ärztin lächelte knapp und ohne jeden Humor. »Was ich tun konnte, habe ich getan, Ben. Jetzt können wir nur noch abwarten. Er ist ein ziemlich kräftiger Mann und er hat eine robuste Konstitution, soweit ich das beurteilen kann. Mit ein bisschen Glück schafft er es.« Aber sie klang nicht sehr optimistisch, fand Ben.

»Ich bleibe hier«, sagte sein Vater, während er sich vollends zu Ben herumdrehte. »Du gehst zu Ramanov und bittest ihn herzukommen. Aber unauffällig. Ich möchte nicht, dass irgendjemand erfährt, was hier passiert ist. Wenigstens noch nicht.«

16

AUS DEN DREISSIG MINUTEN, von denen die Ärztin gesprochen hatte, waren gute zwei Stunden geworden; vielleicht auch mehr, so genau konnte er das hinterher nicht mehr sagen. Ben war sofort in die Zentrale geeilt und hatte Ramanov unter einem Vorwand gebeten, in van Staatens Behandlungszimmer zu kommen, und obwohl er sich nicht einmal mehr erinnern konnte, welchen Grund er sich aus den Fingern gesogen hatte, musste er doch gut gewesen sein – der Russe hatte nicht einen Augenblick gezögert, ja nicht einmal eine Frage gestellt und war auf der Stelle losgegangen. Ben war ihm gefolgt, aber nur ein kleines Stück, dann hatten sich ihre Wege getrennt, und er war wieder zu Sasha gelaufen, so schnell er konnte.

Auf den letzten Metern war er beinahe gerannt, plötzlich von einer nagenden Furcht erfüllt – und einem immer stärker werdenden schlechten Gewissen, Sasha allein gelassen zu haben, und sei es auch nur für eine einzige Sekunde.

Womöglich war das, was er erfahren hatte, einfach zu schockierend gewesen, um es sofort und in voller Tragweite zu begreifen. Jemand hatte versucht Schulz und auch Sasha *umzubringen* – Schulz ganz gezielt und Sashas Tod hatte er zumindest in Kauf genommen, und schon die bloße Vorstellung erfüllte ihn mit einem solchen Grauen, dass er kaum noch eines klaren Gedankens fähig war.

Dabei hätte er nicht einmal wirklich erschrocken sein dürfen. Der Teil seines Lebens, in dem ihm niemand nach selbigem trachtete und er Gewalt und Gefahren allerhöchstens aus dem Kino kannte, war längst und unwiderruflich vorbei. Aber es war ein großer Unterschied, gegen eine Armee bizarrer Ungeheuer und größenwahnsinniger Götter kämpfen zu müssen, die vor etlichen hundert Millionen Jahren schlichtweg vergessen hatten zu sterben, oder zu wissen, dass irgendwo ein Mörder auf sie lauerte. Es machte die Sache persönlicher und auf schwer in Worte zu fassende Weise ungleich erschreckender. So entsetzlich und böse die Mächte waren, mit denen sie sich auseinander setzen mussten, hatten sie doch zugleich etwas Anonymes, es war wie die Bedrohung, die von einer Naturgewalt ausgeht und die man fürchten und bekämpfen, aber schwerlich hassen konnte. Das hier war etwas ganz anderes.

All seine Befürchtungen erwiesen sich jedoch als überflüssig. Sasha lag noch immer tief und friedlich schlafend und in unveränderter Haltung auf dem Bett, und das einzige Lebenszeichen, das sie von sich gab, waren ihre beruhigend gleichmäßigen, tiefen Atemzüge. In seiner allerersten Erleichterung wollte er sie an den Schultern packen und so lange schütteln, bis sie wach war, aber dann schloss er ganz im Gegenteil die Tür so leise wie nur möglich hinter sich und schlich auf Zehenspitzen um das Bett herum, um sich daneben auf einen Stuhl zu setzen und behutsam ihre Hand zu ergreifen. Sasha schlief, und sooft und verzweifelt er sich auch gewünscht hatte, sie möge aufwachen, hatte sie diesen Schlaf *jetzt* bitter nötig. Er hätte in diesem Moment alles darum gegeben, nur einen einzigen weiteren Satz mit ihr zu wechseln und noch einmal das Leben in ihre Augen zurückkehren zu sehen, aber er wagte es nicht, auch nur ein unvorsichtiges Geräusch zu machen. Früher oder später würde sie von selbst erwachen, und obwohl er wusste, wie närrisch dieser Gedanke war, klammerte er sich trotzdem an die Hoffnung, er würde ein zweites Wunder erleben und sie vielleicht *tatsächlich* erwachen sehen.

Während der nächsten beiden Stunden stand er nur ein einziges Mal auf, um zur Tür zu gehen, als draußen Schritte und aufgeregte Stimmen näher kamen, sich aber nicht mehr entfernten. Seine wild gewordene Fantasie nutzte die knappe Sekunde, die er für den Weg brauchte, selbstverständlich, um ihn mit allem möglichen Schrecknissen und Vorstellungen der grässlichsten Ungeheuer zu peinigen, die draußen auf dem Gang standen und nur darauf warteten, dass er dumm genug war, den Kopf durch die Tür zu strecken. Aber es waren nur zwei von Ramanovs Männern, die mit unglücklichen Gesichtern, trotzdem jedoch entschlossen wirkend und beide bewaffnet rechts und links der Tür Aufstellung genommen hatten. Offensichtlich waren sie des Deutschen nicht mächtig, denn der eine beantwortete seine entsprechende Frage nur mit einem dümmlichen Grinsen, der andere mit einem angedeuteten Schulterzucken, und Ben war in diesem Moment viel zu aufgeregt, um seine Frage auf Englisch zu wiederholen. Anscheinend hatte van Staaten Ramanov überzeugt; sowohl von ihrer Unschuld als auch von ihrem Verdacht, dass der vermeintliche Attentäter es ernst meinte, und er hatte die beiden Männer geschickt, um seine Enkeltochter zu bewachen.

Ben vertrieb sich die nächste gute Stunde damit, sich abwechselnd um Sasha zu sorgen und den Kopf darüber zu zerbrechen, wer in dieser Station zu einer solch ungeheuerlichen Tat fähig sein könnte. Es gab einfach keinen *Grund* dafür.

Nachdem auf diese Weise mehr als eine kleine Ewigkeit vergangen war, wurde an die Tür geklopft, und noch bevor Ben auch nur einen Laut hervorbrachte, kam einer von Ramanovs Mitarbeitern herein und forderte ihn in gebrochenem Deutsch auf, mit ihm zu kommen; der Professor wolle ihn sehen. Ben war auf der einen Seite erleichtert, dass die Ungewissheit endlich enden würde, auf der anderen Seite widerstrebte es ihm zutiefst, Sasha allein zu lassen, auch wenn dieses Gefühl jeglicher Logik entbehrte: Wer immer es schaffte, an den beiden bewaffneten

Männern draußen vor der Tür vorbeizukommen, den würde vermutlich auch er nicht mehr aufhalten können.

Aber was, wenn Sasha erwachte, während er weg war? Wenn sie *wirklich* erwachte?

Das würde nicht geschehen. Ben gestand sich niedergeschlagen ein, dass er sich einer Illusion hingegeben hatte, und noch dazu einer, die nicht einmal er selbst glauben konnte, sosehr er sich auch bemühte.

Und außerdem musste Ramanov einen triftigen Grund haben, ihn zu rufen. Sie waren nun wahrlich nicht gut genug befreundet, als dass er ihn zu sich bestellt hätte, um ein kleines Schwätzchen zu halten; also erhob er sich widerwillig und folgte Ramanovs Mann; wenn auch nicht, ohne Sasha nochmals zärtlich mit der Hand über die Wange zu streichen und eine halbe Sekunde lang zu versuchen, sie mit purer Willenskraft zum Aufwachen zu zwingen. So albern das sein mochte, er konnte nicht anders.

Dann aber trat er hinter dem Mann auf den Gang hinaus, machte einen Schritt und blieb noch einmal stehen, als er aus den Augenwinkeln sah, wie einer der beiden Wächter die Tür schloss und wieder auf seinen Posten zurückkehren wollte. Fast erschrocken schüttelte er den Kopf und gestikulierte auf die geschlossene Tür, erntete aber nur verständnislose Blicke. Also wandte er sich an seinen Führer und bat ihn, wenigstens einen der beiden drinnen bei Sasha zu postieren. Der Blick, mit dem ihn der Mann maß, war beinahe noch verständnisloser, aber er hob nur die Schultern und übersetzte Bens Ansinnen in eine Sprache, die er nicht kannte, und tatsächlich nahm einer der beiden das Gewehr auf, das er lässig neben sich gegen die Plastikwand gelehnt hatte, und betrat Sashas Zimmer. Der Gesichtsausdruck der beiden anderen ließ keinen Zweifel daran, dass sie ernsthaft an seinem Verstand zweifelten – doch das war Ben egal. Schließlich hatte er selbst vor nicht einmal langer Zeit bewiesen, dass es möglich war, jedes Zimmer in dieser Basis zu betreten, ohne eine Tür benutzen zu müssen.

Sie gingen nicht in die Zentrale, wie er erwartet hatte, sondern nur die wenigen Schritte bis zu van Staatens Behandlungszimmer, und Ben war nicht wirklich überrascht, auch vor dieser Tür zwei bewaffnete Männer zu entdecken. Ramanov hatte van Staaten und seinem Vater offenbar geglaubt. Doch auch dieser Anblick beruhigte ihn keineswegs.

Noch weniger beruhigend fand er die Atmosphäre, die in dem kleinen

Behandlungsraum herrschte. Er spürte es, noch bevor er ganz durch die Tür getreten war und sich zum ersten Mal umgesehen hatte: etwas wie eine knisternde elektrische Spannung, die in der Luft lag und sich wie klebrige Spinnfäden auf seine Haut legte. Etwas war passiert, während er weg gewesen war. Nichts Gutes.

»Schulz?«, fragte er erschrocken.

»Er ist außer Gefahr, keine Sorge«, sagte Ramanov, der zusammen mit seinem Vater in van Staatens winzigem Schlafzimmer stand, das an das Krankenzimmer angrenzte; er machte eine beruhigende Geste und rang sich sogar zu einem Lächeln durch, was äußerst selten war. »Bitte schließ die Tür, Ben.«

Ben gehorchte ganz automatisch, aber seine Verwirrung wuchs eher noch, als er erst jetzt außer van Staaten auch noch den vierten Besucher erkannte: niemand anderen als Tooth, der am gegenuberliegenden Ende des kleinen Raumes an der Wand lehnte, mit halb geschlossenen Augen die Decke anstarrte und im Übrigen so zu tun versuchte, als wäre er gar nicht da. Ausgerechnet Tooth? Abgesehen von ihm selbst war der Söldner vermutlich der Mensch in der Station, den Ramanov am allerwenigsten in seiner Nähe haben wollte. Aus dem nagenden Gefühl in Ben wurde Gewissheit. Etwas *war* passiert.

»Wie geht es ihm?«, fragte er, während er an den Untersuchungstisch herantrat und auf Schulz deutete. Er glaubte Ramanov natürlich, aber was er sah, das schien eher das Gegenteil zu beweisen. Schulz hatte schon vorher nicht gut ausgesehen, aber jetzt hätte er problemlos eine prachtvolle Leiche abgegeben. Was von seinem Gesicht unter der transparenten Plastikmaske zu sehen war, das war nicht mehr blass, sondern *grau*, eine Farbe, wie Ben sie noch nie bei einem lebenden Menschen gesehen hatte. Das Ohr, das Ben sehen konnte, hatte sich schwarz verfärbt und begann sich an zwei Stellen vom Schädel zu lösen, und auch der Rest seines Gesichts war mit zahllosen schwarzen Punkten übersät; Erfrierungen, die ihre Spuren hinterlassen hatten. Die Kunststoffmaske machte es unmöglich, zu erkennen, ob van Staaten seine Nase hatte retten können oder nicht, aber seine Hände steckten in unförmigen weißen Verbänden, und aus den zwei Infusionsbeuteln neben seinem Bett waren inzwischen drei geworden. Schmutzige Operationstücher, achtlos fallen gelassene Einwegspritzen, zerknüllte Plastikhandschuhe und mit dunkelbraunem, eingetrocknetem Blut besudelte Verbände lagen unter und neben dem Tisch auf dem Boden, und als er sich vorbeugte, stieg ihm ein leiser, aber sehr unangenehmer Geruch in die Nase. Das Ganze erinnerte ihn mehr an ein Schlachthaus oder ein Feldlazarett in irgendeinem Dritte-Welt-Land als einen Operationssaal, in dem gerade ein Menschenleben gerettet worden war.

Offensichtlich war es das – aber vielleicht auch nicht viel mehr. Ben hatte schon gar nicht mehr mit einer Antwort gerechnet, doch nach ein paar Sekunden sagte van Staaten: »Er kommt durch, aber mehr kann ich noch nicht sagen.«

»Was genau … meinen Sie damit?«, fragte Ben stockend. Er war nicht sicher, ob er wirklich eine Antwort auf diese Frage haben wollte.

»Körperlich ist er so weit in Ordnung«, erwiderte van Staaten matt. Sie klang nicht nur müde, sie sah auch noch sehr viel erschöpfter aus. Unter ihren Augen lagen dunkle Ringe, und ihre Gesichtsfarbe unterschied sich auch nicht sehr von der ihres Patienten. Ihre Hände zitterten leicht, und Ben war nun nicht mehr sicher, ob der Geruch nach kalt gewordenen Schweiß tatsächlich nur von Schulz kam. Anscheinend war es doch nicht damit getan gewesen, dabeizustehen und abzuwarten, ob Schulz den Kampf gegen das heimtückische Gift gewann oder nicht.

»Und … nicht körperlich?«, fragte er zögernd.

Van Staaten warf einen raschen Blick in Ramanovs Richtung, ehe sie antwortete, und Ben bedauerte seine Frage schon fast. Immerhin war Kapitän Schulz Ramanovs Schwiegersohn.

»Das kann ich nicht sagen«, meinte sie schließlich mit einem bedauernden Seufzen. »Wenn ich ein EEG machen könnte oder eine eingehende neurologische Untersuchung …« Sie hob die Schultern. »Das hier ist nur eine kleine Unfallstation am Ende der Welt, kein komplett ausgestattetes Krankenhaus. Und ich bin auch keine Neurologin, sondern nur eine einfache praktische Ärztin – und nicht einmal eine besonders gute, fürchte ich. Wir können nur abwarten und hoffen.« Sie zuckte abermals mit den Schultern und wollte sich abwenden, doch dann schien ihr noch etwas einzufallen und sie drehte sich ganz im Gegenteil vollends in seine Richtung und fragte: »Als ihr dort unten wart, ist dir da irgendetwas an ihm und den anderen Gefangenen aufgefallen?«

»Nein«, antwortete Ben. Natürlich war ihm *eine ganze Menge* aufgefallen, doch er wusste auch, was van Staaten meinte. »Sie waren völlig apathisch. Als ob sie … hypnotisiert wären oder so etwas.«

»Das habe ich dir doch alles schon erzählt«, sagte sein Vater.

»Ja, aber es kann nie schaden, eine zweite Meinung einzuholen. Alte Ärzteweisheit, weißt du?« Sie lächelte, aber dieses Lächeln schien ihre Müdigkeit nur noch zu unterstreichen. Gleichzeitig warf sie Ben einen weiteren, ebenso fragenden wie auffordernden Blick zu.

»Also, sie waren nicht an irgendwelche Tentakel angeschlossen und hatten auch keinen außerirdischen Parasiten im Nacken, wenn Sie das meinen. Aber sie standen ganz eindeutig unter einem fremden Einfluss. Wir hatten gehofft, dass er schwächer wird, wenn wir ihn von dort wegbringen, aber zumindest dort unten …« Er sah seinen Vater an. »Hast du ihr von Sasha erzählt?«

»Natürlich.«

»Bei ihr war es genau andersherum«, fuhr er trotzdem fort. »Je weiter wir uns der Stadt genähert haben, desto –«

»Wir wissen das, Ben«, fiel ihm Ramanov ins Wort. »Bitte hör auf damit. Wir sprechen später darüber, wenn du willst.« Seltsamerweise klang er eher traurig, statt wie gewohnt ungeduldig und gereizt. Vielleicht wollte er in diesem Moment nicht über Sasha reden.

»Und worüber reden wir jetzt?«, fragte Ben. Ramanov hatte ihn nicht ohne Grund herbringen lassen, das war ihm klar.

Ramanov antwortete allerdings nicht. Ganz im Gegenteil geschah etwas, was Ben noch vor einer Sekunde für völlig unmöglich gehalten hätte: Der Russe schien plötzlich nicht die Kraft zu haben, seinem Blick standzuhalten, und sah fast hastig weg.

»Was ist hier los?«, wandte sich Ben jetzt in forderndem Ton an seinen Vater. Aber auch dieser schüttelte nur den Kopf und sagte: »Bitte gedulde dich noch einen Moment. Es tut mir leid.«

»Ah«, sagte Ben. *Was* tat seinem Vater leid? Er verstand nichts mehr. Da er spürte, dass er weder von Ramanov noch von seinem Vater eine Antwort bekommen würde, wandte er sich zu van Staaten um, aber auch die Ärztin wich seinem Blick aus, drehte sich mit einem Ruck weg und begann an ihren Instrumenten zu hantieren; Ben war sicher, ohne jeden Anlass.

Schließlich versuchte er sein Glück mit Tooth, doch der Söldner hatte mittlerweile eine andere Taktik eingeschlagen – er tat jetzt nicht mehr so, als wäre *er* nicht da, sondern so, als wäre Ben gar nicht im Raum.

Er musste sich tatsächlich nicht mehr allzu lange gedulden, vermutlich nur zwei oder drei Minuten, die sich aber zu einer schieren Ewigkeit dehnten und in denen er immer verwirrter, jedoch auch immer wütender wurde. Das war nun wirklich keine Situation, in der ihm der Sinn nach irgendwelchen *Spielchen* stand.

Schließlich aber wurde lautstark an der Tür geklopft, und Ramanov rief ein einzelnes Wort auf Russisch, woraufhin sie aufging und seine Mutter hereinkam. Sie wirkte ebenso zornig wie aufgebracht, und bevor sie die Tür hinter sich ins Schloss warf, konnte Ben noch einen raschen Blick auf den Gang hinaus werfen und dabei feststellen, dass sie nicht allein gekommen war. Zwei weitere von Ramanovs Männern (auch diese waren bewaffnet) hatten sie offensichtlich hierher begleitet, waren aber draußen auf dem Korridor zurückgeblieben.

»Was soll das?«, begann sie, noch bevor Ramanov oder irgendeiner der anderen auch nur Luft holen konnten. »Wieso werde ich wie eine Gefangene behandelt?«

»Wie eine Gefangene?« Ramanov gab sich redliche Mühe, überrascht zu klingen und den Ahnungslosen zu spielen, aber es gelang ihm nicht wirklich. Van Staaten hantierte immer noch an ihren Instrumenten herum, und auch sein Vater sah überallhin, nur nicht ins Gesicht seiner Frau. Tooth spielte weiter den unsichtbaren Mann und betrachtete höchst interessiert die Decke.

»Verkaufen Sie mich nicht für dumm, Professor!«, zischte Bens Mutter. »Die beiden Orang-Utans, die mich hergebracht haben, waren ziemlich deutlich. Wahrscheinlich kann ich noch von Glück sagen, dass sie mich nicht in Ketten gelegt haben!«

»Das tut mir aufrichtig leid, meine Liebe«, versicherte Ramanov. Er begann mit den fleischigen Händen zu ringen. »Ich muss mich entschuldigen. Sie haben meine Worte wohl falsch verstanden.«

»Hatten Sie ihnen aufgetragen, mich in Ketten zu legen?«, gab sie spitz zurück.

»Ich habe sie nur gebeten, Sie hierher zu bringen«, versicherte Ramanov. »Allerdings habe ich ihnen gesagt, dass ich sie persönlich für Ihre Sicherheit verantwortlich mache. Das haben sie offensichtlich falsch verstanden. Aber nach dem, was in den letzten Tagen hier geschehen ist, kann man fast verstehen, dass die Nerven der Leute blank liegen.«

Ihr Gesichtsausdruck machte sehr deutlich, was sie von dieser Behauptung hielt, aber sie schien einzusehen, dass es sinnlos war, weiter auf diesem Thema herumzureiten, denn sie beließ es bei einem zornigen Blick und fragte dann mit veränderter, gezwungen höflicher Stimme: »Also, warum haben Sie mich *hergebeten*, Professor?«

Ramanov deutete auf den bewusstlosen Schulz. »Sie wissen, was passiert ist?«

»Natürlich. Aber deshalb haben Sie mich doch bestimmt nicht –«

»Doktor van Staaten«, fiel ihr Ramanov ins Wort, »konnte glücklicherweise sein Leben retten … aber sie ist auch sehr sicher, dass es sich um einen Mordanschlag gehandelt hat.« Van Staaten drehte sich nun doch herum und sah Bens Mutter ruhig ins Gesicht.

»Ach?«, fragte diese. »Sind Sie das, Frau Kollegin?«

»Das bin ich. Die Dosis wäre mit Sicherheit tödlich gewesen, hätte ich es auch nur zehn Minuten später gemerkt.«

»Ja, das war Glück. So etwas nennt man wohl einen ärztlichen Kunstfehler. Es sollte nicht vorkommen, aber es passiert leider immer wieder. Selbst den besten. Und es ist ja auch noch mal gut gegangen.«

»Es war kein Kunstfehler«, sagte Ramanov. Seine Stimme war sehr viel leiser geworden und er klang auf unbestimmte Weise traurig. Bens Mutter sah ihn wortlos an und zog die linke Augenbraue hoch.

»Sondern?«

»Die Ampullen sind vertauscht worden«, antwortete van Staaten. »Und ich bin ziemlich sicher, absichtlich.«

»Vertauscht?«, wiederholte Jennifer Berger. Zwei oder drei Sekunden lang starrte sie die belgische Ärztin an, dann Ramanov für eine etwas längere Zeit, dann ihren Mann für eine noch sehr viel längere Zeit und schließlich wieder van Staaten. »Und was genau wollen Sie damit sagen?«

»Dass jemandem hier offensichtlich sehr daran gelegen ist, wenn Kapitän Schulz nicht wieder aufwacht.«

»Und wer genau soll das sein?«, fragte Bens Mutter. Ihre Stimme zitterte. Jeglicher Ausdruck war aus ihrem Gesicht gewichen, aber ihre Augen schienen zu brennen.

Im ersten Moment antwortete niemand. Das betretene Schweigen, das sich breit machte, war beinahe wie etwas Körperliches zu spüren. Van Staaten hielt ihrem Blick zwei oder drei Sekunden lang stand, dann drehte sie sich herum und trat neben Bens Vater. Vermutlich war es nur Zufall. Der Raum war winzig, und sie berührten sich auch nicht, ja, sie kamen sich nicht einmal wirklich nahe – und doch war etwas an der Art, wie sie nebeneinander standen, was Ben dazu brachte, noch einmal über die Behauptung seines Vaters nachzudenken, Dr. van Staaten sei nur eine gute Freundin und sonst nichts.

»Was soll das?«, fragte sie schließlich, als weiterhin niemand Anstalten machte, etwas zu sagen.

Ramanov räusperte sich unbehaglich, Bens Vater starrte zu Boden, aber van Staaten antwortete. »Es war kein Zufall, dass der Attentäter ausgerechnet dieses Medikament ausgesucht hat. Die Ampullen ähneln sich zum Verwechseln. Sogar die Beschriftung ist ähnlich, zumindest wenn man nicht genau hinsieht. Es war pures Glück, dass ich es noch rechtzeitig bemerkt habe. Wer immer die Medikamente vertauscht hat, hat genau gewusst, was er tut.«

»Worauf wollen Sie hinaus?«

»Dass es nur jemand gewesen sein kann, der über medizinische Vorkenntnisse verfügt«, erklärte Ramanov an van Staatens Stelle.

Jennifer Berger starrte weiter van Staaten an und erwiderte höhnisch: »O ja, und ich bin die Einzige hier mit medizinischen Vorkenntnissen, nicht wahr … Frau Kollegin? Und es ist natürlich ausgeschlossen, dass Sie schlichtweg unaufmerksam waren und die Spritzen verwechselt haben – wo sie sich doch so ähnlich sehen, wie Sie gerade selbst gesagt haben.«

Bens Vater wollte auffahren, aber van Staaten legte ihm rasch die Hand auf den Unterarm. Ben wünschte, sie hätte es nicht getan. »Genau das habe ich am Anfang auch geglaubt. Ich konnte es mir nicht vorstellen, aber es wäre möglich gewesen, Sie haben Recht. Zumal die Spritzen, die ich ursprünglich aufgezogen und vorbereitet habe, verschwunden sind. Aber es gibt etwas, was dagegen spricht.«

»Und was?«

Statt direkt zu antworten griff van Staaten in die Kitteltasche und zog drei winzige zusammengeknüllte Pappschachteln heraus. Ben war viel zu weit entfernt, um den Aufdruck lesen zu können, er hätte ihm vermutlich sowieso nichts gesagt, aber er verspürte trotzdem einen raschen, eisigen Schauer. Es war nicht besonders schwer, sich vorzustellen, was van Staaten da in der Hand hielt.

»Das habe ich in meinem Mülleimer gefunden.«

»Abfall?«, erwiderte Bens Mutter spöttisch. »Wie originell. An einem solchen Ort hätte ich wirklich zuletzt danach gesucht.«

»Es ist die Verpackung des Beruhigungsmittels, das ich ursprünglich aufgezogen habe. Wer immer die Spritzen vertauscht hat, war vorausschauend genug, die Originale verschwinden zu lassen. An die Verpackung hat er nicht gedacht. Ich hätte es vermutlich auch vergessen.«

»Und was soll uns das sagen?«

»Dass Heidi keinen Fehler gemacht hat«, mischte sich Robert Berger ein. Er brachte es immer noch nicht fertig, seiner Frau ins Gesicht zu sehen, doch seine Stimme klang jetzt kräftiger. »Hätte sie das Medikament tatsächlich aus Versehen vertauscht, dann gäbe es diese drei leeren Packungen nicht.«

Wieder wurde es für zwei oder drei Sekunden unangenehm still. Dann seufzte Bens Mutter tief, sah noch einmal jedem Einzelnen – Tooth vielleicht ausgenommen – lange ins Gesicht und sagte dann: »Ich verstehe. Warum nennt ihr das Kind nicht beim Namen? Ihr glaubt, ich sei es gewesen.«

Niemand antwortete.

»Ich schätze«, fuhr sie fort, »dass ihr selbst recht gut wisst, wie blödsinnig sich das anhört. Warum sollte ich so etwas tun?«

»Ich dachte, dass Sie uns das sagen«, antwortete Ramanov leise.

Jennifer Berger machte ein verächtliches Geräusch. »Von Doktor van Staaten habe ich nichts anderes erwartet, wenn ich offen sein darf – und von meinem Mann eigentlich auch nicht. Aber Sie, Professor?« Sie schüttelte den Kopf. »Lassen wir einmal beiseite, wie ungeheuerlich diese Anschuldigung ist und dass ich absolut keinen Grund hätte, so etwas zu tun. Lassen wir auch beiseite, dass niemand hier weiß, wie Sie zu Ihrem Schwiegersohn stehen, Professor, und dass Doktor van Staaten und ich nicht die Einzigen sind, die sich mit Medikamenten auskennen – zumindest mit dieser speziellen Sorte von Psychopharmaka. Selbst wenn wir über all das nicht reden – haben Sie auch nur die Spur eines Beweises, dass ich dahinterstecke … falls es sich tatsächlich um einen Anschlag auf Schulz handelt?«

Ganz allmählich war Ben wieder in der Lage, einen halbwegs klaren Gedanken zu fassen. Bisher hatte er nur dagestanden und zugehört und einfach nicht glauben können, was er da erlebte. Dass sich seine Mutter seit ihrer Ankunft hier verändert hatte, war unbestritten, und auch dass es sicher keine Veränderung zum Guten gewesen war; aber seine Mutter eine *Mörderin*? Das war völlig absurd!

Ramanov schaute sie wieder zwei oder drei Sekunden lang wortlos und traurig an, wandte sich dann aber zu Tooth um. Der Söldner hatte die ganze Zeit über vollkommen reglos dagestanden und weiter die Decke angestarrt, nun aber erwachte er aus seiner scheinbaren Lethargie.

Seltsamerweise sah er für gute drei oder vier Sekunden – eine Ewigkeit – Ben an, nicht seinen Vater oder seine Mutter. Und auch dann ergriff er nicht unmittelbar das Wort, sondern ließ sich mit einer kompliziert aussehenden Bewegung und einem Ächzen, das man eher von einem Mann dreifachen Alters erwartet hätte, in die Hocke sinken, um nach seinem Laptop zu greifen, den er neben sich gegen die Wand gelehnt hatte. Ben bemerkte überhaupt erst jetzt, dass er das Gerät mitgebracht hatte.

»Was soll das?«, fragte seine Mutter. Niemand beachtete sie.

»Du warst vorhin bei mir und hast mich nach deinem MP3-Player gefragt, Ben«, sagte Tooth, während er den Laptop auf dem linken Unterarm ausbalancierte, mit der anderen Hand den Bildschirm hochklappte und ihn dann einschaltete.

»Hast du ihn gefunden?«, fragte Ben hoffnungsvoll.

»Nein. Tut mir leid. Aber ich habe noch einmal darüber nachgedacht, weißt du, und ich bin ziemlich sicher, dass Tahia ihn auf dem Tisch liegen gelassen hat.«

»Und was hat das alles mit *dem hier* zu tun?«, wollte seine Mutter wissen. Ihre Stimme klang gereizt.

Tooth ignorierte sie. »Ich kann so was nicht leiden, weißt du?« Sein Laptop meldete sich mit dem charakteristischen Windows-Klang dienstbereit, und der Söldner zog eine Grimasse und begann nur mit einem Finger auf die Tastatur einzuhämmern, wobei der gesamte Computer bedrohlich auf seinem Arm hin und her schwankte. »Wenn ich mir einer Sache sicher bin, und dann stimmt plötzlich alles nicht mehr, so was macht mich rasend. Die Leute glauben immer, ich wäre blöd, aber das bin ich nicht. Ich bin vielleicht nicht so schlau wie der eine oder andere hier im Zimmer, aber ich bin nicht dämlich.«

Bens Vater räusperte sich, und Ramanov gab einen unüberhörbar unwilligen Laut von sich und sagte: »Ich glaube eher, Sie spielen gerne den Dummkopf, damit Ihnen die Leute hinterher versichern können, dass Sie es nicht sind. Aber für so etwas haben wir jetzt wirklich keine Zeit.«

Tooth warf ihm einen flüchtigen Blick zu, sah dann wieder auf seinen Bildschirm und fuhr fort, als wäre nichts geschehen. »Dein alter Herr hat mich auf eine Idee gebracht, Junge.« Er drückte eine weitere Taste auf seinem Laptop, runzelte die Stirn und dann hellte sich sein Gesicht auf. »Na also.« Ramanovs unwilliges Stirnrunzeln war mittlerweile beinahe schon zu hören, aber Tooth zeigte sich nicht im Geringsten beeindruckt davon, sondern trug seinen Computer zum Tisch, setzte ihn darauf ab und drehte ihn dann mit einer gekonnten Bewegung so herum, dass sie alle auf den Bildschirm schauen konnten. Er zeigte auch jetzt wieder nichts als den Grundriss der Station in verschiedenen Farben, doch Tooth deutete mit einer so triumphierend-zufriedenen Geste darauf, als hätte er soeben den Stein der Weisen entdeckt.

»Wenn das hier so weitergeht«, meldete sich Bens Mutter zu Wort, »dann verabschiede ich mich. Ich habe weiß Gott Besseres zu tun, als mir diesen Unsinn anzuhören!«

»Nur noch einen Moment, meine Liebe«, sagte Ramanov. Bens Vater warf dem Söldner einem auffordernden Blick zu:

»Du erinnerst dich an das Programm, das Tahia geschrieben hat.« Tooth berührte eine Taste. Auf dem Monitor erschien jetzt ein Gewirr winziger Pünktchen und Buchstaben- und Zahlenkombinationen, die so klein waren, dass sie einfach nur zu weiteren, verschmierten Punkten zusammenzuschmelzen schienen.

»Was soll das?«, herrschte seine Mutter ihn an.

»Tahia hat die Bewegungsmelder und Wärmesensoren mit dem Zentralrechner gekoppelt«, erklärte ihr Mann. »Jeder hier in der Station trägt einen kleinen Sender bei sich, schon aus Sicherheitsgründen. Wir auch. Ich habe es bis vor ein paar Minuten selbst nicht gewusst, aber in jedem Kleidungsstück, das es hier gibt, befindet sich ein winziger Chip.«

Seine Frau starrte erst ihn, dann Ramanov an. Zorn spiegelte sich auf ihrem Gesicht, aber Ben war nicht sicher, dass da nicht noch mehr war. Vielleicht Erschrecken? »Soll das heißen, wir werden hier auf Schritt und Tritt bespitzelt? Haben Ihnen die Kameras nicht gereicht?«

»Ihr Mann hat Recht«, sagte Ramanov ungerührt. »Dieses persönliche Ordnungssystem dient einzig und allein der Sicherheit. Wir sind hier nicht in New York oder Frankfurt, meine Liebe, sondern in einem Teil der Welt, in dem ein einziger falscher Schritt fatale Folgen haben kann. Wenn hier jemand in Not gerät, kann es buchstäblich um Sekunden gehen.«

»Sobald wir zurück in der zivilisierten Welt sind, werde ich Ihren Vorgesetzten davon berichten«, sagte Jennifer Berger eisig. »Ich bin gespannt, ob sie das genauso sehen.« Aber ihre Empörung klang nicht echt. Es gelang ihr jetzt immer weniger, ihre Beunruhigung zu verhehlen. Sie sah beinahe aus, als hätte sie Angst. Aber wovor?

»Ganz, wie Sie wollen. Tooth, bitte.«

Der Söldner drückte wieder eine Taste. Auf dem Bildschirm änderte sich nicht viel, einzig die Anordnung der unterschiedlichen Punkte, von denen jeder für ein anderes Mitglied der Stationsbesatzung stand, schien sich ein wenig geändert zu haben. »Wie gesagt«, bemerkte Tooth, »ich war sicher, dass sie das Ding auf dem Tisch liegen gelassen hat. Und dein Vater hat mich an den Computer erinnert. Er ist so programmiert, dass er die Daten automatisch einen halben Tag lang speichert, bevor sie gelöscht werden.«

»Was nichts anderes bedeutet«, fügte Bens Vater leise und in beinahe bedauerndem Ton hinzu, »als dass man mit seiner Hilfe feststellen kann, wo sich jeder Einzelne innerhalb der letzten zwölf Stunden befunden hat.«

»Und deshalb bin ich ein Stück zurückgegangen und habe mir unseren Aufenthaltsraum ein wenig genauer angesehen«, erklärte Tooth weiter. »Es war genau so, wie ich gesagt habe: Seit Harry und die anderen aufgebrochen sind, ist keiner außer mir dort drinnen gewesen. Keiner außer mir und einer anderen Person, heißt das.«

Er hantierte abermals an seiner Tastatur. Die grafische Darstellung der Station zoomte heran, bis sie nur noch einen einzigen, mit dünnen grünen Linien umrissenen Raum zeigte. Ein Lichtpunkt befand sich darin, der vermutlich Tooth darstellte. Die Zahlenkombinationen daneben sagten Ben nichts. »Das war, kurz nachdem Harry, Gerrit und Tahia aufgebrochen sind«, sagte Tooth. »Ich lasse ein wenig vorlaufen.« Genau das tat er. Der Punkt begann zu flackern, bewegte sich hektisch hin und her und verschwand dann von einer Sekunde auf die andere. Zehn oder fünfzehn weitere Sekunden lang tat sich nichts, dann erschien ein anderes Symbol in der Tür, bewegte sich quer durch den Raum und glitt eine ganze Weile unstet hin und her, bevor es ebenfalls wieder verschwand. Tooth ließ das Bild einen kurzen Augenblick zurücklaufen, hielt die Aufnahme an und zoomte noch weiter heran. Der Lichtpunkt wurde größer, das war aber auch alles.

»Und?«, fragte Bens Mutter.

»Du siehst die Codenummer auf dem Bildschirm, direkt neben dem Lichtpunkt?«, fragte ihr Mann. Sie blickte ihn nur ausdruckslos an. »Wir haben sie mit der Datenbank abgeglichen. Es ist genau der Chip, den du in deiner Kleidung trägst. Ich kann es dir zeigen, wenn du willst.«

»Und?«, gab sie trotzig zurück. »Was beweist das? Ich war dort, ja. Ich dachte, ich würde Ben dort finden. Aber er war nicht da.«

»Dafür haben Sie den MP3-Player gefunden«, sagte Tooth. Er spießte mit dem ausgestreckten Zeigefinger auf den Monitor hinab. »Man sieht es hier nicht, aber Sie müssen sich eine ganze Weile direkt am Tisch herumgetrieben haben. Wonach haben Sie gesucht?«

»Erwischt«, antwortete sie böse. »Ich gestehe alles. In Wahrheit bin ich keine erfolgreiche Wissenschaftlerin. Ich lebe seit vielen Jahren davon, Unterhaltungselektronik im Wert von zehn Euro zu stehlen. Sind hier jetzt alle übergeschnappt? Warum um alles in der Welt sollte ich dieses Ding mitnehmen?«

»Weil das Sashas einzige Möglichkeit ist, uns Nachrichten zu schicken?«, fragte van Staaten.

»Das ist ein solcher Unsinn! Das höre ich mir nicht mehr an!«

Tatsächlich machte seine Mutter Anstalten, herumzufahren und aus der Tür zu stürmen, aber Tooth vertrat ihr mit einem blitzschnellen Schritt den Weg und deutete ein Kopfschütteln an. Für eine einzelne Sekunde war Ben beinahe sicher, dass sie versuchen würde ihn gewaltsam aus dem Weg zu schieben, dann aber wandte sie sich nur mit einem Ruck um, schürzte die Lippen und verschränkte die Arme vor der Brust. Sie sah jetzt aus wie ein trotziges Kind, und dennoch jagte der Anblick Ben einen eisigen Schauer über den Rücken. Er fühlte sich noch immer wie vor den Kopf geschlagen. Wieso verdächtigten hier plötzlich alle seine Mutter?

»Aber das ist noch nicht alles«, fuhr Ramanov fort.

Bens Mutter würdigte ihn nicht einmal eines Blickes, aber Tooth ging wieder zu seinem Laptop und tippte einen Befehl ein. Ben hatte mehr und mehr das Gefühl, einer genau einstudierten Szene zuzusehen.

»Dass da«, sagte sein Vater mit einer Kopfbewegung auf den aufgeklappten Laptop, »hat uns auf eine Idee gebracht. Das System überwacht nicht nur die Messe und die Gänge, sondern auch die Krankenstation.«

»Wie interessant«, fauchte seiner Frau. »Worauf willst du hinaus? Dass ich hier gewesen bin? Stimmt. Und?«

»Sie haben eine ganze Weile draußen auf dem Gang gestanden«, sagte van Staaten. »Ich bin noch einmal kurz hinausgegangen, nachdem ich die Spritzen aufgezogen hatte, und in dieser Zeit waren Sie hier drinnen.«

»Und bei der Gelegenheit habe ich die Spritzen ausgetauscht, ich verstehe. Das ist ungeheuerlich! Was wollen Sie mir unterstellen? Dass ich versucht habe Schulz umzubringen?«

»Das habe ich nicht gesagt. Aber Sie waren die Einzige, die diesen Raum in der fraglichen Zeit betreten hat.«

»Das stimmt. Nachdem ich Ben in der Messe nicht gefunden habe, bin ich hergekommen. Und was beweist das Ihrer Meinung nach?«

»Nichts«, sagte Ramanov, bevor van Staaten antworten konnte. Er klang traurig. »Aber Sie müssen selbst zugeben, dass es … beunruhigend ist.«

Ben hatte das sichere Gefühl, dass er eigentlich ein anderes Wort im Sinn gehabt und es sich nur im letzten Moment noch anders überlegt hatte. Völlig schockiert starrte er seine Mutter, dann den Russen und schließlich wieder seiner Mutter an. Was ging hier vor? Das alles war … vollkommen absurd!

»Warum hast du das getan?«, murmelte sein Vater.

»Ich habe nichts getan!«, antwortete sie heftig. »Dieser … Mist da auf dem Computer beweist gar nichts! Höchstens, dass ich hier war, aber das streite ich auch gar nicht ab.«

»Wir vier hier«, sagte van Staaten mit einer Handbewegung, die sie, Bens Eltern und Ramanov einschloss, »sind die Einzigen in dieser Station, die das nötige Wissen haben, um so etwas zu tun. Und nur Sie sind hier gewesen.«

Einige Sekunden lang war Ben fast sicher, dass seine Mutter van Staaten nicht einmal einer Antwort würdigen würde. Schließlich aber verzog sie abfällig die Lippen. »Also gut, ich verstehe. Ihr habt euch einen Schuldigen ausgeguckt und der bin zufälligerweise ich.« Sie hob die Hand, als ihr Mann etwas sagen wollte. »Bliebe nur noch die Frage zu klären, warum ich so etwas tun sollte. Ich kenne Schulz nicht. Er hat mir nichts getan.«

»Vielleicht wolltest du ja verhindern, dass er aufwacht«, antwortete ihr Mann traurig.

»Und warum, wenn ich fragen darf?«

Für endlose Sekunden machte sich ein ungutes Schweigen breit. Dann räusperte sich Ramanov, straffte die Schultern und warf Tooth gleichzeitig einen Blick zu, der Ben endgültig davon überzeugte, dass sie sich vorher ausführlich abgesprochen hatten. Zumindest in einem Punkt hatte seine Mutter wohl Recht: Wenn das hier so etwas wie eine improvisierte Gerichtsverhandlung sein sollte, dann hatte das Urteil von vornherein festgestanden.

»Ich bin sicher, wir finden die Wahrheit heraus«, sagte Ramanov, leise und ohne Bens Mutter anzusehen. »Womöglich ist es ein unglücklicher Zufall gewesen oder eine Verkettung von Umständen, für die niemand etwas kann. Aber leider befinden wir uns in einer Situation, in der ich nicht das geringste Risiko eingehen kann. Ich hoffe, das verstehen Sie.«

Bens Mutter gab sich alle Muhe, ihn mit Blicken aufzuspießen. »Nein. Vielleicht verstehe ich es besser, wenn Sie mir erklären, worauf Sie eigentlich hinauswollen.«

Ramanov fühlte sich sichtlich mit jedem Herzschlag unwohler in seiner Haut. Aber er fuhr trotzdem fort: »Ich muss Sie bitten, in Ihr Zimmer zu gehen und es vorerst nicht zu verlassen.« Er deutete auf Tooth. »Er wird Sie begleiten.«

»Einfach so oder werde ich vorher in Ketten gelegt?«

»Bitte, Jennifer«, sagte ihr Mann leise. »Mach es nicht noch schlimmer.«

Er bekam keine Antwort – denn in diesem Moment heulte in der gesamten Station der Feueralarm auf. Praktisch in der gleichen Sekunde wurde die Tür aufgerissen und einer der Männer, die Ben vorhin draußen auf dem Gang gesehen hatte, streckte den Kopf herein und sagte etwas auf Russisch zu Ramanov. Das Gesicht des Stationsleiters verlor schlagartig jede Farbe.

»Was ist geschehen?«, fragte sein Vater.

Ramanov starrte einen halben Atemzug lang aus weit aufgerissenen Augen ins Leere, bevor er sich mit einer irgendwie mühsam aussehenden Bewegung herumdrehte. »Wir werden angegriffen«, flüsterte er.

17

DAS HEULEN DES FEUERALARMS schien noch einmal an Lautstärke zuzunehmen, als sie auf den Gang hinausstürmten, und für einen Moment wurden das allgemeine Chaos und der Lärm so schlimm, dass Ben allen Ernstes befürchtete, von den Füßen gerissen und totgetrampelt zu werden. Irgendwie musste sich die Anzahl der Menschen hier in der Basis schlagartig verzehnfacht haben – allerwenigstens –, und er war auch sicher, jedem Einzelnen davon auf dem Weg zur Zentrale mindestens dreimal zu begegnen. Aber irgendwie schafften sie es, lebend anzukommen, und Ben brachte sogar das Kunststück fertig, nicht von seinen Eltern und den anderen getrennt zu werden. Selbst seine Sammlung an blauen Flecken und Blutergüssen vergrößerte sich nur ganz minimal.

Ramanov brüllte irgendetwas auf Russisch, noch bevor er ganz durch die Tür gestürmt war, bekam eine kaum weniger erregte Antwort in derselben Sprache und begann wild mit beiden Armen in der Luft herumzufuchteln, ohne auch nur einen Moment in seinem Gebrüll innezuhalten. Die Alarmsirene heulte noch einmal schriller auf und verstummte mit einem letzten, klagenden Laut, gerade als Ben hinter ihm in die Zentrale stürmte.

»Was ist los?«, schrie sein Vater hinter ihm – vielleicht war es auch Tooth oder van Staaten, so genau konnte Ben das nicht beurteilen, oder auch alle zusammen –, und Ramanov wandte sich an einen von vier oder fünf jungen Männern, die im Grunde nichts anderes taten, als herumzustehen und ebenso nervös wie erschrocken und hilflos auszusehen, bekam eine gestammelte Antwort in irgendeiner slawisch klingenden Sprache – kein Russisch – und deutete dann fahrig auf den großen Wandmonitor, der nur elektronisches Schneegestöber zeigte. »Jemand versucht die Schleuse aufzubrechen. Oder etwas.«

»Aha«, sagte Bens Vater und blickte vielsagend auf den Schirm. Ramanov funkelte ihn böse an, sparte sich aber jeden Kommentar und raunzte stattdessen den jungen Burschen an, mit dem er gerade schon gesprochen hatte. Der arme Kerl begann hektisch auf einer Tastatur herumzuhämmern, und die elektronischen Störungen sahen jetzt irgendwie … anders aus. Aber es blieben Störungen.

»Lasst mich mal!« Tooth schob ihn unsanft beiseite, stürmte zum

Tisch und scheuchte Ramanov und seinen Gehilfen weg, um sich selbst über die Tastatur herzumachen. Im ersten Moment blieben die Störungen, was sie waren – Störungen eben –, aber dann flackerte der Bildschirm heftig und zeigte kurz darauf den Bereich unter dem Zeltdach, offensichtlich aufgenommen von einer Kamera, die sich unmittelbar über der Tür befinden musste.

Zu erkennen war allerdings nicht viel. Es war stockfinster, und obwohl das typische grünstichige Bild verriet, dass die Kamera mit einem Restlichtverstärker gekoppelt war, hatte man den Eindruck von Chaos. Irgendetwas bewegte sich. Schnell. Und es war groß.

»Großer Gott!«, murmelte van Staaten hinter ihm. »Sind das –?«

»Unsere Freunde, ja«, knurrte Tooth. »Und wie es aussieht, sind sie alle gekommen.«

Ben sah ihn einen halben Atemzug lang verstört an – und dann hatte er alle Mühe, einen erschrockenen Aufschrei zu unterdrücken. Tooths Worte bewirkten, dass er plötzlich erkannte, was er da sah.

Der Bereich unter dem Zeltdach wimmelte nur so von Eiskriegern.

Es mussten Hunderte sein, vielleicht tatsächlich alle, über die ihr unheimlicher Gegner gebot. Und jetzt, wo er wusste, was er da sah, glaubte er auch ein dumpfes Krachen und Dröhnen zu hören, das sich durch das allgegenwärtige Heulen des Sturmes drängte, wie das Geräusch zahlloser eiskalter Fäuste, die gegen die Wände der Station hämmerten. Vermutlich war es reine Einbildung, ein weiterer böser Streich, den ihm seine angstgesättigte Fantasie spielte, aber das änderte rein gar nichts an der unheimlichen Wirkung.

Sein Vater sprach aus, was er dachte. »Können sie durch die Wände brechen?«

»Ich habe keine Ahnung«, gestand Ramanov unglücklich.

»Aber vielleicht durch die Schleuse«, fügte Tooth hinzu. Ben hasste ihn fast für diese Bemerkung. Tooth liebte es doch sonst so sehr, den Schweigsamen zu spielen – warum konnte er nicht auch *jetzt* die Klappe halten?

Der Söldner machte sich einige Sekunden lang hektisch an der Tastatur zu schaffen, wobei sein Gesichtsausdruck immer missmutiger wurde. »Irgendwas stimmt da nicht.«

»Was soll das heißen?« Ramanovs Blick irrte immer hektischer zwischen dem Bildschirm und Tooths Tastatur hin und her.

»Dass mit dem verdammten Ding was nicht in Ordnung ist!«, fauchte Tooth. »Ganz und gar nicht in Ordnung. Jemand hat daran rumgemacht!«

»Daran *rumgemacht?* Sie meinen … jemand hat den Computer sabotiert?«

Statt Ramanov zu antworten fuhr Tooth auf dem Absatz herum und stürmte aus dem Raum. Ben war nicht der Einzige, der ihm mit offenem Mund nachstarrte.

»Was soll denn das?«, murmelte Ramanov. »Ist er jetzt völlig übergeschnappt?«

Niemand antwortete – auch Ben nicht, obwohl er eine ungefähre Ahnung zu haben glaubte, warum Tooth es plötzlich so eilig hatte. Stattdessen wandte er sich wieder dem Bildschirm zu und starrte die schwarzgrünen Gespenster darauf schaudernd an. Selbst jetzt erkannte er kaum mehr als Schemen, die sich beständig zu verändern schienen.

»Und was tun wir, wenn sie hereinkommen?«, fragte van Staaten leise.

Auch darauf antwortete niemand.

Als Tooth kurz darauf zurückkam, sah Ben seinen Verdacht bestätigt: Tooth trug seinen aufgeklappten Laptop in beiden Händen, stürmte damit zum Monitor und kramte ein graues Kabel aus der Jackentasche, das er mit fliegenden Fingern einstöpselte. Das Bild auf dem Monitor machte dem elektronischen Grundriss der Station Platz, den Ben schon kannte, erlosch dann und wurde wieder zur falschfarbenen Wiedergabe des Bereiches vor der Schleuse. Tooth murmelte irgendetwas Unverständliches, tippte mit einem Finger auf seinem Computer herum, den er jetzt wieder auf dem linken Unterarm balancierte, und die Darstellung wurde schlagartig deutlicher. Sie blieb monochrom und von einem geisterhaften Grün, aber nun waren deutlich mehr Einzelheiten zu erkennen.

Nicht dass Ben Wert darauf gelegt hätte …

»Sie wollen mir jetzt nicht erzählen, dass Ihr Spielzeugcomputer da besser ist als unser System, oder?«, grollte Ramanov.

Tooth schüttelte den Kopf und tippte weiter auf seinem Laptop herum. Das Bild wurde noch einmal besser. »Nein. Nur unberührt.«

»Aber das ist doch –« , Ramanov brach mitten im Satz ab, drehte mit einem Ruck den Kopf und stieß dann hörbar die Luft zwischen den Zähnen aus. »Wo ist sie?!«

»Wer?«, fragte Ben.

»Deine Mutter«, fauchte Ramanov. »Doktor Berger. Verdammt, Sie sollten auf sie aufpassen!«

Die letzten Worte galten Tooth, der sich aber nicht einmal die Mühe machte, zu ihm hinzusehen, sondern weiter hektisch auf seinem Laptop herumhämmerte. Er war so weit von dem großen Wandmonitor zurückgewichen, wie es das mittlerweile straff gespannte Kabel zuließ, und sah abwechselnd auf den Bildschirm und seine Tastatur.

»Regen Sie sich nicht künstlich auf, Professorchen. Wo kann sie schon hin? Im Augenblick haben wir andere Probleme, meinen Sie nicht?« Er drückte fast triumphierend auf eine Taste – das Bild wurde noch einmal besser –, stellte den Laptop behutsam auf den Boden und trat rasch ein paar Schritte zurück, um das Bild aus größerer Entfernung zu betrachten. Es war jetzt nahezu perfekt, sah man von den verstörend falschen Farben ab, aber man konnte immer noch nicht wirklich erkennen, was all diese unheimlichen Gestalten taten, außer sich von Zeit zu Zeit träge zu bewegen – doch dann zuckte irgendetwas durch das Bild. Obwohl Ben nicht einmal eine *Ahnung* hatte, was es gewesen war, machte ihm der flackernde Schemen Angst …

»Was war das?«, fragte van Staaten erschrocken.

Tooth zuckte die Achseln, tippte eine oder zwei Sekunden lang auf seinem Laptop herum und hob dann noch einmal die Schultern. Er schwieg.

»Schwenken Sie die Kamera!«, befahl Ramanov unwirsch.

»Hab ich versucht«, antwortete Tooth gelassen. »Geht nicht. In Ihrem ganzen System ist der Wurm drin, Professor, vielleicht wortwörtlich.«

Ramanov starrte ihn noch finsterer an, doch er sagte nichts mehr, sondern wandte sich wieder dem Monitor zu – und abermals zuckte etwas blitzartig über den unteren Bildschirmrand und verschwand wieder, bevor der Blick es richtig erfassen konnte. Es sah aus wie die Spitze eines … *Flügels*, dachte Ben schaudernd.

Das Bild flackerte. Etwas, was aussah wie eine riesige Kralle, hackte nach dem Monitor – und dann zeigte er plötzlich nur noch Schwärze.

»Das war's«, sagte Tooth düster. »Sie haben die Kamera erwischt.«

»Und was … tun wir jetzt?«, murmelte van Staaten.

»Nur keine Panik.« Er hämmerte wie besessen auf seiner Tastatur herum, aber seine Stimme strahlte trotzdem so etwas wie Zuversicht aus. »Die Schleusentür ist fünf Zentimeter dick. Da können sie zehn Jahre lang draufhämmern, ohne auch nur eine Schramme zu hinterlassen.«

Das klang beruhigend, und Ben gab sich auch redliche Mühe, es zu glauben – aber da war ein Bild vor seinem inneren Auge, eine Erinnerung, die noch gar nicht so lange zurücklag und die er aus irgendeinem Grund schlichtweg *vergessen* hatte: eine riesige geflügelte Kreatur mit einem tentakelgesäumten Schädel, einem schrecklichen Papageienschnabel und Ehrfurcht gebietenden Klauen, die ohne Mühe Stahl zerreißen konnten … und zentimeterdicke Furchen und Schrammen im angeblich so unzerstörbaren Metall der Schleusentür …

»Da wäre ich nicht so sicher«, sagte er leise.

Alle starrten ihn an. Tooth auch.

»Was genau meinst du damit?«, fragte er misstrauisch.

Ben deutete nervös auf den schwarz gewordenen Monitor. »Gibt es … gibt es noch eine andere Kamera da draußen?«

»Nicht auf dieser Seite«, antwortete Tooth, und Ramanov sagte: »Vielleicht.«

»Was heißt das?« Tooth deutete auf seinen Laptop. »Hier ist –«

»Nichts zu sehen, ich weiß.« Ramanov wirkte plötzlich aufgeregt. »In den Schneekatzen sind ebenfalls Kameras. Mit ein bisschen Glück funktionieren sie noch.«

»Schneekatzen?«, wiederholte Tooth verständnislos.

»Das Schneemobil draußen«, erinnerte Ben. Daran, dass Tooth es mit der Schallkanone ziemlich übel ramponiert hatte, erinnerte er die anderen vorsichtshalber nicht. Sie hatten ja auch gar keine andere Wahl, als zu hoffen, dass die Kamera noch funktionierte.

Tooth starrte ihn noch kurz an, machte sich dann aber gehorsam über seine Tastatur her, und der Monitor erwachte wieder zum Leben, zeigte allerdings nichts als unverständliches Computerkauderwelsch.

»Nun ja«, murmelte Ramanov enttäuscht. »Einen Versuch war es –«

Der Monitor flackerte, und dann erschien ein grünstichiges, aber gestochen scharfes Abbild des Bereiches um die Schleuse herum, aufgenommen von einem Punkt zwanzig oder dreißig Meter entfernt und außerdem um neunzig Grad gekippt, als läge die Kamera – oder vielleicht auch das gesamte Schneemobil – auf der Seite.

Diesmal dauerte das erschrockene Schweigen beinahe eine Minute.

»Was um alles in der Welt ist das?«, murmelte Ramanov schließlich.

»Ich habe keine –« , begann Ben, und Tooth unterbrach ihn gefährlich leise:

»Erzähl keinen Scheiß, Jungchen. Du weißt ganz genau, was das ist! Also?«

Ben antwortete auch jetzt noch nicht gleich, sondern blickte mit klopfendem Herzen auf das schreckliche Bild. Die Schleuse wurde von Dutzenden Eiskriegern belagert, aber sie sahen plötzlich winzig und harmlos aus, verglichen mit dem geflügelten Giganten in ihrer Mitte, der so monoton und unermüdlich wie eine Maschine mit seinen gewaltigen Klauen auf die gepanzerte Tür einschlug.

»Ich ... habe so eine Kreatur schon einmal gesehen«, gestand er schließlich. »Im Maschinenraum der *Princess*. Und auch später noch einmal, in ... in meinen Visionen. Ich weiß nicht, was es ist, aber ich nenne ihn den Drachenmann.«

»Mist!«, sagte Tooth nachhaltig. »Wenn sie hereinkommen, sind wir erledigt.«

»Aber ... Aber Sie haben doch noch Ihre Waffen!«, sagte van Staaten nervös.

Tooth bedachte sie mit einem fast mitleidigen Blick und schwieg.

»Jetzt bitte keine Panik! Die Tür ist massiv. Es ist noch gar nicht sicher, dass sie überhaupt hereinkommen«, sagte Ramanov, und auf dem Monitor war zu sehen, wie das Schleusentor unter einem letzten gewaltigen Hieb des Drachenmannes zerbrach und dann komplett nach innen kippte. Die Erschütterung, mit der die tonnenschwere Stahlplatte auf dem Boden aufschlug, war selbst hier drinnen noch deutlich zu spüren.

»Nummer eins«, sagte Tooth düster. »Ist die innere Tür genauso stabil?«

»Nein«, sagte der Russe. »Nicht einmal halb so dick.«

»Na ja«, sagte Tooth. »Wenigstens eine gute Nachricht.« Er starrte den Bildschirm noch zwei oder drei Atemzüge lang an, dann drehte er sich mit einem Ruck zur Tür. »Ich brauche drei oder vier von Ihren Leuten, die mir helfen, Professor. Und jeden anderen, der weiß, an welcher Seite man ein Gewehr anfasst. Schicken Sie sie in zehn Minuten zur Schleuse. Bewaffnet!«

»Aber was –« , begann Ramanov und klappte den Mund wieder zu, denn Tooth war bereits aus dem Raum.

»– hat er denn vor?«, führte van Staaten den Satz zu Ende.

»Keine Sorge«, sagte Bens Vater. »Wenn jemand weiß, was er zu tun hat, dann er.«

Ramanov schnaubte. »Ihren Optimismus möchte ich haben, Doktor. Der Kerl ist ein Dummkopf!«

»Aber er ist zufällig auch der einzige Soldat, den es hier gibt. Also tun Sie besser, was er von Ihnen verlangt. Es sei denn, Sie wollen sich selbst ein Gewehr schnappen und die Schleuse verteidigen.«

Ramanov starrte ihn eine geschlagene Sekunde trotzig an, aber dann drehte er sich mit einem plötzlichen Ruck herum und sagte ein paar Worte auf Russisch zu seinem Assistenten, und der junge Mann hatte es plötzlich sehr eilig, hinter Tooth herzustürmen.

»Wir sollten auch gehen«, sagte Ben. Er blickte nervös auf den Schirm. Keines der Eisungeheuer war dem Drachenmann in die Schleuse gefolgt, doch die schweigende Armee stand bereit, die Basis zu stürmen, sobald ihr bizarrer Anführer das letzte Hindernis beseitigt hatte.

»Wozu?«, fragte sein Vater scharf. »Um ein bisschen Rambo zu spielen?« Er schüttelte heftig den Kopf. »*Ich* gehe, und du bleibst schön hier!«

»Ich bin kein Kind mehr!«, beschwerte sich Ben.

Sein Vater setzte sichtbar zu einer noch schärferen Entgegnung an, doch van Staaten kam ihm zuvor.

»Hört auf zu streiten. Professor, können Sie das Bild vergrößern?«

Ramanov sah sie zwar verdutzt an, kam aber gehorsam näher und ließ sich vor Tooths Computer in die Hocke sinken und begann zu tippen. Der Bildausschnitt, auf den van Staaten gedeutet hatte, zoomte heran, zeigte aber auch jetzt nichts als die stumm dastehenden Eiskrieger; nur eben vergrößert.

»Und?«, fragte Ramanov.

»Fällt euch nichts auf?«, van Staaten deutete auf irgendetwas auf der linken Hälfte des riesigen Monitors. »Ich meine: Kommt euch da niemand bekannt vor?«

Auch Ben trat einen Schritt näher heran und konzentrierte sich, und jetzt dauerte es nur noch einen Augenblick, bis er antwortete: »Madame Sonnenbrille … und?«

»Aber ich dachte, die haben wir in Verwahrung?«, murmelte Ramanov.

»Haben wir auch«, sagte van Staaten grimmig. Fast gleichzeitig fuhr sie auf dem Absatz herum und stürmte los.

Diesmal gab Ben seinem Vater erst gar keine Gelegenheit, ihn zurückzuhalten, sondern rannte hinter der Ärztin her. Erst als er schon draußen auf dem Flur und halb an seinem Ende war, gesellte sich auch sein Vater zu ihnen, aber weder er noch Ben kamen dazu, van Staaten auch nur eine einzige Frage zu stellen – die sie vermutlich ohnehin nicht beantwortet hätte. Sie stürmte mit wehendem Haar und Kittel die Gänge entlang und hielt erst an, als sie die Tür erreicht hatte, hinter der sie die Eiskreatur vor zwei Tagen eingesperrt hatten. Mit fahrigen Bewegungen griff sie in die Kitteltasche, grub einen Schlüssel heraus und stockte dann, als Bens Vater ihr die Hand auf den Unterarm legte.

»Hältst du das für klug? Es könnte gefährlich sein.«

»Es könnte noch gefährlicher sein, nicht nachzusehen.« Sie riss sich los, nestelte den Schlüssel ins Schloss und zögerte dann doch, die Klinke herunterzudrücken. Allerdings nur für eine Sekunde, dann zog sie die Tür mit einer umso entschlosseneren Bewegung auf und trat ein. Sein Vater und er selbst folgten ihr dichtauf.

Ihre Vorsicht erwies sich jedoch als überflüssig. Die bizarre weiße Gestalt stand noch immer in derselben unveränderten Haltung da, in der Ben sie in Erinnerung hatte; steif aufgerichtet und mit dem Gesicht zur Wand. Dennoch zögerte van Staaten noch einmal, sich ihr zu nähern, und als sie es schließlich tat, ging sie in auffällig großem Bogen um sie herum.

Ben tat auf der anderen Seite dasselbe – und riss erstaunt die Augen auf, als er ins Gesicht der unheimlichen Gestalt blickte.

Es hatte sich auf grausige Weise verändert. Die Züge waren noch immer die der dicklichen Passagierin mit der albernen Sonnenbrille, aber sie wirkten nun sonderbar … unfertig. Lippen und Wangenknochen schienen ein wenig eingefallen, die Nase flacher und breiter und die Designerbrille war ein gutes Stück nach unten gerutscht. Das ganze Gesicht glänzte nass und wirkte irgendwie … zerschmolzen.

Was es auch war.

Zögernd streckte Ben die Hand aus und berührte das Gesicht der Eiskreatur mit den Fingerspitzen. Es war nass und eiskalt, und etwas … *fehlte.* Die bösartige Karikatur von Leben, die dieses unheimliche Geschöpf bisher beseelt hatte, war nicht mehr da. Was vor ihm stand, war jetzt nichts weiter als die perfekte Kopie eines Menschen aus Eis; geradezu angsteinflößend perfekt, aber mehr auch nicht.

»Und?«, fragte van Staaten. Ben registrierte erst jetzt, dass sie es offensichtlich nicht gewagt hatte, Madame Sonnenbrille zu berühren, sondern ihn nur ebenso ängstlich wie erwartungsvoll ansah.

»Nichts. Da ist nichts mehr.«

Van Staaten verstand offensichtlich, was er meinte, denn auf ihrem Gesicht erschien ein Ausdruck deutlicher Erleichterung. »Das hatte ich gehofft.«

»*Was* hast du gehofft?«, fragte sein Vater.

»Ihre Kopie läuft draußen herum. Vielleicht können sie immer nur *eine* Kopie eines Menschen gleichzeitig erschaffen. Wenigstens hoffe ich, dass es so ist.«

»Und es würde Sinn machen«, fügte Ben hinzu. »Wozu sollten sie sonst zweihundert Menschen entführen?« Sein Vater sah ihn fragend an, und van Staaten lieferte die Erklärung an seiner Stelle:

»Wenn sie beliebig viele Kopien gleichzeitig erschaffen könnten, dann würde es reichen, wenn sie nur einen einzigen Menschen entführen oder zwei oder drei, meinst du nicht?«

Sein Vater überlegte einen Moment und nickte dann, auch wenn es eindeutig widerwillig wirkte. »Wenn ihr Recht habt, dann bedeutet das, dass sie maximal so viele Krieger aufbieten können, wie sie Menschen von der *Princess* entführt haben … um die zweihundert.«

»Immer noch eine Menge«, sagte van Staaten, »aber immerhin besser als zwei*tausend*.«

Etwas störte Ben an dieser Überlegung, aber er konnte das Gefühl nicht in Worte kleiden, sosehr er sich auch bemühte. Und außerdem hatte van Staaten Recht: Sie befanden sich in einer Situation, in der sie nach dem berühmten Strohhalm greifen mussten.

»Das dürfte Tooth interessieren. Ich gehe hin und sage es ihm.«

Und damit stürzte er aus dem Raum – ganz bewusst so schnell, dass sein Vater nicht einmal Luft holen konnte, um ihn zurückzupfeifen.

Tatsächlich rief er ihm etwas nach, aber Ben zog es vor, seine Worte nicht zu verstehen, sondern beschleunigte seine Schritte ganz im Gegenteil nur noch und ging so schnell in Richtung Schleuse, wie er es gerade noch konnte, ohne zu rennen.

Nicht dass es aufgefallen wäre, hätte er es getan. Er dachte den Gedanken von vorhin noch einmal und fast wortwörtlich: Irgendwie musste die Station plötzlich hundert Bewohner mehr haben als noch vor einer Stunde, und mindestens *zwei*hundert dieser hundert Menschen begegneten ihm auf dem Weg zur Schleuse, alle in heller Aufregung und erstaunlich viele bewaffnet, wenn auch zumeist nur mit altmodischen Gewehren oder Pistolen. Als er sich der Schleuse näherte, begegneten ihm allerdings auch zwei oder drei moderne Waffen; Maschinenpistolen und Revolver, die vermutlich von Tooth stammten.

Was er nicht fand, war Tooth selbst.

Obwohl es der Söldner vorhin so eilig gehabt hatte, traf Ben ihn weder auf dem Weg zur Schleuse noch vor der Schleuse selbst. Der schmale Gang vor dem wuchtigen Stahltor wimmelte von Männern (und einigen wenigen Frauen), die zwar nahezu alle bewaffnet waren, aber auch ausnahmslos ziemlich unglücklich aussahen – was möglicherweise an den regelmäßigen Schlägen gegen das innere Schleusentor lag.

Das Geräusch war nicht einmal besonders laut: ein dumpfes, vibrierendes Dröhnen, das die gesamte Station zu erschüttern schien und eigentlich mehr zu spüren als zu hören war. Das Licht über der Tür wechselte im Rhythmus der Schläge von Grün zu Rot und wieder zurück; ein höchst unheimlicher Anblick, auch wenn es sich vermutlich nur um einen Wackelkontakt handelte. Es gelang ihm nur mit Mühe, sich davon zu lösen.

»Wo ist Tooth?«, wandte er sich brüsk an die erstbeste Person, die er sah. Erst danach fiel ihm auf, dass er sie kannte: Es war Dr. Vatec. Die ältliche Wissenschaftlerin trug ein schartiges Küchenmesser im Gürtel und einen altmodischen Karabiner in der rechten Armbeuge; was Ben irgendwie unpassend fand.

»Ich weiß nicht. Wollte er herkommen?«

Ben musste nicht antworten, denn in diesem Moment kam Tooth – wenn auch auf völlig andere Art, als er erwartet hatte.

Eigentlich sah er im ersten Moment nicht einmal Tooth, sondern nur zwei der vier Männer, die er angefordert hatte, sowie die seltsame Konstruktion, die sie scheppernd und klirrend vor sich herschoben.

Seltsam auf den ersten Blick.

Auf den zweiten entpuppte sie sich als hölzerne Palette, unter die jemand mit deutlich mehr gutem Willen als handwerklichem Geschick vier viel zu klapprige Räder montiert hatte, was nicht nur zu einem erbärmlichen Quietschen führte, sondern auch dazu, dass sich das obskure Gefährt ungefähr so gehorsam von der Stelle bewegte wie ein achtzig Jahre alter störrischer Maulesel. Auf dem hinteren Teil der Palette stand ein altersschwacher Bürostuhl ohne Räder, davor thronte etwas, was wie eine futuristische (und viel zu groß geratene) Satellitenschüssel aussah – Tooths selbstgebastelter Infraschall-Panzer.

Ben fielen fast die Augen aus dem Kopf, als er begriff, was er da sah. »Das ... das meinst du nicht ernst!«

Tooths Gesicht – das mittlerweile unter einem in Nato-Tarnfarben lackierten Wehrmachtshelm aus dem Zweiten Weltkrieg steckte – tauchte hinter der quietschenden Palette auf, und in diesem Moment erschütterte ein besonders heftiger Schlag die Schleusentür, wie um seine Antwort schon im Voraus zu unterstreichen.

»Nein. Ich hatte eigentlich vor, mich mit einer Fliegenklatsche und Silvesterknallern zu verteidigen.«

»Aber du kannst doch nicht ...!« Ben sparte es sich, den Satz zu Ende zu sprechen. Tooth würde sich erstens nicht von seinem Entschluss abbringen lassen, und zweitens hatte er Recht: Wenn der Drachenmann durch die Tür brach (also in ungefähr zwei oder drei Minuten), dann war die Schallkanone vermutlich das Einzige, womit sie sich noch verteidigen konnten.

»Hör auf, den Schlaumeier zu spielen, und hilf uns lieber«, keuchte Tooth.

Ben dachte ja nicht daran, etwas Derartiges zu tun, aber er trat immerhin demonstrativ zur Seite und versuchte auch nicht, Tooth noch einmal von seinem Entschluss abzubringen. Wahrscheinlich würde er mit diesem Teufelsding die halbe Station in Schutt und Asche legen – aber wenn er es nicht einsetzte, dann lebten sie vermutlich nicht einmal mehr lange genug, um zu erfrieren.

Tooth und seine mehr oder weniger freiwilligen Helfer schoben ihr pittoreskes Gefährt schnaubend an ihm vorbei und hielten etwa fünf Meter vor dem Schleusentor an. Tooth sank ächzend auf die Knie, gestattete sich drei oder vier Sekunden, um zu Atem zu kommen, und stemmte sich dann mühsam wieder hoch, um ein dickes Gummikabel abzuwickeln, das zusammengerollt auf der Palette lag.

»Schließ das an«, knurrte er, indem er das Ende des Kabels dem erstbesten Mann in die Hand drückte, den er sah. »Ich brauche Starkstrom.«

Der Mann blickte abwechselnd ihn und das Kabelende gleichermaßen verständnislos an, und Ben kramte hektisch in seinen bescheidenen Englischkenntnissen, um Tooths Worte wenigstens halbwegs verständlich zu übersetzen, und Dr. Vatec trat an ihm vorbei und sagte etwas in einer wirklich exotisch klingenden Sprache, woraufhin der Mann davoneilte, um (hoffentlich) eine Steckdose zu suchen.

»Na also. Geht doch. Und was machst du hier? Hat dir dein Vater doch freigegeben, um den Helfer zu spielen?«

Ben schluckte seinen Ärger hinunter und erinnerte sich daran, warum er hergekommen war. »Doktor van Staaten hat etwas herausgefunden.«

»Ach ja?« Tooth wischte sich mit dem Handrücken den Schweiß von der Stirn und schob in der gleichen Bewegung den Helm in den Nacken. Es sah albern aus. »Und was genau?«

Ben erklärte ihm mit wenigen Worten, was van Staaten und er herausgefunden zu haben meinten, und als Tooth – nachdem er ein paar Sekunden lang nachgedacht hatte – antwortete, wurde ihm klar, was ihn an van Staatens Theorie so gestört hatte.

»Prima«, sagte Tooth säuerlich. »Du meinst, sie hätten unendlich viele Krieger, aber sie kommen nicht gleichzeitig, sondern immer nur nacheinander?« Er machte ein übertrieben erstauntes Gesicht. »Also immer nur zweihundert auf einmal und danach die nächsten zweihundert und noch einmal zweihundert und so weiter … ja, das beruhigt mich ungemein. Dann kann uns ja gar nichts passieren.«

Bevor Ben antworten konnte, sagte eine scharfe Stimme hinter Tooth: »Wenn Sie tatsächlich so denken, warum geben wir dann nicht gleich auf?«

Es war Ramanov, der mit grimmigem Gesicht am Ende des Korridors aufgetaucht war, und er kam nicht allein, sondern begleitet von van Staaten und Bens Vater – und zu Bens wirklich großer Überraschung auch seiner Mutter, die mit steinernem Gesicht zwischen der Ärztin und ihrem Mann ging. »Doktor van Staaten hat mir ihre Theorie dargelegt. Ich finde, sie klingt überzeugend. Warum also versuchen Sie nicht wenigstens, ein bisschen Optimismus zu verströmen, mein Freund?« Irgendwie brachte er es fertig, das *mein Freund* wie etwas Abfälliges klingen zu lassen.

»Weil das nicht mein Job ist«, antwortete Tooth gelassen.

Ein besonders heftiger Schlag erschütterte die Schleusentür, und Ben war gewiss nicht der Einzige, der herumfuhr und erschrocken die Luft zwischen den Zähnen ausstieß. Das Licht über der Tür hatte aufgehört zu flackern, und in der grauen Kunststoffwand daneben war ein fast handbreiter, gezackter Riss erschienen, der vom Boden bis nahezu zur Decke reichte.

»Also gut«, knurrte Tooth. »Jeder, der eine Waffe hat, geht auf die andere Seite. Und bleibt bloß aus meiner Schusslinie!«

Knapp die Hälfte der Männer reagierte sofort, der Rest, nachdem Vatec seine Worte zuerst ins Englische und dann in eine andere, düsterer klingende Sprache übersetzt hatte; zwei oder drei rannten auch davon.

Tooth ließ mit einer tausendfach geübten Bewegung die MPi von der Schulter gleiten, warf sie van Staaten zu und schwang sich in der gleichen Bewegung auf den wackeligen Bürostuhl, der ein Geräusch von sich gab, als würde er im nächsten Augenblick zusammenbrechen. Dann deutete er auf Ramanov, Ben und seine Eltern. »Und ihr verschwindet von hier oder steht wenigstens nicht im Weg herum. Wenn sie durchbrechen, dann müsst ihr selbst sehen, wie ihr klarkommt.«

Ja, genau das war es, was Ben in diesem Moment hatte hören wollen.

Tooth lehnte sich in seinem Bürostuhl zurück – das altersschwache Möbel knarrte noch protestierender, und Ben rechnete jetzt ernsthaft damit, dass die Lehne abbrach und der Söldner einen Salto rückwärts machte, aber natürlich geschah das nicht – und legte mit einer einzigen Bewegung ein halbes Dutzend Schalter an der Rückseite der *Satellitenschüssel* um. Das Gerät erwachte mit einem tiefen Brummen zum Leben, das für zwei oder drei Sekunden immer lauter und auch körperlich unangenehm wurde und dann abbrach, allerdings für einige weitere Sekunden noch zu spüren war. Dann erschütterte ein berstender Schlag die Tür, und als er verklang, war auch das Brummen erloschen. Was blieb, war ein vages Unbehagen, das Ben irritierte, obwohl ihm sein Verstand zu erklären versuchte, dass es vermutlich eine rein körperliche Reaktion auf die Infraschallwellen der im Stand-by-Betrieb laufenden Waffe war.

»Und jetzt?«, fragte Ramanov.

»Jetzt warten wir«, sagte Tooth.

Und das taten sie.

Eine Minute.

Zwei.

Dann drei.

Und jede einzelne dehnte sich zu einer Ewigkeit.

Das Schlimmste waren die Schläge, die die Rückseite der Tür mit der unbarmherzigen Gleichmäßigkeit einer Maschine trafen. Wenn Ben bedachte, wie lange der Drachenmann gebraucht hatte, um die äußere, viel massivere Schleusentür einzubrechen, dann hielt die innere Tür erstaunlich lange – aber irgendwann *gab* sie nach, und als es passierte, geschah es trotz allem mit erschreckender Plötzlichkeit: Die Tür erbebte unter einem letzten, gewaltigen Schlag, zerbrach in zwei unterschiedlich große Hälften und kippte dann mit einem ohrenbetäubenden Bersten nach innen. Als die Stücke auf den Boden donnerten, erbebte die gesamte Station.

Niemand achtete darauf, denn in der gewaltsam geschaffenen Öffnung erschien ein Albtraum.

Er war riesig, geflügelt und krallen- und schnabelbewehrt, mit glotzenden gelben Augen ohne Pupillen, ein lebendig gewordener Nachtmahr, der kreischend und tentakelschwingend hereinbrach und dem eine Welle purer, körperlich spürbarer Gewalt vorauseilte, der nichts auf dieser Welt standhalten konnte.

Tooth feuerte seine Schallkanone ab und riss ihn in Stücke.

Es war das Entsetzlichste, was Ben jemals gesehen hatte.

Die Schallkanone stieß ein tiefes, in den Eingeweiden vibrierendes Brummen aus, und der Drachenmann *explodierte.*

Das hatte Ben erwartet. Genauer gesagt hatte er eine Wolke aus auseinander stiebenden Eissplittern und -trümmern erwartet, aber was er sah, war eine Woge aus Fleisch- und Knochenfetzen, Blut und zerrissener Haut, die in alle Richtungen zerspritzte und Wände, Boden und Decke besudelte; und vielleicht auch den einen oder anderen von Ramanovs Männern. Zwei oder drei von ihnen prallten angeekelt zurück, und einer der Männer fiel auf die Knie und übergab sich würgend. Jemand gab einen einzelnen Schuss ab, der allerdings nur harmlos in die Decke fuhr.

Der Einzige, der die Nerven bewahrte, war Tooth.

Er hielt den ebenso unsichtbaren wie lautlosen Infraschall-Strahl der Schallkanone geschlagene zwei oder drei Sekunden lang weiter auf die Stelle gerichtet, an der der Drachenmann gestanden hatte, selbst als von dem bizarren Ungeheuer nur noch ein blutiger Brei übrig war; und ein hauchdünner nass-rot schimmernder Film, der sich über Decke, Boden und Wände des Ganges (und über das eine oder andere Gesicht) gelegt hatte. Und dann schwenkte er die Waffe fast gelassen herum. Der unsichtbare Strahl blieb unsichtbar, aber seine Wirkung war dafür umso verheerender. Der blutbesudelte graue Kunststoff zerbarst wie unter einem titanischen Hammerschlag und regnete in einem Splitterhagel zu Boden, und selbst der stählerne Rahmen der Schleuse schien sich auf unheimliche Weise zu kräuseln wie ein Spiegelbild auf bisher unbewegtem Wasser, über das eine plötzliche Windböe fuhr. Für den winzigen Teil einer Sekunde erschien eine schimmernde weiße Gestalt unter der gewaltsam aufgebrochenen Tür und zersplitterte dann in einer Wolke aus brodelndem Weiß, als Tooth die Waffe direkt in die Schleusenkammer richtete. Ein tosendes Klirren und Bersten verschlang jeden anderen Laut, und die Schleusenkammer verwandelte sich in einen Vulkankrater, aus dem sich ein tödlicher Splitterregen in den Gang ergoss. Der Strahl der Schallkanone zertrümmerte alles, worauf er traf. Nicht einem der schrecklichen Eiskrieger gelang es, die Schleusenkammer zu verlassen. Hätte Tooth seine unheimliche Waffe nur wenige Minuten länger auf diese Art eingesetzt, der Kampf wäre vorüber gewesen, noch bevor er richtig begonnen hatte.

Aber natürlich funktionierte es nicht.

Der Angriff hörte so plötzlich auf, wie er losgebrochen war. Eine letzte blitzende Gestalt tauchte aus der Schleuse auf und wurde in Stücke gerissen, dann krachte der Strahl nur noch gegen die Wandverkleidung im Inneren der Schleusenkammer und zertrümmerte sie – für eine oder zwei Sekunden, bevor Tooth den Daumen vom Feuerknopf nahm und sich misstrauisch vorbeugte, um über den Rand seiner Waffe hinwegzuspähen. Es wurde geradezu unheimlich still. Das Einzige, was zu hören war, war das Heulen des Sturmes, das nun ungehindert durch die zerborstene Stahltür hereindrang.

Ben trat vorsichtig ein paar Schritte an der Schallkanone vorbei und zur Seite, um einen Blick nach draußen werfen zu können. Zunächst sah er kaum etwas. Es war nahezu stockdunkel unter dem riesigen Plastikzeltdach, und der eisige Wind, der ihm jetzt völlig ungehindert ins Gesicht blies, trieb ihm augenblicklich die Tränen in die Augen. Er war so kalt, dass er spüren konnte, wie sie auf seinen Wangen gefroren.

Dennoch gewöhnten sich seine Augen offensichtlich nach überraschend kurzer Zeit an die schlechten Lichtverhältnisse – er begann verschwommene Konturen und Umrisse wahrzunehmen und vielleicht die Andeutung von Bewegung, auch wenn er nicht sagen konnte, ob sie nur Ausgeburt seiner Fantasie war oder dem Sturm entsprang. Etwas Großes,

Schimmerndes tauchte in seinem eingeschränkten Sichtfeld auf und verschwand dann wieder, und ganz kurz glaubte er ein Aufblitzen von Farben zu sehen, war sich dessen aber noch weniger sicher.

»Sei bloß vorsichtig!«, warnte Tooth hinter ihm.

Als ob diese Warnung nötig gewesen wäre.

»Komm zurück, Ben!«, rief sein Vater.

Das war noch weniger nötig.

Ben reagierte auch nicht darauf, sondern machte mit klopfendem Herzen einen weiteren Schritt und fuhr sich mit dem Handrücken über das Gesicht, um sich die Tränen aus den Augen zu wischen, was es aber eher noch schlimmer zu machen schien. Dort draußen ... *bewegte* sich etwas, aber er konnte nicht erkennen, was es war. Vielleicht die Eiskrieger, vielleicht noch etwas anderes, Größeres. Wieder lief eine Welle aus pastellfarbenem Licht über das Eis und erlosch, bevor sein Blick sie richtig erfassen konnte, und etwas ... *kam.* Er spürte es.

»Kannst du was erkennen?«, fragte Tooth nervös.

Ben schüttelte den Kopf. Er strengte seine Augen so sehr an, dass sie zu schmerzen begannen, aber das Bild wollte einfach nicht klarer werden.

Und dann ...

Die beiden Eiskrieger erschienen so urplötzlich in der Schleuse, als wären sie buchstäblich aus dem Nichts aufgetaucht. Ben schrie vor Schreck auf und prallte zurück, und hinter ihm brüllte Tooth ebenfalls und noch sehr viel lauter und drückte auf den Auslöser seiner Waffe.

Diesmal war Ben dem unsichtbaren Strahl nahe genug, um ihn zu *spüren.* Ein unvorstellbar harter, dumpfer Schlag fuhr durch seinen rechten Arm, die Schulter und das rechte Bein, und jeder einzelne Nerv in seinem Körper schien in Flammen zu stehen. Der Schmerz war so gewaltig, dass er nicht einmal mehr schreien konnte, sondern es nur noch irgendwie schaffte, sich zur Seite zu drehen, bevor sein plötzlich kraftlos gewordenes Bein unter ihm nachgab und er zu Boden fiel. Die beiden Angreifer rasten heran, was sie unweigerlich in die Schusslinie der Schallkanone bringen musste, und hinter ihnen kamen weitere, torkelnde Gestalten, doch während Ben fiel, sah er etwas noch ungleich Schrecklicheres: Nur eine der beiden Gestalten bestand aus Eis. Die andere war ein Mann mit leerem Blick und zerrissenen Kleidern, den das Ungeheuer an Arm und Schultern gepackt hatte und wie ein willenloses Kind vor sich herschob.

»*Nein!*«, schrie er verzweifelt. »*Tooth! Nicht!*«

Übelkeit stieg in ihm hoch und für einen Moment wurde ihm vor Schmerz schwarz vor Augen, sodass er nicht sagen konnte, ob der Söldner auf seine Worte reagiert hatte oder nicht. Ein heller, splitternder Laut drang durch das Rauschen des Blutes in seinen Ohren, und dann waren da plötzlich mehr entsetzte Schreie, und es fielen auch wieder Schüsse, von denen zumindest einer unangenehm nahe neben ihm in den Boden fuhr.

Als sich Übelkeit und Schmerz wenigstens so weit wieder gelegt hatten, dass er es wagte, die Augen zu öffnen, hatte sich der graue Gang endgültig in ein Tollhaus verwandelt. Von den Eiskriegern war nichts mehr zu sehen, aber der hilflose Matrose, den sie als lebenden Schutzschild vor sich gehalten hatten, lag mit weit ausgebreiteten Armen auf dem Boden. Immerhin lebte noch, aber er zitterte am ganzen Leib und blutete aus Mund, Nase und Ohren. Gut die Hälfte von Ramanovs Aushilfsarmee hatte die Waffen fallen gelassen und war kopflos davongestürmt, und die, die geblieben waren, stellten für sich eine fast ebenso große Gefahr da wie die Angreifer. Zwei oder drei von ihnen hatten tatsächlich ihre Waffen gehoben, aber keiner schoss, und Ben konnte das gut verstehen – bei weitem nicht alle der Gestalten, die plötzlich die Schleusenkammer füllten und nur deshalb noch nicht in voller Stärke hereingekommen waren, weil sie sich in ihrer Hast gegenseitig behinderten, waren Eiskrieger. Bei den anderen handelte es sich um Menschen, die die unheimlichen Kreaturen als lebende Schutzschilde benutzten: Besatzungsmitglieder und Passagiere der *Princess*, Männer und Frauen. Die meisten boten einen durch und durch erbarmungswürdigen Anblick und schienen kaum noch die Kraft zu haben, sich auf den Beinen zu halten, sodass sie von den Eiskriegern mehr geschoben und mitgeschleift wurden, als sie aus eigener Kraft gingen, aber mehr war auch nicht notwendig. Die ersten drei oder vier Eiskreaturen hatten die Schleusenkammer gerade durchschritten und ließen ihre lebendigen Schutzschilde los, um sich unverzüglich auf ihre Gegner zu stürzen.

Ben begriff zu spät, dass er möglicherweise einer dieser Gegner war.

Er lag noch immer hilflos am Boden. Sein rechter Arm und das Bein taten so grässlich weh, dass er ein leises Wimmern nichts mehr ganz unterdrücken konnte, und jeder einzelne Herzschlag jagte neue Wellen von pulsierender Qual durch seinen Körper. Er schmeckte Blut, und sein

Kopf fühlte sich an, als wollte er jeden Moment einfach explodieren. Er konnte auch nicht mehr richtig sehen. Alles verschwamm vor seinen Augen, und der Gang schien plötzlich voller grauer Nebelschwaden zu sein.

Trotzdem erkannte er den riesigen Eiskrieger, der mit einem Mal vor ihm in der Schleusentür auftauchte und sich unverzüglich auf ihn stürzte. Vage ähnelte er dem Matrosen, den Harry damals vor seiner Kabine niedergeschlagen hatte, wirkte aber zugleich auch hundertfach gefährlicher und bösartiger. Seine gewaltigen Pranken grabschten nach ihm, um ihn zu töten oder ihn – schlimmer noch – vielleicht in ein ebensolches Ungeheuer zu verwandeln. Ben krümmte sich innerlich vor Entsetzen und versuchte mit der puren Kraft der Verzweiflung, sich hochzustemmen oder wenigstens zur Seite zu werfen, aber sein Körper gehorchte ihm nicht mehr.

Ein einzelner Schuss fiel, und der Eiskrieger zerbarst wie von einem gewaltigen Hammerschlag getroffen.

Einem zweiten, der hinter ihm hereinstürmte, erging es nicht besser, und dann wurde irgendwo hinter ihm ein dumpfes, in den Zähnen schmerzendes Brummen laut, als Tooth abermals seine Schallkanone abfeuerte.

Ben schrie in purem Entsetzen auf. Der Söldner musste den Verstand verloren haben! Die ultratiefen Schallwellen seiner Waffe mussten die unschuldigen Menschen, die die Ungeheuer als Schutzschilde benutzten, ebenso töten wie die Angreifer selbst!

Aber Tooth hatte seine Taktik geändert. Der Strahl hämmerte einen halben Meter neben der Tür in das, was von der Kunststoffverkleidung der Wand noch übrig geblieben war, und zerbröselte es endgültig zu feinem grauem Staub, wanderte weiter, schlug Dellen in den Stahl des Rahmens und erwischte einen der schrecklichen Angreifer voll; einen zweiten Eiskrieger streifte er offensichtlich nur, doch schon diese flüchtige Berührung reichte aus, den linken Arm und die Schulter der Kreatur wegzusprengen und sie haltlos nach hinten und gegen zwei weitere Angreifer zu schleudern, die sie mit sich zu Boden riss.

Dann erlosch der Strahl.

Die beiden Männer, die ihnen als Schild gedient hatten, taumelten noch ein paar Schritte vorwärts und stürzten dann wie Marionetten, deren Fäden zerschnitten worden waren. Eine grauhaarige Gestalt in einem weißen Kittel sprang plötzlich vor und ergriff einen der Gestürzten mit einer Hand an Kragen, um ihn hastig aus der Schusslinie zu zerren, mit der anderen richtete sie eine stupsnasige Maschinenpistole in die Schleusenkammer und erledigte einen weiteren Angreifer. Dr. Vatec. Hinter ihr hoben jetzt endlich auch zwei oder drei andere die Waffen, mit denen Ramanov und Tooth sie ausgerüstet hatten, und eröffneten das Feuer, und auch Tooth hatte den Daumen offensichtlich wieder vom Feuerknopf der Schallkanone genommen und schoss mit einer Pistole; einhändig und scheinbar ohne wirklich zu zielen, aber dennoch mit erstaunlicher Treffsicherheit. Jeder seiner Schüsse streckte einen der Gegner nieder, ohne seinen lebenden Schutzschild zu verletzen. Für einen Moment sah es tatsächlich so aus, als könnten sie den ungleichen Kampf doch noch gewinnen.

Aber nur für einen Moment.

Ben spürte, wie das Leben kribbelnd (und von noch mehr Schmerzen begleitet) in seine Glieder zurückkehrte, biss stöhnend die Zähne zusammen und stemmte sich auf Hände und Knie hoch, um von der Schleuse wegzukriechen. Vielleicht hätten seine Kräfte nicht einmal mehr dafür gereicht, doch nach ein paar Sekunden packte ihn jemand an den Schultern und schleifte ihn weg. Erst als sie hinter Tooths improvisierter Geschützlafette angekommen waren, erkannte er, dass es seine Mutter war.

»Bleib liegen!«, herrschte sie ihn an, als er Anstalten machte, sich mit zusammengebissenen Zähnen aufzurappeln. Obwohl sie wissen musste, wie weh sie ihm damit tat, drehte sie ihn grob auf den Rücken, fiel neben ihm auf die Knie und zog seine Augenlider hoch, um ihm aufmerksam in die Pupillen zu blicken. Mehr und hektischere Schüsse fielen, und für zwei oder drei Sekunden wurde auch wieder das Brummen der Infraschallkanone laut, gefolgt vom Geräusch berstenden Eises, einem gellenden Schrei und der ungehemmt fluchenden Stimme des Söldners.

»Wie fühlst du dich?«, fragte seine Mutter. »Wo hast du Schmerzen? Ist dir übel?«

»Ja«, würgte Ben mühsam hervor. Sein Kopf fühlte sich immer noch an, als wollte er im nächsten Moment explodieren, und die Übelkeit, die er für kurze Zeit vergessen hatte, bedankte sich für die Erinnerung, indem sie nun umso heftiger in seinen Eingeweiden wühlte. Ben musste sich mit aller Kraft zusammenreißen, um sich nicht zu übergeben. Er spürte, wie warmes Blut aus seiner Nase und seinem rechten Ohr lief, und seine Mutter musste nicht sagen, was sie von dieser Beobachtung hielt; was er in ihrem Gesicht las, war eigentlich schon mehr, als er wissen wollte.

»Dieser verdammte Irre! Dafür wird er bezahlen, das schwöre ich!«

Ben kämpfte Schmerz und Übelkeit nieder, so gut er es konnte, stemmte sich nun doch auf die Ellbogen hoch und versuchte an seiner Mutter vorbei einen Blick auf die Schleuse zu werfen, und was er sah, ließ ihn daran zweifeln, dass sie noch Gelegenheit bekommen würde, Tooth für das zur Verantwortung zu ziehen, was er ihm ihrer Meinung nach angetan hatte.

Vatec – zu seinem nicht geringen Erstaunen tatkräftig unterstützt von Dr. van Staaten, die die Waffe, die Tooth ihr zugeworfen hatte, so geschickt und selbstverständlich handhabte wie ihr Skalpell oder ein Stethoskop – war es mittlerweile gelungen, nicht nur sämtliche menschliche Geiseln aus der Schusslinie zu ziehen, sondern so etwas wie einen Widerstand zu organisieren. Die vier oder fünf Männer, die noch bei den Wissenschaftlerinnen waren, hatten sich ein gutes Stück zurückgezogen, benutzten ihre Waffen aber nur mit erstaunlicher Effektivität. Die Eiskrieger fielen jetzt nahezu so schnell, wie sie durch die aufgebrochene Schleusentür hereinstürmten ... aber eben nur *nahezu*. Die Feinde zerrten jetzt keine Menschen mehr mit sich, aber sie kannten weder Furcht noch Zögern, und ihre Zahl schien buchstäblich unerschöpflich zu sein. Immer mehr und mehr der bizarren Kreaturen drängten herein. Die meisten wandten sich van Staaten und deren Kampfgefährten zu, aber etliche versuchten auch sich auf Tooth zu stürzen.

Der Söldner gab kurze, auf den Rand der Schleusenkammer gezielte Schüsse ab, von denen jeder einzelne zwei oder drei Eiskrieger in Stücke zerbersten ließ. Aber es war, als versuche er einen Schneesturm mit bloßen Händen aufzuhalten. Für jedes Ungeheuer, das er erledigte, tauchten mindestens zwei neue auf, und es war nur eine Frage der Zeit, bis das erste über ihm war.

Von *sehr wenig* Zeit.

Tooth feuerte jetzt abwechselnd mit seiner Schallkanone und der Pistole, und auch auf der anderen Seite der Tür fielen jetzt immer mehr und schnellere Schüsse, aber Ben hörte auch Schreie. Er versuchte zu erkennen, was dort drüben geschah, sah jedoch nichts außer weißem Chaos, und plötzlich sprang eine der Kreaturen mit einem erstaunlich behänden Satz auf die Palette und streckte ihre schrecklichen Klauen nach Tooth aus. Der Söldner schoss ihr aus unmittelbarer Nähe in die Brust. Genauer gesagt er versuchte es, doch seine Waffe gab nur ein leises metallisches Klicken von sich, das Ben trotz des Höllenlärms der Schlacht so laut wie einen Kanonenschuss zu hören meinte. Das Magazin der Pistole war leer.

Tooth zerschmetterte den Schädel des Monstrums mit einem einzigen Hieb seines Pistolenlaufs. Es kippte lautlos nach hinten und zerbarst auf dem Boden, und Tooth rammte im Bruchteil einer Sekunde ein neues Magazin in den Griff seiner Waffe; gleichzeitig schlug er mit dem Ellbogen auf den Feuerknopf der Schallkanone, und der Eiskrieger, der gerade versuchte über die rechteckige *Satellitenschüssel* zu klettern, bestand plötzlich nur noch aus Kopf, Schultern und Armen und einer Wolke aus Eisstaub, die in alle Richtungen auseinander trieb. Der unsichtbare Strahl tobte weiter, fuhr wie eine Sense unter die Eismonster auf der anderen Seite der Schleuse und verschaffte den Verteidigern eine letzte kurze Atempause; abgesehen von Vatec vielleicht, die ihre Waffe fallen ließ, auf die Knie sank und mit beiden Händen das Blut zurückzuhalten versuchte, das ihr plötzlich aus Mund, Nase und Ohren schoss.

Und damit war es endgültig vorbei.

Van Staaten gab noch einen abgehackten Feuerstoß aus ihrer MPi ab und ging dann mit einem spitzen Schrei zu Boden, als sich gleich drei Eiskrieger auf sie warfen. Und auch Tooth kam nicht mehr dazu, seine Waffe zu benutzen. Der verhinderte Luis Trenker vor ihm bestand zwar nur noch aus Kopf, Schultern und Armen, griff aber trotzdem blitzschnell nach oben und entrang ihm die Pistole. Praktisch gleichzeitig warf sich ein zweites weißes Ungeheuer mit solcher Wucht auf ihn, dass der Söldner mitsamt seinem Bürostuhls rücklings von der Palette geschleudert wurde und schwer zu Boden fiel.

Ben registrierte ein grellweißes Aufblitzen über und hinter seiner Mutter und versuchte noch, einen warnenden Schrei auszustoßen, aber es war zu spät. Eine gewaltige dreifingrige Klaue senkte sich auf ihre Schulter und riss sie mit unbarmherziger Kraft in die Höhe und davon, und eine zweite, noch riesigere Pranke grabschte nach seinem Gesicht und zersplitterte auf dem Boden, als er im letzten Moment den Kopf herumwarf.

Die schiere Todesangst – nein, die *Gewissheit* seines bevorstehenden

Todes – brach den Bann. Ben zog verzweifelt die Knie an den Leib und trat mit aller Gewalt zu. Seine Kraft reichte nicht, um das Ungeheuer ganz davonzuschleudern, aber der Eiskrieger torkelte zwei oder drei Schritte weit zurück, und das reichte ihm, um sich auf Hände und Knie herumzuwälzen und hastig ein Stück weit davonzukriechen. Aus irgendeinem Grund hatte der Eiskrieger plötzlich jedes Interesse an ihm verloren und verzichtete darauf, ihm nachzusetzen, aber überall um ihn herum wurde gekämpft. Irgendwo vor ihm lag Tooths Pistole, vielleicht sogar nahe genug, um sie mit einer beherzten Bewegung zu erreichen, doch er versuchte es nicht einmal. Wozu? Es war vorbei. Diesmal unwiderruflich.

Ein dumpfes Krachen erschütterte den Gang. Ein orangefarbener, sonderbar lang anhaltender Blitz flackerte über ihn hinweg und erlosch nur zögernd, und plötzlich erfüllte ein durchdringender, irgendwie chemischer Geruch die Luft. Ben wälzte sich mühsam auf den Rücken und hob schützend die Hand vor die Augen, als sich die Schleusenkammer in einen grellweiß lodernden Glutofen verwandelte, aus dem Flammen und halb zerschmolzene weiße Gestalten stürzten.

Ben spürte, wie ihm endgültig die Sinne zu schwinden begannen. Das unwiderruflich Letzte, was er für die nächste halbe Stunde sah, war Tahia, die aus der Schleusentür stürmte und die lodernde Mündung ihres Flammenwerfers von rechts nach links schwenkte.

18

DER HIMMEL WAR NICHT SCHWARZ, sondern grau; wenn auch von einem Grau, wie er es noch nie zuvor im Leben gesehen hatte: eine staubige, raue Farbe, die einem beim bloßen Hinsehen das Atmen schwer machte und an Dinge erinnerte, die besser vergessen blieben. Sie bildete Schlieren und vergängliche Umrisse am Himmel, Grauen erregende Formen, die stets dann wieder auseinander trieben, wenn sie gerade Gestalt anzunehmen drohten. Dinge, deren bloßer Anblick töten konnte. Etwas sickerte aus dem grauen Wogen und Fließen am Himmel in seinen Geist und begann ihn zu vergiften; ein unhörbares düsteres Flüstern in einer Sprache, die älter war als die Welt; vielleicht älter als die Sterne.

Ben riss sich mühsam von dem tief hängenden grauen Himmel los, und das Wissen in seinen Gedanken erlosch. Aber der Anblick, der sich ihm bot, als er nach unten sah, war auch nicht viel erfreulicher.

Er stand am Rand einer Klippe aus schwarzem Fels, die Hunderte und Aberhunderte Meter weit lotrecht in einen ebenfalls schwarzen Ozean stürzte, der aussah, als wäre auch er aus schwarzem Stein gemeißelt. Das Wasser schluckte das Licht der unsichtbaren Sonne, statt es zu reflektieren, und die schmutzig grauen Schaumkronen rührten sich nicht und wirkten wie von ätzender Säure hineingefressen. Trotzdem bewegte sich etwas in diesem Ozean aus erstarrter Nacht: Weit draußen, dem Horizont näher als der Küste, glitt ein zyklopischer Schatten unter dem Meer dahin, ein Riese mit träge schlagenden Tentakeln und glotzenden Augen, groß genug, um ein Schiff zu verschlingen, und alt. Uralt. Und böse.

»Er ist jetzt fast da«, sagte Sasha. Sie stand nur einen halben Schritt neben ihm, dem lockenden Abgrund noch ein gutes Stück näher als er, und sah ihn nicht an, während sie sprach. Der Wind, der einen sachten, aber unangenehmen Geruch wie nach brennendem Stein und verfaulendem Wasser mit sich trug, spielte mit ihrem Haar und bauschte ihren Mantel, ein Anblick der so künstlich und inszeniert aussah, dass er ihm unter allen anderen denkbaren Umständen lächerlich vorgekommen wäre.

Jetzt schnürte er ihm schier die Kehle zu.

Warum konnte er sie nur hier so sehen, in dieser falschen, für ihn auf immer unerreichbaren Welt, die bloß in seinen Träumen existierte; und vielleicht nicht einmal dort wirklich?

»Nicht mehr lange«, fuhr sie fort, als er nicht antwortete. »Noch zwei Tage oder drei, dann ist er hier. Und dann geht es zu Ende.«

Ihre Worte jagten Ben einen eisigen Schauer über den Rücken; womöglich, weil er ganz genau wusste, was sie bedeuteten, auch wenn er sich beharrlich weigerte, dieses Wissen Gestalt werden zu lassen. Trotzdem fragte er: »Wen meinst du mit *er?*«

»Nyarlathotep.« Sasha deutete auf den zyklopischen Schatten im Wasser. »Der Verheerer.«

Täuschte er sich oder war der schweigende Gigant näher gekommen? Vielleicht lag es auch nur an dieser unheimlichen Scheinrealität, die ihren eigenen, nicht logischen Regeln gehorchte, dass er den Koloss nun deutlicher erkannte: ein Titan, der vage an einen Kraken erinnerte, so groß wie die *Princess* und von nichts anderem als dem Willen, zu zerstören, beseelt, ein uraltes, schreckliches *Ding*, dessen bloße Existenz dem Universum ins Gesicht schlug. Schon bei dem Gedanken, dass es ihn *gab*, wurde ihm übel.

Dennoch zwang er sich, den sinistren Schatten weiter anzusehen. Er war nicht näher gekommen, das begriff er jetzt. Er erkannte ihn deutlicher, weil er präsenter geworden war, wirklicher. »Nyarlathotep«, wiederholte er, wobei ihm das Wort nicht annähernd so glatt über die Lippen kam wie Sasha. Er brauchte all seine Willenskraft, um überhaupt weitersprechen zu können.

»Ist das hier … ihre Welt?«, fragte er mühsam. »So wie sie einmal war?«

Sasha antwortete nicht gleich, sondern trat einen halben Schritt vom Abgrund zurück und wandte sich dann ganz zu ihm um. Ein trauriges Lächeln huschte über ihr porzellangleiches Gesicht und erlosch wieder.

»Ihre Welt?« Sie schüttelte den Kopf. »Ja. Aber nicht so, wie sie war. So wie sie sein wird, wenn sie ihre Herrschaft wieder angetreten haben. Bald.«

Es dauerte einen Moment, bis Ben begriff, was sie meinte.

Schaudernd sah er sich um. Die Klippe, auf der sie standen, setzte sich hinter ihnen endlos weit fort, bis auch sie mit dem Horizont verschmolz. Fast hätte man sie mit dem lichtfressenden Ozean auf der anderen Seite verwechseln können, nur dass *diese* Ebene tatsächlich aus schwarzem Stein bestand, eine tote Einöde aus zertrümmertem Stein. Wenn es hier jemals etwas Lebendes gegeben hatte, dann war es vor einer Ewigkeit vergangen.

»Du meinst, das … das ist das, was sie aus unserer Welt machen?«, murmelte er.

»Sie haben schon angefangen. Schon vor langer Zeit. Aber es wird schlimmer.«

Bens Blick tastete immer verzweifelter über den zu Stein gewordenen Albtraum, der sich hinter ihnen erstreckte, suchte nach irgendetwas, was die schreckliche Monotonie unterbrach, irgendeinem Anzeichen von *Leben.*

Aber da war nichts.

Wäre er wirklich hier gewesen und nicht nur im Traum, hätte er nicht einmal die Luft atmen können.

»Warum?«, flüsterte er fast mehr zu sich gewandt als an Sasha. »Warum tun sie uns das an?«

»Weil es ihre Welt ist. Sie wollen sie wiederhaben.« Sie lächelte matt. »Würdest du anders handeln an ihrer Stelle?«

Zuerst schockierte die Frage Ben geradezu. Wieso *verteidigte* Sasha diese Ungeheuer, ausgerechnet *sie*, die so viel mehr über diese Kreaturen und ihre Absichten und Pläne wusste als jeder andere Mensch – und nach allem, was sie ihr angetan hatten?

Aber seine Empörung hielt nicht einmal so lange an, wie er gebraucht hätte, sie in Worte zu kleiden, bevor sie ins Gegenteil umschlug und dann fast zu etwas wie Scham wurde. Natürlich hatte Sasha Recht und natürlich hatte sie sie *nicht* verteidigt, sondern nur versucht, sie ihn *verstehen* zu lassen. Diese uralten Kreaturen waren nicht verdammenswert, weil sie weder Mitleid noch Erbarmen kannten. Diese Gefühle gehörten nicht zu ihrer Art zu denken, so wenig wie irgendein anderes menschliches Gefühl. Zwischen ihm und dem schweigenden Koloss dort draußen lagen nicht nur zweitausend Millionen Jahre und Untergang und Wiedergeburt einer ganzen Welt, sondern mehr, unendlich viel mehr; eine Barriere, die keine Macht des Universums, nicht einmal Gott selbst, jemals überwinden konnte. Und so unmöglich es für ihn und jeden anderen Menschen auf der Welt war, mit diesen Geschöpfen zu reden oder ihre Beweggründe nachzuvollziehen, so wenig möglich war es, mit ihnen zu verhandeln; oder gar auf Erbarmen zu hoffen. Sasha appellierte nicht an sein Verständnis für die *Alten*, sondern an sein *Verstehen.*

»Nein«, sagte er nur.

»Sie können nicht anders. Sie wollen dasselbe wie wir: leben. Aber auf dieser Welt ist kein Platz für sie und uns.«

Abermals sah Ben sich schaudernd um. Tief in sich spürte er mit absoluter Gewissheit, dass Sasha die Wahrheit sagte und das hier tatsächlich die Erde einer fernen Zukunft war und nicht die einer noch viel ferneren Vergangenheit – aber alles in ihm weigerte sich einfach, diesem Gedanken Wahrhaftigkeit zuzubilligen. Nichts lebte hier mehr. Nichts existierte hier mehr außer diesem schwarzen Meer und der endlosen schwarzen Ebene. Er war nicht einmal sicher, ob es hinter den grauen Wolken am Himmel noch eine Sonne gab.

»Wie?«, fragte er mühsam.

Sasha antwortete nicht gleich, sondern wandte sich wieder um und sah auf den erstarrten Ozean hinaus. »Ich weiß es nicht. Das hier ist nur, wie es sein könnte. Wie es sein wird, wenn wir sie nicht aufhalten.«

»Du meinst, sie werden uns vernichten?«

»Wenn wir zulassen, dass sie erwachen?« Sie nickte. »Sie würden uns hinwegfegen, Ben, so mühelos, wie ein Kind eine Ameise zertritt. Vielleicht bringen sie uns auch dazu, es selbst zu tun. Aber es wird geschehen, wenn sie erwachen.«

Es gab so viel, was er darauf erwidern konnte, so viele Fragen, die er stellen wollte … aber er schwieg. Sasha hatte alles gesagt, was man mit Worten sagen konnte. Stattdessen streckte er fast zu seiner eigenen Überraschung die Hand aus, zog sie zu sich heran und schloss sie in die Arme. Ohne selbst sagen zu können, warum, war er fest davon überzeugt, dass sie sich wehren und seiner Umarmung entziehen würde, aber das genaue Gegenteil war der Fall. Tatsächlich erschauerte sie spürbar unter seiner Berührung, aber statt sich ihm zu entziehen, umarmte sie ihn plötzlich ebenfalls und schmiegte sich eng an ihn. Ihre Wärme durchströmte ihn wie ein prickelnder, elektrischer Fluss. Der süße Duft ihres Haares stieg ihm in die Nase.

»Komm mit mir«, flüsterte er.

»Das kann ich nicht.« Mit – sehr – sanfter Gewalt löste sie sich nun doch aus seiner Umarmung, trat jedoch nur gerade weit genug von ihm zurück, um ihm ins Gesicht sehen zu können. Ihre Augen schimmerten feucht, und der Schmerz, den er darin las, war wahrscheinlich größer als jeder, den er bisher darin erblickt hatte. Der Anblick schnürte ihm die Kehle zu, umso mehr, als er begriff, dass *er* es diesmal gewesen war, der ihr diesen Schmerz zugefügt hatte.

»Warum nicht?« Abermals wollte er sie in die Arme schließen, doch diesmal entzog sie sich seinem Griff sofort und wich weiter vor ihm zurück, bis sie dem Abgrund so gefährlich nahe war, dass er es nicht wagte, sich auch nur einen Millimeter in ihre Richtung zu bewegen. Lange Zeit stand sie nur da und sah ihn an, bevor sie sich wieder herumdrehte und auf das Meer hinausschaute.

Noch mehr Zeit verging. Irgendwann hob sie schließlich den Arm und deutete auf den titanischen Schatten im Wasser. »Ich gehöre ihm. Solange er lebt, kann ich seine Welt nicht verlassen.«

»Dann bleibe ich hier.« Im ersten Moment schien ihm dies als durchaus realistische Möglichkeit; schon weil es vielleicht die einzige war, um bei ihr zu bleiben.

»Das geht nicht. Du bist schon zu lange hier. Du musst gehen!« Obwohl sie weiter auf das Meer und den gemächlich herantreibenden Koloss blickte und er ihr Gesicht nicht sehen konnte, wusste er, dass nun Tränen über ihre Wangen liefen. Der bittere Kloß in seinem Hals wurde größer, aber ihre Worte weckten auch seinen Trotz.

»Warum hast du mich dann gerufen?«

»Vielleicht, weil ...« Ihre Stimme versagte und sie musste neu ansetzen. »Vielleicht, weil es das letzte Mal sein könnte, dass wir uns sehen.« Sie hob die Hand, um sich über das Gesicht zu fahren, und obwohl sie sich noch immer nicht zu ihm herumdrehte, wusste er, dass sie es tat, um die Tränen fortzuwischen. »Und ich brauche deine Hilfe.«

»Wobei?«

Wieder verstrichen endlose Sekunden, gerade genug, dass er sich beinahe gefragt hätte, ob sie seine Frage überhaupt gehört hatte, doch dann drehte sie sich herum und deutete auf die Ebene hinter ihm. Als Bens Blick der Bewegung folgte, sah er, dass sie nicht mehr allein waren. Es gab doch noch weiteres Leben in dieser Albtraumwelt: eine einsame Gestalt in einem zerschlissenen weißen Anzug, die irgendwo auf halber Strecke zwischen ihnen und dem Horizont aufgetaucht war. Sie näherte sich schnell, obwohl sie mit schleppenden Schritten ging, und auch wenn sie noch viel zu weit entfernt war, um ihr Gesicht erkennen zu können, wusste Ben ohne jeden Zweifel, dass es Schulz war.

»Dein Vater?«

»Du musst ihn mit zurücknehmen. Er würde viel zu lange brauchen, um den Weg aus eigener Kraft zu bewältigen. Willst du das für mich tun?«

»Aber ... warum ich? Was ist an mir so Besonderes?« Dann fiel ihm etwas ein und er beantwortete seine Frage – plötzlich aufgeregt – selbst: »Wenn ich das kann, dann kann ich auch dich mit zurücknehmen, habe ich Recht? Du musst es mir nur erlauben.«

»Nein«, antwortete Sasha traurig. »Das kannst du nicht. Und ich kann es auch nicht. Sie schnitt seinen Widerspruch mit einer sanften Handbewegung ab. »Du musst dich beeilen, Ben. Nyarlathotep wird dich töten, wenn er dich hier antrifft, oder dir Schlimmeres antun. Bring ihn zurück. Womöglich kann er euch helfen. Ich kann es nicht mehr.«

Ben wollte widersprechen, doch Sasha hinderte ihn daran, indem sie sich auf die Zehenspitzen stellte und ihn auf den Mund küsste; nur ganz kurz, beinahe flüchtig, und es war auch nichts Forderndes und Verlangendes in diesem Kuss, kein Versprechen, sondern nur Wärme und Trauer, und noch bevor sich ihre Lippen wieder voneinander lösten und sie abermals einen Schritt zurück tat, wusste er, dass es ein Abschiedskuss war.

»Bitte …«, flüsterte er. Seine Augen wurden warm und brannten.

»Ihr müsst jetzt gehen. Schnell! Er weiß, dass du da bist!«

Ben wagte es jetzt nicht mehr, sich zum Meer herumzudrehen, aber er spürte, dass sie Recht hatte. Der Titan war näher gekommen, und so wie Ben seine Nähe spürte, fühlte das Ungeheuer seine Anwesenheit. Es kam, schnell, unaufhaltsam und unendlich *böse*. Rasch drehte er sich zu Schulz herum, stellte ohne Überraschung fest, dass er nahezu heran war, und streckte die Hand nach ihm aus.

19

DIESMAL WAR ES GENAU UMGEKEHRT. Ben erwachte zwar mit der deutlichen Erinnerung an den zurückliegenden Traum, aber *er* war es, der auf dem Rücken lag und sich mühsam in das zurückkämpfte, was die meisten anderen für die Wirklichkeit hielten, und Sasha, die neben ihm wachte und seine Hand hielt. Vielleicht hatte sie es sich im letzten Augenblick anders überlegt. Vielleicht hatte ihre Furcht vor dem herantobenden Ungeheuer am Ende die Oberhand gewonnen oder ihre Liebe zu ihm, und sie hatte ihm doch gestattet sie mitzunehmen oder war ihm aus eigener Kraft gefolgt oder – Ben fuhr mit einem so heftigen Ruck hoch, dass die schmale Campingliege ein protestierendes Quietschen von sich gab und bedrohlich ins Wanken geriet, und im nächsten Augenblick hätte er vor Enttäuschung beinahe laut aufgeschrien.

Sasha saß auf einem Stuhl neben seinem Bett, sie hielt seine Hand, und sie sah auf ihn herab und lächelte.

Aber ihre Augen waren leer. Als er die Beine von der Liege schwang und sich vollends hochstemmte, blieb ihr Blick auf die Stelle gerichtet, an der sein Kopf gelegen hatte, und sie lächelte jetzt das zerknautschte Kissen an. Das Gefühl der Enttäuschung, das sich in ihm ausbreitete, tat fast körperlich weh.

Dennoch suchte er noch einige weitere Sekunden fast verzweifelt in ihren Augen nach einem Rest von dem, was er gerade in jener anderen Welt gesehen hatte.

Aber da war nichts. »Sasha?«, murmelte er.

»Sie wird dir nicht antworten. Ich dachte, du wüsstest das.«

Ben fuhr noch einmal und noch erschrockener herum und registrierte erst jetzt, dass Sasha und er nicht allein waren, und sein Vater fuhr mit einem verlegenen Schulterzucken und einem noch verlegeneren Lächeln fort: »Tut mir leid. Ich dachte, du hättest sie gerne bei dir, wenn du aufwachst. Mein Fehler. Entschuldige.«

Ben wollte wütend auffahren. So wie sein Vater über Sasha sprach, hörte es sich an, als rede er über eine Sache, nicht über einen Menschen – und schon gar nicht über Sasha! –, aber dann sah er in sein Gesicht und erkannte, dass er es ehrlich meinte. »Schon gut«, brummte er.

»Sie ist völlig in Ordnung, keine Sorge«, sagte sein Vater hastig, so als hätte er plötzlich das Bedürfnis, sich zu verteidigen. »Ich glaube sogar, dass sie …« Er suchte einen Herzschlag lang nach Worten und hob schließlich die Schultern. »… irgendwie *wacher* geworden ist. Aber vielleicht täusche ich mich auch.« Er atmete hörbar ein. »Geht es dir gut?«

Nun, das ging es ganz gewiss nicht, doch Ben nickte trotzdem; eindeutig zu heftig, denn zwischen seinen Schläfen explodierte ein so grausamer Schmerz, dass er die Zähne zusammenbeißen musste und ihm prompt übel wurde. Er schmeckte Blut, wusste im gleichen Augenblick aber auch, dass dieser Geschmack nicht neu war; er war die ganze Zeit über in seinem Mund gewesen, nur hatte er ihn bisher nicht bemerkt.

»Ja, das dachte ich mir«, sagte sein Vater. »Ist dir schwindelig? Tinnitus? Zittern die Hände?«

»Ich dachte, du bist der Gehirnklempner.«

»Ja, und es könnte durchaus sein, dass du einen Hirnschaden davongetragen hast. Ich meine das ernst. Weißt du eigentlich, was Schallwellen einem menschlichen Körper antun können? Und vor allem seinem Gehirn?«

»Besser als du, fürchte ich«, stöhnte Ben. Seine Kopfschmerzen erreichten einen neuen Höhepunkt und ebbten dann genauso rasch wieder ab, wie sie gekommen waren, aber der widerwärtige Geschmack in seinem Mund und das flaue Gefühl im Magen blieben.

»Doktor van Staaten wird dich später noch genauer untersuchen, doch bis dahin ist es besser, wenn du liegen bleibst und dich möglichst wenig bewegst. Es sei denn, du hast Spaß an Kopfschmerzen und möchtest sie noch ein paar Tage behalten.«

Ben fand seinen Ton ziemlich unangemessen; was aber nichts daran änderte, dass er vermutlich Recht hatte. Streng genommen war es ein Wunder, dass er überhaupt noch lebte – wenigstens wenn er seinen Erinnerungen trauen konnte. »Im Moment hat sie genug anderes zu tun«, vermutete er, während er dem Rat seines Vaters folgte und sich wieder setzte. »Wie lange war ich weggetreten?«

»Nicht lange. Ungefähr eine halbe Stunde.«

»Dann nehme ich an, wir haben gewonnen.«

»Ganz so würde ich es nicht ausdrücken«, antwortete sein Vater. »Eher ein Unentschieden für uns.«

»So schlimm?«

»Ohne Harry und die beiden anderen würden wir dieses Gespräch jetzt wahrscheinlich nicht führen.« Sein Vater kam näher, sah sich vergebens nach einer Sitzgelegenheit in dem winzigen Raum um und kehrte zu seinem Platz neben der Tür zurück, um sich mit verschränkten Armen gegen die Wand zu lehnen. »Ein paar Augenblicke später und sie hätten uns überrannt. Aber es war auch so schlimm genug.«

»Wo sind sie so plötzlich hergekommen?«

Sein Vater schwieg kurz, als müsse er ernsthaft über die Antwort auf diese Frage nachdenken – was ganz bestimmt nicht der Fall war. »Sie haben sich zum anderen Ende der Höhle durchgeschlagen und sind dann über das Eis zurückgekommen. Jedenfalls behaupten sie das.«

»Behaupten?«

Abermals hob sein Vater die Schultern. »Es sind gut und gerne zwei Kilometer. Bei minus vierzig oder fünfzig Grad und in der Mutter aller Stürme – und noch dazu waren sie nicht unbedingt passend gekleidet.«

»Du glaubst ihnen nicht?«

»Dieser Harry ist ein harter Bursche. Ich würde dort draußen vermutlich keine fünf Minuten überleben, doch das bedeutet vermutlich nichts.«

»Vermutlich«, antwortete Ben. Sein Vater sagte nichts dazu, aber er bedachte ihn mit einem Blick, der keinen Zweifel daran ließ, dass er eine andere Antwort erwartet hatte.

»Und wie sieht es hier aus?«, fragte Ben; hauptsächlich um das Thema zu wechseln.

»Wie gesagt – sie haben uns gerettet«, antwortete sein Vater, indem er seinem Blick auswich. »Aber es ist schlimm genug. Es gab zwei Tote und ein halbes Dutzend Verletzte. Du hast Recht: Doktor van Staaten hat alle Hände voll zu tun.«

»Du kannst sie ruhig weiter Heidi nennen.«

Sein Vater überging die Bemerkung zwar, wirkte jedoch ein bisschen verletzt, und Ben fühlte sich nicht nur ziemlich mies, sondern fragte sich auch vergebens, warum er das gesagt hatte. »Zwei der Passagiere, die sie mitgebracht haben, haben es nicht geschafft, und zwei oder drei andere sind in ziemlich ernstem Zustand. Aber das spielt jetzt keine Rolle. Die Hauptsache ist, du bist in Ordnung.«

»Und Mutter.«

Sein Vater wich seinem Blick aus.

»Was ist mir ihr? Ist sie –?«

»Ich weiß es nicht«, fiel ihm sein Vater ins Wort. »Sie ist verschwunden. Ramanovs Männer suchen die Station ab, aber bisher haben sie sie nicht gefunden.«

»Sie … werden sie schon finden«, sagte er mit einem nervösen Lächeln. »So groß ist die Station ja schließlich nicht.«

Sein Vater sagte auch dazu nichts, aber allein sein Schweigen machte Ben klar, dass gerade das das Problem war. Auch wenn es ihm in den zurückliegenden Tagen manchmal genau andersherum vorgekommen war, so war die Station in Wahrheit doch winzig. Hier einen einzelnen Menschen zu finden – selbst wenn er sich versteckt hielt –, hätte eigentlich nicht schwierig sein dürfen.

»Aber sie kann doch nicht verschwunden sein«, murmelte er.

Im Gesicht seines Vaters rührte sich kein Muskel.

»Du hast Angst, sie hätten sie mitgenommen.« Es war im Moment ziemlich leicht, die Gedanken seines Vaters zu erraten – es waren so ziemlich seine eigenen. »Warum sollten sie das tun?«

Sein Vater schwieg beharrlich weiter. Und Ben glaubte jetzt auch zu wissen, warum.

»Vielleicht … Vielleicht weiß Schulz ja etwas«, rief er plötzlich. »Ich hatte das Gefühl, dass er uns etwas zu sagen hat.« Er war sogar ziemlich sicher, dass es so war. Sasha hätte ihn niemals grundlos um Hilfe gebeten.

Sein Vater sah ihn jedoch nur verständnislos an.

»Kapitän Schulz«, erklärte Ben mit einer Geste auf Sasha. »Sashas Vater.«

»Ich weiß, wer Kapitän Schulz ist«, antwortete sein Vater gereizt. Oder beunruhigt? »Wie kommst du darauf, dass wir mit ihm sprechen könnten?«

»Weil er –« , begann Ben. Beinahe hätte er gesagt: *Weil er wach ist.* Aber dann besann er sich eines Besseren. Sein Vater war zwar nicht annähernd so skeptisch wie Ramanov, aber das bedeutete noch lange nicht, dass er ihm vorbehaltlos alles glauben würde. »Immerhin könnte es ja sein, dass er inzwischen wach ist«, erklärte er stattdessen.

Anscheinend war das auch nicht unbedingt die richtige Antwort. Das Misstrauen im Gesicht seines Vaters wuchs, und diesmal verging eine geraume Weile, bevor er überhaupt reagierte. Und er sagte auch nichts, sondern stieß sich von der Wand ab, öffnete die Tür und verschwand.

Ben blickte ihm ziemlich hilflos nach. Er hatte das Gefühl, etwas Falsches gesagt zu haben, aber er wusste einfach nicht, was. Doch wahrscheinlich konnte man in dieser Situation auch gar nichts Richtiges sagen.

Auf einmal fühlte er sich elend; als wäre jedes Unglück, das ihm und allen anderen hier widerfahren war, ganz allein seine Schuld. Vielleicht war es das sogar, irgendwie. Vielleicht wäre ja nichts von alledem geschehen, wenn er sich nicht eingemischt und so die Aufmerksamkeit Nyarlathoteps und der anderen *Alten* auf sich gelenkt hätte, und vielleicht –

Was für ein Unsinn.

Im allerersten Moment dachte er, es sei die Stimme seiner eigenen Vernunft, die ihm diese Worte zuflüsterte, dann für einen noch viel kürzeren, aber von einer wilden Hoffnung erfüllten Augenblick war er vollkommen überzeugt davon, dass es Sashas Stimme war, die er gehört hatte. Doch als er aufsah und in ihre Augen blickte, las er darin rein gar nichts. Ihr Lächeln war wunderschön und betörend, aber so leer wie das eines Gemäldes.

Und doch … War da nicht trotz allem … etwas? Was hatte sein Vater vorhin gesagt? Sie sei ihm … *wacher* vorgekommen?

Ben suchte aufmerksam in ihrem Blick, und er … war tatsächlich nicht mehr sicher, ob da nicht etwas in ihren Augen war, das er bisher nicht gesehen hatte; etwas wie ein verzweifeltes Aufbegehren und Rufen, eine Spur von Leben, das durch die Tore des Verlieses schimmerte, in dem die wahre Sasha gefangen war.

»Verstehst du mich?«, fragte er sanft. Der Druck ihrer Hand, die weiter seine Finger hielt, veränderte sich nicht, und auch ihr Lächeln blieb das einer kunstvoll bemalten Porzellanpuppe.

Aber da *war* etwas – ganz einfach, weil etwas da sein *musste.*

Oder er war dabei, verrückt zu werden. Eigentlich war es nicht einmal erstaunlich, wenn er allmählich durchdrehte. Immerhin war er gerade beinahe ums Leben gekommen. Er hatte gesehen, wie die Station von einer Armee lebendig gewordener Albträume überrannt wurde, sein Vater hatte ihm soeben eröffnet, dass seine Mutter verschwunden war, und er hatte nicht die leiseste Vorstellung von der allgemeinen Lage in der Basis – war es da etwa ein Wunder, wenn er anfing Gespenster zu sehen?

»Ich weiß, dass du mich verstehst«, fuhr er trotz – oder womöglich gerade wegen – dieser Überlegung fort. »Ich weiß auch, dass du nicht antworten kannst, aber das spielt keine Rolle. Wir müssen hier raus. Ich muss mit Harry sprechen und mit deinem Vater – einverstanden?«

Er stand auf. Ganz ohne nachzudenken wollte er Sashas Hand loslassen, doch sie klammerte sich so plötzlich und mit so unerwarteter Kraft an ihn, dass er überrascht innehielt und sie beinahe erschrocken ansah.

»Was hast du?«, fragte er automatisch. Auch diesmal glaubt er wieder … *irgendetwas* in ihrem Blick zu erkennen; nicht wirklich eine Antwort, aber doch den verzweifelten Versuch einer Reaktion, nicht sichtbar, aber dafür umso deutlicher zu spüren.

Aber wahrscheinlich war es auch jetzt wieder nur Einbildung …

»Komm mit«, entschied er kurzerhand. Er hatte kein gutes Gefühl dabei, Sasha aus der – wenn auch nur trügerischen – Sicherheit dieses Zimmers mit sich hinauszunehmen, aber er hätte ein noch viel schlechteres Gefühl dabei gehabt, sie allein zu lassen. Anscheinend nahmen seine Beschützerinstinkte mittlerweile überhand.

Was ihm allerdings ziemlich egal war. Er beschloss, ihr Schweigen auch diesmal als Zustimmung zu werten, ergriff ihre Hand seinerseits fester und trat auf den Gang hinaus.

Beinahe hätte er laut aufgelacht. Der Raum lag auf demselben Flur wie van Staatens Behandlungszimmer und offensichtlich auch das Zimmer, in dem Kapitän Schulz untergebracht war, denn just in diesem Moment ging eine Tür am anderen Ende des Korridors auf und sein Vater kam heraus. Er wirkte ... verstört. Und auf eine fast unangenehme Art überrascht, als er Sasha in seiner Begleitung entdeckte.

»Woher hast du das gewusst?«, begann er übergangslos, kaum dass Ben ihm auch nur auf fünf Schritte nahe gekommen war.

»Was?«

»Schulz.« Sein Vater machte eine ärgerliche Geste. »Stell dich nicht dumm. Woher hast du gewusst, dass er wach ist?«

Ben suchte erst gar nicht mehr nach einer Ausrede. Von der ohnehin nur schlecht gespielten guten Laune seines Vaters war nichts mehr geblieben. »Weil ich ihn mit zurückgebracht habe. Und außerdem –« Er sprach nicht weiter, sondern starrte seinen Vater geschlagene fünf Sekunden einfach nur betroffen an. Er konnte spüren, wie ihm das Blut aus dem Gesicht wich.

»Was ist los?«, fragte sein Vater. Auch er klang alarmiert, aber Ben blickte ihn nur weiter verwirrt und erschrocken zugleich an. Wie hatte er nur so blind sein können? Wenn er Sashas Vater tatsächlich mit zurückgebracht hatte, dann bedeutete das nichts anderes, als dass auch *alles andere wahr war*, was sie gesagt hatte.

»Ben?«, fragte sein Vater. »Alles in Ordnung?«

»Nein.« *Nichts* war in Ordnung. »Ich muss mit Harry sprechen. Sofort!«

Unverzüglich wollte er herumfahren und van Staatens Behandlungszimmer ansteuern, doch sein Vater hielt ihn mit einer rasche Bewegung zurück.

»Da hast du ein kleines Problem. Doktor van Staaten hat ihn und die anderen flachgelegt – bevor sie zusammengebrochen wären.«

»Dann müssen wir mit Schulz sprechen«, rief Ben aufgeregt. »Sofort.« Mit einem Mal war er so aufgeregt, dass er kaum noch ruhig auf der Stelle stehen konnte. Er hätte unmöglich sagen können, warum – aber er *wusste* plötzlich, dass ihnen noch sehr viel weniger Zeit blieb, als er ohnehin schon angenommen hatte. Vielleicht gar keine mehr.

Aber auch diesmal reagierte sein Vater nicht sofort und auch dann vollkommen anders, als Ben erwartet hatte: Er sah ihn nur stirnrunzelnd und fast angsterfüllt an, bevor er den Kopf schüttelte: »Also allmählich wird mir das unheimlich.«

»Was?«, fragte Ben.

»Genau das hat Schulz auch gesagt. Dass er dringend mit dir reden muss.« Fast gleichzeitig hob er jedoch abwehrend die Hand, als Ben an ihm vorbeigehen wollte. »Es wäre mir lieber, wenn Doktor van Staaten dabei wäre.«

»Heidi«, korrigierte ihn Ben schon fast automatisch, was sein Vater wie gewohnt ignorierte. »Und warum?«

Statt einer direkten Antwort tastete der Blick seines Vaters rasch und unsicher über Sashas Gesicht, und Ben schüttelte rasch den Kopf. »Sie verkraftet das. Sie weiß, was mit ihrem Vater geschehen ist, glaub mir. Besser als wir.«

»Trotzdem … tut mir den Gefallen und wartet kurz. Es dauert nicht lange.« Und damit ging er, allerdings nur wenige Schritte weit, bevor er die Tür zu van Staatens Behandlungszimmer erreichte und – ohne anzuklopfen – eintrat. So rasch wie er die Tür hinter sich schloss, hätte man meinen können, er hätte irgendetwas zu verbergen.

Ben schalt sich in Gedanken einen Narren – ein wenig Paranoia war in einer Situation wie dieser wohl nicht nur verständlich, sondern sogar angebracht, aber allmählich übertrieb er es eindeutig –, schüttelte den Kopf und überlegte, den Rat seines Vaters in den Wind zu schlagen und einfach weiterzugehen, doch so schnell, wie sein Vater verschwunden war, tauchte er auch wieder auf; in van Staatens Begleitung.

In den Augen der Ärztin erschien ein flüchtiges, aber sehr warmes Lächeln, als sie Sasha ansah, und ein Ausdruck von mit Sorge gemischter Missbilligung, als sie ihn entdeckte.

Ben kam ihr zuvor. »Mit mir ist alles in Ordnung. Keine Kopfschmerzen, keine Übelkeit und mehr schwindeln als sonst tue ich auch nicht.«

Van Staaten blieb ernst. »Stimmt das auch? Ich habe wirklich genug zu tun und keine Lust auf einen weiteren Patienten, nur weil du zu stolz bist zuzugeben, dass du dich schlecht fühlst.«

»Ich fühle mich ausgezeichnet. Heiliges Indianerehrenwort.«

Natürlich stimmte das nicht, und ebenso natürlich hätte van Staaten nicht einmal Ärztin sein müssen, um ihm anzusehen, *wie* miserabel er sich fühlte – aber sie beließ es bei einem tiefen Seufzen und einem angedeuteten Kopfschütteln und ging weiter. Vielleicht spürte sie ja auch, dass es wichtig war.

Ben war – vor Sasha – der Letzte, der das winzige Zimmer betrat, in dem Kapitän Schulz untergebracht war, und als sein Vater zur Seite trat und damit den Blick auf die Liege freigab, auf der der ehemalige Kapitän der *Princess* lag, verstand er dessen Zögern von gerade schon ein bisschen besser; genau wie den zweifelnden Blick, den er Sasha zugeworfen hatte.

Schulz lag auf einer der wackeligen Campingliegen, die Ramanov anscheinend ebenso im Sonderangebot erstanden hatte wie seine geliebten Plastikstühle, aber anders als er selbst gerade und Sasha zuvor war er darauf *festgebunden* und er bot auch darüber hinaus einen Anblick zum Gotterbarmen. Sein Gesicht war *grau*, nicht mehr bleich und mit zahllosen winzigen schwarzen Sprenkeln übersät. Van Staaten hatte seine Nase retten können – aber er war ganz und gar nicht sicher, dass Schulz ihr dafür dankbar sein würde. Ihre Form hatte sich verändert, als wäre sie geschmolzen und flacher und nicht mehr ganz symmetrisch wieder erstarrt, und sie wirkte irgendwie angefressen. Seine Lippen waren gerissen und spröde und entweder geschrumpft oder ein Teil davon fehlte, sodass er den Mund nicht mehr ganz schließen konnte, und auch das Zahnfleisch, das dahinter zum Vorschein kam, war gut zur Hälfte schwarz geworden. Zusammen mit seinen eingefallenen, blutunterlaufenen Augen und dem wilden Blick wirkte er ebenso bemitleidenswert wie Furcht einflößend. Als er Ben – und vor allem Sasha – sah, stieß er ein unartikuliertes Keuchen aus und versuchte sich aufzubäumen, wurde aber von den Mullbinden, mit denen er an sein Lager gefesselt war, daran gehindert; mit dem Ergebnis, dass die gesamte Liege ächzte und bedrohlich zu wanken begann.

»Van Staaten war mit einem einzigen schnellen Schritt bei ihm, ließ sich auf die Kante der Liege sinken, um sie mit ihrem eigenen Körpergewicht hinunterzudrücken, und legte ihm gleichzeitig beruhigend die flache Hand auf die Brust.

»Es ist alles in Ordnung. Keine Angst. Sie sind unter Freunden. Niemand tut Ihnen etwas.«

»Warum ist er gefesselt?«, fragte Ben. Zugleich maß er Sasha mit einem alarmierten Blick; aber wenn sie den Anblick ihres Vaters überhaupt zur Kenntnis nahm, so reagierte sie jedenfalls nicht darauf.

»Weil er um sich geschlagen und gebrüllt und sich wie ein Wilder gebärdet hat«, antwortete van Staaten, »und ich Angst hatte, dass er sich selbst verletzt.« Und Schulz fügte, dank seiner verwüsteten Lippen ein wenig nuschelnd, aber trotzdem klar verständlich hinzu:

»Ja, aber nun bin ich wieder bei klarem Verstand, junge Dame, und wenn Sie nicht aufhören, mich wie ein kleines Kind zu behandeln, und mir nicht sofort diese verdammten Fesseln abnehmen, dann bekommen Sie mehr Ärger, als Sie sich vorstellen können.«

Van Staaten blinzelte überrascht, während Bens Vater plötzlich alle Mühe zu haben schien, ein schadenfrohes Grinsen zu unterdrücken. »Ich habe dir doch gesagt, dass er wach ist. Kapitän Schulz, wie er leibt und lebt. Charmant wie eh und je.«

»Sie sollten besser auf ihn hören, junge Dame«, fügte Schulz hinzu. »Machen Sie mich los, verdammt noch mal!« Er zerrte abermals und noch heftiger an seinen Fesseln. Sie hielten, aber die gesamte Liege wackelte, trotz van Staatens zusätzlichem Gewicht. »Wissen Sie überhaupt, wer ich bin?«

»Ein renitenter Patient? Damit habe ich Erfahrung.« Van Staaten griff in die Kitteltasche und zog eine Spritze mit einer ekelhaft langen, aber dünnen Nadel heraus. »Ein bisschen davon und Sie küssen mir die Füße und nennen mich Herrin.«

Sein Vater konnte sich offensichtlich kaum noch beherrschen, nicht laut herauszuplatzen, aber er wirkte zugleich auch immer besorgter, und Ben sagte sehr ernst: »Machen Sie ihn los … bitte. Ich verbürge mich für ihn.«

»Wie beruhigend«, sagte die Ärztin spöttisch, ließ die Spritze aber trotzdem wieder in ihrer Kitteltasche verschwinden und zog stattdessen eine verchromte Schere heraus, mit der sie zuerst Schulz' Fuß- und dann seine Handfesseln aufschnitt. Schulz wartete nicht einmal ab, bis sie ganz damit fertig war, sondern zerriss die letzte, erst halb durchgetrennte Mullbinde mit einem ungeduldigen Grunzen und stand aus der gleichen Bewegung heraus auf. Durch die Gewichtsverlagerung geriet die Liege vollends aus der Balance und wäre um ein Haar umgekippt. Van Staaten wäre um ein Haar der Länge nach auf die Nase gefallen, fand aber gerade noch rechtzeitig und mit heftig rudernden Armen ihr Gleichgewicht wieder. Niemand nahm auch nur Notiz davon.

Schulz war mit einem einzigen Schritt an seinem Vater und dann an Ben vorbei und schloss seine Tochter in die Arme. Sicher eine Minute lang stand er mit geschlossenen Augen da, drückte Sasha an sich und sah einfach nur glücklich und unendlich erleichtert aus, bevor er sie fast behutsam losließ und sich zu Ben umwandte.

»Ich wusste gleich, dass ich mich auf dich verlassen kann, Ben. Schon als ich dich das erste Mal auf der *Princess* gesehen habe.«

Das war entweder eine glatte Lüge, oder Schulz' Erinnerungen stammten aus einer anderen Wirklichkeitsebene des Universums, aber Ben spürte die gute Absicht hinter diesen Worten.

Trotzdem brachte er nicht mehr als ein nervöses Lächeln zustande und wich vorsichtshalber einen halben Schritt vor dem bulligen Kapitän zurück. Schulz hatte zwar ein paar Finger verloren, doch er wog noch immer gut doppelt so viel wie er. »Ich habe nur –« , begann er.

»Ich weiß, was du für meine Tochter getan hast, mein Junge«, unterbrach ihn Schulz. »Und ich danke dir aus ganzem Herzen. Du hast etwas gut bei mir. Mehr, als ich jemals zurückzahlen kann. Aber dafür ist im Moment keine Zeit, fürchte ich«, fuhr er in verändertem Ton fort, seufzte tief und drehte sich zu Bens Vater herum.

»Wir müssen dringend mit Iljitsch sprechen, Doktor Berger. Ich meine: Professor Ra–«

»Wir wissen, wer Sie sind«, unterbrach ihn Bens Vater.

»Gut. Das erleichtert manches. Wir müssen zu meinem Schwiegervater gehen und mit ihm reden. Sofort.«

»Sie gehen nirgendwohin«, sagte van Staaten streng. Niemand beachtete sie, und sie wiederholte ihren Protest auch nicht, der vermutlich sowieso kaum mehr als ein bloßer Reflex gewesen war.

»Bitte, Doktor Berger«, fuhr Schulz fort. »Uns läuft die Zeit davon – falls es nicht sowieso schon zu spät ist.«

»Darf ich fragen, worum es geht?«, fragte Bens Vater nervös.

»Um unser aller Leben, Doktor. Und vielleicht um das aller anderen Menschen auf dieser Welt. Ich spreche über die Eiskönigin.«

Robert Berger wirkte ehrlich bestürzt – aber dann hellte sich sein Gesicht auf und man konnte ihm seine Erleichterung überdeutlich ansehen. »Wenn es das ist, was Sie so erschreckt hat, Kapitän, dann kann ich Sie beruhigen. Sie können es nicht wissen, aber wie haben die Kreatur schon vor zwei Tagen unschädlich gemacht.«

»Das glaube ich kaum, Doktor Berger«, antwortete Schulz traurig. »Ich rede von der Eiskönigin.«

»Ich weiß«, sagte Bens Vater. »Dieses Ungeheuer, das –« , und Schulz unterbrach ihn abermals:

»Ihrer Frau.«

20

DIE ZEIT SCHIEN STEHEN ZU BLEIBEN. Für einen endlosen Augenblick wurde es so still, dass man die berühmte Stecknadel hätte fallen hören können, und selbst das Heulen des Sturmes schien innezuhalten, als hätte diese ungeheuerliche Behauptung sogar der Natur selbst den Atem verschlagen. Ben starrte Schulz einfach nur an und wartete darauf, dass er weitersprach; *irgendetwas* sagte, was seine Behauptung als eben das entlarvte, was sie zweifellos nur sein konnte – ein besonders geschmackloser Scherz –, aber das geschah nicht, und auch sein Vater machte keinerlei Anstalten, auf diese groteske Unterstellung entsprechend zu reagieren.

Und schließlich war es weder er noch Ben, der das immer niederschmetternder werdende Schweigen unterbrach, sondern Dr. van Staaten. »Das ist eine ziemlich … haarsträubende Behauptung, meinen Sie nicht auch?« Sie versuchte ein Lachen, doch es geriet so unsicher, dass es den Schrecken in ihrer Stimme eher noch zu verstärken schien; genau wie das kalte Entsetzen, das unter der Empörung, die Schulz' Worte in ihm wachgerufen hatten, allmählich in Ben heranwuchs.

Schulz sah die Ärztin nur traurig an, bevor er sich wieder auf die Kante der Campingliege sinken ließ und mit einem erschöpften Seufzen die Unterarme auf die Knie stützte. Seine Schultern sanken nach vorne, und Ben konnte regelrecht sehen, wie jedes bisschen Kraft aus ihm wich; als hätte ihn die kleine Anstrengung alle Energie gekostet, die er noch aufbringen konnte. »Ich weiß, wie sich das für Sie anhören muss, Doktor Berger, aber glauben Sie mir, es ist die Wahrheit.« Der Kapitän lachte, leise und ohne die geringste Spur eines echten Gefühles. »Oder nein. Ich habe wahrscheinlich kein Recht, von Ihnen zu erwarten, dass Sie mir glauben. Ich an Ihrer Stelle könnte es wahrscheinlich nicht. Aber es ist so.«

»Sie … wissen, was Sie da behaupten?«, krächzte Bens Vater. Seine Stimme hatte kaum noch Ähnlichkeit mit der, die Ben kannte, aber er war seltsam: Er klang nicht schockiert oder gar empört … entsetzt ja, aber auf eine sonderbar resignierende Art, als hätte ihn das, was er gerade gehört hatte, nicht wirklich überrascht, sondern als hätte er es – wenn auch voller Angst und dem verzweifelten Wunsch, es möge doch nicht wahr sein – erwartet.

Und er, Ben, selbst?

Ihm erging es nicht anders, wie er sich eher traurig als erschrocken eingestand. Er verspürte noch immer ein kaltes, immer stärker werdendes Entsetzen, das nicht nur seine Gedanken, sondern auch seinen Körper zu lähmen begann, als hätten sich Schulz' Worte in unsichtbare Zentnerlasten verwandelt, die an seinen Gliedern zerrten und ihm das Atmen schwer machten, und doch war es – genau wie bei seinem Vater – das Entsetzen vor einem Schrecken, den man hatte kommen sehen, nicht minder schlimm als ein völlig überraschender Schicksalsschlag, aber anders. Vielleicht schlimmer, weil er zu allem Überfluss auch noch mit einem Gefühl der Hilflosigkeit einherging; fast des Versagens. Er starrte Schulz an und suchte verzweifelt nach Worten, irgendeiner passenden Entgegnung, die seiner empörenden Unterstellung den Boden unter den Fußen entziehen würde, aber er fand nichts.

Was hätte er auch sagen sollen?

Schulz sprach die Wahrheit.

So einfach war das.

Tief in sich hatte er es die ganze Zeit über gewusst. Er hatte es nur nicht wahrhaben wollen.

»Das ist absurd!«, sagte van Staaten noch einmal. Ihre Stimme klang jetzt schrill, fast schon ein bisschen hysterisch, als sie sich direkt an Bens Vater wandte. »Er weiß nicht, was er sagt!«

»Ich wünschte, Sie hätten Recht, junge Dame«, meinte Schulz leise, »aber ich fürchte –«

»*Ich* fürchte«, unterbrach ihn van Staaten in scharfem Ton, »es war ein Fehler, Sie aufzuwecken!«

Schulz lächelte matt. »Da müssen Sie sich bei Ben beschweren.«

Van Staaten ignorierte ihn oder versuchte es wenigstens, auch wenn sie einen raschen, irritierten Blicke in Bens Richtung nicht ganz unterdrücken konnte. Trotzdem fuhr sie mit einem energischen Kopfschütteln und in noch energischerem Ton fort: »Von Rechts wegen dürften Sie gar nicht mehr am Leben sein, ist Ihnen das eigentlich klar? Ich glaube nicht, dass Sie im Moment –«

»Lass es gut sein, Heidi«, mischte sich Robert Berger ein. »Er hat Recht.«

Van Staaten starrte ihn schockiert an, und Schulz wirkte nun noch trauriger.

»Wann?«, fragte Bens Vater ruhig. »Schon auf der *Princess* oder erst nachdem wir an Land gegangen sind?«

»Das weiß ich nicht«, gestand Schulz. »Ich weiß nur, dass sie schon lange auf sie gewartet haben. Seit Jahrhunderten, seit Jahrtausenden.«

»Ich wusste gar nicht, dass deine Frau so viel älter ist als du«, sagte van Staaten böse. »Ich hoffe nur, du hast mir nicht noch mehr verschwiegen. Sollte ich mir deinen Pass zeigen lassen?«

„Bitte sei so nett und hol Ramanov hierher«, sagte Robert Berger »Er sollte das hören. Aber ich fürchte, Kapitän Schulz ist nicht in der Verfassung –«

»Einen klaren Gedanken zu fassen?«, fiel ihm van Staaten ins Wort. »So wie du?«

»Zu ihm zu gehen«, antwortete Bens Vater sanft. »Der Weg wäre zu anstrengend.«

Van Staatens Augen blitzten so wütend wie die einer gereizten Raubkatze, und Ben hätte sich nicht einmal mehr gewundert, wenn sie aufgesprungen wäre, um seinem Vater das Gesicht zu zerkratzen.

Sie sprang auch tatsächlich auf, allerdings nur, um mit einem gezischelten »Sehr wohl, Massa!« aus dem Zimmer zu stürmen und die Tür hinter sich zuzuknallen.

»Bitte verzeihen Sie ihr, Kapitän«, sagte Bens Vater. »Das alles war ...« Er stockte, deutete ein Schulterzucken an und maß Ben mit einem langen, betroffenen Blick, bevor er leiser und mit veränderter Stimme neu ansetzte. »Ich fürchte, es war für uns alle ein bisschen viel in letzter Zeit.«

»Und es kommt noch schlimmer«, murmelte Ben. »Habe ich Recht?«

Er hätte seinen rechten Arm für ein Kopfschütteln von Schulz gegeben, aber er bekam keine Antwort. Wieder breitete sich für endlose Sekunden Schweigen in dem winzigen Raum aus, eine Stille, die allmählich Substanz zu gewinnen schien und zu etwas Bedrohlichem wurde. Ben lauschte angestrengt auf das Heulen des Sturmes, aber selbst dieses Geräusch war erloschen, als hielte die Natur noch immer den Atem an. Vielleicht weil sie das Schlimmste noch gar nicht erfahren hatten.

»Was haben Sie damit gemeint, sie hätten seit Jahrhunderten auf sie gewartet?«, fragte Ben schließlich, nur um die immer schwerer lastende Stille zu durchbrechen. Er wusste die Antwort, fuhr aber trotzdem mit dem – furchtbar verunglückten – Versuch eines Lächelns fort: »In einem hat Doktor van Staaten Recht, wissen Sie? So alt sind meine Eltern noch gar nicht, auch wenn es mir früher manchmal so vorgekommen ist.«

»Auf jemanden wie sie«, antwortete Schutz ernst. Sasha löste sich plötzlich von ihrem Platz neben Ben, ging zu ihm und ließ sich neben ihrem Vater auf die Kante der Campingliege sinken. Ihr Vater griff nach ihrer Hand. Ihre Finger verschwanden fast vollkommen in dem klobigen weißen Handschuh aus Verbandsmull, der Schulz' Pranke noch größer machte, und das rasche Zucken, das über sein Gesicht lief, machte klar, dass ihm die Berührung Schmerzen bereitete. Trotzdem griff er nur noch fester zu; fast als wollte er sich mit aller Kraft an sie klammem, um nicht den Halt in der Wirklichkeit zu verlieren.

»Du warst da, Ben«, sagte er. »Du hast ihre Welt gesehen. Sie ist nicht wie unsere.«

»Es ist ein Albtraum«, bestätigte Ben, doch Schulz schüttelte – sonderbarerweise beinahe wütend – den Kopf.

»Nein!«, sagte er heftig. »Ein Albtraum ist nicht real und er endet irgendwann. Sie ... beginnen erst. Und ich fürchte, es ist schon beinahe zu spät, um sie aufzuhalten.«

Die Stille kehrte zurück, gerufen von seinen Worten, und diesmal brachte sie etwas mit, das Ben bis auf den Grund seiner Seele erschütterte und alles, was menschlich in ihm war, in schierer Qual aufschreien ließ.

»Was genau haben Sie gesehen, Kapitän?«, fragte sein Vater, und bevor Schulz antworten konnte, ging die Tür hinter ihnen auf und Ramanov polterte: »Er ist kein Kapitän mehr, Doktor. Ein anständiger Kapitän geht mit seinem Schiff unter.«

Schulz sah ihn eine Sekunde lang vollkommen ausdruckslos an, aber dann lächelte er plötzlich: »Hallo, Iljitsch. Ich freue mich auch dich zu sehen.« An Bens Vater gewandt und in einem Ton, als hätte das kurze Intermezzo gar nicht stattgefunden, fuhr er fort: »Ich habe nichts *gesehen*, Doktor Berger. Ich war ...« Er suchte nach den passenden Worten, ohne sie zu finden. »... sie«, sagte er schließlich. Ramanov lachte abfällig und schob die Tür mit einem unnötig lauten Knall hinter sich zu, ohne dass van Staaten mit ihm hereingekommen wäre, und Schulz fuhr fort:

»Ich weiß ein wenig von dem, was sie planen ... nicht viel ... und ich wünschte, ich wüsste nicht einmal das.« Ein Schatten huschte über sein Gesicht, unsichtbar und lautlos und spinnenbeinig, und als er weitersprach, war seine Stimme noch leiser geworden und klang brüchig und kraftlos wie die eines uralten Mannes. »Sie sind gewaltig. Nichts auf dieser Welt kann ihnen widerstehen, wenn sie erwachen. Und das werden sie.«

»Van Staaten hatte Recht«, schnaubte Ramanov. »Er fantasiert.« Aber der hämische Ton, den er in seine Stimme zwang, klang nicht überzeugend. Dennoch fuhr er fort: »Ich habe wirklich eine Menge zu tun. Wenn es also nichts Wichtiges gibt –«

»Jetzt ist nicht der richtige Zeitpunkt, unsere persönlichen Zwistigkeiten zu pflegen, Iljitsch«, unterbrach ihn Schulz leise, aber auf eine Art, die selbst Ramanov zu beeindrucken schien, denn er erwiderte nichts mehr. »Jetzt, wo die Eiskönigin bei ihnen ist.«

»Die Eiskönigin.« Ramanov tat mit wenig Erfolg so, als müsse er angestrengt darüber nachdenken, was Schulz damit meinte. Dann lächelte er spöttisch. »O ja, ich verstehe.« Er wandte sich an Bens Vater. »Ihre Frau.«

»Er hat Recht, Professor«, sagte Ben. »Bitte hören Sie ihm zu.«

Ramanov war offenkundig nicht überzeugt, doch er beließ es bei einem verächtlichen Verziehen der Lippen und verschränkte demonstrativ die Arme vor der Brust. Es lag Ben auf der Zunge, ihn darüber aufzuklären, dass er dadurch einfach nur wie ein trotziges Kind aussah, aber er schluckte die Bemerkung im letzten Moment hinunter. »Bitte, Kapitän«, sagte er. Schulz lächelte dankbar, wenn auch nur ganz kurz. Als er weitersprach, schien sein Blick in unbekannte Gefilde abzugleiten, und was Ben darin las, erinnerte ihn auf unheimliche Weise an die schreckliche Leere, die er manchmal in Sashas Augen erkannte. Eine Leere, die alles war, nur eben nicht leer, sondern von namenlosen uralten Schrecknissen erfüllt, die kein Mensch jemals schauen sollte.

»Ich kann nicht sagen, was genau ihre Aufgabe ist«, fing er an. »Aber sie warten seit unendlich langer Zeit auf sie.«

»Und du weißt natürlich nicht, warum«, sagte Ramanov spöttisch. »Das hätte mich auch gewundert.«

»Es hat etwas mit diesem Ort zu tun«, antwortete Schulz, allerdings immer noch an Bens Vater gewandt und immer noch mit diesem unheimlich leeren Blick. »Etwas, was hier war, schon immer … und etwas, was wir hierher gebracht haben.«

Ramanov machte ein abfälliges Geräusch. »Ja, etwas in dieser Art habe ich mir gedacht. Nur nicht konkret werden, wie? Immer schön in Andeutungen schwelgen.« Er begann rhythmisch auf den Zehenspitzen und Fersen zu wippen, was seiner ohnehin lächerlichen Körperhaltung gewissermaßen die Krone aufsetzte. Aber Ben war nicht nach Lachen zu Mute. Ganz im Gegenteil. Man musste kein sehr guter Menschenkenner sein, um zu spüren, dass Ramanov kurz davor war, die Beherrschung zu verlieren. Er fragte sich, was zwischen diesen beiden Männern vorgefallen war, dass der Russe seinen Schwiegersohn so sehr hasste. »Wie lange wollen wir uns diesen Unsinn eigentlich noch anhören? Sieht hier außer mir niemand, wie *krank* dieser Mann ist?«

Bens Vater wollte auffahren, doch Schulz machte eine besänftigende Geste mit der freien Hand und deutete zugleich ein Kopfschütteln an. »Bitte, Iljitsch. Ich weiß, was du für mich empfindest, und du hast wahrscheinlich jedes Recht, so zu fühlen. Aber was zwischen uns ist, ist jetzt nicht wichtig. Wir müssen sie aufhalten, solange es noch nicht zu spät ist.«

»Die Eiskönigin«, vermutete Ramanov spöttisch. Ben hatte plötzlich Lust, ihn zu packen und so lange zu schütteln, bis er zur Vernunft kam.

»Die *Alten*«, antwortete Schulz. »Ich kenne ihre Pläne, Iljitsch. Ich war ein Teil von ihnen.«

»Wunderbar! Dann kannst du uns ja bestimmt auch sagen, wie wir hier herauskommen.«

Schulz lächelte bitter. »So funktioniert das nicht.«

»Natürlich nicht«, versetzte Ramanov böse

»Ich war sie«, fuhr Schulz unbeeindruckt fort, leise, beinahe sanft, aber zugleich auch in einem Ton, der Ben einen neuerlichen eisigen Schauer über den Rücken laufen ließ. »Alle, die sie geholt haben, sind sie. Hätten Alexandra und Ben mich nicht befreit, dann wäre ich vielleicht ganz zu ihnen geworden.«

In einem Punkt musste Ben Ramanov Recht geben – er war nicht ganz sicher, ob er verstand, was Schulz ihnen sagen wollte. Allmählich wurde ihm das alles irgendwie zu … esoterisch. »Sie meinen, Sie wissen, was sie vorhaben?«

»Sie denken nicht wie wir, Ben. Ich war einer von ihnen und zugleich alle, aber auch wieder …« Er brach ab und rang sichtbar nach den richtigen Worten, aber er fand sie auch diesmal nicht.

Und wie hätte er es auch gekonnt?, dachte Ben. Er selbst hatte das fremde Universum, in dem die Seelen der *Alten* seit so vielen Ewigkeiten gefangen waren, nur ein einziges Mal flüchtig berührt, und die bloße Ahnung seiner so vollkommenen Fremdartigkeit war schon beinahe mehr gewesen, als er ertragen konnte. Die bloße *Vorstellung* dessen, was Sashas Vater erfahren haben musste, erfüllte ihn mit panischer Angst.

»Sie warten seit unendlich langer Zeit darauf, zu erwachen«, fuhr Schulz schließlich fort. »Aber nun ist ihre Zeit gekommen. Und etwas hier … hilft ihnen. Etwas, was wir hierher gebracht haben.« Er hob unglücklich die Schultern. »Ich kann es nicht genauer ausdrücken. Ich weiß nur, dass es wahr ist.« Er wandte sich mit einer unendlich mühsamen Bewegung zu Ben um. »Es ist deine Mutter, Ben. Ihr müsst sie finden. Ich weiß nicht, warum, aber sie ist der Schlüssel zu allem.«

»Praktischerweise ist sie verschwunden«, sagte Ramanov. Er versuchte weiter, auf verletzende Art spöttisch zu klingen, aber ganz gelang es ihm nicht.

Niemand beachtete ihn.

»Und was … wollen sie?«, fragte Robert Berger stockend.

»Was alle wollen«, antwortete Schulz, und wie bei seiner Tochter vorhin in Bens Traum lag in seiner Stimme nun Verständnis, beinahe so etwas wie Mitgefühl. »Leben. Sie wollen wiederhaben, was ihnen einmal gehört hat.«

»Ihre Welt«, sagte Bens Vater düster.

»Ja. Aber für uns ist in dieser Welt kein Platz.«

»Das ist ja lächerlich!«, rief Ramanov. »Wie lange müssen wir uns diesen Unsinn noch anhören?«

Aber es *war* kein Unsinn, dachte Ben schaudernd. Er hatte *gesehen*, was die *Alten* erschaffen würden. Eine Welt, die so verheert und *anders* war, dass darin nicht einmal mehr für den Tod Platz war.

»Ich frage mich, wie lange wir uns *Ihren* Unsinn eigentlich noch anhören müssen!«, begehrte Bens Vater auf, laut und so unvermittelt, dass selbst Ramanov ihn nur verdutzt anstarrte. »Was muss noch passieren, damit Sie begreifen, womit wir es hier zu tun haben, Professor? Verdammt, Sie haben doch mit eigenen Augen *gesehen*, was geschieht! Oder haben Sie schon vergessen, dass wir vor kaum einer Stunde beinahe überrannt worden wären?«

»Keineswegs, Doktor. Ich behaupte nicht, dass ich verstehe, womit wir es hier zu tun haben. Ich will Ihnen auch gerne zugestehen, dass wir es mit einem überaus gefährlichen Gegner zu tun haben; wahrscheinlich mit einer vollkommen fremden und zweifellos äußerst aggressiven Spezies.« Ramanovs Blick streifte das Gesicht seines Schwiegersohns, und als er nach einer kaum merklichen Pause weitersprach, klang seine Stimme nicht nur eine Spur schärfer, sondern hatte auch etwas von ihrer alten Überheblichkeit zurückgewonnen. »Ich bin nicht dumm, mein hochverehrter Kollege. Ich weiß sehr wohl, dass wir alle in großer Gefahr schweben. Aber der Untergang der Welt? Ich bitte Sie! Haben Sie es nicht ein bisschen kleiner?«

»Und wo ist der Unterschied?«, fragte Ben.

Ramanov sah ihn verständnislos an. »Wie?«

»Wo ist der Unterschied. Für uns, meine ich? Ob nun die ganze Welt untergeht oder nur wir sterben, bleibt sich für uns ziemlich gleich, finde ich.«

»Ja, und vielleicht gibt es so etwas wie eine Welt auch gar nicht, und das ganze Universum und ihr alle hier seid nur ein Produkt meiner Einbildung«, fügte Ramanov hinzu. »Ich habe ebenfalls Kant gelesen – und ich halte ihn für einen Spinner.« Er bedachte Bens Vater mit einem fast mitleidigen Blick. »Sie sollten besser auf die Lektüre Ihres Sohnes achten, Doktor Berger. Superman-Hefte wären wohl doch angemessener als Hegel und Kant.«

Jetzt *musste* sich Ben beherrschen, um Ramanov nicht tatsächlich am Schlafittchen zu packen und seinen Schädel so lange gegen die graue Plastikwand zu knallen, bis eines von beiden nachgab.

»Ich finde, Ben hat Recht«, sagte sein Vater ruhig. »Mir ist es herzlich egal, ob die ganze Welt zum Teufel geht oder nur ich sterbe. Warum konzentrieren wir uns nicht einfach darauf, am Leben zu bleiben?« Seine Stimme – und vor allem sein Blick – wurden um mehrere Grade kühler. »Und wo wir schon einmal dabei sind, Professor: Gibt es bereits eine Spur von meiner Frau?«

»Nein«, räumte Ramanov ein, widerwillig und auch erst nach einem spürbaren Zögern. »Wie Ihnen nicht entgangen sein dürfte, ist die Lage hier im Moment etwas chaotisch. Ich habe jeden Mann, den ich erübrigen konnte, für die Suche nach Ihrer Frau Gemahlin abgestellt, aber die meisten werden leider benötigt, um die dringendsten Reparaturen durchzuführen:«

»Sie ist bei ihnen«, sagte Schulz.

Ramanov lag unübersehbar etwas anderes auf der Zunge, aber er beherrschte sich. »Sollte das der Fall sein, fände ich es überaus bedauerlich, aber es würde auch bedeuten, dass wir ohnehin nichts für sie tun können. Ich muss wohl niemanden daran erinnern, was das letzte Mal geschehen ist, als wir versucht haben in diese Höhle einzudringen?« Beinahe schon triumphierend sah er sich um, und er wirkte eindeutig noch zufriedener, als er keine Antwort bekam. »Was also soll ich Ihrer Meinung nach tun? Selbst nach ihr suchen?«

Bens Vater antwortete nicht, doch mittlerweile schien es auch ihm immer schwerer zu fallen, ruhig zu bleiben. Das erschreckte Ben vielleicht am meisten, und er musste abermals an das denken, was van Staaten vor ein paar Tagen über diesen Ort gesagt hatte: dass er die Menschen veränderte, dass er sie … *böse* machte.

»Ihr müsst sie suchen«, beharrte Schulz. »Ihr müsst sie aufhalten, solange es noch geht.«

Ramanov setzte zu einer weiteren, zweifellos noch zynischeren Entgegnung an, schüttelte aber dann nur den Kopf, faltete umständlich die Arme auseinander und verließ das Zimmer ohne ein weiteres Wort. Ben war nicht der Einzige, der erleichtert aufatmete.

»Danke«, sagte sein Vater leise und an Schulz gewandt. »Ich weiß nicht, wie lange –«

»Schon gut«, unterbrach ihn Schulz. »Das war meine Schuld. Ich hätte wissen müssen, wie er auf meinen Anblick reagiert.« Ein flüchtiges, sehr bitteres Lächeln huschte über seine Lippen und verschwand wieder hinter der grauen Maske aus Erschöpfung und Schmerz, die sein Gesicht bedeckte. »Ich hätte nur nicht gedacht, dass –«

»Es ist nicht Ihre Schuld«, sagte Ben. »Es ist …« Er machte eine müde Handbewegung in die Runde. »… dieser Ort. Er verändert die Menschen.«

Unter allen anderen erdenklichen Umständen und in jeder anderen Situation hätten diese Worte einfach nur dumm geklungen; bestenfalls theatralisch. Hier und jetzt aber schienen sie etwas zu wecken, etwas heraufzubeschwören, das unheildrohend über ihnen schwebte. Plötzlich hatte er Angst davor, mehr zu sagen, als könne allein der Klang seiner Stimme die Tür in jene düsteren Gefilde noch weiter aufstoßen und etwas hereinlassen, das auf der anderen Seite der Wirklichkeit lauerte …

Und schließlich war es sein Vater, der sich unbehaglich räusperte und dem schrecklichen Augenblick ein Ende setzte. »Und Sie … Sie wissen wirklich nicht, was … was genau sie von meiner Frau wollen?«

Schulz schüttelte bedauernd den Kopf. »Sie sollten wohl besser aufhören, von ihr als *Ihrer Frau* zu reden, Doktor.«

»Aber sie ist –«

»Sie *war* Ihre Frau, Doktor Berger«, fiel ihm Schulz ins Wort. »Jetzt gehört sie *ihnen*. Es tut mir leid.«

»Aber das ist doch –«

Diesmal war es Ben, der ihn unterbrach. »Er hat Recht, Vater. Es ist so, wie er sagt.«

Sein Vater starrte ihn aus Augen an, in denen sich die verzweifelte Weigerung, das Gehörte zu akzeptieren, und das lähmende Wissen um dessen Wahrhaftigkeit einen stummen, erbitterten Zweikampf lieferten. Ben fühlte sich schuldig; absurderweise gerade wegen der Dinge, die ihm sein Vater gestern über das wahre Verhältnis zwischen ihm und seiner Mutter erzählt hatte. Plötzlich musste er die Hände zu Fäusten ballen und sämtliche Muskeln anspannen, um die Tränen zurückzuhalten. Aber es gelang ihm nicht ganz, sodass er sich schließlich mit einem Ruck abwandte und die Wand hinter Schulz' Bett anstarrte.

»Woher willst du das wissen?«, murmelte sein Vater. Seine Stimme war nur noch ein Flüstern und zitterte so sehr, dass Ben Mühe hatte, die Worte überhaupt zu verstehen. Gleichzeitig klangen sie in seinen Ohren wie ein Schrei.

Ben hätte es ihm erklären können, doch Worte waren nicht im Stande, die düstere Macht der *Alten* zu beschreiben, und so deutete er nur ein Kopfschütteln an und starrte weiter gegen die Wand.

»Aber … aber niemand weiß, was wirklich passiert ist!«, begehrte sein Vater auf. Seine Stimme wurde fast flehend. »Schulz! Sie sind ihnen doch auch entkommen! Und Ihre Tochter ebenfalls, wenn auch nur für eine Weile!«

»Das war etwas anderes. Alexandra ist etwas ganz Besonderes, genau wie ihr Sohn, und dort unten … gelten die Gesetze unserer Welt nicht mehr. Und an mehr …« Ben sah Schulz nicht an, aber er konnte sein resignierendes Schulterzucken direkt spüren. »Vielleicht hatten Sie kein so großes Interesse an mir. Vielleicht waren sie unaufmerksam oder mit etwas Wichtigerem beschäftigt. Auf mich und die anderen haben sie nicht so lange gewartet wie auf Ihre Frau.«

»Aber warum?!«, rief Bens Vater. »Was soll an ihr denn so wichtig sein? Sie ... sie ist doch nur ein ganz normaler Mensch!«

»Das weiß ich nicht. Aber sie muss von großem Wert für sie sein. Sie haben schon lange vor unserer Ankunft hier gewusst, dass sie kommen wird. Ich glaube, sie haben sie gerufen.«

Ben löste nun doch seinen Blick von jenem imaginären Punkt an der Wand, an dem er sich bisher festgehalten hatte wie ein Ertrinkender an einem Strohhalm, und blickte Schulz stirnrunzelnd an. »Wie meinen Sie das?«

»Erinnerst du dich, was Hauptmann West gesagt hat? Dieser Söldner?«

»Harry?« Ben nickte. Praktisch gleichzeitig schüttelte er den Kopf. »Er hat eine Menge gesagt, aber –«

»Als er auf die *Princess* zurückgekommen ist, hat er behauptet, Iljitsch – Professor Ramanov – hätte ihn geschickt, um deine Mutter zu holen.«

Ben kramte angestrengt in seinem Gedächtnis, doch er war nicht ganz sicher; obwohl seither nur wenige Tage verstrichen waren, schien jener Moment Jahre zurückzuliegen, eine verschwommene Erinnerung an ein Leben, das einem anderen gehört zu haben schien.

Auch sein Vater setzte offensichtlich ganz automatisch dazu an, ihm zu widersprechen, runzelte jedoch dann die Stirn und sah auf einmal sehr nachdenklich aus. Dann aber schüttelte er nur umso heftiger den Kopf. »Nein. Das stimmt nicht. Ramanov hat ihm nichts dergleichen befohlen. Er wusste nicht einmal, dass meine Frau und ich an Bord der *Princess* waren.« Schulz wollte widersprechen, doch er schnitt ihm mit einer beinahe wütenden Bewegung das Wort ab. »Ich habe ihn gefragt.«

»Und Iljitsch hat gesagt, dass er sich nicht an diesen Befehl erinnert«, vermutete Schulz. »Vielleicht stimmt das sogar. Vielleicht hat er diesen Befehl tatsächlich gegeben und gleich wieder vergessen, oder die Söldner *glauben* nur, sie hätten diesen Befehl erhalten ... Wo ist der Unterschied?«

Sein Vater wirkte nun vollends irritiert, zugleich aber auch so hilflos, dass er Ben unendlich leidtat. Er musste sich schrecklich ... ausgesperrt vorkommen. Wie sollte er auch verstehen, wovon Schulz sprach? Selbst ihm, der in der Welt der *Alten* gewesen war, der ihre fürchterliche, unsagbar *fremde* Gegenwart gespürt hatte, fiel es noch immer schwer, Schulz' Worten zu folgen – nicht weil sie so kompliziert oder unverständlich gewesen wären, sondern weil etwas in ihm entsetzt vor dem zurückprallte, was diese Worte implizierten, wenn Schulz' Vermutung zutraf.

»Ich weigere mich einfach, das zu glauben!«, sagte sein Vater. Er schrie fast. »Das ist … Unsinn! Es ergibt keinen Sinn! Warum sie?«

»Ich kann Sie verstehen, Doktor Berger«, antwortete Schulz. »Ich an Ihrer Stelle würde wohl genauso reagieren. Und ich kann Ihnen diese Frage nicht beantworten … wie auch? Sie sollten am besten wissen, was an Ihrer Frau so Besonderes ist.«

Bens Vater sagte jetzt gar nichts mehr, sondern starrte den ehemaligen Kapitän der *Princess* nur fast hasserfüllt an, und Ben …

… *wusste es plötzlich.*

Die Erkenntnis blitzte grell und warnungslos wie ein sonnenheller Funke hinter seiner Stirn auf, aber es war ein Wissen, das zu schrecklich war, um es zu akzeptieren. Und im nächsten Augenblick war der Gedanke wieder fort, vergangen wie das Spiegelbild eines Furcht erregenden Ungeheuers auf schnell fließendem Wasser.

Was zurückblieb, war nichts als ein Gefühl schrecklicher Leere. Und zugleich die fast panische Angst vor dem, was diese Leere verbergen mochte.

21

SIE WAREN NICHT MEHR LANGE BEI SCHULZ GEBLIEBEN. Das Gespräch – so kurz es letzten Endes auch gewesen war – hatte Sashas Vater vollkommen erschöpft, sodass es ihm immer schwerer gefallen war, überhaupt zu reden, und er schließlich nach wenigen weiteren Minuten praktisch mitten im Wort eingeschlafen war. Bald darauf – wenn er es richtig bedachte, war ziemlich genau die Zeit verstrichen, die sie für den Weg von ihrem Behandlungszimmer hierher brauchen würde, was Ben zu gewissen Überlegungen veranlasste, ob ihr Gespräch tatsächlich so vertraulich gewesen war, wie er bisher angenommen hatte – war van Staaten hereingeplatzt und hatte sie mit einer unwirschen Geste aus dem Weg gescheucht, um Schulz einer kurzen, dennoch aber gründlichen Untersuchung zu unterziehen. Sie verlor kein Wort über das Ergebnis, zu dem sie gekommen sein mochte, aber der vorwurfsvolle Blick, mit dem sie ihn – und vor allem seinen Vater! – streifte, nachdem sie fertig war und wieder aufstand, machte im Grunde auch jede weitere Bemerkung überflüssig.

Noch unwirscher und immer noch ohne ein Wort gesagt zu haben, scheuchte sie Ben und seinen Vater aus dem Raum, während Sasha bei Schulz zurückblieb. Van Staaten schien noch nicht einmal etwas dagegen zu haben, dass sie auch weiterhin seine bandagierte Rechte umklammerte; obwohl die Berührung seinen frisch operierten Fingern ganz bestimmt nicht gut tat. Ben registrierte es mit einer Mischung aus Erstaunen und einem dünnen Stich von Eifersucht – und einem sofort aus diesem Gefühl resultierenden schlechten Gewissen.

Natürlich hütete er sich, irgendetwas davon laut auszusprechen, aber van Staaten schien seine Gedanken zu lesen, denn ihre Augenbraue rutschte ein gutes Stück weit an ihrer Stirn nach oben. Ihr Gesichtsausdruck war vorwurfsvoll. Als Ben endlich draußen auf dem Flur war und sich nach links wenden wollte, hielt sie ihn mit einer fast herrischen Geste zurück und bugsierte ihn unsanft zu ihrem Behandlungszimmer, wo sie es sich nicht nehmen ließ, ihn all seinen Beteuerungen, wie gut es ihm ginge, zum Trotz nicht nur einer eingehenden Befragung über seinen Gesundheitszustand, sondern auch einer hochnotpeinlichen Untersuchung zu unterziehen; und ihm zu allem Überfluss anschließend auch noch zwei Injektionen verpasste, die wie die Hölle in seiner Armbeuge brannten und von denen Ben argwöhnte, dass sie keinem anderen Zweck dienten, als ihn zu quälen; ein Zweck, den sie seiner Meinung nach ganz hervorragend erfüllten.

Sein Groll auf van Staaten hielt sich allerdings in Grenzen, als ihm nach und nach das Ausmaß der Katastrophe klar wurde, die er noch nach seinem Erwachen für einen Sieg gehalten hatte. Sein Vater hatte kräftig untertrieben, als er vor einem halben Dutzend Verletzten berichtete, und anscheinend nur von denen gesprochen, die *schwer* verwundet worden waren – Tatsache war, dass mit Ausnahme seines Vaters *niemand* ungeschoren davongekommen war, der das Pech gehabt hatte, sich zum Zeitpunkt des Angriffs in der Nähe der Schleuse aufzuhalten. Es gab Knochenbrüche, Hautabschürfungen und Prellungen und Verstauchungen en masse, und auch Tahias Zielsicherheit hatte anscheinend zu wünschen übrig gelassen, denn ein Großteil der unglückseligen Verteidiger wies eine hübsche Sammlung mehr oder minder schwerer Brandwunden auf; die allermeisten gottlob harmlos, zweifellos aber schmerzhaft.

Am schlimmsten hat es Tooth erwischt. Ben hatte ihn in van Staatens Schlafzimmer gefunden, eingewickelt wie eine Mumie und an einen improvisierten Tropf angeschlossen. Und obwohl er den Söldner nun wahrhaftig nicht in sein Herz geschlossen hatte, hatte ihm der Anblick doch einen tiefen Stich versetzt – vor allem als sein Vater ihm erzählte, dass es nicht die Angreifer gewesen waren, die ihn so zugerichtet hatten. Vielmehr hatte Tahia ihre schreckliche Waffe auf einen ganzen Pulk aus Eiskriegern gerichtet, die gerade drauf und dran gewesen waren, sein improvisiertes Geschütz zu überrennen, und dabei nicht nur die unheimlichen Kreaturen getroffen, sondern mit einem letzten, ungeschickten Schwenk auch ihren Kameraden. Sein Vater war nicht ins Detail gegangen, aber das war auch nicht nötig gewesen: Tooths Kopf war fast zur Gänze verbunden, und das wenige, was Ben unter der dicken Gazeschicht von seinem Gesicht erkennen konnte, hatte ihn mehr an kross gebratenen Schinken erinnert als an ein menschliches Antlitz; und zu seinem maßlosen Entsetzen auch so *gerochen.* Van Staaten war nicht sicher, ob der Söldner die kommende Nacht überleben würde, und Ben wagte nicht einmal sich vorzustellen, wie Tahia sich fühlen würde, wenn sie aus dem künstlichen Tiefschlaf erwachte, in den van Staaten sie und die beiden anderen versetzt hatte, und erfuhr, was sie Tooth angetan hatte.

Irgendwann wurde er schläfrig, dann plötzlich so müde, dass er gerade noch die Kraft aufbrachte, sich in sein Zimmer zu schleppen und angezogen auf sein Bett fallen zu lassen. Mit dem Gedanken, dass diese plötzliche Schläfrigkeit ganz bestimmt nichts mit den beiden Spritzen zu tun haben konnte, die van Staaten mit so großem Vergnügen in seine Vene gejagt hatte, schlief er ein und hatte das Gefühl, schon nach Sekunden wieder aufzuwachen.

Allerdings konnte das nicht stimmen, denn er erwachte zwar mit dem schlimmsten Muskelkater seines Lebens und dem Gefühl, sich in eine besonders perfide Mutation verwandelt zu haben, die über mindestens fünfmal so viele Nervenenden verfügte wie andere Menschen (und jedes einzelne davon tat höllisch weh), dennoch aber auf eine sonderbare Weise erfrischt; als hätte er in sich ein neues, ihm bisher vollkommen unbekanntes Reservoir an Kraft entdeckt, aus dem er zwar noch nicht schöpfen konnte, das aber eindeutig da war. So wie er mit dem Gedanken an van Staatens Lieblingsspielzeug, ihre Spritzen, eingeschlafen war, wachte er auch damit auf, nur dass dieser Gedanke jetzt von einem Gefühl widerwilliger Dankbarkeit begleitet wurde. Was immer sie ihm gegeben hatte ...

Ben fuhr vor Schrecken so heftig zusammen, dass er um ein Haar von der schmalen Liege gerutscht wäre, als ihm klar wurde, dass er nicht allein war.

Sasha lag neben ihm. Sie hatte sich im Schlaf an seine Schulter gekuschelt und den rechten Arm auf seine Brust gelegt. Die Wärme, die er gespürt und die ihn vermutlich auch geweckt hatte, war die ihrer Finger, die genau auf seinem Herzen lagen.

Ben war so verwirrt, dass er zunächst eigentlich gar nichts empfand ... dann – so schwer es ihm auch fiel, sich vom Anblick ihres Gesichts loszureißen, das in einer unendlich vertraut anmutenden Art auf seiner Schulter lag – schloss er die Augen und lauschte in sich hinein.

Aber da war nichts. Wenn er geträumt hatte, erinnerte er sich nicht daran. Zum ersten Mal war ihm Sasha körperlich wirklich nahe gekommen und ausgerechnet jetzt hatte sie ihn nicht in ihre Traumwelt entführt. Das war seltsam und auch ein bisschen enttäuschend, aber auf eine verwirrende Art auch beruhigend.

Vorsichtig hob er ihre Hand von seiner Brust, richtete sich auf und zog dann unendlich behutsam den Arm unter ihrem Nacken hervor, um sie nicht aufzuwecken. Sasha seufzte unwillig im Schlaf, zugleich schien jedoch die Andeutung eines Lächelns über ihre Züge zu huschen. Sie sah sehr klein aus und so unendlich verletzbar und zerbrechlich, dass Ben sich mit aller Kraft beherrschen musste, um sie nicht in die Arme zu nehmen und beschützend an sich zu drücken.

Stattdessen stand er jedoch leise auf, setzte dazu an, die Decke, die irgendwann während der Nacht von der Liege gerutscht und zu Boden gefallen war, aufzuheben und über ihr auszubreiten, und ließ es dann sein, als er erst jetzt registrierte, dass Sasha nicht nur genau wie er vollkommen angezogen auf dem Bett gelegen hatte, sondern sogar ihren weißen Fellmantel trug; und das obwohl es hier drinnen schon fast unangenehm warm war.

Ben stand noch etliche Sekunden einfach so da und blickte auf das schlafende Mädchen hinab, bevor er die Stirn runzelte und abermals in seinem Gedächtnis grub – diesmal allerdings auf der Suche nach einer gänzlich anderen Erinnerung. Aber er fand auch sie nicht. Anscheinend hatte er tatsächlich geschlafen wie ein Stein.

Der allergrößte Teil von ihm war froh darüber.

Das änderte allerdings nichts an seiner Ratlosigkeit. Sosehr ihm die Vorstellung auch schmeichelte, dass Sasha während der Nacht zu ihm gekommen war, um seine Nähe zu suchen, fragte er sich doch zugleich auch, warum eigentlich. Ein kleiner Teil von ihm (um genau zu sein: der, der *nicht* froh darüber war, so tief und fest geschlafen zu haben) beharrte darauf, dass der Grund *er* war und sonst nichts. Aber seit ihrer Ankunft hier war so viel und so Schreckliches geschehen, dass es ihm mittlerweile unmöglich erschien, dass irgendetwas *einfach so* passierte, ohne einen (möglichst schlimmen) Grund.

Das Geräusch der Tür ließ in erschrocken zusammen- und gleichzeitig herumfahren, und im nächsten Augenblick zuckte er noch einmal fast schuldbewusst zusammen, als er ins Gesicht seines Vaters blickte, der offensichtlich schwungvoll hereingekommen und dann mitten in der Bewegung erstarrt war. Zuerst wirkte er nur verdutzt, als er das schlafende Mädchen erblickte; dann erschien ein sehr sonderbarer Ausdruck auf seinem Gesicht – nicht unbedingt missbilligend, irgendwie aber auch nicht wirklich erfreut.

»Ähm … also … also das ist jetzt nicht so, wie …«, stammelte Ben und brach dann hilflos wieder ab, als er dem Blick seines Vaters begegnete. Er kam sich ziemlich dämlich vor.

»Ja, das … glaube ich dir«, antwortete sein Vater. Er klang verlegen. »Außerdem geht es mich nichts an.« Er räusperte sich unecht, drehte sich dann demonstrativ ein Stück zur Seite, sodass die schlafende Sasha nicht mehr in seinem Blickfeld war, und machte die Situation dann vollends peinlich, indem er gute fünf oder sechs Sekunden lang gar nichts sagte, sondern nur betreten auf seine Schuhspitzen starrte. Schließlich räusperte er sich erneut und fuhr, mit veränderter Stimme und immer noch ohne Ben anzusehen, fort: »Professor Ramanov möchte uns sehen.«

»Sicher«, sagte Ben hastig. Er machte eine Bewegung, wie um unverzüglich das Zimmer zu verlassen, hielt dann aber noch einmal inne, als ihm auffiel, dass er nach wie vor die Decke in Händen hielt. Er wollte sie zu Boden fallen lassen, drehte sich dann aber herum, um sie nun doch über Sasha auszubreiten.

Obwohl er vorsichtig war, wachte sie auf. Im ersten Moment sah sie genauso verwirrt und hilflos aus, wie er sich gerade gefühlt hatte, dann trafen sich ihre Blicke, und diesmal war er sicher, zumindest die Andeutung eines Lächelns in ihren Augen zu sehen. Ein Gefühl beinahe wilder Freude breitete sich in ihm aus. Es war nur eine Winzigkeit, nicht mehr als ein vergängliches, rasches Verziehen der Lippen und ein Funke, der tief in ihren Augen aufgeglommen und beinahe ebenso rasch wieder erloschen war, aber es *war* da gewesen. Vielleicht hatte sein Vater ja Recht gehabt. Und vielleicht hatte Sasha sich ja getäuscht. Vielleicht war es ihr doch möglich, dem Würgegriff des Ungeheuers zu entkommen, das sie seit so langer Zeit gefangen hielt. Etwas geschah mit ihr, daran bestand nicht der geringste Zweifel, auch wenn es ihm immer noch nicht gelingen wollte, den Unterschied in Worte zu fassen. Seit sie diesen schrecklichen Ort am Ende der Welt betreten hatten, war Sashas Autismus deutlich schlimmer geworden; nun aber schien sie sich zusehends zu erholen. Noch ein paar Tage und sie war womöglich wieder so … nun ja … *normal* … wie an Bord der Princess, als sie sich zum ersten Mal gesehen hatten.

Wenn sie lange genug lebten, hieß das.

»Ben?«

Die Stimme seines Vaters riss ihn in die Wirklichkeit zurück, auch wenn er das im Augenblick gar nicht wollte. Jetzt, wo er diesen Funken von Leben in Sashas Augen erblickt hatte, waren ihm Ramanov und der Rest der Welt herzlich egal. Statt sich herumzudrehen ließ er sich neben Sasha in die Hocke sinken und schaute ihr wieder in die Augen. Nach allem, was er bisher erlebt hatte, war er fest davon überzeugt, dass er nichts sehen würde, weil er nur einer weiteren, bösen Täuschung aufgesessen war – aber das Wunder geschah: Die Leere kehrte nicht in ihren Blick zurück, und für die Dauer eines einzelnen, schweren Herzschlages sah sie ihn direkt an. Dann richtete sie sich auf, schwang die Beine von der Liege und streckte ihm die Hand entgegen, um sich aufhelfen zu lassen.

Ben war so überrascht, dass er das Gleichgewicht verlor und sich hastig mit der linken Hand abstützen musste, um nicht zu fallen und damit endgültig eine lächerliche Figur abzugeben. Wahrscheinlich tat er es trotzdem, als er sich ebenso ungeschickt wie hastig aufrappelte und dabei gleichzeitig nach Sashas ausgestrecktem Arm griff. Irgendwie kam er in die Höhe, doch er hatte das ziemlich sichere Gefühl, dass es eher *sie* war, die *ihm* aufhalf, statt umgekehrt.

Zu seinem Erstaunen sagte sein Vater nichts über die unübersehbare Veränderung, die mit Sasha vorgegangen war – obwohl sein überraschter Gesichtsausdruck klar machte, dass sie ihm nicht entgangen war. Er bedeutete ihm jedoch nur mit einer fast ungeduldigen Geste, sich zu beeilen. Obwohl seit der Beinahekatastrophe von gestern viele Stunden vergangen sein mussten, lag die Station immer noch wie ausgestorben da, als sie sich auf den Weg zur Zentrale machten. Das einzige Geräusch, das Ben überhaupt hörte, war das an und ab schwellende Heulen des Polarsturms. Man konnte die niedergeschlagene Stimmung, die in der Basis herrschte, fast mit Händen greifen. Ben hatte keine Ahnung, wie spät es war, ob draußen Tag oder Nacht herrschte, und das spielte an diesem Ort am Ende der Welt vermutlich auch keine Rolle, doch wer von der Besatzung nicht verletzt oder damit beschäftigt war, die Schäden zu beheben, die der Angriff der Eismonster verursacht hatte, der hatte sich anscheinend in sein Quartier zurückgezogen und verhielt sich mucksmäuschenstill.

Aber was hatte er erwartet? Die Männer und Frauen hier waren Wissenschaftler, keine Soldaten.

Sasha und er waren die Letzten, die die Zentrale betraten. Zum ersten Mal seit Tagen standen keine bewaffneten Posten vor der Tür und ebenfalls zum ersten Mal seit langer Zeit war der Raum taghell erleuchtet. Der große Wandmonitor war eingeschaltet und hatte einen noch sehr viel größeren Bruder bekommen – Ramanov und Nyarlathotep allein mochten wissen, wo er so plötzlich hergekommen war – und beide zeigten eine restlichtverstärkte, grünstichige Aufnahme des Bereichs unter dem Zeltdach. Ben hätte erwartet, sich mittlerweile an diese ungewöhnlichen Bilder gewöhnt zu haben, erkannte aber auch jetzt kaum mehr als sinnlose, seltsam zerbrochen wirkende Umrisse und vage Bewegung, sie schienen jedoch nicht von Eiskriegern zu stammen.

»Ben!« Schulz, der zusammen mit Ramanov, dessen jungem Assistenten und Dr. Vatec an dem großen Konferenztisch saß, winkte ihm mit einer unförmig verbundenen Hand zu und setzte zum Aufstehen an, verzog aber dann nur schmerzhaft das Gesicht, ließ sich wieder zurücksinken und machte eine einladende Kopfbewegung auf den freien Stuhl neben sich. Und Sasha überraschte Ben – und alle anderen Anwesenden mit ihm – ein weiteres Mal, indem sie rasch um den Tisch herumeilte und sich nicht nur neben ihren Vater setzte, sondern auch nach seiner Hand griff. Obwohl ihm die Berührung zweifellos auch jetzt wieder

Schmerzen bereiten musste und es ihm nicht vollkommen gelang, diesen Umstand zu verhehlen, strahlte er über das ganze Gesicht, während der Anblick Ben einen abermaligen Stich versetzte.

Im ersten Moment glaubte er, er sei wieder nur auf eine besonders perfide Art eifersüchtig, und möglicherweise traf das sogar ein ganz kleines bisschen zu – aber der wahre Grund für seinen Schrecken war ein ganz anderer. Er hatte nicht vergessen, was Sasha ihm beim letzten Mal gezeigt und vor allem *gesagt* hatte. Nyarlathotep kam näher. Und sie gehörte ihm. Vielleicht sollte er sich besser nicht darüber freuen, dass sie allmählich zu erwachen schien …

»Bitte setz dich, Benjamin«, drang Ramanovs Stimme in seine Gedanken.

Ben fuhr erschrocken zusammen und begriff erst im Nachhinein, dass er eine gute halbe Minute lang einfach dagestanden und Sasha und ihren Vater angestarrt hatte – und alle anderen, Sasha eingeschlossen, während derselben Zeit ihn. Er spürte, wie er einen roten Kopf bekam, senkte verlegen den Blick und wäre beinahe über seine eigenen Füße gestolpert, während er hastig einen freien Platz am Tisch ansteuerte. Es gab reichlich davon. Der lange Tisch war zwar wie üblich mit Papieren, Büchern, Computerausdrucken und allem möglichen anderen Krempel übersät, außer Ramanov und seinem Assistenten, Vatec und Schulz waren aber neben Sasha nur er und sein Vater anwesend.

»Ich sitze«, sagte er, nachdem er Platz genommen hatte. In seiner Stimme war ein scharfer Ton, der ihn selbst fast ein bisschen erschreckte, den der Russe jedoch ignorierte. Er wandte sich sofort an seinen Vater.

»Wie fühlen Sie sich, Doktor? Ich hoffe, Sie haben den Schock einigermaßen überwunden.«

Bens Vater reagierte nur mit einem eisigen Blick, mit dem er gleichermaßen ihn und Schulz maß, und Ben fragte sich, ob in der Zwischenzeit noch etwas zwischen ihnen vorgefallen war. Aber das würde er vermutlich gleich erfahren.

Ramanov wartete einige Sekunden lang vergebens darauf, eine Antwort zu bekommen, und fuhr dann mit einem unbehaglichen Räuspern fort: »Also gut … Susanna – Doktor Vatec – und ich haben die Zeit genutzt, um eine … Bestandsaufnahme zu machen. Ich fürchte, das Ergebnis ist nicht besonders …«, er suchte nach Worten und schloss mit einem resignierenden Schulterzucken, »… ermutigend.«

»Was wollen Sie damit sagen?«, fragte Bens Vater. Seine Stimme klang mindestens so scharf wie seine eigene gerade, aber zusätzlich war eine Feindseligkeit darin zu hören, die selbst Ben erschreckte. Irgendetwas war geschehen, während er geschlafen hatte, daran bestand gar kein Zweifel.

Vatec setzte zu einer Antwort an, doch Ramanov brachte sie mit einer fast ängstlichen Geste zum Schweigen und erklärte zögernd: »Wir haben … eine Spur von Ihrer Frau Gemahlin gefunden, Doktor Berger.«

Ben richtete sich kerzengerade in seinem Stuhl auf, und auch sein Vater sah nicht unbedingt *angenehm* überrascht aus. »Eine Spur? Was genau soll das heißen?«

Statt direkt zu antworten streifte Ramanov seinen Schwiegersohn mit einem flüchtigen, beinahe schuldbewussten Blick und wandte sich dann mit einem auffordernden Nicken an seinen Assistenten – Pjotr, wenn Ben sich richtig erinnerte. Er registrierte erst jetzt, dass Ramanov sich von seiner heiß geliebten Funktastatur getrennt hatte, die nun vor dem jungen Russen lag. Pjotrs Finger begannen geschäftig über die Tasten zu huschen, und für eine Weile war das leise Klappern das einzige Geräusch, das zu hören war.

Schließlich deutete Ramanov auf die beiden Monitore.

Der kleinere zeigte noch immer das grüne Gespensterbild, während sein größerer Bruder erloschen war. Ben geduldete sich zehn Sekunden, in denen er vergebens darauf wartete, dass irgendetwas geschah, dann wandte er sich mit einem fragenden Blick an Ramanov. Der Russe leitete ihn – um ein strafendes Stirnrunzeln verstärkt – an seinen Assistenten weiter, und Pjotr murmelte ein einzelnes kleinlautes Wort in seiner Muttersprache und schrumpfte sichtbar auf seinem Stuhl zusammen. Seine Finger schienen sich aufzulösen und in verschwommene Schemen zu verwandeln, während sie immer schneller über die Tastatur huschten. Der Monitor begann zu flackern und zeigte nun zumindest die Andeutung eines Bildes.

»Verzeihung«, sagte Ramanov, während er einen weiteren, nun eindeutig bösen Blick in Richtung seines armen Assistenten abschoss.

Der Monitor flackerte indessen ungerührt weiter. Zwei- oder dreimal schien sich etwas wie ein klar erkennbares Bild herauskristallisieren zu wollen, allerdings nur, um gleich darauf wieder auseinander zu treiben.

»Es ist nicht Pjotrs Schuld«, sagte Ramanov – wenn auch mit einer Betonung, als gäbe er seinem Assistenten *sehr wohl* die Schuld an der rauschenden Katastrophe auf dem Monitor (und an allem anderen, was ihnen in den letzten Tagen zugestoßen war) – und unterstrich seine Worte mit einer flatternden Geste auf das chaotische Durcheinander auf dem Schirm. »Wir haben die halbe Nacht gearbeitet, um die Verbindung hinzubekommen, aber irgendetwas stört unser Computersystem. Wir wissen nicht, was.«

»Und deshalb haben Sie uns mitten in der Nacht herzitiert?«, erkundigte sich Robert Berger ärgerlich.

»Genau genommen ist es hier immer *mitten in der Nacht*, Doktor Berger«, sagte Vatec ruhig. »Zumindest für die nächsten drei Monate.«

Bens Vater schenkte ihr einen ärgerlichen Blick – und runzelte dann verwirrt die Stirn. Und auch Ben sah die Wissenschaftlerin überrascht an. Vatec hatte nahezu akzentfrei Deutsch gesprochen. Er sagte nichts dazu, dachte sich aber seinen Teil.

»Nur einen Moment Geduld noch bitte«, sagte Ramanov hastig.

Der Moment zog sich dahin, aber schließlich setzten sich die Streifen und Schlieren auf dem riesigen Monitor widerwillig zu einem grobkörnigen Schwarz-Weiß-Bild zusammen, das zwar den Eindruck erweckte, ständig gegen das Auseinanderfallen zu kämpfen, dennoch aber einigermaßen stabil blieb.

»Tut mir leid«, meinte Ramanov, »aber das ist das Beste, was wir hinbekommen.«

Niemand antwortete, was aber nur zum Teil daran lag, dass ihnen Ramanov mit seinem ständigen Bedürfnis, sich zu entschuldigen, allmählich auf die Nerven ging. Der eigentliche Grund war vermutlich das, was der Bildschirm zeigte … und die unangenehmen Erinnerungen, die dieses Bild wohl in jedem wachrief. Es war die leicht aus der Horizontalen gekippte Darstellung der unteren Schleusenkammer; des Bereichs vor der zweiten Sicherheitstür des Labors. Auf dem Bild regte sich nichts, dennoch spürte Ben, dass es kein Standbild war, sondern eine Filmaufnahme. Wenigstens gab es diesmal keine Spinne, die dasaß und in die Linse grinste.

»Und?«, fragte sein Vater, nachdem etliche weitere Sekunden verstrichen waren.

»Wie gesagt. Meine Leute konnten einen Teil des Überwachungssystems wieder in Betrieb nehmen. Leider nicht alles und auch die Qualität lässt zu wünschen übrig.« Ramanov hob die Hand, und Pjotr begann emsig zu tippen. Das Bild auf dem Monitor flackerte plötzlich und lief dann rückwärts – irgendwie wusste man es, obwohl sich auf dem Bildschirm rein gar nichts tat.

Wenigstens zuerst. Dann schien ein verschwommener Schemen durch den Raum zu huschen, und das Bild stabilisierte sich. Die tonnenschwere Panzertür, die zuvor fest verschlossen gewesen war, stand nun einen deutlichen Spaltbreit offen.

»Diese Aufnahme ist gestern entstanden«, erklärte Ramanov. »Kurz nach dem Angriff.« Ben sah nicht hin, bemerkte aber trotzdem aus den Augenwinkeln, wie Ramanov einen raschen, unsicheren Blick ins Gesicht seines Vaters warf, bevor er fortfuhr. »Es tut mir wirklich leid.«

Eine weitere, endlose Sekunde verstrich, dann zitterte das Bild leicht, als die ganze Treppe unter schweren Schritten zu erbeben begann, und etwas, was aussah wie ein aus Eis modellierter, modischer Stiefel, erschien im Aufnahmebereich der Kamera und stieß sie dabei halb um, sodass das Bild nun deutlich gekippt war.

Weitere Beinpaare wurden sichtbar, als mehr und mehr der unheimlichen Eiskreaturen die Treppe herunterstürmten und hinter der offen stehenden Panzertür verschwanden.

»Sie wollten ins ... Labor?«, sagte Bens Vater überrascht.

Ramanov antwortete nicht, und Ben versuchte die Gestalten zu zählen, die die Kammer durchquerten und in den dahinterliegenden Laborräumen verschwanden, gab es aber schon bald wieder auf. Es mussten Dutzende sein, vermutlich alle, die in die Station eingedrungen und dem Gemetzel an der Schleuse entkommen waren.

»Aber warum?«, wunderte sich sein Vater. »Sie hätten doch sehr viel leichter durch die Höhle –« Er brach mitten im Satz ab, als eine Gestalt zwischen den weißen Schemen erschien, halb zwischen ihnen verborgen und zu schnell wieder verschwunden, um mehr zu erkennen, als dass sie sich irgendwie von ihnen unterschied.

»Was?«, murmelte sein Vater erschrocken.

Ramanov nickte seinem Assistenten wortlos zu, und Pjotrs Finger huschten abermals wie geschäftige kleine Spinnen über die Tastatur. Das Bild erstarrte, lief dann ruckelnd wieder ein Stück zurück und fror abermals ein, bevor Pjotr einen bestimmten Bildausschnitt heranzoomte und damit vergrößerte. Nicht dass es nötig gewesen wäre.

Schließlich erkannte Ben seine eigene Mutter, selbst wenn er sie nur auf einem verwackelten Video und von hinten sah.

»Aber was ... was bedeutet das?«, murmelte jemand – Ben vermutete, dass es sein Vater war, war aber nicht ganz sicher.

»Ich fürchte, ich muss mich bei meinem Schwiegersohn entschuldigen«, meinte Ramanov unbehaglich. »So wie es aussieht, hatte er wohl Recht.«

Das Bild lief ruckelnd und unscharf weiter, bis der verwaschene Schemen, in dem Ben seine Mutter wiedererkannt hatte, erneut hinter der offen stehenden Panzertür verschwunden war.

»Dann ... dann haben sie sie ... entführt«, murmelte sein Vater. »Aber ... aber warum?«

»Also für mich sah das nicht unbedingt nach einer Entführung aus«, sagte eine Stimme hinter ihnen.

Ben war nicht der Einzige, der überrascht herumfuhr, und vermutlich auch nicht der Einzige, der ebenso ungläubig wie beinahe erschrocken die Augen aufriss, als er van Staaten und Harry unter der Tür erblickte. Die Ärztin sah womöglich noch abgekämpfter und erschöpfter aus als gestern, aber auch unübersehbar zornig, während der Söldner ganz den Eindruck erweckte, als hielte er sich nur noch mit allerletzter Mühe auf den Beinen – und selbst was gelang ihm nicht mehr aus eigener Kraft, sondern mittels etwas, was Ben erst auf den zweiten Blick als umfunktionierten Skistock identifizierte. Er stand so gedrückt und kraftlos da, dass er kleiner wirkte als die belgische Ärztin an seiner Seite und eindeutig verwundbarer; und wenn Ben noch vor wenigen Stunden gedacht hatte, Schulz sähe aus wie der Tod auf Latschen, so revidierte er seine Meinung nun bei Harrys Anblick. Gegen den Söldner wirkte Sashas Vater wie das blühende Leben.

Verwirrt wandte er sich an Ramanov. »Aber ich dachte –?«

»Ich dachte«, erklärte Harry, »dass ich vielleicht besser an dieser kleinen Betriebsversammlung teilnehme, und habe mich selbst entlassen.«

»Gegen meinen Willen!«, fügte van Staaten mit einem giftigen Seitenblick auf den Söldner hinzu. »Das ist Wahnsinn! Und unverantwortlich!«

»Ihr Einspruch wurde zur Kenntnis genommen, Frau Doktor«, erwiderte Harry spöttisch.

»Und ignoriert, ich weiß.«

Darauf sagte Harry gar nichts mehr, sondern setzte sich mühsam in

Bewegung, wobei er sich nicht nur schwer auf seinen Stock stützte, sondern auch bei jedem einzelnen Schritt schmerzhaft das Gesicht verzog. Dr. van Staaten hatte Recht, dachte Ben besorgt. Es *war* unverantwortlich. Aber er kannte Harry auch gut genug, um zu wissen, wie sinnlos jeder Versuch van Staatens war, ihn zur Vernunft zu bringen.

»Von wann sind diese Bilder?«, fragte Harry, nachdem er ächzend Platz genommen hatte.

»Von gestern«, antwortete Ramanov. »Unmittelbar nach dem Angriff.«

Harry lehnte sich für einen Moment in seinem Stuhl zurück und schloss die Augen. Er wirkte sehr erschöpft, aber zu Bens leiser Beunruhigung kein bisschen überrascht, als er sich wieder aufrichtete und das eingefrorene Videobild auf dem Schirm erneut und sehr aufmerksam musterte. »Dann war das also der Grund für ihren Angriff.«

»Sie haben sie entführt und –«, erklärte Robert Berger, und Harry brachte ihn mit einem durchdringenden Blick und einem angedeuteten Kopfschütteln zum Verstummen.

»Wachen sie endlich auf, Doktor. Dieser Angriff galt nicht der Station. Sie haben Ihre Frau nicht entführt. Sie haben sie *geholt.*«

»Aber das ist –«

»Er hat Recht«, warf Schulz ein. »Und das wissen Sie. Geben Sie es zu, Doktor.« Er lächelte milde, auch wenn dieses Lächeln seine Augen nicht erreichte; und schon gar nicht den Ausdruck von mitfühlender Trauer darin. »Das macht es leichter, glauben Sie mir … ich weiß das. Sie war schon lange nicht mehr die Frau, die Sie gekannt haben.«

»So, ist das so?«, fauchte Bens Vater wütend. »Sie glauben also, sie hätten sie sich geholt, als sie draußen in dieser Höhle waren?« Er deutete anklagend auf Harry. »Wenn ich mich richtig erinnere, war sie nicht allein dort.«

»Das ist richtig«, sagte Ramanov. Harry starrte seinen Vater nur vollkommen ausdruckslos an, und Ramanov fuhr fort: »Das ist richtig, aber wir sprechen hier nicht über Hauptmann West, Doktor.«

»Haben Sie selbst ihn nicht –?«, begehrte Bens Vater auf, doch Ramanov unterbrach ihn:

»Die Diamanten, ich weiß.« Er warf Harry ein rasches, um Verzeihung heischendes Lächeln zu – auf das dieser natürlich nur mit einem verständnislosen Blick reagierte – und schüttelte den Kopf. »Ich befand mich im Irrtum.«

»Und das wird Ihnen so plötzlich klar?«

»Sie haben es selbst gesagt, Doktor.« Ramanov deutete mit der Hand in Bens Richtung, wie um ihn als Zeugen zu zitieren. »Sie wussten nichts davon.«

Harry sah abwechselnd ihn und Bens Vater an und wirkte immer verstörter, aber dann hellte sich sein Gesicht auf und verdüsterte sich gleich darauf umso mehr. »Sie haben nicht wirklich geglaubt, dass wir wegen dieser Diamanten dort runtergegangen sind.« Er klang eher ungläubig als wütend.

»Der Gedanke ist mir gekommen«, gestand Ramanov. »Immerhin liegt unter unseren Füßen ein Schatz von nahezu unvorstellbarem Wert.«

»Ja, sicher«, sagte Harry spöttisch. »Ich wollte immer schon lieber als Millionär sterben, als als armer Söldner weiterzuleben.« Er lachte leise, und obwohl er allen Grund gehabt hätte, wütend zu sein, wirkte der Blick, mit dem er dem Russen maß, eher amüsiert. »Darüber unterhalten wir uns später, Professor. Ich schätze es nicht, wenn meine Auftraggeber mir nicht vorbehaltlos trauen.«

»Wie sie selbst gesagt haben, Harry«, Schulz hob besänftigend die Hand, »darüber sollten Sie später reden.« Er wandte sich wieder an Bens Vater. »Er war nicht dort unten, glauben Sie mir.«

»Verzeihung, Herr Kapitän«, sagte Harry, »aber ich –«

»Nicht bei *ihnen.* Ich hätte es gespürt, wenn Sie dort gewesen wären.«

»Aber was wollen sie von ihr?«, murmelte van Staaten. »Was will *sie* dort unten?«

»Das wissen wir nicht.« Ramanov hob demonstrativ die Hand, um die allgemeine Aufmerksamkeit wieder auf den Monitor zu lenken, und seine Stimme nahm einen fast gezwungen sachlichen Ton an. »Wir haben versucht auch die Kameras in den Laborräumen wieder in Betrieb zu nehmen, aber es ist uns nicht gelungen. Vermutlich wurden sie alle zerstört.«

»Dann müssen wir dort hinunter«, drängte Bens Vater. »Wir müssen –« Seine Stimme versagte. Er starrte weiter den Schirm an, und seine Hände, die flach nebeneinander auf der Tischplatte lagen, begannen immer heftiger zu zittern. Van Staaten löste sich endlich von ihrem Platz neben der Tür, wo sie trotzig stehen geblieben war, ging zu ihm und legte ihm die Finger auf den Unterarm, während sie neben ihm Platz nahm. Noch vor einem Tag hätte der Anblick Ben rasend gemacht, aber jetzt empfand er nichts dabei.

»Sie haben Recht, Robert«, sagte sie leise.

»Ich weiß.« Seine Stimme war kaum mehr als ein schwaches Flüstern.

Ramanov deutete abermals auf den Monitor. »Ich fürchte, ich habe noch mehr schlechte Nachrichten.« Die anderen schwiegen. Irgendwie schien niemand überrascht. Ramanov ließ einige Sekunden verstreichen, bevor er sich mit einer übertrieben umständlichen Bewegung erhob und – langsamer, als notwendig gewesen wäre – um den Tisch herum und zu den beiden Monitoren ging. Die Vorstellung kam Ben selbst ein wenig absurd vor, aber der Russe musste diese Szene wohl vorher mit seinem Assistenten geprobt haben, denn Pjotr wartete, bis er die beiden ungleichen Bildschirme nicht nur erreicht, sondern auch die Hand gehoben hatte, um auf den größeren davon zu deuten, bevor er erneut auf seine Tastatur einzuschlagen begann. Das Bild auf dem kleinen Monitor änderte sich nicht, das auf dem anderen aber machte einer von Buchstaben- und Zahlenkombinationen und verwirrenden meteorologischen Symbolen überlagerten Satellitenaufnahme der antarktischen Ostküste Platz. Sie sagten Ben nichts – aber er hatte das Gefühl, dass er auch gar nicht so genau wissen wollte, was all diese Symbole und bedrohlichen schwarzen Flecken zu bedeuten hatten. *Ganz besonders* nicht die schwarzen Flecken …

»Sagte ich schon, dass wir ein Problem haben?«, fragte Ramanov.

»Mehrmals«, antwortete van Staaten spitz.

»Ja, also … wie gesagt: Wir haben ein Problem. Es ist uns gelungen, die Satellitenverbindung wiederherzustellen. Was sie dort sehen, ist die aktuelle Wetterlage über der Küste.«

»Ich finde, es sieht eher wie eine *Schlecht*wetterlage aus«, sagte Harry.

»Und damit haben Sie leider Recht, fürchte ich«, seufzte Ramanov, und – Ben war vollkommen sicher, dass es *keine* Einbildung war – genau in diesem Moment hob der Sturm zu einem kurzen, noch lauteren Heulen an, wie um seine Worte zu unterstreichen. »Der Sturm hat noch einmal an Kraft zugenommen. Nach Aussage aller Kollegen, mit denen ich gesprochen habe, entwickelt er sich zu einer Art Supersturm.«

»Ist die Station in Gefahr?«, fragte Ben.

»Vermutlich nicht durch den Sturm unmittelbar. Aber irgendwie … schon.«

»Aha«, sagte sein Vater verwirrt, und Harry brachte es auf den Punkt, indem er fragte: »Wie lange wird es dauern? Eine Woche?«

»Eher einen Monat. Oder auch drei.« Ben konnte spüren, wie er blass wurde. »Ich weiß, es ist ungewöhnlich für diese Jahreszeit ... eigentlich sogar unmöglich ... aber Tatsache ist, dass wir hier festsitzen und nicht mit Hilfe von außen rechnen können. Jedenfalls für die nächsten ein oder zwei Wochen. Vielleicht länger.«

»Und so lange reichen unsere Lebensmittel nicht«, murmelte Bens Vater. Niemand sagte etwas dazu. *Lebensmittel* waren nicht ihr Problem.

»Was ist mit diesem U-Boot, von dem Sie erzählt haben?«, fragte Harry.

»Oh, es ist da«, antwortete Ramanov unglücklich. Ohne dass es einer Aufforderung bedurft hätte, klapperten Pjotrs Finger wieder über die Computertastatur, und der Bildausschnitt wurde so rasend schnell kleiner, als wäre der Satellit, der die Aufnahme übertrug, jäh aus seiner Umlaufbahn geraten und stürzte nun mit immer größerer Geschwindigkeit auf die Erde herab; genauer gesagt auf einen bestimmten Ausschnitt der Küste, an dessen oberem Rand ein winziger orangefarbener Fleck sichtbar wurde. Gerade als Ben ernsthaft erwartete, die Kamera geradewegs in den Boden rasen und dann gar nichts mehr zu sehen, hielt das Bild mit einem Ruck an. Es war tatsächlich ihre Station samt der Steilküste, dem Strand mit dem Wrack der *Princess* und ein bis zwei Kilometer offenem Meer. Ben musste einen bitteren Kloß hinunterschlucken, als er das gestrandete Schiff sah.

»Oder jedenfalls so gut wie«, fuhr Ramanov fort. Ein kleines Stück hinter und neben der *Princess* – etwa einen Kilometer, schätzte Ben – erschien ein winziger blinkender Punkt, der vermutlich die Position des Unterseebootes markierte. »Leider nutzt uns das im Moment wenig. Sie können nicht auftauchen. Nicht bei diesem Wetter.« Er machte eine Kopfbewegung auf den Monitor. »Dort draußen herrschen im Augenblick Windgeschwindigkeiten von mehr als dreihundert Stundenkilometern. Sie würden einfach in Stücke gerissen.« Er warf einen langen, düsteren Blick in die Runde. »Ganz davon abgesehen, dass keiner von uns eine Chance hätte, auch nur in die Nähe der Küste zu kommen.«

Zumindest den Teil mit dem U-Boot hielt Ben für ein wenig übertrieben, was aber nichts daran änderte, dass ihm Ramanovs Worte einen eisigen Schauer über den Rücken jagten. Mit einem Mal erschien ihm das grünstichige Bild, das auf dem kleineren der beiden Monitore zu sehen war, nicht mehr nur unheimlich, sondern wie eine Drohung, die ganz persönlich gegen ihn gerichtet war.

»Und … und wenn Sie sich irren?«, fragte er stockend. »Ich meine: Wenn Sie eine Funkverbindung zum Festland haben, dann könnten wir doch dort nachfragen! Vielleicht ist der Sturm gar nicht so schlimm, und …«

Er sprach nicht weiter, als er Ramanovs Blick sah. Er war hier in einer *Wetterstation*, umgeben von den vermutlich besten Meteorologen, die es auf der ganzen Welt gab. Ramanov irrte sich nicht.

Harry beugte sich vor. »Ich kann mich täuschen, Professor, aber haben wir dieses Gespräch nicht schon einmal geführt?«

Ramanov bedachte ihn mit einem kühlen Blick. »Sie sind der Soldat hier. Eigentlich hätte ich erwartet, dass Sie ein paar sinnvolle Vorschläge machen, wenn Sie schon hier sind.«

»Im Prinzip gerne. Aber es wäre gar nicht erst so weit gekommen, wenn ich von Anfang an gewusst hätte, womit wir es zu tun haben. Sie trauen mir nicht, Professor. Wieso wusste ich zum Beispiel nichts von diesem Treffen?«

Ramanov antwortete, aber Ben hörte schon gar nicht mehr hin. Wahrscheinlich würden sich die beiden nur wieder in die Haare geraten, und es war vermutlich am besten, wenn er sich raushielt, bevor er am Ende Prügel von beiden Seiten bekam. Er fühlte sich hilflos und so elend wie schon lange nicht mehr. Nicht einmal Sashas Anwesenheit war ein Trost. Sie saß auf der anderen Seite des Tisches, hatte die Hand ihres Vaters ergriffen und sah so glücklich aus, dass Ben es nicht wagte, diesen kostbaren Augenblick zu zerstören.

Aber vielleicht hatte er das schon getan. Das Lächeln blieb zwar auf Sashas Gesicht, und sie ließ die Hand ihres Vaters auch nicht los, doch plötzlich sah sie ihn an und etwas … änderte sich in ihrem Blick. Wirkte sie … erschrocken?

»Sasha?«, murmelte Ben. Abgesehen von van Staaten, die nachdenklich die Stirn runzelte und abwechselnd ihn und das weißhaarige Mädchen ansah, schien niemand Notiz davon zu nehmen, und auch Sasha reagierte nicht auf seine Stimme. Stattdessen löste sie ihre Hand beinahe sanft aus der ihres Vaters, stand auf und ging um den Tisch herum und auf Ramanov zu. Ihr Großvater betrachtete sie zwar irritiert, hörte aber nicht auf, geschliffene Unfreundlichkeiten mit Harry auszutauschen, und er war auch nicht wirklich ihr Ziel. Sie trat an den Monitor heran, um das spiegelfreie Glas mit den Fingerspitzen zu berühren.

Sie wirkte jetzt eindeutig alarmiert.

Ben stand ebenfalls auf und folgte ihr. Der Blick, mit den Ramanov ihn maß, war deutlich unfreundlicher als der, mit dem er seine Enkeltochter gerade bedacht hatte, aber er trat trotzdem gehorsam zur Seite und machte ihm Platz. Ben beugte sich neugierig vor, um erkennen zu können, was Sashas Aufmerksamkeit so fesselte. Zuerst hatte er angenommen, es sei der blinkende rote Punkt, der die Position des Unterseebootes markierte, aber er war erloschen, und Sashas Fingerspitzen berührten auch eine Stelle ein gutes Stück weiter draußen auf dem Meer. Irgendetwas … *war* da, aber er konnte nicht genau erkennen, was.

»Was ist los?«, fragte er. »Was hast du gesehen?«

Sasha löste nicht einmal den Blick vom Monitor, aber er konnte spüren, wie ihr Schrecken größer wurde. Mit angestrengt zusammengekniffenen Augen beugte er sich weiter vor, bis sein Gesicht beinahe das Glas des Monitors berührte, aber alles, was er erkennen konnte, war ein leichtes Kräuseln der Meeresoberfläche. Ein Schatten, der sich darunter bewegte?

Beunruhigt richtete er sich wieder auf und drehte sich zu Pjotr um. »Können Sie diesen Ausschnitt vergrößern?«

Pjotr sah ihn zwar an, doch sein Blick spiegelte vollkommenes Unverständnis.

»Er spricht deine Sprache nicht«, erklärte Ramanov. »Ben, wir haben im Moment –«

»Sasha hatte etwas entdeckt«, unterbrach ihn Ben.

Ramanov zog irritiert die Brauen zusammen, aber er trat wieder neben sie und sah ebenfalls auf den Bildschirm. Nach zwei oder drei Herzschlägen hob er die Hand und sagte ein paar Worte in seiner Muttersprache, und der Bildausschnitt zoomte heran, bis er den gesamten Monitor ausfüllte. Der Schatten war nun deutlicher zu erkennen, gab sein Geheimnis allerdings noch nicht preis. Irgendetwas war dort draußen, das konnte man sehen. Etwas, was Ben nicht gefiel.

»Kriegen Sie das noch größer hin?«

Ramanov sagte jetzt gar nichts mehr, sondern wiederholte nur sein unwilliges Wedeln mit der Hand, und für zwei oder drei Sekunden war das einzige Geräusch, das zu hören war, Pjotrs hektisches Tippen. Dann wuchs der Bildausschnitt abermals heran, und gleichzeitig wurde die Darstellung deutlich schärfer.

Sasha prallte mit erschrockenen Bewegung zwei oder drei Schritte zurück und presste die Hand so heftig an die Brust, als hätte sie sich verbrannt, und Ben hätte um ein Haar laut aufgeschrien.

Das Bild war von geradezu fantastischer Qualität. Obwohl von einem Satelliten aus Hunderten von Kilometern Höhe aufgenommen, konnte man jede Welle auf der Meeresoberfläche erkennen … ebenso wie den zyklopischen Schatten, der dicht unter der Wasseroberfläche dahintrieb.

Der Schatten eines Giganten, schwarz, größer als ein Schiff und mit gewaltigen, peitschenden Fangarmen.

22

TAHIA UND GERRIT ERWACHTEN EINE STUNDE SPÄTER – wenn auch nicht unbedingt von selbst, wie Ben vermutete. Die improvisierte Krisensitzung hatte nicht mehr allzu lange gedauert. Der Anblick des Furcht erregenden Kolosses hatte sich wie eine drückende Last auf ihre Seelen gelegt und ihnen die Lust auf weitere Diskussionen genommen. Ramanov und Harry hatten noch ein paar Nettigkeiten ausgetauscht, und schließlich hatte Schulz der Quälerei ein Ende bereitet, indem er behauptete, er fühle sich nicht wohl und müsse sich hinlegen. Vermutlich entsprach das sogar der Wahrheit.

Ben war allein in sein Quartier zurückgekehrt. Sasha hatte sich ihrem Vater angeschlossen – er hatte nichts anderes erwartet und fragte sich betrübt, ob es jemals wieder wie früher werden würde, nun, wo Schulz wieder hier war –, und seinen Vater anzusprechen hatte er nicht gewagt.

Als er an van Staatens Behandlungszimmer vorbeikam, wurde er Zeuge eines heftigen Streits zwischen ihr und Harry. Er hatte nicht alles verstanden, sehr wohl aber herausgehört, dass Harry von ihr verlangte, die beiden Söldner aufzuwecken – ein Wunsch, dem sich die Ärztin vehement widersetzte. Er hütete sich jedoch, sich einzumischen, setzte seinen Weg fort und kehrte niedergeschlagen in sein winziges Quartier zurück.

Die Station war noch immer auf dieselbe, fast unheimliche Weise still. Das an und ab schwellende Heulen des Sturmes hielt an, dann und wann waren aber auch andere Geräusche zu hören – ein dumpfes Hämmern, ein einzelnes gerufenes Wort, das Zischen eines Schweißbrenners, ein Poltern, bei dem sich Ben alarmiert auf seiner Liege aufrichtete, dem aber keine weiteren ungewöhnlichen Laute folgten, sodass er schließlich wieder zurücksank –, doch sie alle klangen sonderbar unwirklich, als gehörten sie schon nicht mehr zu jener Welt, in der sie gestrandet waren, oder als hätten sie hier zumindest keinerlei Bedeutung mehr.

Nyarlathotep kam näher. Und diesmal hatte er ihn nicht nur im Traum gesehen, eine Vision, von der er sich wenigstens einreden konnte, sie sei nicht real. Diesmal hatten ihn *alle* gesehen.

Eine Stunde oder länger lag er völlig reglos und mit hinter dem Kopf verschränkten Händen auf seinem Bett, starrte die graue Kunststoffdecke über sich an und versuchte vergebens, einen klaren Gedanken zu fassen. Für einige wenige kostbare Stunden hatte er (und vermutlich alle anderen hier auch) neue Hoffnung gefasst, nachdem die Söldner zurückgekehrt waren, doch diesem Aufatmen folgte nun eine umso tiefere Ernüchterung.

Vielleicht vergingen auf diese Weise auch drei Stunden. Ben verlor jegliches Zeitgefühl, aber schließlich hatte er das Gefühl, es einfach nicht mehr auszuhalten – lieber würde er sich mit Ramanov streiten oder seinem Vater dabei zusehen, wie er mit van Staaten turtelte, bevor er noch länger allein hier herumlag und grübelte. Entschlossen stemmte er sich hoch, schwang die Füße von der Liege und setzte sie gerade noch rechtzeitig genug auf den Boden, um aufspringen und mit wild rudernden Armen um sein Gleichgewicht kämpfen zu können, als die gesamte Station unter einem plötzlichen harten Schlag erbebte; ein brutaler Ruck, nicht wie eine Explosion, sondern ein Gefühl wie in einem Eisenbahnwaggon, der hart und vollkommen ohne Vorwarnung an einen anderen Wagen angekoppelt worden war. Ben stolperte hilflos gegen die Wand neben der Tür, versuchte einen Schritt zu machen und fiel dann doch auf beide Knie hinab, als die Station von einem zweiten, noch härteren Schlag getroffen wurde. Diesmal folgten ein dumpfes Grollen und ein Chor gedämpfter Schreie, die durch das dünne Plastik der Tür hereindrangen.

Hastig rappelte Ben sich wieder auf und blieb eine Sekunde lang mit angehaltenem Atem und dazu bereit, sich irgendwo festzuklammern, reglos stehen, aber den beiden Erschütterungen folgte keine dritte.

Brandgeruch schlug ihm entgegen, als er die Tür öffnete und auf den Gang stolperte. Das Licht flackerte und hatte auf der linken Seite einen deutlichen Stich ins Rötliche. Die Schreie waren nun deutlicher zu hören. Sie schienen aus allen Richtungen zugleich zu kommen, hörten sich aber eindeutig eher nach Schreckens- als Schmerzensschreien an.

Sasha! Sein erster Gedanke galt Sasha, dann dachte er an seinen Vater – aber natürlich wandte er sich nach links und rannte in die Richtung los, in der er Sasha und ihren Vater wusste.

Als er um die Gangbiegung raste, prallte er mit einem Mann der Stationsbesatzung zusammen.

»Was ist passiert?«, keuchte Ben. »Was war das?«

Der Mann verstand ihn entweder nicht oder war viel zu sehr in Panik, um zu antworten. Ohne ein Wort stürmte er weiter, und auch Ben setzte seinen Weg fort und erreichte nach einem Dutzend hastigen Schritten die Tür zu Schulz' Zimmer.

Sie wurde von innen aufgerissen, gerade als er die Hand nach der Klinke ausstrecken wollte, und Schulz kam ihm entgegen. Er blutete aus einer frischen Platzwunde über dem Auge und sah völlig verstört aus (anscheinend hatte er weniger Glück gehabt als Ben und war tatsächlich gestürzt), aber Sasha saß zu Bens Erleichterung völlig unbeschadet auf der Kante der wackeligen Campingliege und wirkte nur ein bisschen verwirrt.

»Ben! Was ist passiert?«, stammelte Schulz.

»Das wollte ich Sie auch gerade fragen«, antwortete Ben, schob sich aber zugleich an Schulz vorbei und eilte zu Sasha. Anders als sonst reagierte sie auf sein Auftauchen, indem sie – wenn auch auf eine unendlich mühsame Art – den Kopf drehte und zu ihm hochsah. Diesmal jedoch entdeckte er kein Lächeln in ihren Augen, keinen Ausdruck von Freude, sondern nur ein abgrundtiefes Erschrecken; und Qual, all das, was sie dachte und fühlte, nicht in Worte fassen zu können. Sie kämpfte gegen ihre Ketten, das spürte er, mit einer Verzweiflung und Kraft, die er wahrscheinlich nicht einmal annähernd nachempfinden konnte. Der Anblick schloss sich wie eine unbarmherzige Faust aus Eis um sein Herz und schnürte ihm schier die Kehle zu.

»Ist alles in Ordnung?«, fragte Schulz.

Ben war nicht ganz sicher, wem diese Frage galt, und er reagierte auch nur mit einer Bewegung, deren Bedeutung Schulz sich aussuchen konnte. Fast hastig richtete er sich wieder auf und war nicht einmal überrascht, als Sasha ebenfalls aufstand und nach seiner Hand griff. Jetzt war es Schulz, in dessen Augen ein Funke von Eifersucht aufglomm, wenn auch nur für einen winzigen Moment, dann warf er Ben einen auffordernden Blick zu und wandte sich zur Tür. Sasha und er folgten ihm auf den Gang, auf dem der Lärm und das Durcheinanderrennen mittlerweile deutlich zugenommen hatten. Auch der Brandgeruch war deutlich stärker geworden, und irgendwo wimmerte wieder einmal eine Sirene; wenn auch gottlob nicht so trommelfellzerreißend wie sonst. Das Licht flackerte, und ein chemischer Geruch lag in der Luft; vermutlich von einem Feuerlöscher.

»Zur Zentrale!«, rief Schulz. Er rannte auch unverzüglich los – genauer gesagt: Er versuchte es. Seine Kräfte waren jedoch noch lange nicht wiederhergestellt. Alles, was er zu Stande brachte, war ein schlurfendes Humpeln, sodass Ben – selbst mit Sasha im Schlepptau – Rücksicht auf ihn nehmen musste und nicht annähernd so schnell vorwärts kam, wie ihm lieb gewesen wäre. Immerhin hörte der Feueralarm auf zu heulen, und auch das Stimmengewirr und die allgemeine Aufregung schienen ein wenig nachzulassen. Auf halbem Weg zur Zentrale kamen ihnen van Staaten und sein Vater entgegen, aber Ben sparte sich gleich jede entsprechende Frage, als er den ratlos-erschrockenen Ausdruck auf den Gesichtern der beiden sah. Nebeneinander eilten sie weiter.

Die Tür der Zentrale stand weit offen. Der Feueralarm hatte aufgehört zu randalieren, dafür flackerte das Licht in der Zentrale wie wild. Zuerst erkannte Ben nichts als Chaos; es kam ihm vor, als hielten sich zwanzig oder dreißig Menschen in der Zentrale auf, die noch dazu wild durcheinander liefen und schrien. Dann wurde ihm klar, dass es kaum ein halbes Dutzend Leute waren. An dem großen Konferenztisch saß Harry und beugte sich mit konzentriertem Gesichtsausdruck über den Bildschirm des Laptops. Er sah als Einziger im Raum nicht erschrocken aus, sondern nur auf eine sehr sachliche Weise angespannt; allenfalls dass ein leiser Ausdruck von Unwillen auf seinem Gesicht lag, der vermutlich aber nur dem allgemeinen Durcheinander galt.

»Was ist passiert?«, stieß sein Vater hervor, kaum dass er vor ihm durch die Tür gestolpert war – und das wortwörtlich; hätte van Staaten ihn nicht blitzschnell am Arm gepackt, wäre er wohl über seine eigenen Füße gefallen und der Länge nach hingeschlagen. Noch bevor er sein Gleichgewicht wiedergefunden hatte und seine Frage noch mal stellen konnte, tat es eine andere Stimme hinter ihnen.

»Was zum Teufel ist hier los?«

Natürlich hatte Ben die Stimme erkannt, aber er fuhr trotzdem erschrocken herum und blickte fast schuldbewusst in Ramanovs Gesicht. Der Russe drängelte Sasha und ihn grob zur Seite und stürmte mit kampflustig gesenkten Schultern in den Raum. »Was ist passiert? Ich verlange eine Erklärung!«

Harry hatte bereits zu einer Antwort angesetzt, aber nun ließ er – vermutlich ganz bewusst – eine geschlagene Sekunde verstreichen, in der er Ramanov nur ausdruckslos anstarrte, dann deutete er ein Schulterzucken an und sagte fast schon provozierend sanft: »Irgendetwas scheint explodierte zu sein. Wenn hier nicht alle wie die aufgeschreckten Hühner umherlaufen und Chaos verbreiten würden, hätte ich vielleicht sogar schon herausgefunden, was, Professor.«

Ramanov sah schon wieder aus, als träfe ihn gleich der Schlag, aber zu Bens nicht geringem Erstaunen beherrschte er sich, ballte nur verärgert die Fäuste und schrie dann irgendetwas in mindestens vier verschiedenen Sprachen; Ben verstand keine davon, hatte aber das sichere Gefühl, dass es jedes Mal dasselbe Wort war. Was vermutlich auch stimmte, denn seine Mitarbeiter hatten es plötzlich sehr eilig, die Zentrale zu verlassen. Ramanov wandte sich mit einem weiteren, noch ungeduldigeren Blick an Harry, doch der Söldner lächelte ungerührt weiter und machte eine Kopfbewegung auf die Tür.

Ramanov überraschte Ben ein weiteres Mal, indem er auch jetzt nicht explodierte, sondern nur herumfuhr, mit zwei wütenden Schritten an ihm vorbeistampfte und die Tür mit einem Krachen schloss.

»Also?«

Anscheinend, überlegte Ben, wollte Harry ausprobieren, wie weit er dieses Spielchen treiben konnte, denn er antwortete auch jetzt noch nicht auf Ramanovs Frage, sondern lächelte nur knapp und ungefähr so amüsiert wie eine Schlange, die ein von ihr hypnotisiertes Kaninchen mustert und dabei angestrengt überlegt, an welcher Stelle sie zubeißen soll. Als einzige Reaktion auf Ramanovs Worte deutete er mit der linken Hand auf die beiden großen Wandmonitore, die nun dasselbe Bild zeigten: die Ben schon wohl bekannte grafische Darstellung der Station. Einige Bereiche davon – nicht sehr viele und sie waren auch nicht besonders groß – flackerten rot, und darüber hinaus wuselten Dutzende winzige Punkte auf der Grafik durcheinander.

»Es scheint nicht so schlimm zu sein, wie es zunächst den Anschein gehabt hat. Ein paar harmlose Brände. Sieht so aus, als bekämen Ihre Leute die allein unter Kontrolle ... schließlich sind wir ja auch nicht die Feuerwehr.«

Ramanov starrte den Söldner nur aus hervorquellenden Augen an, was Harry jedoch nicht im Geringsten zu beeindrucken schien, denn er drehte sich lediglich mit einem lauten Ächzen in seinem Stuhl herum und sah zu einem Punkt am anderen Ende des Raumes. Ramanovs Gesicht lief allmählich dunkelrot an, und Ben fragte sich, was Harry bezweckte. Für alberne Machtspielchen war jetzt *wirklich* nicht der richtige Zeitpunkt.

Dann folgte sein Blick dem des Söldners, und er entschuldigte sich in Gedanken bei Harry. Sie waren nicht so allein, wie er angenommen hatte. Ein ganzer Teil der gegenüberliegenden grauen Kunststoffverkleidung war auseinander geschraubt und die einzelnen Paneele aufrecht daneben an die Wand gelehnt worden. Ben konnte in dem Durcheinander, das dahinter zum Vorschein kam, nicht allzu viel erkennen (und eigentlich wollte er es auch nicht, denn der Anblick weckte eine von zahlreichen Erinnerungen in ihm, auf die er liebend gern verzichtet hätte), aber nach ein paar Augenblicken erschien ein Paar Stiefel in der Öffnung, dessen Besitzer sich umständlich und unter sichtbarer Anstrengung rücklings ins Freie schob.

Es war Tahia. So viel zu der Frage, wer als Sieger aus dem ungleichen Duell hervorgegangen war: van Staaten oder Harry.

»Was zum Teufel haben Sie angestellt?!«, keuchte Ramanov.

»Nichts«, antwortete Harry ruhig. »Ich habe Tahia lediglich gebeten, sich Ihr Computersystem noch einmal genauer anzusehen.«

Ramanovs Miene verdüsterte sich noch weiter, obwohl Ben das noch vor einer Sekunde nicht einmal für möglich gehalten hätte. Seine Augen schienen kleine Blitze abwechselnd in Harrys und Tahias Richtung abzufeuern, während er mit mühsam beherrschter, zitternder Stimme fragte: »Das Computersystem? Ich kann mich irren, aber benutzt man dazu nicht normalerweise eine Tastatur statt einer Brechstange?«

»Eigentlich schon«, antwortete Tahia an Harrys Stelle. Sie hatte sich weit genug aus den staubigen Eingeweiden der Station herausgeschoben, um sich herumdrehen und aufrichten zu können. Ohne Ramanov auch nur eines Blickes zu würdigen, begann sie sich den Schmutz von Jacke und Hose zu klopfen und eilte gleichzeitig zum Tisch zurück, um sich nun tatsächlich über die Funktastatur zu beugen, die neben ihrem Laptop auf dem Tisch stand. »Es sei denn, irgendjemand ist so schlau und versteckt gewisse wichtige Komponenten des Systems hinter einer Wandverkleidung, die man nur mit einer Brechstange aufbekommt. Falls Sie irgendwann einmal wieder in die Zivilisation zurückkehren, Professor, empfehle ich Ihnen einen Besuch in einem Baumarkt. Es gibt da eine neue Erfindung, die sich Schraube nennt.« Sie hob nun doch für einen Moment den Blick und sah Ramanov an, als verrate sie ihm eines ihrer bestgehüteten Geheimnisse. »Ich gebe zu, sie sind etwas schwieriger zu handhaben als ein Elektrotacker, aber man spart hinterher eine Menge Zeit und Arbeit.«

Sie deutete auf die misshandelte Wand, und Ramanov wurde zur Abwechslung leichenblass. Ben konnte ihn sogar verstehen, als er ebenfalls noch einmal hinsah und erkannte, dass Tahia in der Tat eine Brechstange benutzt zu haben schien, um die Wandverkleidung zu entfernen. Der Boden rings um die gewaltsam geschaffene Öffnung war mit grauen Plastiksplittern und verbogenem Metall übersät.

»Tahia, bitte«, sagte Harry. Er versuchte ein strafendes Gesicht aufzusetzen, konnte das belustigte Funkeln in seinen Augen aber nicht ganz unterdrücken.

»Ich frage noch einmal!« Ramanov flüsterte jetzt nur noch, klang aber trotzdem irgendwie so, als würde er schreien. »Was ist passiert?«

»Das versuche ich gerade herauszufinden, Professor«, antwortete Tahia plötzlich sehr ernst. »Es hat jedenfalls nichts mit dem zu tun, was ich getan habe.«

»Und was *haben* Sie getan?«, fragte Ramanov mühsam beherrscht.

»Nichts«, sagte Harry. Er bekräftigte seine Worte mit einem Nicken und einem ernsten Blick und stand gleichzeitig auf, um mit langsamen Schritten um den Tisch herumzukommen. Er humpelte nicht nur leicht, seine Bewegungen hatten ihre kraftvolle Geschmeidigkeit auch noch lange nicht zurückgewonnen. Was im Übrigen auch für Tahia galt, wie Ben nicht ohne Sorge registrierte. Die beiden waren am Ende ihrer Kräfte und hielten sich nur noch mit Mühe und Not auf den Beinen, das war unübersehbar, ganz egal wie sehr sie auch versuchten, es zu überspielen. »Irgendetwas ist explodiert oder zusammengebrochen, und wir finden heraus, was.«

Ben fand seinen Ton reichlich unangemessen. Wie es aussah, schien im Augenblick keine unmittelbare Gefahr zu bestehen – aber Harry benahm sich, als hätte nur das Licht einmal kurz geflackert, und nicht, als wäre ihnen gerade der halbe Himmel auf den Kopf gefallen.

Ramanov schwieg, warf aber einen bezeichnenden Blick auf die halb auseinander gerissene Wand, und Harry fuhr mit einem Stirnrunzeln und in hörbar schärferem Ton fort: »Nur nebenbei … interessiert es Sie, was Tahia entdeckt hat?«

Ramanov wäre nicht Ramanov gewesen, hätte er sich herabgelassen, auf diese Frage zu antworten, aber das schien Harry auch gar nicht erwartet zu haben. »Jemand hat kräftig an ihrem Computersystem herumgepfuscht, Professor.«

»Aber das wissen wir doch«, sagte Bens Vater, und Harry fügte ungerührt hinzu: »Und zwar nicht erst heute oder gestern, sondern schon vor einer geraumen Weile.«

Ramanov wirkte irritiert. »Was soll das heißen?«

»Sie haben sich einen hübschen kleinen Computervirus eingefangen, Professor«, sagte Tahia. »Aber nicht über eine E-Mail oder weil einer von Ihren Leuten auf einer Schmuddelseite im Internet war.« Sie deutete ein Achselzucken an. »Ich habe noch nicht herausgefunden, wann und von welchem Terminal aus, aber er wurde eindeutig hier eingegeben. Ein raffiniertes kleines Biest, nebenbei bemerkt. Wer immer es geschrieben hat, wusste, was er tat. Ich bin beeindruckt.«

Draußen auf dem Gang heulte der Feueralarm noch einmal lauter auf und verstummte dann mit einem letzten, beinahe resignierend klingenden Wimmern, und Tahia unterbrach sich für einen Moment, um einen raschen Blick auf den hochgeklappten Monitor ihres Laptops zu werfen. »Kein Grund zur Sorge. Anscheinend nur ein Kurzschluss. Kriegen Ihre Leute das in den Griff?«

Ramanov deutete ärgerlich auf den großen Monitor, auf dem vermutlich dasselbe zu sehen war wie auf Tahias Laptop. »Wie Sie sehen.«

Sasha drückte Bens Hand so fest, dass er zusammenfuhr und sie überrascht ansah. Sie sah alarmiert aus; ihr Blick ruhte auf der gewaltsam geschaffenen Bresche in der Wand. Als Ben ebenfalls hinsah, glaubte er einen davonhuschenden Schatten zu erkennen, winzig und wuselnd und viel zu schnell verschwunden, um ihn wirklich identifizieren zu können. Eine … Spinne?

»Ganz genau«, sagte Tahia, als hätte er die Frage laut ausgesprochen.

Anscheinend war es im Moment nicht schwer, in seinem Gesicht zu lesen. Sie verzog angeekelt die Lippen. »Es wimmelt da drinnen von den Viechern. Sie sollten dringend einen Kammerjäger kommen lassen, Professor.«

Ramanov verstand nun sichtlich gar nichts mehr, und Tahia setzte zu einer Erklärung an, runzelte aber dann plötzlich die Stirn, ging mit raschen Schritten zur Wand und hob den Fuß, um irgendetwas wuchtig zu zerstampfen. »Spinnen!«, sagte sie angewidert.

Ein rascher, eisiger Schauer lief über Bens Rücken, und für einen kurzen, aber unbeschreiblich widerwärtigen Augenblick glaubte er das flüchtigen Tasten Hunderter eiskalter Spinnenbeine auf der Haut zu fühlen. Natürlich war es nur Einbildung, aber das machte es nicht besser.

Ramanov schien etwas erwidern zu wollen, doch in dieser Sekunde wurde die Tür hinter ihnen aufgerissen, und ein Mann in einem rußverschmierten weißen Kittel stürmte herein und sagte ein paar Worte, die Ben nicht verstand. Ramanov antwortete nur mit einem unwilligen Kopfnicken und scheuchte den Mann mit einer Geste wieder hinaus, bevor er sich an Harry wandte. »Das Feuer ist gelöscht. Es war nur ein harmloser Kurzschluss. Sie hatten Recht.«

»Ich weiß«, antwortete Harry, nachdem er einen raschen Blick auf den Monitor an der Wand geworfen hatte. Die winzigen Leuchtpunkte wuselten noch immer wie verrückt durcheinander, aber das rote Flackern war erloschen.

»Aber das ist immer noch keine Antwort auf die Frage«, meldete sich Robert Berger zu Wort, »was überhaupt passiert ist. Gab es eine Explosion?«

»Das glaube ich nicht.« Tahias Fuß stieß ein weiteres Mal wuchtig auf den Boden nieder und Ben glaubte ein leises Knacken zu hören. »Es hat sich eher angefühlt, als wäre etwas zusammengebrochen. Etwas Großes.«

»Die Höhle?«, murmelte van Staaten erschrocken.

»Kaum«, sagte Harry. »Wenn die gesamte Höhle zusammengebrochen wäre, dann säßen wir jetzt wahrscheinlich nicht mehr hier. Vielleicht ein Teil.«

»Aber wieso?«, fragte Ramanov unsicher.

»Warum gehen Sie nicht hinunter und schauen nach?«, erkundigte sich Tahia, während ihr Blick aufmerksam über den Boden huschte und nach etwas Ausschau hielt, was sie zertreten konnte. Sie fand nichts.

Ben wandte sich beunruhigt wieder zu Sasha herum. Sie wirkte nicht mehr ganz so erschrocken wie gerade eben, aber immer noch angespannt, und auch ihm wollte es einfach nicht gelingen, das eingebildete Kribbeln und Tasten ganz abzuschütteln. Da war eine Erinnerung, die ...

»Das sind nicht nur einfach Spinnen«, hörte er sich selber murmeln.

»Was soll das heißen?«, fragte van Staaten nervös.

Ben hörte sich selbst weiter zu, als lausche er den Worten eines Fremden. »Es hat schon auf der *Princess* angefangen. Erinnert ihr euch nicht? Sie ... sie waren auch da.«

»Unsinn!«, schnappte Ramanov. »Ungeziefer gibt es überall auf der Welt. Vielleicht sind ein paar Tiere aus dem Labor entkommen –«

»Der Junge hat Recht«, unterbrach ihn Schulz. Auch er war an die Öffnung in der Wand herangetreten und blickte in das schattige Halbdunkel dahinter. Sein Gesicht wirkte sonderbar leer. »Sie sind *Ihre* Augen und Ohren. Das waren sie schon immer.«

Die Worte schienen noch eine Weile in der Luft zu hängen, nachdem er sie ausgesprochen hatte, wie ein unhörbares Echo, das etwas Düsteres aus einer fremden, feindseligen Welt mitgebracht hatte. Ben versuchte vergeblich, das Gefühl abzuschütteln oder wenigstens als so lächerlich abzutun, wie es sein musste – doch je mehr er es versuchte, desto schlimmer schien es zu werden.

»Blödsinn«, sagte Ramanov verächtlich. »Als ob wir nicht schon genug echte Probleme hätten!«

Niemand antwortete. Schulz sah seinen Schwiegervater nur beinahe traurig an, und schließlich drehte sich Ramanov mit einem demonstrativen Ruck zu Tahia um und fragte: »Also, was genau bewirkt dieser Virus?«

»Das habe ich noch nicht herausgefunden.« Ihre scharfen Augen schienen noch etwas erspäht zu haben, was sich zu zermanschen lohnte, denn ihre Stiefelspitze stieß plötzlich so wuchtig auf den Boden hinab, als wolle sie sich einen Weg in das Labor unter ihren Füßen bahnen. »Jedenfalls macht er nichts kaputt, wenn Sie das meinen. Das Biest ist viel raffinierter.«

Sollte sie das etwa beruhigen? Nicht nur Ben sah die Söldnerin irritiert an.

»Im Klartext wollen Sie mir erklären, dass wir so etwas wie einen Verräter unter uns haben«, sagte Ramanov. »Das ist lächerlich. Ich lege die Hand für jeden einzelnen meiner Mitarbeiter ins Feuer.«

Niemand tat ihm den Gefallen, zu erwidern, dass er aufpassen solle, sich dabei nicht zu verbrennen, aber die Bemerkung stand trotzdem irgendwie im Raum, und wieder machte sich eine sonderbar unwirkliche Stimmung zwischen ihnen breit. Ramanov sah sich kampflustig um und schien nur darauf zu warten, dass jemand den Mund aufmachte, damit er sich auf ihn stürzen konnte, und es war, als knistere die Luft unter einer unsichtbaren elektrischen Ladung. *Van Staaten hat Recht gehabt*, dachte Ben wieder. *Es ist dieser Ort. Er machte die Menschen böse.*

»Machen Sie sich keine Sorgen, Professor«, sagte Harry. »Wenn jemand herausfindet, was hier los ist, dann Tahia. Sie ist wirklich gut in solchen Dingen.« Er nickte bekräftigend und schien noch etwas hinzufügen zu wollen, stutzte dann aber und sah plötzlich konzentriert auf den Monitor seines Laptops. »Tahia.«

Die Söldnerin eilte wortlos zu ihm, beugte sich über seine Schulter und schaute dann genauso überrascht und ein bisschen besorgt drein wie er.

»Was ist los?«, fragte Ramanov.

»Nichts«, murmelte Tahia und beugte sich weiter vor – Harry erhob sich wortlos und nahm im Stuhl daneben Platz –, um nach einem eindeutig beunruhigten Stirnrunzeln hinzuzufügen: »Das ist interessant.«

Ramanov schürzte ärgerlich die Lippen, trat hinter sie und blickte ebenfalls auf den Laptop, aber man sah seinem Gesicht an, dass ihm das, was er darauf erblickte, rein gar nichts sagte.

»Was?«, fragte Ben. Täuschte er sich oder hatten Sashas Finger in seiner Hand zu zittern begonnen?

»Jemand … hat den Strom unten im Labor wieder eingeschaltet«, erklärte Tahia. »Oder es jedenfalls versucht … schon vor ein paar Stunden.«

»Aber das ist unmöglich«, sagte Ramanov.

»Ich habe ja auch gesagt: *versucht.«* Tahias Finger begannen über die Tastatur zu huschen. Ben sah unwillkürlich auf den großen Wandmonitor, aber dort änderte sich nichts. Das nervöse Wuseln der Lichtpunkte, die die Position jedes einzelnen Menschen hier in der Station markierten, hatte sich etwas beruhigt. Das war alles.

»Dort unten kann niemand sein. Es ist alles zerstört«, murmelte Ramanov.

Der Rest der Menschen im Raum schwieg. Sie alle wussten, *wer* dort unten war.

Außerdem täuschte sich Ramanov oder versuchte einfach, die Augen vor der Wirklichkeit zu verschließen – dort unten war längst nicht *alles zerstört.* Schließlich hatten Ben, sein Vater und auch die Söldner das Labor mit eigenen Augen gesehen. Die Selbstvernichtungsmaschinerie, die der Computer in Gang gesetzt hatte, hatte nicht annähernd so gut funktioniert, wie sein Erbauer es vorgesehen hatte. Das Labor und seine Einrichtung waren beschädigt, mehr nicht.

»Können Sie … von hier aus alles abschalten?«, fragte Ramanov plötzlich und nun hörbar unsicher. Ben sah überrascht auf. Hätte er es nicht besser gewusst, er hätte geschworen, nun auch in seinem Gesicht einen deutlichen Ausdruck von Furcht zu erkennen.

Tahia hämmerte auf ihre Tastatur ein und hob gleichzeitig die Schultern. »Theoretisch ja. Falls ich vollen Zugriff auf das gesamte System bekomme.«

»Wenn Sie mein Passwort brauchen –«, begann Ramanov und brach dann mit einem irgendwie verdutzt wirkenden Stirnrunzeln wieder ab, als Tahia den Kopf verdrehte, um ihm einen fast mitleidigen Blick zuzuwerfen.

Nein, Ben hatte sich nicht getäuscht. Sashas Finger zitterten, und er konnte durch ihre Haut hindurch fühlen, wie schnell und hart ihr Herz schlug. Abermals sah er sie besorgt an. Die Furcht in ihren Augen war wieder da. Sie blickte immer noch das Loch in der Wand an, das Ben jetzt weniger wie ein roh herausgerissenes Paneel vorkam, sondern ihn an das aufgerissene Maul eines Ungeheuers erinnerte. Bewegte sich dahinter etwas?

»Ah!«, sagte Tahia. »Da bist du ja, du kleines Miststück!«

»Was?«, fragte Ramanov. »Der Virus?«

»Ich würde es eher als Trojaner bezeichnen«, antwortete Tahia, ohne mit Tippen innezuhalten oder den Blick vom Monitor zu lösen. Was Ben dabei auf ihrem Gesicht las, gefiel ihm ganz und gar nicht. Was sie entdeckt hatte, beunruhigte sie anscheinend mehr, als sie zugab. »Wenigstens ungefähr …« Sie zog eine Grimasse. »So etwas habe ich noch nie gesehen …«

»Sie haben ihn gefunden?«, vergewisserte sich Ramanov. Er klang zweifelnd. »So schnell?«

»Wenn man weiß, wonach man suchen muss, ist es nicht besonders schwierig«, meinte Tahia; allerdings in einem Ton, der Ben noch weniger gefiel als ihr Gesichtsausdruck.

»Und Sie können ihn unschädlich machen?«

Sashas Finger zitterten immer heftiger. Ben sah rasch in ihr Gesicht und dann beinahe noch rascher wieder weg. Aus der Furcht in ihren Augen war etwas geworden, was an Panik grenzte. Und auch ihm selbst erging es nicht anders. Irgendetwas … würde geschehen. Das spürte er.

»Das Ding zu finden und es zu killen sind zwei verschiedene Paar Schuhe, Professor.« Ihre Finger huschten weiter emsig über die Tastatur, und in das leise Klappern schien sich nun noch ein anderes Geräusch zu mischen: etwas Unheimliches, Wisperndes. »Um ehrlich zu sein, habe ich nicht die geringste Ahnung, womit ich es hier zu tun habe … aber ich kann es erledigen … hoffe ich.«

Ramanov ignorierte die letzten beiden Worte. »Wann?«

»In zehn Minuten …« Ramanov atmete erleichtert auf. »… oder einer Stunde …«, fuhr die Söldnerin fort, und Ramanov runzelte fragend die Stirn. »… oder vielleicht auch einer Woche«, schloss Tahia, und der Russe sah nun so perplex aus, dass er Ben vermutlich sogar leidgetan hätte, wäre er nicht voll und ganz damit beschäftigt gewesen, das überwältigende Gefühl von Angst niederzukämpfen, das von seinen Gedanken Besitz ergreifen wollte. Etwas … kam.

»Sie haben also in Wirklichkeit nicht die geringste Ahnung, was Sie tun«, grollte Ramanov.

Tahia warf ihm über die Schulter einen ärgerlichen Blick zu, und Harry mischte sich in strengem Ton ein: »Ich schätze, sie kommt schneller voran, wenn wir sie nicht andauernd mit dummen Fragen ablenken, Professor. Sollen wir dich allein lassen?«

Die letzte Frage galt Tahia, die jedoch nur stumm den Kopf schüttelte und sich weiter auf ihren Computer konzentrierte. Das Gefühl, dass etwas kam, wurde stärker … und offenbar nicht nur in Ben. Auch Schulz, der noch immer neben dem zerborstenen Wandpaneel stand, wirkte immer nervöser.

»Ich denke, ich schalte erst einmal den kompletten Stromkreis dort unten ab. Nur zur Vorsicht. Das dürfte kein –«

Sasha fuhr wie unter einem elektrischen Schlag zusammen, und Schulz gab ein erschrockenes Ächzen von sich und prallte zwei Schritte zurück, als die Dunkelheit hinter der Öffnung in der Wand plötzlich zu unheimlichem Leben erwachte. Van Staaten keuchte und schlug dann die Hand vor den Mund, und selbst Harry fuhr heftig auf seinem Stuhl zusammen und machte eine instinktive Bewegung, wie um nach einer Waffe zu greifen, die er gar nicht trug.

Spinnen. Es waren Spinnen, die aus dem Loch herauskamen; Hunderte der winzigen, Ekel erregenden Tiere, die sich in einer seltsam geordneten Formation über den Boden ergossen. Schulz schrie und wich dann hastig so weit zurück, bis er gegen den Tisch stieß, und van Staaten fuhr entsetzt herum und verbarg das Gesicht an der Brust seines Vaters.

Dann stoppte die grässliche Invasion so abrupt, wie sie begonnen hatte. Die Tiere bedeckten den Boden vor der Öffnung wie ein zitternder Teppich, eine lebende Masse aus zahllosen dürren, haarigen Beinen und schnappenden Zangen. Der Anblick war so ekelhaft, dass Ben den säuerlichen Geschmack von Erbrochenem auf der Zunge zu spüren glaubte, zugleich aber auch auf eine morbide Art so faszinierend, dass es ihm unmöglich war, den Blick davon zu lösen. Nicht eines der Tiere überschritt die unsichtbare Linie, die einen präzisen Halbkreis vor der Öffnung markierte. Trotz seiner Absurdität erinnerte ihn der Anblick an eine schweigende Armee, die aufmarschiert war und nur auf das Signal zum Angriff wartete.

»Was zum Teufel –?«, krächzte Ramanov.

Ein lautes, trockenes Knacken erscholl, und über ihren Köpfen sagte eine Stimme: »*Damit* hat es nun wirklich nichts zu tun, Professor.«

Noch vor einer Sekunde hätte Ben geschworen, dass es nichts mehr gab, was ihn noch erschrecken konnte. Aber das stimmte nicht. Die körperlose Stimme traf ihn wie ein Schlag in den Magen.

»Wenn Sie die Freundlichkeit hätten, die Videoverbindung zu öffnen«, fuhr die Stimme fort, »könnten wir dieses Gespräch von Angesicht zu Angesicht führen. Ich finde, das macht es leichter.«

In den ersten Sekunden tat Ramanov gar nichts. Niemand tat etwas. Bens Vater sah aus, als wäre er einem leibhaftigen Gespenst begegnet. Er begann am ganzen Leib zu zittern. Dann gab Harry Tahia einen Wink, und die Söldnerin tauschte ihren Laptop mit Ramanovs Tastatur und gab einen Befehl ein. Die grafische Darstellung des Stationsgrundrisses auf dem großen Monitor erlosch und machte dann einem Bild Platz, das Ben noch einmal dasselbe denken ließ wie gerade: dass er sich abermals getäuscht hatte und es *immer* etwas gab, was schlimmer war.

Es war das Gesicht seiner Mutter. Die Übertragungsqualität war miserabel: Das Bild hatte kaum Farbe, war hoffnungslos verrauscht und versuchte unentwegt, zur linken Seite wegzukippen. Ben war fast dankbar dafür; zumindest konnte er sich so einreden, dass der hasserfüllte Ausdruck auf den Zügen seiner Mutter nicht echt, sondern nur eine Folge der schlechten Bildqualität war.

»Jennifer?«, flüsterte sein Vater. »Aber du … was …?«

»Erspar uns das, Robert. Nimm deine neue Freundin in den Arm und lass dich von ihr trösten … und mach dir keine Vorwürfe. Ich bin nicht verärgert.« Sie lachte ganz leise. »Ich wünsche Ihnen viel Vergnügen, meine Liebe. Ich fürchte nur, Sie wissen nicht, worauf Sie sich einlassen.«

»Jennifer!«, flehte ihr Mann. »Bitte! Du … du musst dich doch erinnern!«

»Nein«, murmelte Schulz. »Das ist nicht mehr Ihre Frau.«

»Kapitän Schulz, ich bitte Sie!«, sagte das Gesicht auf dem Bildschirm tadelnd. »Wir wollen doch ein Mindestmaß an Höflichkeit wahren, oder?« Der Blick der kalten, unmenschlichen Augen irrte unstet über den Schirm, schien nach etwas zu suchen, ohne es zu finden.

»Was wollen Sie?«, fragte Harry. Auch er wirkte erschrocken, schien sich aber von allen hier dennoch am besten in der Gewalt zu haben.

»Zuallererst einmal Sie von etwas abhalten, was Sie bedauern würden.«

»Zum Beispiel?«, fragte Harry.

Blanke Wut blitzte in ihren Augen auf, aber sie hatte sich auch beinahe sofort wieder unter Kontrolle. »Bitte, Harry. Mir steht weder der Sinn nach albernen Spielchen noch haben wir Zeit dafür. Befehlen Sie Ihrer kleinen Freundin, die Finger von der Stromversorgung zu lassen.«

Harry nickte, als hätte er gerade etwas überaus Interessantes erfahren. Ein dünnes, allerdings nicht besonders humorvolles Lächeln huschte über seine Lippen. »Oder?«

»Oder Sie zwingen mich, etwas zu tun, was ich eigentlich nicht will. Bitte legen Sie es nicht auf eine Kraftprobe an. Sie würden verlieren.«

Harry stand auf. Sein Blick tastete über die Decke. Ramanov kam ihm zur Hilfe, indem er mit einer Kopfbewegung auf den Winkel über der Tür wies. Harry sprach in diese Richtung gewandt weiter, nicht zum Bildschirm hin. »Wer sind Sie? Ich meine: Wer sind Sie wirklich? Jetzt?«

»Aber ich bitte Sie!«, antwortete Bens Mutter mit gespielter Entrüstung. »Erinnern Sie sich nicht mehr an mich? Das wundert mich. Wo Sie doch schon auf der *Princess* keine Gelegenheit ausgelassen haben, mir auf den Hintern zu starren.«

»Was wollen Sie?«, fragte Harry abermals. Ben starrte das verzerrte Abbild seiner Mutter schockiert an. Es fiel ihm schwer, zu glauben, was er gerade gehört hatte – nicht wegen der Worte an sich. Seine Mutter hatte niemals ein Blatt vor den Mund genommen und auch kein Problem mit dem einen oder anderen anzüglichen Witz. Es war die *Absicht,* die er hinter diesen Worten spürte.

»Vielleicht einfach nur in Ruhe gelassen werden. Im Prinzip also dasselbe, was auch Sie wollen. Lassen Sie die Finger von der Stromversorgung, und niemandem geschieht etwas.«

»Ich verstehe. Damit Sie in aller Ruhe tun können, was immer Sie dort unten auch vorhaben, um uns dann umso bequemer umzubringen.«

»Umbringen?« Wenn die Überraschung auf dem Gesicht seiner Mutter gespielt war, dachte Ben, dann perfekt. Sie schüttelte den Kopf. »Sie verstehen nichts. Niemand hat vor, irgendjemanden umzubringen. Ich dachte, das hätten Sie mittlerweile verstanden.«

»Nein, das habe ich nicht«, antwortete Harry. »Warum erklären Sie es mir nicht?«

»Ich wollte, ich könnte. Aber ich fürchte, das kann ich nicht. Was hier geschieht, ist viel größer, als sich irgendeiner von euch auch nur vorstellen könnte. Und viel wichtiger.« Sie hob die Hand, als Harry etwas sagen wollte. Irgendwo hinter ihr bewegte sich etwas. Etwas Großes, Verschwommenes. »Irgendwann werden Sie es verstehen, doch jetzt ist nicht der richtige Zeitpunkt, darüber zu reden. Ich gebe Ihnen mein Wort, dass Sie alle nicht in Gefahr sind, solange Sie nicht versuchen das zu behindern, was hier unten geschieht.«

Harry lachte leise. »Und wenn doch?«

Das Ding auf dem Bildschirm, das einmal Bens Mutter gewesen war, antwortete nicht, aber von der anderen Seite des Zimmers her erscholl ein unheimliches Rascheln und Klicken, und als Ben hinsah, erkannte er, dass noch mehr der hässlichen Achtbeiner hereingekommen waren. Der Halbkreis, den die Tiere bedeckten, maß nun gut anderthalb Meter, wenn nicht mehr. Und die Dunkelheit dahinter wogte und waberte, als wollte sie den Raum zur Gänze erfüllen.

»Beeindruckend«, sagte Harry mit einer Stimme, die ganz und gar nicht beeindruckt klang. »Aber ich fürchte, das reicht mir nicht.«

Das Rasseln und Klicken wurde lauter, und der Halbkreis war nun kein Halb-, sondern ein Dreiviertelkreis, der nahezu zwei Meter maß. Aber Ben fiel auch auf, dass der kribbelnde Teppich nicht mehr ganz so dicht zu sein schien wie bisher. Und als er sich zwang genauer hinzusehen, fiel ihm noch etwas auf: So grässlich die Ungeheuer auch aussahen, waren sie letztendlich doch vor allem eines: winzig. Keines der Tiere war größer als sein Daumennagel. Wenn sich nicht ein ausgesprochen giftiges Exemplar darunter befand, dann war die kribbelnde Armee zwar Ekel erregend, aber nicht gefährlich.

Harry musste das wohl ganz ähnlich sehen, denn er blickte die unsichtbare Kamera über der Tür kopfschüttelnd an, wandte sich dann wortlos ab, ging quer durch den Raum – und begann die Spinnen methodisch und schnell mit seinen schweren Kampfstiefeln zu zertreten. Ben hielt instinktiv den Atem an, denn er rechnete damit, dass sich die gesamte Masse der Spinnen auf ihn stürzen würde, aber das genaue Gegenteil geschah: Die Tiere, die seinem wütenden Stampfen entgingen, flohen vor ihm und zogen sich hastig wieder in ihr staubiges Schattenreich hinter der Wand zurück.

»Das sollten Sie nicht tun«, sagte Bens Mutter.

»Ich denke darüber nach«, erwiderte Harry, der inzwischen schon fast Mühe hatte, noch etwas zum Zertrampeln zu finden. »Tahia, Liebes, ich habe mir unsere letzte Stromrechnung angesehen, und sie war entschieden zu hoch. Würdest du freundlicherweise das Licht im Keller ausschalten?« Er machte einen Ausfallschritt, um eine letzte Spinne auszulöschen, die ihm auf verzweifelt wirbelnden Beinen zu entkommen versuchte. »Und such diese verdammte Spionagekamera und dreh ihr den Hals um!«

23

RAMANOV hatte für den bevorstehenden *Abend* – was nach Bens Dafürhalten mittlerweile zu einem vollkommen willkürlichen Begriff geworden war – so etwas wie eine *Krisensitzung* einberufen ... ein Wort, das ihm beinahe noch lächerlicher vorkam. Seiner Meinung nach war ihr Aufenthalt hier bisher nichts als eine einzige, ununterbrochen anhaltende Krise gewesen.

Dennoch hatte er nicht widersprochen, sondern sich – wie alle – fast hastig in sein Quartier zurückgezogen, um das soeben Erlebte zu verarbeiten. Nur hatte es nichts genutzt ... Irgendwie hielt er das Eingesperrtsein beinahe eine Viertelstunde lang aus, aber schließlich hatte er das Gefühl, hier nicht mehr richtig atmen zu können, und es beinahe fluchtartig wieder verlassen, um zu Schulz (und vor allem Sasha) zu gehen.

Sie waren jedoch nicht da. Die Tür war nur angelehnt, und das Zimmer machte einen so verlassenen Eindruck, als seien Sasha und ihr Vater bisher noch gar nicht zurückgekommen; dabei war Schulz *vor* ihm gegangen, und er selbst hatte Sasha bis zur letzten Gangbiegung begleitet und sich – wenn auch mit einem schlechtem Gewissen – darauf verlassen, dass sie die wenigen Schritte bis zum Zimmer ihres Vaters schon schaffen würde. Für einen Moment drohte er in Panik zu geraten, aber dann rief er sich in Gedanken zur Ordnung. Schulz musste aus irgendeinem Grund aufgehalten worden sein oder er war noch einmal weggegangen, um mit jemandem zu reden, und hatte Sasha mitgenommen. Natürlich hatte er sie mitgenommen. Schulz hätte sie niemals allein zurückgelassen – so wenig, wie er sie allein hätte gehen lassen sollen.

Ben überlegte, wieder in sein Zimmer zurückzugehen, aber schon die bloße Vorstellung, dort allein zu sein, jagte ihm wieder einen eisigen Schauer über den Rücken. Und zu seinem Vater und van Staaten wollte er nicht; und sei es nur wegen der hässlichen Worte, die seine Mutter gerade zu ihm und van Staaten gesagt hatte. Er konnte rein gar nichts dafür – nichts für ihre Worte und schon gar nichts für das, was (möglicherweise) zwischen seinem Vater und der Ärztin war, und trotzdem fühlte er sich so schuldig, als wäre er ganz allein für alles verantwortlich. Und sei es nur, weil er van Staaten trotz allem sympathisch fand; und irgendwie das Gefühl hatte, seine Mutter damit zu verraten.

»Kann ich dir helfen?«, fragte eine Stimme hinter ihm.

Ben fuhr fast erschrocken herum und blinzelte dann verdutzt in Dr. Vatecs Gesicht. Die grauhaarige Wissenschaftlerin stand nur zwei Schritte hinter ihm, und sie machte ganz den Eindruck, als hätte sie ihn schon eine geraume Weile beobachtet.

»Ich ... ähm ... suche Kapitän Schulz. Und seine Tochter.«

»Ich glaube, ich habe sie gerade auf dem Weg zur Messe gesehen. Jedenfalls vermute ich, dass sie dorthin wollten. Sie schienen es ziemlich eilig zu haben ... wie ich übrigens auch.«

Sie ging weiter, blieb aber nach zwei Schritten schon wieder stehen und wandte sich erneut und stirnrunzelnd in seine Richtung, und Ben wurde klar, dass er sie anstarrte.

»Ist sonst noch etwas?«

»Nein.« Ben schüttelte eindeutig zu heftig den Kopf. »Ich bin nur ... Bitte entschuldigen Sie. Ich ... war nur ein bisschen überrascht, dass Sie so gut Deutsch sprechen.«

Vatecs Stirnrunzeln vertiefte sich noch. »Warum sollte ich das nicht? Schließlich ist es meine Muttersprache.«

»Sie sind Deutsche?«

»Aus Frankfurt, um genau zu sein. Ist daran irgendetwas besonderes?«

»Nein. Ich war nur ... ich habe Sie nur noch nie länger Deutsch reden hören und gedacht ...«

»... dass sich die Station fest in russischer Hand befindet?«, vermutete Vatec mit einem angedeuteten Lächeln und schüttelte gleichzeitig den Kopf. »Wir sind hier ziemlich international. Außer Professor Ramanov und seinem Assistenten gibt es nur noch einen Russen und der arbeitet unten im Labor.« Ein Schatten huschte über ihr Gesicht, und sie verbesserte sich etwas leiser: »Oder hat dort gearbeitet.« Sie machte eine Handbewegung hinter sich. »Wenn du deine Freundin und ihren Vater suchst – ich vermute, sie sind bei diesen Söldnern. Und jetzt entschuldige mich bitte.«

Sie ging weiter, und Ben sah ihr verwirrt nach, bis sie hinter der nächsten Gangbiegung verschwunden war. Er war schon vorher nicht wirklich schlau aus Vatec geworden, aber jetzt war sie ihm regelrecht unheimlich. Vielleicht war das auch das falsche Wort, obwohl ihm keine passendere Bezeichnung einfiel. Er glaubte jedenfalls nicht, dass es reiner Zufall war, wenn sie bisher in seiner Gegenwart (und soviel er wusste, auch in der seines Vaters) den Eindruck erweckt hatte, nicht viel von dem zu verstehen, was gesprochen wurde.

Ben schüttelte den Gedanken ab und machte sich auf den Weg zur Messe. Selbst wenn er Sasha und ihren Vater dort nicht antraf, würde er wenigstens mit Harry reden können. Es gab tausend Fragen, die er ihm stellen musste.

Schulz war jedoch in der Messe, genau wie Sasha. Die beiden saßen Hand in Hand an dem überladenen Tisch, und Schulz war in ein halblautes Gespräch mit Harry vertieft. Als er das Geräusch der Tür hörte, sah er fast erschrocken auf, winkte Ben dann jedoch mit einem flüchtigen, aber sehr ehrlich wirkenden Lächeln heran. Zu Bens Erstaunen sah Sasha nicht nur ebenfalls auf und lächelte, sondern erhob sich auch von ihrem Stuhl und eilte ihm entgegen.

»Ben! Komm her und setz dich zu uns. Wir haben gerade über dich gesprochen.«

Ben gehorchte, allerdings erst nachdem er Sasha kurz in die Arme geschlossen und an sich gedrückt hatte. Ihr Vater legte vielsagend die Stirn in Falten, sagte aber auch dazu nichts, sondern geduldete sich, bis sie sich gesetzt hatten. Er wirkte sehr müde; das aber auf eine Art, die zugleich klar machte, dass ihm nicht die geringste Kleinigkeit entging.

»Was gab es denn über mich zu reden?«

»Genau genommen haben wir über die Spinnen geredet«, antwortete Schulz mit einer neuerlichen Kopfbewegung in Harrys Richtung. »Sie waren schon auf der *Princess*. Ich habe mir nichts dabei gedacht, aber ich bin sicher, dass sie uns auch da schon beobachtet haben.« Er machte eine auffordernde Geste. »Warum erzählst du Hauptmann West nicht davon?«

»Harry. Ein Hauptmann kommandiert im Allgemeinen eine Truppe. Wir sind nur noch drei und ...« Der Söldner schwieg kurz, und als er weitersprach, tat er es erst nach einem verlegenen Lächeln und einem angedeuteten Achselzucken. »Wenn ich ehrlich sein soll, habe ich mir diesen Titel selbst zugelegt.«

»Warum?« Schulz sah nicht so aus, als wäre er sonderlich überrascht oder gar empört.

»Ich dachte, es kommt bei unseren Kunden besser an und ich könnte auf diese Weise ein höheres Honorar herausschlagen.« Er grinste erneut, aber diesmal wirkte es ganz und gar nicht verlegen. »Bei Ramanovs Chefs in Brüssel hat es funktioniert.«

Schulz wirkte ein kleines bisschen irritiert, aber nicht wirklich verärgert. »Seis drum. Hören Sie sich an, was Ben erlebt hat. Erzähl ihm von den Spinnen auf dem Schiff.«

Ben setzte gehorsam dazu an, von seiner ersten Begegnung mit einem der ekligen kleinen Krabbler zu erzählen, hielt dann aber sofort wieder inne. »Harry war dabei«, erinnerte er.

»Bei diesem unseligen Frühstück, ich weiß«, sagte Schulz. »Ich meine die Geschichte unten im Lagerraum.«

Erneut holte Ben Luft, um Schulz' Wunsch nachzukommen, und abermals tat er es nicht, sondern sah ihn nur verblüfft an. »Woher wissen Sie davon? Ich habe Ihnen nichts davon erzählt.«

»Ich war dabei.« Jetzt verstand Ben gar nichts mehr, und Schulz fuhr erklärend fort: »Nicht damals. Aber als ich … bei *ihnen* war.«

»Das war später, Kapitän«, sagte Harry, zwar in beinahe sanftem Ton, aber dennoch hörbar misstrauisch.

»Nein«, behauptete Schulz, schüttelte den Kopf und fuhr mit leiserer, sonderbar veränderter Stimme fort. »Oder doch, natürlich. Sie haben Recht. Aber Zeit … bedeutet dort nicht dasselbe wie hier. Ich kann es nicht anders erklären.«

Harry sah ihn weiter skeptisch an, hob aber dann nur die Schultern, und Schulz wiederholte sein aufforderndes Nicken in Bens Richtung, und schließlich berichtete er dem Söldner von seiner unheimlichen Begegnung mit einer weißen Spinne auf der *Princess.* Er sprach langsam, eindeutig langsamer als nötig, und ertappte sich dabei, immer wieder zu stocken und nach den richtigen Worten zu suchen. Damals (es kam ihm vor, als wäre es Jahre her) war ihm seine Begegnung der achtbeinigen Art allenfalls ein bisschen gruselig vorgekommen, aber jetzt – und vor allem nach dem, was gerade in der Zentrale geschehen war – ließ die bloße Erinnerung daran sein Herz schneller schlagen. »Ich hatte das Gefühl, dass sie mich beobachtet«, schloss er. »Aber natürlich … habe ich diesem Gefühl nicht geglaubt.«

»Das hätte ich auch nicht«, sagte Harry. »Es fällt mir auch jetzt noch schwer, obwohl ich … das vorhin gesehen habe. Ich habe selten etwas Widerwärtigeres erlebt.«

Dann warst du nicht im richtigen Labor, dachte Ben. Und er schickte ein Stoßgebet zum Himmel, dass der achtbeinige Koloss, dessen Kadaver er gesehen hatte, tatsächlich der einzige seiner Art gewesen war.

»Sie glauben also, diese Biester hätten uns schon damals beobachtet«, vermutete Harry, aber Schulz schüttelte den Kopf.

»Nein. Schon immer.«

»Schon immer? Was soll das heißen?«

»Genau das, was ich sage. Sie beobachten uns schon immer. Seit es uns gibt. Sie sind ihre Augen und Ohren. Wussten Sie, dass praktisch kein Ort auf der Erde existiert, an dem es keine Spinnen gibt?«

Harry nickte stumm, und Ben überkam ein Gefühl von Trauer, als er daran denken musste, dass er das schon einmal gehört hatte und sogar beinahe wortwörtlich: aus dem Mund des jungen Soldaten, der jetzt so tot war wie die meisten seiner Kameraden. Er erinnerte sich nicht einmal mehr an seinen Namen.

»Sie meinen, sie haben sie als eine Art … *Spione* … erschaffen«, vermutete Harry. »Gar nicht dumm. Wenn Spinnen wirklich so weit verbreitet sind, wie Sie sagen, dann wissen Sie über vieles von dem Bescheid, was auf der Welt geschieht.«

»Über alles«, verbesserte ihn Schulz. »Glauben Sie mir – es gibt praktisch kein Fleckchen auf diesem Planeten, auf dem sie sich weiter als einen Meter von einer Spinne entfernt befinden.«

Harry zeigte sich zwar entsprechend beeindruckt, machte aber trotzdem ein skeptisches Gesicht. »Das klingt nicht besonders ermutigend … doch die Sache hat einen Haken. Ich bin zwar kein Fachmann, aber gibt es Spinnen nicht schon viel länger als Menschen?«

»Sehr viel länger sogar. Sie waren schon vor den Dinosauriern da. Aber sie haben sie auch nicht erschaffen, um uns zu beobachten.«

»Sondern?« Harry klang immer noch skeptisch, jetzt vielleicht sogar noch mehr.

»Das weiß ich nicht.« Schulz machte eine niedergeschlagene Geste und wandte sich mit einem ebenso niedergeschlagenen Blick an Ben – wenigstens nahm er das an, bevor er begriff, dass Schulz in Wahrheit Sasha anblickte, und sich ebenfalls zu ihr herumdrehte. Das Lächeln, mit dem sie ihn begrüßt hatte, war längst erloschen, und in ihren Augen stand nun wieder etwas geschrieben, was ihm die Kehle zuschnüren wollte. Sie wusste die Antwort. Sie wusste *alle* Antworten. Wenn er doch nur mit ihr reden könnte!

»Das weiß ich nicht«, sagte Harry betont, »ist mir ein bisschen zu dünn, Kapitän.«

»Aber es ist die einzige Antwort, die ich Ihnen geben kann. Womöglich war es ihr erster Versuch, ein Volk nach ihrem Vorbild zu schaffen, und er ist gescheitert.«

»Nach ihrem Vorbild? Also ich will ja nicht kleinlich sein, und Spinnen sind nun weiß Gott nicht meine bevorzugten Kuscheltierchen –«, er hob den Fuß, um seine Stiefelsohle zu betrachten, unter der noch Spinnenreste klebten, »– aber wenn ich bisher alles richtig verstanden habe, dann waren diese … *Alten* keine Lebewesen wie wir. Eine völlig andere Biologie und so weiter …«

»Sie haben gut zugehört«, sagte Schulz.

»Aber Spinnen sind ganz eindeutig von dieser Welt. Eklig, aber von dieser Welt.«

»Sie sind das, war *ihrer* Form auf unserer Welt am nächsten kommt. Vielleicht war das der Grund, aus dem sie es am Ende nicht geschafft haben.«

»Muss ich das verstehen?«, fragte Harry.

»Aber ich glaube, er hat Recht«, mischte sich Ben ein. »Ich meine: Hast du dich nie gefragt, warum so viele Menschen Angst vor Spinnen haben?«

»Ich nicht. Ich finde sie ziemlich hässlich, aber Angst …?« Er schüttelte heftig den Kopf. »Nein.«

»Es gab eine Zeit während der Erdgeschichte«, sagte Schulz, »in der die Gliederfüßer beinahe die Vorherrschaft gewonnen hätten.«

»Aha«, sagte Harry und nickte mit todernstem Gesicht. »Gliederfüßer. Ich verstehe. Was ist das?«

»Mollusken«, antwortete Ben an Schulz' Stelle. »Kraken, Spinnen, Skorpione … so ein Zeug.«

»Wahrscheinlich haben sie unzählige Male versucht, Leben nach ihrem Vorbild zu erschaffen; etwas, das dem entspricht, was sie verloren haben«, fuhr Schulz fort. »Aber das neue Leben, das *diese* Welt hervorgebracht hat, war am Ende immer stärker. Also haben sie sich zurückgezogen und auf uns gewartet.«

»Auf uns?«

»Oder etwas wie uns. Leben, das klug und stark genug war, sich diese Welt untertan zu machen. Und dumm genug, ihnen dabei zu helfen, sie wieder zu zerstören.«

Harry sagte jetzt gar nichts mehr, aber sein Blick sprach Bände. Ben konnte ihm seine Zweifel nicht einmal übel nehmen. Selbst ihm fiel es schwer, Schulz' Worten Glauben zu schenken. Hätte er die düstere Welt der *Alten* nicht mit eigenen Augen gesehen, hätte er es wahrscheinlich gar nicht gekonnt.

»Das klingt ziemlich verrückt«, bemerkte Harry nach einer Weile des unbehaglichen Schweigens. Wieder betrachtete er seine Stiefelsohlen und versuchte dann – vergebens – die Schweinerei auf dem Boden abzustreifen. »Andererseits …«

Die Tür ging auf, und Tahia kam herein. Ben erschrak, als er sie sah. Schon vorhin in der Zentrale war ihm aufgefallen, wie schlecht sie aussah, aber danach war alles viel zu schnell gegangen. Ihr Gesicht war totenbleich, und auch sie hatte sich die eine oder andere Erfrierung eingehandelt, auch wenn sie nicht annähernd so schlimm waren sie bei Schulz. Aber ihre Augen, die immer – selbst in den schlimmsten Situationen – so fröhlich gewirkt hatten, wirkten jetzt trüb, nicht einfach nur müde, sondern als hätten sie etwas gesehen, was nicht für menschliche Augen bestimmt war, und ihr Haar hatte jeglichen Glanz verloren. Auch ihre Bewegungen waren mühsam und wirkten erzwungen; fast roboterhaft. Trotzdem lächelte sie knapp, als sie Ben und Sasha erkannte, eilte aber nur wortlos zu Harry hin und flüsterte ihm etwas ins Ohr. Harry überlegte einen Moment. »In Ordnung. Tu das.«

Unverzüglich wandte sich Tahia wieder zum Gehen, strauchelte jedoch schon nach dem ersten Schritt und musste sich hastig an einer Tischkante festhalten.

»Alles in Ordnung?«, fragte Harry.

Tahia nickte so heftig, dass ihre Antwort allein dadurch schon jegliche Glaubwürdigkeit verlor. »Es geht schon wieder. Ich bin ein bisschen … wackelig auf den Beinen, das ist alles.«

»Dann geh zu Doktor van Staaten und lass dir etwas geben.« Tahia machte ein zweifelndes Gesicht und wollte augenscheinlich widersprechen, als Harry hinzufügte: »Sag ihr, du willst dasselbe, was ich bekommen habe. Wenn sie Schwierigkeiten macht, schlag sie einfach nieder. Die Pillen sind in dem kleinen Schränkchen neben der Tür, in der oberen Schublade, ganz rechts.«

Tahia zuckte nur mit den Schultern und ging, und Ben warf Harry einen verstörten Blick zu. Manchmal war er nicht ganz sicher, wann Harry scherzte und wann er es ernst meinte.

So wie jetzt zum Beispiel.

»Bist du sicher, dass du nicht zu viel von ihr verlangst?«

»Ja, ich bin sicher. *Dass* ich zu viel von ihr verlange. Eigentlich bräuchten wir alle einen hübschen kleinen Urlaub in der Karibik. Strand, Sonne, eine eiskalte Pina Colada … wenn du irgendwo noch ein paar Last-Minute-Tickets rumliegen hast, nehmen wir Sie gerne in Anspruch.«

»Sie waren bei *andererseits*, Hauptmann …«, mischte sich Schulz hastig ein, als er den scharfen Unterton in Harrys Stimme gewahrte. »… Harry«, verbesserte er sich.

Harry sah ihn nachdenklich an und nickte zwar, schüttelte aber in der gleichen Bewegung den Kopf. »Es war nichts. Nur eine dumme Idee.«

»Im Moment haben wir gar keine Ideen«, sagte Ben. »Da ist eine *dumme* immer noch besser.«

»Kaum.« Harry rieb sich mit Daumen und Zeigefinger über die Augen und versuchte ein Gähnen zu unterdrücken. »Jedenfalls nicht diese.« Er gab den Kampf gegen die Müdigkeit auf, gähnte nun ungeniert und reckte sich ausgiebig. Seine Gelenke knackten leise.

»Ich glaube, ein paar Stunden Schlaf würden uns allen gut tun«, sagte er, sah – immer noch mit halb offenem Mund gähnend – auf die Armbanduhr und fügte in fast resignierendem Ton hinzu: »Na ja, oder wenigstens zwei, bevor wir alle beim großen Boss zum Appell antreten müssen.«

Ben ertappte sich dabei, die schmucklose Uhr an Harrys Handgelenk anzustarren und sich zu fragen, was für ein Ding das war. Zeit schien an diesem unheimlichen Ort am Ende der Welt nicht nur keinerlei Bedeutung mehr zu haben; er schien den Bezug zu dem Leben, das er bisher gelebt hatte, und allem, was dazugehörte, auch immer schneller zu verlieren. Dann lächelte er über seinen Gedanken.

Harry sah ihn fragend an.

»Schlafen?«, wiederholte Ben zweifelnd. »Du glaubst im Ernst, ich könnte jetzt *schlafen*?«

»Ich für meinen Teil kann es und werde es auch. Und du solltest es auch. Wer weiß, wann wir das nächste Mal dazu kommen.«

Womit er zweifellos Recht hatte. Und Ben *war* müde, aber irgendwie war sein Verhältnis zwischen Schlafen und Müdigkeit durcheinander geraten. Er war müde, wenn er sich ausgeruht fühlen sollte, und umgekehrt … selbstverständlich nicht immer. Er überlegte, ob das vielleicht auch an der sonderbaren Ausstrahlung dieses Ortes liegen konnte, sagte sich zugleich jedoch selbst, dass er es sich damit vermutlich ein bisschen zu leicht machte. Eher schon an seinem ramponierten Nervenkostüm.

Andererseits ... hatten ihn Harrys Worte auf die Idee gebracht. Auch *Schlaf* bedeutete hier schließlich längst nicht mehr nur das, was er bisher gekannt hatte ...

»Denk nicht einmal daran«, sagte Schulz, als er sich zu Sasha herumdrehte und sie nachdenklich ansah. Die Furcht in ihren Augen war immer noch da, und er hatte das sichere Gefühl, dass sie ihm mit schon fast verzweifelter Kraft etwas zu sagen versuchte. Aber die Ketten waren zu stark.

Harry hüstelte. »Also, ich will mich ja nicht einmischen, Kapitän, und wenn Sie jetzt sagen, es geht mich nichts an, dann haben Sie damit vollkommen Recht ... schließlich ist sie Ihre Tochter und wahrscheinlich noch nicht einmal ganz volljährig, aber die beiden sind ... äh ... na ja, beinahe erwachsen, und ... na ja ... keiner von uns weiß, ob wir hier lebend rauskommen und ...«

Nicht nur Ben sah ihn verwirrt an. Auch Schulz runzelte – im ersten Moment sichtlich verständnislos – die Stirn, und Harry geriet ins Stammeln und brach dann ganz ab. Natürlich wurde er nicht *wirklich* rot; aber irgendwie sah er trotzdem so aus ...

»*Das* habe ich nicht gemeint, Harry«, sagte Schulz. Die Andeutung eines Lächelns huschte über sein Gesicht, doch Ben war nicht sicher, ob dieses Lächeln dem galt, was Harry gesagt hatte, oder der plötzlich unübersehbaren Verlegenheit dieses *harten Mannes.* »Und ich glaube, Ben weiß das auch sehr gut ... nicht wahr?«

Bei den letzten beiden Worten drehte er sich zu Ben herum und sah ihn ernst an. Ben schwieg.

»Du versprichst mir, keine Dummheiten zu machen, okay?«, beharrte Schulz.

Ben schwieg weiter, doch er spürte, dass sich Schulz damit nicht zufrieden geben würde, und so zuckte er schließlich trotzig mit den Achseln und streckte dann demonstrativ den Arm aus, um ihn um Sashas Schultern zu legen. »Vielleicht ist es der einzige Weg. Und ich habe es schon einmal –«

»– mit Mühe und Not überlebt«, fiel ihm Schulz mit einem heftigen Kopfschütteln ins Wort. »Dein Vater hat mir erzählt, was du getan hast.

Du bist wahrscheinlich der Meinung, es wäre besonders mutig gewesen. Aber es war einfach nur besonders dumm.«

»Würde mich einer der Herren aufklären, worüber ihr überhaupt redet?«, fragte Harry.

»Wir müssen herausfinden, was sie vorhaben«, antwortete Ben, ließ Schulz' Gesicht dabei jedoch nicht aus den Augen, und eigentlich galten seine Worte auch ihm, nicht dem Söldner. »Und ich glaube, Sasha kann es mir zeigen.«

»Ja, oder du stirbst dabei oder wachst als sabbernder Blumenkohl wieder auf«, fügte Schulz hinzu und schüttelte noch einmal und noch heftiger den Kopf. »Es ist zu spät, Ben. Sie sind schon zu nahe. Wenn du dich noch einmal in ihre Welt begibst, findest du vielleicht nie wieder zurück.« Er deutete heftig gestikulierend auf seine Tochter. »Möchtest du so werden wie sie?«

Das war böse und verletzend, und ganz genau das war auch seine Absicht gewesen, das begriff Ben. Er wollte ihn schockieren – trotzdem spürte er für einen Moment eine Woge so heißer Wut in sich emporkochen, dass er sich beherrschen musste, um nicht aufzuspringen und Schulz anzuschreien.

Stattdessen sagte er ganz leise: »Und wenn wir dadurch zusammen wären ...«

»Aber das wärt ihr nicht. Ihr würdet an einem Ort sein, der für euch beide die Hölle wäre. Ich verbiete dir, irgendetwas zu tun, was dich in Gefahr bringt, hörst du?«

»Ich dachte, es sei *mein* Leben«, versetzte Ben aufmüpfig, aber Schulz schüttelte nur noch einmal und jetzt eindeutig wütend den Kopf. »Das war es einmal, bevor du hierher gekommen bist. Aber jetzt hast du die Verantwortung für meine Tochter übernommen. Ich weiß nicht, ob einer von uns lebend hier herauskommt oder ob wir es uns auch nur wünschen sollten, aber du bist der Einzige, der Sasha helfen kann. Ich werde nicht tatenlos zusehen, wie du diese Chance verspielst oder sie gar in Gefahr bringst.«

Um ein Haar hätte Ben genauso heftig widersprochen, doch dann sah er den wütenden, verletzten Mann vor sich nur schweigend an, und plötzlich begann er zu ahnen, was zwischen ihm und Ramanov vorgefallen sein musste. Sein Zorn verrauchte und machte einer Mischung aus Verständnis und schlechtem Gewissen Platz.

»Au Mann, Familienstress«, seufzte Harry. »Also, da halte ich mich raus, wenn's gestattet ist.« Er stand auf, reckte sich noch einmal ausgiebig und fügte mit einem demonstrativen Gähnen hinzu: »Wenn die Herren mich jetzt entschuldigen würden? Ich bin ein unterbezahlter, müder Mietsoldat, der dringend ein paar Stunden Schlaf braucht.« Eigentlich sah er so aus, als bräuchte er dringend ein paar *Monate* Schlaf, dachte Ben, schluckte die Bemerkung aber vorsichtshalber hinunter und stand auf.

Schulz schüttelte verdrossen den Kopf und schob ihn sanft, aber auch mit unerbittlicher Entschlossenheit weg, als er nach Sashas Hand greifen wollte. »Sie kommt mit mir. Und komm mir nicht auf irgendwelche dummen Ideen. Ich werde mit deinem Vater reden, damit er ein Auge auf dich wirft.«

Und das hatte er anscheinend wirklich getan, denn als er kurz darauf (nach einem von Schulz misstrauisch beäugten Abschied von Sasha) in sein Zimmer zurückkehrte, fand er dort eine Nachricht vor, sich *sofort* bei ihm und van Staaten zu melden.

Ben war ein bisschen beleidigt – nicht nur weil sich sein Vater offensichtlich einbildete, ihn wie ein kleines Kind herumkommandieren zu können, sondern vor allem weil er nicht damit gerechnet hatte, dass Schulz seine Drohung wahr machen würde, und weil er einfach mies drauf sein *wollte,* basta! Er dachte nicht daran, diesem *Befehl* Folge zu leisten, warf sich stattdessen aufs Bett und versuchte den Schlaf herbeizuzwingen. Schulz' Sorge um ihn (und vor allem seine Tochter) mochte ja durchaus echt sein, aber er hatte letzten Endes nicht die geringste Ahnung, was zwischen Sasha und ihm war. Sosehr ihn auch schon die bloße Erinnerung an das erschreckte, was er auf der anderen Seite der Wirklichkeit gesehen hatte, er war trotzdem sicher, dass Sasha und er gemeinsam dort drüben bestehen würden. Und irgendwie würde er sie herausholen.

Nyarlathotep? Sollte er doch kommen, dieser größenwahnsinnig gewordene Oktopussy!

Aber er kam nicht, schon weil der Schlaf nicht kommen wollte, denn natürlich erreichte er mit seinem krampfhaften Bemühen das genaue Gegenteil.

Schließlich resignierte er und ging doch.

Ganz wie er erwartet hatte, traf er in dem winzigen Behandlungszimmer nicht nur Dr. van Staaten, sondern auch seinen Vater. In Ermangelung einer anderen Sitzgelegenheit hatte er sich auf der Kante der schmalen Behandlungsliege niedergelassen und baumelte mit den Beinen. Er wich seinem Blick aus, als Ben eintrat.

»Das hat aber gedauert«, begrüßte ihn van Staaten, ohne sich mit etwas so Überflüssigem wie einer Begrüßung aufzuhalten. »Wo bist du so lange gewesen?«

»Spazieren. Ich wollte die schöne Aussicht genießen, wissen Sie? Wer weiß, wann ich wieder einmal in diese Gegend komme.«

Van Staatens dünne, wie mit einem feinen Stift gezogenen Augenbrauen rutschten ein Stück in die Höhe, aber sie ging mit keinem Wort darauf ein, sondern deutete nur mit dem Kopf auf die Liege, auf der sein Vater saß. »Setz dich dorthin. Und zieh dein Hemd aus.«

»Zu Befehl!« Ben salutierte übertrieben zackig, und jetzt zog van Staaten nicht mehr die Brauen hoch, sondern verdrehte genervt die Augen, schwieg aber nach wie vor. Anscheinend hatte sie sich vorgenommen, sich durch nichts aus der Ruhe bringen zu lassen. Vielleicht, dachte Ben böse, hatten sich die beiden Turteltäubchen ja gründlich auf dieses Gespräch vorbereitet.

Er spürte, wie schon wieder eine vollkommen übertriebene Wut von ihm Besitz ergreifen wollte, riss sich gerade noch zusammen und wartete, bis sein Vater die Liege freigegeben hatte und sich trollte … geradewegs durch die schmale Verbindungstür, hinter der van Staatens schuhkartongroßes Schlafzimmer lag.

Van Staatens Blick folgte dem Bens, und jetzt zogen sich ihre Augenbrauen zu einem scharfen »V« zusammen. »Dein Hemd«, erinnerte sie.

Ben begann zwar gehorsam, sein Hemd aufzuknöpfen, fragte aber trotzdem: »Wozu eigentlich?«

»Weil ich dich untersuchen muss. Nicht weil du so ein hübscher Bursche bist. Mach dir keine falschen Hoffnungen.«

»Um sicherzugehen, dass es keine Erbkrankheiten in unserer Familie gibt?«

»Natürlich«, antwortete sie ungerührt. »Oder möchtest du einen Halbbruder mit zwei Köpfen oder Tentakeln statt Armen?«

Ben fuhr leicht zusammen, biss sich auf die Unterlippe und murmelte: »Entschuldigung.«

»Kein Problem«, erwiderte van Staaten kühl. »Ich habe nichts anderes erwartet.«

»Weil ich so charmant bin?«

»Weil wir *hier* sind.« Plötzlich wedelte sie ungeduldig mit der Hand. »Nun mach schon. Ich habe noch andere Patienten, weißt du?«

Ben schlüpfte hastig aus seinem Hemd und hob auch gehorsam die Arme, als van Staaten ihn mit einer entsprechenden Geste dazu aufforderte. Er erwartete, dass sie ein Stethoskop hervorziehen oder ihn mit einer ihrer heiß geliebten Nadeln piesacken würde, aber sie begnügte sich damit, seinen Oberkörper und seine Arme mit den Fingerspitzen abzutasten. Sie waren ziemlich kalt.

Trotzdem ließ er die eher peinliche als unangenehme Prozedur etliche Minuten lang geduldig über sich ergehen, aber schließlich reichte es ihm. »Dürfte ich erfahren, was das soll? Ich dachte, Sie hätten mich heute Morgen schon gründlich untersucht.«

»Heute Morgen war gestern Abend, um genau zu sein«, antwortete van Staaten ungerührt, griff in die Kitteltasche und zog nun doch eine lange, *sehr* spitze Nadel hervor, die sie ihm ohne viel Federlesens in den Arm stieß. Ben biss die Zähne zusammen, um ein Stöhnen zu unterdrücken.

»Das hat wehgetan.«

»Kaum«, presste Ben hervor, und van Staaten rammte ihm die Nadel noch heftiger in den anderen Arm.

»Und das?«

»Verdammt noch mal, natürlich tut das weh!«, fauchte Ben. Er musste sich beherrschen, um ihre Hand nicht zur Seite zu schlagen – was wahrscheinlich keine besonders clevere Idee gewesen wäre, solange die Nadel noch in seinem Arm steckte. »Was soll denn das?«

Van Staaten zog die Nadel unerwartet behutsam aus seinem Arm und warf sie dann achtlos in eine emaillierte Schale, in der sich schon eine ganze Anzahl ähnlicher Folterwerkzeuge befanden. An einigen davon klebte Blut.

Ben zog fragend die Augenbrauen hoch.

»Du hast gestern Abend ein paar hübsche Kratzer abbekommen«, sagte van Staaten, und er war ziemlich sicher, sich den leicht schadenfrohen Unterton in ihrer Stimme dabei nicht nur einzubilden.

»Stimmt«, bestätigte er, während er die schmerzende Stelle an seinem Unterarm massierte. Tatsächlich hatte sie die Nadel unmittelbar neben einem der *Kratzer*, von denen sie gesprochen hatte (und bei denen es sich in Wirklichkeit um ziemlich tiefe, blutig verstaubte Schrammen handelte), in seine Haut gestochen. »Was soll das sein? Antarktische Akupunktur?« Warum hatte sie nicht gleich ein Schwert genommen?

»Da bist du nicht der Einzige. So ziemlich jeder, der dabei war, hat was abgekriegt – ich auch, siehst du?« Sie zog den Kragen des zerschlissenen Pullovers herunter, den sie unter ihrem (irgendwann vor langer Zeit einmal weißen) Kittel trug, sodass er den langen, blutigen Kratzer an ihrem Hals sehen konnte.

»Und?« Bens Mitleid hielt sich in Grenzen.

»Als ich dich gestochen habe, hat es wehgetan«, sagte sie; als wäre das Antwort genug.

»Ach?«

»Und ich verspreche dir, dass ich das nächste Mal noch sehr viel fester zustechen werde, wenn du noch ein einziges Mal *Sie* zu mir sagst. Aber das nur nebenbei. Du solltest froh sein, dass es wehgetan hat. Das dürfte es nämlich gar nicht.«

»Wieso?«

»Wenn es auf der *Princess* wirklich so war, wie ihr erzählt habt, dann müsstest du jetzt schon eine Schmelzspur hinterlassen. Das waren Eissplitter.«

Ben blickte betroffen an sich herab. Natürlich waren es Eissplitter gewesen, die ihn getroffen hatten … aber er konnte nicht einmal sagen, was ihn in diesem Moment mehr erschreckte: Die Tatsache, dass er eigentlich für die Hauptrolle im neuesten Iglo-Werbespot prädestiniert sein sollte, oder der Umstand, dass er diese Kleinigkeit schlichtweg *vergessen* hatte. Bisher hatte sich jeder, dem die unheimlichen Kreaturen auch nur den winzigsten Kratzer zugefügt hatten, unweigerlich in Eis verwandelt!

»Wie lange hat es bisher gedauert, bis die …« Es schien ihr immer noch schwer zu fallen, das Wort auszusprechen. »… *Verwandlung* angefangen hat?«

Ben hob unglücklich die Schultern. Sein Arm tat plötzlich nicht mehr weh, sondern wurde taub und dann so kalt, als begänne er von innen heraus zu Eis zu erstarren. Aber das war nur Einbildung. Ganz bestimmt. »Ich … weiß nicht genau. Aber nicht lange.«

»Auf jeden Fall hätte es längst anfangen müssen. Doch das hat es nicht. Bei keinem.«

Dessen war sich Ben gar nicht so sicher. Verdammt, sein Arm *fühlte* sich kalt an. »Und was … bedeutet das?«, fragte er stockend.

»Das weiß ich nicht.« Was hatte er denn erwartet? »Entweder haben sie ihre Taktik geändert oder …«

»Oder?«

»Keine Ahnung. Und es ist mir auch egal, denn wenn es anders wäre, hätten wir gar keine Chance mehr.« Sie nickte auffordernd. »Zieh dein Hemd wieder an. Ich schätze, auf eine Blutprobe können wir verzichten.«

Ben atmete innerlich auf. Wie er van Staaten einschätzte, hätte sie dazu eine Gartenschere und einen Strohhalm benutzt.

»Und vielleicht solltest du jetzt mit deinem Vater reden«, sagte sie, während er umständlich wieder in sein Hemd schlüpfte. »Ich glaube, er wartet darauf.«

Ben knöpfte sein Hemd unnötig langsam zu, brauchte noch mehr Zeit, um es in die Hose zu stopfen und kletterte deutlich umständlicher von der Liege herunter, als er die Eigernordwand bewältigt hätte. Er hatte auch das Gefühl, eine gute Stunde für die wenigen Schritte zu brauchen, aber irgendwann schob er doch die Tür auf und trat in den winzigen, nur schummrig erhellten Raum.

Er kam ihm noch kleiner vor als bisher und auf eine Schauder machende Art … düsterer. Sein Vater saß auf einem niedrigen, lehnenlosen Schemel, der nahezu den gesamten Platz zwischen der Tür und dem schmalen Bett beanspruchte, und blickte die unförmig bandagierte Gestalt an, die auf den weißen Kissen lag. Er sah nicht einmal auf, als Ben das Zimmer betrat.

»Wie geht es ihm?« Ben machte die Tür so leise hinter sich zu, wie er konnte, und beugte sich mit einem bangen Gefühl über den Söldner. Er hatte ganz instinktiv geflüstert, aber das wäre gar nicht nötig gewesen. Tooth war bewusstlos.

»Er stirbt«, antwortete sein Vater, genau wie er in einem fast ängstlichen Flüsterton. »In einem richtigen Krankenhaus könnte man ihn wahrscheinlich retten, aber hier …«

Bens Blick tastete über Tooths dick bandagiertes Gesicht. Im Grunde konnte er kaum mehr als seine geschlossenen Augen erkennen. Selbst die Haut auf seinen Lidern war verbrannt. Er wollte etwas sagen, aber seine Stimme verweigerte ihm den Dienst.

»Er hat keine Schmerzen«, sagte sein Vater, fast als hätte er seine Gedanken gelesen. »Heidi hat ihm ein starkes Schmerzmittel gegeben … Doktor van Staaten, meine ich.«

»Heidi ist schon in Ordnung. Ich glaube, ich habe ein paarmal ziemlichen Blödsinn geredet. Tut mir leid.«

»Das muss es nicht. Es war dein gutes Recht. Vielleicht *hattest* du sogar Recht … aber das spielt jetzt keine Rolle mehr. Dir ist klar, dass wir hier wahrscheinlich nicht mehr herauskommen?«

Ben riss endlich den Blick von Tooths misshandeltem Gesicht los und wandte sich seinem Vater zu. Er wusste nicht, was er erwartet hatte, auf jeden Fall aber nicht, dass er in fast gelassener Haltung dasaß und ihn sogar anlächelte. Er brauchte allerdings nicht einmal eine Sekunde, um diese Maske zu durchschauen. »Noch ist es nicht so weit.« Sollte es nicht so sein, dass sein Vater *ihn* aufmunterte? »Im Augenblick sieht es doch gar nicht so schlecht aus.«

»Ja«, erwiderte sein Vater säuerlich. »Wenn wir den Sturm überstehen und in der Zwischenzeit nicht verhungern oder von einer Armee von Ungeheuern überrannt werden … habe ich etwas vergessen?«

»Wahrscheinlich. Aber im Prinzip reicht das schon.« Was taten sie hier? Anscheinend bemühten sie sich beide nach Kräften, über alles zu reden, nur nicht über das, worüber sie eigentlich reden *wollten.* Er war beinahe wütend auf sich selbst, als er fortfuhr: »Doktor van Staaten … *Heidi* … hat mir erzählt, dass der … Verwandlungszauber nicht mehr funktioniert?«

Sein Vater lächelte zwar, als er dieses sonderbare Wort benutzte, aber Ben spürte zugleich auch, wie sehr es ihn in Wahrheit erschreckte. Genauso sehr wie ihn selbst. »Es sieht jedenfalls so aus. Zumindest geht es nicht mehr so schnell wie am Anfang. Vielleicht haben sie ihre Taktik geändert.«

»Du meinst, sie wollen uns lebend? Wozu?«

»Deine Mutter haben sie auch nicht getötet.«

Nein, dachte Ben, *sie haben ihr etwas viel Schlimmeres angetan.* Er brachte die Worte allerdings nicht über die Lippen. »Wenn sie zurückkommt, würdet ihr –?«

»Du meinst, ob wir wieder zusammenkommen werden? Nein, vermutlich nicht. Aber das hat nichts mit Heidi zu tun … oder irgendeiner anderen Frau. Du hast sie erlebt. Vorhin.«

»Aber das war doch nicht mehr sie!«, protestierte Ben.

»Natürlich nicht. Aber zugleich … irgendwie schon.« Ben starrte seinen Vater an. Er war so schockiert, dass er nicht einmal mehr zornig werden konnte. »Natürlich war das nicht mehr Jennifer. Schulz hat vollkommen Recht. Irgendetwas … hat Besitz von ihr ergriffen.« Er lachte, nervös und unecht. »Jemand wie ich sollte dieses Wort nicht einmal in den Mund nehmen, ich weiß, aber anscheinend ist sie wirklich von einem dieser Geschöpfe … *besessen.* Aber es ist nicht so leicht, die Psyche eines Menschen vollkommen auszulöschen. Wahrscheinlich ist es sogar unmöglich.«

»Du meinst, Nyarlathotep hat nur das in ihr zum Vorschein gebracht, was immer schon da war.«

»So krass würde ich es nicht ausdrücken. Aber was wir da auf diesem Bildschirm gesehen haben, das war auch keine völlig Fremde. Nicht für mich.«

Jetzt *wurde* Ben wütend und er versuchte nicht einmal, es zu verhehlen. »Du suchst nicht zufällig nach einer Ausrede, um eine gewisse holländische Ärztin noch netter zu finden?«

»Belgische«, verbesserte ihn sein Vater ruhig. »Heidi ist Flämin … und nein, es hat nichts damit zu tun. Ich hab's dir ja schon gesagt: Wir hätten uns wohl auch getrennt, wenn all das hier nicht passiert wäre. Das vorhin … hat mir nur klar gemacht, warum.«

»Weil sie im Grunde ihres Herzens ein böser Mensch ist?« Ben wusste selbst nicht, warum er das sagte, denn trotz aller Verärgerung war das Letzte, was er wollte, seinem Vater wehzutun. Er wollte es einfach nur verstehen.

Sein Vater wurde jedoch immer noch nicht ärgerlich. »Hart. Nicht böse. Das ist ein Unterschied. Und wahrscheinlich der Grund, aus dem es zwischen uns nicht mehr geklappt hat. Sie ist eine sehr liebenswerte Frau und sie kann sehr sanft sein und überaus großzügig … aber auch hart wie Stahl.«

Obwohl Ben spürte, wie aufrichtig diese Worte gemeint waren – vielleicht war sein Vater in seinem ganzen Leben noch nie so ehrlich zu ihm gewesen wie jetzt –, fiel es ihm schwer, das zu glauben. Er hatte nicht das Gefühl, dass sein Vater und er wirklich über dieselbe Frau sprachen.

Er sagte nichts von alledem, aber seine Zweifel mussten ihm ziemlich deutlich anzusehen sein, denn sein Vater fuhr unaufgefordert fort: »Das erschreckt dich, ich weiß, und du willst es auch nicht glauben. Es … hört sich auch schlimmer an, als ich es meine. Aber du weißt, wer deine Mutter …« Um ein Haar hätte er gesagt: *war*, das spürte Ben, aber er korrigierte sich im letzten Augenblick. »… ist. Eben nicht nur deine Mutter und meine Frau, sondern auch eine der brillantesten Wissenschaftlerinnen der Welt. Du weißt, wie viele Doktortitel sie hat?«

Die Frage war rein rhetorisch, aber Ben schüttelte trotzdem den Kopf: »Ich habe irgendwo zwischen vier und sechs den Überblick verloren.«

»Ich auch. Und manchmal glaube ich, sie ebenfalls. Es hat sie auch nie echt interessiert. Tatsache ist, dass Jennifer vermutlich zu den zehn intelligentesten Menschen gehört, die es im Moment auf diesem Planeten gibt.«

»Du meinst, sie ist so eine Art … weiblicher Stephen Hawking?«, fragte Ben zweifelnd.

»Wir haben immer versucht, dir diesen ganzen Rummel vom Hals zu halten. Wenigstens bis vor einer Weile.« Er seufzte leise, und sein Blick, obwohl er weiter fest auf Bens Gesicht gerichtet blieb, schien sich in weiter Ferne zu verlieren. »Sie hat sich verändert. Ich weiß nicht mehr, wann es angefangen hat. Vor zwei oder drei Jahren, vielleicht auch schon eher, ohne dass es mir aufgefallen ist. Ehrlich gesagt habe ich mich immer ein bisschen gewundert, wieso sie sich mit einem einfachen Gehirnklempner wie mir abgegeben hat, und irgendwann … hat es ihr dann auch nicht mehr gereicht. Und wie auch?«

»Was meinst du damit?« Ben kramte angestrengt in seinem Gedächtnis, aber da war nichts. Er konnte sich an keine Auffälligkeiten in der Art erinnern, wie sein Vater sie beschrieb … oder wollte es nicht?

»Warum glaubst du wohl, hat sie diesen Lehrstuhl ausgerechnet jetzt angenommen? Deinetwegen, Ben.«

»Wie?«, murmelte er verdutzt.

»Ich wollte es nicht wahrhaben«, sagte sein Vater leise und sehr bitter. »Habe ich schon erwähnt, dass ich ein Meister darin bin, mir selbst etwas vorzumachen? Ja, ich glaube schon … oder auch nicht, ist ja auch egal. Jedenfalls glaube ich, dass sie nur gewartet hat, bis du alt genug bist, um dein eigenes Leben zu leben. Sie hat vor zwei Jahren angefangen sich nach einer Position umzusehen, die ihren Fähigkeiten gerecht wird, und sie hatte nach einer Woche so viele Angebote, dass wir das ganze Haus damit hätten tapezieren können.«

»Und sie hat keines davon angenommen?«

»Du warst noch nicht alt genug. Aber von da an war mir klar, dass es zu Ende geht.«

»Aber du –«

»Mach dir nichts vor, Ben. Ich tue es auch nicht. Dieser Lehrstuhl in Brisbane wäre nur der Anfang gewesen. Ein Sprungbrett in ein neues Leben, in dem für jemanden wie mich kein Platz ist.«

»Und das macht sie automatisch hart?« Ben hatte das Gefühl, allmählich den Boden unter den Füßen zu verlieren. Es konnte doch nicht sein, dass er seine eigene Mutter so wenig gekannt haben sollte!

»Nein. Aber niemand legt in Rekordzeit eine solche Karriere hin, wenn er nicht über einen eisernen Willen verfügt.« Sein Vater schloss die Augen, und für ein paar Sekunden sah er sehr alt aus und unendlich müde.

»Das tut mir leid«, murmelte Ben. »Ich habe ... von alledem nichts gewusst.«

»Und das hätte auch so bleiben sollen. Es tut *mir* leid. Aber du musst mir etwas versprechen.«

»Schon passiert«, sagte Ben rasch. »Und was?«

»Wenn du das hier überlebst«, sagte er, und Ben erschrak bis ins Mark, als ihm klar wurde, dass er ganz bewusst *du* gesagt hatte und nicht *wir*, »dann pass gut auf deine kleine Freundin auf und versprich mir, dass ihr immer ehrlich zueinander seid. Ganz egal, was passiert.«

»Das werde ich«, gelobte Ben.

Sein Vater stand auf, trat auf ihn zu, und dann tat er etwas, was Ben vollkommen überraschte: Er schloss ihn in die Arme und drückte ihn fest an sich. Zuletzt hatte er das getan, als Ben acht oder neun Jahre alt gewesen und vollkommen niedergeschlagen und in Tränen aufgelöst von einem Schulsportfest nach Hause gekommen war, auf dem er unter gut hundert Teilnehmern den vorletzten Platz belegt hatte ... und auch das nur, weil seine Mutter gerade nicht zu Hause war, um ihn zu trösten.

Noch vor wenigen Tagen hätte er eine so vertraute Berührung empört abgewehrt und wäre sich dabei wie ein kleines Kind vorgekommen. Aber jetzt war ihm die Umarmung seines Vaters nicht peinlich, ganz im Gegenteil: Plötzlich musste er sich beherrschen, sich nicht fest an ihn zu pressen. Es war das erste Mal seit langer Zeit, dass er seinem Vater so nahe war.

Und gleichzeitig und mit einer Sicherheit jenseits allen Zweifels wusste er, dass es auch das letzte Mal war.

24

ER MACHTE EINEN UMWEG ÜBER DIE SCHLEUSENKAMMER, als er sich – viel zu früh, aber er hatte es in der Einsamkeit seines Zimmers mal wieder nicht ausgehalten – auf den Weg zur Zentrale machte. Die Station befand sich nach wie vor im Griff jener unheimlichen, würgenden Stille, doch schon lange bevor er den Ort ihres vermeintlichen Sieges erreichte, drangen ihm helle, klingende Hammerschläge entgegen. Ein scharfer Geruch lag in der Luft, der ihm vage bekannt vorkam, aber er identifizierte ihn erst, als er sich der letzten Gangbiegung näherte und ein flackerndes, kaltes blaues Licht sah. Als Nächstes erblickte er eine Gestalt in einem grau-weiß gefleckten Tarnanzug, die – mit dem Rücken zu ihm – über die Innereien der halb auseinander gebauten Schallkanone gebeugt dastand und in regelmäßigen Abständen ein Elektroschweißgerät aufblitzen ließ. Zuerst dachte er, es sei Harry, aber dann richtete sich die Gestalt auf, und er erkannte Gerrit.

Der Söldner musste sich vollkommen auf seine Arbeit konzentriert haben, denn er fuhr eindeutig erschrocken herum und wirkte für eine halbe Sekunde so kampfbereit, dass Ben alarmiert innehielt und vorsichtshalber einen halben Schritt zurückwich. »Keine Sorge! Ich bin es nur. Ben.«

Gerrits Gesicht war hinter der wuchtigen Schweißerbrille, die er aufgesetzt hatte, kaum zu erkennen, aber seine Haltung blieb weiter angespannt wie die eines sprungbereiten Raubtieres, und er hielt den Schweißbrenner wie eine Waffe halb erhoben. Dann ließ er seinen improvisierten Totschläger sinken und schob mit der anderen Hand die schwarz getönte Brille in die Stirn.

»Alles in Ordnung?«, fragte Ben besorgt. Eigentlich war die Frage überflüssig. Gar nichts war in Ordnung. Der Söldner wirkte mindestens so erschöpft und übermüdet wie Tahia und Harry, und er sah zwar eindeutig erleichtert aus, jetzt wo er Ben offensichtlich erkannt hatte, aber es blieb etwas an ihm, das an ein gehetztes Raubtier erinnerte. Ein verletztes Raubtier auf der Flucht, dachte Ben, das dadurch nur umso gefährlicher wurde. Er ertappte sich dabei, ganz instinktiv einen weiteren halben Schritt zurückzumachen.

»Ein guter Rat für die Zukunft, Kleiner«, murmelte Gerrit. »Schleich dich nie an einen Mann mit einer Waffe an –«

»– dessen Nerven am Fußboden schleifen? Außerdem hast du keine Waffe.«

Gerrit betrachtete nachdenklich das Elektroschweißgerät in seiner Hand – einen wuchtigen hölzernen Griff, in den eine kleinfingerdicke, doppelt handlange Schweißkathode eingespannt war, deren Ende immer noch dunkelrot glühte –, beließ es darüber hinaus jedoch bei einem stummen Achselzucken, und Ben nahm sich vor, in Zukunft lieber zweimal nachzudenken und erst dann zu reden.

»Alles in Ordnung?«, fragte er noch einmal.

»Sicher.« Gerrit ließ sich ächzend in die Hocke sinken, schaltete das Schweißgerät aus und legte den Handgriff sorgsam so auf der Schallkanone ab, dass das immer noch glühende Ende das Metall nicht berührte. Er stand wieder auf. »Und wenn ich dieses verdammte Ding wieder hinkriege, bleibt es vielleicht auch so.«

Ben trat zögernd näher und reckte den Hals, um einen Blick in die offen stehende Reparaturklappe der Infraschallkanone zu werfen. Nicht dass er mehr sah als ein für ihn vollkommen sinnloses Durcheinander aus Platinen, Drähten und Spulen. Er fragte sich, was Gerrit in den Innereien eines offensichtlich so empfindlichen High-Tech-Gerätes mit einem *Schweißbrenner* tat. »Was ist denn damit?«

Gerrit bedachte ihn mit einem fast mitleidigen Blick und zog es vor, gar nicht darauf zu antworten. »Fass bitte nichts an.«

Das hatte Ben auch nicht vorgehabt. Nur um den peinlichen Moment zu überspielen, stand er noch einige Sekunden lang da und versuchte den Eindruck zu erwecken, etwas von dem zu verstehen, was er sah, hob dann die Schultern und drehte sich betont langsam herum, um zu der Schleusentür auf der anderen Seite des Ganges zu sehen. Oder um genauer zu sein: zu dem, was einmal eine Schleuse gewesen war. Jetzt war sie kaum noch wiederzuerkennen. Ramanovs Männer – oder Gerrit und Harry – hatten die brutal aus den Angeln gerissene massive Stahlplatte wieder aufgerichtet und kurzerhand an einem Dutzend Stellen mit dem

Rahmen verschweißt. Ben fragte sich vorsichtshalber nicht, wie sie dieses Ding jemals wieder aufbekommen wollten. *Das* war vermutlich ihr kleinstes Problem.

»Mach dir keine Sorgen«, sagte Gerrit hinter ihm, als hätte er seine Gedanken gelesen. »Die äußere Tür ist auch verschweißt. Da kommt so schnell nichts durch.« Wie beruhigend.

Ben dachte an das, was gestern Abend hier geschehen war, und sparte sich vorsichtshalber jede Antwort. Stattdessen wandte er sich wieder der Schallkanone zu. Sah man von der offen stehenden Reparaturklappe und dem durchdringenden Geruch nach verbranntem Metall ab, der in der Luft hing, wies die Waffe eigentlich keinerlei sichtbare Schäden auf – der Bürostuhl, auf dem Tooth gesessen hatte, war verschwunden und die beiden vorderen Räder abgerissen, sodass die Konstruktion ein wenig schräg stand, aber das war auch schon alles.

»Was ist denn damit?«, fragte er noch einmal, und diesmal bekam er fast zu seiner eigenen Überraschung sogar eine Antwort.

»Nichts«, sagte Gerrit, während er die Schweißerbrille endgültig abnahm und so achtlos zu Boden fallen ließ, dass Ben halbwegs auf das Klirren von zerbrechendem Glas wartete. »Ich versuche das Schätzchen ein bisschen zu tunen, das ist alles. Sieht gut aus.«

»Tunen?« Ben warf einen nervösen Blick auf die klobige, an eine Satellitenschüssel erinnernde Konstruktion. Er traute Gerrit ja eine Menge zu, aber letzten Endes war der Mann *Soldat*, kein Ingenieur. »Geht denn das?«, fragte er vorsichtig.

Diesmal war er sicher, dass Gerrit seine Gedanken gelesen hatte, denn er musterte ihn eine geschlagene Sekunde lang wenig freundlich und aus misstrauisch zusammengekniffenen Augen, bevor er antwortete. »Keine Ahnung. Ich dachte mir, ich verdopple einfach die Stromstärke und schaue mal, was passiert.« Ben starrte ihn an. »Natürlich funktioniert es«, fuhr Gerrit fort, nachdem er sich eine Weile an Bens verdattertem Gesichtsausdruck geweidet hatte. »Diese Schätzchen sind ursprünglich für das Militär entwickelt worden. Das hier ist zwar die zivile Version, aber das zu Grunde liegende Prinzip und die Konstruktion sind identisch. Man muss nur ein paar Teile austauschen, und du kannst damit einen Panzerspähwagen bis zum Mond pusten.«

Und dieses Ding wollte er hier drinnen einsetzen?, dachte Ben beinahe hysterisch. Allerdings formulierte er seine Bedenken vorsichtshalber ein wenig diplomatischer. »Bist du der Meinung, dass wir ein … ähm … solches Kaliber brauchen?«

»Keine Ahnung. Aber ich habe lieber zu viel Feuerkraft und brauche sie nicht als zu wenig, wenn ich sie bräuchte.«

Ben ließ seinen Blick abermals aufmerksam über die Vorderseite der Science-Fiction-Waffe gleiten. Gegen seinen Willen tauchten die Bilder der verzweifelten Schlacht vom vergangenen Abend noch einmal vor seinem inneren Auge auf. Aus welchem militärischen Lehrerbuch Gerrits vermeintliche Weisheit auch stammen mochte – seinem Kameraden hätte auch eine zehnmal so hohe Feuerkraft nichts mehr genutzt, dachte er bedrückt. Ganz im Gegenteil …

Ben drehte sich herum und blickte wieder zu der demolierten Schleusentür hin. Abgesehen davon, dass sie ungefähr so Vertrauen erweckend aussah wie ein eingeschlagenes Fenster, das jemand notdürftig und in aller Hast mit Brettern verkleidet hatte, wiesen die grauen Kunststoffwände rechts und links daneben überdeutliche Spuren dessen auf, was Tooth mit seiner – nicht getunten! – Schallkanone angerichtet hatte. Sie sahen aus, als hätte jemand stundenlang mit einem Vorschlaghammer darauf eingeschlagen. Der graue Kunststoff war zerbrochen und an zahllosen Stellen regelrecht pulverisiert, sodass das von einem Durcheinander aus Kabeln und Versorgungsleitungen erfüllte Innere der Zwischenwände dahinter zum Vorschein kam – dem die Schallkanone in den allermeisten Fällen ebenfalls den Garaus gemacht hatte. Selbst die angeblich nahezu unzerstörbare Wand dahinter war an mindestens zwei Stellen gerissen. Was sollte ihnen schon eine Waffe nutzen, die zwar jeden Angreifer vernichtete, die Station aber auch gleich mit?

Ein einziger Blick in Gerrits Gesicht machte ihm jedoch klar, wie wenig Sinn es hatte, dieses Argument vorzubringen. Vermutlich wusste Gerrit es besser als er, und möglicherweise diente das, was er tat, in Wahrheit auch nur dem Zweck, seine Hände zu beschäftigen und ihn irgendwie abzulenken. Wenn sie diesen ungleichen Kampf überhaupt gewinnen konnten, dann ganz bestimmt nicht mit *Waffen.* Aber auch das sprach er nicht aus.

»Wie geht es dir?«, fragte er stattdessen.

Die Frage schien Gerrit zu verwirren. »Wie soll es mir gehen?«

»So wie du aussiehst? Ziemlich mies, würde ich sagen. Was ist gestern da draußen passiert? Wie seid ihr rausgekommen?«

Er rechnete nicht wirklich damit, eine Antwort zu bekommen, und der Söldner zögerte auch eine geraume Weile. Dann aber sagte er mit einem Schulterzucken und in beinahe feindseligem Ton: »Ich würde sagen, mit mehr Glück als Verstand. Neben seiner Waffe ist das der treueste Verbündete eines Soldaten, weißt du?«

»Verstand?«, fragte Ben, in ganz bewusst zweifelndem Ton und mit einem spöttischen Lächeln.

»Glück«, antwortete Gerrit ernst. Sein Gesicht verdüsterte sich. »Wenn ich es nicht besser wüsste, dann würde ich behaupten, sie haben uns absichtlich davonkommen lassen. Als ihr weg wart, dein Vater und du, da war ich ziemlich sicher, dass es vorbei ist. Aber dann sind sie einfach verschwunden. Als hätten sie jedes Interesse an uns verloren.«

»Und dann?«

Gerrit setzte dazu an, etwas zu sagen, und fuhr plötzlich herum. Sein Fuß stampfte so wuchtig auf den Boden, dass Ben erschrocken zusammenfuhr. »Verdammte Mistviecher!«

Ben sparte sich die Frage, was er damit gemeint hatte. Als Gerrit den Fuß hob, erblickte er einen braunrot verschmierten Fleck auf dem Boden.

»Aus der Höhle rauszukommen war gar nicht so schwierig«, fuhr Gerrit fort, als wäre gar nichts geschehen, aber auch ohne ihn anzublicken. »Hat nur eine Weile gedauert. Das Ding ist gewaltig. Danach wurde es erst richtig lustig.«

»Es ist schlimm draußen, wie?«

»Das willst du gar nicht wissen.«

Ben glaubte ihm.

Gerrit ging wieder in die Hocke und streckte die Hand aus, wie um den Schweißbrenner aufzuheben, begann aber dann in einem kleinen Werkzeugkasten herumzukramen, der neben der Palette auf dem Fußboden stand. »Wenn du dich nützlich machen willst, dann hilf mir. Ich habe nämlich noch eine Menge zu tun.«

Das war deutlich. Sogar Ben verstand, wenn er unerwünscht war. Er war jetzt ganz sicher, dass Gerrit nur an dem Apparat herumbastelte, um irgendetwas zu tun, und darüber hinaus allein sein wollte. Und er wollte schon gar nicht darüber sprechen, was dort draußen auf dem Eis passiert war. »Ramanov wollte uns sehen. Kommst du nicht mit?«

Gerrit schüttelte den Kopf, ohne ihn anzusehen oder mit seinem nervösen Herumsuchen aufzuhören. »Wo denkst du hin? So einfach bekommt ein kleiner Soldat wie ich doch keine Audienz beim Zaren. Aber wenn du ihn siehst, dann richte ihm schöne Grüße von mir aus und erinnere ihn an meinen Rucksack. Ich hätte ihn gerne wieder – und zwar komplett mit Inhalt.«

»Die Diamanten«, vermutete Ben.

Gerrit hielt nun doch für einen Augenblick inne und sah unfreundlich zu ihm hoch.

»Am besten, du vergisst sie. Es sind keine Diamanten. Jedenfalls keine, die du wirklich haben möchtest.«

»Warum überlässt du diese Entscheidung nicht mir, Kleiner?« Gerrit wollte ganz offensichtlich noch mehr sagen, schürzte aber dann nur abfällig die Lippen und wandte sich demonstrativ wieder seiner vollkommen sinnlosen Tätigkeit zu, und Ben resignierte endgültig und setzte seinen Weg fort.

Nach ein paar Schritten blieb er noch einmal stehen und sah nachdenklich zu Gerrit zurück. Der Söldner hatte sich wieder aufgerichtet und hantierte in der offen stehenden Reparaturklappe herum. Er musste seinen Blick spüren, ließ sich jedoch nichts anmerken. Irgendetwas … stimmte nicht mit ihm, das spürte Ben immer deutlicher. Etwas war dort draußen auf dem Eis geschehen. Etwas Schlimmes. Aber er fragte nicht, was, und er war auch beinahe sicher, dass er die Antwort gar nicht wissen wollte.

Sein Gespräch mit Gerrit schien länger gedauert zu haben, als ihm bewusst gewesen war, denn er war der Letzte, der in der Zentrale eintraf, und allein der Blick, mit dem Ramanov ihn begrüßte, machte ihm klar, dass der Russe nicht nur nicht damit gerechnet hatte, dass er überhaupt kam, sondern über seine Anwesenheit auch nicht unbedingt erbaut war. Sasha, die genau wie am Morgen auf der anderen Seite des Tisches neben ihrem Vater saß und seine bandagierte Hand ergriffen hatte, lächelte ihm flüchtig zu. Mit Ausnahme Tahias waren sie wieder in der gleichen Zusammensetzung zusammengekommen wie am Morgen. Wenn es ein Morgen gewesen war und kein Nachmittag oder mitten in der Nacht. Ganz automatisch suchte sein Blick die Stelle, an der sich Tahia am Morgen (oder wann auch immer) so unsanft Zutritt zu den dahinterliegenden Computersystemen verschafft hatte. Zu seiner Überraschung konnte er keine Beschädigung entdecken – das herausgerissene Paneel war offensichtlich ausgetauscht und mit so großem Geschick wieder eingesetzt worden, dass man schon zweimal hinsehen musste, um einen Unterschied zu erkennen.

»Hab ich was verpasst?«, fragte er, während er einen freien Platz am Tisch ansteuerte; ganz und gar nicht zufällig genau gegenüber von Sasha. Ramanovs Blick wurde noch ein bisschen feindseliger, während sein Vater mit Mühe ein Lächeln unterdrückte und van Staaten das gar nicht erst versuchte.

»Ich würde sagen, ein paar Jahre gute Kinderstube«, murmelte Ramanov, in einem Ton wie an sich selbst gewandt, aber vermutlich ganz bewusst so laut, das jedermann es hören musste. Mit einem auffordernden Nicken wandte er sich zu Vatec um, die ganz allein am anderen Kopfende des Tisches saß. Genau wie am Morgen lag ein säuberlich ausgerichteter Stapel Papier vor ihr, nur dass er diesmal deutlich größer war.

Die Wissenschaftlerin setzte dazu an, etwas zu sagen, und Ramanov fuhr fort: »Ich habe Susanna gebeten, unsere allgemeine Lage in ein paar Stichworten zusammenzufassen, damit wir uns einen Überblick verschaffen können.«

Ben warf einen schrägen Blick auf den gut fünf Zentimeter hohen Stapel eng beschriebene Blätter, der vor Dr. Vatec auf dem Tisch lag, und runzelte demonstrativ die Stirn, und sie setzte abermals zum Sprechen an, nur um schon wieder von Ramanov unterbrochen zu werden. »Lassen Sie sich nicht erschrecken. Susannas Listen sind berüchtigt. Aber meistens hat sie Recht.«

Jetzt war es Ramanov, den Ben verwirrt musterte. Er erblickte einen Ausdruck auf seinem Gesicht, den er bisher nur höchst selten gesehen hatte – nämlich ein Lächeln –, und auch Vatec schmunzelte flüchtig; offensichtlich ein Witz, den nur sie beide verstanden. Dann aber nickte sie, legte die linke Hand mit gespreizten Fingern auf ihren Papierstapel, setzte zum dritten Mal zum Reden an und sah dann fast erwartungsvoll zu Ramanov hin.

Der Russe machte eine auffordernde Geste.

»Unsere Lage ist vorsichtig ausgedrückt … bescheiden«, begann sie. »Unsere Lebensmittelvorräte reichen noch für zwei oder drei Tage, und ich fürchte, mit Trinkwasser sieht es noch schlechter aus.«

»Trinkwasser?«, vergewisserte sich Bens Vater, als hätte er nicht richtig gehört. Auch Ben sah die grauhaarige Wissenschaftlerin verwundert an.

»Trinkwasser. Ohne Essen kommt man eine ganze Weile aus. Länger, als die meisten Menschen glauben. Ohne Wasser leider nicht.«

»Nur damit ich Sie richtig verstehe. Sie meinen, dass wir hier auf dem größten Süßwasserreservoir der Welt sitzen und demnächst nichts mehr zu trinken haben?«

Vatec lächelte wie eine Lehrerin, der ein Schüler gerade eine ganz besonders naive Frage gestellt hatte. »Ja, genau das meine ich, Doktor Berger. Unsere Trinkwasser-Aufbereitungsanlage hat den letzten … ähm … Zwischenfall leider nicht überstanden, und die Tanks sind nur noch zu einem kleinen Teil gefüllt. Wir sind hier immer noch über dreißig Menschen, und die brauchen nun mal eine Menge Wasser, Doktor Berger.«

»Aber dort draußen liegt genug Schnee, um –«

»Das stimmt. Möchten Sie hinausgehen und ihn holen? Sagen wir … zwanzig Eimer am Tag?«

Niemand antwortete darauf. Vatec sah sich eine Sekunde lang beinahe triumphierend um, schüttelte dann den Kopf und wurde schlagartig wieder ernst. »Ich fürchte nur, das ist momentan unser kleinstes Problem.«

»Endlich einmal eine gute Nachricht«, spöttelte Harry. Ramanov warf ihm einen ärgerlichen Blick zu.

»Was heißt das?«, fragte Schulz.

»Abgesehen davon, dass –«, erklärte Vatec und unterbrach sich, als die Tür aufgerissen wurde und Tahia hereinstürmte. Ohne ein Wort und mit weit ausgreifenden Schritten eilte sie zum Tisch, nahm Pjotr die Funktastatur weg und begann zu tippen. »Das solltet ihr euch ansehen.«

Die beiden Monitore an der gegenüberliegenden Wand erwachten synchron zum Leben, um dasselbe Bild zu zeigen. Zuerst unterschied es sich nicht von dem von heute Morgen – eine falschfarbene, grünstichige Wiedergabe der immerwährenden Nacht unter dem riesigen Zeltdach –, dann berührte Tahia eine weitere Taste, und die Monitore zeigten jetzt ein Bild, das offensichtlich von einer anderen Kamera aufgenommen wurde: einen langen Kameraschwenk über die scheinbar endlose Schneeebene hinter der Station mit ihren sanft gewellten Hügeln und Schneewehen. Auch sie schimmerte in einem unwirklichen, gespenstischen Grün, bis Tahia mit einem ärgerlichen Murmeln eine weitere Taste drückte.

Ein erstauntes Raunen ging durch den Raum. Das Bild zeigte jetzt nicht mehr die sonderbar falschen Farben, an die sich Ben mittlerweile schon beinahe gewöhnt hatte, aber auch nicht das Schwarz des Himmels und das kalte Weiß von Schnee, das er erwartet hatte. Die Ebene schimmerte in allen nur vorstellbaren sanften Pastellfarben, in denen der Schnee widerspiegelte, was sich am Himmel darüber abspielte. Der Sturm hatte die Wolken vertrieben und das Firmament leer gefegt, wie um ihnen einen besonders guten Blick auf das prachtvolle Schauspiel zu ermöglichen, und eigentlich hätte es auch genau das sein sollen: ein ebenso wundervolles wie majestätisches Feuerwerk, das ihnen die Natur bot, und nicht mehr.

Aber es *war* mehr.

Der Anblick versetzte Ben in blankes Staunen, aber zugleich machte er ihm Angst. Was sie da sahen, das waren keine normalen Polarlichter. Aus dem majestätischen Wehen seidenzarter aus nichts anderem als Licht bestehender Vorhänge war ein wütendes, rasches Pulsieren und Flackern geworden, der zornige Tanz leuchtender Dämonen, die mit ihren farbigen Blitzen so hart und unbarmherzig auf die Erde einhämmerten, dass sich die schneebedeckte Ebene darunter zu ducken schien wie ein verängstigtes Tier.

»Was ist das?«, murmelte van Staaten.

»Normale Polarlichter sind es jedenfalls nicht«, flüsterte Ramanov.

Und dann, eine halbe Sekunde bevor Harry es aussprach, wusste Ben, woran ihn dieser Anblick erinnerte. »Genau wie unten in der Höhle. Die Kristalle … erinnert ihr euch?«

Ramanov und auch van Staaten und Vatec sahen den Söldner nur verständnislos an, aber Ben nickte ruckartig. Selbst wenn er etwas hätte sagen wollen, er hätte es nicht gekonnt. Der Anblick schnürte ihm die Kehle zu. Harry hatte Recht. Es waren dieselben pulsierenden Wellen düsterer Farben, die über den diamantbesetzten steinernen Himmel der Höhle gerast waren, einen Rhythmus, den man unmöglich erkennen, aber noch viel unmöglicher nicht spüren konnte. Und der nicht willkürlich war.

»Es scheint irgendeine Art von Muster zu sein«, murmelte Tahia. Im Gegensatz zu Ramanov und Harry klang sie nicht besorgt, sondern eher fasziniert. »Aber ich kann es nicht erkennen.«

»Was wollen Sie damit sagen?«, fragte Ramanov. Er versuchte zu lachen, brachte aber nur ein eher sonderbares Quietschen zu Stande. »Wollen Sie etwa behaupten, dass –«

»Es ist ihre Sprache«, sagte Ben leise.

Nicht nur Ramanov verstummte. Auch die anderen starrten ihn mehr oder weniger schockiert an.

»Unsinn«, widersprach Ramanov schließlich. Aber er tat es mit so wenig Überzeugungskraft, dass das Wort dadurch eher zu seinem genauen Gegenteil wurde.

Tahia betrachtete den unheimlichen Anblick auf dem Monitor noch einen Moment lang stirnrunzelnd, dann legte sie die Tastatur auf den Tisch und begann hektisch zu tippen. Das Bild machte wieder der falschfarbenen Wiedergabe des Bereiches unter dem Zeltdach Platz – Ben konzentrierte sich zu spät darauf, um erkennen zu können, ob sich dort etwas bewegte oder nicht –, wechselte für eine Sekunde erneut zu dem Farbspektakel am Himmel und geriet dann vollends durcheinander, und Tahia wandte sich in ebenso ungeduldigem wie nervösem Ton an Pjotr. »Sie können besser damit umgehen als ich. Ich brauche eine Satellitenaufnahme der Küste.«

Der Russe starrte sie nur verständnislos an, bis Ramanov Tahias Worte übersetzte. Die Söldnerin schob ihm die Tastatur hin, und er brauchte weniger als eine Sekunde, bis das gewünschte Bild auf dem größeren der beiden Monitore erschien: die gleiche Aufnahme wie am Morgen, nur dass diesmal die eingeblendeten Zahlen und meteorologischen Symbole fehlten. Ben registrierte mit einem Gefühl leiser Überraschung, dass über dem gesamten riesigen Areal nicht eine einzige Wolke zu sehen war. Und noch etwas fehlte, aber er konnte nicht sagen, was.

Van Staaten offensichtlich schon. »Wo sind die Farben?«

Tahia deutete mit dem Daumen über die Schulter zurück. »Hinter dem Satelliten. Polarlichter entstehen in den obersten Schichten der Atmosphäre. Er kann sie nicht aufnehmen.« Sie wandte sich wieder an Pjotr und deutete gleichzeitig mit der anderen Hand auf Ramanov. »Ich brauche eine Ausschnittvergrößerung. Dieselbe wie heute Morgen. Diesen …« Sie wusste den Namen dessen, was dort draußen vor der Küste lauerte, so gut wie jeder andere hier im Raum, aber offensichtlich brachte sie es nicht über sich, ihn auszusprechen. »… Schatten.«

Ramanov übersetzte rasch, und Pjotr brauchte diesmal noch weniger Zeit, um den gewünschten Bildausschnitt heranzuzoomen. Der *Schatten*, von dem Tahia gesprochen hatte, war nach wie vor da. Wenn Pjotr die Kamera tatsächlich auf dieselbe Position gerichtet hatte wie am Morgen, dann war er nicht sichtbar näher gekommen. Aber er war ... *deutlicher* geworden. Vielleicht erkannte Ben ihn auch nur besser, jetzt, da er wusste, was der verschwommene Schemen unter dem Meer zu bedeuten hatte.

»Und?«, fragte Ramanov nervös.

»Das gesamte Farbspektrum«, sagte Tahia. »Kann er das Bild über einen Farbfilter laufen lassen? Von Ultraviolett bis Infrarot?«

Ramanov sah sie zwar immer noch verständnislos an, übersetzte ihre Worte aber gehorsam, und Pjotr strahlte so erfreut wie ein kleines Kind, das überglücklich darüber war, seine gerade erlernten Zauberkunststücke vorführen zu dürfen, und begann hektisch zu tippen. Der Monitor flackerte, zeigt einen Moment nichts als ein wüstes Durcheinander aus Farben und Linien und stabilisierte sich dann wieder.

Mit einem einzigen, aber furchtbaren Unterschied.

Der Schatten unter dem Meer war nicht mehr grau. Die Umrisse des riesigen krakenähnlichen Geschöpfes waren nun deutlich zu erkennen, und auch wenn sie nicht in allen Farben des Regenbogens, sondern nur in einem düsteren Rot pulsierten, wusste nicht nur Ben sofort, was er da sah.

Ohne besondere Aufforderung berührte Pjotr eine Taste, und auf dem kleineren Monitor erschien nun wieder das Abbild des pulsierenden Nachthimmels über der Ebene.

»Es ist eindeutig derselbe Rhythmus«, flüsterte Tahia.

»Der Junge hat Recht«, flüsterte Harry mit belegter Stimme. Sein Blick hing noch immer wie gebannt an den beiden Monitoren. »Es *ist eine* Sprache.«

»Diese ... Diskobeleuchtung?«, murmelte Ramanov nervös. »Das ist ja absurd!«

Harry ignorierte ihn. »Kannst du das entschlüsseln?«, wandte er sich an Tahia.

»Sicher. Wenn du mir drei Monate Zeit gibst und einen Cray-Computer ... und ein paar wirklich gute Kryptologen ...« Sie schüttelte heftig der Kopf. »Keine Chance.«

»Sie glauben, dass dieses ... Feuerwerk eine Sprache ist?«, fragte Ramanov. Er klang immer noch zweifelnd, aber wenigstens nicht mehr so aggressiv wie bisher.

»So etwas ist nicht ungewöhnlich«, sagte Vatec mit einer ruhigen

Sachlichkeit, die anscheinend nicht nur Ben ziemlich deplatziert fand. Auch Ramanov sah sie fast böse an, doch sie fuhr ungerührt fort: »Es gibt gewisse Tiefseefische, die mit Licht ihre Beute anlocken. Das nennt man Biolumineszenz.«

»Finden Sie, dass das jetzt der richtige Zeitpunkt ist, um mit Ihrem Fachwissen zu glänzen, Frau Kollegin?«, fragte Ramanov.

»Manche andere Arten stehen seit einer Weile im Verdacht, sich mittels Biolumineszenz untereinander zu verständigen. Kraken zum Beispiel gehören dazu ... zumindest einige Unterarten. Und so nebenbei, Professor – es gibt eine ganze Anzahl renommierter Wissenschaftler, die den gemeinen Oktopus für den intelligentesten Meeresbewohner halten ... deutlich intelligenter als zum Beispiel Delfine. Nur falls es Sie interessiert.«

Ramanov blickte sie finster an, hüllte sich darüber hinaus aber in beleidigtes Schweigen, und Ben verspürte einen raschen, eiskalten Schauder. Was Vatec gesagt hatte, war ihm nicht neu, aber es gab Dinge, die besser unausgesprochen blieben.

»Sie reden also miteinander«, hauchte van Staaten. »Wenn wir herausfinden könnten, was –«

»– würde uns das gar nichts nutzen«, unterbrach sie Schulz. »Verstehen Sie es denn immer noch nicht? Wir haben nicht die geringste Chance gegen sie!«

Vatec räusperte sich gekünstelt. »So ganz stimmt das nicht, Kapitän«, sagte sie, während sich ihre Hand erneut auf den Papierstapel vor ihr senkte. »Immerhin haben wir ein paar entscheidende Schwächen bei unseren Gegnern entdeckt.«

Das sicherte ihr sogar Harrys Aufmerksamkeit. Er riss seinen Blick mit einem Ruck vom Monitor los und starrte die Wissenschaftlerin an. »Welche?«

Vatec antwortete nicht sofort, sondern genoss den Augenblick sichtlich. »Ja, ich dachte mir, dass Sie das interessiert. Dabei liegt die Antwort auf der Hand ... wenn man genau hinsieht, heißt das.«

Harry wirkte deutlich verärgert, aber er beherrschte sich. »Also gut, ich gebe zu, ich bis nur ein dummer kleiner Soldat, der gerade mal bis drei zählen kann. Würden Sie mir trotzdem verraten, was Sie herausgefunden haben?«

»So war das nicht gemeint. Ich habe mir lediglich die Aufnahmen Ihrer beiden ... Zusammenstöße mit diesen Geschöpfen noch einmal genauer angesehen und dabei ist mir etwas aufgefallen. Wir haben es ganz eindeutig mit zwei verschiedenen Arten von Gegnern zu tun.«

»Hört, hört«, sagte Tahia spöttisch, ohne dass sich Vatec davon auch nur im Mindesten beeindruckt zeigte. Sie wandte sich an Schulz.

»Die Kreaturen, die Sie auf der *Princess* angegriffen haben und später auf dem Strand ... es waren ziemlich viele, nicht wahr?« Sie sah Tahia an. »Und die, die im Kühlraum aufgetaucht sind ... wie es aussieht, können sie sie in nahezu beliebiger Anzahl erschaffen, aber sie sind nicht besonders effektiv.«

»Mir waren sie effektiv genug«, sagte Ben. »Danke.«

Vatec schüttelte fast sanft den Kopf. »Auf der *Princess* vielleicht, als sie den Vorteil der Überraschung auf ihrer Seite hatten. Und auf dem Strand seid ihr in Panik völlig kopflos geflohen. Aber du warst selbst dabei, als sie versucht haben die Schleuse zu stürmen. Gegen ein paar entschlossene Männer –«, sie warf einen raschen Blick in Tahias Gesicht hinauf, »– und Frauen mit den entsprechenden Waffen sind sie ziemlich chancenlos.«

»Das stimmt«, bestätigte Harry. »Ziemlich viele, aber auch ziemlich blöd. Solange uns die Munition nicht ausgeht, halten wir sie bis zum Sankt-Nimmerleins-Tag auf. Unglücklicherweise –«

»– sieht das bei der zweiten Generation ein wenig anders aus. Es handelt sich anscheinend tatsächlich um eine Art ... Evolution. Irgendwie ... benutzen sie die Menschen, die sie von der *Princess* entführt haben, als eine Art ... *Matrix*, um nach ihrem Vorbild ein zweite, weitaus gefährlichere Generation von Kriegern zu erschaffen.«

»Bitte verzeihen Sie, Doktor«, sagte Harry, »aber wissen wir das nicht alles bereits?«

»Schon. Ich wollte es nur noch einmal zusammenfassen – weil darin nämlich zugleich auch unsere größte Chance besteht.«

»Wieso?«, fragte Tahia scharf.

»Zum einen begrenzt es die Anzahl der Angreifer, die sie gleichzeitig gegen uns ins Feld schicken können auf ungefähr zweihundert – minus die, die ihnen bei ihrem gestrigen Angriff *abhanden gekommen* sind.« Sie legte eine kurze, dramatische Pause ein. »Und zum anderen werden ihnen ihre restlichen *Spender* nicht mehr lange zur Verfügung stehen.«

Harry wurde hellhörig. »Wieso?«

»Weil sie sterben«, antwortete Vatec.

Alle – vielleicht mit Ausnahme van Staatens, die einfach nur traurig aussah – starrten sie wie vom Donner gerührt an, und schließlich fragte Harry: »Wie … meinen Sie das?«

Vatec deutete auf van Staaten. »Doktor van Staaten hat die beiden Gefangenen untersucht, die uns gestern Morgen in die Hände gefallen sind.«

»Ich dachte, sie sind tot?«, fragte Tahia misstrauisch.

»Ja, bedauerlicherweise. Aber das macht in diesem besonderen Fall keinen Unterschied. Ganz im Gegenteil. Bitte halten Sie mich jetzt nicht für zynisch, aber es war eher ein Glücksfall. Es … ähm … erleichtert die Obduktion.«

Das *war* zynisch, fand Ben, fragte aber trotzdem: »Und was hat diese Obduktion ergeben?«

»Dass sie am Ende waren«, antwortete van Staaten an Vatecs Stelle. »Zumindest körperlich. Sie wären in spätestens zwei oder drei Tagen sowieso gestorben.«

»Woran?«, fragte Ramanov.

Van Staaten hob unglücklich die Schultern. »Kälte … Hunger … allgemeine Erschöpfung. Menschen sind nun einmal nicht dafür geschaffen, tagelang bei Minusgraden und ohne Essen und Trinken auszuhalten.« Sie sah Schulz an, wie um ihn als lebendes Beispiel heranzuziehen, und bekam ein ebenso grimmiges wie mitfühlendes Nicken zur Antwort.

»Sie scheinen nicht besonders fürsorglich mit ihren Gefangenen umzugehen«, bestätigte Harry. »Ziemlich dumm, wenn man bedenkt, wie wichtig sie für sie sind. Andererseits … hat jemand dort unten eine Gulaschkanone gesehen?«

Van Staaten schenkte ihm einen strafenden Blick, und Robert Berger sagte fast hastig: »Und wieso ist das ein Vorteil für uns, Doktor Vatec?«

»In spätestens zwei oder drei Tagen haben wir es nur noch mit Kriegern der ersten Generation zu tun.« Sie machte eine Kopfbewegung auf Harry. »Ziemlich viele, aber ziemlich blöd. Gegen sie können wir uns möglicherweise behaupten, bis der Sturm vorüber ist und Hilfe eintrifft. Es wird zwar ziemlich hart werden, aber wir hätten eine Chance.«

»Ja«, sagte Bens Vater düster. »Dann müssen wir ja nur abwarten, bis sie alle tot sind. Gute Frau, wissen Sie eigentlich, was sie da sagen?«

»Ja, das weiß ich sehr wohl«, antwortete Vatec kühl. »Aber leider haben wir nicht die geringste Möglichkeit, sie zu retten.« Plötzlich wirkte sie ehrlich verletzt. »Glauben Sie etwa, ich hätte nicht darüber nachgedacht? Es ist unmöglich. Selbst wenn es dieses …«, sie gestikulierte heftig zum Bildschirm hin, »… *Ding* da draußen nicht gäbe, kämen wir nicht einmal in die Nähe der Höhle. Ich bin nicht herzlos, sondern nur realistisch. Leider ist das manchmal dasselbe.«

»Bitte!« Harry hob besänftigend die Hände. »Sie haben Recht – beide. Aber es hilft niemandem, wenn wir uns jetzt gegenseitig Vorwürfe machen.« Er wandte sich an van Staaten. »Drei Tage, sagen Sie?«

»Allerhöchstens«, bestätigte sie düster. »Und das gilt nur für die Kräftigsten von ihnen. Für viele käme schon jetzt jede Hilfe zu spät.«

»Trotzdem müssen wir sofort etwas unternehmen«, sagte Robert Berger.

Harry nickte. »Und was?«

Schweigen. Ein sehr langes, unangenehmes Schweigen, das sich wie eine erstickende unsichtbare Zentnerlast auf sie herabzusenken schien. Etwas, was verdächtig an pure Verzweiflung grenzte, begann von Ben Besitz zu ergreifen, aber auch ein Gefühl von Ohnmacht, das beinahe noch schlimmer war. Er starrte die beiden Monitore an, und seine Augen füllten sich mit Tränen, als ihm die brutale Schönheit der ununterbrochen lodernden Farbexplosionen am Himmel über der Station zu Bewusstsein kam und das ungleich düsterer rote Pulsieren des schweigenden Kolosses draußen im Meer.

»Aber das alles ergibt überhaupt keinen Sinn«, murmelte er. »Sie sprechen miteinander.«

»Und?«, fragte Vatec.

»Warum das alles?«, fuhr Ben kopfschüttelnd fort. »Was immer diese Kreaturen auch sind, sie sind nicht dumm und sie würden ganz bestimmt nichts Sinnloses tun!«

Selbst Schulz wirkte interessiert. »Sinnlos?«

»Es *ist* sinnlos. Wenn sie uns einfach nur umbringen wollten, dann hätten sie das längst gekonnt.«

»Immerhin haben sie es oft genug versucht«, wandte Ramanov ein, und Ben bekam Hilfe von unerwarteter Seite.

»Eigentlich nicht«, sagte Harry. Ramanov blinzelte verdutzt, und Harry fuhr fort: »Sie haben uns ziemlich zugesetzt, das stimmt – aber wenn sie es wirklich gewollt hätten, hätten sie uns längst überrennen können. Einmal ganz davon abgesehen, dass dieser Zirkus hier von ihrem Standpunkt aus eher kontraproduktiv ist.«

»Wieso?«, fragte Ramanov ziemlich verwirrt.

»Man könnte auch sagen, ziemlich dämlich. Ben hat vollkommen Recht. Wenn es ihnen nur darum gegangen wäre, uns umzubringen, hätten sie es längst tun können.«

»Aber sie *können* uns gar nicht gehen lassen!«, protestierte Ramanov. »Alle Welt würde von ihrer Existenz erfahren!«

Und vielleicht, dachte Ben, *spielt das nicht mehr die geringste Rolle, wenn wir hier verlieren.*

»Das zu vermeiden«, sagte Tahia spöttisch, »wäre das allerkleinste Problem gewesen. Sie hätten das Schiff einfach nur nicht anzugreifen brauchen.«

Ramanov sah nun eindeutig verwirrt aus – aber nur kurz, dann schüttelte er umso heftiger den Kopf und deutete auf Bens Vater. »Sie vergessen Frau Doktor Berger, meine Liebe«, sagte er triumphierend.

Tahia setzte zu einer Antwort an, von der Ben spürte, dass sie Ramanov vermutlich nicht gefallen würde, löste sich dann aber von ihrem Platz und ging zur Wand mit dem neuen Paneel hinüber. Ihr Blick tastete aufmerksam über den Boden, als suche sie nach etwas oder hätte etwas gesehen, wäre sich aber nicht ganz sicher, doch dann zuckte sie nur mit den Schultern und antwortete, mit einiger Verspätung und ohne Ramanov anzusehen: »Ich habe nicht behauptet, dass ich alles verstehe.«

Ben fiel auf, wie aufmerksam (oder besorgt?) van Staaten die Söldnerin plötzlich musterte, und auch er schaute Tahia noch einmal fast misstrauisch an. Von der totalen Erschöpfung, die noch am Morgen überdeutlich auf ihrem Gesicht zu sehen gewesen war, war jetzt nichts mehr zu entdecken. Ganz im Gegenteil: Tahia sah schon beinahe unheimlich frisch und energiegeladen aus, aber zugleich schien sie auch etwas wie eine … kribbelnde Nervosität auszustrahlen; jene Art von enervierender Rastlosigkeit, die es einem unmöglich macht, stillzustehen. Er dachte an das kurze Gespräch zwischen ihr und Harry zurück, und ein Blick in van Staatens besorgtes Gesicht machte ihm klar, woher diese neue Kraft zu plötzlich kam – und dass die Söldnerin vermutlich einen hohen Preis dafür bezahlen würde.

»Was ist los?«, fragte Harry. Natürlich war Tahias sonderbares Verhalten auch ihm nicht entgangen.

»Nichts«, behauptete Tahia, setzte dazu an, noch etwas zu sagen, und stampfte dann stattdessen sehr kraftvoll mit dem Fuß auf. Als sie den Stiefel wieder zurückzog, blieb ein braunroter Schmierfleck auf dem Boden zurück.

»Was –?«, entfuhr es Ramanov, während er so heftig von seinem Stuhl aufsprang, dass er beinahe umgestürzt wäre. Van Staaten wurde kreidebleich, und auch Bens Vater sog hörbar erschrocken die Luft zwischen den Zähnen ein. Harry erhob sich – wenn auch deutlich langsamer als der Russe – und ging zu Tahia. Sein Blick tastete aufmerksam über den grauen Betonfußboden und dann über die reparierte Stelle an der Wand.

»Ich dachte, Sie hätten sie zuschweißen lassen?«, fragte er stirnrunzelnd und an Ramanov gewandt.

»Das habe ich auch. Ich verstehe nicht, was –«

Harry unterbrach ihn mit einem raschen Heben der Hand und ließ sich gleichzeitig in die Hocke sinken. Bens Herz begann spürbar schneller zu klopfen, als sein Blick dem des Söldners folgte.

Nur ein kleines Stück neben der Stelle, wo Tahia die Spinne zertreten hatte, war ein zweites, kaum kleinfingernagelgroßes Tier aufgetaucht. Hätte es den unheimlichen Zwischenfall von heute Morgen (und vor allem das anschließende Gespräch mit Schulz) nicht gegeben, hätten sie es für eine ganz normale, harmlose kleine Spinne gehalten. Aber es war *grau,* von exakt derselben stumpfen Farbe wie der Betonfußboden, und irgendetwas an dieser Farbe war … beunruhigend. Ben konnte das Gefühl nicht genauer in Worte kleiden, aber es war da. Etwas … *stimmte* einfach nicht damit.

Tahia hob den Fuß, um auch dieses Tier in einen hässlichen Schmutzfleck auf dem Boden zu verwandeln, aber Harry hielt sie mit einer beinahe erschrockenen Geste zurück. »Warte!«

Tahia maß ihn mit einem irritierten Blick, aber der Söldner wedelte nur noch einmal abwehrend mit der Hand und streckte gleichzeitig den anderen Arm aus. Nicht nur Ben stockte schier der Atem, als seine Fingerspitzen den Boden unmittelbar vor der kleinen Spinne berührten und auch dort liegen blieben, als sich das winzige Tierchen ruckartig in Bewegung setzte – und dann mit einem Satz auf seinen Handrücken sprang!

Als es seine Haut berührte, veränderte es sich. Es war jetzt nicht mehr grau wie der Betonfußboden, über den es bisher gekrochen war, sondern hatte exakt den Farbton von Harrys Hand angenommen. Hätte es sich nicht ganz leicht bewegt, wäre es so gut wie unsichtbar gewesen.

»Unglaublich!«, hauchte Tahia.

»Aber das … das ist doch unmöglich!«, murmelte Ramanov.

Harry stand vorsichtig auf. Die rechte Hand mit der winzigen Spinne streckte er im ersten Moment so weit von sich weg, wie es nur ging, dann aber brachte er sie dicht vor sein Gesicht (schon bei dem Anblick drehte sich Ben schier der Magen herum) und betrachtete das unheimliche Tier aus konzentriert zusammengekniffenen Augen.

»Eine Chamäleonspinne«, kommentierte Vatec, zwar stirnrunzelnd und mit einem leicht erstaunten Gesichtsausdruck, aber demselben vollkommen unangemessen sachlich-dozierenden Ton, der Ben gerade schon so geärgert hatte.

»Das ist das perfekteste Beispiel von Mimikry, das ich jemals gesehen habe«, flüsterte Tahia. Ihr Gesichtsausdruck machte deutlich, mit welchem Ekel sie der Anblick erfüllte, aber sie beugte sich trotzdem weiter vor, um das Geschöpf genauer zu betrachten. Die Spinne zitterte sacht, drehte sich dann halb herum, wie um ihren Blick aus ihren winzigen schwarzen Augen zu erwidern, und wandte sich dann wieder Harrys Gesicht zu. Es sah nicht nur so aus, dachte Ben entsetzt, sie schaute ihn ganz eindeutig an!

Für ein paar Sekunden wurde es vollkommen still. Jeder hier im Raum starrte die Spinne auf Harrys Handrücken an und in allen Gesichtern stand das gleiche Entsetzen … außer vielleicht bei Schulz, der zwar ebenfalls erschrocken aussah, aber auf eine eindeutig resignierte Art. Schließlich trat Harry an den Tisch und ließ behutsam die Hand auf die Platte sinken. Die Spinne stakste auf ihren dürren Beinen an seinen Fingern hinab und schien dann gleichermaßen unsichtbar zu werden, als sich ihre Farbe der der Tischplatte anpasste.

Vatec wischte sie mit einer unwilligen Handbewegung zu Boden und zertrat sie.

»Warum haben Sie das getan?«, keuchte Bens Vater.

»Weil ich Spinnen nicht mag«, sagte die grauhaarige Wissenschaftlerin, lächelte kühl und fügte eindeutig spöttisch hinzu: »Keine Sorge. Ich schätze, es sind noch genug davon da.«

»Hat das auch zu Ihrer Arbeit hier gehört?«, wandte sich Harry an Ramanov, bevor Robert Berger etwas darauf erwidern konnte.

»Was? Unsichtbare Spinnen zu züchten? Ganz bestimmt nicht!«

»Das dachte ich mir«, murmelte Harry düster. Er starrte die zertretenen Überreste der Spinne an, bevor er sich mit einem leisen Seufzen, aber auch einem beinahe mitfühlenden Blick an Robert Berger wandte.

»Ich schätze, das beantwortet die Frage, warum sie so scharf auf Ihre Frau waren, Doktor.«

»Wie bitte?« Bens Vater bemühte sich, einfach nur verständnislos zu klingen, aber natürlich gelang es ihm nicht, den abgrundtiefen Schrecken zu verhehlen, mit dem ihn Harrys Worte erfüllten. »Was ... was soll das heißen? Was hat Jennifer mit ...«

»Ihre Frau war –« , Harry verbesserte sich hastig, »– *ist* Genforscherin, nicht wahr?«

»Die korrekte Bezeichnung lautet Reproduktionswissenschaftlerin.« Der Blick seines Vaters irrte nervös zwischen Harrys Gesicht und dem hässlichen Schmutzfleck neben Vatecs rechtem Fuß auf den Boden hin und her. »Und was hat das ... *damit* zu tun?«

Der Anteil von Mitgefühl in Harrys Blick wurde deutlich größer, und er verzichtete darauf, etwas auszusprechen, was in diesem Moment – spätestens in diesem Moment! – jeder hier begriffen hatte. Auch Ben, obwohl er sich mit fast verzweifelter Kraft dagegen zu wehren versuchte.

»Das ... das ist vollkommener Unsinn«, murmelte sein Vater. »Sie haben ja keine Ahnung, wovon Sie reden. So etwas ... ist wissenschaftlich gar nicht möglich. Und wenn doch, dann würde es Jahre dauern, und es ...« Seine Stimme versagte.

Harry sah ihn nur traurig an, und Tahia berührte ihn an der Schulter und deutete mit der anderen Hand hinter sich.

Dort war eine weitere Spinne wie aus dem Nichts aufgetaucht. Sie war deutlich größer und nicht grau wie ihre Vorgängerin, sondern von einem strahlenden, beinahe schon unnatürlich hellen Weiß. Und sie rührte sich nicht, sondern hockte vollkommen reglos und mit weit gespreizten Beinen da (sie war so groß wie ein Babyhand, dachte Ben schaudernd), auch als Tahia sich näherte und schon einmal vorsichtshalber den Fuß hob.

»Nicht«, sagte Harry. »Lass sie.«

Tahia warf ihm einen verstörten Blick zu, trat aber dann gehorsam beiseite, und auch Harry machte einen raschen, halben Schritt zurück, als sich die Spinne auf eine sonderbar eckige, abgehackt wirkende Art in Bewegung setzte. Trotzdem beinahe unheimlich schnell huschte sie zwischen ihm und der Söldnerin hindurch, krabbelte die Wand hinauf und enterte den größeren der beiden Monitore. Sie blieb genau auf dem immer noch hektisch in einem düsteren Rot pulsierenden Schatten unter der Meeresoberfläche sitzen. Ben fragte sich alarmiert, ob das wirklich Zufall war.

»Was um Himmels willen bedeutet das?«, flüsterte van Staaten.

Statt zu antworten wandte sich Harry nur mit einem auffordernden Nicken an Tahia, und die Söldnerin riss ihren Blick mit sichtlicher Mühe von der weißen Spinne los, eilte um den Tisch herum und nahm Pjotr kommentarlos die Tastatur aus der Hand. Der Monitor flackerte kurz, während sie ein paar Tasten berührte, und noch bevor sich das Bild darauf wieder stabilisierte, huschte die Spinne auf wirbelnden Beinen davon und schien im nächsten Augenblick einfach verschwunden zu sein.

Nicht dass irgendjemand noch *darauf* geachtet hätte …

Ben fragte sich, warum er erschrak. Er hatte gewusst, was er sehen würde, und trotzdem schnürte ihm der Anblick schier den Atem ab. Es war das Gesicht seiner Mutter. Anders als am Morgen war die Aufnahme jetzt kristallklar und frei von jeder Störung, und auch der Bildhintergrund war deutlich zu erkennen. Statt eines Schemens mit einer gewaltigen Krone aus Eis sah man jetzt die Rückwand des großen Labors, das Ben bei seinem ersten Besuch dort unten besichtigt hatte. Die Schäden, die die Explosionen und das nachfolgende Feuer angerichtet hatten, waren unübersehbar, aber das war es nicht, was Ben an seinem Verstand zweifeln ließ. Ein Geflecht aus dünnen, glitzernden Strängen überzog die Wand vom Boden bis zur Decke, und es wirkte auf eine unmöglich in Worte zu fassende Weise … *lebendig*.

»Kompliment«, drang die Stimme seiner Mutter aus den Lautsprechern unter der Decke. »Das war jetzt eindeutig schneller, als ich erwartet hätte.«

Ben hörte, wie sein Vater erschrocken die Luft einsog und dann den Atem anhielt, und natürlich wollte er besorgt zu ihm hinsehen, aber es war ihm nicht möglich, seinen Blick von dem schmalen, gleichzeitig so vertrauten wie schrecklich fremden Gesicht auf dem Bildschirm loszureißen. Es war das Gesicht seiner Mutter, ganz ohne jeden Zweifel; allenfalls dass es ein wenig müder als am Morgen aussah, abgekämpft. Aber zugleich kam es ihm auch so unbekannt vor, dass es ihn seine gesamte Kraft zu kosten schien, den Anblick überhaupt zu ertragen – als wäre alles, was den Menschen ausmachte, den er zeit seines Lebens gekannt hatte, daraus verschwunden und durch etwas anderes und Feindseliges ersetzt worden.

»Eigentlich hätte ich es mir denken können«, sagte Harry. Wie alle anderen blickte er zwar mit einer Mischung aus Faszination und Schrecken auf den Monitor, aber die Worte galten Tahia. »Ich nehme an, du hast getan, worum ich dich gebeten habe, und den Strom dort unten abgeschaltet?«

»Sicher«, antwortete Tahia.

»Ja, und wie es aussieht, hätten wir uns die Mühe sparen können«, seufzte Harry.

»Hatte ich nicht erwähnt, dass ich über gewisse andere ... Möglichkeiten verfüge, meine Bedürfnisse zu befriedigen?«, fragte das Gesicht auf dem Bildschirm. Dass die dazugehörige Stimme nicht aus derselben Richtung kam, sondern von oben, war irritierend und machte die Szenerie irgendwie noch unwirklicher. »Aber im Grunde sind wir damit schon beim Thema. Es gibt trotzdem etwas, was ich von Ihnen möchte.«

Ben hörte, wie auf der anderen Seite des Tisches ein Stuhl zurückgeschoben wurde und sich Schritte näherten. Es war sein Vater, der so zögernd zu Harry und Tahia ging, als wolle er seine Kräfte dafür aufsparen, dem unheimlichen Anblick standzuhalten, und schließlich zitternd stehen blieb. »Jennifer. Was ... was haben sie mit dir –?«

»Nicht jetzt, Robert«, unterbrach ihn seine Frau. »Wir werden später noch viel Zeit haben, miteinander zu reden – wenn du das wünschst. Aber im Moment gibt es wichtigere Themen.« Sie unterstrich ihre Worte mit einer ebenso knappen wie energischen Geste und wandte sich wieder an Harry. »Ich nehme an, Ihre talentierte junge Kollegin ist ebenfalls anwesend?«

Tahia sah für ein Sekunde einfach nur verdutzt aus – schließlich hatte sie erst vor wenigen Augenblicken mit Harry gesprochen –, trat dann aber einen halben Schritt zur Seite und gleichzeitig etwas näher an den Monitor heran. Dennoch war Ben sicher, dass seine Mutter sie immer noch nicht sah. Ihr Blick blieb ebenso suchend wie leer. Erst nachdem mindestens zwei oder drei weitere Sekunden verstrichen waren, deutete sie ein Nicken an.

»Gut. Es freut mich, Sie unverletzt zu sehen, meine Liebe – obwohl ich Ihnen eigentlich böse sein müsste.«

»Ach?«, machte Tahia.

»Ich weiß einen würdigen Gegner zu schätzen und auch seine Leistung. Ich nehme an, dass Sie für den kleinen ... Engpass in der Stromversorgung hier unten verantwortlich sind.«

»Anscheinend war ich nicht würdig genug«, antwortete Tahia. »Aber was nicht ist, kann ja noch werden.«

»Ich fürchte, nein.« Sie machte eine ungeduldige Handbewegung, als Tahia antworten wollte. »Wie gesagt: Ich erkenne das, was Sie getan haben, durchaus an – wir hatten ja bisher leider wenig Gelegenheit, uns richtig kennen zu lernen, aber ich nehme an, Sie sind so etwas wie die ... Computerspezialisten dort oben?« Tahia zuckte nur mit den Achseln und schwieg. »In diesem Fall habe ich ein paar Anweisungen für Sie.«

Tahia machte ein ungläubiges Gesicht. »Anweisungen? Was bringt Sie auf die Idee, dass Sie irgendjemandem hier Anweisungen geben könnten – geschweige denn dass wir sie befolgen würden?«

»Ich kann es auch eine Bitte nennen. Allerdings fürchte ich, dass ich ein Nein als Antwort nicht akzeptieren kann.«

»Ich könnte dir sagen, *was* du mich kannst«, murmelte die Söldnerin, allerdings so leise, dass Ben Mühe hatte, die Worte zu verstehen, und die wo-auch-immer versteckten Mikrofone erst recht. Dennoch erschien auf dem Gesicht im Monitor ein unwilliger Ausdruck.

»Ich hoffe doch, Sie zwingen mich nicht, Ihnen zu demonstrieren, dass ich durchaus in der Lage bin, meinen Forderungen ... meiner *Bitte* ... entsprechenden Nachdruck zu verleihen.«

»Das kommt ganz darauf an, wie dieser Nachdruck aussieht«, sagte Harry.

»Bitte«, seufzte sie. »Ich dachte, über dieses Niveau wären wir hinaus.«

»Da haben Sie falsch gedacht. Aber bitte: Was wollen Sie?«

Jennifer Berger wirkte ein wenig enttäuscht, aber nicht wirklich verärgert. »Ich verlange zweierlei, und zwar innerhalb einer Stunde. Sie stellen die komplette Energieversorgung des Labors wieder her, und ich bekomme Zugriff auf die Back-up-Dateien der Laborrechner.«

Harry sagte gar nichts, sondern starrte sie nur ungläubig und ein bisschen amüsiert an, aber Ramanov gab einen Laut von sich, als kämpfe er gerade gegen einen heftigen Erstickungsanfall. »Haben Sie den Verstand verloren?«

»Keineswegs, Professor. Und übrigens auch nicht meine guten Manieren. Ich verlange nichts Unmögliches von Ihnen. Ich dachte, das wäre klar.«

»Nein«, antwortete Ramanov abfällig. »Nur damit wir Ihnen das Messer auch noch liefern, das Sie uns in die Brust stechen wollen.«

»Ich gebe Ihnen mein Wort, Professor, dass niemand von Ihnen durch das, was hier unten geschieht, in irgendeiner Form in Gefahr gebracht wird. Ich bin nicht Ihr Feind. Keiner von uns ist das. Ich verlange nicht, dass Sie es verstehen oder mir gar glauben, aber das ist die Wahrheit. Mir ist nach wie vor an einer friedlichen Lösung gelegen, bei der niemand zu Schaden kommt. Aber ich muss darauf bestehen, dass Sie meine Forderungen erfüllen.«

Ramanov wollte auffahren, aber Harry kam ihm zuvor. »Was bekommen wir dafür? Immer vorausgesetzt, wir würden es tun?«

»Mein Wort darauf, dass keinem von Ihnen etwas geschieht.« Sie machte eine abwehrende Geste, obwohl Harry gar nicht dazu angesetzt hatte, etwas zu sagen. »So wie die Dinge liegen, ist das vermutlich mehr, als Sie erwarten können.«

»Oh, ich verstehe«, antwortete Harry spöttisch. »Sie versprechen, uns nichts zu tun, sondern nur abzuwarten, bis wir verhungert oder verdurstet sind?«

»Das wird nicht geschehen. Der Sturm ist in spätestens drei Tagen vorüber, und dann können Sie an Bord des Rettungsschiffes gehen, das draußen vor der Küste auf Sie wartet. Ich werde nicht versuchen, Sie aufzuhalten.«

»Keine Chance. Warum sollte ich Ihnen glauben … was immer Sie mittlerweile auch sind?«

Für einen winzigen Moment verzerrte sich das Gesicht seiner Mutter vor blanker Wut, und für den gleichen unendlich kurzen Zeitraum glaubte Ben auf dem kleineren der beiden Bildschirme ein heftiges, zorniges Pulsieren zu erkennen, das durch das Farbspektrum am Himmel über der Station raste. Dann hatte sich seine Mutter wieder in der Gewalt, und auch das Toben am Himmel erlosch.

»Ganz, wie Sie wollen. Ich würde eine andere Lösung vorziehen, aber bitte …« Sie seufzte, eindeutig enttäuscht. »Ich gebe Ihnen zwei Stunden Zeit, sich zu entscheiden. Nutzen Sie diese Zeit gut.«

Der Bildschirm wurde für eine halbe Sekunde schwarz und zeigte dann wieder die Satellitenaufnahme der Küste; komplett mit dem in einem schmutzigen Rot pochenden Schatten unter dem Meer. Der Rhythmus des wütenden Pochens hatte sich ein wenig beruhigt, und als Ben einen raschen Blick auf den kleineren Monitor warf, stellte er fest, dass auch die unheimlichen Polarlichter am Himmel nun in einem sanfteren, langsameren Takt pulsierten.

»Sind Sie völlig wahnsinnig geworden, sie so zu provozieren?«, polterte Ramanov.

Harry schien fest entschlossen, noch jemand anderen hier zu provozieren, denn er drehte sich so langsam zu dem Russen herum, dass es schon beinahe albern aussah. »Provozieren? Ich glaube, Sie –«

»Sie wissen, wozu diese Geschöpfe im Stande sind!«, fiel ihm Ramanov ins Wort, beinahe noch gereizter.

»Sie haben gar nicht verstanden, was gerade passiert ist, nicht wahr?«, erkundigte sich Harry und schüttelte gleichzeitig den Kopf, um seine eigene Frage zu beantworten. »Und ich dachte, das wäre klar.«

»Mir jedenfalls nicht«, sagte van Staaten.

»Immerhin haben wir jetzt eine Menge über unseren Feind erfahren.« Er deutete ein Achselzucken an und tauschte einen kurzen, aber unübersehbar zufriedenen Blick mit Tahia. »Ich würde sagen, diese Runde ist klar an uns gegangen. Zumindest nach Punkten.«

»Wie bitte?«, ächzte Ramanov.

Harry machte ein Gesicht, als hätte ihn jemand aufgefordert, einem Kind zu erklären, warum zwei und zwei unmöglich sechsundachtzig ergeben konnte. »Wir sind bisher davon ausgegangen, dass unser Gegner nahezu allmächtig ist. Immerhin wissen wir jetzt, dass das nicht stimmt. Sie will etwas von uns. Und es ist wichtig genug für sie, um mit uns zu verhandeln.« Er wandte sich mit einem langen, nachdenklichen Blick wieder zu Ramanov um. »Ich kann nachvollziehen, wozu sie dort unten Strom brauchen. Aber was ist mit diesen Computerdateien, von denen sie gesprochen hat?«

Ramanov zuckte beinahe trotzig mit den Schultern. »Was soll damit sein? Ich verstehe nichts von Computern. Für so etwas haben wir hier Spezialisten.« Er schoss einen kurzen, fast hasserfüllten Blick in Tahias Richtung ab. »Oder hatten sie, als ich noch Zugriff auf meinen eigenen Computer hatte.«

Harry nahm die Spitze mit einem beiläufigen Schulterzucken zur Kenntnis und wandte sich wieder an Tahia. »Schnapp dir einen dieser

Spezialisten und rede mit ihm. Ich will wissen, was es mit diesen Dateien auf sich hat und warum sie so wichtig –«

»Ich glaube, das kann ich Ihnen beantworten«, mischte sich Vatec ein. Ramanov durchbohrte zur Abwechslung sie mit rot glühenden Blicken, was sie aber vollkommen ignorierte. »Als der Computer das Selbstzerstörungsprogramm gestartet hat, ist nicht nur die Verbrennungsanlage in Betrieb genommen worden. Das Programm sieht vor, dass gleichzeitig auch sämtliche Computerdateien in den Laboratorien gelöscht werden.«

»Sie meinen, selbst wenn die Computer dort unten noch funktionieren, haben sie jetzt nichts mehr als einen Haufen vollkommen leerer Festplatten und Massenspeicher?«, vergewisserte sich Tahia.

Vatec nickte, und Ramanov sagte, noch lauter, jetzt aber mit sehr ernster und um Sachlichkeit bemühter Stimme: »Susanna, Sie wissen, dass Sie über diese Dinge mit Außenstehenden nicht sprechen dürfen.«

Vatec ignorierte ihn geflissentlich weiter und strich gedankenverloren mit den Fingerspitzen über den Papierstapel vor sich. »Ja, genau das.«

»Die Arbeiten dort unten sind streng geheim!«, versuchte es Ramanov noch einmal. Er klang jetzt beinahe beschwörend.

»Und deshalb werden sämtliche Forschungsergebnisse auch automatisch vernichtet, wenn irgendetwas schief geht«, murmelte Harry. »Weil niemand erfahren darf, was Sie dort unten getan haben … kommt das so ungefähr hin, Professor?«

Ramanov sagte gar nichts, aber dieses Schweigen war Antwort genug.

»Findest du nicht, dass es an der Zeit wäre, uns zu erzählen, was ihr dort unten wirklich getrieben habt?«, fragte Schulz.

Für drei oder vier endlose Sekunden starrte Ramanov finster ins Leere, und Ben glaubte schon, dass er es auch jetzt bei einem trotzigen Achselzucken belassen würde, aber dann sagte er leise und resigniert. »Ich weiß es nicht. Nicht genau jedenfalls. Das ist die Wahrheit.«

»Machen Sie sich nicht lächerlich, Professor«, sagte Harry verärgert. »Sie sind der Leiter dieser Station! Und Sie wollen mir erzählen, Sie wissen nicht, was Ihre Leute dort unten getrieben haben?«

»Ich weiß nur, dass es sich um streng geheime Forschungen auf dem Gebiet der Genmanipulation gehandelt hat. Mehr hat man mir nicht gesagt.«

»Und mehr wollten Sie auch gar nicht wissen, vermute ich«, fügte Robert Berger grimmig hinzu.

»Ich glaube Ihnen«, sagte Harry rasch. »Umso wichtiger ist es, dass wir herausfinden, was an diesen Dateien so ungemein wertvoll ist, dass Doktor ... die *Eiskönigin* sogar bereit ist, mit uns zu verhandeln, um es zu bekommen. Wir haben zwei Stunden Zeit, es herauszufinden. Also schlage ich vor, dass wir nicht noch mehr davon verschwenden.«

25

DIE FRIST MUSSTE LÄNGST VERSTRICHEN SEIN, ohne dass sich seine Mutter noch einmal gemeldet hatte oder irgendetwas anderes Außergewöhnliches geschehen war. Ben war noch eine Weile in der Zentrale geblieben, aus reiner Neugier und dem Gedanken heraus, vielleicht irgendwie helfen zu können, wie er sich (mit wenig Erfolg) selbst einzureden versuchte. Schließlich waren van Staaten und sein Vater wortlos aufgestanden und hinausgegangen. Kurz darauf gefolgt von Sasha und Schulz, den das Erlebte völlig erschöpft zu haben schien, denn er stützte sich so schwer auf Sashas Schulter, dass sie unter seinem Gewicht sichtbar wankte; und Ben hätte schon blind und taub auf einmal sein müssen, um nicht zu begreifen, dass er fortan unerwünscht hier war. Niemand machte auch nur eine entsprechende Bemerkung, aber Ramanov hatte ihn immer öfter mit giftigen Blicken bedacht, während Dr. Vatec, Tahia und auch Harry voll und ganz mit dem Computer beschäftigt waren. Einzig Pjotr, Ramanovs junger Assistent, warf ihm dann und wann einen fragenden Blick oder auch einmal ein schüchternes Lächeln zu, das ihn zumindest erahnen ließ, dass sich der junge Russe im Augenblick wohl ebenso überflüssig und nutzlos vorkam wie er.

Irgendwann hatte er es aufgegeben und war – allerdings nur für kurze Zeit – in die Einsamkeit seines winzigen Zimmers zurückgekehrt, um die Wände anzustarren und darauf zu warten, dass irgendetwas geschah. Sein Verstand (und sein schlechtes Gewissen) hatten ihm klar zu machen versucht, dass er jetzt an die Seite seines Vaters gehörte, um ihn zu trösten oder einfach nur da zu sein, aber irgendwie hatte er es nicht über sich gebracht. Und ohne dass er erklären konnte, warum, galt dasselbe für Sasha. Natürlich wünschte er sich, bei ihr zu sein, aber sie war wieder bei ihrem Vater, und Ben reagierte noch immer ein wenig beleidigt. Das war kindisch, aber es war nun einmal so, und er konnte und wollte nicht aus seiner Haut.

Also hatte er seine winzige Isolationszelle bald wieder verlassen und damit begonnen, unruhig und ziellos durch die leeren Gänge und Korridore der Station zu streifen. Soweit es möglich war, hieß das. Zwei- oder dreimal war er auf verschlossene Türen gestoßen, die es vorher noch nicht gegeben hatte, und zumindest in einem Fall hatte seine immer noch mangelhafte Kenntnis vom Grundriss der Station ausgereicht, um ihm zu sagen, was dahinter lag – der Korridor, der zu den ausgebrannten Lagerräumen führte. Anscheinend reichte Harrys Vertrauen in die Festigkeit der Außenwände doch nicht so weit, wie er vorgegeben hatte.

Irgendwann hatte er sich dann doch ein Herz gefasst und van Staatens Behandlungszimmer angesteuert. Aber wie es aussah, zu spät. Die Tür hatte zwar einen Spaltbreit offen gestanden, aber der Raum war leer, und Ben wollte schon (insgeheim erleichtert, wenigstens hatte er es versucht) wieder kehrtmachen, als er ein Geräusch aus dem Nebenzimmer hörte. Auch diese Tür war nur angelehnt, sodass er erkennen konnte, dass dahinter Licht brannte. Vielleicht kümmerten sich die beiden ja um den verletzten Söldner.

Es waren ein Mann und eine Frau, aber nicht sein Vater und van Staaten, sondern Harry und Tahia. Sie standen mit dem Rücken zur Tür da, und Harry hatte die Hand nach Tooths Gesicht ausgestreckt, die Bewegung aber nicht ganz zu Ende geführt, sodass seine Finger ein paar Zentimeter über der Stirn des Sterbenden schwebten. Sie zitterten sichtbar.

Ben machte auf Zehenspitzen einen halben Schritt zurück, aber obwohl er vollkommen sicher war, nicht den geringsten Laut verursacht zu haben, hatte Harry ihn offenbar nicht nur bemerkt, sondern auch erkannt.

»Bleib ruhig hier«, sagte er, ohne sich zu ihm herumzudrehen oder auch nur die Hand zurückzuziehen. Tahia zuckte zusammen, fuhr auf dem Absatz herum und stürmte wortlos und mit steinernem Gesicht an ihm vorbei und aus dem Raum und warf die Tür hinter sich ins Schloss.

Ben sah ihr mit klopfendem Herzen nach. Er hatte das Gefühl, die drei Söldner in einem Moment überrascht zu haben, der nur ihnen gehören sollte.

»Bist du sicher, dass ich … nicht störe?«, murmelte er.

Harry atmete hörbar ein, bevor er nun doch die Hand zurückzog und sich mit einer irgendwie mühsam aussehenden Bewegung ganz zu ihm herumdrehte. Ein sonderbarer Ausdruck lag auf seinem Gesicht, Sorge und Mitleid, aber auch noch etwas anderes, Schlimmeres. Er versuchte zu lächeln und brachte es sogar halbwegs fertig. »Das ist schon in Ordnung. Tooth hätte bestimmt nichts dagegen.« Sein Lächeln wurde eine Spur deutlicher und zugleich wärmer. »Weißt du, dass er dich gemocht hat?«

Ben entging keineswegs, dass Harry in der Vergangenheitsform gesprochen hatte, und er fand es trotz allem irgendwie … unpassend … aber er sagte nichts dazu, sondern warf nur einen überraschten Blick in das bandagierte Gesicht des Söldners. Für eine halbe Sekunde glaubte er, Tooths Augen stünden einen Spalt offen, doch er musste sich wohl getäuscht haben. Sein Vater hatte ihm ja gesagt, dass van Staaten den Söldner in ein künstliches Koma versetzt hatte, um ihm unnötige Schmerzen zu ersparen. Tooth und ihn gemocht? Er hatte den Söldner ja kaum gekannt, aber irgendwie konnte er sich nicht vorstellen, dass Tooth überhaupt irgendjemanden *gemocht* hatte. Vielleicht sagte Harry das ja nur, um ihm den schrecklichen Anblick ein wenig zu erleichtern; oder weil er der Meinung war, es seinem Kameraden schuldig zu sein.

»Du weißt, dass er …?«

»Stirbt?« Harry nickte traurig. »Ja. Doktor van Staaten hat es mir gesagt. Das ist schlimm, aber er kannte das Risiko, bevor er hierher gekommen ist. Wie wir alle.«

»Du weißt, dass das nicht stimmt«, sagte Ben leise. Harry wollte widersprechen, doch er fuhr rasch fort: »Ihr habt nicht gewusst, womit wir es hier zu tun bekommen. *Niemand* hat das gewusst.«

»Das stimmt. Oder auch nicht. Ich bin … nicht sicher.«

»Was meinst du damit?«

Harry maß ihn mit einem sonderbaren Blick, wischte die Frage dann jedoch mit einer Handbewegung zur Seite. »Unsinn. Das war … nur so dahingesagt.«

Ben sah ihn zwar stirnrunzelnd an – das war ganz bestimmt nicht nur *so dahingesagt* gewesen –, beschloss aber, nicht nachzufragen. Er spürte, dass Harry ihm sowieso keine Antwort geben würde.

Stattdessen drehte er sich noch einmal in die Richtung, in die Tahia verschwunden war. »Weiß sie, was … wirklich mit Tooth passiert ist?«

Der überraschte Blick, mit dem Harry ihn maß, ließ ihn erschrocken zusammenfahren. Möglicherweise war sein Mundwerk schon wieder einmal schneller gewesen als sein Verstand – er wusste ja noch nicht einmal, ob *Harry* wusste, was Tooth wirklich zugestoßen war. Und er hatte nun wahrlich keine Lust, sich um die Rolle des Überbringers schlechter Nachrichten zu reißen.

Dann aber schüttelte Harry abgehackt den Kopf. »Nein. Und das bleibt auch so, hast du das verstanden? Ich brauche sie und ich brauche sie mit halbwegs klarem Kopf.«

Du meinst, zugedröhnt bis unter die Haarspitzen, dachte Ben. Allerdings hütete er sich, es auszusprechen. Harry sah ebenfalls aus, als hätte er sein letztes Frühstück mit einer gehörigen Portion Speed gewürzt. Bens persönliche Erfahrungen mit Drogen hielten sich in – sehr engen – Grenzen, aber er war auch nicht weltfremd. Harrys blasses Gesicht, seine Rastlosigkeit und sein leicht irrer Blick sprachen eine deutliche Sprache. »In Ordnung«, sagte er nur.

Irgendwie schien dieses Friedensangebot Harry jedoch nicht zu genügen, denn er fühlte sich sichtlich genötigt zurückzuschießen. »Muss hart für dich sein.«

»Was?«

»Das mit deiner Mutter.« Harry zog eine Grimasse, die ebenso mitfühlend sein mochte wie das genaue Gegenteil. »Ich hab meine Eltern kaum gekannt, aber es muss wehtun, wenn man feststellt, dass einen die eigene Mutter verraten hat.«

Ben antwortete nicht sofort darauf, schon weil er genug damit zu tun hatte, die Welle brodelnder Wut niederzukämpfen, die Harrys Worte in ihm ausgelöst hatten. Er fragte sich, warum er es so offensichtlich darauf anlegte, ihn zu verletzen. Erst nach ein paar Sekunden und schon fast unnatürlich ruhig sagte er: »Ist es nicht. Das da unten … ist nicht mehr meine Mutter.«

Harry zog die linke Augenbraue hoch und schwieg, und Ben stellte mit einem Gefühl sachter Verblüffung fest, dass er diese Worte völlig ernst gemeint hatte. Er empfand keinen Zorn. Nicht einmal Enttäuschung. Wenn er an seine Mutter dachte, dann an die Frau, mit der er aufgewachsen war und den allergrößten Teil seines bisherigen Lebens verbracht hatte, nicht an dieses … *Ding* da unten. Nicht einmal an die Frau, von der sein Vater vorhin gesprochen hatte, denn auch die hatte er niemals kennen gelernt.

»Vielleicht hast du Recht«, sagte Harry schließlich. »Und außerdem ist es auch egal. Wir wissen jetzt jedenfalls, was sie will. Oder *es* … was immer dir lieber ist.«

Ben überging die letzte Bemerkung. Harry *wollte* ihn provozieren, warum auch immer. »Was?«, fragte er nur.

»Tahia und Vatec haben die Computerdateien geknackt, auf die sie so scharf ist.«

»Und was steht drin?«, fragte Ben, als Harry nicht von sich aus weitersprach.

»Fachchinesisch. Die Back-ups sämtlicher Forschungsergebnisse, die sie in den letzten zwei oder drei Jahren da unten erzielt haben.«

»Und was steht drin?«, fragte Ben noch einmal, nur um noch einmal exakt dieselbe Antwort zu bekommen.

»Fachchinesisch. Tahia versteht nichts davon und Vatec und Ramanov angeblich ebenfalls nicht … auch wenn ich das nicht glaube.« Er machte ein abfälliges Geräusch. »Wenn du mich fragst, dann haben sie da unten mehr getan, als ein paar Ziegen dazu zu bringen, Spinnweben zu pinkeln.«

Ben blieb ernst; zumal Harrys Worte abermals das Bild des gigantischen zehnbeinigen Monsters hinter der Panzerglasscheibe vor seinem inneren Auge erscheinen ließ. »Aber was interessiert *sie* daran?«

»Oh, da hätte ich schon die eine oder andere Idee«, sagte Harry düster. »Sie könnten zum Beispiel –«

Ein aufdringliches Piepsen, das direkt aus seiner rechten Jackentasche kam, ließ ihn innehalten. Hastig griff er in die Tasche, zog ein kleines Walkie-Talkie heraus und hielt es ans Ohr. Er sagte kein Wort. Ben konnte nicht verstehen, worum es bei dem einseitigen Gespräch ging, aber es dauerte auch nur ein paar Sekunden, bevor Harry das Gerät wieder abschaltete und einsteckte. Er sah besorgt aus.

»Probleme?«, fragte Ben.

»Keine, mit denen ich nicht gerechnet hätte. Es geht los.«

Ben kam nicht dazu, ihn zu fragen, was genau er damit meinte, denn Harry hatte es plötzlich so eilig, das improvisierte Krankenzimmer zu verlassen, dass er gerade noch einen hastigen Schritt zur Seite machen konnte, um nicht über den Haufen gerannt zu werden. Erst als Harry die Tür auf der anderen Seite des Zimmers schon beinahe erreicht hatte, erwachte auch Ben aus seiner Erstarrung. Rasch setzte er sich in Bewegung, wenn auch nicht, ohne noch einen letzten Blick auf den bewusstlosen Tooth geworfen zu haben. Er musste daran denken, wie er Tahia und Harry gerade hier angetroffen hatte, und aus irgendeinem Grund, den er nicht benennen konnte, gefiel ihm die Erinnerung mit jedem Moment weniger. Irgendetwas sagte ihm, dass die beiden nicht nur gekommen waren, um nach ihrem verletzten Kameraden zu sehen.

Hastig verscheuchte er den Gedanken und beeilte sich, Harry zu folgen. Der Söldner rannte nicht unbedingt, stürmte aber mit so weit ausgreifenden Schritten vor ihm dahin, dass er schon beinahe hinter der nächsten Gangbiegung verschwunden war und Ben für ein kurzes Stück tatsächlich rennen musste, um zu ihm aufzuschließen.

»Was ist los?«, stieß er atemlos hervor, während er neben Harry langstolperte und vergeblich darauf wartete, dass der Söldner wenigstens etwas langsamer ging.

»Irgendetwas tut sich«, erwiderte Harry. Was ungefähr genau die Art Auskunft war, die Ben jetzt erwartet hatte. Fast widerwillig und auch erst, als sie ihr Ziel schon beinahe erreicht hatten, fügte er hinzu: »Sieht so aus, als hätten wir am falschen Ende auf sie gewartet.«

Das verstand Ben noch viel weniger als alles andere, aber dann stürmte Harry neben ihm um die nächste Biegung, und er erkannte mit einiger Verspätung, dass ihr Ziel die verrammelte Schleusentür war. Wenn ihn seine Erinnerung nicht täuschte, waren inzwischen noch etliche Metallplatten dazugekommen, die jemand (vermutlich Gerrit) mit der verbeulten Tür und dem Rahmen verschweißt hatte. Der Anblick war jedoch nicht ermutigend, sondern ließ die gesamte Szenerie sonderbarerweise eher noch bedrohlicher wirken. Vor allem als er sich zu Gerrit und der Schallkanone herumdrehte und sah, dass die Reparaturklappe des Geräts immer noch offen stand und Gerrit mindestens den halben Inhalt seines Werkzeugkastens in einem wüsten Durcheinander auf dem Boden verstreut hatte. Der Söldner sah auch nicht besonders optimistisch aus.

»Du hast es nicht hingekriegt«, vermutete er.

Gerrit schenkte ihm einen bösen Blick und versetzte der Palette einen wütenden Fußtritt.

»Es hätte auch nichts genutzt«, sagte Harry. »Sie kommen durch das Labor.«

Natürlich kommen sie durch das Labor, dachte Ben verwirrt. Was hatte Harry denn erwartet? Dass sie sich mühsam und unter enormen Verlusten ein zweites Mal ihren Weg durch die mittlerweile zugeschweißte Schleusentür erkämpfen würden, wo ihnen der viel bequemere Weg durch das Labor praktisch offen stand? Er blickte den Söldner verwirrt an, aber Harry ignorierte ihn kurzerhand und deutete grimmig auf den Gang hinter Gerrit. »Sieh zu, ob du noch irgendetwas retten kannst. Wir versuchen sie irgendwie aufzuhalten.«

Gerrit funkelte ihn wütend an, wandte sich aber wieder seiner improvisierten Lafette zu. Ben registrierte beiläufig und ein wenig verwirrt, dass Gerrit einen Teil ihrer kostbaren Zeit damit verschwendet hatte, die beiden abgebrochenen Räder seines selbstgebastelten Palettenpanzers wieder anzubringen, aber der Gedanke entglitt ihm, als Harry sich zu ihm herumdrehte und eine auffordernde Geste machte. »Du kannst mitkommen oder in dein Zimmer gehen. Aber steh nicht im Weg herum.«

Weder die eine noch die andere Alternative gefiel Ben irgendwie, aber vor die Wahl gestellt, schloss er sich dem Söldner an.

Der Weg war nicht besonders weit. Ben hatte den Grundriss der Station immer noch nicht gut genug im Kopf, um nicht überrascht zu sein, als sie schon nach wenigen Dutzend Schritten und zwei oder drei Abzweigungen am Anfang des Korridors standen, an dessen Ende sich die schwere Panzertür befand, die hinunter ins Labor führte. Sie waren nicht die Ersten. Tahia war bereits da – das Walkie-Talkie, das neben ihr auf dem Boden lag, machte Ben auch klar, wer Harry gerade angepiepst hatte –, und sie hatte nicht nur ihren geliebten Flammenwerfer, sondern gleich drei oder vier kurzläufige Maschinenpistolen sowie eine ganze Kiste voller Magazine mitgebracht. Eine dieser Waffen lag bereits geladen und entsichert neben ihrem rechten Knie, eine zweite reichte sie an Harry weiter, der sie jedoch nur kurz betrachtete und dann Ben hinhielt.

Ben war viel zu verblüfft, um sofort danach zugreifen, aber hinter ihm sagte eine beinahe entsetzt klingende Stimme:

»Sind Sie völlig wahnsinnig geworden? Was soll das?«

Harry reagierte nicht so darauf, wie Ben erwartet hätte: Betont langsam und mit beinahe gelangweiltem Gesichtsausdruck drehte er sich herum und hielt die Waffe nun Bens Vater hin. Ben hatte es nicht einmal gemerkt, aber er und van Staaten mussten ihnen unmittelbar gefolgt sein, und zwar im Laufschritt; van Staatens Atem ging schnell. »Möchten Sie sie lieber? Nur keine falsche Bescheidenheit. Wir haben genug davon.«

Bens Vater starrte die klobige Waffe an, als handele es sich um ein außergewöhnlich ekelhaftes Insekt. »Was –?«

»Ihr Sohn ist kein kleines Kind mehr, Doktor«, unterbrach ihn Harry kühl.

»Und das da ist kein Spielzeug!«, erwiderte sein Vater aufgebracht.

Harry ließ sich nicht aus der Ruhe bringen. »Wir hatten auch nicht vor, zu spielen.« Damit war das Thema für ihn offensichtlich erledigt, denn er wandte sich wieder Ben zu und hielt ihm abermals die Waffe hin. Diesmal sagte er nichts, aber nach einem letzten, unbehaglichen Zögern griff Ben danach und hielt sie nicht nur so in der Armbeuge, wie er es zuvor bei ihm und den anderen Söldnern gesehen hatte, sondern richtete die Mündung der Waffe auch beinahe hastig zu Boden.

Harry sah irgendwie zufrieden aus, schüttelte aber trotzdem den Kopf. »Beinahe richtig. Wenn der Boden nicht aus Beton wäre. Schon mal das Wort *Querschläger* gehört?«

Ben richtete den Lauf der MPi nach oben. Harry sah nun *eindeutig* zufrieden aus, und Ben verspürte eine absurdes Gefühl von Stolz – so lange, wie er brauchte, um sich herumzudrehen und festzustellen, dass sich mittlerweile auch Sasha und ihr Vater zu ihnen gesellt hatten. Schulz war zwar direkt hinter der Gangbiegung stehen geblieben und hatte die Hand auf Sashas Schulter gelegt, um sie zurückzuhalten, aber für den Bruchteil einer Sekunde – viel zu kurz, um sicher sein zu können – glaubte er ein spöttisches Aufblitzen in ihren Augen zu sehen; und, eingebildet oder nicht, dieser Blick reichte, um ihn sich plötzlich ziemlich albern fühlen zu lassen. Mit einem verlegenen Grinsen gab er Harry die Waffe zurück, der sie mit emotionsloser Miene entgegennahm und das Magazin austauschte. Erst dann begriff er, dass sie offensichtlich leer gewesen war. Empört sah er Harry an, aber er erntete nur ein breites Grinsen, nach dem der Söldner allerdings umso ernster wurde.

»Okay. Alle, die sonst noch Angst vor Schusswaffen haben, verschwinden jetzt besser. Hier könnte es gleich ziemlich ungemütlich werden.«

Niemand rührte sich. Nur Schulz sah mit einem Mal deutlich nervöser aus, und auch Sasha wirkte … angespannt. Ben ging rasch zu ihnen, strich Sasha kurz und zärtlich mit den Fingerspitzen über die Wange und wandte sich dann an ihren Vater. »Bringen Sie sie hier weg«, bat er.

Schulz nickte zwar, rührte sich aber trotzdem keinen Millimeter von der Stelle. »*Sie* hat *mich* hierher geführt.«

»Und?«, fragte Ben verständnislos.

»Hast du schon einmal versucht, sie von etwas abzubringen, was sie sich in den Kopf gesetzt hat? Wenn nicht, hast du etwas verpasst. Was ist überhaupt los?«

Ben warf Sasha einen irritierten Blick zu, auf den sie diesmal – natürlich – nicht reagierte. »Ich weiß es nicht genau. Harry rechnet anscheinend damit, dass sie aus dem Labor kommen.«

Schulz wirkte mindestens so überrascht wie er selbst gerade. »Selbstverständlich kommen sie durch das Labor. Was hat er denn –«

»Jetzt«, unterbrach ihn Ben.

Jetzt *sah* Schulz erschrocken aus, allerdings nur für einen Moment, dann nahm er die Hand von Sashas Schulter und eilte zu Harry, und an seiner Stelle ergriff Ben rasch Sashas Hand. Weder widersetzte sie sich ihm noch reagierte sie in irgendeiner anderen Weise, und doch glaubte er ihren Widerwillen fast körperlich zu spüren. Galt er … ihm?

Dann folgte sein Blick dem Sashas und er verbesserte sich in Gedanken. Was er in Sasha spürte, war kein Widerwille, sondern Furcht und sie galt auch nicht ihm.

Sashas Augen hingen wie gebannt an der geschlossenen Panzertür am anderen Ende des Ganges. Das Licht darüber zeigte ein beruhigendes Rot. Die komplizierte Schalttafel mit der Eingabetastatur und dem Handflächenscanner war komplett erloschen; vermutlich hatte Ramanov – oder wohl eher Tahia – sie abgeschaltet.

Als ob das irgendetwas nutzen würde, dachte Ben schaudernd. Was immer auch von seiner Mutter Besitz ergriffen hatte, würde sich ganz bestimmt nicht von einer elektronischen Sperre aufhalten lassen.

Und für einen Moment … glaubte er sie zu spüren, so deutlich, als hätte sich die tonnenschwere Stahltür am anderen Ende des Korridors plötzlich in ein geheimnisvolles Fenster verwandelt, das ihm einen Blick in eine verbotene Welt gewährte.

Etwas Großes, Düsteres, mit Klauen und Flügeln und peitschenden, mit schrecklichen Saugnäpfen bewehrten Tentakeln …

Sasha fuhr erschrocken zusammen und löste ihre Hand aus seinen Fingern, und die schreckliche Vision war verschwunden und die Tür wieder eine Tür.

Wenigstens für eine halbe Sekunde.

Dann ging das Licht aus.

Jemand – vermutlich van Staaten – stieß einen halblauten Schrei aus, irgendetwas polterte, und Harry sagte rasch: »Keine Sorge. Damit habe ich gerechnet.«

Noch bevor er die Worte auch nur ganz ausgesprochen hatte, flammte ein starker Handscheinwerfer auf, dessen grellweißes Licht wie ein Speer durch die Dunkelheit stieß und die Panzertür in gleißende Helligkeit tauchte, fast unmittelbar darauf ein zweiter, den er vor sich auf den Boden legte und so ausrichtete, dass das Licht gegen die Decke fiel und so reflektiert wurde, dass es die gesamte hintere Hälfte des Gangs ausleuchtete.

»Was … was hat das zu bedeuten?«, murmelte van Staaten nervös.

»Nichts anderes als das, was ich auch getan hätte an ihrer Stelle«, antwortete Harry, griff in die Jackentasche und zog sein Walkie-Talkie hervor. »Ramanov! Wir könnten hier ein bisschen Hilfe gebrauchen.« Er bekam keine Antwort, überzeugte sich rasch, aber gründlich davon, dass das Gerät eingeschaltet und in Ordnung war, und wiederholte dann, hörbar lauter: *»Professor! Verstehen Sie mich?«*

»Geben Sie sich keine Mühe«, sagte sein Vater verächtlich. »Wahrscheinlich hat er sich irgendwo verkrochen und wartet ab, bis alles vorbei ist.«

Harry sagte nichts dazu, aber sein grimmiger Gesichtsausdruck ließ Ben erahnen, dass seine eigenen Gedanken zu diesem Thema nicht allzu weit von denen seines Vaters entfernt waren. Entschlossen steckte er das Walkie-Talkie wieder ein, ließ sich neben Tahia auf das rechte Knie sinken und hob seine Waffe. »Verschwindet jetzt.«

Und genau das sollten sie tun, dachte Ben beunruhigt. Ganz instinktiv machte er einen halben Schritt zurück und hielt dann wieder inne, als Sasha ihm nicht folgte. Ihr Vater war neben Harry und der Söldnerin stehen geblieben und starrte die in gleißendes Licht getauchte Sicherheitstür zehn oder zwölf Meter vor ihnen an. Der Lichtstrahl war so direkt darauf gerichtet, dass er jeden, der hindurchkommen mochte, blenden musste, schaffte es aber sonderbarerweise nicht, das rot glühende Licht direkt darüber auszulöschen; ein böses, strahlendes Dämonenauge, dem nichts entging.

Der Anblick machte Ben nervöser, als er zugeben wollte. Nervöser, als er sollte. Er musste an ein riesiges, stampfendes Geschöpf mit ledernen Schwingen und einem schrecklichen Papageienschnabel denken, und plötzlich sammelte sich bitterer Speichel unter seiner Zunge. Er versuchte vergeblich, sich einzureden, dass es nur seine Nerven waren, die ihm einen bösen Streich spielten, dass es nur die Erinnerung an das grässliche Ding war, das er in seiner Vision auf der *Princess* gesehen hatte, und *vielleicht* (tatsächlich nur vielleicht. Er war mittlerweile längst nicht mehr sicher, ob es nicht ebenfalls ein Trugbild gewesen war, da es außer ihm niemand gesehen zu haben schien) für den Bruchteil eines Augenblicks gestern, bei dem gescheiterten Sturm auf die Schleuse. Irgendwie hatte er Sashas Furcht gespürt und zu seiner eigenen gemacht, hatte möglicherweise ihre Gedanken oder zumindest doch ihre *Gefühle* empfangen. So musste es sein.

Die Zeit verstrich quälend langsam, ohne dass irgendetwas geschehen wäre. Wahrscheinlich waren es nur Sekunden, die sich für Ben – und alle anderen auch – aber zu einer schieren Ewigkeit dehnten, bis er sich schließlich beinahe danach zu sehnen begann, dass endlich etwas passierte.

Und als wäre dieser Gedanke ein Stichwort gewesen, sagte Tahia: »Irgendetwas tut sich. Passt auf!«

Einen halben Atemzug lang starrte Ben mit klopfendem Herzen weiter auf die geschlossene Panzertür, dann blickte er erstaunt zu Tahia hinab und bemerkte erst jetzt, dass sie ihren Laptop mitgebracht hatte, der mit hochgeklapptem Bildschirm vor ihr auf dem Boden stand. Irgendetwas bewegte sich darauf, aber er konnte nicht genau sagen, was.

Zunächst geschah nichts; außer dass sich sein Vater und van Staaten hastig ein paar Schritte zurückzogen und auch Schulz zurückkam. Rasch nahm Ben wieder Sashas Hand und machte eine auffordernde Kopfbewegung. »Bringen Sie sie hier weg.«

Schulz schien widersprechen zu wollen, aber Ben gab ihm gar keine Gelegenheit dazu, sondern ging schnell zu Harry und Tahia und ließ sich neben ihnen auf das rechte Knie sinken. Ohne ein Wort griff er nach einer der zusätzlichen Waffen, die Tahia so pedantisch ausgerichtet neben sich auf den Boden gelegt hatte wie ein Chirurg seine Instrumente vor einer besonders komplizierten Operation. Harry sah ihn an und zog nur die linke Augenbraue hoch. »Ich nehme an, die hier *sind* geladen?«

Harry nickte. Er sagte immer noch nichts. Auf dem Computerbildschirm vor Tahia bewegte sich eine Armee winziger grün leuchtender

Punkte vor einem fast fingerdicken dunkelroten Streifen. Ben erschrak, als ihm klar wurde, dass es Hunderte sein mussten.

Er schickte ein lautloses Stoßgebet zum Himmel, dass das, was er da betrachtete, kein Bewegungsmelder war und der rote Streifen nicht die Tür vor ihnen darstellte. Aber er war nie ein besonders gläubiger Mensch gewesen; selbst wenn er es gewesen wäre, hätte er wohl diesmal nicht damit gerechnet, dass sein Gebet erhört werden würde.

»Ben, sei vernünftig«, sagte sein Vater mit leiser, zitternder Stimme. »Komm da weg!«

Ben ignorierte ihn. Es gelang ihm mit einiger Mühe, seinen Blick vom Monitor des Computers loszureißen und sich wieder auf die Tür zu konzentrieren. Sie hatte sich immer noch nicht bewegt, aber er war jetzt sicher, dass ihm das rote Licht darüber spöttisch zublinzelte. »Warum schickt Ramanov uns keine Männer?«, murmelte er nervös.

»Weil es Wissenschaftler sind und keine Soldaten«, antwortete Harry. »So wenig wie du. Verschwinde lieber.«

Ben spürte, dass er es nicht ernst meinte. Auch wenn er durchaus Recht hatte. Er hatte in seinem Leben noch nicht oft eine Waffe in der Hand gehabt, und schon der Gedanke, dass er im Stande sein könnte, den Abzug zu betätigen und auf irgendetwas Lebendiges zu schießen, kam ihm noch immer völlig grotesk vor.

Aber die Vorstellung, wegzulaufen und sich irgendwo zu verkriechen, erschien ihm absolut unerträglich.

»Wir schaffen es auch so«, sagte er.

Harrys Reaktion fiel vollkommen anders aus, als er erwartet hatte. Der Söldner sah in zwei oder drei Sekunden lang stirnrunzelnd an, dann schüttelte er den Kopf und lächelte bitter. »Schaffen? Kaum. Ich habe vor, mein Leben so teuer wie möglich zu verkaufen, und ich finde, dasselbe steht dir auch zu – aber mach dir nichts vor. Wir haben keine Chance.«

Ein Schlag ins Gesicht hätte Ben kaum härter treffen können. Bisher war da trotz allem etwas in ihm gewesen, das unerschütterlich an Harrys Unbesiegbarkeit geglaubt hatte. Die Vorstellung, dass es nicht so sein könnte, war einfach … absurd.

»Aber du –«

»Du solltest zu deiner Freundin gehen und dich um sie kümmern«, unterbrach ihn Harry. »Könnte sein, dass du nicht mehr allzu lange Gelegenheit dazu hast.«

»Achtung!«, rief Tahia. »Sie kommen!«

Und diesmal geschah tatsächlich etwas. Das rote Licht über der Panzertür flackerte und wechselte dann zu Grün, was in einer genauen Umkehrung der üblichen Bedeutung dieser Farbe plötzlich drohend und angsterfüllend wirkte. Gleichzeitig erscholl ein dumpfes, ungemein schweres Klacken, und die tonnenschwere Tür bewegte sich mit einem hörbaren Summen nach außen. Harry hob seine Waffe, schoss aber noch nicht, und auch Tahia spannte sich sichtbar an. Irgendwo hinter ihnen erscholl ein erschrockenes Keuchen und dann das Geräusch hastiger Schritte, die sich entfernten; aber nur ein kleines Stück weit, bevor sie wieder innehielten.

Die Tür schwang summend weiter auf, bis sie mit einem dumpfen Schlag gegen die Wand prallte. Dahinter gähnte absolute und vollkommene Dunkelheit, eine Schwärze, wie Ben sie niemals zuvor gesehen hatte und die selbst das Licht des starken Scheinwerfers verschluckte, als blicke er in ein anderes Universum, in dem so etwas wie Licht einfach nicht existieren konnte.

Dann …

Ben wusste selbst nicht einmal, ob er es war, der schrie, oder Sasha. Alle seine Albträume wurden wahr. Es war keine Vision gewesen, weder auf der *Princess* noch gestern vor der Schleuse. Unter der offen stehenden Tür erschien der Drachenmann, ein Gigant, dessen breite Schultern die Öffnung nahezu zur Gänze ausfüllten und der sich bücken musste, um ins Freie treten zu können und seine gewaltigen, peitschenden Schwingen zu spreizen. Riesige pupillenlose Augen von der Farbe geronnenen Eigelbs starten sie an, und der schreckliche Papageienschnabel öffnete sich zu einem lautlosen Schrei, der etwas in Ben sich wie einen getretenen Wurm krümmen ließ.

Tahia und Harry feuerten gleichzeitig. Das dumpfes Hämmern der Maschinenpistolen und das lautlose Schreien der Bestie verbanden sich in Bens Seele zu einem grauenerregenden Crescendo. Seine Hände schlossen sich so fest um das schwarze Metall der Maschinenpistole, dass es wehtat, aber er war nicht fähig, den Abzug zu betätigen; als hätte er vergessen, wozu der Gegenstand in seinen Händen gut war. Schließlich ließ er die Waffe fallen und schlug wimmernd die Hände auf die Ohren, aber es nützte nichts, denn das Brüllen und Wüten der Bestie war in ihm und ließ sich nicht aussperren. Und sowenig er die Ohren vor dem

Schreien verschließen konnte, das direkt aus der Hölle heraufzuschallen schien, konnte er den Blick von dem schrecklichen Geschehen direkt vor sich abwenden. Tahia und Harry schossen beide, hatten ihre Waffen aber offensichtlich von Dauer- auf Einzelfeuer umgeschaltet, aber es war in der Enge des Ganges auch nahezu unmöglich, vorbeizuschießen – was das gigantische Ungeheuer jedoch nicht sonderlich zu beeindrucken schien. Ben konnte sehen, wie eine Kugel nach der anderen seine Brust traf, und *diese* Kreatur bestand ganz eindeutig aus Fleisch und Blut, nicht aus Eis.

Dennoch rückte sie unbarmherzig weiter vor. Die Schüsse, die die beiden Söldner fast so gleichmäßig und monoton wie Maschinen auf sie abfeuerten, ließen sie wanken, aber sie vermochten nicht, sie aufzuhalten. Langsam, doch mit derselben schrecklichen Unaufhaltsamkeit, die Ben schon zuvor an den Dienern der *Alten* beobachtet hatte, stampfte sie heran.

Und als wäre das noch nicht genug, trat hinter ihr eine zweite, ebenso große geflügelte Gestalt aus der geronnenen Schwärze hinter der Tür.

»Schieß, verdammt noch mal!«, schrie Harry. Gleichzeitig und ohne mit Feuern innezuhalten, wechselte er seine Waffe von der rechten in die linke Hand und griff mit der frei gewordenen Hand in die Jackentasche, um sein Walkie-Talkie herauszuziehen.

Ben versuchte es. Er *wollte* die Waffe benutzen, um sich gegen diesen grässlichen, lebendig gewordenen Albtraum zu verteidigen, aber seine Hände verweigerten ihm den Dienst. Seine Finger umklammerten die MPi so fest, dass Blut unter seinen Nägeln hervorzuquellen begann und ihm der Schmerz die Tränen in die Augen trieb, aber er war vollkommen unfähig, *etwas* zu tun, irgendeinen Gedanken zu fassen, irgendetwas zu empfinden außer alles hinwegfegende Angst. Es war nicht einmal die Erscheinung des geflügelten Giganten, so schrecklich sie auch sein mochte, oder das Wissen um die absolute Unausweichlichkeit seines bevorstehenden Todes – was ihn ungleich mehr erschreckte und lähmte, das war der Odem des absolut Fremden, den der Drachenmann verströmte, die beinahe körperlich und mit Händen greifbare Woge von *Bösartigkeit*, die ihm vorauseilte und den Gang erfüllte wie ein erstickender Gestank nach Fäulnis und etwas, was schlimmer war als der Tod.

»Gerrit!«, brüllte Harry in sein Funkgerät. *»Jetzt!«*

Zuerst geschah gar nichts, dann glaubte Ben ein sachtes, unglaublich tiefes, machtvolles Vibrieren und Summen zu vernehmen; einen Laut, der als ein leises Gefühl von Unwohlsein im Magen begann und sich rasend schnell zu einem vibrierenden Schmerz steigerte, der bis in seine Zähne und den Schädel ausstrahlte …

… und dann von einem Atemzug auf den anderen abbrach.

Die Stille traf ihn wie ein Schlag; auf eine eigentümliche Weise vielleicht schlimmer als das peinigende Geräusch und die Schüsse und Schreie zuvor. Ben wankte und musste sich mit der rechten Hand am Boden abstützen, um nicht das Gleichgewicht zu verlieren. Neben ihm fluchte Harry laut.

Und plötzlich ertönte auch hinter ihm ein trockener, sonderbar weicher Knall. In der gleichen Bewegung, in der Ben sich hochrappelte, warf er einen Blick über die Schulter zurück und sah, dass nun doch eine Hand voll von Ramanovs Männern am Ende der Korridors aufgetaucht waren. Zwei oder drei von ihnen waren mit Pistolen bewaffnet, die anderen mit zum Teil altertümlichen Gewehren, mit denen sie dennoch unverdrossen auf die heranstürmenden Höllenkreaturen feuerten, ohne sie allerdings merklich verlangsamen zu können.

»Gerrit!«, brüllte Harry. »Schieß, verdammt noch mal!«

Was immer das bedeuten mochte, im ersten Moment geschah wieder nichts, außer dass nun noch eine weitere, ebenso Furcht einflößende Gestalt mit peitschenden Tentakeln und gewaltigen Schwingen unter der Tür auftauchte. Hinter ihm fielen weitere Schüsse, einige davon so schlecht gezielt, dass er meinte, die Kugeln an sich vorbeipfeifen zu spüren. Tahia und Harry konzentrierten ihr Feuer nun auf den vordersten Drachenmann, der vielleicht noch fünf oder sechs seiner gewaltigen, raumgreifenden Schritte von ihnen entfernt war. Seine Brust waren mittlerweile nur noch eine einzige brodelnde Wunde, und er wankte unter der Wucht der Einschläge, wich aber keinen Schritt zurück, sondern kam ganz im Gegenteil immer näher.

Und nun gewahrte Ben etwas, was sein Herz fast stillstehen ließ. Die beiden Söldner mussten den Drachenmann schon Dutzende Male getroffen haben, aber die schrecklichen Wunden, die die Geschosse rissen, schlossen sich beinahe ebenso schnell wieder, wie sie entstanden; als hätten sie es tatsächlich mit einem Geschöpf aus einer Welt zu tun, die so anders war, dass keine Waffe ihres Universums ihm wirklich etwas anhaben konnte.

»Achtung!«, schrie Tahia.

Ben fand nicht einmal Zeit, darüber nachzudenken, was diese Warnung bedeuten mochte. Das Summen und Vibrieren begann erneut, steigerte sich im Bruchteil eines Atemzuges zu einem reißenden, unerträglich quälenden Schmerz, der seinen ganzen Körper von innen heraus in Stücke zu reißen schien, und erreichte dann eine Frequenz, die sein Gehör nicht mehr wahrnahm, die dafür aber jeden Nerv in seinem Körper in Agonie aufkreischen ließ.

Die Wand zu ihrer Linken erbebte, beulte sich aus und zerfiel dann zu Staub. Ben spürte, wie etwas in ihm zerbrach, und dann schoss ihm warmes Blut aus Nase und Ohren. Der Schmerz war so unerträglich, dass er nicht einmal mehr schreien konnte, ganz einfach weil er keine Luft mehr bekam. Vor seinen Augen verschwamm alles. Trotzdem sah er, wie die Welle unsichtbarer Verheerung weiterraste, die Luft in Stücke hämmerte und selbst den massiven Betonboden vibrieren ließ wie das zum Zerreißen gespannte Fell einer Trommel, das ein wahnsinniger Schlagzeuger mit seinen Stöcken malträtiert – und schließlich die drei Drachenmänner erreichte.

Das Ergebnis war schlichtweg Grauen erregend. Die beiden vorderen Drachenmänner wurden wie von einer Riesenhand gepackt, herumgewirbelt und in Stücke gerissen, bevor das, was von ihnen übrig war, gegen die gegenüberliegende Wand geschleudert und zusammen mit der grauen Plastikverkleidung einfach pulverisiert wurde. Dem dritten Drachenmann, der noch immer damit beschäftigt war, seinen breitschultrigen Körper durch die viel zu schmale Tür zu zwingen, erging es nicht viel besser. Die Welle der Vernichtung streifte ihn nur, doch diese flüchtige Berührung reichte bereits, einen seiner schrecklichen Arme und seine rechte Schwinge in einen rosafarbenen Nebel zu verwandeln, der von einem unsichtbaren Sturmwind gepackt und davongetragen wurde, während der lautlos kreischende Koloss nach hinten kippte und wieder in der Dunkelheit verschwand, die ihn ausgespien hatte.

Wimmernd vor Schmerz und von einer nie zuvor erlebten Übelkeit geschüttelt, ließ Ben endlich die ohnehin vollkommen nutzlose Maschinenpistole fallen und kroch auf Händen und Knien rückwärts davon. Wie durch einen blutgetränkten Nebel hindurch (irgendwo in seinen Augen musste etwas zerrissen sein) sah er, wie auch Tahia ihre Waffe fallen ließ, sich krümmte und Harry hastig nach ihr griff, um sie ein Stück weit nach hinten zu ziehen. Das grauenhafte Dröhnen und Vibrieren hatte längst aufgehört, der Boden zitterte nicht mehr, aber der Schmerz in seinem Inneren wollte nicht verschwinden. Vielleicht fielen immer noch Schüsse, aber alles, was er hörte, war ein dumpfes, an und ab schwellendes Meeresrauschen und das rasende Hämmern seines eigenen Herzens.

Seine Kraft reichte nicht mehr. Hilflos kippte er zur Seite, schlug so schwer mit der Schläfe auf dem harten Betonboden auf, dass ihm schwarz vor Augen wurde, und registrierte kaum, wie ihn jemand unter den Achseln ergriff und davonschleifte.

»Habt ihr vollkommen den Verstand verloren?!«, schrie eine Stimme, die ihm vage bekannt vorkam. Jemand zerrte ihn unsanft in eine halbwegs sitzende Position und lehnte seine Schultern gegen die Wand, und in dem tanzenden roten Schleier vor seinen Augen erschien ein Gesicht, das er eigentlich genauso hätte erkennen müssen wie die Stimme, das er aber ebenso wenig einordnen konnte. Alles wurde sonderbar irreal und leicht, und selbst der Schmerz, der immer noch da war und gar nicht daran dachte, ihn loszulassen, veränderte sich und schien plötzlich zu jemand anderem zu gehören. Etwas – jemand – machte sich an seinem Gesicht zu schaffen, dann spürte er, wie ihm das Blut von Mund und Wangen gewischt wurde, und endlich kehrte wenigstens ein rudimentärer Teil seines Erinnerungsvermögens zurück, und er identifizierte das ebenso wütende wie besorgte Gesicht vor sich als das Dr. van Staatens. Ohne viel Federlesens und alles andere als liebevoll drückte sie sein Kinn nach oben, hob mit der anderen Hand seine Augenlider an und wirkte schlagartig nur noch besorgt.

»Verdammte Scheiße! Wolltet ihr ihn umbringen?«

Ihre Hände tasteten über sein Gesicht und seinen Hals, was sehr unangenehm war, dann schien sie etwas zu entdecken, was sie noch mehr erschreckte, denn sie ließ von ihm ab und verschwand aus seinem Blickfeld – das so ganz nebenbei bemerkt immer kleiner wurde. Da war plötzlich eine rauchige Schwärze, die aus allen Richtungen zugleich auf ihn zukroch und in der irgendetwas zu lauern schien. Etwas Gefährliches.

Ben versuchte zu sprechen, den Kopf zu drehen und van Staaten wenigstens einen Hilfe suchenden Blick zuzuwerfen, aber nicht einmal dazu war er in der Lage. Die Dunkelheit kroch näher, und er wusste mit vollkommener Sicherheit, dass sie ihn verschlingen und nie wieder freigeben würde, wenn sie ihn erreichte.

Stattdessen erschien ein anderes, schmaleres Gesicht im Zentrum seines unerbittlich schrumpfenden Blickfelds.

Sashas Augen waren groß und schwarz vor Sorge um ihn. Eine endlose Sekunde lang sah Sasha ihn nur an und schien etwas in seinem Blick zu suchen, dann hob sie die Hand und berührte mit den Fingerspitzen sanft seine Stirn.

Der Schmerz erlosch nicht, aber er zog sich zurück, knurrend und geifernd und mit den Zähnen fletschend wie ein wütendes Raubtier, das seine bereits geschlagene Beute einem aus dem Nichts aufgetauchten, stärkeren Gegner überlassen muss, und auch die Übelkeit war nun wenigstens nicht mehr so schlimm, dass sie ihm das Atmen schwer machte. Sonderbarerweise hatte er das Gefühl, dass sie etwas Falsches tat, etwas, was sie beide bereuen würden.

Aber was immer es war – es half. Schmerz und Übelkeit sanken rasch auf ein erträgliches Maß herab, nur die roten Schleier vor seinen Augen blieben; anscheinend hatte er tatsächlich eine Augenverletzung davongetragen.

Ben schenkte Sasha das Äußerste, was er an einem dankbaren Lächeln zu Stande brachte (er war nicht ganz sicher, ob sie es überhaupt sah), stemmte sich mühsam in die Höhe und wollte sich zu van Staaten herumdrehen, und Sasha gab einen klagenden Laut von sich und kippte zur Seite. Ben konnte gerade noch die Arme ausstrecken und sie auffangen, aber er war selbst so schwach, dass ihn ihr eigentlich lächerliches Gewicht mit zu Boden riss.

Noch bevor er sich wieder aufrappeln konnte, tauchte Schulz neben ihm auf. Wortlos beugte er sich über seine Tochter, sah ihr ins Gesicht und schüttelte fast hastig den Kopf, als Ben etwas sagen wollte. »Schon gut. Ihr fehlt nichts.«

Aber das stimmte nicht. Plötzlich wusste Ben, woher das Gefühl gekommen war, etwas Falsches zu tun. Die neue Kraft, die sie ihm gegeben und die ihm möglicherweise das Leben gerettet hatte, hatte er ihr in Wahrheit gestohlen.

»Ich bringe sie weg«, sagte Schulz, während er sich bereits hochstemmte und Sasha dabei auf die Arme nahm. Schon diese kleine Anstrengung schien auch seine Kräfte nahezu zu übersteigen, aber er schüttelte nur abwehrend den Kopf, als Ben ihm helfen wollte. Unter Sashas Gewicht wankend, doch ohne innezuhalten, drehte sich herum und ging.

Ben sah ihm mit klopfendem Herzen und schlechtem Gewissen nach, bis er hinter der nächsten Abzweigung verschwunden war, und drehte sich dann wieder zu van Staaten um. Die Ärztin hatte sich mittlerweile über Tahia gebeugt, die stöhnend auf dem Rücken lag und vergebens versuchte mit den Händen das Blut zurückzuhalten, das ihr aus der Nase schoss, und untersuchte sie ebenso rasch und ebenso wenig sanft wie ihn zuvor.

»Was ist mit ihr?«, fragte Harry. Auch sein Gesicht war blutüberströmt und kreidebleich. Er hielt die Maschinenpistole zwar immer noch in der linken Armbeuge, musste den Lauf aber mit der rechten Hand abstützen, weil seine Kraft offensichtlich nicht mehr ausreichte, und seine Aussprache war so undeutlich und schleppend wie die eines Betrunkenen.

Van Staaten warf ihm nur einen vernichtenden Blick zu – ohne dass sie ihre professionelle Sorge als Ärztin ganz unterdrücken konnte – und richtete sich schließlich mit einem Ruck auf. »Das ist wohl einer der seltenen Fälle, in denen Dummheit wirklich wehtut.« Wütend schüttelte sie den Kopf und gestikulierte in Richtung des verheerten Ganges. »War das etwa ihre Verteidigungstaktik? Sich selbst umzubringen, damit die anderen es nicht mehr können?«

Harry war klug genug, gar nichts darauf zu sagen, und Ben riss seinen Blick mühsam vom blutüberströmten Gesicht der Söldnerin los und sah die niedergerissene Wand an. Sie war – buchstäblich – verschwunden. Dahinter gähnte ein grob ovales Loch von mindestens vier oder fünf Metern Durchmesser, hinter dem man eine zweite, ebenfalls durchbrochene Wand sehen konnte. Und eine dritte und vierte, hinter der sich schließlich eine Konstruktion erhob, die in etwa wie eine futuristische Satellitenschüssel aussah. Gerrits Gesicht, der neben der Schallkanone stand und den Hals reckte, um Einzelheiten erkennen zu können, war totenbleich.

»Ich dachte, das Ding funktioniert nicht«, murmelte Ben.

»Ja, genau das solltest du auch.« Harry fuhr sich mit dem Handrücken über den Mund und betrachtete irgendwie verständnislos das hellrote Blut, das darauf zurückgeblieben war. »Und alle anderen auch.«

Jetzt war es Ben, der ihn verwirrt anblinzelte; wenigstens für eine Sekunde. Dann nickte er. Was hatte Schulz gesagt? *Sie sind ihre Augen und Ohren.* Und mit Sicherheit hatten sie mehr davon als die drei oder vier, die Gerrit und Tahia zertreten hatten …

»Wenn Gerrit das nächste Mal eine Maschine frisiert, dann gib mir vorher Bescheid, damit ich mich auf einen anderen Kontinent verkrümeln kann. Auch wenn es nur ein CD-Player ist.«

Harry antwortete nur mit einem Grinsen, das von seinen blutverschmierten Zähnen allerdings zu einer durch und durch Furcht erregenden Grimasse gemacht wurde, doch van Staaten blitzte ihn an. »Das ist nicht komisch! Hat einer von euch auch nur eine *Ahnung* davon, was dieses Ding anrichten kann?«

Ben sah schaudernd an ihr vorbei auf das, was von der hinteren Hälfte des Ganges übrig war. Die Wand auf der linken Seite war nahezu vollkommen verschwunden, aber auch die auf der anderen Seite bot keinen wesentlich besseren Anblick. Die grauen Plastikpaneele waren zertrümmert und geborsten, und über das, was die unsichtbaren Infraschallwellen den technischen Innereien dahinter angetan hatten, dachte er vorsichtshalber erst gar nicht nach; mit Sicherheit weniger als denen auf der anderen Seite, die es schlicht und einfach nicht mehr gab. In einem Punkt hatte van Staaten vollkommen Recht, dachte er niedergeschlagen: Sehr viele solcher *Siege* konnten sie sich nicht mehr leisten. Vielleicht war dieser schon einer zu viel gewesen.

Falls es ein Sieg war …

Nicht einmal dessen war sich Ben wirklich sicher. Was von den Drachenmännern übrig geblieben war, das hatte sich als rosafarbene Schmiere über Boden und Wände verteilt, aber es gab mindestens noch ein drittes dieser albtraumhaften Ungeheuer, und verletzt oder nicht, Ben war ganz und gar nicht davon überzeugt, dass es keine Gefahr mehr darstellte. Und niemand wusste, wie viele dieser Bestien noch hinter der offen stehenden Tür lauerten.

»Was um alles in der Welt waren das für Kreaturen? Und Sie bleiben schön liegen, ist das klar?« Die letzten Worte, die van Staaten schärfer hervorgestoßen hatte, galten Tahia, die dazu ansetzte, ihre Hand zur Seite zu schieben und sich aufzusetzen. Die Worte der Ärztin bewogen die Söldnerin natürlich allerhöchstens dazu, ihre Bemühungen noch zu verstärken. Unsicher und zitternd, aber mit einer Beharrlichkeit, die der der

Drachenmänner in nichts nachstand, stemmte sie sich in eine halb sitzende Position hoch und tastete nach ihrer Maschinenpistole.

Van Staaten zog die Augenbrauen zusammen. »Ganz, wie Sie meinen. Wenn Sie auf rasende Kopfschmerzen, Übelkeit und Gleichgewichtsstörungen stehen … und das für den Rest Ihres Lebens.«

Tahia wirkte nun doch ein wenig erschrocken, allerdings nur für einen ganz kurzen Moment, dann setzte sie ihre angefangene Bewegung – langsamer – fort, und Harry sagte: »Ihre Fürsorge in Ehren, Doktor, aber es könnte sein, dass Sie nur noch über ein paar Minuten reden.«

Van Staaten wurde ein wenig blass, und Harry machte eine Kopfbewegung auf Tahias Laptop. Das Gerät stand ein wenig schräg und gab ein ungesundes Rattern von sich, funktionierte aber noch und zeigte dasselbe, beunruhigende Bild wie zuvor: eine Unzahl winziger, hektisch durcheinander wuselnder grüner Punkte vor einer massiven roten Linie.

Harry grub mit zitternden Fingern das Walkie-Talkie aus der Tasche. »Gerrit. Wir haben da noch ein kleines Problem hinter der Tür … aber mit etwas weniger Power, wenn es geht.«

Gerrit streckte den linken Daumen in die Höhe und verstellte mit der anderen Hand nicht nur etwas an seiner Höllenmaschine, sondern schwenkte die gesamte Konstruktion ein kleines Stück zur Seite. Ben biss instinktiv die Zähne zusammen, doch diesmal war alles, was er spürte, ein gerade noch wahrnehmbares tiefes Brummen und ein leicht unangenehmes Kribbeln im Magen. Dafür sah er umso mehr. Aus den Rändern des Lochs, das er mit seiner ersten Attacke so brutal in die Eingeweide der Station gestanzt hatte, explodierten winzige graue Staubgeysire, und plötzlich zertrümmerte eine Riesenfaust auch die Kunststoffwände rechts und links der Panzertür. Die noch immer in einem boshaften Grün glühende Leuchte über der Tür zerbarst mit einem peitschenden Knall, und dieselbe unsichtbare Gewalt zerschmetterte auch die Kontrolltafel zu staubfeinen Krümeln. Die Dunkelheit, die die Türöffnung erfüllte, zitterte und wogte wie ein Vorhang aus nachtfarbenem Samt, der von einer Orkanböe getroffen wurde.

Auf dem Monitor des Laptops wurden die grünen Leuchtpunkte davongewirbelt wie trockenes Herbstlaub im Sturm.

»Okay«, sagte Harry. »Bleib auf der Hut – und pass das nächste Mal auf, wohin du zielst.«

Gerrit reagierte nur mit einer wedelnden Handbewegung, machte sich an seiner Schallkanone zu schaffen, und Ben atmete innerlich auf. Wenn man bedachte, dass Gerrit seine ersten Schüsse praktisch blind durch drei massive Wände hindurch abgefeuert hatte, konnten sie vermutlich alle von Glück sagen, sich nicht ebenfalls in rote Schmiere verwandelt zu haben. Ganz kurz fragte er sich, was Ramanov wohl zu dem hübschen Loch sagen würde, das Gerrit in seine Station gestanzt hatte.

»Da tut sich was.« Harry wies zum zweiten Mal auf den Monitor, auf dem schon wieder eine Anzahl grüner Leuchtpunkte aufgetaucht war, die sich der Tür näherten. Gerrit wartete, bis sie nahezu heran waren, und gab dann einen einzelnen Schuss aus seiner Schallkanone ab, und die allermeisten Leuchtpunkte verschwanden. Die, die blieben, rührten sich nicht mehr.

Zeit verstrich. Eine halbe Minute, eine ganze, zwei und schließlich drei, in denen sie alle – selbst van Staaten – gebannt auf den Monitor starrten, ohne dass irgendetwas geschah.

Schließlich war es Bens Vater, der das immer atemloser werdende Schweigen brach. »Ich glaube, sie haben genug.«

»Das war viel zu leicht«, knurrte Harry. »So einfach geben sie nicht auf.« Er strich sich mit der bisher sauber gebliebenen Hand über das Gesicht, ohne mehr zu erreichen, als dass er das Blut noch mehr verschmierte und seine unfreiwillige Kriegsbemalung endgültig komplettierte. Gleichzeitig streckte er die andere Hand nach seiner Waffe aus, und auch Tahia stemmte sich ächzend auf beide Knie und schob ein frisches Magazin in ihre Waffe. Ben wünschte sich, sie hätte es nicht getan, denn das helle Klicken des einrastenden Magazins kam ihm wie ein böses Omen vor. Eine Herausforderung.

»Geht lieber«, sagte Harry. »Ich schätze, der lustige Teil kommt erst noch.«

Ben hatte immer noch Mühe, ihn zu verstehen. Harrys Aussprache glich immer mehr der eines Betrunkenen, der Probleme hatte, nicht über seine Zunge zu stolpern, und seine Bewegungen waren fahrig und unsicher. Auch wenn er sich verbissen darum bemühte, sich nichts anmerken zu lassen, war doch klar, dass er schwer verletzt war. Ben sparte sich jedoch jede entsprechende Bemerkung, als Harry abermals in die Jackentasche griff und nacheinander ein halbes Dutzend Handgranaten herausnahm, die er sorgfältig vor sich und Tahia aufreihte.

Bens Vater sog hörbar die Luft zwischen den Zähnen ein. »Sie wollen die Dinger doch nicht etwa hier drinnen benutzen?«

»Nein«, antwortete Harry ruhig. »Sowenig wie ich hier sein will, Doktor.«

Neue Lichtpunkte erschienen auf dem Monitor, unterschiedlich groß und schnell. Ben sah aus den Augenwinkeln, wie sich Gerrit über die Schallkanone beugte und Harry rasch die Hand hob, um ihn zurückzuhalten …

Und dann brach die Hölle los.

Diesmal waren es keine Drachenmänner, die die Dunkelheit jenseits der Tür ausspie, sondern Eiskrieger, Kreaturen der ersten und zweiten Generation, unterschiedlich groß, aber ausnahmslos *schnell*, die wie eine lebendige weiße Lawine aus der Tür brachen und sich auf sie stürzten.

Tahia und Harry eröffneten gleichzeitig das Feuer, und nur eine Sekunde später schoss Gerrit seine Schallkanone ab. Das dumpfe Brummen war diesmal vollkommen unhörbar, die Wirkung dafür umso verheerender. Alles, was sich in einem Umkreis von drei oder vier Metern von der Tür befand, explodierte in einem Splitterregen, der die geschundenen Wände ringsum mit Millionen scharfkantiger Scherben spickte. Die wenigen Angreifer, die dem tödlichen Schallimpuls entgingen, erledigten Tahia und Harry mit ihren Maschinenpistolen. Keines der schimmernden Ungeheuer kam ihnen auch nur nahe.

Aber damit war es noch lange nicht vorbei. Noch während die Splitter der zertrümmerten Eisungeheuer klirrend zu Boden regneten, stürmte die nächste Welle schimmernder Angreifer aus der Tür, nur um von den MPi-Salven der beiden Söldner ebenfalls in Stücke gerissen zu werden. Aber immer mehr und mehr Eiskrieger brachen aus dem Vorhang aus wogender Schwärze heraus, plumpe Gestalten mit nur drei Fingern und ohne Gesicht, aber auch die schrecklichen Karikaturen von Menschen, die sich ungleich schneller und zielgerichteter bewegten. Tahia und Harry löschten sie mit gezielten Schüssen oder kurzen, vernichtenden Salven aus, Gerrits Schallkanone brummte und schlug eine Bresche schrapnellgesättigter Verheerung in die Front der Angreifer, und die Luft war plötzlich so voller Pulverdampf und ätzendem Staub, dass Ben kaum noch atmen konnte. Auch hinter ihm fielen jetzt wieder Schüsse, und irgendetwas schien sich *über* ihnen zu bewegen, aber das allgemeine Chaos war einfach zu groß, um irgendwelche Einzelheiten zu erkennen. Sowohl die Maschinenpistolen der beiden Söldner als auch Gerrits Infraschallkanone streckten die unheimlichen Angreifer zu Dutzenden nieder, aber ihre Zahl schien unerschöpflich. Für jedes Eismonster, das aus der Tür stürmte und zerfetzt wurde, tauchte unverzüglich ein neues auf, und es war genau wie gerade beim Angriff der Drachenmänner: Ganz gleich wie rücksichtslos die Söldner auch von ihren Waffen Gebrauch machten, die Front der Angreifer *kam* näher. Es war, als versuchten sie eine Lawine zu erschießen. Es *konnte* nicht gut gehen.

Und es ging auch nicht gut.

Gerrits Schallkanone stieß ein letztes, ultratiefes Brummen aus und verstummte dann, und die Flut gesichtsloser Angreifer stürmte mit doppelter Wucht heran. Harry fluchte, ließ die Waffe fallen und griff zu einer anderen, und schon diese winzige Unterbrechung reichte, den Abstand zwischen ihnen und den vordersten Angreifern auf wenige Meter zusammenschmelzen zu lassen.

»Gerrit!«, brüllte Harry mit schriller Stimme. *»Worauf wartest du?«*

Gerrit antwortete nicht – er war voll und ganz damit beschäftigt, laut schreiend durch den Gang hinter der Schallkanone zu taumeln und dabei wie wahnsinnig mit beiden Händen auf sein Gesicht und seinen Körper einzuschlagen. Etwas ... *bewegte sich auf ihm.*

Und nicht nur auf ihm. Der gesamte Gang jenseits der zerborstenen Wand schien zu unheimlichem Leben erwacht zu sein. Überall brodelte und kroch und krabbelte es, ohne dass man wirklich erkennen konnte, was die Ursache dieser Bewegung war, und Gerrit torkelte schreiend und immer verzweifelter um sich schlagend weiter, bis er schließlich stürzte und damit aus ihrem Blickfeld geriet.

Harry fluchte noch lauter, verschaffte sich mit einer lang anhaltenden Salve Luft, die ihn den Rest seines Magazins kostete, ließ die MPi fallen und griff stattdessen nach einer Handgranate, um sie in hohem Bogen zu schleudern. Das Geschoss segelte zielsicher zwischen den heranstürmenden Monstern hindurch und verschwand in der offen stehenden Tür, bevor es explodierte. Die albtraumhafte Schwärze verschluckte den grellen Lichtblitz, aber aus der Tür explodierte ein Vulkan scharfkantiger Eissplitter, und die nachfolgende Druckwelle riss ein weiteres halbes Dutzend Angreifer von den Füßen. Zwei oder drei zerbrachen durch die Wucht des Aufpralls, und die, die wieder aufzustehen versuchten, schaltete Tahia mit präzise gezielten Schüssen aus.

Etwas fiel von der Decke und prallte mit einem dumpfen Laut auf Tahias Schulter. Sie wischte es weg, bevor Ben genau erkennen konnte, was es war, aber er hatte einen flüchtigen Eindruck von wirbelnden Beinen und klickenden Mandibeln und warf erschrocken den Kopf in den Nacken.

Eine eiskalte Hand schloss sich um sein Herz und presste es unbarmherzig zusammen.

Er wusste jetzt, was Gerrit passiert war.

Die Decke brodelte vor Spinnen. Es mussten Hunderte der Ekel erregenden Tiere sein, wenn nicht Tausende, die im kalten Licht des Scheinwerfers lautlos herangekrochen waren. Manche von ihnen waren winzig, kaum größer als ein Fingernagel, andere aber auch riesig wie eine Männerhand mit weit gespreizten Fingern, und die allermeisten waren von einer fast unwirklichen weißen Farbe.

Eine zweite, noch größere Spinne landete auf Tahias Rücken, eine dritte in ihrem Haar, und mindestens drei oder vier weitere regneten auf Harry herab. Der Söldner fegte sie mit einer wütenden Handbewegung davon, befreite aus der gleichen Bewegung heraus auch Tahia von ihren Plagegeistern und schwenkte gleichzeitig seine Maschinenpistole herum, um einen Eiskrieger niederzustrecken, der ihnen schon bedrohlich nahe gekommen war.

Der Hammer der Waffe schlug mit einem hellen Klicken ins Nichts. Das Magazin war leer geschossen. Harry hatte zur falschen Waffe gegriffen.

Tahia schleuderte eine weitere Spinne davon, die sich in ihrem Haar festgekrallt hatte und versuchte sie in die Wange zu beißen, warf Harry ihre eigene MPi zu und hechtete nach ihrem Flammenwerfer. Noch während der Eiskrieger unter einem einzelnen Schuss zerbarst, den Harry aus allernächster Nähe auf ihn abfeuerte, rollte sie auf den Rücken und schleuderte einen lodernden Flammenstrahl gegen die Decke – und plötzlich regnete es *brennende* Spinnen.

Ohne den Finger vom Abzug zu nehmen, schwenkte Tahia den Flammenstrahl von links nach rechts und wieder zurück, rollte sich in eine kniende Position hoch und bestrich die Gangdecke methodisch mit Feuer. Hunderte, Tausende brennender Spinnen fielen zu Boden, und die Flammen setzten einen Teil der Decke und der Wandverkleidung in Brand, aber Tahia achtete nicht einmal darauf, sondern bewegte ihre furchtbare Waffe scheinbar seelenruhig weiter von links nach rechts und wieder zurück und lenkte den Strahl schließlich in die offen stehende Panzertür. Irgendetwas fing dahinter mit einem dumpfen Schlag Feuer, aber es war nur zu hören, nicht zu sehen, denn die unwirkliche Dunkelheit verschluckte auch diesen Feuerschein.

Und dann, von einem Atemzug auf den anderen, war es vorbei. Aus der offen stehenden Tür torkelte ein letzter, lichterloh brennender Eiskrieger und zerbarst in Stücke, als Harry einen einzelnen Schuss auf ihn abgab, und dann nichts mehr. Tahias Flammenwerfer erlosch mit einem letzten boshaften Zischen, und alles, was jetzt noch zu hören war, war das Prasseln von Flammen und ein gelegentliches Knacken, wenn eine der toten Spinnen darin zerplatzte.

26

DIE GUTE NACHRICHT WAR, dass das Licht und mit ihm die Stromversorgung im größten Teil der Station nach wenigen Minuten wieder angegangen war, und die sehr viel bessere, dass die Spinnen offensichtlich nicht giftig gewesen waren; keiner von ihnen – Ben eingeschlossen – war ohne zahlreiche winzige Bisswunden an Gesicht und Händen davongekommen, die zwar mehr oder weniger wehtaten oder zumindest wie verrückt juckten, aber nicht weiter gefährlich schienen.

Zumindest hatte van Staaten das gesagt, und Ben hütete sich, sich auch nur den leisesten Zweifel an dieser Behauptung zu gestatten. Ihre Lage war auch so schon verzweifelt genug, ohne dass er sich Sorgen darüber machte, an einem *Spinnenbiss* zu sterben.

Vor allem Gerrit sah übel aus. Seine Hände waren so dick geschwollen, dass er Mühe hatte, die Finger zu bewegen, und sein Gesicht sah aus, als hätte er versucht, sich mit einem Rasenmäher zu rasieren: Seine Lippen waren aufgequollen und dick und erinnerten an das hoffnungslos misslungene Machwerk eines besonders untalentierten Schönheitschirurgen, sein rechtes Auge war vollkommen und das linke zur Hälfte zugeschwollen, und die unnatürliche Blässe seiner Haut war unter zahllosen mehr oder weniger heftigen Rötungen verschwunden. Er musste gleich Dutzende, wenn nicht Hunderte von Bissen abbekommen haben, die einzeln allenfalls lästig, in ihrer Gesamtheit vermutlich aber unerträglich waren. Dennoch gab er keinen Laut der Klage von sich, als van Staaten – die ihre Ordinationsräume kurzerhand in die Kommandozentrale der Station verlegt hatte – damit begann, all die zahllosen kleinen Wunden, Schrammen, Kratzer und Risse in seinem Gesicht mit einem in eine scharf riechende Flüssigkeit getauchten Wattebausch zu betupfen; eine möglicherweise notwendige, aber äußerst schmerzhafte Prozedur, die nach Gerrit auch die beiden anderen Söldner, Bens Vater und als Letzter auch er selbst über sich ergehen lassen mussten.

So weit zu den guten Neuigkeiten. Eine der schlechten war, dass Ramanov sich keineswegs irgendwo versteckt und zitternd vor Angst darauf gewartet hatte, dass es vorbei war, wie sein Vater unterstellt hatte, sondern die bizarre Schlacht – zwar aus der vermeintlichen Sicherheit der Zentrale heraus, aber doch sehr aufmerksam – beobachtet hatte und vor Wut schäumte, als sie nacheinander dort eintrafen.

»Allmählich beginne ich mich zu fragen«, polterte er an Harry gewandt, »wer unsere wahren Feinde sind. Habe ich irgendetwas übersehen, als ich den Vertrag mit Ihnen aufgesetzt habe? Zum Beispiel einen Passus, in dem steht, dass Sie bei Ihren so genannten Verteidigungsmaßnahmen meine gesamte Basis in Schutt und Asche legen müssen?«

Harry blieb zwar äußerlich ruhig, aber Ben spürte, wie schwer es ihm fiel. Für eine Weile hatte es keinem von ihnen wirklich etwas ausgemacht, Ramanovs ständige Nörgeleien und sein tyrannisches Gehabe zu ertragen; irgendwie hatte es dazugehört, und Ben hatte sich ein paarmal sogar dabei ertappt, dass ihm regelrecht etwas gefehlt hatte, wenn der Russe nicht an allem und jedem herummeckerte. Aber mittlerweile war ihrer aller Nervenkostüm über die Maßen strapaziert, und der Ausdruck, den er tief in Harrys Augen gewahrte, machte ihm klar, dass Ramanov möglicherweise eine sehr unangenehme Überraschung erleben würde, wenn er hier weiter den verhinderten Zaren gab und erwartete, dass irgendjemand das lustig fand.

Jedenfalls in diesem Moment war es aber noch nicht so weit. Harry ließ zwar ganz bewusst zwei oder drei Sekunden verstreichen, in denen er Ramanov nur mit mitleidigem Blick maß, dann aber sagte er ganz ruhig: »Es gibt da tatsächlich einen Passus, der uns ausdrücklich aus jeder Verantwortung für Kollateralschäden entlässt, Professor. Sollten Sie ihn nicht gelesen haben, wäre das bedauerlich, aber nicht meine Schuld.«

Ramanov japste hörbar nach Luft. »Kollateralschaden? Ist das ein neues Wort für *Dummheit*?«

Das Flackern in Harrys Augen näherte sich ein weiteres Stück dem Punkt, an dem es zu einem Vulkanausbruch werden würde. Er schwieg.

»Ich meine«, fuhr Ramanov mit einem wütenden Gestikulieren in Richtung des großen Bildschirms fort, der wieder eingeschaltet war und den verheerten Gangabschnitt vor der Labortür zeigte, samt der nicht mehr vorhandenen linken Wand, »gab es irgendeinen nachvollziehbaren Grund, mit diesem verdammten Ding quer durch die Basis zu schießen, statt es direkt vor der Tür aufzustellen?« Er deutete nacheinander auf Harry, Tahia und Ben. »Einmal ganz davon abgesehen, dass Sie allesamt Glück gehabt haben, die Schießkünste Ihres Kameraden zu überleben!«

Ganz offensichtlich nicht nur zu Bens Erstaunen beherrschte sich Harry immer noch. »Einen Grund?«, wiederholte er, hob die Schultern und ließ seinen Blick dann nachdenklich durch den Raum schweifen. Dann lächelte er plötzlich knapp, löste sich mit einer abrupten Bewegung von seinem Platz und eilte auf Ramanov zu. Es dauerte nicht einmal eine Sekunde, doch was sich in dieser Zeit auf dem Gesicht des Russen abspielte, war durchaus sehenswert. Sein heiliger Zorn wich Überraschung, dann Verwirrung und schließlich Schrecken, und als Harry ihn erreicht hatte, war er offensichtlich fest davon überzeugt, dass der Söldner ihn schlagen würde.

Was Harry natürlich nicht tat. Stattdessen blieb er abrupt stehen und stampfte kräftig mit dem Fuß auf.

»Da haben Sie Ihren Grund, Professor«, sagte er und fügte zu den beiden Bildschirmen gewandt hinzu: »Nichts für ungut, Verehrteste.«

Ramanov starrte ihn an, als zweifele er an seinem Verstand, aber wenn es so war, schien er damit ziemlich allein dazustehen. Nicht nur Ben verspürte einen neuerlichen, heißen Schrecken, der ihm vielleicht nur deshalb nicht den Atem nahm, weil er zu erschöpft war, um noch die Kraft für ein so intensives Gefühl aufzubringen. Auch sein Vater wurde eine Spur blasser, und van Staaten blickte ein paarmal nervös vom Bildschirm zu der Stelle, an der Harrys Stiefel einen schmierigen roten Fleck auf dem Boden zurückgelassen hatte, und wieder zurück.

»Hätten wir die Waffe vor der Labortür aufgebaut, Professor«, sagte

Harry, sein Ton machte deutlich, für wie überflüssig er diese Erklärung hielt, »dann wären sie durch die Schleuse gekommen. Sie sind nicht der Einzige hier, der ein Faible für Abhöranlagen hat, fürchte ich. Nur dass Ihre weniger Beine haben …«

»Sie meinen … das … war eine Falle?«

»Ich würde es *Taktik* nennen«, erklärte Gerrit an Harrys Stelle. Seine Aussprache war ein wenig undeutlich. In den paar Augenblicken, die das Gespräch gedauert hatte, waren seine Lippen noch mehr angeschwollen. Noch eine oder zwei Minuten, dachte Ben, und er würde gar nicht mehr sprechen können. Er betete, dass van Staatens Behauptung zutraf.

»Ich fürchte nur«, fuhr Harry nun fort, »dass dieser Trick nicht noch einmal funktioniert.« Wieder wandte er sich zum Bildschirm, als erwarte er eine Bestätigung von dort, was Ramanovs Verwirrung sichtbar noch vergrößerte.

»Sie meinen, sie … könnten noch einmal angreifen? Aber Sie … Sie haben sie doch besiegt. Wir haben gewonnen!«

»Gewonnen?« Harry erschien Mühe zu haben, die Bedeutung dieses Wortes zu verstehen. »Sie haben *aufgehört*, Professor. Das ist ein Unterschied.«

Ramanov schüttelte heftig den Kopf wie ein trotziges Kind, das einfach die Augen vor der Wirklichkeit verschließt und hofft, damit sei alles gut. »Aber Sie *haben* sie geschlagen. Ich habe es gesehen, und –«

»Sie haben genau das gesehen, was Sie und wir alle sehen sollten«, fiel ihm Harry ins Wort, nicht unbedingt schärfer, aber in doch deutlich verändertem Ton. »Wir haben drei von diesen … *Was-auch-immer* ausgeschaltet und ein paar Dutzend Eiskrieger. Sie hätte zehnmal so viele gegen uns aufbieten können, von diesen verdammten Spinnen gar nicht zu reden. Ich weiß nicht, warum sie aufgehört haben. Aber es lag ganz bestimmt nicht daran, dass wir gewonnen haben.«

Der Bildschirm flackerte. Für den Bruchteil eines Atemzuges schien etwas darauf Gestalt annehmen zu wollen und löste sich wieder auf, bevor Ben sicher sein konnte, aber es konnte keine Täuschung gewesen; er war ganz eindeutig nicht der Einzige, der plötzlich beunruhigt auf den großen Monitor blickte.

»Aber welchen Grund sollte sie haben –«, begann van Staaten, zuckte fast unmerklich zusammen und verbesserte sich nach einem raschen Seitenblick auf seinen Vater, »– *sollten* sie haben, uns zu verschonen?«

Natürlich machte es das nur noch schlimmer. Sie hatte zuerst in der Einzahl gesprochen, nicht in der Mehrzahl – was es vermutlich auch traf –, aber er wünschte sich, sie wäre etwas pietätvoller gewesen, als er den Schatten sah, der erneut über das Gesicht seines Vaters huschte.

»Vielleicht weil es ihnen gar nichts nützen würde, uns zu besiegen«, sagte er, eigentlich aus keinem anderen Grund als dem, nicht schon wieder dieses erstickende Schweigen aufkommen zu lassen.

»Wieso?«, erkundigte sich Ramanov.

Bevor Ben antworten konnte, mischte sich Tahia ein. »Er hat Recht. Sie will diese verdammten Back-up-Dateien und sie verlangt die Wiederherstellung der Stromversorgung unten in den Labors. Ich kann mich täuschen ... aber ich glaube nicht, dass sie nicht im Stande ist, sich auch nur eines von beiden selbst zu besorgen.«

»Wieso?«, wunderte sich Ramanov.

Tahias Lächeln wurde eine Spur verächtlich. »Weil sie es dann längst getan hätte, Professor. Und wenn sie uns alle umbringen lässt, nutzt ihr das vermutlich auch nichts. Sie braucht uns.«

»Und warum ... warum geben wir ihr nicht einfach, was sie will?«

Harry machte sich nicht einmal die Mühe, auf Ramanovs Worte zu reagieren, sondern drehte sich wieder zu dem großen Wandbildschirm herum, um ihn auf eine Art anzusehen, als bräuchte er nur lange genug darauf zu starren, um die Antworten auf alle seine Fragen zu bekommen.

»Ich meine es ernst« beharrte Ramanov. »Wenn Sie Recht haben und das da gerade nur eine Warnung war oder eine Machtdemonstration, was bleibt uns dann noch für eine Wahl?«

Harry löste – widerwillig – den Blick vom Monitor; sein mitleidiges Lächeln schien Ramanovs Entschlossenheit nur zu stärken. Bevor Harry etwas sagen konnte, machte er eine herrische Geste, wie um ihm das Wort abzuschneiden, und fuhr fort: »Ich hatte noch keine Zeit, um mir einen gründlichen Überblick zu verschaffen, aber sehr viele dieser *Siege* hält die Station nicht mehr aus. Es grenzt schon an ein Wunder, dass wir diesen verkraftet haben. Ein Großteil der Stromversorgung und die wichtigsten Systeme funktionieren anscheinend noch, aber wenn Sie mich fragen, war das pures Glück.«

»Ich dachte, ihre famose Basis ist so gut wie unzerstörbar«, sagte Gerrit spöttisch.

Ramanov blieb ernst. »Diese Station sieht, zugegeben, aus wie ein lustiges buntes Zelt, guter Mann, aber sie ist es nicht. Ihre Außenhülle mag so gut wie unzerstörbar sein, aber ihr Inneres ist ein äußerst kompliziertes Gebilde, in dem man nicht nach Belieben herumstochern kann. Ich dachte nicht, dass ich das extra erklären muss.«

Gerrit wollte antworten, aber Harry kam ihm zuvor. »Das müssen Sie auch nicht, Professor. Ich bin mir über unsere Lage durchaus im Klaren. Aber ich vermute, Tahia hat Recht. Im Augenblick wollen *sie* etwas von *uns,* und solange das so ist, denke ich nicht daran, unnötigerweise Boden preiszugeben.«

»Boden preisgeben? Wenn Sie das Gefühl haben, das hier sei eines Ihrer Sandkastenspielchen, dann –«

Der Bildschirm flackerte erneut. Diesmal dauerte es länger, und als sich das Bild wieder stabilisierte, zeigte der Monitor nicht mehr den verwüsteten Gang, sondern die Satellitenaufnahme vom Morgen. Auch jetzt fehlten die Ziffern und meteorologischen Kürzel, und der Bildausschnitt hatte sich geändert. Nur am oberen Rand war ein schmaler blendend weißer Streifen mit einem winzigen orangefarbenen Punkt in der Mitte zu erkennen. Den allergrößten Teil der Darstellung nahm das offene Meer ein; eine monotone stahlgraue Fläche mit nur zwei Unterbrechungen.

Zwei?

Zumindest Tahia schien es im selben Augenblick bemerkt zu haben wie Ben, denn sie eilte wortlos an ihm vorbei zum Tisch, griff nach Ramanovs Tastatur und begann im Stehen zu tippen. Nichts geschah.

»Was bedeutet das?«, fragte Harry, ohne den Blick vom Monitor zu lösen. Er klang alarmiert.

Auch Ben starrte weiter auf den Bildschirm, aber er konnte Tahias hilfloses Achselzucken spüren. »Ich weiß es nicht. Ich habe keinen Zugriff auf das System.«

Ben machte einen zögernden Schritt in Richtung des Monitors und blieb wieder stehen, als sich nun doch etwas darauf änderte. Der Bildausschnitt zoomte heran, sodass die Küste mit dem orangefarbenen Punkt, der die Station darstellte, an seinem oberen Rand verschwand, gleichzeitig wurden die beiden verschwommenen grauen Schemen in seiner Mitte deutlicher. Einer davon war lang gestreckt und wabernd und sah auf unheimliche Weise *lebendig* aus, der andere …

Nein, Ben weigerte sich, es zu glauben.

»Na also«, sagte Ramanov, und natürlich gelang es ihm irgendwie, die Worte nicht wie ein Lob, sondern wie das genaue Gegenteil klingen zu lassen.

»Ich war das nicht«, sagte Tahia. Ben warf ihr einen überraschten Blick zu, aber anscheinend sagte die Söldnerin die Wahrheit: Sie war ein paar Schritte vom Tisch zurückgetreten und hatte beide Hände gehoben, wie um zu demonstrieren, dass sie wirklich nichts mit dem Geschehen auf dem Bildschirm zu tun hatte. Rasch sah er wieder hin.

Der Bildausschnitt veränderte sich weiter. Jetzt war deutlich zu erkennen, dass es sich bei dem rechten der nahezu gleich großen verschwommenen Schatten tatsächlich um etwas auf schreckliche Weise Lebendiges handeln musste, wenn es auch von so absurder Größe war, dass ihm der bloße Gedanke lächerlich erschien. Auch der zweite Umriss wurde schärfer …

»Das … das ist das Unterseeboot«, hauchte van Staaten. »Aber was –?«

Sie brach mitten im Satz ab, als die Lautsprecher unter der Decke knackend und rauschend zum Leben erwachten. Diesmal sah nicht nur Ben gleichermaßen erschrocken wie fragend zu Tahia hin, aber sie schüttelte nur stumm den Kopf.

»Soll das heißen, jemand pfuscht an unserem Computersystem herum?«, fauchte Ramanov.

»*Pfuschen* würde ich das nicht unbedingt nennen«, antwortete Tahia trocken. »Ich habe nicht die geringste Ahnung, wie sie es gemacht hat … noch dazu in dieser Schnelligkeit. Eigentlich ist es unmöglich.«

Niemand antwortete. Der Bildausschnitt auf dem Monitor war abermals kleiner geworden, und nun lief ein sonderbares vibrierendes Zucken und Flackern über den Schirm.

Als es vorüber war, zeigte der Monitor falsche Farben, aber das Bild war zugleich auch so scharf geworden, dass es fast in den Augen schmerzte.

»Und das ist sogar noch unmöglicher«, sagte Tahia ruhig.

»Was?«, fragte Ramanov. »Dass Sie Probleme haben, die Farben richtig einzustellen? So ein Computersystem ist wohl doch ein wenig komplizierter zu bedienen als eine Maschinenpistole.«

»Das stimmt. Und sonst fällt Ihnen nichts auf? Oder sonst jemandem hier?«

»Es ist … dreidimensional …«, murmelte. Harry. »Unglaublich!«

»Dreidimensional?« Ramanov blinzelte verdutzt. »Aber das … kann nicht sein. Das … das ist kein Drei-D-Schirm.«

»Sie waren zu lange allein am Südpol, Professor«, sagte Harry, ohne den Blick auch nur für eine Sekunde vom Monitor zu lösen. »Es *gibt* keine Drei-D-Schirme. Außer in Science-Fiction-Romanen. Das da ist vollkommen unmöglich.«

Ben starrte weiter auf den Monitor. Harry und Tahia hatten vollkommen Recht, aber unmöglich oder nicht, sie sahen es alle mit eigenen Augen: Der Schirm zeigte eine zwar falschfarbene, aber glasklare und *dreidimensionale* Darstellung dessen, was sich in diesem Moment draußen auf dem Meer abspielte.

Das Geräusch aus den Lautsprechern über ihren Köpfen wurde deutlicher. Dann hörten sie eine aufgeregte Stimme, die irgendetwas auf Französisch schrie.

»Das … das ist ihr Funkverkehr«, murmelte van Staaten. »Aber ich kann nicht verstehen, was sie sagen.«

Auch Ben versuchte, sich auf die aufgeregte Stimme zu konzentrieren. Er sprach ein paar Brocken Französisch – gerade genug, um sich halbwegs verständigen zu können –, aber in diesem Fall erging es ihm nicht besser als van Staaten: Er verstand kein Wort.

Dann war es auch nicht mehr nötig, etwas zu verstehen.

Die beiden Schatten auf dem Monitor begannen sich einander anzunähern, und die Stimmen aus den Lautsprechern wurden hektischer und lauter. Lärm gesellte sich hinzu und schließlich etwas wie das Schrillen einer Alarmglocke.

»O mein Gott«, flüsterte van Staaten. Irgendjemand sog scharf und erschrocken die Luft zwischen den Zähnen ein, und etwas fiel zu Boden und zerbrach klirrend.

Ben achtete nicht darauf, sondern starrte wie alle anderen gebannt und mit hämmerndem Puls auf den Monitor, wo das Geschehen unerbittlich seinen Höhepunkt erreichte. Die beiden Schatten bewegten sich jetzt schneller – millimeterweise nur, wie es schien, aber allein diese winzige Bewegung machte Ben klar, was für ein unbeschreibliches Drama sich dort draußen in den Tiefen des Meeres abspielen musste: Der kaum fingerlange Schatten war in Wahrheit ein mehr als hundert Meter langer Koloss aus Stahl, der mit fantastischer Geschwindigkeit durch das Wasser pflügte, um seinem unheimlichen Verfolger zu entkommen.

Es gelang ihm nicht.

Aus dem Lautsprecher drangen jetzt mehr und lautere Schreie, Rufe, Lärm und das Schrillen der Alarmsirenen und noch andere schreckliche-re Geräusche, die sich immer mehr steigerten ... bis sich der größere der beiden Schatten schließlich auffaltete wie eine riesige zehnfingrige Hand, die sich um ihre Beute schloss und sie verschlang.

Das Letzte, was aus den Lautsprechern zu hören war, war ein Chor gellender Schreie und durcheinander rufender Stimmen und ein schreckliches, krachendes Bersten.

Dann nichts mehr.

»O mein Gott«, flüsterte van Staaten noch einmal. »Warum ... warum hat sie das getan?«

Der Bildschirm wurde für eine Sekunde dunkel und zeigte dann wieder das Bild des ausgebrannten Korridors, und Harry sagte mit leiser, tonloser Stimme: »Um uns zu zeigen, wozu sie fähig sind. Nur deshalb.«

»Aber das ... das ist Wahnsinn«, stammelte van Staaten. »Das ... das waren Menschen! Auf diesem U-Boot müssen ... müssen über hundert Menschen gewesen sein!«

»Hundertachtundzwanzig, um genau zu sein«, sagte Ramanov düster. »Ich habe gestern noch mit dem Kommandanten gesprochen.«

»Hat hier irgendjemand immer noch nicht begriffen, wie wenig ihnen Menschenleben wert sind?«, fragte Harry beinahe verächtlich. »Egal ob eines oder hundert?«

Beinahe wie als Reaktion auf diese Worte (nein, Ben war plötzlich sicher: nicht *beinahe*) flackerte der Monitor erneut und wurde dann schwarz.

Dann ging das Licht aus.

Jemand stieß einen erschrockenen Schrei aus (Ben konnte die Stimme nicht identifizieren, aber sie gehörte eindeutig einem Mann), und nahezu im gleichen Moment ging die Beleuchtung flackernd wieder an. Nur der Monitor blieb schwarz.

»Was zum Teufel ist jetzt wieder los?«, fragte Ramanov nervös.

Harry gab die Frage mit einem entsprechenden Blick an Tahia weiter, die sich unverzüglich über ihre Tastatur beugte und hektisch zu tippen begann. Allerdings auch nur ein paar Augenblicke lang. Ben war nicht sonderlich überrascht, als sie sich wieder aufrichtete und wortlos den Kopf schüttelte.

Das Licht flackerte erneut, ging aus und – nach einer kleinen Ewigkeit – wieder an, brannte aber jetzt nur noch düster.

»Was hat das jetzt wieder zu bedeuten?«, fragte Robert Berger.

»Keine Ahnung«, antwortete Tahia. »Ich brauche meinen Laptop ... oder was davon übrig ist.«

Sie ging, um den angeschlagenen Computer zu holen, den sie unweit der Tür abgestellt hatte, und Ben sah zur Decke hoch. Die Beleuchtung war höchstens noch halb so hell wie vorher. Begriff Ramanov tatsächlich nicht, was das – möglicherweise – bedeutete, oder wollte er es nicht?

Tahia kam zurück, klappte ihren ramponierten Laptop auf und schaltete ihn mit der gleichen Bewegung ein. Das Gerät begann asthmatisch zu röcheln, und Ben bildete sich ein, den charakteristischen Gestank von schmorendem Plastik wahrzunehmen, aber nach einer kleinen Ewigkeit erwachte der Bildschirm flackernd zum Leben. Tahia fragte im Plauderton: »Hat jemand Interesse an einer schlechten Nachricht?«

»Tahia!«, sagte Harry streng.

»Das mit dem Licht ist kein Zufall. Wir sind auf Notstrom. Der Computer ist unten.«

»Was soll das heißen?«, keifte Ramanov. »Sie haben doch –?«

»Gar nichts«, unterbrach ihn Tahia mit einer Geste auf den hochgeklappten Bildschirm des Laptops. »Gar nichts mehr. Der Stationscomputer ist entweder abgeschaltet oder niemand hier hat noch Zugriff auf das System. Das Ergebnis ist dasselbe. Neben ein paar anderen unangenehmen Kleinigkeiten, Professor, dürfte auch die Heizung ausgefallen sein. Ich schätze, in ein paar Stunden wird es hier ziemlich kalt.«

»Unsinn!«, sagte Ramanov mit einer Geste zur Decke hinauf. »Auf so etwas sind wir vorbereitet. Bei einem Totalausfall schaltet das System automatisch auf Batteriebetrieb um ... wie Sie sehen.«

Ben sah aus den Augenwinkeln, wie zumindest sein Vater vorsichtig erleichtert aufatmete, und Tahia sagte lächelnd: »Ja. Die spannende Frage ist, wie lange sie halten. Ein paar Stunden?«

Darauf antwortete Ramanov nichts, aber er wurde noch ein bisschen blasser und sah nun deutlich nervös aus.

Wieder lief ein rasches Flackern über den Bildschirm. Ben wartete darauf, dass irgendetwas geschah, aber der Monitor blieb schwarz. Für eine Weile wurde es wieder still, und schließlich sagte sein Vater: »Aber das alles ergibt überhaupt keinen Sinn!« Der Blick, mit dem er sich an Harry wandte, wirkte flehend. »Sie haben es doch selbst gesagt! Sie brauchen uns.«

»Ich habe gesagt, es könnte so sein, Doktor. Aber Sie haben Recht – alles andere ergäbe tatsächlich keinen Sinn.« Harrys Lippen verzogen sich zu einem vollkommen humorlosen Lächeln. »Ich nehme an, sie wollen uns einfach nur weichkochen. Und ich fürchte, es gelingt ihnen auch.« Er tauschte einen sonderbaren Blick mit Tahia – und ohne dass es einen Grund dafür zu geben schien, musste Ben wieder an die Szene von vorhin denken, als er Harry und sie am Bett ihres bewusstlosen Kameraden gesehen hatte. Irgendetwas ging zwischen Tahia und Harry vor, das spürte er; etwas, von dem nur sie wussten und das sie vielleicht aus gutem Grund geheim hielten.

Ben schüttelte den Gedanken ab. Sie hatten wahrlich genug Probleme, auch ohne dass er sich damit amüsierte, seine Paranoia zu pflegen.

»Und ... wenn wir versuchen mit ihr zu verhandeln?«, fragte Ramanov nervös.

Harry machte eine einladende Geste zur Tür. »Nur zu, Professor. Lassen Sie sich nicht aufhalten.«

Ramanov verzichtete zur allgemeinen Erleichterung darauf, mit einer weiteren spitzen Bemerkung zu antworten, und wieder machte sich unbehagliches Schweigen in dem großen, jetzt nur noch unzureichend erleuchteten Raum breit. Ben starrte den erloschenen Monitor an und ertappte sich bei dem kindischen Versuch, mit bloßer Willenskraft irgendein Bild darauf entstehen zu lassen. Alles wäre ihm lieber gewesen als diese höhnische Schwärze, die ihm wie eine düstere Ahnung dessen vorkam, was ihnen allen bevorstand.

»Vielleicht sollten wir jetzt erst einmal alle –« , begann van Staaten und wurde unterbrochen, als die Tür aufflog und einer von Ramanovs Männern hereinstolperte. Sein Gesicht war blutüberströmt und sein Atem ging so schnell, dass er im ersten Moment nur ein unverständliches Keuchen hervorbrachte, bevor er zu einem mühsamen zweiten Versuch ansetzte. »Sie ... greifen wieder an!«

»Wer?«, brüllte Ramanov.

»Wo?«, wollte Harry wissen.

»In der ...« Der Mann deutete über die Schulter zurück und rang vergeblich nach Luft, während er sich mit der anderen Hand am Türrahmen festklammerte. Er atmete so mühsam, dass er erneut ansetzen musste und trotzdem kaum einen Ton herausbekam. »Im …«

»Ganz ruhig!«, sagte Harry rasch. »Ganz langsam. Jetzt beruhigen Sie sich erst einmal, und dann erklären Sie uns ganz genau, was passiert ist. Wer hat Sie angegriffen und wo?«

»Im … die… diese Eis…dinger«, würgte der Mann mühsam hervor. Er zitterte am ganzen Leib, aber immerhin schien er nicht ernsthaft verletzt zu sein. Das viele Blut auf seinem Gesicht stammte nur von einer harmlosen Platzwunde über seinem linken Auge.

»Schulz«, keuchte er endlich. »Und … das Mädchen.«

Mehr musste Ben nicht hören. Noch bevor Harry auch nur begriff, was er tat, war er bereits auf dem Absatz herumgewirbelt und aus der Tür.

»Ben, verdammt, bist du übergeschnappt?!«, brüllte Harry. »Bleib hier!«

Ben rannte schneller. Hinter ihm schrie nun auch sein Vater seinen Namen, und er hörte polternde Schritte, aber das brachte ihn nur dazu, noch einmal schneller zu laufen. *Sasha!* Sasha war in Gefahr, und das war ganz allein seine Schuld! Wie hatte er sie nur einfach so … *vergessen* können! Wenn ihr etwas zustieß, dann war das ganz allein! seine! Schuld!

»Ben! Verdammt!«, rief Harrys Stimme hinter ihm. »Warte wenigstens, bis –«

Ben stürmte um eine Gangbiegung, und Harrys Stimme blieb ebenso hinter ihm zurück wie die hektisch trappelnden Schritte, und im nächsten Augenblick wäre er um ein Haar über eine Gestalt in einem weißen Kittel gestolpert, die reglos und mit angezogenen Beinen auf dem Boden lag. Mit einem fast grotesken Hüpfer wich er aus, erkämpfte sich mit wild fuhrwerkenden Armen sein Gleichgewicht zurück, sah aus den Augenwinkeln, wie sich der Mann aufrichtete und stöhnend die Hand an den Schädel hob, und rannte weiter. Sasha. Er musste zu ihr! Das war das Einzige, was zählte.

Noch einmal schneller werdend, raste er um die nächste Biegung und hätte beinahe vor Entsetzen aufgeschrien.

Der Mann, über den er gerade fast gestolpert wäre, war nicht der einzige. Zwei oder drei weitere von Ramanovs Aushilfssoldaten lagen oder hockten mehr oder weniger übel zugerichtet auf dem Boden, und zwischen ihnen schimmerte etwas, das verdächtig nach den Bruchstücken einer menschenähnlichen Eisskulptur aussah; außerdem wuselten mindestens zwei Dutzend unterschiedlich großer, aber ausnahmslos *großer* Spinnen über den Boden, was er jedoch nicht einmal zur Kenntnis nahm; ebenso wenig wie das widerliche Knacken, mit dem eines der haarigen Biester unter seinem Fuß zerplatzte.

Die Tür zu Sashas Zimmer lag aus den Angeln gerissen und in Stücke zerbrochen auf dem Boden. Mit zwei, drei gewaltigen Sätzen war er dort und schrie nun wirklich vor Entsetzen auf, während er fast gegen Schulz geprallt wäre, der sich genau in diesem Moment aus dem Chaos zu erheben versuchte, in das sich das Zimmer verwandelt hatte. Die Möbel waren umgeworfen und zertrümmert. Unter dem schräg stehenden Bett, dessen vordere Beine abgebrochen waren, ragten die milchiggesprungenen Überreste eines gesichtslosen Eiskriegers hervor.

»Sasha«, keuchte er. »Wo … ist Sasha?«

»Sie haben sie mitgenommen«, antwortete Schulz benommen. Er versuchte zum zweiten Mal, sich hochzustemmen, aber seine Arme knickten einfach unter ihm weg. »Sie … waren zu viert oder fünft. Ich habe versucht sie aufzuhalten, aber –«

»Sasha!«, fuhr Ben ihn an. »Wo ist sie?«

»Sie … haben sie mitgenommen. Ich konnte nichts tun! Ich habe es versucht, aber –«

Ben hörte nicht mehr zu, er war bereits wieder aus dem Zimmer – und rannte direkt in eine breitschultrige Gestalt hinein, die unmittelbar hinter der Tür auf ihn wartete.

Diesmal ließ ihm Harry keine Chance. Ben wollte sich losreißen, aber Harry ergriff ihn mit erbarmungsloser Kraft an den Schultern und hielt ihn fest.

»Lass mich los! Sie haben Sasha!« In seiner Verzweiflung versuchte Ben sogar nach Harry zu schlagen, aber der Söldner wich seinem ungeschickten Hieb mit einer fast gelangweilten Bewegung aus. Schließlich aber schien es ihm doch zu viel zu werden. Als Ben zum zweiten Mal nach ihm schlug, fegte er seine Hand mit einer ärgerlichen Bewegung zur Seite und schüttelte ihn dann so derb, dass seine Zähne aufeinander schlugen und ihm vor Schmerz die Tränen in die Augen schossen.

»Das reicht jetzt! Du wirst dich jetzt beruhigen. *Ist das klar?!* Was zum Teufel ist hier überhaupt passiert?«

»Sasha!«, keuchte Ben nur noch einmal. Seine Gedanken wirbelten so chaotisch durcheinander, dass er nichts anderes herausbekam. Sie hatten Sasha, und es war seine Schuld. Er hätte sie niemals allein lassen dürfen, nicht in ihrem Zustand, nicht *jetzt!* »Sie haben Sasha geholt!«

»Ist das wahr?«, schnappte Harry. Ben registrierte erst jetzt, dass er nicht allein gekommen war. Gerrit stand nur ein paar Schritte hinter ihm und sicherte mit angelegter Waffe ihren Rücken gegen einen Feind, der längst wieder weg war, während sich van Staaten und Tahia um die Verletzten kümmerten. »Verdammt noch mal, *reden Sie endlich!«*

Die Worte galten nicht ihm, sondern Schulz, der sich irgendwie doch aufgerappelt und zu ihnen herausgeschleppt hatte.

»Sie … ich konnte nichts tun.« Schulz stützte sich am Türrahmen ab und schien dennoch kaum in der Lage, sich auf den Beinen zu halten. Ben sah erst jetzt, dass sein Hemd zerrissen und die Haut darunter blutig zerkratzt war, außerdem begann sein Gesicht auf der linken Seite bereits anzuschwellen und sich dunkel zu verfärben. Er musste gekämpft haben wie ein Löwe, um Sasha zu verteidigen.

Trotzdem fuhr Ben ihn an: »Warum haben Sie nichts getan? Sie hätten sie beschützen müssen!«

Schulz fuhr wie unter einem Schlag zusammen, aber er sah sonderbarerweise eher … *traurig* aus als schuldbewusst. »Du verstehst nicht. Ich konnte nichts tun. Sie ist –«

»Verdammt noch mal, ich verstehe, dass Sie Sasha im Stich gelassen haben!«, brüllte Ben, und Schulz schloss mit leiser Stimme:

»– freiwillig mit ihnen gegangen, Ben.«

Ben starrte ihn eine halbe Sekunde lang einfach nur an. »Sie … Sie sind ja verrückt! Sie ist –«

»– freiwillig mit ihnen gegangen. Sie hätte weglaufen können. Ich habe sie aufgehalten, solange ich konnte, und wahrscheinlich hätten sie Sasha eingeholt, aber sie hat es nicht einmal versucht!«

»Ich muss sie suchen«, sagte Ben entschlossen. »Sie ist –«

»Du wirst überhaupt nichts tun, außer dich zusammenreißen!«, unterbrach ihn Harry. »Ist das klar?«

Gar nichts war *klar,* dachte Ben wütend. »Dann suche ich sie eben allein, wenn ihr zu feige seid!«

Mit einer wütenden Bewegung versuchte er sich loszureißen, aber jetzt war Harry mit seiner Geduld endgültig am Ende. So plötzlich und mit so viel Kraft, dass Ben allein deshalb schon ein erschrockenes Keuchen ausstieß, packte er ihn, stieß ihn mit beiden Händen gegen die Wand und fuhr ihn an: »Jetzt reicht es! Wir haben auch so schon genug Probleme! Du wirst dich jetzt zusammenreißen und dich wie ein erwachsener Mensch benehmen, oder ich schwöre dir, dass ich dich an den Haaren zurückschleife, ist das klar?«

Natürlich tat er das nicht, aber er hatte so deutlich keinen Zweifel daran gelassen, es nötigenfalls zu tun, dass Ben hinterher das Gefühl hatte, er *hätte* es getan.

Sein Vater hatte ein paarmal versucht ihn anzusprechen, aber er war viel zu aufgeregt und durcheinander gewesen, um auch nur zu verstehen, was er von ihm wollte. Es spielte überhaupt keine Rolle, was wirklich passiert war und welche absurden Behauptungen Schulz aufstellte (warum um alles in der Welt sollte Sasha *freiwillig* mitgegangen sein?); dass sie verschwunden war, war seine Schuld! Und er musste irgendetwas tun, um sie zu befreien!

Irgendwann erwachte er aus seinen quälenden Grübeleien, die zwischen Selbstmitleid und hilflosem Zorn hin- und herschwankten. Er konnte nicht sagen, wie viel Zeit vergangen war – vielleicht nur wenige Minuten, vielleicht Stunden. Der Raum erschien ihm düsterer als zuvor und spürbar kälter. Im ersten Moment versuchte er sich einzureden, dass es nur Einbildung war – so schnell *konnten* die Batterien des Notstromsystems nicht erschöpft sein, oder? –, aber dann sah er seinen Atem als grauen Dampf vor seinem Gesicht aufsteigen. Es *war* kälter geworden.

»Alles wieder in Ordnung?«

Das war eine ziemlich dumme Frage, fand Ben, und der Blick, den van Staaten ihm dabei zuwarf, ließ ihn vermuten, dass sie selbst das nicht nur genauso sah, sondern diese unausgesprochene Antwort auch deutlich in seinem Gesicht las. Wahrscheinlich hatte sie einfach nur irgendetwas sagen wollen.

»Nein«, sagte er dann doch. »Wie lange –?«

»Nur ein paar Minuten. Hey – für einen Augenblick habe ich mir ehrlich Sorgen um dich gemacht. Bist du okay?«

Diesmal war die Sorge in ihrer Stimme echt, das spürte er, reagierte aber trotzdem nur mit einem knappen Achselzucken darauf. Es wäre ihm lieber gewesen, wenn sein Vater ihm diese Frage gestellt hätte.

»Wieso ist es dann so kalt?«

»Weil draußen fünfzig oder sechzig Grad minus herrschen?«, schlug van Staaten vor, machte aber auch sofort eine besänftigende Geste, als er auffahren wollte. Mit der linken Hand. Mit der anderen hielt sie ihm eine dick gefütterte, weiße Polarjacke hin.

»Ich weiß es nicht«, antwortete sie, nachdem er die Jacke eine geschlagene Sekunde lang verdutzt angestarrt hatte und das plumpe Kleidungsstück dann umständlich überzustreifen begann. »Es dürfte nicht so kalt sein. Nicht nach ein paar Minuten, ganz egal ob mit oder ohne Heizung. Diese Bude ist wahrscheinlich das am besten isolierte Gebäude auf der Welt. Es müsste Tage dauern, bis es hier drinnen wirklich kalt wird.«

Eine weitere Unmöglichkeit, über die keiner von ihnen ein weiteres Wort verlor; nicht zum ersten Mal hatte Ben das Gefühl, immer mehr den Boden unter den Füßen zu verlieren. Die Wirklichkeit schien sich in zunehmendem Maße aufzulösen und zu etwas Fremdem und Feindseligem zu werden.

Van Staaten zupfte einen Moment lang an seiner Jacke herum wie eine überbesorgte Mutter, die ihren ABC-Schützen zum ersten Mal allein auf den Schulweg schickt, und ließ erst von ihm ab, als sie spürte, wie unangenehm ihm diese Prozedur war; allerdings hatte sie da schon den Reißverschluss seiner Jacke pedantisch bis nach oben gezogen, sodass er kaum noch Luft bekam. Dass sie sich dazu auf die Zehenspitzen stellen musste, machte es auch nicht viel besser.

Ben bedankte sich trotzdem mit einem knappen Lächeln und begegnete Harrys spöttischem Blick, als er sich hastig herumdrehte und dabei sichtbar aufatmete.

Das machte es noch schlimmer. Als er das letzte Mal hingesehen hatte, war Harry in ein intensives Gespräch mit Sashas Vater und Ramanov vertieft gewesen. Dass er ihn dabei beobachtet hatte, wie er sich von van Staaten bemuttern ließ, war ihm irgendwie … peinlich.

»Wegen gerade …«, begann er mit einem unbehaglichen Räuspern. »Es tut mir leid. Ich … habe wohl die Beherrschung verloren.«

Harry winkte großmütig ab. »Schon vergessen. Das kann jedem mal passieren.«

Ben blinzelte verwirrt. Eigentlich hatte er erwartet, dass Harry sich bei *ihm* entschuldigte, und das nur gesagt, um es ihm leichter zu machen. Dann bemerkte er das belustigte Funkeln in Harrys Augen und schluckte jede entsprechende Bemerkung hinunter.

»Glaubst du, dass er die Wahrheit gesagt hat?«, fragte er mit einem unsicheren Blick in Schulz' Richtung.

»Wegen der Kleinen?«

»Wegen *Sasha*, ja«, antwortete Ben betont – was Harry natürlich geflissentlich ignorierte.

»Ich schätze, ja.«

»Aber warum sollte sie das tun?«

»Warum sollte er lügen? Immerhin ist er ihr Vater.«

»Aber sie würde uns niemals verraten!«, begehrte Ben auf.

»Verraten? Wie kommst du denn auf die –?« Er brach kopfschüttelnd ab, sah ihn eine Sekunde lang verwirrt an und sagte dann: »Also gut, das bleibt unter uns. Niemand erfährt etwas von mir, Ehrenwort.«

»*Was* bleibt unter uns?«, fragte Ben verständnislos.

»Ich glaube nicht, dass Sasha uns *verraten* hat, ich fürchte, sie hat etwas viel Dümmeres vor. Oder vielleicht auch gar nichts ... Verdammt, ist das kalt.« Harry zog demonstrativ die Schultern hoch und machte gleichzeitig eine fast erschrockene Geste, als Ben an ihm vorbei und zu Schulz gehen wollte. »Lieber nicht. Bitte. Ich glaube, wir sollten die beiden einen Moment lang in Ruhe lassen.«

Die beiden, das waren Schulz und sein Schwiegervater, die sich so weit ans andere Ende des Raumes zurückgezogen hatten, wie es überhaupt nur ging, und leise miteinander redeten. So wie Ramanov sich bisher aufgeführt hatte, hätte Ben erwartet, dass Harry ihn fesseln und knebeln müsste, um ihn daran zu hindern, sich auf seinen Schwiegersohn zu stürzen ... aber Ramanov wirkte nicht aufgebracht oder wütend, sondern hatte etwas getan, was Ben noch vor einer halben Stunde für vollkommen unmöglich gehalten hätte: Er hatte die Hand auf Schulz' Schulter gelegt und sprach ihm offensichtlich tröstend zu.

»Du meinst, sie ... sie ist mit ihnen gegangen, um –«

»Ich weiß nicht, was ich meine. Keine Ahnung, was sie vorhat oder wozu sie fähig ist. Du kennst sie besser als ich. Womöglich glaubt sie, sie könnte ganz allein mit ihnen fertig werden. Wer weiß ... vielleicht kann sie es ja.«

»Unsinn«, antwortete Ben impulsiv.

Aber war es das wirklich – Unsinn? Natürlich glaubte er nicht, dass Sasha im Stande war, diese Ungeheuer aufzuhalten ... aber er traute ihr durchaus zu, es zu versuchen.

Selbst wenn sie wusste, dass es sie das Leben kosten würde.

»Ich muss dort hinunter«, beharrte er. Harry wollte widersprechen, aber er fuhr rasch und mit so lauter Stimme fort, dass sogar Ramanov und Schulz ihr Gespräch unterbrachen und überrascht in ihre Richtung blickten. »Es ist mir völlig egal, *warum* sie da unten ist. Ich hole sie, ob mit oder ohne deine Hilfe. Kommst du mit?«

»Ich dachte, das Thema hätten wir durch. Das kann ich nicht, Ben. Und du –«

»Gibst du mir dann wenigstens eine Waffe?«

»Damit du dir selbst in den Fuß schießt?«, fragte Ramanov. »Sei vernünftig, Benjamin. Hauptmann West hat Recht. Du kannst nicht dort hinuntergehen, auch nicht mit irgendeiner Waffe.«

»Sie wollen sie einfach im Stich lassen«, sagte Ben ruhig. »Ausgerechnet *Sie?*« Ungläubig starrte er Schulz an, aber ein einziger Blick in sein Gesicht machte ihm klar, dass er auch von ihm keine Hilfe zu erwarten hatte.

»Alexandra wird nichts geschehen«, sagte Ramanov überzeugt. »Mach dir keine Sorgen.«

»Warum nicht?« Harry klang genauso verwirrt wie Ben, aber auch ein wenig alarmiert.

»Weil sie gewonnen hat«, sagte Schulz bitter. »Wir geben auf.«

»Was soll das heißen – *wir geben auf?«*, fragte Harry misstrauisch.

»Genau das, was mein Schwiegersohn gesagt hat«, antwortete Ramanov. »Wir haben darüber gesprochen, und ich bin zu einem Entschluss gekommen. Wir werden das tun, was wir gleich hätten tun sollen, und ihnen geben, was sie wollen.«

»So?«, fragte Harry. »Interessant. Sie sind also zu einem Entschluss gekommen? Und was bringt Sie auf die Idee, dass Sie das allein entscheiden könnten, Professor?«

Es wurde sehr still. Ben ließ weder Harry noch Ramanov aus den Augen, aber er konnte spüren, wie plötzlich alle in ihre Richtung starrten.

»Zum Beispiel die Tatsache, dass ich der Kommandant dieser Station bin?«, fragte Ramanov kühl.

»Ich fürchte, das reicht nicht als Grund, Professor. Jetzt nicht mehr.«

Gerrit trat hinter ihn und verschränkte wie zufällig die Arme vor der Brust, und nach einer Sekunde gesellte sich auch Tahia zu Harry.

»Was soll das?«, fragte Ramanov. »Eine Palastrevolution? Da kommen sie knapp hundert Jahre zu spät, Genosse.«

»Bitte, Professor«, seufzte Harry. »Ich kann durchaus verstehen, dass Sie sich um Ihre Enkeltochter sorgen, aber –«

»Darum geht es nicht. Wir haben keine Chance, begreifen Sie das nicht? Müssen hier erst alle sterben?«

»Noch sind wir am Leben«, sagte Tahia. »Und die Eiskönigin braucht uns.«

»Wohl kaum. Sie haben es doch selbst gesagt: Sie beherrschen unser Computersystem besser als wir. Sie kann mit uns machen, was immer sie will!«

»Etwas zu sabotieren und etwas zu benutzen sind zwei verschiedene Paar Schuhe, Professor. Sie kann das System vielleicht bis zu einem gewissen Punkt manipulieren, aber mit Sicherheit nicht für ihre Zwecke benutzen … sonst *wären* wir nämlich schon alle tot.« Tahia machte ein grimmiges Gesicht. »Und an diese Back-up-Dateien kommt sie ohne uns schon gar nicht.«

»Wieso?«, fragte Ramanov misstrauisch.

»Ich habe sie gelöscht«, antwortete Tahia lächelnd.

Ramanov ächzte. »Sie haben *was?«*

»Keine Sorge!« Harry hob besänftigend die Hände, trat aber zugleich vorsichtshalber mit einem raschen Schritt zwischen Tahia und den Russen. »Es gibt eine Kopie. Und bevor Sie Tahia jetzt einen Vorwand liefern, etwas zu tun, was Sie bedauern würden: *Ich* habe ihr befohlen die Dateien zu löschen.«

»Sie haben … *was?«,* krächzte Ramanov noch einmal. Sein Gesicht verlor schlagartig auch noch das allerletzte bisschen Farbe. »Sind Sie … wahnsinnig? Das … das waren die Ergebnisse von … von fünf Jahren Arbeit! Hunderte von Millionen Euro und Tausende Arbeitsstunden, und Sie –?«

»Bevor Sie der Schlag trifft, Professor, hören Sie richtig hin«, unterbrach ihn Harry. »Es gibt eine Kopie. Ich bin kein Wissenschaftler wie Sie und Ihre Kollegen, aber ich bin nicht dämlich.«

»Wo ist sie?«, stieß Ramanov hervor. »Geben Sie sie mir!«

»Keine Chance. Diese Dateien sind wahrscheinlich der einzige Grund, aus dem wir noch am Leben sind. Und ich möchte, dass es noch eine Weile so bleibt.«

Über ihren Köpfen knackte es leise, und eine ihnen allen wohl bekannte Stimme sagte: »Ob Sie es glauben oder nicht, mein Freund, mir geht es genauso.«

Ben hob mit einem Ruck den Kopf und starrte den Bildschirm an, der plötzlich wieder zum Leben erwacht war. Nur dass es jetzt kein gewöhnlicher Bildschirm mehr zu sein schien. Die Darstellung hatte keine Farbe, sondern präsentierte sich in allen nur erdenklichen Grauschattierungen, war dafür aber so scharf, dass es beinahe wehtat, sie anzusehen. Wie schon vorhin bei der Satellitenaufnahme erweckte das Ganze einen plastischen Eindruck. Es war mehr, als blicke man durch ein Fenster in einen auf unheimliche Weise monochromen Raum. Auch das Gesicht seiner Mutter hatte keine Farbe, aber man konnte trotzdem erkennen, wie unnatürlich blass und verhärmt es wirkte. Seit sie das letzte Mal mit ihnen gesprochen hatte, es war erst wenige Stunden her, schien sie um Jahrzehnte gealtert.

Ben schüttelte den Gedanken mühsam ab. Vielleicht lag es ja nur an dieser sonderbaren Darstellung.

»Und ich hatte schon Sorge, dass Sie sich gar nicht melden«, sagte Harry. Er wirkte kein bisschen überrascht, und warum auch? Natürlich war ihm klar gewesen, dass seine Mutter jedes Wort hörte, das hier drinnen gesprochen wurde, nicht nur in der Zentrale, sondern in der ganzen Station. Eigentlich hätte es ihnen allen klar sein müssen; Ben eingeschlossen.

»Jennifer …«, murmelte sein Vater. Er kam näher und blieb dann beinahe erschrocken wieder stehen, als die Gestalt auf dem Bildschirm, die einmal seine Frau gewesen war, eine unwillige Geste machte.

»Was wollen Sie?«, fragte die Eiskönigin. Der unheimliche gekrönte Schatten hinter ihr war verschwunden, und abgesehen von ihrer unnatürlichen Blässe, den eingefallenen Wangen und den dunklen Ringen unter ihren Augen, die von einer unmenschlichen Anstrengung kündeten, sah sie noch immer so aus wie die Frau, die Ben zeit seines Lebens gekannt und geliebt hatte. Dennoch belegte er sie ganz bewusst mit diesem Namen, und sei es nur, weil es auf diese Weise leichter war, den Anblick zu ertragen.

»Was habt ihr mit Sasha gemacht?«, stieß er hervor.

Der Blick der dunklen, trotz allem noch vertraut erscheinenden Augen löste sich nun doch von Harrys Gesicht und tastete unsicher in seine

Richtung. Anscheinend sah sie ihn nicht über ein Gegenstück des Schirmes, den Ben betrachtete, sondern auf eine andere Weise, und sie schien ihn auch nicht direkt anzusehen, als sie antwortete. Es war irritierend; und ein wenig Furcht einflößend. »Nichts. Mach dir keine Sorgen um sie. Ihr wird nicht geschehen.«

»Solange wir tun, was Sie von uns verlangen«, vermutete Harry.

»Niemandem wird etwas geschehen, wenn Sie vernünftig sind«, sagte die Eiskönigin, ohne Harrys Frage direkt zu beantworten. »Ich finde es bedauerlich, mich wiederholen zu müssen. Was hier geschieht, hat nichts mit Ihnen zu tun. Sie sind nicht in Gefahr. Geben Sie mir, was ich brauche, und Sie alle können diesen Ort unbehelligt verlassen.«

»Worauf wir Ihr Wort haben, vermute ich«, sagte van Staaten spöttisch. Die Eiskönigin ignorierte sie.

»Zuerst will ich wissen, was Sie vorhaben«, sagte Harry. Ein flüchtiges, durch und durch humorloses Lächeln spielte um seine Lippen und erlosch wieder. »Aber Sie sollten sich ein bisschen beeilen. Menschen halten diese Temperaturen nicht so gut aus wie Ihre neuen Freunde.«

Die Eiskönigin antwortete nicht darauf, aber Ben – und nicht nur er, auch die anderen fuhren überrascht zusammen oder blickten irritiert hoch – spürte, wie ... *irgendetwas* geschah. Nach ein paar Sekunden sah Tahia auf den Bildschirm ihres Laptops und murmelte: »Die Temperaturen steigen wieder. Aber so schnell ... unmöglich!«

»Ich fürchte, das reicht nicht«, sagte Harry.

»Übertreiben Sie es nicht«, murmelte Ramanov. Es war nicht ganz klar, wem diese Worte galten, aber die Eiskönigin maß ihn mit einem kurzen, verächtlichen Blick, während Harry nur noch einmal und noch zynischer lächelte.

»Sie haben immer noch nicht begriffen, wie dieses Spiel läuft, nicht wahr, Professor? Wir haben nichts mehr zu verlieren. Warum also sollte ich irgendetwas verschenken?«

»Sie haben es nicht verstanden, Harry«, mischte sich Schulz ein. Er klang sehr müde, und Ben begriff, dass er innerlich bereits aufgegeben hatte. Vielleicht nicht erst jetzt. »Das können Sie auch nicht.«

»Im Gegensatz zu Ihnen, vermute ich?«

»Ich war einer von ihnen«, antwortete Schulz, »begreifen Sie das doch. Ich weiß, wozu sie fähig sind. Jeder Einzelne von ihnen kann uns mit einem einzigen Gedanken vernichten, einfach so!«

»Dann frage ich mich, warum sie es nicht längst getan haben«, sagte Harry höhnisch. »Und diese Erkenntnis kommt Ihnen gerade jetzt, wo sie Ihre Tochter in ihrer Gewalt hat?«

Schulz wollte antworten, aber jetzt war es die Eiskönigin, die ihn mit einer ungeduldigen Geste zum Schweigen brachte; wobei sie auch jetzt nur ungefähr in seine Richtung sah. Der Anblick war so irritierend und seltsam wie gerade, als sie mit Ben gesprochen hatte, und erst jetzt, im Nachhinein, wurde ihm klar, dass sie Harry direkt anblickte, beinahe als …

Einmal darauf aufmerksam geworden, fiel es Ben nicht besonders schwer, die zehn Cent große Spinne zu entdecken, die ein Stück oberhalb des Bildschirmes an der Wand hing. Ihre Farbe hatte sich dem Grau des Kunststoffs so perfekt angepasst, dass sie nahezu unsichtbar war. In einem Punkt hatte Gerrit Recht, dachte er schaudernd: Was Ramanov am dringendsten brauchte, war ein Kammerjäger.

»Sie müssen Kapitän Schulz verstehen, Harry«, sagte die Eiskönigin. »Natürlich sorgt er sich um seine Tochter – täten Sie das nicht auch an seiner Stelle? Und er hat Recht, was Ihre Chancen betrifft. Sie haben keine.«

»Mag sein«, sagte Tahia. »Dafür haben wir die Dateien.«

Die winzige Camouflage-Spinne an der Wand bewegte sich nervös und wurde dadurch für einen Moment deutlicher sichtbar, und für dieselbe unendlich kurze Zeitspanne schien ein unwilliger Ausdruck über das Gesicht der Eiskönigin zu huschen; ein lautloser Schatten auf eckig tastenden Spinnenbeinen.

»Sie sind ein vernünftiger Mann, Harry. Warum wollen Sie mich zu etwas zwingen, was ich nicht will?« Sie wartete zwei oder drei Sekunden lang vergebens auf eine Antwort, dann seufzte sie tief; ihr Blick schien abzugleiten, als wanderten ihre Gedanken plötzlich auf eigenen Pfaden. Als sie weitersprach, klang ihre Stimme verändert. Etwas wie Eis war darin. »Also gut. Wenn es keinen Sinn hat, an Ihren Verstand zu appellieren, dann vielleicht an Ihr Gewissen. Ich gebe Ihnen eine weitere Stunde Zeit. Entscheiden Sie sich bis dahin, mir zu geben, was ich will, wird niemandem etwas geschehen.«

»Und wenn nicht?«

»Ihre reizende Kameradin hat Recht, Harry. Es gibt in der Tat Dinge, die mir im Moment noch verwehrt sind. Ihre komplette Technik abzuschalten gehört jedoch nicht dazu. Geben Sie mir, was ich brauche, und ich versorge sie und alle anderen für die nächsten drei Tage mit Wärme und Licht. Ansonsten wird die gesamte Station abgeschaltet. Sie wissen, was das bedeutet.«

»Wir würden in ein paar Stunden erfrieren.« Die Aussicht schien Harry nicht sonderlich zu beeindrucken. »Sie würden Ihren Mann und Ihren eigenen Sohn umbringen?«

»Nein«, antwortete die Eiskönigin. »Das werden *Sie* tun, Harry, nicht ich. Die Entscheidung liegt ganz bei Ihnen. Sie haben eine Stunde, in der ich Ihnen eingeschränkten Zugriff auf die Technik gestatte. Ich erwarte, dass sie in dieser Zeit die Schäden beheben, die Ihre entzückende kleine Freundin angerichtet hat, und die Stromversorgung hier unten komplett wiederherstellen. Und dass sie jemanden schicken, der mir die Daten bringt, um die ich Sie gebeten habe.«

Und damit wurde der Bildschirm schwarz.

27

DAS VIELLEICHT EINZIG WIRKLICH POSITIVE an der wahrhaft biblischen Zerstörung, die Gerrit mit seinem High-Tech-Spielzeug angerichtet hatte, war, dass er sich keine Sorgen darüber zu machen brauchte, auf irgendeinem Überwachungsmonitor aufzutauchen. Trotzdem zögerte Ben kurz und schob sich auch dann nur millimeterweise und mit angehaltenem Atem um die letzte Gangbiegung. Der Anblick, der sich ihm bot, unterschied sich jedoch in nichts von dem Bild in seiner Erinnerung. Der Gang war leer, ausgebrannt und wie von Vorschlaghämmern in Stücke geschlagen. Der scharfe Gestank von verbranntem Plastik lag in der Luft, und wenn man genau hinsah, konnte man trotz der nur trüb glimmenden Beleuchtung eine widerwärtige, rosafarbene Schmiere erkennen, die die zerstörte Wand auf der rechten Seite und einen Teil der Decke besudelte. Von den Eiskriegern, die Tahia und Harry gleich zu Dutzenden niedergemetzelt hatten, waren nur noch ein paar feuchte Flecke auf dem Boden übrig, dazwischen lagen unzählige schwarz verschmorte Klümpchen, über deren Bedeutung Ben lieber nicht nachdenken wollte. Jemand hatte die Schallkanone weggeschafft, und die Frage, wohin und zu welchem Zweck, gehörte ebenfalls zu den Dingen, die er im Augenblick lieber ausblenden wollte. Nichts rührte sich. Auch auf dem Weg von der Zentrale hierher war ihm kein einziger Mensch begegnet. Es war beinahe unnatürlich still. Die Station schien den Atem anzuhalten.

Trotzdem blieb er länger als eine Minute mit klopfendem Herzen flach gegen die Wand gepresst stehen, lauschte aufmerksam und versuchte jeden Schatten mit Blicken zu durchdringen. Einem nicht einmal kleinen Teil von ihm war vollkommen klar, wie albern er sich benahm – hätte Harry auch nur die geringste Ahnung gehabt, was er vorhatte und wo er war, dann *wäre* er nicht hier –, aber er *hatte* nur diese eine Chance und würde sie gewiss nicht leichtsinnig aufs Spiel setzen.

Schließlich kam er zu dem Ergebnis, dass er auch noch eine weitere Stunde hier herumstehen konnte, ohne dass sich irgendetwas tat, löste sich von der Wand und ging – langsamer, als ihm lieb war, aber seine Beine weigerten sich, sich schneller zu bewegen – auf die offen stehende Panzertür am Ende des Korridors zu. Das Licht darüber war erloschen und von den unsichtbaren Wellen der Vernichtung aus Gerrits Waffe ebenso zertrümmert wie die Schalttafel daneben, aber die unheimliche Schwärze war immer noch da; ein Vorhang aus samtfarbener Dunkelheit, der das Licht fraß. Er schien sich zu bewegen, wenn man nur lange genug hinsah. Ben fragte sich, was ihn dahinter erwarten mochte (aber auch das war eine Frage, deren Antwort er *ganz gewiss nicht* kennen wollte), und musste nun all seine Willenskraft aufbieten, um überhaupt noch weiterzugehen.

Er hatte keine Wahl. Sasha war in unbeschreiblicher Gefahr, er *wusste* es einfach, und nichts, was Ramanov, ihr Vater und Harry dazu sagen mochten, änderte etwas an diesem Wissen.

Und an seinem Entschluss, sie zu retten.

Er hatte die Tür jetzt fast erreicht und blieb stehen, allerdings nicht, weil seine Angst übermächtig geworden wäre (was sie war), sondern um ein letztes Mal auf die Uhr zu sehen. Bis zum Ablauf der Frist, die die Eiskönigin ihnen gesetzt hatte, verblieben noch gute zehn Minuten. So gut wie nichts, aber er hatte es nicht gewagt, sofort loszustürmen, um den Entschluss in die Tat umzusetzen, den er schon während des Gesprächs zwischen Harry und dem … Etwas, das einmal seine Mutter gewesen war, gefasst hatte. Harry war nicht dumm und vor allem lautete sein zweiter Vorname Misstrauen. So hatte er noch eine geraume Weile verstreichen lassen, bevor er sich mit einem Vorwand zurückgezogen und wieder in dem winzigen Zimmer verkrochen hatte. Und er war kein bisschen überrascht gewesen, als Gerrit nach kaum zehn Minuten den Kopf zu Tür hereinstreckte, angeblich nur, um nach dem Rechten zu sehen. Ebenso wenig, wie es ihn überrascht hatte, dass der Söldner noch eine geraume Weile draußen auf dem Gang herumgelungert hatte, bevor er schließlich endgültig verschwand. Trotzdem hatte er noch einmal endlose zehn Minuten verstreichen lassen, bevor er es gewagt hatte, hierher zu kommen. Unterwegs hatte er in jeder Sekunde damit gerechnet, plötzlich eine starke Hand auf seiner Schulter zu spüren und in Harrys missbilligendes Gesicht zu blicken.

Nichts von alledem war passiert. Vielleicht hatten Harry und die anderen einfach zu viel zu tun, um auch nur einen Gedanken an ihn zu verschwenden. Vielleicht ahnte Harry auch insgeheim, was er vorhatte, und es war ihm gleich.

Und vielleicht, dachte Ben missmutig, beschäftigte sich ein heimtückischer Teil seines Bewusstseins nur mit all diesen müßigen Fragen, um ihn davon abzuhalten, die letzten Schritte zu tun und in die Schwärze zu treten.

Er verdarb ihm den Spaß, indem er die Augen schloss und genau das tat. Sein Herz klopfte wie wild. Er rechnete mit allem, aber rein gar nichts geschah. Ben trat über die Schwelle und fand sich auf dem obersten Absatz der ausgeglühten Wendeltreppe wieder. Es war dunkel, aber nicht vollständig, sodass er seine Umgebung zumindest schemenhaft erkennen konnte. Er war nach wie vor allein. Weder ein Eiskrieger noch ein Drachenmann oder irgendeines der anderen grausigen Monster, mit denen ihn seine außer Rand und Band geratene Fantasie gequält hatte, warteten auf ihn.

Nicht dass dieser Ort nicht auch so schon schrecklich genug gewesen wäre …

Ohne dass er etwas dagegen hätte tun können, überfielen ihn wieder die Erinnerungen an die letzten Male, als er hier gewesen war. Seine letzten beiden Besuche hier unten hatten jeweils in einer Beinahekatastrophe geendet, bei der er nur knapp mit dem Leben davongekommen war; und zumindest einmal davon gegen jede Logik. Sein Verstand, der nur noch mit viel Mühe zu jener Art von logischem Denken fähig war, die Harry als eine solche bezeichnet hätte, versuchte ihm immer verzweifelter klar zu machen, dass es diesmal einfach nur schlimmer kommen *konnte.* Aber die Stimme in seinem Kopf, so hysterisch sie auch sein mochte, war zugleich machtlos. Sie hatte wahrscheinlich Recht, aber das spielte keine Rolle. Wenn es ihm nicht gelang, Sasha zu finden und sie und seine Mutter aus der Gewalt der archaischen Ungeheuer zu befreien, die sich ihrer bemächtigt hatten, dann war es ganz egal, ob sie lebend hier herauskamen oder nicht. Weil es dann nämlich bald nichts mehr geben würde, wohin sie fliehen konnten.

Ben stufte auch diese Gedanken als einen weiteren Versuch seines Unterbewusstseins ein, ihn so lange zu beschäftigen, bis Harry hinter ihm auftauchte und es zu spät war, um seinen Plan in die Tat umzusetzen (welchen Plan?), schürzte trotzig die Lippen und ging weiter. Die verbrannte Metallkonstruktion der Treppe erbebte spürbar unter seinem Gewicht, und zwei- oder dreimal rechnete er damit, dass sie zusammenbrechen würde. Die unteren fünf oder sechs Stufen fehlten ganz, und er musste das letzte Stück des Weges in einer schon fast halsbrecherischen Kletterpartie zurücklegen. Aber er schaffte auch das und blieb schließlich schwer atmend und mit rasendem Puls in dem winzigen Vorraum stehen. Etwas zerbrach knirschend unter seinem Fuß, als er einen vorsichtigen Schritt machte: die Überwachungskamera, die Tahia am Fuß der Treppe zurückgelassen hatte.

Gut. Auf diese Weise bestand wenigstens keine Gefahr, dass er doch noch entdeckt wurde.

Auch dieser Raum war frei von Spinnen und sonstigen unangenehmen Überraschungen, aber etwas hatte sich verändert. Und es dauerte auch nur kurz, bis Ben einfiel, was. Bei seinem letzten Besuch hatte die gewaltige Panzertür einen Spaltbreit offen gestanden, gerade weit genug, um sich mit einiger Mühe hindurchquetschen zu können. Jetzt war sie verschwunden. Die Angeln aus massivem Stahl, jede dicker als sein Daumen, waren einfach aus dem nicht minder massiven Rahmen gerissen worden, und von der tonnenschweren Tür selbst fehlte jede Spur. Ben weigerte sich, auch nur darüber nachzudenken, welche Gewalt nötig war, um es *so etwas* zu tun. Stattdessen kratzte er das allerletzte bisschen Mut zusammen, das er noch in sich fand, und ging weiter.

Der Bereich hinter der Tür war dunkler als das Treppenhaus. Auch hier unten brannte nur die Notbeleuchtung, und selbst das nur zu einem kleinen Teil. Die Explosion und das nachfolgende Feuer hatten die meisten Lampen zerstört, und überall lagen Trümmer und Schutt herum, sodass er fast seine ganze Konzentration brauchte, nicht zu stolpern. Nicht alle der formlosen Schatten, über die hinweg er sich seinen Weg tastete, schienen leblose Trümmerstücke zu sein. Ein paar davon flohen hastig, als sein Fuß sie streifte, und mindestens einmal sah er etwas Faustgroßes, Haariges und unbeschreiblich Hässliches auf viel zu vielen Beinen davonhuschen. Es war nur ein Schatten, kaum mehr als die Ahnung einer Bewegung, und dennoch schnürte ihm der Anblick die Kehle zu.

Aber er musste weiter. Seine Zeit lief ab. Vermutlich machte sich Harry genau in diesem Moment auf den Weg, und er würde wenig begeistert sein, ihn hier unten anzutreffen. Vorsichtig ausgedrückt.

Ben verfluchte sich in Gedanken dafür, in seiner Aufregung nicht einmal daran gedacht zu haben, eine Lampe mitzunehmen, aber solcherlei Selbstvorwürfe brachten nichts; außerdem begannen sich seine Augen allmählich an das schwache Licht zu gewöhnen und schließlich hatte er ja zumindest eine ungefähre Vorstellung von seiner Umgebung. Das Labor, das er beim ersten Mal wiedererkannt hatte, als sich seine Mutter über den Bildschirm meldete, musste irgendwo links von ihm liegen. Falls der Eingang nicht verschüttet war oder irgendetwas mit Flügeln und Giftzähnen von der Größe eines Sarazenenschwertes dort auf ihn lauerte …

»Netter Versuch«, knurrte Ben, scheuchte auch dieses Bild dorthin zurück, wo es hergekommen war, und ertastete sich mit vorgestreckten Armen und so flach wie möglich atmend, um wenigstens etwas zu hören, wenn er schon nichts sah, seinen Weg. Nach ein paar Augenblicken stießen seine Fingerspitzen gegen rauen, eiskalten Zement. Ben tastete sich ein kleines Stück weit nach rechts, machte dann kehrt und schob sich in der entgegengesetzten Richtung an der Wand entlang, bis er das vom Feuer spröde gewordene Metall eines Türrahmens spürte. Die Dunkelheit dahinter erschien ihm im ersten Moment vollkommen, aber als er mit einem entschlossenen Schritt hindurchtrat, gewahrte er ein schwaches rötliches Glimmen irgendwo am Ende des Ganges. Wahrscheinlich weniger als ein Dutzend Schritte entfernt, auch wenn es ihm wie eine Strecke von hundert Kilometern vorkam.

Diesen Teil des Labors musste es schlimmer erwischt haben, als ihm seine Erinnerung hatte weismachen wollen. Er stolperte ununterbrochen und stürzte nur wie durch ein Wunder nicht, und unter seinen Füßen knirschte Glas – vielleicht auch Eis –, während die Luft immer schlechter wurde. Es war kalt, viel kälter, als es hätte sein dürfen, jetzt da die Heizungsanlage wieder lief, und der Gestank nach verschmortem Plastik und heißem Metall wurde immer schlimmer. Aber da war auch noch etwas anderes: ein vollkommen fremder, ganz leichter Geruch, der nicht einmal schlecht war, ihm aber trotzdem mehr und mehr die Kehle zuzuschnüren begann. Etwas war hier, das nicht hierher gehörte. Nicht in diese Gänge, nicht in dieses Labor, ja nicht einmal in diese Welt.

Seine Hände stießen plötzlich ins Leere, dann spürte er einen heftig brennenden Schmerz und zog die Hand mit einem nur halb unterdrückten Schrei zurück. Seine Fantasie setzte zu einer neuen Attacke an, indem sie ihm das Bild einer riesigen Spinne vorgaukelte, die sich in seine Finger verbissen hatte, aber als Ben die Hand vor die Augen hob, erkannte er, dass es nur ein harmloser Schnitt war. Neben ihm war eine zerbrochene Glasscheibe, sonst nichts.

Noch während er die wenigen Tropfen Blut an der Jacke abwischte, versuchte er den Gang vor seinem inneren Auge entstehen zu lassen. Die zerborstene Scheibe gehörte zu dem großen Labor, in dem er zuerst gewesen war. Der Raum, nach dem er suchte, befand sich folglich nur noch ein paar Schritte entfernt. Er war allerdings nicht die Quelle des düsteren roten Lichts, das ihn hierher geführt hatte. Sonderbarerweise schien er ihm keinen Schritt näher gekommen zu sein, obwohl zwischen ihm und dem Ende des Ganges nur noch ein paar Meter liegen konnten.

Das ist jetzt deine unwiderruflich letzte Chance, kehrtzumachen, flüsterte eine Stimme in seinen Gedanken. *Wenn es nicht schon zu spät ist.*

»Wie gesagt: netter Versuch«, sagte Ben grimmig. »Aber lass es.«

Entschlossen ging er weiter, fuhr – deutlich vorsichtiger als gerade – mit den Fingerspitzen über die unsichtbare Wand und wurde mit einem halb zerschmolzenen Türknauf belohnt. Er sah absolut nichts. Seltsam … täuschte ihn seine Erinnerung so sehr? Er hätte schwören können, dass auch diese Tür komplett aus Glas bestand. Aber vielleicht war der Raum dahinter ja einfach dunkel und er war auf dem falschen Weg, und alles, was er bisher getan hatte, war vollkommen umsonst, und …

Es gab nur eine Möglichkeit, das herauszufinden. Ben drehte den Knauf nach links, er brauchte alle Kraft, damit sich die halb zerschmolzene Konstruktion überhaupt bewegte, zog die Tür auf und trat mit einem entschlossenen Schritt hindurch.

Der unheimliche Effekt, den er oben schon beobachtet hatte, wiederholte sich. Seine Erinnerung hatte ihn nicht getäuscht. Die Tür hatte tatsächlich aus Glas bestanden, wobei die Betonung auf *hatte* lag, denn jetzt war sie nur noch ein leerer, verzogener Rahmen, der sich nur widerwillig und mit einem erbärmlichen Quietschen bewegte. Dahinter wogte ein Vorhang aus vollkommener, fast stofflich wirkender Schwärze. Der Raum hinter der Dunkelheit war jedoch erleuchtet. Irgendetwas hinderte das Licht daran, auf den Korridor zu scheinen.

Aber das war etwas, woran Ben nicht einmal einen Gedanken verschwendete.

Der Anblick war so bizarr, dass er stehen blieb und nicht einmal wirklich erschrak, geschweige denn Angst verspürte.

Er war im richtigen Labor, aber das erkannte er nur noch an wenigen Einzelheiten und allenfalls an seinem Grundriss. Das Licht, das er sah, stammte nicht von der Notbeleuchtung, die hier komplett ausgefallen – oder auch abgeschaltet – sein musste. Es war ein staubiger grüner Schein, der von überall her zugleich zu kommen schien und den Raum mit einer Unzahl zitternder Schatten erfüllte. Die gegenüberliegende Wand, die bei seinem ersten Besuch hier unten komplett aus übereinander gestapelten Terrarien und Glaskästen bestanden hatte, schien sich in etwas verwandelt zu haben, das Ähnlichkeit mit einem riesigen schaumigen Pilzgewächs hatte, ein Anblick, der ein leises Gefühl von Ekel in Ben aufsteigen ließ, bis ihm klar wurde, dass es lediglich Eis war, das das gespenstische grüne Licht reflektierte.

»Ich wusste, dass du kommst.« Seine Mutter, die bei seinem Eintreten mit hinter dem Rücken verschränkten Händen vor der seltsamen Eiswand gestanden hatte, drehte sich langsam zu ihm herum. Etwas wie ein Lächeln erschien auf ihrem blassen Gesicht. Vielleicht auch das Gegenteil. »Aber ich hätte früher mit dir gerechnet.«

Ben wollte irgendetwas sagen, aber er konnte es nicht. Seine Mutter (nein, es gelang ihm einfach nicht, sie weiter als *Eiskönigin* zu bezeichnen, so gern er das auch getan hätte) schaute aus wie immer, sah man von den unübersehbaren Spuren einer abgrundtiefen Erschöpfung ab, die ihr Gesicht zeichneten, und doch … hatte sie zugleich keinerlei Ähnlichkeit mehr mit sich selbst. Etwas … *Unbeschreibliches* hatte Besitz von ihr ergriffen und versuchte vergeblich, sich unter der Oberfläche des Sichtbaren zu verstecken.

»Wo ist Sasha?«, fragte er. Er hatte die Worte fordernd und scharf hervorstoßen wollen, brachte aber nur ein klägliches Krächzen zu Stande.

»Bist du allein?« Ben nickte. »Ich hatte gehofft, dass dein Vater dich begleitet. Schade.«

»Wo … wo ist sie?«, brachte Ben mühsam hervor. »Was hast du mit ihr gemacht?«

»Gemacht?« Seine Mutter legte den Kopf schräg und blickte ihn scheinbar ehrlich überrascht an, so als verstünde sie gar nicht, was diese Frage bedeutete. Etwas bewegte sich hinter ihr. Vielleicht nur ein Lichtreflex auf dem schaumigen grünen Eis, vielleicht auch ein Schatten, der Wirklichkeit werden wollte. Ben musste sich zwingen, weiterhin ihr blasses Gesicht anzusehen. »Ich habe nichts *mit ihr gemacht*, Ben. Ich wollte sie hier bei mir haben, genau wie dich und deinen Vater. Das ist alles.«

»Warum?«, fragte Ben. Gleichzeitig sah er sich demonstrativ nach rechts und links um, wobei er sich allerdings hütete, seinen Blick länger als einen Sekundenbruchteil auf einem bestimmten Punkt verharren zu lassen. Was immer hier geschehen war, hatte nicht nur die Dinge verändert, sondern auch die Realität. Seine Augen begannen zu schmerzen, wenn er irgendetwas zu lange ansah. »Wo ist sie?«

Seine Mutter setzte zu einer – sichtbar schärferen – Antwort an, hob aber dann stattdessen nur die Schultern und machte eine kaum merkliche Geste mit der linken Hand. In der Wand neben ihm öffnete sich plötzlich eine Tür, die es eben noch nicht gegeben hatte und die von derselben Angst machenden Schwärze erfüllt war, die er schon kannte. Ein Eiskrieger trat heraus, keine schimmernde Kopie eines der menschlichen Gefangenen, sondern eine plumpe Gestalt ohne Gesicht, dicht gefolgt von Sasha.

Ben stieß einen Schrei aus und war mit zwei Schritten bei ihr, um sie erleichtert in die Arme zu schließen, ohne von dem Furcht einflößenden Koloss auch nur Notiz zu nehmen.

»Wie du siehst, ist ihr nichts geschehen. Ich würde niemals zulassen, dass ihr auch nur ein Haar gekrümmt wird.«

»Natürlich. Weil du sie so sehr ins Herz geschlossen hast, nehme ich an«, sagte Ben böse.

»Weil sie zu dir gehört.«

Ben musste sich beherrschen, um nicht mit einer noch sehr viel verletzenderen Bemerkung zu antworten. Er *wollte* das nicht hören. Nicht weil er ihr nicht glaubte, sondern *weil* er spürte, wie ehrlich sie diese Worte meinte; und das war etwas, was er ihr einfach nicht zugestehen wollte. Statt irgendetwas zu sagen, drückte er Sasha fest an sich, bevor er sie fast behutsam auf Armeslänge von sich schob und ihr ins Gesicht sah. Ihre Augen waren leer. Was immer auch in den letzten Tagen darin erwacht war, es war nicht mehr da.

»Was … was hast du mit ihr gemacht?«, fragte er mit leiser, bebender Stimme.

»Nichts. Du brauchst keine Angst um sie zu haben.«

Der Unterton von wahrem Mitgefühl in ihrer Stimme veranlasste ihn dazu, sich nun doch halb herumzudrehen und sie anzusehen. Aber in ihrem blassen Gesicht stand dasselbe geschrieben, und irgendwie machte ihn das noch wütender.

»Sie ist –«

»– ein sehr dummes Mädchen«, fiel ihm seine Mutter ins Wort, aber auch das mit einem verzeihenden Lächeln. »Aber auch sehr tapfer. Sie ist hier heruntergekommen, um dich zu verteidigen, das weißt du. Sie hat tatsächlich versucht, mich herauszufordern, doch hab keine Angst – sie wird sich vollkommen erholen.«

»Und wieder so werden, wie sie war?« Darauf antwortete seine Mutter gar nicht, und was hätte sie auch sagen sollen? Sie sah nur ein bisschen traurig aus.

»Ich nehme sie jetzt mit«, sagte Ben entschlossen. »Versuch nicht, mich aufzuhalten.«

Er bekam keine Antwort – er hätte sie sowieso ignoriert –, ergriff Sashas Hand und drehte sich mit einem Ruck herum, und der Eiskrieger vertrat ihm mit einem stampfenden Schritt den Weg.

»Schick ihn weg«, sagte Ben gepresst. »Er soll den Weg freigeben – oder mich umbringen. Wir gehen jetzt.«

»Ich fürchte, das kann ich nicht zulassen.«

»Ich verstehe«, sagte Ben bitter. Einen winzigen Moment lang spielte er ernsthaft mit dem Gedanken, sich auf die bizarre Kreatur zu stürzen, um sich seinen Weg mit Gewalt freizukämpfen, aber ihm war klar, wie albern die bloße Vorstellung war. Einmal ganz davon abgesehen, dass dieses *Ding* ihn in Stücke reißen würde, konnte seine Mutter vermutlich eine Million dieser unheimlichen Geschöpfe herbeirufen, wenn sie es wollte. »So viel also zu deiner Behauptung, dass du uns nie etwas antun würdest.«

»Du verstehst es nicht, Ben«, seufzte seine Mutter. »Aber das wäre wahrscheinlich auch zu viel verlangt. Ich wollte dich hier haben, das ist wahr. Dich und deine Freundin und ... und deinen Vater. Es ist bedauerlich, dass er nicht gekommen ist. Aber letzten Endes ist es seine Entscheidung, und ich muss sie akzeptieren.«

»Und warum?« Ben versuchte, dem Blick dieser nur noch zum Teil menschlichen Augen standzuhalten, und irgendwie gelang es ihm auch, aber hinter seiner Stirn überschlugen sich die Gedanken. Also hatte sie ihn am Ende doch belogen. *Natürlich* hatte sie ihn belogen, und auf eine aberwitzige Weise war er sogar beinahe froh darüber. Sie würde sie nicht gehen lassen, weder Sasha noch ihn, und er musste *irgendwie hier raus.*

»Und was hast du jetzt vor? Willst du uns umbringen oder reicht es dir, uns so lange hier festzuhalten, bis deine neuen Freunde hier sind, um das zu erledigen?« Das war Unsinn. Obwohl es ihm absurd vorkam, wusste er, dass sie in einem Punkt die Wahrheit gesagt hatte: Sie war immer noch seine Mutter, und sie würde ihm niemals etwas antun oder zulassen, dass irgendein anderer ihm ein Leid zufügte. Aber vielleicht gelang es ihm ja, sie so zu provozieren, dass sie unachtsam wurde und sie eine Chance bekamen, zu fliehen.

»Du verstehst es nicht, Ben«, sagte sie noch einmal bedauernd. »Komm mit. Ich zeige es dir.«

Ben erwartete halbwegs, Zeuge eines weiteren Zauberkunststückes zu werden, indem sie noch eine Tür aus dem Nichts auftauchen ließ, aber seine Mutter löste sich nur mit einer unerwartet raschen Bewegung von ihrem Platz und ging an Sasha und ihm vorbei zur Tür. Der Eiskrieger trat gehorsam beiseite, und seine Mutter tat etwas, was ihn nun vollkommen überraschte: Sie bückte sich zu einem eisverkrusteten Gebilde hinab, das einmal ein Schränkchen gewesen war, zog eine Schublade auf und nahm einen wuchtigen Handscheinwerfer aus schreiend gelbem Plastik heraus.

»Was hast du erwartet?«, fragte sie spöttisch, als sie seinen Blick bemerkte. »Eine Fackel oder eine magische Kugel, die über meinem Kopf schwebt? Komm.«

Während sie sich zur Tür wandte, schaltete sie die Lampe ein, und das plötzliche grelle Licht stach nicht nur schmerzhaft in seine längst an das grüne Glimmen gewöhnten Augen und ließ ihn blinzeln, sondern nahm dem Raum auch den größten Teil seines gruseligen Zaubers. Dennoch hatte Ben es mit einem Male eilig, Sashas Hand fester zu ergreifen und seiner Mutter auf den Gang hinaus zu folgen.

Nach ein paar Schritten blieb er stehen und sah über die Schulter zurück. Der Eiskrieger hatte sich nicht von der Stelle gerührt. »Kommt er nicht mit?«

»Möchtest du es?«, gab seine Mutter zurück.

Natürlich nicht. »Ich dachte nur, du hättest Angst –?«

»– dass ihr fliehen könntet?« Die Lampe in ihrer Hand hüpfte einmal auf und ab und ließ eine lautlose Explosion aus Schatten durch den Gang rollen, als sie mit den Schultern zuckte. »Ihr würdet nicht einmal bis zur Treppe kommen.« Das chaotische Hin und Her aus Schatten und aufblitzendem Licht beruhigte sich, als sie den Scheinwerferstrahl auf einen Punkt hinter ihm richtete. Ganz automatisch drehte sich Ben halb um und hatte das Gefühl, von einer unsichtbaren Hand berührt zu werden, die nach seinem Herzen griff und es langsam zusammenpresste.

Es war eine Spinne, nur ein einzelnes Tier diesmal und keine ganze Armee, aber sie war so groß wie eine fette Katze und hatte ein strahlend weißes, glattes Fell, das an frisch gefallenen Schnee erinnerte. Ben hatte plötzlich einen bitteren Geschmack auf der Zunge und musste sich mit aller Macht zusammenreißen, um nicht entsetzt zurückzuprallen. Es war nicht einmal der (zugegeben grauenhafte) Anblick dieses unmöglichen Geschöpfes. Viel schlimmer war das, was er *spürte.*

»Großer Gott. Was … was hast du … gemacht?«

»Ich? Nichts.« Der Scheinwerferstrahl zitterte, und als er sich wieder beruhigt hatte, war das schneefarbene Ungetüm verschwunden. »Mach mich nicht für etwas verantwortlich, was andere begonnen haben. Bleibt Professor Ramanov dabei, nicht zu wissen, woran sie hier unten gearbeitet haben?«

»Sicher«, sagte Ben.

»Das ist gelogen. Aber es spielt jetzt keine Rolle mehr. Kommt.«

Sie richtete den Scheinwerferstrahl gegen die Decke, sodass ihr Gesicht und ihre Gestalt jetzt nur noch von mildem Streulicht erhellt wurden, was sie vollends in ein bleiches Gespenst mit eingefallenen Wangen und leeren Augenhöhlen zu verwandeln schien. Eine Fackel oder eine magische Zauberkugel wären ihm in diesem Moment lieber gewesen.

Immerhin reichte das Licht aus, damit er nicht mehr vollständig blind den Weg zurückstolpern musste, den er sich gerade ertastet hatte, und es hatte dieselbe beruhigend-ernüchternde Wirkung wie gerade im Labor, denn es zeigte ihnen ihre Umgebung so, wie sie in Wahrheit war: eine ausgebrannte Ruine aus schmutzigem Beton und zerschmolzenem und zu bizarren Formen wiedererstarrtem Kunststoff. Trümmer, heruntergefallene Betonbrocken und zerborstenes Glas bedeckten den Boden, und überall schimmerte Eis. Aber es war nur eine ganz gewöhnliche Ruine, kein Spukschloss. Er sah auch keine einzige Spinne. Aber er spürte, dass sie da waren. Manchmal bewegte sich ein Schatten am Rande des zitternden Lichtkreises, der ihren Weg begleitete, und ein- oder zweimal glaubte er auch etwas wie schleichende Schritte zu hören.

Schließlich erreichten sie das Ende des Ganges und damit den Tunnel, der zu der großen Höhle mit der Stadt der *Alten* führte. Auch er hatte sich verändert. An Stelle eines niedrigen Ganges, den man allenfalls kriechend durchqueren konnte, sah Ben nun einen gut zweieinhalb Meter durchmessenden, perfekt kreisrunden Stollen, dessen Wände aus schwarzem Fels bestanden, trotzdem aber wie Eis oder sorgsam poliertes Glas schimmerten. Es sah aus, als wäre er in den Stein *geschmolzen* worden, und das so schnell und mit so unvorstellbarer Gewalt, dass das Gestein einfach verdampft war. Nur auf seinem Boden glitzerten dicke, sonderbar wulstige Stränge aus Eis, in dem der Scheinwerferstrahl pastellfarbene Lichtreflexe aufschimmern ließ.

Seine Mutter schaltete die Lampe aus, aber es wurde nicht vollkommen dunkel, und auch das rhythmische Pulsieren sanfter Farben im Inneren der Eisstränge blieb.

Ben schloss für einen Moment die Augen, aber als er sie wieder öffnete, hatte sich an dem Anblick nichts geändert. Was er für Lichtreflexe gehalten hatte, war in Wahrheit ein unheimliches vielfarbiges Leuchten, das direkt aus dem Eis zu kommen schien und ihn an die vermeintlichen Polarlichter erinnerte, die sie am Himmel über der Station gesehen hatten. Er warf seiner Mutter einen ebenso fragenden wie beunruhigten Blick zu, bekam aber auch jetzt wieder nur ein Lächeln und ein angedeutetes Kopfschütteln zur Antwort; und eine auffordernden Geste, ihr zu folgen.

Ohne auf seine Reaktion zu warten, trat sie in den Tunnel, wobei sie trotz seiner Höhe geduckt und weit nach vorne gebeugt ging. Ben tat es ihr gleich, wenn auch erst nach einem Blick über die Schulter zurück und einem spürbaren Zögern. Er wollte so ziemlich überallhin, nur nicht in diese Höhle. Hinter ihnen war weder etwas zu sehen noch zu hören – aber er glaubte die Blicke unzähliger schwarzer Knopfaugen, die Sasha und ihn aus der Dunkelheit heraus misstrauisch anstarrten, geradezu körperlich zu spüren.

Auch die gewaltige Höhle auf der anderen Seite des Tunnels war nicht mehr dunkel. Ganz ohne dass es einer äußeren Lichtquelle bedurft hätte, die das Leben in ihnen weckte, loderten die Millionen Diamanten an der steinernen Himmelskuppel über ihnen in einem Feuerwerk milder, nie gesehener Farben … soweit es sie noch gab, hieß das. Ein grob dreieckiger Abschnitt der Höhlendecke war eingestürzt, wobei er einen Teil der Stadt aus Stein unter Tausenden von Tonnen Felsgestein begraben hatte, und durch das gewaltige Loch war nun ein Ausschnitt des wirklichen Himmels zu erkennen, der im gleichen Rhythmus ineinander fließender Farben pulsierte. Es war ein Anblick, der grausig und schön zugleich war.

»Das also war das Beben von gestern«, murmelte er mehr an sich selbst gewandt.

»Beben? O nein.« Seine Mutter entfernte sich ein paar Schritte und ließ sich dann in die Hocke sinken, um einen faustgroßen Diamanten aufzuheben; einen von Tausenden, wenn nicht Zehntausenden, die aus der Decke gebrochen waren. Er war nicht mehr milchig weiß wie die, die sie bei ihrem ersten Besuch hier unten gefunden und von denen Gerrit ein gutes Dutzend in seinen Rucksack gestopft hatte, sondern glühte in einem stahlblauen Licht, das sacht im gleichen Rhythmus pochte wie der versteinerte Himmel über und das Eis unter ihnen.

»Sie … sie sind erwacht«, flüsterte er. Für einen winzigen Moment schien sich der Rhythmus des flackernden Lichts zu ändern, als wolle es darauf antworten.

»Noch nicht«, antwortete seine Mutter. »Aber bald. Es geschieht, Ben. Jetzt. Nur noch kurze Zeit und sie werden zurückkehren. Es hat bereits begonnen.« Sie drehte den Stein beinahe ehrfürchtig in der Hand und legte ihn dann behutsam wieder genau an dieselbe Stelle zurück, wo sie ihn aufgehoben hatte.

»Sind das … alles ihre Geister?«, fragte Ben unsicher und eigentlich ohne dass es nötig gewesen wäre. Er hatte mit eigenen Augen gesehen, was passiert war. Er war *dabei gewesen.*

»Ihre Erinnerungen«, antwortete sie; leiser und mit einer Bewunderung, die ihm einen kalten Schauer über den Rücken laufen ließ. Er glaubte das Kratzen von harten Spinnenbeinen auf dem Boden hinter sich zu hören und konnte nur mit Mühe den Impuls unterdrücken, herumzufahren. »So viele Erinnerungen, Ben. So viel *Wissen,* das verloren war, und sie haben so lange gewartet. So unendlich lange.«

Ben konnte nicht anders, als Sasha den Arm um die Schulter zu legen und sie enger an sich zu ziehen – nicht einmal so sehr, um sie zu beschützen, wie er sich einzureden versuchte, sondern weil er Schutz brauchte. Er fühlte sich klein und unendlich verloren; als wären Sasha und er plötzlich die einzigen Menschen in einer endlosen feindseligen Welt.

»Bitte«, murmelte er. »Noch ist es nicht zu spät. Du … du kannst es nicht tun.«

»Es gibt nichts, was irgendjemand noch *tun* könnte. Weder du noch ich oder irgendein anderer Mensch auf der Welt. Das lange Warten hat ein Ende. Sie erwachen. Es ist wunderbar.«

»Sie werden uns auslöschen. Nicht nur dich und mich, sondern alle Menschen. Willst du das?«

»Es spielt keine Rolle, was *ich* will«, antwortete sie ruhig. »Vielleicht hast du Recht, und in der neuen Welt, die sie erschaffen werden, ist kein Platz mehr für uns … aber das wird nicht morgen geschehen oder in einem Jahr. Du irrst dich, wenn du glaubst, dass es unsere Vernichtung ist, die sie planen. Bis dahin wird noch viel Zeit vergehen. Sehr viel Zeit. Niemand auf dieser Welt kann sie aufhalten, glaub mir.«

»Und deshalb … stellst du dich auf ihre Seite?«, flüsterte er stockend. Er weigerte sich zu glauben, was er hörte.

»Auf welcher Seite möchtest du stehen, Ben?«, fragte sie sanft. »Auf der der Sieger oder auf der jener, die bereits verloren haben?«

Er wusste, dass es nicht wirklich seine Mutter war, die er hörte. Und selbst wenn es so gewesen wäre – er wusste auch, dass sie Unrecht hatte. Er hatte die Zukunft gesehen, die die *Alten* für diese Welt bereithielten, eine tote Welt unter einem vergifteten Himmel, auf der für nichts mehr Platz war außer Dunkelheit und Schmerz. Und vielleicht nicht einmal mehr dafür.

Irgendwo am steinernen Himmel über ihnen bewegte sich etwas wie ein gewaltiger rauchiger Umriss, etwas Riesiges, sich Windendes, das peitschend und dräuend Gestalt anzunehmen versuchte, ohne dass es ihm gelang.

Wie lange noch?, dachte Ben. Er konnte ihr Nahen *spüren.*

»Warum hast du mich hierher gebracht? Um mir Angst zu machen? Das ist dir gelungen.«

»Angst?« Sie schüttelte den Kopf. »Es macht keinen Sinn, Angst vor etwas zu haben, das ohnehin nicht mehr aufzuhalten ist. Ja, ich wollte, dass du das hier siehst – damit du begreifst, wie sinnlos es ist, sich weiter gegen das Unausweichliche aufzulehnen.« Plötzlich lächelte sie wieder, ein Lächeln, das wie ein Messer in seiner Brust schnitt. Noch auf dem Weg hier herunter hatte er vor nichts mehr Angst gehabt als davor, seine Mutter wiederzusehen und festzustellen, dass in ihr nichts mehr von dem Menschen übrig geblieben war, den er gekannt hatte. Jetzt wünschte er sich fast, es wäre so. Da war noch so viel von ihr in dem … *Etwas*, dem er gegenüberstand. Ihr vertrautes Lächeln, die sanfte Wärme in ihren Augen, all ihre kleinen, vertrauten Gesten … es war beinahe unerträglich, sie auch nur anzusehen.

»Wenn du das wolltest, hat es nicht funktioniert. Lass uns gehen. Wenn du glaubst, dass wir ohnehin nichts mehr tun können, dann stellen wir auch keine Gefahr mehr dar. Du kannst uns genauso gut gehen lassen … oder wenigstens Sasha.«

»Wenn du das willst«, antwortete sie traurig. »Aber es wäre ihr Tod.« Ben sah sie erschrocken an und drückte Sasha noch ein wenig fester gegen seine Schulter. Er wollte etwas sagen, doch seine Mutter hob rasch die Hand und fuhr fort: »Ich wollte euch bei mir haben, weil ihr hier überleben werdet.«

Es dauerte auch jetzt wieder einen – endlosen – Moment, bis Ben begriff, was sie damit meinte. Sosehr sich seine Gedanken einerseits auch überschlugen, um nach einem Ausweg aus einer Situation zu suchen, aus der es keinen Ausweg mehr gab, so träge schienen sie sich auf der anderen Seite zugleich auch zu bewegen. Dann aber traf ihn die Erkenntnis umso härter.

»Ich kann dich nicht gehen lassen«, sagte seine Mutter jetzt und fügte mit einer Handbewegung auf Sasha hinzu: »Sie kann gehen, wenn du das willst. Es ist deine Entscheidung.«

»Dann gehen wir beide.« Ben war nicht ganz sicher, ob er das ernst meinte. Immerhin hatten ihm ihre Worte endgültig klar gemacht, dass dort oben nichts als der sichere Tod auf ihn wartete, und er wollte noch nicht sterben. Aber zugleich spürte er auch, dass er *so* nicht würde leben können.

»Wie gesagt«, seufzte seine Mutter, »das werde ich nicht zulassen.«

»Und wie willst du mich aufhalten? Mit Gewalt? Nicht einmal alle deine ... Monster können mich hier festhalten.«

»Du redest Unsinn, mein Sohn, und du weißt es auch«, gab sie mit einem milden Lächeln zurück, zugleich ließ ihr Tonfall darauf schließen, dass sie allmählich ungeduldig wurde. »Das ist in Ordnung. Du bist wütend und verzweifelt, aber nur weil du noch nicht verstehst, was hier wirklich geschieht. Du wirst es begreifen. Irgendwann.«

»Irgendwann?«, wiederholte er böse. »Wann? Wenn mich deine neuen Freunde auch zu einem ... *Ding* gemacht haben wie –«

Er sprach nicht weiter, aber seine Mutter wusste, was er hatte sagen wollen, denn ihr Gesicht verdüsterte sich schlagartig. »Wie mich, wolltest du sagen? Du irrst dich, Ben. Sie haben mich zu nichts gezwungen. So weit reicht nicht einmal ihre Macht.«

»Natürlich nicht«, erwiderte Ben höhnisch. »Das erlebe ich ja gerade.«

Und trotzdem jagten ihm ihre Worte einen neuerlichen eisigen Schauer über den Rücken. Der Mensch, dem er gegenüberstand, war zweifellos nicht mehr ganz seine Mutter und doch ... da war einfach noch zu viel von ihr, als dass er sich mit Erfolg einreden konnte, tatsächlich nur mit einer willenlosen Marionette zu sprechen, die rein zufällig das Aussehen seiner Mutter hatte. Vielleicht hatte sie Recht.

Er erinnerte sich, einmal mit seinem Vater über dieses Thema gesprochen zu haben, vor langer Zeit und in einem völlig harmlosen Zusammenhang. Sein Vater hatte behauptet, dass keine Hypnose und keine Drogen, überhaupt nichts dazu im Stande sei, einen Menschen zu etwas zu zwingen, was vollkommen gegen seine Natur gehe. Er hatte von einem Gleichgewicht gesprochen, das man beeinflussen und sogar zum Kippen bringen könne, aber auch davon, wie unmöglich es sei, etwas hervorzurufen, was es in dem betreffenden Menschen gar nicht gebe.

Er schüttelte den Gedanken ab. Das *wollte* er nicht glauben.

Seine Mutter hob plötzlich die Hand, presste die Augen zu schmalen Schlitzen zusammen und legte für zwei oder drei Sekunden den Kopf auf die Seite. »Deine Freunde sind da. Wir müssen gehen. Versprichst du mir, nichts Dummes zu tun?«

»Sicher«, antwortete Ben mit einem grimmigen Nicken. Was dumm war und was nicht, das kam schließlich immer auf den Standpunkt des Betrachters an.

Als hätte sie seine Gedanken gelesen, schüttelte seine Mutter nur den Kopf und sagte noch einmal und in hörbar ernsterem Ton: »Ich würde es bedauern, dich gewaltsam hier festhalten zu müssen. Gibst du mir dein Ehrenwort?«

»Nein.«

Ein rascher Schauer zorniger Farben brachte den Rhythmus des flackernden Diamanthimmels ins Stolpern, und für einen winzigen Moment, vielleicht nur den tausendsten Teil einer Sekunde, blitzte eine unmenschliche Wut in den dunklen Augen seines Gegenübers auf. Sie erlosch wieder, bevor das Gefühl völlig Besitz von ihr ergreifen konnte. Mit einer knappen Geste deutete sie auf den Stollen hinter ihm. »Wie du willst. Geht.«

Ben rechnete fest damit, ein gesichtsloses weißes Monster zu erblicken, als er sich herumdrehte, oder die Grauen erregende Schneespinne, aber der Stollen war leer. Das unheimliche Pulsieren in der Eisschicht, die den Boden bedeckte, schien ein wenig hektischer geworden zu sein, das war alles. Trotzdem spürte er, dass sich etwas verändert hatte.

Seine Mutter schaltete den Handscheinwerfer wieder ein, als sie auf der anderen Seite des Tunnels angelangt waren. Schatten flohen auf wirbelnden haarigen Beinen vor dem Licht, etwas raschelte, und wieder glaubte er diesen sachten, aber durch und durch fremdartigen Geruch wahrzunehmen, der ihm jetzt viel unangenehmer vorkam als vorhin.

»Wie willst du es ihnen beibringen?«, fragte er, während Sasha und er Hand in Hand hinter seiner Mutter hergingen. Sie war sich ihrer Sache offensichtlich vollkommen sicher, denn sie hatte nicht einmal einen einzigen Blick zu ihnen zurückgeworfen, um sich davon zu überzeugen, dass sie ihr auch folgten. Und wohin sollten sie auch fliehen? Vor ihnen lag nur der Gang zum Labor und hinter ihnen die Höhle mit der Stadt der *Alten*.

»Was?«

»Dass du sie alle umbringen willst«, antwortete Ben böse.

»Ich habe nichts dergleichen vor, Ben. Was geschehen wird, geschieht. Ich habe keinen Einfluss darauf.«

Ben begriff, wie wenig Sinn es hatte, das Gespräch fortzuführen. Warum gab sie sich nicht einmal die Mühe, ihn zu belügen?

Vielleicht nur um sich abzulenken, versuchte er in dem auf und ab hüpfenden Lichtkreis, der ihnen den Weg wies, mehr Einzelheiten zu erkennen. Überall lagen Trümmer, schwarz verbranntes Metall, zerborstener Beton und groteske Gebilde aus geschmolzenem Kunststoff. Manchmal knirschte es unter seinen Füßen, aber was er vorhin für zersplittertes Glas gehalten hatte, das bestand beinahe zur Gänze aus Eis: zahllose dicke, wie aufgedunsene Schlangenleiber wirkende Stränge, die den Boden bedeckten, aber auch an den Wänden und bis zur Decke emporwucherten, wobei sie sich unentwegt weiterverzweigten wie ein Gebilde aus durchsichtigem Moos, das geduldig und unaufhaltsam alles zu überwuchern begonnen hatte und in jede Ritze und jeden Spalt kroch. Der Anblick war faszinierend, aber auch Furcht einflößend. Ben musste an die Nervenstränge eines riesigen Gehirns denken, durch die leuchtende Gedankenimpulse jagten.

Bevor sie das Labor betraten, blieb seine Mutter noch einmal stehen, um sich zu ihnen herumzudrehen. »Wir sind uns einig?«

»Selbstverständlich. Worüber?«

Seine Mutter blickte ihn nur ärgerlich an, aber etwas raschelte, und diesmal *war* er sicher, einen schneefarbenen Schemen zu sehen, der am Rande des zitternden Lichtkreises entlangstakste. Sie drehte sich mit einem Ruck herum und verschwand hinter dem Vorhang aus Schwärze, der die glaslose Tür ausfüllte. Ben beeilte sich, ihr zu folgen. Diesmal glaubte er etwas zu spüren, als er die unsichtbare Barriere durchschritt; etwas wie das Kribbeln hauchfeiner Spinnwebfäden auf der Haut. Aber vielleicht war es auch nur Einbildung.

Er hatte sich gefragt, wen Ramanov schicken würde – Tahia oder Harry –, aber sie waren beide gekommen. Natürlich ohne Ramanov; Ben hatte nicht wirklich mit ihm gerechnet, aber dennoch *gehofft*, dass er ein Mal im Leben so etwas wie Mut zeigen könnte.

Seine Mutter ging, mit raschen Schritten und scheinbar ohne die Söldner auch nur zur Kenntnis zu nehmen, an ihnen vorüber und wandte sich erst um, als sie die mit schaumigem Eis überzogene Wand erreicht hatte. Das Licht, das unter ihrer Oberfläche tanzte, schien kurz hektischer zu flackern und beruhigte sich dann wieder.

Harry begrüßte ihn mit einem angedeuteten Kopfnicken. Er sah nicht besonders überrascht aus – wenn auch deutlich erleichtert –, als er Sasha erblickte, und auch Tahia blinzelte ihm nur flüchtig zu. Ben registrierte beiläufig, dass keiner von beiden eine Waffe trug, zumindest nicht sichtbar. Alles, was Tahia mitgebracht hatte, war ihr angeschlagener Laptop, den sie unter den linken Arm geklemmt hatte.

»Also?«, begann Harry, an Bens Mutter gewandt und ohne sich mit irgendeiner Begrüßung aufzuhalten.

Seine Mutter antwortete nicht sofort. Er war sicher, genauso bewusst, wie sie vor der leuchtenden Eiswand Aufstellung genommen hatte. Das Licht hatte zu dunkleren Farben gewechselt und schien ihre gesamte Gestalt mit einem düsteren Halo zu umgeben. Ein billiger Effekt wie aus einem fünfzig Jahre alten Horrorfilm, der aber in diesem Moment durchaus seine Wirkung tat.

»Sie kommen spät. Gerade noch rechtzeitig und genau genommen nicht einmal mehr das – aber ich will nicht kleinlich sein.« Sie machte eine Kopfbewegung auf Tahias Computer. »Ich nehme an, darauf sind die Daten, um die ich Sie gebeten habe?«

»Vielleicht.«

»Spielen Sie keine Spielchen mit mir, Kindchen.« Der flackernde Tanz der Farben wurde noch düsterer. Zornig.

»Ich spiele keine Spielchen, *Mama«*, antwortete Tahia. Harry warf ihr einen warnenden Blick zu, und sie fuhr – in verändertem Ton, aber immer noch alles andere als respektvoll – fort: »Wir haben die Daten mitgebracht, nach denen Sie verlangt haben. Ich frage mich allerdings, was Sie überhaupt damit wollen.«

Sie hatte nicht gesehen, was Ben gesehen hatte, und so konnte er ihre Frage durchaus verstehen. Was einst ein hypermodernes, wenn auch ein wenig gruseliges Labor gewesen war, hatte sich in einen Ort des Wahnsinns verwandelt, finster und voller geduckter, wie verkrüppelt wirkender Umrisse und formloser … Dinge, über die falschfarbenes Licht kroch wie ein bösartiges kleines Tier. Auch er hatte sich diese Frage gestellt, bevor er hier heruntergekommen war, aber sie war unberechtigt. Alles, was dieses Labor ausgemacht hatte, war immer noch da, nur versteckt unter wucherndem Eis und lautlos pulsierenden Gedanken aus Licht. Tahia irrte sich, wenn sie annahm, dass hier unten alles zerstört sein musste. All die Computer und Gerätschaften und Apparaturen waren immer noch vorhanden, nur waren sie jetzt Teil von etwas ... *anderem* – und auf eine unbegreifliche Weise tausendmal leistungsfähiger und effizienter, als es sich ihre ursprünglichen Erbauer auch nur hätten träumen lassen.

»Warum lassen Sie das nicht meine Sorge sein, Kindchen?« Seine Mutter streckte fordernd die Hand aus.

»Nicht so schnell«, sagte Harry. »Wir sind hier, und möglicherweise geben wir Ihnen ja sogar, was Sie wollen ... aber nicht ohne Gegenleistung.«

»Gegenleistung? Ein interessantes Wort – je nachdem, in welchem Zusammenhang man es benutzt. Und nur so nebenbei: Ist Ihnen eigentlich noch gar nicht der Gedanke gekommen, dass ich mir einfach nehmen könnte, was ich will?«

»Sie hat nicht vor, euch gehen zulassen«, rief Ben. »Keinen von uns.«

Weder seine Mutter noch Harry oder Tahia reagierten irgendwie auf diese Worte. Er hätte sie ebenso gut für sich behalten können.

»Genau genommen war das sogar der erste Gedanke, der mir gekommen ist«, antwortete Harry ungerührt. »Deshalb hat Tahia auch dafür gesorgt, dass die Daten sicher sind.«

»Oh, ich verstehe.« Seine Mutter machte ein nachdenkliches Gesicht. »Lassen Sie mich raten. Eine Art ... Passwort, nehme ich an? Das die Festplatte löscht, wenn man es falsch eingibt, oder sogar etwas noch Raffinierteres?« Sie klang ehrlich amüsiert

»Eins von der ganz raffinierten Sorte sogar.« Harry ließ seinen Blick über die auf so bizarre Weise veränderte Laboreinrichtung schweifen. Er sah ein wenig verwirrt aus, aber auch alles andere als eingeschüchtert. »Zehn Gramm gutes altes Thermit. Nicht besonders viel, aber für die Festplatte reicht es. Ein einziger falscher Versuch und ...« Er hob die Schultern. »Möchten Sie es riskieren?«

Ben bezweifelte, dass das die uralten Mächte aufzuhalten vermochte, die seine Mutter beherrschten, aber sie tat immerhin so, als würde sie mitspielen. »Ich könnte Sie zwingen, es mir zu verraten, glauben Sie mir.«

»Dann gehen Sie das Risiko ein«, sagte Tahia gelassen.

Seine Mutter starrte sie einen Atemzug lang beinahe hasserfüllt an und wandte sich dann wieder an Harry. »Und was verlangen Sie?«

»Nicht viel. Im Grunde nur, dass sie Ihr Wort halten. Sie bekommen, was Sie wollen, und lassen uns gehen. Alle.« Er deutete auf Ben und Sasha. »Auch die beiden. Und die Gefangenen.«

»Welche … Gefangenen?« Sie schien nicht zu verstehen, wovon er sprach.

»Die Leute von der *Princess*«, sagte Tahia. »Alle. Die Besatzung und die Passagiere.«

»Sonst nichts?«, erkundigte sie sich spöttisch.

»Sonst nichts«, bestätigte Harry. »Wissen Sie, wenn ich mich hier so umschaue, glaube ich eigentlich kaum, dass sie diese Daten wirklich brauchen. Ich glaube nicht, dass sie *irgendetwas* brauchen, was wir Ihnen geben können … bis auf eine Kleinigkeit.«

»Und die wäre?«

»Zeit. Habe ich Recht? Ich weiß nicht, was Sie vorhaben, und ich glaube auch fast, dass ich es gar nicht wissen will. Aber Ihnen läuft die Zeit davon. Ich traue Ihnen durchaus zu, Ihr Ziel auch ohne diese Daten zu erreichen. Ich weiß, was Sie sind, Doktor. Das hier war einmal Ihr Fachgebiet, habe ich Recht? Und Sie sind die Beste auf Ihrem Gebiet, vielleicht weltweit. Aber Sie haben es selbst gesagt: Der Sturm ist in ein paar Tagen vorbei, und dann wird es hier von Rettungsmannschaften nur so wimmeln. Interessieren Sie die neuesten Funksprüche, die wir aufgefangen haben?«

»Überschätzen Sie sich nicht«, erwiderte Bens Mutter kalt. »Eine Wetterstation am Ende der Welt und ein paar überkandidelte Meteorologen, die man sonst nirgendwo brauchen konnte. Ich glaube nicht, dass gleich die amerikanische Pazifikflotte angerückt kommt.«

»Kaum«, bestätigte Harry. »Jedenfalls hätte das bis vor einer Stunde noch gegolten.«

Die Farben unter dem Eis pulsierten heftiger und dunkler. Die Eiskönigin schwieg.

»Sie hätten Ihr Schoßtierchen dieses U-Boot nicht zerstören lassen sollen«, fuhr Harry fort. »Beeindruckend, zugegeben, aber dumm. Der Kommandant konnte noch einen Notruf senden. Spätestens eine Stunde, nachdem der Sturm abflaut, ist eine ganze Flotte von Kriegsschiffen hierher unterwegs. Glauben Sie, dass dieser durchgeknallte Riesentintenfisch auch damit fertig wird?«

»Sie bluffen«, sagte Bens Mutter. Aber es kam ihm zumindest so vor, als wäre sie leicht verunsichert.

Harry hob nur gleichmütig die Schultern. »Riskieren Sie es.«

»Sie verstehen nicht, worum es hier geht.« Sie klang nicht zornig, sondern beinahe so, als versuche sie tatsächlich an sein Verständnis zu appellieren. »Es geht hier nicht um Sie oder mich oder ein paar Menschenleben. Es geht um etwas viel, viel Größeres. Sie glauben, Sie könnten mich erpressen? Sie glauben, sie könnten *ihnen* drohen? Geben Sie mir das!«

Bei den letzten Worten streckte sie fordernd die Hand aus. Schwarze Farben umloderten ihre Gestalt, und etwas … ballte sich über ihnen zusammen. Etwas Gewaltiges und Böses, das sie durch seine bloße Anwesenheit vernichten würde, wenn es da war.

Harry gab Tahia einen Wink, und sie zögerte zwar noch einen spürbaren Augenblick, nahm dann aber den Laptop unter dem Arm hervor, schaltete ihn ein, bevor sie ihn aufgeklappt auf ein sonderbares Gebilde stellte, das einmal ein Tisch gewesen war, und so herumdrehte, dass seine Mutter den Bildschirm sehen konnten.

»Bitte. Überzeugen Sie sich. Es ist alles da.«

Die Eiskönigin kam – langsam – näher und beugte sich vor, aber sie hütete sich, den Computer auch nur zu berühren, als hätte sie Angst, er könnte plötzlich ein verborgenes Gebiss herausfahren und sie in die Hand beißen.

»Sehen Sie nach«, drängte Harry. »Es ist alles da.«

»Und das Passwort?«

»Sind wir uns einig? Ich habe Ihr Wort?«

Was immer das wert ist, dachte Ben. Aber er schwieg, und seine Mutter nickte nur abgehackt.

»Es gibt keins. Das war ein Bluff. Sie sehen, ich bin ehrlich zu Ihnen. Ich hoffe, Sie sind es auch.«

Bens Mutter runzelte die Stirn und zögerte immer noch, schließlich aber streckte sie doch die Hand aus und begann langsam und mit den sehr präzisen Bewegungen eines Menschen zu tippen, der in dieser Tätigkeit nicht besonders geübt ist.

»Anscheinend ist alles da«, sagte sie ungläubig.

»Das, und noch sehr viel mehr.« Tahia machte eine auffordernde Geste. »Wenn Sie schon einmal dabei sind, werfen Sie einen Blick auf das Hauptmenü … Sie wissen, wie das geht?«

Jennifer Berger blickte sie zwar misstrauisch an, nickte aber, und Tahia fuhr mit einem fast ungeduldigen Wedeln der Hand fort: »Sie finden dort eine Datei mit der Bezeichnung Omega Doom. Öffnen Sie sie. Nur zu. Es ist keine Falle, keine Angst. Aber sie enthält Informationen, die Sie interessieren dürften.«

Omega Doom ... Ben hatte diese Worte schon einmal gehört, und sie hatten ihm schon einmal einen kalten Schauer über den Rücken gejagt, obwohl er jetzt wie damals nicht wusste, was sie bedeuteten.

Er konnte sehen, wie seine Mutter unmerklich zusammenfuhr, während sie den Text überflog, der auf dem Bildschirm erschien. Ihre Augen weiteten sich. Sie sog scharf die Luft ein. »Was ... was bedeutet das?«

»Omega Doom«, wiederholte Tahia beinahe fröhlich. »Nur eine kleine Vorsichtsmaßnahme – für alle Fälle.« Plötzlich grinste sie breit. »Auch wenn ich persönlich die Bezeichnung Omega *Bumm* vorgezogen hätte.«

»Was zum Teufel –?«

»Sie wissen, dass das alles hier früher einmal eine amerikanische Militäreinrichtung gewesen ist«, sagte Harry rasch. »Und Sie kennen unsere Freunde aus dem einzig wirklich freien und zivilisierten Teil der Welt. Sie sind manchmal ein wenig übervorsichtig. Ich fürchte, sie haben eine kleine ... Sicherheitsvorkehrung zurückgelassen.« Er legte eine dramatische Pause ein, und als er weitersprach, war jede Spur von Spott aus seiner Stimme gewichen. Sie klang hart wie Eis. »Um genau zu sein, einen Nuklearsprengkopf. Nicht besonders groß, nach heutigen Maßstäben, aber er reicht, um im Umkreis von zwei oder drei Kilometern hier alles einzuäschern.«

»Sie lügen!«, behauptete Bens Mutter.

Harry schüttelte nur sacht den Kopf. »Ich habe ihn aktiviert, bevor wir hier heruntergekommen sind.«

»Ich glaube Ihnen kein Wort!«, sagte Jennifer Berger, wich aber trotzdem zwei Schritte zurück, sodass sie beinahe gegen die schimmernde Eiswand hinter sich geprallt wäre. Die Farben unter ihrer Oberfläche brodelten. »Das würden Sie nicht wagen! Es wäre Ihr eigener Tod!«

»Vermutlich.« Harry klang nicht sonderlich beeindruckt. »Das gehört bei uns zum Berufsrisiko, wissen Sie? Und es gibt da so etwas wie ein ungeschriebenes Gesetz in unserem Job. Wenn du schon draufgehst, dann nimm so viele wie möglich von den anderen mit.«

Das Lodern düsterer Farben steigerte sich zu einem lautlosen Gewitter, sodass er sich vorkam wie im Zentrum eines tobenden Höllensturms.

Plötzlich wurde es kalt; unvorstellbar *kalt.* Aber der Moment verging beinahe ebenso schnell, wie er gekommen war, und statt alles verzehrender Wut machte sich nun ein Ausdruck spöttischer Überheblichkeit auf dem Gesicht seiner Mutter breit.

»Ein netter Versuch. Aber ich glaube Ihnen nicht. Sie sind nicht der Typ, der Selbstmord begeht. Eher der, der heroisch bis zum letzten Atemzug für eine verlorene Sache kämpft. Tapfer, aber dumm.«

Wenigstens äußerlich vollkommen gelassen hielt Harry dem Blick seines Gegenübers stand. Natürlich gab auch Bens Mutter nicht auf, doch gerade als Ben sich zu fragen begann, wie lange die beiden eigentlich noch versuchen würden sich gegenseitig niederzustarren, wiederholte er seine einladende Geste auf den Computer.

»Wie Sie uns ja bereits demonstriert haben, haben Sie vollständigen Zugriff auf das Computernetzwerk der Station. Sie finden alle Zugangscodes und Passwörter, die Sie brauchen, in dieser Datei. Überzeugen Sie sich.« Er wartete, bis sie wieder auf den Laptop zutrat, und fügte dann mit einem angedeuteten Lächeln hinzu: »Abgesehen von jenen, mit denen man die Bombe deaktivieren kann, versteht sich. Und bevor Sie versuchen sie aus mir herauszupressen – ich kenne sie selbst nicht. Und Tahia auch nicht.«

Diesmal schien das Schweigen endlos anzudauern. Selbst das zornige Flackern und Wogen der Farben hielt inne. Dann geschah etwas durch und durch Unheimliches: Ben hörte ein sanftes Knistern und Rascheln, das aus allen Richtungen zugleich zu kommen schien, und hatte einen vagen Eindruck von Bewegung, die er ebenso wenig lokalisieren konnte – bis Tahia mit einem nicht mehr ganz unterdrückten erschrockenen Laut einen Schritt zurückprallte.

Rings um den Laptop erwachte das schaumige Eis zu Leben. Farben pulsierten unter seiner Oberfläche, die mit einem Mal zu kochen schien, sich verflüssigte und in winzige, in allen Farben des Regenbogens schillernde Blasen zerplatzte, dabei aber keine Hitze verströmte, sondern graue Schwaden fühlbarer Kälte. Dünne, haarfeine Ärmchen wuchsen aus der brodelnden Masse hervor, verzweigten sich und wuchsen wieder zusammen, teilten sich erneut und begannen den Computer in ein schimmerndes kristallines Spinnennetz einzuhüllen. Farben jagten sich in rascher Folge unter seiner Oberfläche, und wieder glaubte Ben etwas wie eine knisternde Spannung zu fühlen, die sich unsichtbar im gesamten Raum ausbreitete und das Nahen von etwas Fremdem, Tödlichem ankündigte. Ganz instinktiv legte er den Arm noch fester um Sashas Schulter, aber das Gefühl von Sicherheit und Schutz, das ihm ihre Nähe bisher vermittelt hatte, wollte sich nicht einstellen. Was kam, war zu groß, als dass es irgendeinen Schutz davor geben konnte.

Vollkommen warnungslos verzerrte sich das Gesicht seiner Mutter vor Wut. »Sie verdammter –!«, begann sie, presste dann für eine Sekunde die Lippen so fest aufeinander, dass sie aussahen wie eine dünne weiße Narbe in ihrem Gesicht, und atmete hörbar ein.

Ihre linke Hand machte eine rasche, kaum wahrnehmbare Geste, und Ben blieb nicht einmal mehr Zeit, wirklich zu erschrecken. Etwas Riesiges, Weißes tauchte wie aus dem Nichts hinter ihnen auf und turnte auf gewaltigen, staksenden Beinen heran. Alles ging viel zu schnell, als dass einer von ihnen auch nur die Chance gehabt hätte, zu reagieren. Ben sah aus den Augenwinkeln, wie Harry und Tahia in einer vollkommen synchronen Bewegung herumwirbelten und plötzlich wie durch Zauberei doch Waffen in den Händen hielten, aber so schnell ihre Bewegungen auch waren, sie wirken geradezu lächerlich langsam gegen das rasende Huschen der Spinne, die sich endgültig in einen weißen Schemen zu verwandeln schien, um die letzten drei oder vier Meter in einem gewaltigen Satz zu überwinden …

… und Ben von den Füßen zu reißen!

Er konnte nicht einmal schreien. Sein Hinterkopf schlug so hart gegen irgendetwas Kaltes, dass ihm vor Schmerz übel wurde, und der weiße Koloss drückte ihn nicht nur spielend nieder, sondern nahm ihm mit seinem bloßen Gewicht auch den Atem. Tödliche, wie nadelspitze Dolche gebogene (und ebenso lange) Fangzähne blitzten über ihm auf. Das Grauen erregende Gesicht des Ungeheuers näherte sich seinem eigenen, und etwas berührte fast sanft, aber kalt wie die Hölle seine Kehle. Er war unfähig, auch nur einen Muskel zu bewegen.

»Wissen Sie, Harry, ich glaube Ihnen sogar.« Trotz des vollkommenen Entsetzens, das ihn gepackt hatte und so zuverlässig lähmte, als hätte das Ungeheuer sein Gift bereits in seine Venen injiziert, konnte Ben den nahezu gelangweilten Ton in der Stimme der Eiskönigin hören. »Ich glaube aber auch, dass Sie diese Bombe trotzdem abschalten können. Habe ich Recht?«

Selbst wenn er dazu in der Lage gewesen wäre, hätte er es nicht gewagt, den Kopf auch nur eine Winzigkeit zu drehen. Bens Herz schlug ganz langsam, und er spürte nun doch etwas: eine völlig neue Art von Furcht, die alles übertraf, was er jemals kennen gelernt hatte. Nur aus den Augenwinkeln heraus sah er, wie sich Harry herumdrehte und die Pistole auf das Gesicht seiner Mutter richtete.

»Machen Sie sich nicht lächerlich. Das würde ihn nicht retten.«

»Ich weiß«, antwortete Harry. »Pfeifen Sie das Vieh zurück oder wir finden heraus, ob Sie so ganz nebenbei auch noch kugelfest sind.«

»Sie bluffen.« Aber da war eine ganz sachte Spur von Unsicherheit in ihrer Stimme. Oder war es … Furcht?

Ben wagte es noch immer nicht, den Kopf zu bewegen, obwohl die Lähmung nun prickelnd von ihm abzufallen begann – aber er hörte das scharfe Klicken, mit dem Harry den Hahn seiner Waffe zurückzog.

»Probieren Sie es aus. Lektion Nummer zwei: Dränge einen Gegner nie so weit in die Enge, dass er nichts mehr zu verlieren hat. Schicken Sie dieses … *Ding* weg oder ich drücke ab.«

Für einen einzigen, aber endlos langen Herzschlag schien die Zeit einfach stehen zu bleiben. Ben starrte noch immer wie gelähmt in ein halbes Dutzend schwarze, vollkommen ausdruckslose Knopfaugen, das sich nur wenige Zentimeter über seinem Gesicht befand; aber ein anderer Teil seiner Gedanken arbeitete mit der emotionslosen Präzision eine Maschine: Es war vorbei, jetzt und endgültig. Harry würde abdrücken, daran ließ die kalte Entschlossenheit in seiner Stimme nicht den geringsten Zweifel, und obwohl er nicht hinsah, wusste er, dass Tahia die Spinne anvisierte und das Ungeheuer im gleichen Sekundenbruchteil mit Kugeln durchsieben würde (und mit nur einem ganz kleinen bisschen Pech ihn gleich mit), aber nichts von alledem konnte ihn noch retten. Das Brennen von nadelspitzen Zähnen auf seiner Haut wurde stärker, als wären sie mit einer ätzenden Säure überzogen, die sich bereits in sein Fleisch zu fressen begann, und obwohl er es noch nicht einmal versucht hatte, wusste er, dass es ihm niemals gelingen würde, das Ungeheuer rasch genug von sich herunterzustoßen. Sein Verstand sagte ihm mit unbarmherziger Logik, dass es vorbei war und er sterben würde, jetzt, in denen nächsten zwei oder drei Sekunden – aber er hatte immer noch keine Angst. Vielleicht weil das Grauen, das ihn erfüllte, so gewaltig war, dass ihm der Tod beinahe wie eine Erlösung vorkam.

»Ich würde die Antwort selbst dann noch bekommen, wenn Sie schon tot sind«, sagte seine Mutter.

»Das glaube ich Ihnen sogar«, erwiderte Harry. »Aber es würde Ihnen nichts nützen, uns zu töten. Tun Sie es, und in einer halben Stunde ist das alles hier nur noch ein radioaktiv strahlender Krater.«

Eine weitere Sekunde verstrich. Das Brennen an seiner Kehle wurde unerträglich, und auch das Gewicht des weißen Ungeheuers auf seiner Brust schien immer mehr zuzunehmen, eine erdrückende Tonnenlast, die ihn allmählich in den eisverkrusteten Boden zu pressen schien.

Und dann, von einem Lidschlag zum nächsten, war es verschwunden. Die Spinne zog sich auf staksenden Beinen zurück, und Ben rang mit einem japsenden Schrei nach Luft, rollte mit eingezogenen Knien auf die Seite und kämpfte mit verzweifelter Kraft – und letzten Endes vergeblich – darum, sich nicht übergeben zu müssen. Plötzlich war die Angst vor dem Tod da, dic ihm im wortwörtlichen Sinne die Kehle zuschnürte und sein Herz so zum Rasen brachte, dass er glaubte, es müsse zerspringen. Wimmernd krümmte er sich auf dem Boden, würgte auch noch den Rest seiner letzten Mahlzeit hervor und versuchte instinktiv, ein Stück zur Seite zu kriechen, aber seine Gliedmaßen verweigerten ihm einfach den Gehorsam.

Irgendwann war es endlich vorbei, und er gewann zumindest die Kontrolle über seine Arme und Beine zurück; wenigstens weit genug, um sich hochstemmen und sich ein kleines Stück zur Seite schleppen zu können. Er zitterte noch immer am ganzen Leib, sein Herz klopfte bis zum Hals, und er hatte das Gefühl, am ganzen Körper ... *besudelt* zu sein. Alles drehte sich um ihn. Er hatte *Angst*.

»Alles wieder okay?«

Aus tränenverschleierten Augen blickte er hoch und erkannte im ersten Moment nur einen Schemen. Er musste ein paarmal blinzeln, bis er sich zu Tahias Gesicht zusammenfügte. Sie war kreidebleich.

»Ich ...« Der säuerliche Geschmack in seinem Mund war plötzlich so stark, dass er nicht weitersprechen konnte. Er schluckte hektisch (womit er es nur noch schlimmer machte), kroch ein weiteres Stückchen zur Seite und fuhr sich angewidert mit dem Handrücken über den Mund. »Entschuldige.«

»Das brauchte dir nicht peinlich zu sein«, antwortete Tahia. Es hörte sich ehrlich an. »Mir an deiner Stelle wäre es ganz genauso gegangen.

Mindestens.« Sie versuchte zu lächeln, aber es misslang. Ihre Pupillen waren vor Schrecken so groß geworden, dass ihre Augen beinahe schwarz aussahen. »Ich glaube, sogar Harry.«

Ben stemmte sich zitternd weiter hoch und sah beinahe gegen seinen Willen zu der riesigen Spinne zurück, nur um sich sofort zu wünschen, es nicht getan zu haben. Jetzt, wo der erste Schrecken vorbei war (nein, das war er ganz eindeutig *nicht.* Was gerade geschehen war, würde er nie wieder im Leben vergessen können – aber er konnte sich zumindest einreden, es wäre so), erkannte er sie wieder: Es war das schneefarbene Ungeheuer, das Sie draußen im Gang gesehen hatten; nicht annähernd so groß, wie es ihm gerade in seiner Panik vorgekommen war, aber immer noch ein Gigant. Mit ihren weit gespreizten, an den kantigen Gelenken weit über den Körper emporragenden Beinen musste sie gut anderthalb Meter messen. Ihre starren Augen musterten ihn gefühllos. Obwohl ihr Anblick noch immer beinahe mehr war, als er ertragen konnte, fiel es ihm zugleich auch unglaublich schwer, sich von ihm zu lösen.

Harry sah nicht einmal in seine Richtung, sondern zielte mit einer Waffe unverdrossen weiter auf die Eiskönigin. »Jetzt sind es noch ungefähr zwanzig Minuten, schätze ich. Sie sollten sich allmählich entscheiden.«

»Ich dachte, das hätte ich bereits. Nehmen Sie das Ding runter!«

Harry ließ die Pistole zwar tatsächlich ein winziges Stückchen sinken, blieb aber aufmerksam und angespannt. »Jetzt sind es noch neunzehn Minuten. Ungefähr.«

Wieder tobte ein lautloser Sturm wütender Farben durch das Labor und ließ eine Armee winziger Schatten über das Gesicht der Eiskönigin huschen, von denen einige zu bleiben schienen, als sich die Farben wieder beruhigten. »Wer sagt mir, dass Sie Ihr Wort halten und die Bombe nicht trotzdem zünden?«

»Niemand. Abgesehen von der Kleinigkeit, dass wir am Leben bleiben wollen. Es ist Ihre Entscheidung.«

»Also gut. Sie haben gewonnen.«

Harry blinzelte. Zum ersten Mal wirkte er ehrlich überrascht; und ein wenig aus dem Konzept gebracht. »So … einfach?«

»Sagten sie nicht gerade, unsere Zeit sei ein wenig knapp?« Sie gestikulierte unwillig auf den Computer, der sich mehr und mehr in etwas … *anderes* zu verwandeln schien. Das asthmatische Rasseln und Keuchen war nicht mehr zu hören und der Bildschirm erloschen, aber über das Netz ineinander verwobener Spinnfäden aus Eis huschte nun ein Lichtgewitter aus roten und grünen Blitzen. »Ich habe, was ich wollte, und Sie bekommen, was *Sie* wollen.«

»Sie bringen sie auf die *Princess*«, sagte Harry. »Lebend. Sobald der Sturm vorüber ist.«

»Ganz, wie Sie wollen.« Ihr Blick streifte scheinbar vollkommen desinteressiert Bens Gesicht, und nun schien überhaupt nichts Menschliches mehr in ihren Augen zu sein. Schwarze Höhlen, in denen kein Leben mehr war, sondern etwas Uraltes, was kälter war als das Eis, das sie umgab. »Der Sturm wird in …« – Farben, schwärzer als die dunkelste Nacht, flackerten durch den Raum und erloschen wieder – »… in wenigen Stunden vorüber sein.«

»In wenigen Stunden?«, wiederholte Harry überrascht. »Aber sagten Sie nicht gerade, dass –«

»Beim nächsten Sonnenaufgang.« Ihre Stimme hatte sich verändert. Ben konnte den Unterschied nicht in Worte fassen, aber er war ganz eindeutig da. Jetzt war sie endgültig zur Eiskönigin geworden. Es gelang ihm nicht einmal mehr in Gedanken, sie als seine Mutter zu bezeichnen, denn das Wesen, dem sie gegenüberstanden, hatte kaum noch etwas von einem Menschen. »Sie haben Zeit, die Station zu verlassen, solange die Sonne am Himmel steht. Nicht länger.«

»Und … die Gefangenen?«, erkundigte sich Harry noch einmal.

Ein kurzes, durch und durch böses Lächeln huschte über ihr Gesicht: »Werden Sie auf dem Schiff erwarten. Fast zweihundert tote Männer und Frauen. Viel Vergnügen damit.« Sie wedelte ungeduldig mit der Hand. »Und jetzt gehen Sie! Sie haben noch achtzehn Minuten.«

»Abzüglich der Zeit, die wir brauchen, um nach oben zu kommen«, bestätigte Harry lahm. Er wirkte immer noch ein bisschen perplex, fing sich nun aber rasch wieder. »Ja. Und wir würden gerne *ohne* Begleitschutz gehen.«

Diesmal bekam er gar keine Antwort. Die Eiskönigin starrte ihn nur an, und die Wand hinter ihr loderte abermals in stummer, flackernder Wut, aber Ben hörte ein rasches, schleifendes Trappeln, und als er sich umsah, war die Spinne verschwunden. Die Furcht, die mit ihr hereingekommen war, war geblieben. Unsicher und fast mit ein bisschen Furcht vor dem, was er sehen würde, wandte er sich zu Sasha um. Sie hatte sich die ganze Zeit über nicht gerührt und starrte weiter ins Leere wie eine Puppe, die nur die blasse Imitation einer jungen Frau darstellte, und vielleicht zum ersten Mal wünschte sich Ben, es möge tatsächlich so sein, wenigstens für diesen Augenblick. Möglicherweise hatte sie ja gar nicht mitbekommen, was passiert war.

Aber etwas sagte ihm, dass es nicht so war, und der Gedanke erfüllte ihn mit einer Mischung aus Mitleid und Zorn. Bis eben hatte er geglaubt, sein kleines Spinnenabenteuer sei das Schlimmste gewesen, was einem Menschen überhaupt zustoßen konnte, doch ein einziger Blick in Sashas wie erstorbenes Gesicht machte ihm klar, dass das nicht stimmte.

Rückwärts gehend und ohne die Eiskönigin auch nur einen Sekundenbruchteil aus den Augen zu lassen, kam Harry zu ihm, zog ihn mit der linken Hand unsanft auf die Beine und gab Tahia mit der anderen einen Wink, sich um Sasha zu kümmern. Im aller Hast bugsierte er ihn zum Ausgang, stieß die Tür mit dem Absatz auf und warf einen raschen Blick über die Schulter zurück, bevor sie weitergingen. Tahia folgte ihnen mit einer noch immer vollkommen willenlosen Sasha im Schlepptau, steckte ihre Pistole ein und zauberte stattdessen eine Taschenlampe aus den unergründlichen Tiefen ihrer weißen Polarjacke, deren greller Schein wie ein Messer durch die Dunkelheit schnitt, als sie sie einschaltete. Etwas Helles, Vielbeiniges huschte davon, bevor das Licht seine wahre Gestalt enthüllen konnte.

»Es geht schon«, antwortete Ben mit einer Stimme, die Harrys zweifelndes Stirnrunzeln im Grunde überflüssig machte.

Er sagte auch nichts, sondern ergriff ihn nur fester am Arm, und sie eilten, geleitet vom gleißenden Licht von Tahias Taschenlampe, zurück zur Treppe. Nichts stellte sich ihnen in den Weg, und die einzigen Geräusche, die sie hörten, waren ihre eigenen Schritte, das Rascheln ihrer Kleidung und ein gelegentliches Kollern und Scheppern, wenn sie in ihrem Hasten gegen ein Trümmerstück stießen. Aber die Dunkelheit, die sie umgab und die immer wütender gegen das Licht der Taschenlampe anzurennen schien, war nicht leer. Ben war nicht der Einzige, der den stummen Zorn spürte, der wie knisternde Elektrizität in der Luft lag. Da ... war etwas, was ungleich größer war als die Marionette, mit die sie gerade gesprochen hatten.

Als sie die Treppe erreichten, musste Harry seinen Arm loslassen, um Tahia dabei zu helfen, Sasha über die zerstörten unteren Stufen zu heben.

In Anbetracht ihres völlig phlegmatischen Zustands stellte sie sich erstaunlich geschickt dabei an, aber sie verloren dennoch weitere zwei oder drei kostbare Minuten, bis auch Harry schließlich als Letzter die Treppe erklomm und ihnen mit einem ungeduldigen Wedeln beider Hände bedeutete, sich zu beeilen. Zum allerersten Mal kam Ben der Gedanke, dass er vielleicht nicht geblufft hatte und das, was er der Eiskönigin gerade über die Bombe unter ihren Füßen erzählt hatte, möglicherweise wahr war. Wie viel Zeit hatten sie noch? Ben versuchte vergeblich, abzuschätzen, wie lange sie für den Weg vom Labor hierher gebraucht hatten – sicher nur wenige Minuten, was womöglich trotzdem zu viel war, wenn er den immer mühsamer unterdrückten Ausdruck von Nervosität in Harrys Gesicht richtig deutete. So schnell, wie es Sasha, die das Tempo vorgab, zuließ, eilten sie die ausgeglühte Metallkonstruktion hinauf und stürzten schließlich durch den Vorhang aus Schwärze, der die Tür an ihrem oberen Ende ausfüllte. Augenblicklich ließ Tahia Sashas Hand los und rannte davon.

Sofort war Ben bei ihr und schloss sie in die Arme. Ein Gefühl ohnmächtigen Zorns überkam ihn, als er spürte, wie apathisch sie die Berührung über sich ergehen ließ.

Trotzdem: »Warte«, sagte er, als Harry ihm einen kurzen, prüfenden Blick zuwarf und sich dann ebenfalls abwenden wollte.

Der Söldner zögerte und sah beinahe sehnsüchtig in die Richtung, in die Tahia davongehastet war, aber er schien es dennoch nicht annähernd so eilig zu haben wie sie, und Ben hatte plötzlich eine ungefähre Vorstellung davon, *wer* der einzige Mensch in dieser Station war, der den Countdown der Bombe noch stoppen konnte. »Ja?«

»Dort unten, gerade.« Ben musste sich anstrengen, um überhaupt sprechen zu können. Seine eigene Stimme kam ihm wie die eines Fremden vor. »Als du zu meiner … der Eiskönigin gesagt hast, du würdest schießen …«

Harry legte den Kopf auf die Seite und sah ihn forschend an.

»Hättest du es getan?«

»Ja«, antwortete der Söldner mit großem Ernst. »Und danach die Bombe gezündet.«

28

»DAS WAR DAS MIT ABSTAND HIRNRISSIGSTE, was Sie sich bisher geleistet haben«, sagte Ramanov, »und Sie und Ihre Leute haben sich schon eine Menge Irrsinnigkeiten geleistet, seit Sie hergekommen sind.« Er klang – wie üblich – wütend, und sein Gesicht war – wie üblich – zu einer ärgerlichen Grimasse verzogen, aber trotzdem wirkte er irgendwie anders als sonst. Ramanov wutschnaubend und mit miesepetrigem Gesicht zu erblicken, das war nun wirklich nichts Außergewöhnliches. Doch man musste nicht der beste Menschenkenner der Welt sein, um zu begreifen, dass sich hinter diesem vermeintlichen Zorn nichts als Angst verbarg.

»So, finden Sie?« Harry hatte kurzerhand Ramanovs Stammplatz am Kopfende des großen Tisches okkupiert und tippte mit konzentriertem Gesichtsausdruck und nur zwei Fingern auf die Funktastatur. Dann und wann sah er konzentriert zu den beiden Wandmonitoren hin, als erwarte er, etwas ganz Bestimmtes darauf zu sehen. Die beiden Schirme blieben jedoch schwarz. Den Russen würdigte er nicht einmal eines Blickes.

»In der Tat. Eigentlich fällt mir nur eine einzige Sache ein, die noch dümmer war – nämlich meine Idee, Sie und Ihre Leute zu engagieren, und mir tatsächlich einzubilden, Sie würden uns beschützen.«

Darauf antwortete Harry nicht einmal, aber Robert Berger sagte: »Also, das ist jetzt ein bisschen unfair, Professor. Harry und seine Leute haben uns in den letzten Tagen mindestens –«

»Vier Minuten, Doktor Berger«, unterbrach ihn Ramanov. »Vier Minuten länger und Ihr *Freund* hätte uns alle in die Luft gesprengt. Sie, mich, Ihre Familie, jeden einzelnen Menschen in dieser Station.«

»Viereinhalb, Professor. Beinahe sogar fünf.« Harry sah Ramanov immer noch nicht an, aber die Bewegungen, mit denen er die Computertastatur malträtierte, wurden deutlich ungeduldiger.

Ramanov atmete scharf ein, aber die erwartete Explosion blieb aus. »Sie halten das alles hier für eine Art großes Spiel, nicht wahr? Aber das ist es nicht. Ich weiß, Sie glauben, ich sei ein starrsinniger alter Mann, der seine besten Tage hinter sich hat und den man hierher ans Ende der Welt abgeschoben hat, damit er keinen Schaden anrichtet. Und vielleicht haben Sie damit sogar Recht. Aber Sie hatten verdammt noch mal *kein* Recht, mit unser aller Leben zu spielen!«

Sondern lieber mit dem Leben aller anderen Menschen auf der Welt?, fragte Ben. Jedenfalls wollte er es. Stattdessen zog er die Decke, die van Staaten ihm gegeben hatte, enger um die Schultern und schmiegte die Hände noch fester um den dazugehörigen Becher mit heißem Kaffee. Beides war typisch für die ganz spezielle Art von Fürsorge, die Heidi van Staaten ihren Patienten angedeihen ließ: Sie tat durchaus ihren Dienst, aber die Decke kratzte nicht nur erbärmlich, sondern roch auch alles andere als gut, und der Kaffee schmeckte nach allem, nur nicht nach Kaffee.

Immerhin war er heiß.

Bens Hände wollten trotzdem nicht aufhören zu zittern.

Er hatte Harry gebeten, niemandem zu erzählen, was gerade unten im Labor passiert war, und der Söldner hatte deutlich erleichtert darauf reagiert und seine Behauptung bestätigt, wonach er nur deshalb am ganzen Leib zitterte, weil es unten im Labor so kalt gewesen war. Er hatte kein Wort über Bens kleinen Zusammenstoß mit dem zehnbeinigen Ungeheuer verloren; und auch nicht über das, was zwischen ihm und seiner Mutter geschehen war.

»Es ging dabei nicht nur um unser Leben, Professor«, antwortete Harry. »Verdammt, was ist mit dieser Scheißkamera los? Ich kriege kein Bild!«

Ramanov schnaubte. »Ich glaube, ich habe Ihnen schon einmal gesagt, was ich von dieser ganzen Weltuntergangsgeschichte halte. Sie müssen vollkommen den Verstand verloren haben! Und Sie haben es nicht einmal für nötig gehalten, mich zu fragen?«

»Wären Sie einverstanden gewesen?«

»Natürlich nicht! Sie –«

»Sehen Sie, deshalb habe ich es erst gar nicht versucht«, unterbrach ihn Harry, drückte eine weitere Taste, und sein Gesicht hellte sich auf. »Na also!«

Ben warf einen flüchtigen Blick auf den Monitor, der tatsächlich angegangen war, mehr aber auch nicht. Alles, was zu sehen war, waren Störungen.

»Womit einverstanden?«, fragte Bens Vater misstrauisch.

»Mit dieser Bombe zu drohen!«, schnaubte Ramanov. »Damit, sie zu zünden!«

»Nun ja«, murmelte Bens Vater. »Ich gebe zu, das war vielleicht ein bisschen drastisch, aber –«

»Einer *Atombombe*«, sagte Ramanov.

Es wurde sehr still.

Die Zentrale war ohnehin nahezu leer. Bis auf Ramanov, Harry und Bens Vater waren alle davongeeilt, um Vorbereitungen für die bevorstehende Evakuierung zu treffen, aber kurz wurde es so ruhig, dass Ben fast glaubte, die Herzschläge der drei anderen hören zu müssen.

»Eine … Atombombe?« Sein Vater wandte sich mit einiger Mühe zu Ramanov um und versuchte vergebens, angemessen empört zu klingen statt schockiert. »Wir sitzen hier die … die ganze Zeit auf einer scharfen Atombombe, und Sie haben es bisher nicht einmal für nötig gehalten, uns davon in Kenntnis zu setzen?«

»Atombombe ist vielleicht ein etwas zu drastisches Wort. Es ist eher ein taktischer Sprengkopf.«

»Fünfzehn Kilotonnen«, bestätigte Harry, immer noch ohne den Blick vom Bildschirm zu nehmen. Bens Vater atmete sichtbar auf, und Ben nippte an seinem Kaffee, würgte den Schluck hinunter und sagte: »Hiroshima hatte zehn.«

Sein Vater wurde noch blasser. »Das … das ist ein Scherz. Oder?«

»Anderthalbmal Hiroshima. Wie gesagt: So was verschießt man heutzutage aus Kanonen oder transportiert es in einer Aktentasche.« Harry hämmerte weiter auf seine Tastatur ein und schob sie dann mit einem wütenden Ruck von sich. »Verdammt, ich verstehe nichts von diesem Müll! Ich brauche Tahia hier!«

»Aber das … das ist doch Wahnsinn! Ramanov, Sie … Sie haben es nicht für nötig gehalten, irgendjemandem hier davon zu erzählen?«

»Sie wussten, dass es eine Selbstzerstörungsanlage gibt.«

»Aber keine Atombombe!«

»Und das macht für Sie einen Unterschied?«

»In der Tat!«, ereiferte sich Bens Vater. »Es ist ein Unterschied, ob man –«

»Von einer Kilotonne in die Luft gesprengt wird oder von einer Megatonne?« Ramanov lachte böse. »Für mich nicht. Tot ist tot. Und wenn es Sie beruhigt, Doktor – ich war genauso erschrocken wie Sie, als ich von ihrer Existenz erfahren habe. Die Amerikaner haben sie zurückgelassen, als sie die Station damals aufgegeben haben.«

»Und sie haben sich nie gefragt, warum?«

»Warum sollte ich? Das hier war einmal eine Militäreinrichtung. Sie wissen, wie paranoid die Amis während des Kalten Krieges waren.«

»Aber nicht *so* paranoid. Und schon gar nicht verrückt genug, um dieses Ding anschließend einfach hier zurückzulassen!«

»Haben sie auch nicht«, mischte sich Harry ein. Ramanov sah ihn überrascht an und Ben und sein Vater ebenfalls. »Jedenfalls nicht *einfach so*. Sie haben sie funktionsunfähig gemacht. Tahia und Gerrit haben beinahe jede freie Minute in den letzten Tagen gebraucht, um sie wieder scharf zu machen.«

»Ihre Leute müssen ja wahre Genies sein«, bemerkte Robert Berger spöttisch.

»Sie sind gut. Außerdem sind zwanzig Jahre eine lange Zeit. Was damals für vollkommen unmöglich gehalten wurde, ist heute manchmal eine Kleinigkeit, die jeder pickelgesichtige Hacker mit einem Lötkolben in einer Stunde erledigen kann.«

»Vielen Dank auch für das Kompliment«, sagte Tahia von der Tür her. »Dabei kann ich überhaupt nicht mit einem Lötkolben umgehen. Du weißt doch, dass ich zwei linke Hände habe.« Sie drehte die rechte Hand so, dass die Handfläche nach oben zeigte, und ging mit schnellen Schritten auf Harry zu, allerdings nicht, ohne Ben im Vorbeigehen einen besorgten Blick zugeworfen zu haben: »Alles wieder in Ordnung?«

Ben nickte nur hastig und verkroch sich tiefer hinter dem Rand seines Plastikbechers, aber ihm entging weder das überraschte Stirnrunzeln seines Vaters noch der ebenso fragende wie misstrauische Blick, den er ihm und der Söldnerin zuwarf.

»Also, wo ist das Problem?«, fragte Tahia, während sie weiter mit zwei vorgestreckten *linken* Händen auf Harry zusteuerte.

»Das Problem sind wahrscheinlich *meine* linken Hände«, antwortete Harry missmutig und versetzte der Tastatur einen weiteren ärgerlichen Stoß, sodass sie über die Tischplatte schlitterte und zu Boden gefallen wäre, hätte Tahia sie nicht im letzten Moment aufgefangen – ohne ihre rechte Hand herumzudrehen. »Ich bin anscheinend zu dämlich dafür.«

»Und was erwartest du jetzt? Dass ich dir widerspreche? Du bist mein Boss!« Harry zog eine Grimasse, und Tahia fuhr – ernster – fort: »Wonach suchst du?«

»Nach dem Wetterbericht.« Harry stand auf, um ihr Platz zu machen, aber Tahia nahm die Tastatur in die linke Hand und begann mit der anderen zu tippen, während sie in Richtung der beiden Monitore schlenderte. »Sieh nach, was mit diesem verdammten Sturm ist.«

»Eine … Atombombe?«, murmelte sein Vater noch einmal erschüttert.

»Aber nur eine klitzekleine, Doktorchen«, flötete Tahia. Ihre Finger huschten geschäftig über die Tastatur. »Ein besserer Knallfrosch nach heutigen Maßstäben.« Der Schirm begann zu flackern, ging aus und zeigte die Ben bereits wohl vertraute meteorologische Karte der Antarktisküste, als sich das Bild wieder stabilisierte. Irgendetwas hatte sich verändert, aber Ben konnte nicht genau sagen, was.

Ramanov anscheinend schon, denn er sog überrascht die Luft ein und trat mit zwei schnellen Schritten neben Tahia. »Aber das ist doch … unmöglich.«

»Schlechte Nachrichten, Professor?«, erkundigte sich Harry.

»Im Gegenteil. Aber das dürfte gar nicht sein.«

»Was?« Ben gesellte sich zu ihnen und nach kurzem Zögern auch sein Vater. Harry blieb, wo er war, sah mit einem Mal aber auch sehr aufmerksam aus.

»Das hier, sehen Sie?« Ramanov nahm Tahia kurzerhand die Tastatur weg und begann zu tippen. Auf dem Monitor erschienen weitere und noch verwirrendere Symbole, und Ben erkannte jetzt gar nichts mehr.

»Nein«, sagte sein Vater.

Der Russe reichte die Tastatur an die Söldnerin zurück und trat dicht an den Bildschirm heran. »Das hier war gestern noch nicht da.« Seine ausgestreckte Hand deutete auf einen hellen, seltsam zerrupften Wirbel inmitten des grauen Wolkenmeeres.

»Aha«, sagte Bens Vater. »Und was genau ist es?«

»Das Auge des Orkans.« Ramanov klang … verstört, beinahe erschüttert. »Sie wissen, was das ist? Ein Bereich nahezu vollkommener Windstille im Zentrum eines tropischen Wirbelsturms.«

»Stellen Sie sich vor, das weiß sogar ich. Was soll daran so ungewöhnlich sein?«

Ramanovs Blick wurde beinahe mitleidig. »Dass das hier kein tropischer Wirbelsturm *ist,* Doktor. Jedenfalls war er es nicht bis vor ein paar Stunden.«

»Also, ich verstehe ja nicht viel von solchen Dingen«, sagte Harry. »Ich meine: Ich bin kein Wetterfrosch, sondern nur ein kleiner Soldat, aber ist so was nicht eigentlich … irgendwie ungewöhnlich?«

Ramanov musterte ihn finster und schwieg.

»Also, Professor. Was muss noch passieren, damit Sie begreifen, wozu sie im Stande sind?«

Ramanov starrte ihn nur eine weitere Sekunde lang böse an, dann trat er noch dichter an den Bildschirm heran und beugte sich so weit vor, dass sein Gesicht beinahe die geriffelte Plastikscheibe berührte. »Luftdruck, Temperatur, Windgeschwindigkeit … Unmöglich. Dazu ist niemand im Stande!«

»Ich würde dieses Ding da draußen auch nicht unbedingt als *Jemand* bezeichnen.« Harry schüttelte rasch den Kopf, als Ramanov antworten wollte, und wechselte das Thema. »Wann geht die Sonne auf?«

»In knapp vier Stunden« antwortete Ramanov, wie aus der Pistole geschossen und ohne den Blick vom Bildschirm zu lösen.

»Und für wie lange?«

»Nicht ganz drei Stunden«, sagte Ramanov abwesend und noch immer wie hypnotisiert auf den Monitor starrend. Er hatte die Fingerspitzen auf den Bildschirm gelegt, als versuche er, die unmöglichen Symbole und Zahlen darauf durch seine bloße Berührung wieder geradezurücken. »Das … das ist vollkommen unmöglich.«

Harry stand nun doch auf. »Das heißt, wir haben insgesamt weniger als sieben Stunden Zeit, um die Leute hier auf die *Princess* zu schaffen. Das wird verdammt knapp. Die Verletzten machen die Sache nicht gerade leichter.«

»Es sind nur drei Kilometer«, gab Bens Vater zu bedenken.

»Bei fünfzig Grad unter null und in diesem Höllensturm? Selbst wenn der Sturm aufhört –«

»Das wird er«, unterbrach ihn Ramanov leise und mit einer Stimme, der man anhörte, wie schwer es ihm fiel, selbst an das zu glauben, was er sagte. »Wenn … das hier stimmt, dann erreicht uns das Auge in vier Stunden.«

»Genau, wie sie gesagt hat«, murmelte Ben. Harry nickte nur, aber sein Vater warf ihm einen überraschten Blick zu. Bisher hatte Ben mit keiner Silbe erwähnt, dass auch er mit seiner Mutter gesprochen hatte.

»Lassen Sie mich raten, Professor«, sagte Tahia. »Wenn Sie seine Größe und Geschwindigkeit berücksichtigen, dann bleibt es ungefähr drei

Stunden über uns.« Ramanov nickte, und Tahia fügt in erstauntem Ton und mehr zu sich selbst hinzu: »Sie scheint tatsächlich Wort zu halten.«

»Und das überrascht Sie?«, fragte Bens Vater. Jetzt klang er eindeutig misstrauisch.

Weder die Söldnerin noch Harry taten ihm den Gefallen, darauf zu antworten. »Das heißt im Klartext, uns bleiben drei Stunden, nicht sieben.« Harry klang eher wütend als besorgt. »Das ist kaum zu schaffen.« Er machte eine wedelnde Handbewegung in Tahias Richtung. »Ich brauche die Außenkamera.«

Tahia gab einen entsprechenden Befehl in die Tastatur ein, und das Bild vor Ramanovs Gesicht wechselte und zeigte nun wieder eine grünstichige, restlichtverstärkte Ansicht des Bereichs unter dem Zeltdach.

»He!«, beschwerte sich Ramanov.

»Nur die Ruhe. Da ändert sich nichts, und wenn Sie es noch so lange anstarren.« Er bedeutete dem Russen mit einer unwilligen Geste, zur Seite zu treten. »Bitte, Professor. Ich muss etwas überprüfen.«

Ramanov wäre nicht Ramanov gewesen, hätte er seinen Platz nicht aus purem Trotz noch für geschlagene zwei Sekunden behauptet, aber schließlich trat er widerwillig beiseite, und Harry kam mit schnellen Schritten um den Tisch herum und ging beinahe so nahe an den Bildschirm heran wie er gerade. »Diesen Teil hier. Kannst du ihn vergrößern?«

Tahia gehorchte. Der Bildausschnitt zoomte heran, und nach ein paar Sekunden erkannte Ben einen eckigen, leicht verschoben wirkenden Umriss, ohne allerdings genau sagen zu können, was er darstellte.

Ramanov schien schärfere Augen zu haben oder er hatte gewusst, wonach Harry suchte. »Das Schneemobil?« Harry nickte nur stumm, und Ramanov erinnerte sich mit einer kurzen Verzögerung daran, wer er war, und fügte noch hinzu: »Oder das, was Ihr schießwütiger Freund davon übrig gelassen hat.«

Beides stimmte, dachte Ben bedrückt. Er identifizierte den immer noch verschwommenen Umriss jetzt als die auf dicken Gummiketten laufende Schneekatze, aber er erinnerte sich auch nur zu gut an das Geräusch von berstendem Metall und den Vulkan aus zersplittertem Glas, der aus der Kabine ausgebrochen war, als Tooth das Fahrzeug mit seiner Schallkanone gestreift hatte.

»Wie viele von diesen Dingern haben Sie, Professor?«, fragte Harry ungerührt.

»Zwei, aber das andere steht seit einem Monat in der Werkstatt. Ich glaube, das Getriebe ist auseinander genommen worden.«

»Das kriegen wir hin«, sagte Harry überzeugt, während er sich bereits mit einer auffordernden Geste zu Tahia herumdrehte. »Gerrit und du, ihr schaut euch das Ding an. Ich gehe raus und sehe nach dem da.«

»Sie sind ja verrückt!«, rief Ramanov.

»Muss wohl so sein, sonst wäre ich wahrscheinlich nicht hier.«

»Ich begleite dich«, sagte Ben.

Nicht nur Harry sah ihn überrascht an. Sein Vater holte sichtlich Luft, um zu protestieren, aber Tahia kam ihm zuvor. »Keine schlechte Idee. Er kann wenigstens die Augen offen halten, nur für den Fall, dass unsere Freunde dort draußen eine unangenehme Überraschung für dich vorbereitet haben.«

Das klang so sehr nach etwas, was ihr gerade in dem Moment eingefallen war, in dem sie es aussprach, dass der Ausdruck stirnrunzelnden Misstrauens auf dem Gesicht seines Vaters jetzt regelrecht komisch wirkte. Dennoch schien auch Harry endlich begriffen zu haben, denn er beeilte sich plötzlich zu nicken und nahm ihm unaufgefordert den Plastikbecher mit van Staatens undefinierbarem Gebräu aus der Hand. »Keine Sorge, Doktor. Ich passe schon auf ihn auf.«

»Das gefällt mir nicht«, sagte sein Vater; allerdings eher so, als erhebe er eigentlich nur der Form halber Einspruch.

Ben gab ihn keine Chance, noch einmal über seine Entscheidung nachzudenken. Rasch streifte er die Decke ab und verließ den Raum, dicht gefolgt von Tahia und Harry, der die Tür sorgsam hinter sich ins Schloss zog. Ramanov und sein Vater waren jetzt allein in der Zentrale, aber Ben wusste nicht, wer von beiden ihm mehr leidtun sollte.

»Danke«, sagte er einfach. Die Söldnerin lächelte flüchtig, während Harry ihn kritisch musterte und sichtlich dazu ansetzte, etwas zu sagen, was er wahrscheinlich nicht hören wollte, es dann aber bei einem Schulterzucken beließ. Vermutlich war ihm nicht wohl dabei, ihn mit nach draußen zu nehmen, und wenn er ehrlich war, erging es Ben nicht anders. Aber wenn er geblieben wäre, dann hätte sein Vater ihn vermutlich auf das Gespräch mit seiner Mutter unten im Labor angesprochen, und das wäre im Moment mehr gewesen, als er ertragen konnte.

»Du solltest jetzt zu Sasha gehen und dich um sie kümmern«, sagte Harry. »Ich finde, sie sah aus, als hätte sie ein bisschen Beistand nötig.«

»Aber ich dachte –«

»Dass ich dich mit hinausnehme? Bestimmt nicht. Da draußen ist es gefährlich. Ich werde kaum die Gelegenheit haben – und ganz bestimmt nicht die Lust dazu –, auch noch auf dich aufzupassen.«

Ben kannte Harry mittlerweile gut genug um zu wissen, wie völlig sinnlos es war, ihn von einem einmal gefassten Entschluss abbringen zu wollen, aber er versuchte es trotzdem. Und obwohl er wusste, dass Harry Recht mit dem hatte, was er gerade über Sasha gesagt hatte. Aus irgendeinem Grund hatte er beinahe Angst, sie wiederzusehen. Außerdem – das redete er sich zumindest ein – war sie in den besten Händen, die es in diesem Teil der Welt gab. Van Staaten hatte sich ihrer angenommen, kaum dass sie wieder oben gewesen war. »Vielleicht wirst du da draußen ja Hilfe brauchen.«

»Wobei? Glaubst du, dass es irgendetwas gibt, was –«

»Er hat Recht, Harry«, sagte Tahia plötzlich. »Mir ist auch nicht wohl dabei, wenn du allein dort hinausgehst.«

Ben hätte nicht sagen können, wer von ihnen die Söldnerin überraschter ansah, Harry oder er. Tahia fuhr jedoch rasch und mit einem bekräftigenden Kopfschütteln fort: »Er kann bei der Schleuse zurückbleiben und die Augen offen halten. Er muss nicht einmal raus.«

»Was soll das?«, fragte Harry. »Haltet ihr Mädchen jetzt zusammen?«

»He!«, beschwerte sich Ben. Tahia grinste.

»Also gut.« Harry gab sich geschlagen. »Du bleibst in der Schleusenkammer und hältst nur die Augen auf. Du machst nicht einen Schritt nach draußen, ist das klar?«

Ben war viel zu perplex, um irgendetwas sagen zu können. Er nickte nur. Er konnte sich nicht erinnern, jemals erlebt zu haben, dass Harry so schnell klein beigab. Er verstand auch nicht wirklich den Grund.

»Gerrit soll in die Garage gehen und sich das zweite Schneemobil ansehen. Sieh zu, ob du ihm dabei helfen kannst. Wenn nicht, dann geh zu van Staaten. Sie wird jede Hilfe brauchen, die sie bekommen kann, um die Evakuierung vorzubereiten. Sie soll alles an Medikamenten zusammenpacken, was sie nur hat.«

Tahia verschwand, und auch Harry fuhr auf dem Absatz herum und ging schnell weiter, ohne sich davon zu überzeugen, dass Ben ihm folgte. Vermutlich war es ihm gleich.

Sie gingen nicht sofort zur Schleuse, sondern machten einen Umweg über die Messe, um sich warme Kleidung zu besorgen. Harry sprach die ganze Zeit über kein Wort mit ihm, und er reichte ihm auch nur stumm eine gefütterte weiße Polarmontur, die er mit einiger Mühe überstreifte – sie war mindestens zwei Nummern zu groß und nicht annähernd so bequem, wie er bisher angenommen hatte. Ein bisschen fühlte er sich darin wie in einer mittelalterlichen Ritterrüstung und sie war auch nicht viel leichter. Und der Gedanke, dass sie mit ziemlicher Sicherheit einem von Harrys jetzt toten Kameraden gehört hatte, machte es nicht besser.

Aber er hütete sich, ein Wort darüber zu verlieren. Er hatte immer noch nicht ganz verstanden, woher Harrys plötzlicher Sinneswandel kam, und er würde sich hüten, ihm auch nur den kleinsten Vorwand zu liefern, sich im letzten Moment doch noch anders zu entscheiden.

Als sie fertig waren, hängte sich Harry noch ein Gewehr über die Schulter und stopfte sich gleich drei Ersatzmagazine in die Jackentasche, zusammen mit zwei Handgranaten – seinem Lieblingsspielzeug; so viel zu seiner vermeintlichen Überzeugung, dass die Eiskönigin ihr Wort hielt.

Ben wandte sich in seiner ebenso unbequemen wie ungewohnten Kleidung ungefähr so elegant und geschmeidig wie ein Tanzbär zur Tür und wartete darauf, dass Harry sich in Bewegung setzte. Harry tat jedoch nichts dergleichen, sondern sah ihn nur ausdruckslos an und schob dann den Ärmel hoch, um auf die Uhr zu schauen. Er wirkte ungeduldig.

»Worauf wartest du?«, fragte Ben. Er hatte nicht mit einer Antwort gerechnet und bekam auch keine. Harry schüttelte nur den Jackenärmel wieder herunter und lehnte sich gegen die Arbeitsplatte der Küchenzeile.

Allzu lange musste Ben sich allerdings gedulden. Auch wenn es ihm wie eine kleine Ewigkeit vorkam, vergingen doch kaum fünf Minuten, bis die Tür aufging – und niemand anderes als Kapitän Schulz hereinkam. Er wirkte noch müder und erschöpfter, als Ben es in Erinnerung hatte, und – alles andere als angenehm – überrascht, ihn zu erblicken.

»Oh«, entfuhr es ihm.

»Ja, ich freue mich auch, Sie zu sehen. Wie geht es Sasha?«

»Gut.« Schulz warf Harry einen ebenso irritierten wie fragenden Blick zu und verbesserte sich. »Sie schläft. Doktor van Staaten sagt, es sei das Beste, was sie im Moment tun könnte.«

Ben wollte noch mehr fragen, aber Harry hatte sich bereits von seinem Platz gelöst und kramte eine weitere Polarmontur hervor, die er Schulz reichte. Anders als bei Ben gerade sah er nicht einfach nur schadenfroh zu, wie sich Schulz mit den unhandlichen Kleidungsstücken abquälte (*ihm* waren sie zur Abwechslung deutlich zu klein), sondern half ihm, in die dick gefütterte Hose und die dazugehörigen schweren Stiefel zu schlüpfen; mit seinen bandagierten Händen, die vermutlich immer noch wie die Hölle schmerzten, wäre es Schulz sonst wohl auch gar nicht gelungen. Mit der Jacke kam er einigermaßen klar, die Handschuhe jedoch stellten ihn vor ein unlösbares Problem. Harry dachte kurz nach, dann warf er die Handschuhe achselzuckend hinter sich, bückte sich nach einer Werkzeugkiste und kramte eine Hand voll großer Krokodilklemmen heraus, die er in der Jackentasche verschwinden ließ.

»Können wir?«, fragte er knapp.

Ben sah ihn verwirrt – und ungefähr genauso verständnislos wie Schulz – an, aber Harry deutete nur auffordernd zur Tür.

»Er … er begleitet uns?«

»Ja, er begleitet euch.« Umständlich, um seine schmerzenden Hände zu schonen, trotzdem aber sehr rasch, öffnete Schulz die Tür und machte eine Kopfbewegung auf den Flur hinaus. »Falls ihr heute noch mal so weit seid. Ich dachte, wir hätten wenig Zeit?«

29

BEN HATTE SICH GEFRAGT, wie sie eigentlich die zugeschweißte Schleusentür überwinden sollten, aber Harry beantwortete diese Frage auf seine ganz eigene Art: Gerrit hatte den Schweißbrenner zwar nur ein paar Schritte entfernt stehen lassen, doch Harry machte sich nicht einmal die Mühe, danach zu greifen, sondern versetzte dem Sammelsurium aus zusammengeschweißten und -gehefteten Metallplatten und Streben nur zwei, drei harte Schläge mit dem Gewehrkolben, woraufhin die ganze Konstruktion mit gewaltigem Getöse in sich zusammenbrach. Ben machte instinktiv einen hastigen Schritt zurück, obwohl ihm keines der Trümmerstücke auch nur nahe gekommen war, und blinzelte irritiert. Auch Schulz, der ohnehin ein paar Schritte zurückgeblieben war, sah nicht unbedingt erfreut aus.

»So viel zu eurer Behauptung, dass da niemand durchkommt«, murmelte Ben.

Harry hängte sich das Gewehr wieder über die Schulter und griff mit beiden Händen zu, um die verzogene Schleusentür ganz aufzuschieben. Ein Schwall Kälte drang aus der dahinterliegenden Dunkelheit. »Der Trick ist, zu wissen, aus welcher Richtung die Belastung kommt«, sagte er, während er mit zusammengebissenen Zähnen und sichtlicher Anstrengung daran arbeitete, den entstandenen Spalt zu verbreitern. »Es hat ja niemand was davon, wenn wir uns hier für alle Zeiten einsperren, oder?«

Die Frage gehörte nicht zu der Art, die nach einer Antwort verlangt, und so beließ Ben es denn auch bei einem skeptischen Blick und dachte sich seinen Teil. Irgendwie wurde er das Gefühl nicht los, dass Harry gerade einen ziemlichen Blödsinn redete.

Blödsinn oder nicht, es funktionierte bei der zweiten, äußeren Tür genauso gut, und nach kaum zwei Minuten nahm der Söldner sein Gewehr wieder herunter und quetschte seine breitschultrige Gestalt ächzend nach draußen. Das Heulen des Sturmes war jetzt so laut geworden, dass eine Verständigung beinahe unmöglich schien.

Ben wollte sich hinter Harry durch den Türspalt schieben, aber der Söldner machte augenblicklich wieder kehrt, kam zurück zu ihm in die Schleuse und bedeutete Schulz, der hinter ihnen im Korridor gewartet hatte, hereinzukommen. Sashas Vater gehorchte, wenn auch spürbar zögernd, als Harry ihn noch immer wortlos, jetzt aber mit eindeutig ungeduldigen Gesten aufforderte, die Arme auszustrecken. Ben riss überrascht die Augen auf, als Harry in die Jackentasche griff und die Krokodilklemmen herausholte, um die Ärmel der weißen Polarjacke damit vor Schulz bandagierten Händen zu verschließen. Es sah ziemlich albern aus, fand Ben.

»Besser geht's nicht«, sagte Harry, als er zurücktrat und das Ergebnis seiner improvisierten Bastelstunde betrachtete. »Für die paar Minuten wird es reichen.«

Wofür?, fragte sich Ben. Wobei um alles in der Welt sollte Schulz Harry denn *helfen,* ohne Hände?!

Harry machte jedoch keinerlei Anstalten, diese zwar unausgesprochene, zugleich aber auch unübersehbar in sein Gesicht geschriebene Frage zu beantworten, sondern drängte den Kapitän zum Ausgang, und tatsächlich schob sich Schulz ächzend durch den schmalen Spalt. Harry folgte ihm, und auch Ben wollte sich anschließen, doch der Söldner schüttelte nur beinahe erschrocken den Kopf. »Du bleibst hier!«, schrie er über das Heulen und Wimmern des Sturmes hinweg. »Halt die Augen offen und sag mir Bescheid, wenn irgendetwas Ungewöhnliches passiert!«

Ben starrte ihn an, als zweifele er an seinem Verstand. Wie um Gottes willen sollte er Harry denn eine Warnung zurufen? Das Tosen des Sturmes war so laut, dass er ihn schon jetzt kaum verstand, obwohl sie nicht einmal einen Meter voneinander entfernt standen!

Harry wechselte das Gewehr von der rechten in die linke Armbeuge, zog mit der frei gewordenen Hand eine Stablampe aus der Tasche und schaltete sie ein. Im ersten Moment hatte Ben das verrückte Gefühl, der Sturm versuche den starken Lichtstrahl davonzuwehen, bevor er erkannte, dass es Harry selbst war, der unter der Gewalt des Sturmes wankte. Dabei befanden Schulz und er sich noch unter dem weit gespannten Plastikzeltdach, das dem Unwetter den Großteil seiner Kraft nahm.

Ohne den heftig hin und her schwankenden Lichtstrahl hätte Ben die beiden auch schon nach wenigen Schritten aus den Augen verloren. Der Anblick, der sich ihm bot, war zwar nicht falschfarben und grünstichig wie auf dem Monitor in der Zentrale, unterschied sich ansonsten aber kaum davon … Ben sah eigentlich nicht mehr als verschwommene Schatten und die vage Andeutung von Bewegung, die vielleicht gar nicht da war, seine Sinne aber trotzdem narrte und ihr Möglichstes tat, seinem ohnehin angespannten Nervenkostüm den Rest zu geben. Plötzlich erschienen ihm Harrys Vorbereitungen von gerade einfach nur noch lächerlich – weder seine Maschinenpistole noch alle Handgranaten der Welt würden ihm etwas nutzen, wenn dort draußen irgendetwas Feindseliges auf sie wartete.

Der Lichtstrahl verriet ihm nicht, was die ungleichen Männer taten. Sie schienen sich in die Richtung des beschädigten Schneemobils zu bewegen, aber nicht einmal dessen konnte er sicher sein. Er fragte sich wieder, wieso Harry (ausgerechnet er, der ihm gerade lang und breit erklärt hatte, dass *er* ihm zur Last fallen würde, wenn er ihn nach draußen begleitete) Schulz mitgenommen hatte. Aber er fand auch jetzt keine Antwort auf diese Frage.

Der hektische Tanz des Lichtstrahls hörte zwar nicht auf, änderte sich aber irgendwie, als die beiden offensichtlich ihr Ziel erreicht hatten. Ben glaubte Metall und schimmerndes Glas oder auch Eis in dem kalten Licht aufblitzen zu sehen, aber es war nach wie vor fast unmöglich, überhaupt etwas zu erkennen. Was die Dunkelheit nicht verschlang, das wurde von dem immer noch tobenden Farbengewitter draußen über der Eisebene unkenntlich gemacht. Ben vermied es ganz bewusst, auch nur in die entsprechende Richtung zu sehen, aber das machte es nicht wirklich besser; zumal ihn der rasende Wechsel von düsteren Pastellfarben, Dunkelheit und zitternden Schatten mit jeder Sekunde mehr an sein Erlebnis unten im Labor denken ließ.

Das Gefühl, beobachtet zu werden, ließ ihn herumfahren. Zuerst erkannte er nichts – die Schleusenkammer schien so winzig und leer wie immer –, dann aber gewahrte er eine sonderbar eckige Bewegung aus den Augenwinkeln, sah genauer hin und hätte um ein Haar einen Schrei ausgestoßen.

Es war eine Spinne. Nicht der weiße Gigant, der ihn vorhin angefallen hatte, sondern ein im Vergleich dazu geradezu winziges Tier, kaum größer als der Daumen eines kräftigen Mannes. Ben wich trotzdem hastig von ihm zurück, presste sich mit heftig klopfendem Herzen gegen die geborstene Kunststoffwand in seinem Rücken und versuchte vergebens, die irrationale Angst niederzukämpfen, die der bloße Anblick des scheußlichen Geschöpfs in ihm wachrief. Es war noch gar nicht lange her, da hatte er sich insgeheim über seine Mutter amüsiert, wenn sie beim Anblick einer harmlosen Spinne an den Rand eines Nervenzusammenbruchs geriet, jetzt aber verstand er sie dafür umso besser. Wahrscheinlich würde es ihm für den Rest seines Lebens nicht anders ergehen.

Diesmal wurde er allerdings rasch erlöst. Kaum dass die Spinne ganz in die Schleusenkammer hereingekrabbelt war, verloren ihre Schritte zusehends an Schnelligkeit und eckiger Eleganz. Weniger als einen Meter diesseits der Schwelle blieb sie schließlich stehen, zitterte noch einmal und zog dann die Beine an den Leib, um zu sterben.

Noch während Ben sie halb erleichtert, halb misstrauisch betrachtete, erschien eine zweite, etwas größere Spinne hinter ihr, kroch ebenfalls herein und verendete genauso. Dann eine dritte und schließlich vierte; diesmal ein wahrer Riese von der Größe einer Kinderhand mit weit gespreizten Fingern, der es immerhin bis halb zum Ausgang schaffte, bevor auch er auf den Rücken fiel und mit eng an den Leib gezogenen Beinen verendete. Danach folgte keine weitere Spinne mehr.

Es war die Kälte, die sie umbrachte, begriff Ben. Und plötzlich war ihm auch klar, dass diese Tiere keineswegs rein zufällig hierher gekommen waren. Jemand hatte sie geschickt. Jemand, dessen Augen und Ohren sie waren.

Und das wiederum konnte nur eines bedeuten …

Auf einmal war es ihm egal, was Harry gesagt hatte oder noch sagen würde. Einen so großen Bogen um die toten Spinnen schlagend, wie es nur ging, aber auch sehr schnell, näherte er sich der Tür, quetschte sich mit einiger Mühe durch den schmalen Spalt und verzog das Gesicht, als Kälte und beißender Wind wie mit Krallen nach ihm schlugen. Der Sturm war selbst hier unter dem schützenden Zeltdach so stark, dass er das Gleichgewicht verlor und mit hilflos rudernden Armen rücklings gegen die Wand stolperte. Die Kälte war grausam. Ben hatte das Gefühl, gemahlenes Glas zu atmen, und zuerst schienen seine Kräfte nicht einmal auszureichen, um sich gegen den Sturm zu behaupten. Erst nach ein paar Sekunden gelang es ihm, das Gesicht so aus dem Wind zu drehen, dass er wieder einigermaßen atmen und zumindest verschwommen sehen konnte, und sich mühsam in die Richtung vorzutasten, in der das Licht von Harrys Lampe einen ungleichen Kampf gegen die Dunkelheit und die heranstürmenden Farben ausfocht. Harry würde ihm den Kopf abreißen, weil er gegen seine Anordnung verstoßen hatte, aber das war ihm gleich.

Harrys Misstrauen war nur zu berechtigt gewesen. Die Eiskönigin hatte sie betrogen.

Er stolperte ein halbes Dutzend Mal und fiel auf Hände und Knie (einmal auch der Länge nach hin), bevor er auch nur in die Nähe des Schneemobils und der beiden Männer kam. Der eiskalte Wind trieb ihm immer noch die Tränen in die Augen, aber er erkannte doch immerhin, dass das Schneemobil weit mehr abbekommen hatte, als sie gehofft hatten: Das Gefährt lag auf der Seite und wirkte im Ganzen sonderbar verschoben und zusammengestaucht. Harry und Schulz standen auf der anderen Seite und somit in dem kümmerlichen Windschatten, den das Wrack bot, und schienen sich nicht zu rühren. Vielleicht hatte der Anblick sie einfach gelähmt.

Aber er sah noch mehr. Hinter den beiden erhoben sich blassweiße

Gestalten … zwei, drei, vier gedrungene, breitschultrige Umrisse, die vollkommen unbeeindruckt inmitten von Schneegestöber und heulendem Sturm standen, so reglos, als könnte ihnen das Toben der Elemente schon deshalb nichts anhaben, weil sie selbst auf eine unheimliche Art Teil davon waren.

Und genau das waren sie. Es waren vier. – Nein. Während Ben weiterstolperte, erkannte er: Sechs! gesichtslose Eiskrieger, die sich genau in diesem Moment in Bewegung setzten und sich den beiden ahnungslosen Männern von hinten näherten.

»Verschwindet!«, schrie Ben. *»Das ist eine Falle!«* Jedenfalls wollte er es schreien, aber der Sturm riss ihm die Laute von den Lippen, kaum dass er sie ausgesprochen hatte, und machte sie zu einer neuen Stimme in seinem Geheul.

Er taumelte immer verzweifelter weiter, schrie und brüllte, so laut er nur konnte, und wedelte mit beiden Armen, um Harrys Aufmerksamkeit zu erregen, doch Schulz und er rührten sich nicht. Der bleiche Strahl der Taschenlampe strich unverändert weiter über das Chassis des auf der Seite liegenden Schneemobils, und die Eiskrieger kamen unerbittlich näher. Nur noch ein paar Schritte und sie würden die beiden Männer erreicht haben.

Ben versuchte schneller zu laufen und fiel prompt der Länge nach hin. Der weiche Schnee dämpfte seinen Aufprall. Weder verletzte er sich noch tat er sich wirklich weh; trotzdem blieb er zwei oder drei Sekunden lang benommen liegen, bevor er sich aufraffte und, mühsam gegen den heulenden Sturm ankämpfend, der sein Möglichstes tat, um ihn sofort wieder zu Boden zu schleudern, weitertorkelte.

Das umgestürzte Schneemobil befand sich jetzt zwischen ihm und den beiden anderen, sodass er sie nicht mehr sehen konnte, doch die Eiskrieger mussten sie mittlerweile fast erreicht haben. Die schiere Angst verlieh ihm die Kraft, noch einmal an Tempo zuzulegen. Er taumelte um das Schneemobil herum, und was er sah, das ließ sein Herz einen erschrockenen Sprung bis in seinen Hals hinauf tun und entrang ihm einen keuchenden Entsetzensschrei.

Es war zu spät. Eines der gesichtslosen Monster hatte Harry erreicht, ein zweites ragte kaum auf Armeslänge hinter Schulz in die Höhe, und fast als wolle das Schicksal ihn zu allem Überfluss auch noch verhöhnen, schwenkte der Lichtstrahl in diesem Augenblick herum und tastete über sein Gesicht. Der grellweiße Schein stach wie ein Messer in seinen Augen, sodass er abermals ins Stolpern geriet. Seine Schulter prallte so heftig gegen etwas Hartes und Unnachgiebiges, dass er vom Schwung seiner eigenen Bewegung herumgerissen wurde und zum zweiten Mal hilflos durch den Schnee pflügte. Aber er sah noch im Sturz, wie der gesichtslose Koloss die Arme nach Harry ausstreckte …

… und der Söldner die Gefahr im allerletzten Moment registrierte und herumfuhr. Die Maschinenpistole sprang wie durch Zauberei in die Höhe, noch bevor er die halbe Drehung vollendet hatte. Das Heulen des Sturmes verschluckte auch das Geräusch der Schüsse, aber Ben sah selbst durch das Stieben des von ihm aufgewirbelten Schnees hindurch das grelle Aufblitzen des Mündungsfeuers, und dann verwandelte sich alles oberhalb der Hüfte des Eismonsters in eine Wolke aus schimmernden Splittern.

Schulz hatte weniger Glück. Harrys blitzartige Reaktion hatte ihm selbst vielleicht das Leben gerettet, aber für den ehemaligen Kapitän der *Princess* kam sie zu spät; ganz davon abgesehen, dass Schulz direkt in seiner Schussbahn gestanden hätte. Noch während Harry seinen begonnenen Sturz mit einer fast komisch wirkenden Bewegung in einen hastigen Ausfallschritt verwandelte und gleichzeitig versuchte in eine Schussposition zu kommen, in der er den Angreifer erwischen würde und nicht Schulz, streckte das Monster die Arme aus, ergriff den wie erstarrt dastehenden Kapitän mit seinen gewaltigen Pranken an den Schultern …

… und schob in fast behutsam aus dem Weg!

Ben riss ungläubig die Augen auf, und auch Harry hatte entweder gar nicht begriffen, was er da sah, oder war nicht mehr in der Lage, die einmal angefangene Bewegung noch abzubrechen. Ein einzelner Schuss löste sich aus seiner Waffe, zertrümmerte die Schulter des Ungeheuers und ließ seinen abgerissenen Arm in die eine und das, was ansonsten noch von ihm übrig war, in die andere Richtung davonfliegen, bevor beides in den Schnee stürzte und dabei endgültig in Stücke brach. Auch Schulz wurde zu Boden geschleudert und rollte, sich hilflos überschlagend, sodass die Klemmen, mit denen Harry seine Jackenärmel verschlossen hatte, davonflogen, durch eine brodelnde weiße Wolke.

Sofort war Harry bei ihm, zerrte ihn mit einem Arm grob in die Höhe und visierte gleichzeitig mit seiner Waffe die restlichen Eismonster an, die vollkommen unbeeindruckt vom Schicksal ihrer beiden Kameraden weiter heran und an Harry und Schulz vorüberstampften.

Ben war so absolut fassungslos, dass er nicht einmal spürte, wie der eiskalte Schnee pulverfein unter seine Kleidung zu kriechen begann und der Sturm plötzlich noch wütender heulte, wie um gegen das zu protestieren, was seinen Kindern angetan worden war. Mit offenem Mund und Augen sah er einfach zu, wie sich die vier Eismonster dem umgestürzten Fahrzeug näherten …

… um sich dann zu bücken und es langsam, aber auch mit der Beharrlichkeit von programmierten Maschinen aufzurichten!

Es dauerte vielleicht zwei oder auch drei Minuten. Selbst für diese Kolosse, deren unglaubliche Kraft Ben bereits am eigenen Leib zu spüren bekommen hatte, schien das Gewicht des Fahrzeugs beinahe zu viel sein, denn das Schneemobil kippte zweimal zurück auf die Seite, und das Klirren von berstendem Glas und das protestierende Kreischen von Metall war selbst über das Tosen des Sturmes hinweg zu vernehmen. Eines der gesichtslosen Ungeheuer bezahlte die Anstrengung damit, dass seine Hände an den Gelenken abbrachen, woraufhin es – tatsächlich wie ein Roboter, der beschädigt und zu nichts mehr Nutze war – erstarrte. Aber am Ende hatten sie es geschafft, und das Schneemobil kippte in die Waagerechte zurück und wippte noch ein paarmal auf seinen breiten Gummiketten, bevor es endgültig zur Ruhe kam. Nur eine Sekunde später wandten sich die drei verbliebenen Eismonster um und schienen nach wenigen Schritten ebenso rasch vom Sturm aufgesogen zu werden, wie er sie gerade ausgespien hatte. Ihren *abgeschalteten* Kameraden ließen sie stehen.

Ben erwachte allmählich wieder aus seiner Lähmung und stemmte sich hoch, während Harry noch weiter stehen blieb und nur Schulz' Arm losließ, um im Schnee nach der Taschenlampe zu graben, die er gerade fallen gelassen hatte. Unsicher und am ganzen Leib zitternd, taumelte er zu ihm und Schulz und berührte den Söldner an der Schulter. Harry fuhr so erschrocken herum, dass Ben nicht einmal mehr erstaunt gewesen wäre, hätte er sich im nächsten Sekundenbruchteil einen Fausthieb (oder gleich eine Kugel) eingefangen, aber gleich darauf machte sich auch ein Ausdruck unendlich tiefer Erleichterung auf Harrys vor Kälte gerötetem Gesicht breit. Seine Lippen bewegten sich, und Ben konnte ihm ansehen, dass er aus Leibeskräften schrie, aber er verstand selbst jetzt kein Wort, denn das Gebrüll des Sturmes war noch lauter geworden; und hatte sich irgendwie geändert. Vermutlich war es nur Einbildung, und doch schien es Ben, dass es nun wie brüllendes Hohngelächter klang. Der lautlose Tanz der Farben am Himmel war schneller geworden und düsterer.

Harry hängte sich das Gewehr wieder über die Schulter und begann mit der Lampe herumzufuchteln. Der Lichtstrahl glitt unstet über das verbeulte Schneemobil, während seine freie Hand zurück in die Richtung deutete, aus der Ben gekommen war, und das nun eindeutig befehlend.

Ben verstand, was Harry von ihm erwartete, und schüttelte trotzig den Kopf. Harry wiederholte seine befehlende Geste so nachdrücklich, dass es eindeutig komisch aussah, und überraschte Ben dann zum zweiten Mal an diesem Tag, indem er es aufgab. Statt weiter den unfreiwilligen Pausenclown zu spielen, zuckte er mit den Achseln und drehte das Gesicht aus dem Wind, um die wenigen Schritte zum Schneemobil zu gehen. Ben und nach kurzem Zögern auch Schulz folgten ihm.

Als Harry die Tür des Gefährts zu öffnen versuchte, gelang es ihm erst, als er beide Hände zu Hilfe nahm und seine ganze Kraft einsetzte, und selbst dann bekam er sie gerade weit genug auf, um sich mit einiger Mühe hindurchzwängen zu können. Ben versuchte erst gar nicht, ihm auf demselben Weg zu folgen, sondern umkreiste das demolierte Wrack und stieg auf der anderen Seite ein. *Diese* Tür ließ sich ohne Probleme öffnen – was ihm einen weiteren, schrägen Blick Harrys einbrachte. Er achtete allerdings kaum darauf, denn noch während er in die winzige Fahrerkabine krabbelte, begriff er, dass sich die Beschädigungen keineswegs auf die Außenseite des Fahrzeugs beschränkten. Auch das Führerhaus sah aus, als hätten sich Attilas Hunnen darin ausgetobt, und das ungefähr eine Woche lang und mit wachsender Begeisterung. Von der Kunststoffpolsterung der auch zuvor vermutlich alles andere als bequemen Sitze waren nur noch Fetzen übrig, den Rest hatte der Sturm davongerissen, und auch das Armaturenbrett war zerschlagen, die meisten Instrumente zerstört.

»So viel dazu!«, schrie er. »Das Ding fährt nirgendwo mehr hin!«

»Das werden wir sehen!«, gab Harry zurück. Obwohl die Fahrerkabine kein Glas mehr hatte und der Sturm ungehindert hereinfauchen konnte, konnten sie sich hier drinnen seltsamerweise verständigen, wenn auch nur brüllend. Und als würde er durch dieses kleine Wunder ermutigt, gegen jede Logik auch auf ein größeres zu hoffen, zog Harry mit den Zähnen den Handschuh von der rechten Hand und drückte mit dem Daumen auf den Anlasserknopf.

Dass es ein Anlasserknopf war, erkannte Ben, weil er funktionierte.

Das Heulen des Sturmes war viel zu laut, um das Motorengeräusch zu hören, aber auf dem misshandelten Armaturenbrett vor ihnen leuchteten plötzlich eine Anzahl winziger, verschiedenfarbiger Lämpchen auf, und Ben konnte spüren, wie das ganze Gefährt unter ihnen zu vibrieren begann. Fassungslos starrte er Harry an, bekam einen mindestens ebenso verwunderten Blick und ein Achselzucken zur Antwort, und Harry griff entschlossen nach dem Ganghebel, schob ihn nach vorne und gab Gas. Spürbar widerwillig setzte sich das Schneemobil in Bewegung, rollte gut anderthalb oder zwei Meter weit und kam dann wieder zum Stehen, als Harry den Gang herausnahm und den Motor abschaltete.

»Das reicht!«, schrie er. »Zurück zur Station!«

Ben fragte sich, warum Harry nicht mit dem Schneemobil zur Schleuse zurück*fuhr*, doch bevor er sich die Stimmbänder bei dem Versuch verletzen konnte, Harry diese Frage zu stellen, rammte dieser bereits mit der Schulter die verzogene Tür auf und sprang ins Freie. Eine Sturmböe erwischte ihn, sodass er ausglitt und auf ein Knie hinabfiel, und Ben, der die Hand bereits auf seiner Seite nach der Tür ausgestreckt hatte, besann sich eines Besseren, rutschte kurz entschlossen auf den Fahrersitz hinüber und startete den Motor neu. Er hatte genau zugesehen, was Harry gerade getan hatte. Es hatte einfach gewirkt und war es auch. Ohne die geringste Mühe wendete er das Schneemobil nahezu auf der Stelle, fuhr mit einem breiten Grinsen auf dem Gesicht an Harry vorbei, der ihm ziemlich belämmert hinterhersah, und las unterwegs auch noch Schulz auf, bevor er das Schneemobil unmittelbar vor der Schleuse zum Halten brachte.

Nicht dass es allzu viel gebracht hätte. Das Stück, das er zurückgelegt hatte, maß vielleicht zwanzig Schritte, eher weniger, aber zwanzig Schritte in diesem Höllensturm und bei zumindest gefühlten dreihundert Grad unter null konnten zu einer kleinen Ewigkeit werden.

Harry wirkte nicht mehr verblüfft, sondern so wütend, als ob er gleich explodieren würde, als er sich (ungefähr dreißig Sekunden nach ihnen) in die Schleuse quetschte. Er sagte kein Wort, durchbohrte Ben aber regelrecht mit Blicken und versetzte ihm einen derben Stoß, als er die innere Schleusentür für seinen Geschmack offensichtlich nicht schnell genug passierte.

»He! Was soll denn –?«

»Wenn du so etwas noch einmal versuchst, Kleiner, dann bekommst du die Tracht Prügel deines Lebens, ist das klar?«

Ben sah ihn verwirrt an. Natürlich hatte er Harry ein bisschen ärgern wollen, aber *diese* Reaktion verstand er einfach nicht. »Du hättest nur etwas sagen müssen und ich hätte dich mitgenommen«, murmelte er, und das war augenscheinlich so ziemlich das Falscheste, was er hatte sagen können, denn Harrys Gesicht verdüsterte sich nicht nur weiter, er trat auch plötzlich auf ihn zu, packte ihn grob an der Schulter und stieß ihn dann so heftig gegen die Wand, dass Bens Hinterkopf gegen das Kunststoffpaneel knallte und er Sterne sah.

»Verdammt noch mal! Wir sind hier nicht im Kindergarten und das ist kein Spiel, hast du das verstanden? Was ist in dich gefahren, so etwas Bescheuertes zu tun?«

Ben verstand immer weniger, was er denn eigentlich so Schlimmes *getan* hatte. »Aber … aber was …«

»Du wolltest mir beweisen, dass du cleverer bist als ich, wie? Was wäre gewesen, wenn du das Ding zu Schrott gefahren hättest? Die Mühle ist vielleicht unsere einzige Chance, all die Leute hier auf die *Princess* zu bringen! *Hast du schon einmal daran gedacht, du Idiot?«*

Nein, das hatte er nicht.

Ben starrte Harry nur betroffen an und musste sich eingestehen, dass er Recht hatte. Was er getan hatte, war kindisch gewesen und gefährlich.

»Es … es tut mir wirklich leid. Ich … ich habe mir nichts dabei –«

»Gedacht?!«, fiel ihm Harry ins Wort. »Ja, siehst du – und genau das habe *ich* mir gedacht!«

»Was zum Teufel ist hier los?«, erklang eine scharfe Stimme irgendwo links von ihnen. Harry fuhr auf dem Absatz herum, keinen Deut weniger wütend als bisher. Seine Augen blitzten kampflustig auf der Suche nach einem weiteren Opfer. Ben identifizierte die Stimme mit einiger Verspätung als die seines Vaters (die Verspätung rührte daher, dass er schon lange keine solche Kampfbereitschaft mehr darin gehört hatte) und spannte sich ganz instinktiv an, um sich zwischen ihn und den Söldner zu stellen, begriff dann aber im buchstäblich allerletzten Moment, was er da tun wollte. Dass er kein kleines Kind mehr war, das am Rockzipfel seines Vaters hing, war eine Sache, aber nun war es an der Zeit, dass er umgekehrt anfing, auf die Gefühle seines Vaters Rücksicht zu nehmen.

»Was geht hier vor?«, fuhr sein Vater fort, während er mit weit ausgreifenden Schritten näher kam und den Söldner nicht minder kampflustig anstarrte wie er umgekehrt ihn. »Was hat das zu bedeuten?«

»Oh, nichts«, antwortete Harry aufgebracht. »Nur dass Ihr Sohn sich wie ein –«

»– kompletter Idiot benommen hat«, führte Ben den Satz hastig zu Ende. Er hob besänftigend die Hände. »Harry war vollkommen im Recht. Ich habe Mist gebaut.«

Sein Vater wirkte nun endgültig verwirrt, aber auch beinahe noch misstrauischer, und Ben was fast sicher, dass er die Sache nicht auf sich beruhen hätte lassen, wären in diesem Moment nicht Ramanov und van Staaten aufgetaucht. Ben registrierte erst jetzt, dass alle drei nicht nur vor Anspannung zitterten, sondern offensichtlich auch vor Kälte, denn ihr Atem wehte als grauer Dampf um ihre Gesichter, und ihre Schritte wurden von knisternden Geräuschen begleitet. In den wenigen Augenblicken, die sie draußen gewesen waren, hatte die hereinströmende Kälte diesen Teil der Station bereits erobert. Auf dem Boden und den Wänden hatte sich eine dünne Schicht aus Raureif und Eis gebildet, und die unübersehbare Erregung seines Vaters war nicht der einzige Grund dafür gewesen, dass er schrie: Selbst hier drinnen übertönte das Heulen des Sturmes nahezu jeden anderen Laut.

»Was hat das zu bedeuten?«, wollte nun auch Ramanov wissen. Er gestikulierte unwillig in Richtung der roh aufgebrochenen Schleusentür. »Einmal ganz davon abgesehen, dass Sie anscheinend vorhaben, uns alle erfrieren zu lassen, bevor uns das Auge des Orkans erreicht … was war da draußen los?«

»Wir haben uns das Schneemobil angesehen und –«

»Sie haben verdammt noch mal sehr viel mehr getan, als es sich *anzusehen*!«, unterbrach ihn Ramanov wütend. »Versuchen Sie nicht, mich für dumm zu verkaufen, Mann! Was genau hatten Sie mit Ihren neuen … *Freunden* zu besprechen?«

Harry antwortete nicht sofort, aber der noch immer brodelnde Zorn wich schlagartig aus seinen Zügen und machte etwas anderem, sehr viel Unangenehmerem Platz, während er den Russen aus eng zusammengekniffenen Augen anstarrte. »Sie haben alles beobachtet.«

Ramanov nickte so heftig, dass er sich beinahe auf die Zunge gebissen hätte. »Stellen Sie sich vor, sogar *ich* bin dazu in der Lage, einen Bildschirm einzuschalten! Also? Wieso haben diese ... diese Monster Ihnen geholfen?«

»Eine interessante Frage.« Harry lächelte kalt und bewegte sich leicht auf der Stelle, sodass die Maschinenpistole von seiner Schulter rutschte; er konnte sie gerade noch auffangen. Irgendwie hatte Ben das Gefühl, dass das alles andere als Zufall war.

»Wenn Sie damit irgendetwas andeuten wollen, Professor, dann verschwenden Sie nicht meine und Ihre Zeit, sondern sagen Sie es geradeheraus.«

»Was sollte ich denn *andeuten* wollen?«

»Ich habe nicht die geringste Ahnung.« Harry fügte nicht hinzu, dass das eine glatte Lüge war, aber irgendwie hörte man es trotzdem. »Und ich habe auch nicht die leiseste Ahnung, was da draußen gerade passiert ist. Vielleicht kann es da ja jemand gar nicht mehr erwarten, uns loszuwerden. Interessiert es Sie, was mit dem Schneemobil ist?«

Ramanov starrte ihn einfach nur weiter an, aber van Staaten sagte hastig »Ja« und wedelte zugleich übertrieben mit beiden Händen, um Harrys Aufmerksamkeit von Ramanov weg und auf sich zu ziehen. Ein nahezu rührender Versuch, der natürlich nicht funktionierte.

»Es fährt noch. Alle Scheiben sind zerstört, und ich weiß nicht, wie lange es durchhält, aber im Augenblick können wir es benutzen.«

»Sie wollen behaupten, diese Monster hätten Ihnen *einfach so* geholfen?« Ramanov klang kein bisschen beruhigt.

»Sie haben es doch gesehen, oder? Denken Sie doch, was Sie wollen. Ich habe zu tun.« Und damit fuhr der Söldner auf dem Absatz herum und stürmte davon.

Ramanov starrte ihm finster nach. »Ich glaube ihm kein Wort!«

»Was wollen Sie damit sagen?« Van Staaten klang empört, aber auch erschrocken.

Ramanov schnaubte. »Das fragen Sie im Ernst?«

»Eigentlich ist mir nicht nach Scherzen zu Mute.«

»Und nach *Denken* anscheinend auch nicht.« Ramanov fuchtelte aufgebracht mit der Hand in die Richtung, in der Harry verschwunden war. Zu Bens Beunruhigung streifte er allerdings *ihn* mit einem unübersehbar misstrauischen, beinahe schon feindseligen Blick, bevor er sich wieder zu der Ärztin herumdrehte. »Sie haben es doch gesehen, genau wie ich! Glauben Sie wirklich, das war ein Zufall?«

»Was denn sonst?«

»Das weiß ich nicht. Ich weiß nur, dass irgendetwas nicht stimmt. Irgendetwas ist dort unten vorgefallen, wovon wir keine Ahnung haben. Zuerst gibt sie so mir nichts, dir nichts auf –«

»Nachdem man ihnen mit einer Atombombe gedroht hat«, wandte Bens Vater ein.

Ramanov ignorierte ihn vollkommen. »– und dann helfen uns ihre Kreaturen auch noch, von hier wegzukommen? Ich mag ja nur ein naiver alter Mann sein, aber ich bin nicht ganz dämlich.« Plötzlich und so unerwartet, dass Ben zusammenfuhr und einen halben Schritt vor ihm zurückwich, wirbelte er zu ihm herum. »Was ist dort unten passiert?«

»Genau das, was Harry Ihnen erzählt hat.« Seine Stimme klang nicht annähernd so selbstsicher und kühl, wie er es gerne gehabt hätte. Dennoch machte er eine Kopfbewegung zu seinem Vater hin. »Wie er gerade gesagt hat: Anscheinend haben sie keine Lust, in Atome zerblasen zu werden.«

»Blödsinn! Ich habe diesem Kerl vom ersten Moment an nicht getraut.«

»Nachdem er Ihnen das erste Mal das Leben gerettet hat oder das zweite oder dritte oder vierte Mal?«, fragte Robert Berger.

Ramanov ignorierte ihn weiter. Wenigstens einen Moment lang, dann aber drehte er sich betont langsam doch zu ihm herum, maß ihn mit einem mitleidigen Blick von Kopf bis Fuß und sagte: »Ich will Ihnen nicht zu nahe treten, geschätzter Kollege. Und ich kann auch verstehen, wenn Sie gerade nicht in Bestform sind, nach allem, was Sie durchmachen mussten und was Ihrer Familie widerfahren ist. Aber ist Ihnen nie der Gedanke gekommen, dass er genauso in der Gewalt dieser … *Kreaturen* gewesen ist wie Ihre Frau? Und ich muss Sie nicht daran erinnern, was mit ihr passiert ist, oder?«

Sein Vater wurde blass, und auch ihn selbst ließ die Anschuldigung Ramanovs nicht unbeeindruckt. Ob er es wollte oder nicht – er konnte nicht umhin sich zu fragen, ob Ramanov vielleicht Recht hatte und alles, was seit Harrys Rückkehr passiert war, nur Teil eines perfiden Plans der *Alten* war. Er wollte das nicht glauben, aber der Gedanke war einmal da und ließ sich nicht mehr so leicht vertreiben.

»Aber so ist es nicht«, sagte Schulz. Es waren die ersten Worte, die er seit ihrer Rückkehr gesprochen hatte, und seine Stimme war so brüchig und schwach, dass offensichtlich nicht nur Ben Mühe hatte, sie zu verstehen.

»Wie?«, fragte Ramanov und maß den ehemaligen Kapitän der *Princess* mit einem Blick, als suche er nur nach einem Vorwand, sich auf ihn zu stürzen.

»So ist es nicht. Ich wüsste es, wenn sie ihn ebenfalls in ihrer Gewalt hätten.«

»Ach?«, machte Ramanov lauernd. »Woher?«

»Weil *ich* zu ihnen gehört habe. Ich würde es spüren.«

»Ja, vermutlich.« Diesmal ließ Ramanov ganz bewusst ein paar Sekunden verstreichen, ehe er fortfuhr: »Die Frage ist nur, ob du es uns sagen würdest, nicht wahr?«

»Das reicht jetzt!«, mischte sich van Staaten ein. »Sie haben völlig Recht, Professor – wir müssen vorsichtig sein. Aber keinem von uns ist geholfen, wenn wir jetzt aufeinander losgehen und uns gegenseitig mit unsinnigen Verdächtigungen überhäufen.«

»Unsinnige Verdächtigungen? Doktor van Staaten, Sie wissen ja nicht, wozu dieser Mann im Stande ist. Er hatte schon vorher kein Gewissen, was also sagt mir, dass er es jetzt hat oder dass er überhaupt noch ein Mensch ist – wenn er jemals einer war?«

Das bezog sich zweifellos auf einen Vorfall aus Ramanovs und Schulz' gemeinsamer Vergangenheit, der ihnen allen unbekannt war. Van Staaten schien er nicht zu interessieren. »Nennen wir es Menschenkenntnis. Ich wüsste es, wenn er uns verraten hätte.«

»So wie Sie es bei Frau Doktor Berger wussten?«, erkundigte sich Ramanov höhnisch.

Bens Vater fuhr so heftig zusammen, als hätte man ihm ins Gesicht geschlagen, und auch van Staaten rang sichtbar nach Fassung. Sie sagte nichts dazu, aber das war auch nicht nötig. Die Antwort stand überdeutlich in ihr Gesicht geschrieben. Sie *hatte* es gewusst. Aber natürlich hatte sie es nicht aussprechen können, nicht nach dem, was zwischen ihr und seinem Vater gewesen war. Ein flüchtiges, aber schmerzhaft intensives Gefühl von Trauer überkam Ben. Warum mussten Menschen so kompliziert sein? Warum konnten sie nicht einfach miteinander reden, statt im falschen Augenblick zu schweigen und damit so viel Schlimmes anzurichten?

»Bitte, Iljitsch«, sagte Schulz. »Doktor van Staaten hat vollkommen Recht. Es hilft uns nichts, wenn wir uns gegenseitig misstrauen. Und auch was zwischen uns gewesen ist, gehört nicht hierher.«

»Wenn du es sagst. Aber das ändert nichts daran, dass ich ihm nicht traue.«

»Ich fürchte nur, wir haben gar keine andere Wahl«, sagte Ben, und Ramanov sagte: »Und dir auch nicht.«

»Vielleicht hat er ja Recht«, sagte van Staaten.

»Wer?«

»Harry. Mit dem, was er über die Eiskönigin gesagt hat«, erläuterte van Staaten, immer noch nervös und zugleich ein wenig schuldbewusst. »Überlegen Sie selbst, Professor: Bisher waren wir der Meinung, dass der Sturm noch Tage anhalten würde, wenn nicht Wochen. *Sie selbst* hat es gesagt, erst vor ein paar Stunden. Und jetzt haben sie offensichtlich große Anstrengungen unternommen, um uns eine Möglichkeit zu verschaffen, von hier wegzukommen. Vielleicht hat er Recht und ihnen ist tatsächlich daran gelegen, dass wir so schnell wie möglich verschwinden.«

»Ja, das klingt überzeugend«, sagte Ramanov höhnisch. »Und ich bin sicher, Ihnen fällt auch ein plausibler Grund ein, warum?«

»Eigentlich gleich mehrere. Fünfzehn, um genau zu sein.«

»Fünfzehn?«

»Fünfzehn Kilotonnen. Die Bombe. Der Gedanke gefällt mir so wenig wie Ihnen vermutlich auch, Professor, aber ich glaube, Harry hat seine Drohung ernst gemeint.« Sie warf Ben einen fragenden Blick zu, auf den dieser mit einem stummen Nicken reagierte. »Solange wir hier sind und Harry den Finger auf dem Zünder hat, wagen sie es wahrscheinlich nicht, sie zu entschärfen. Wenn wir weg sind, womöglich doch. Das ist nur *eine* Vermutung. Es kann auch einen ganz anderen Grund geben. Aber es ist eine Möglichkeit, oder?«

»Ja«, bestätigte Ramanov, allerdings nur, um mit einem entsprechenden Seitenblick auf Ben und seinen Schwiegersohn hinzuzufügen: »Da fallen mir allerdings auch noch eine ganze Menge anderer ein.«

»Doktor van Staaten hat Recht, Iljitsch«, sagte Schulz noch einmal, leiser und jetzt in beinahe resignierendem Tonfall. »Wir haben gar keine andere Wahl, als ihnen zu vertrauen. Ich gehe jetzt zu Sasha und ... und mache sie für den Aufbruch fertig.«

»Du wirst die Finger von meiner Enkeltochter lassen!«, zischte Ramanov. Schulz lächelte nur traurig und wandte sich dann um, um mit hängenden Schultern und mühsamen kleinen Schritten davonzuschlurfen.

Sie alle sahen ihm nach, jeder mit einem ganz eigenen Gefühl. Ben machte da keine Ausnahme. Er wollte glauben, was Schulz über Harry gesagt hatte, doch etwas machte es ihm schlicht unmöglich: die Frage, wozu Harry Schulz mit nach draußen genommen hatte. Einmal ganz davon abgesehen, dass er ihm in seinem Zustand bei rein gar nichts hätte behilflich sein können, hatte dieser kleine Ausflug ein lebensgefährliches Risiko für diesen verletzten und zu Tode erschöpften Mann dargestellt.

Aber er hütete sich, diese Frage laut auszusprechen; vielleicht weil er tief in sich spürte, dass ihre Antwort bedeutsamer war, als er jetzt ahnte.

Außerdem lag schon mehr als genug Misstrauen und böses Blut in der Luft.

Er wartete, bis Schulz hinter der nächsten Biegung des Ganges verschwunden war – der knisternde, milchig weiße Panzer, mit dem sich der Boden und die Wände allmählich bedeckten, war mittlerweile fast bis dorthin gewachsen, und er spürte abermals, wie kalt es hier drinnen war und wie grausam schnell die Temperaturen weiterfielen –, dann drehte er sich wieder zu Ramanov herum und wartete darauf, dass auch er ging.

Der Russe dachte gar nicht daran. Seines Lieblingsopfers beraubt suchte er nun ganz offensichtlich nach jemand anderem, den er zum Ziel seiner Angriffe machen konnte, und ebenso offensichtlich glaubte er in Ben den idealen Kandidaten gefunden zu haben.

»Und ich nehme an, dir ist auch nichts Außergewöhnliches aufgefallen?«, fragte er höhnisch.

»Nicht mehr, als Sie gesehen haben. Ich glaube, Harry hat Recht. Aus irgendeinem Grund wollen sie, dass wir so schnell wie möglich hier verschwinden.«

»Ja, sicher«, schnaubte Ramanov.

»Und das werden wir wahrscheinlich nicht, wenn wir weiter hier herumstehen und uns streiten.«

Es sah ganz so aus, als hätte er den Bogen damit endgültig überspannt. Ramanovs Gesicht verlor auch noch das allerletzte bisschen Farbe, und er hob tatsächlich die Hand, wie um ihn zu schlagen, führte die Bewegung aber dann nicht zu Ende, sondern beließ es bei einem verächtlichen Verziehen der Lippen. »Macht doch, was ihr wollt! Aber sagt hinterher nicht, ich hätte euch nicht gewarnt!«

Wütend stampfte er davon. Nicht nur Ben, sondern auch sein Vater und van Staaten waren klug genug, nichts zu sagen, bis er sicher außer Hörweite war, dann aber schüttelte sein Vater den Kopf und seufzte tief. »Was ist los mit ihm?«

»Dasselbe wie mit uns allen«, antwortete van Staaten. »Ich schätze, er ist mit den Nerven am Ende.«

»Das meine ich nicht. Großer Gott, hätte er eine Waffe gehabt, hätte er Schulz erschossen! Was ist zwischen den beiden?«

Diesmal dauerte es einen Moment, bis van Staaten antwortete, und als sie es tat, war in ihrer Stimme ein Ton, der Ben daran zweifeln ließ, dass ihre Worte die ganze Wahrheit waren. »Keine Ahnung. Es muss wohl irgendwie um seine Tochter gegangen sein, damals. Alexandras Mutter. Er hat nur ein einziges Mal eine entsprechende Andeutung gemacht, als er zu viel getrunken hatte, aber mehr weiß ich auch nicht.«

Van Staaten schien selbst zu spüren, wie wenig glaubhaft ihre Worte klangen, denn sie schien Mühe zu haben, dem Blick seines Vaters standzuhalten. Ben hätte sich in diesem Augenblick nicht mehr gewundert, wenn sie begonnen hätte mit den Füßen zu scharren.

»Also gut«, meinte Bens Vater schließlich. Das Ganze schien ihm ebenso unangenehm zu sein wie ihr. Er räusperte sich künstlich. »Darüber können wir uns später noch unterhalten. Jetzt …« Sein Blick suchte den Bens. »Was hast du gerade gemeint, als du gesagt hast, du hättest Mist gebaut?«

»Nichts. Eine dumme Bemerkung. Ich fand sie witzig, aber Harry anscheinend nicht. Er ist wohl ein bisschen nervös.«

»Wie wir alle«, fügte van Staaten hinzu. Dann sah sie demonstrativ auf ihre Armbanduhr und fröstelte. »Ich habe noch eine Menge Kram zusammenzupacken, und jemand sollte dafür sorgen, dass auch alle fertig sind, wenn wir aufbrechen. Nicht dass am Ende irgendjemand vergisst, seine warmen Socken anzuziehen. Ihr wisst ja, wie diese Wissenschaftler sind.« Der Blick, mit dem sie seinen Vater maß, machte klar, wen sie mit diesem *Jemand* meinte, aber er reagierte nicht darauf, und so fuhr sie in verändertem Ton fort: »Also, ich gehe zusammenpacken, bevor ich hier noch festfriere. Was ist mit euch? Soll ich vorbeikommen und euch loshacken, wenn das Taxi da ist?«

Niemand lachte, und auch van Staatens nervöses Grinsen entgleiste nach einer Sekunde zu einer Grimasse, die ihre Unsicherheit nur noch unterstrich. Zwei oder drei Atemzüge lang suchte sie sichtbar nach irgendwelchen Worten, die dem Moment etwas von seiner Peinlichkeit nehmen könnten, aber die gab es anscheinend nicht, und schließlich zog sie übertrieben die Schultern hoch und begann sich gleichzeitig mit den Handflächen die Oberarme zu massieren. Als sie ausatmete, tat sie es ganz bewusst so, dass ihr Atem wie grauer Rauch vor ihrem Gesicht wehte. Sie schien noch etwas sagen zu wollen – man sah ihr überdeutlich an, dass ihr etwas auf der Zunge lag –, ließ es dann aber und ging. Ben war fast ein bisschen enttäuscht, als sein Vater keine Anstalten machte, ihr zu folgen.

Er blieb ganz im Gegenteil stehen und sah Ben so auffordernd an, dass er sich wünschte, mit Ramanov gegangen zu sein, um sich noch ein bisschen mit ihm zu streiten. Angestrengt zerbrach er sich den Kopf, wie er sich halbwegs elegant aus der Affäre ziehen könne, aber sein Vater ließ ihm keine Chance.

»Also, jetzt sind wir allein. Was war da draußen los?«

»Ich dachte, ihr hättet es gesehen.«

Der Anteil von Ärger im Blick seines Vaters wurde deutlich größer. »He, ich bin dein Vater, nicht Ramanov. Also?«

»Ihr habt es beobachtet.« Er wich dem Blick seines Vaters aus. »Es war … unheimlich. Sie hätten uns alle erwischen können, wenn sie gewollt hätten.«

»Das meine ich nicht.« Ben spürte, dass die Geduld seines Vaters erschöpft war. Er stellte jedoch keine weitere Frage, die Ben sowieso nicht beantworten hätte wollen oder können, drehte sich auf dem Absatz herum und ging davon, so schnell er es gerade noch konnte, ohne wirklich zu rennen.

30

HINTERHER KAM ES IHM VOR, als wäre die Zeit wie im Flug vergangen, in Wahrheit aber gehörten die nächsten knapp vier Stunden zu den längsten seines bisherigen Lebens.

Ben war Schulz nachgegangen, wie er sich selbst einzureden versuchte, aus der – wenn auch schwachen – Hoffnung heraus, noch einmal mit ihm reden und vielleicht doch in Erfahrung bringen zu können, was Harry von ihm gewollt hatte, in Wirklichkeit aber wohl eher, um nach Sasha zu sehen. Mittlerweile machte ihm sein schlechtes Gewissen zu schaffen, sich so lange nicht um sie gekümmert zu haben.

Schulz war jedoch nicht in dem Zimmer, das er sich mit seiner Tochter teilte, und Sasha lag, auf die Seite gedreht und mit angezogenen Knien wie ein kleines Kind, auf dem Bett und schlief. Im allerersten Moment war Ben erleichtert, sie so zu sehen (und noch erleichterter, ihr nicht in die Augen blicken zu müssen, denn er war ziemlich sicher, dass sie ihm sein schlechtes Gewissen angesehen hätte), aber es dauerte nur eine Sekunde, bis ihm dasselbe schlechte Gewissen klar machte, dass *Schlaf* für sie nicht unbedingt dasselbe bedeuten musste wie für die meisten anderen; und schon gar keinen Frieden.

Er ging um das Bett herum, setzte sich vorsichtig auf die Kante und griff noch vorsichtiger nach ihrer Hand. Sie wachte durch die Berührung nicht auf, und Ben erschauerte, als er spürte, wie kalt ihre Haut war. Sie fühlte sich kaum noch wie die Haut eines lebenden Menschen an, sondern glatt und leblos wie Plastik oder Eis.

Kurz entschlossen versuchte er sie zu wecken, indem er sie mit der anderen Hand an der Schulter ergriff und ein paarmal kräftig schüttelte. Sashas Kopf rollte hin und her wie der einer Toten, und ihn durchfuhr ein so eisiger Schreck, dass er beinahe laut aufgeschrien hätte. Dann aber tastete er nach ihrem Hals und spürte ihren rasend hämmernden Puls unter den Fingerspitzen. Sie war am Leben, aber sie schlief nicht, sondern befand sich in einem anderen, viel schlimmeren Zustand.

Ben griff nun mit beiden Händen zu und versuchte sie wachzurütteln, aber es gelang ihm nicht. Er sah, wie sich ihre Augen hinter den geschlossenen Lidern hektisch hin und her bewegten, und was er zunächst für ein Zittern ihrer Hände gehalten hatte, das waren in Wahrheit winzige, erschrockene Bewegungen, als wolle sie im Schlaf nach irgendetwas greifen, um sich daran festzuhalten. Etwas geschah mit ihr. Etwas Schreckliches. Und er konnte rein gar nichts tun, um ihr zu helfen oder sie wenigstens wissen zu lassen, dass er da war.

Alles, was in seiner Macht stand, war, sie behutsam in die Arme zu nehmen und an sich zu drücken. Vielleicht spürte sie ja irgendwie, dass er da war.

Es war ein schwacher Trost und vor allem einer, den er wohl eher sich selbst spendete, und es wurde nicht besser, sondern schlimmer. Ihr Herz hörte nicht auf, wie wahnsinnig zu klopfen, wie die hilflose Faust eines Kindes, das vergebens gegen die Mauern seines Gefängnisses schlägt und versucht sie zu zerbrechen, und ein paarmal bewegte sie sich im Schlaf so heftig, dass er sie mit aller Gewalt festhalten musste.

Hätte es doch nur irgendetwas gegeben, was er für sie tun könnte! Er hätte es getan, selbst wenn es ihn sein Leben gekostet hätte.

Irgendwann, endlich, beruhigte sie sich, nicht vollständig und nicht für immer, das spürte er, aber sie hörte zumindest auf, sich in seinen Armen hin und her zu werfen, und ihr Herz schlug jetzt zwar noch immer heftig, aber nicht mehr so schnell, dass er Angst hatte, es könne stehen bleiben. Manchmal gab sie jetzt im Schlaf seufzende Laute von sich, als versuche sie zu sprechen, und zwei- oder dreimal schien es, als wolle sie die Augen öffnen, aber er wurde stets enttäuscht.

Irgendwann ging die Tür auf und ihr Vater kam herein. Er stockte mitten im Schritt, die bandagierte rechte Hand noch auf der Klinke und sah Ben mit einer Mischung aus Überraschung und gutmütigem Tadel an, dann fiel sein Blick auf Sashas Gesicht, und dieser Ausdruck wich einem tiefen Erschrecken. »Was ist mit ihr?«

»Ich weiß es nicht.« Schulz eilte um das Bett herum und streckte die Arme aus, und Ben tauschte klaglos den Platz mit ihm, obwohl sich alles in ihm dagegen sträubte, Sasha auch nur für eine Sekunde loszulassen. »Sie … sie war schon so, als ich hereingekommen bin. Ich weiß nicht, was sie hat. Es ist immer schlimmer geworden, aber jetzt … hat sie sich ein wenig beruhigt.«

»Schon gut.« Schulz sah ihn nicht an, sondern hatte Sashas Kopf gegen seine Schulter gelehnt und streichelte ihre totenbleiche Wange beinahe zärtlich mit seiner dick verbundenen linken Hand. Mit der anderen machte er eine besänftigende Geste, die Ben aber gleichzeitig auch irgendwie zu bedeuten schien, sich auf Abstand zu halten. »Ich weiß, dass es nicht deine Schuld ist. Ich danke dir, dass du auf sie aufgepasst hast.«

»Offensichtlich nicht gut genug.« Schulz sah nun doch zu ihm hoch und ein fragendes Stirnrunzeln erschien auf seinem verheerten Gesicht.

Ben hatte sich fest vorgenommen, es nicht zu tun – aber nun erzählte er Schulz doch in knappen, sachlichen Worten, was vorhin unten im Labor geschehen war. Sashas Vater hörte schweigend und mit immer besorgter werdendem Gesicht zu, und obwohl Ben sich ganz bewusst darauf beschränkte, die Fakten zu schildern, konnte ihm nicht entgangen sein, mit welchem Entsetzen ihn das Erlebnis erfüllte; selbst jetzt, als er nur darüber sprach.

»Du hättest nichts tun können.« Ben spürte zwar die gute Absicht hinter diesen Worten, aber sie machten ihn trotzdem beinahe wütend.

»Doch! Ich hätte besser auf sie aufpassen müssen.«

»Du warst nicht einmal hier, als sie gekommen sind«, sagte Schulz sanft.

»Dann hätte ich eben hier sein müssen!« Plötzlich ertrug er es nicht mehr, Sasha anzusehen. Ihr Gesicht war so entspannt und leer wie immer, aber er spürte den grausamen Kampf, der hinter dieser Maske tobte. Hastig wandte er sich ab. »Ich habe ihr versprochen, auf sie aufzupassen, und ich habe dieses Versprechen gebrochen!«

»Genau wie ich. Wolltest du das sagen?«

»Nein!«, antwortete Ben beinahe erschrocken. »Ich –«

»Du«, unterbrach ihn Schulz, immer noch sanft, trotzdem aber in hörbar nachdrücklicherem Tonfall, »hättest gar nichts tun können. Genauso wenig wie ich. Ich war hier, und ich konnte sie nicht aufhalten.« Schulz ließ Sashas Oberkörper behutsam wieder auf das Kissen sinken, stand auf und blickte sie liebevoll an.

»Was ist mit ihr? Kann man denn … gar nichts tun? Ich könnte Doktor van Staaten –«

»Sie könnte ihr nicht helfen«, unterbrach ihn Schulz. »Er ist beinahe hier.«

»Er?«

»Nyarlathotep. Ich glaube, sie spürt sein Nahen. Ich fühle es jedenfalls.«

»Aber Sie –«

»Ich war nur kurze Zeit in seiner Gewalt. Vielleicht wird es wieder besser, wenn ihr fort seid.«

Ihr?, dachte Ben. »Wieso *ihr*?«

»Harry möchte, dass Sasha und du mit dem ersten Wagen fahrt. Du solltest jetzt zu ihm oder besser Doktor van Staaten gehen, um alles mit ihr zu besprechen. Sie und ein paar von Ramanovs Männern werden dir helfen, Sasha zur Schleuse zu bringen.« Er machte eine Geste, die vermutlich einfach nur auffordernd gemeint war, durch seine schmutzig weißen Fäustlinge aber beinahe etwas Bedrohliches bekam. »Geh ruhig. Ich bleibe so lange hier.«

»Und … Sie?«, fragte Ben misstrauisch.

»Ich komme später nach«, antwortete Schulz, jetzt hörbar ungeduldig. Er kam Bens Frage mit einem heftigen Kopfschütteln zuvor. »Dieser Söldner hat das zweite Schneemobil repariert. Anscheinend ist er so eine Art technisches Genie. Wir müssen ein paarmal fahren, aber die Zeit reicht für alle, um die *Princess* zu erreichen. Geh ruhig. Dein Vater wollte sowieso noch mit dir reden. Ich glaube, er sucht dich bereits. Und es ist nicht mehr allzu viel Zeit. In einer halben Stunde wird es hell.«

Er deutete umständlich auf seine Uhr, und Ben riss überrascht die Augen auf, als er feststellte, dass Schulz Recht hatte. Er hatte beinahe dreieinhalb Stunden an Sashas Bett gesessen, ohne zu bemerken, wie viel Zeit vergangen war. Er zögerte zwar noch kurz, ging dann aber gehorsam zur Tür und streckte die Hand nach der Klinke aus – und hielt noch einmal inne, um sich zu Schulz herumzudrehen.

»Beantworten Sie mir eine Frage? Ganz ehrlich?« Schulz nickte. »Vorhin, draußen. Warum wollte Harry, dass Sie ihn begleiten?«

»Er wollte mir eine Frage stellen.« Wirkte er ein wenig … erschrocken?

»Und deshalb nimmt er Sie mit hinaus in den Sturm? Aber das –« Er sprach nicht weiter, als er plötzlich sicher war, sich den Schrecken auf Schulz' Gesicht nicht nur eingebildet zu haben. Mit einem Mal musste er wieder an seine Begegnung in der Schleusenkammer denken; die Spinnen, die gekommen waren, um in der Kälte zu sterben. Vermutlich gab es in dieser ganzen Station keinen Ort mehr, an dem nicht alles, was man sagte oder tat, belauert und belauscht wurde. »Welche Frage?«

»Das weiß ich nicht. Du hast gesehen, was passiert ist. Er ist nicht mehr dazu gekommen.«

Ben sah ihn betroffen an. Nicht nur weil ihm, kaum dass er die Worte ausgesprochen hatte, klar geworden war, dass Schulz ihm schwerlich antworten konnte, ohne den allgegenwärtigen Ohren und Augen der Eiskönigin zu verraten, was sie unter gar keinen Umständen erfahren durfte. Er spürte auch, dass Schulz die Wahrheit sagte. Die Eiskrieger waren aufgetaucht, gerade als Harry und er richtig draußen gewesen waren, und danach hatte er, Ben, selbst dafür gesorgt, dass Harry keine Gelegenheit mehr bekam, seine Frage zu stellen.

Nun glaubte er den Zorn des Söldners noch ein bisschen besser zu verstehen.

»Geh jetzt«, wiederholte Schulz. »Keine Sorge. Ich bleibe hier, bis ihr kommt, um sie abzuholen.«

Diesmal gehorchte Ben, auch wenn er immer noch kein gutes Gefühl dabei hatte, Sasha allein zu lassen. Andererseits war Schulz vermutlich der Mensch, bei dem sie am besten aufgehoben war. Und er hatte Recht: Wenn sie erst einmal auf der *Princess* und in Sicherheit waren, dann war Zeit genug, über alles zu reden.

Falls es so etwas wie Sicherheit noch gab.

Er machte sich auf die Suche nach seinem Vater, den er entweder bei van Staaten oder in der Zentrale vermutete. Beides lag auf demselben Weg, aber van Staatens Behandlungszimmer war näher, sodass er zuerst dorthin ging.

Die Tür stand halb offen, was ein ziemlich sicheres Indiz dafür war, dass er weder die Ärztin noch seinen Vater antreffen würde. Trotzdem trat er ein, sah sich – ebenso überflüssig wie rasch – um und wollte schon wieder gehen, als er Stimmen hörte.

Etwas daran war ungewöhnlich. Sie flüsterten, klangen aber trotzdem scharf und aufgeregt. Nach einer weiteren Sekunde identifizierte er auch ihren Ursprung: Sie drangen durch die geschlossene Tür von van Staatens Schlafzimmer. Waren das sie und sein Vater, die miteinander stritten?

Zwar mit einem unguten Gefühl und angemessen schlechtem Gewissen, dennoch aber ohne zu zögern ging Ben näher, legte mit angehaltenem Atem das Ohr an die Tür und lauschte. Die Stimmen wurden ein wenig deutlicher, jedoch nicht klarer. Er zweifelte jetzt nicht mehr daran, Zeuge eines heftigen Streites zu sein, konnte aber weder heraushören, worum es ging, noch um wen es sich handelte.

Wenigstens zwei oder drei Sekunden lang nicht. Dann wurde die Tür so plötzlich aufgerissen, dass er das Gleichgewicht verlor und der Länge nach in das dahinterliegende Zimmer gefallen wäre, hätte Harry ihn nicht aufgefangen. Er tat es reichlich grob, und er war noch weniger sanft, als er Ben ganz zu sich hereinzerrte und dann so tat, als würde er ihn wieder auf die Füße stellen, die Gelegenheit aber nutzte, um ihn ziemlich derb gegen die Wand zu stoßen. »Man lauscht nicht an verschlossenen Türen. Hat dir das keiner beigebracht?«

Ben zog es vor, gar nicht darauf zu antworten – zumal ihn das, was er sah, vollkommen überraschte. Es war van Staatens Stimme gewesen, die er gehört hatte, aber die Ärztin und Harry waren nicht allein. Tahia befand sich ebenfalls im Raum, und das zornige Blitzen in ihren Augen sowie ihre hektisch geröteten Wangen ließen keinen Zweifel daran aufkommen, dass er tatsächlich mitten in eine heftige Auseinandersetzung geplatzt war. »Ich … äh … w-w-wollte a-a-auch nicht l-l-lauschen. Ich dachte nur, ich hätte einen Streit gehört, und da –«

»– wolltest du nur mal hören, was los ist. Ich verstehe.«

Immerhin ließ er ihn los, sodass er wenigstens wieder atmen konnte, und trat einen halben Schritt zurück – wodurch er in der Enge des winzigen Zimmers prompt gegen das Bett mit dem verletzten Söldner stieß. Tooth gab einen gedämpften Laut von sich, und als Ben überrascht hinsah, begegnete er seinem Blick. »Er ist … wach?«

Und nicht nur das. Tooths Gesicht war so dick bandagiert, dass er unmöglich auch nur ein einziges Wort hervorbringen konnte, doch der Ausdruck in seinen Augen machte Ben klar, dass er nicht nur aus dem künstlichen Koma erwacht war, in das van Staaten ihn versetzt hatte, um ihm unnötige Schmerzen zu ersparen, sondern auch alles mitbekam, was rings um ihn geschah. Ben fragte sich allerdings, ob die Ärztin ihm damit einen Gefallen getan hatte.

»Ja, wie du siehst.« Harry klang noch immer zornig – aber irgendwie auch … ertappt, fand Ben. Noch einmal und jetzt deutlich misstrauischer sah er zu Tahia und van Staaten hinüber, die beide auf der anderen Seite des Bettes standen und ganz den Eindruck erweckten, sich nur noch mit Mühe beherrschen zu können, um nicht aufeinander loszugehen. Tahias Hände und Gesicht waren ölverschmiert und schmutzig, und van Staatens Kittel sah aus, als hätte sie ihn vor einer Woche das letzte Mal gewechselt; auch wenn die Flecken und schmierigen Streifen von anderen Flüssigkeiten stammten, über die er lieber nicht nachdenken wollte. Auf dem kleinen Schränkchen am Kopfende des Bettes lag eine aufgeklappte Metallschachtel, in der sich eine bereits fertig aufgezogene Spritze befand. Die Schutzhaube aus Kunststoff war noch auf der Nadel, aber der Anblick weckte trotzdem unangenehme Assoziationen in Ben.

»Nur ein harmloses Schmerzmittel«, sagte Harry, dem sein neugieriger

Blick ebenso wenig entgangen war wie der erschrockene Ausdruck, der sich offensichtlich auf seinem Gesicht breit gemacht hatte. »Sonst würde er es nicht aushalten.«

Ben fragte sich, *was* – aber ein einziger Blick in Harrys Gesicht überzeugte ihn davon, dass es besser war, die Frage nicht laut auszusprechen. Er deutete nur ein Nicken an.

»Ich nehme an, du suchst deinen Vater?«, fragte Harry; und das auf eine Art, die Ben begreifen ließ, dass ihn die Antwort auf diese Frage nicht im Geringsten interessierte. Er wollte ihn loswerden.

»Ja. Aber eigentlich eher Sie … dich«, korrigierte er sich hastig, als van Staaten ihm einen strafenden Blick zuwarf. »Kapitän Schulz … Sashas Vater … hat gesagt, dass du mir hilfst, sie zum Wagen zu bringen.« Nur um überhaupt noch etwas zu sagen, wandte er sich nun direkt an Tahia. »Ihr habt ihn flottbekommen?«

»Gerrit, nicht wir«, antwortete Tahia abweisend. Die schwarze Ölschmiere auf ihrer Haut musste wohl einen anderen Ursprung haben. Sie deutete ein Schulterzucken an. »In so was ist er unschlagbar. Gib ihm eine Büroklammer und eine Rolle Klebeband und er bastelt ein Unterseeboot daraus.«

»Sie kommt gleich«, sagte Harry. »Geh schon einmal und such ein paar warme Sachen für sie raus … und für dich auch. Es ist verdammt kalt draußen.«

Ben dachte beinahe verzweifelt über irgendetwas nach, was er sagen könnte, um bleiben zu dürfen, aber es gab nichts. Jedenfalls nichts, was Harry überzeugt hätte. Offensichtlich ging hier etwas vor, von dem er nichts wissen sollte.

Schließlich ging er wieder zur Tür, drehte sich darunter aber noch einmal um und sah zu Tooth hin. Der Söldner hatte den Kopf gedreht und sah ihn nun direkt an, und in seinen Augen erschien ein Lächeln – aber da war auch noch etwas. Etwas, was Ben einen eisigen Schauer über den Rücken jagte.

»Warte draußen auf dem Flur auf mich«, sagte van Staaten. »Ich komme nach, sobald ich hier fertig bin. In zwei Minuten.«

Das war deutlich genug.

Ben verließ eilig den Raum – aber als er die Tür hinter sich ins Schloss ziehen wollte, streckte Harry rasch die Hand aus und hielt sie fest. Ganz offensichtlich wollte er sichergehen, dass er sich auch tatsächlich verkrümelte und nicht etwa auf der anderen Seite der Tür stehen blieb, um weiter zu lauschen.

Es wäre nicht nötig gewesen. Ben durchquerte mit schnellen Schritten das Behandlungszimmer, schloss die Tür hinter sich, und er hatte es noch nicht ganz getan, da hörte er Harrys zornige Stimme durch den dünnen Kunststoff dringen. »Es ist seine eigene Entscheidung, und wir sollten sie respektieren.«

Er hatte es nicht vorgehabt, aber jetzt blieb er mit klopfendem Herzen doch noch einmal stehen und überlegte ernsthaft, auf dem Absatz kehrtzumachen und Harry zur Rede zu stellen. Es gehörte nicht sehr viel Fantasie dazu, sich vorzustellen, worüber er gerade sprach. Und woher der Ausdruck von so mühsam unterdrücktem Zorn und gerechter Empörung auf van Staatens Gesicht gekommen war.

Aber er erinnerte sich auch noch zu gut an den brodelnden Zorn in Harrys Augen. Wenn er jetzt wieder zurückginge, würde der Söldner es vermutlich nicht dabei bewenden lassen, ihn ein bisschen herumzuschubsen …

Schweren Herzens setzte er seinen Weg fort, erreichte nach kaum einer Minute die Zentrale und fand sie vollkommen verlassen vor. Der große Bildschirm und nahezu alle anderen Geräte waren abgeschaltet und unter der Decke brannte nur noch eine einzige, trübe Lampe. Der Raum wirkte kalt und auf eine Weise verlassen, die nichts mit der Abwesenheit seiner ehemaligen Bewohner zu tun hatte. Sonderbare Dinge bewegten sich in den Schatten, und wenn er nur aufmerksam genug lauschte, dann schien sich ein Chor lautlos flüsternder Stimmen in den monotonen Wolfsgesang des Sturmes zu mischen; Stimmen, die uralte Geschichten erzählten, von Dingen redeten, die kein Mensch jemals hören sollte, und …

Ben verscheuchte den Gedanken mit einiger Anstrengung, lächelte nervös und belegte sich selbst mit einer ganzen Anzahl wenig schmeichelhafter Namen. Sie hatten wahrlich genug Probleme, auch ohne dass er seiner Fantasie gestattete, ihn noch ein bisschen mehr fertig zu machen.

Er ging wieder zu Sasha. Erst als er ihr Zimmer schon beinahe erreicht hatte, fiel ihm auf, dass er einen Umweg gewählt hatte, der ihn nicht an van Staatens Behandlungszimmer vorbeiführte.

Es wäre auch unnötig gewesen. Die zwei Minuten, von denen van

Staaten gesprochen hatte, waren offensichtlich ernst gemeint gewesen, denn sie stand bereits da und beugte sich gerade in diesem Moment über die schlafende Sasha, deren rechten Arm sie bereits entblößt hatte, um ihr eine Injektion zu verabreichen.

»Was soll das?«, fragte Ben in schärferem Ton, als er beabsichtigt hatte.

»Das ist nur ein harmloses Stärkungsmittel«, antwortete sie, wobei sie allerdings weder zu ihm zurücksah noch sich davon abbringen ließ, die Nadel in Sashas Vene zu stechen und den Kolben der Injektionsspritze langsam herunterzudrücken. Ben brauchte seine gesamte Selbstbeherrschung, um sich nicht auf sie zu stürzen und sie zurückzureißen.

»Ich verstehe. So wie bei Tooth gerade?«

Das verletzte sie offensichtlich. Sie führte die Injektion zwar sorgsam zu Ende und zog die Nadel dann schon beinahe übervorsichtig wieder aus Sashas Arm, dann aber fuhr sie mit einer wütenden Bewegung herum und funkelte ihn an. Ben bedauerte seine Worte bereits, aber aus irgendeinem Grund gelang es ihm nicht, sich zu entschuldigen.

»Ja, so wie bei ihm!«, fauchte sie. »Wenn du meinen Job hier übernehmen willst, dann sag es einfach. Oder halt den Mund und lass mich meine Arbeit machen.«

»Es ist wirklich nur ein harmloses Vitaminpräparat«, mischte sich Schulz ein. »Ich habe Doktor van Staaten darum gebeten. Du weißt, wie kalt es draußen ist. Und der Weg ist ziemlich weit.«

Eine halbe Sekunde lang hatte Ben nicht übel Lust, nun auf ihn loszugehen, aber dann rief er sich selbst zur Ordnung. Schulz würde niemals zulassen, dass seiner Tochter ein Leid geschah. Irgendetwas passierte mit ihnen, mit ihnen allen. Ben musste wieder an das denken, was van Staaten über diesen Ort gesagt hatte. Und plötzlich vermutete er nicht mehr, sondern *wusste*, dass sie Recht hatte. Sasha war nicht die Einzige, die das Nahen des *Alten* spürte.

»Entschuldigung«, murmelte er.

Van Staaten starrte ihn nur noch finsterer an, doch Schulz versuchte immerhin, so etwas wie ein verständnisvolles Lächeln auf sein Gesicht zu zwingen, woraufhin sich Bens schlechtes Gewissen noch heftiger bemerkbar machte.

»Wenn du dich nützlich machen willst«, sagte van Staaten, »dann hol den Rollstuhl, der draußen steht.«

»Rollstuhl?« Er konnte sich nicht an einen Rollstuhl erinnern.

»Eigentlich hättest du drüberfallen müssen. Es ist nicht mehr das neueste Modell, aber für die paar Meter wird er reichen.«

Ben starrte sie einen weiteren Atemzug lang nur verständnislos an, dann aber machte er auf dem Absatz kehrt. Tatsächlich stand der Rollstuhl genau da, wo van Staaten gesagt hatte, und das mit dem *nicht mehr das neueste Modell* war noch geschmeichelt gewesen: Es war ein riesiges, halb verrostetes Monstrum mit primitiven Speichenrädern und einer Sitzfläche und Rückenlehne aus Holz. Das einzige Mal, bei dem Ben so ein Ding gesehen hatte, war in einem historischen Film gewesen, der irgendwann im neunzehnten Jahrhundert spielte. Er dachte vorsichtshalber erst gar nicht darüber nach, wie sich dieses Unikum hierher an den Südpol verirrt haben mochte. Stattdessen ergriff er ihn an den beiden groben Holzgriffen hinter der Lehne und bugsierte ihn mit einiger Mühe durch die Tür. Sie hätte keinen Zentimeter schmaler sein dürfen.

Van Staaten hatte inzwischen eine Anzahl Decken bereitgelegt und kam gerade mit einem Fellmantel an, der so voluminös und schwer war, dass es sie sichtlich Mühe kostete, ihn zu tragen. Auf eine stumme Geste der Ärztin hin begann Ben, die harte Sitzfläche und Rückenlehne des Rollstuhls mit den Decken zu polstern, während sie selbst und Schulz sich abmühten, Sasha irgendwie in den Mantel zu hüllen. Sie wachte nicht auf, auch nicht als ihr Vater sie schließlich hochhob und die wenigen Schritte um das Bett herumtrug, um sie in den Krankenstuhl zu setzen. Van Staaten breitete eine weitere Decke über ihr aus und überzeugte sich pedantisch davon, dass auch ihre Hände und Füße geschützt waren, bevor sie mit einem zufriedenen Nicken zurücktrat.

»Ich glaube, es wird Zeit.«

Ben wollte die Hände nach den Griffen ausstrecken, aber sie schüttelte beinahe erschrocken den Kopf und bedeutete ihm mit einem kleinen Wink, zurückzutreten. Ben gehorchte und überließ es Schulz, den Rollstuhl herumzudrehen und umständlich durch die Tür nach draußen zu schieben. Unverzüglich wollte er sich ihm anschließen, aber van Staaten hielt ihn am Arm zurück.

»Lass ihn noch einen Moment mit ihr allein«, sagte sie, allerdings erst, als Schulz sich mit dem Rollstuhl ein gutes Stück entfernt hatte, und auch dann beinahe im Flüsterton. Aus Bens ungutem Gefühl wurde Schrecken, dann Betroffenheit. Tief in sich wusste er, was van Staaten mit diesen Worten meinte, aber er weigerte sich, den Gedanken klar zu formulieren.

»Es sind nur noch ein paar Minuten«, fuhr sie lauter und in verändertem Ton fort. Sie sah ihn nicht an. »Du gehst jetzt besser und ziehst dich um. Nimm deine wärmsten Kleider und sonst nichts.«

»Und … Sie? Du?«

»Wir treffen uns in ein paar Minuten an der Schleuse. Ich bleibe noch ein wenig hier.«

»Weil dir der Abschied so schwer fällt?«, fragte Ben. Aber er lächelte nicht dabei und auch van Staaten wich seinem Blick aus.

»Du weißt doch, wie wir Frauen sind. Wir müssen immer noch etwas zusammenpacken und organisieren. Außerdem muss ich noch duschen und mir die Haare machen. Glaubst du, ich checke so auf einem Luxusdampfer wie der *Princess* ein?«

Ben blieb weiter ernst. »Du rechnest nicht damit, dass wir es alle schaffen, habe ich Recht?«

»Blödsinn!«, antwortete van Staaten eindeutig zu schnell und zu heftig. »Es sind gerade mal drei Kilometer. Das würde ich selbst zu Fuß schaffen, wenn der Sturm tatsächlich aufhört.«

»Du weißt, dass mein Vater ohne dich nicht gehen würde«, sagte Ben leise.

»Und das ist noch größerer Blödsinn«, behauptete sie, schnitt ihm aber auch sofort mit einer ärgerlichen Handbewegung das Wort ab, als er erneut widersprechen wollte. »Und jetzt verschwinde endlich.«

Es hätte auch noch eine Menge gegeben, was Ben dazu hätte sagen können, aber er sah sie nur noch einen Atemzug lang traurig an, bevor er sich endgültig herumdrehte, um Sasha und ihrem Vater zu folgen. Was er gerade über seinen Vater gesagt hatte, entsprach den Tatsachen, und er konnte nur hoffen, dass es umgekehrt genauso war.

In seinem Mund war ein bitterer Geschmack. Zum allerersten Mal stellte er sich wirklich dem Gedanken, dass sie es nicht alle überleben würden. Er war trotz allem tief in sich immer davon ausgegangen, dass zumindest die Menschen, an denen ihm etwas lag (und er musste sich zu seiner eigenen Verblüffung eingestehen, dass selbst Ramanov dazugehörte), es schon irgendwie schaffen würden. Aber vielleicht stimmte das nicht.

Seine Mutter hatte es nicht geschafft, Tooth würde es vermutlich nicht schaffen, und irgendetwas sagte ihm, dass er wohl auch Schulz nicht wiedersehen würde.

Aus einem Grund, den er selbst nicht verstand, war er beinahe erleichtert, seinen Vater nicht anzutreffen, als er sein Zimmer betrat, um van Staatens Rat zu folgen und sich warm anzuziehen. Er tat es dann allerdings doch nicht, sondern warf nur einen kurzen Blick in seinen Schrank. Das einzige richtig warme Kleidungsstück, das er sah, war die Polarmontur, die er auf dem Weg von der gestrandeten *Princess* hierher getragen hatte, und mit diesem Kleidungsstück verbanden sich zum einen zu viele unangenehme Erinnerungen, zum anderen hatte es sich als nicht besonders wintertauglich erwiesen; was er allerdings kaum dem Lieferanten ankreiden konnte. Schließlich hatte in der Nobelboutique, in dem seine Eltern das Kleidungsstück erstanden hatten, niemand damit rechnen können, dass er es an einem der kältesten Orte der Welt tragen würde.

Aber Ben wusste ja, wo er etwas Wärmeres zum Anziehen finden konnte.

Er ging zurück in die Messe, die den Söldnern als provisorisches Quartier gedient hatte. Niemand war da, und auch ein Gutteil der Ausrüstung, die er noch bei seinem letzten Besuch hier gesehen hatte, war verschwunden, was ihn nicht sonderlich überraschte. Aber er hatte sich gemerkt, aus welcher Kiste Harry vorhin den weißen Kampfanzug geholt hatte, und wurde auch auf Anhieb fündig. Erneut überkam ihn ein seltsames Gefühl, sozusagen einen Toten zu bestehlen, doch er war zugleich auch sicher, dass sein ehemaliger Besitzer nichts dagegen haben würde, wenn er nun diese Kleider trug und sie ihn womöglich vor dem Erfrieren schützten. So schnell es ohne Hilfe ging (was nicht besonders schnell war), schlüpfte er in den gefütterten weißen Anzug, fand sogar ein Paar passende Stiefel und dünne, aber mit einem weichen, wärmenden Fell gefütterte Handschuhe. Er zog sie noch nicht an, sondern schob sie nur unter den breiten weißen Ledergürtel, der zu der Montur gehörte, und überlegte einen Moment lang, sich auch noch eine der Waffen zu nehmen, von denen es genug gab. Aber am Ende entschied er sich dagegen. Harry würde nicht begeistert sein, und seinen Vater und van Staaten würde vermutlich der Schlag treffen.

Nach einem letzten, fast wehmütigen Blick in die Runde verließ er den Raum. Er hätte froh sein sollen zu gehen, denn auch mit diesem

Zimmer waren für ihn fast ausnahmslos unangenehme oder traurig machende Erinnerungen verbunden, aber das genaue Gegenteil war der Fall. Der unbehagliche und kalte Raum kam ihm plötzlich vor, als wäre er das letzte Fleckchen auf der Erde, an dem es zumindest noch die Illusion von Sicherheit gab.

Nicht einmal fünf Minuten, nachdem Schulz und Sasha aufgebrochen waren, erreichte auch er die Schleuse. Stimmen, Gemurmel und hektischer Lärm, Schritte und Poltern kündeten schon von weitem davon, dass Sasha und ihr Vater nicht die Einzigen waren, die auf ihn warteten, aber es wurde auch mit jedem Schritt empfindlich kälter. Sein Atem begleitete ihn schon lange als grauer Dampf, und unter seinen Stiefelsohlen knisterte Eis, noch bevor er die letzten Gangbiegung erreicht hatte. Wände und Decke hatten sich längst mit einem geborstenen weißen Panzer überzogen, und selbst das Licht der Deckenlampen wirkte gedämpfter, denn auch sie begannen unter einer langsam, aber unaufhaltsam wachsenden milchig weißen Schicht zu verschwinden. Die Station starb bereits.

Der Bereich unmittelbar vor der wuchtigen Schleusentür war jedoch in schon fast unangenehme Helligkeit getaucht. Jemand hatte mehrere große Scheinwerfer aufgestellt, deren Licht zusätzlich von dem schimmernden Eispanzer auf Decke, Boden und Wänden reflektiert wurde, sodass er blinzelte und instinktiv die Hand vor das Gesicht hob, als er um die letzte Ecke kam. Er entdeckte Schulz und Sasha sofort – sie befanden sich auf der anderen Seite der Schleuse. Schulz hatte den Rollstuhl mit seiner dick eingepackten Tochter hinter eine halb offen stehende Tür geschoben, wohl um sie notdürftig vor dem schneidenden Wind zu schützen, der durch die Schleusentür hereinheulte. Außer ihnen hielten sich noch nahezu ein Dutzend weiterer Menschen hier auf, zumeist Besatzungsmitglieder, deren Gesichter er zwar kannte, nicht aber ihre Namen, und die ausnahmslos in dicke Jacken, Stiefel und Handschuhe gehüllt waren. Auch Harry und Tahia waren da. Die Schleuse stand mittlerweile komplett offen. Jemand hatte die notdürftig eingeschweißten Eisenplatten und Träger vollends entfernt, was die furchtbare Kälte erklärte, die diesen Teil der Station ausfüllte. Tahia trat unentwegt von einem Fuß auf den anderen und wirkte irgendwie beleidigt, während Harry ihm nur ausdruckslos, aber auch alles andere als freundlich entgegensah. Ben ging mit kühler Miene an ihm vorüber und zu Schulz und Sasha hin.

Sein erster Blick galt natürlich Sasha, aber er konnte von ihrem Gesicht praktisch nichts erkennen. Schulz hatte die Kapuze des schweren Fellmantels hochgeschlagen und zusätzlich einen dicken Wollschal um die untere Hälfte ihres Gesichts gewickelt; alles, was sich darüber befand, wurde von einer unförmigen schwarzen Schneebrille verdeckt.

»Noch ein paar Minuten«, sagte Schulz. »Es geht gleich los.«

»Und das wissen Sie so genau? Woher?«

»Von mir«, sagte ein Stimme hinter ihm. Ben drehte sich herum und blickte in Ramanovs Gesicht. Auch der Russe hatte sich in eine dicke Felljacke gehüllt, trug aber weder Kapuze noch Handschuhe. »Die Sonne geht in genau fünf Minuten auf. Wenn sie Wort halten und der Sturm dann wirklich nachlässt, brechen wir sofort auf.«

»Wir brechen auf jeden Fall auf«, mischte sich Harry ein. Eigentlich hatte Ben ihn gut acht oder zehn Meter hinter sich vermutet, aber er hatte seinen Platz unter der Schleuse aufgegeben und es an Tahia delegiert, die offen stehende Tür zu verteidigen und dafür zu sorgen, dass niemand die Schleusenkammer betrat. »Ob mit oder ohne Windstille.«

Ramanov setzte sichtbar zu einer ärgerlichen Antwort an, schluckte sie aber dann hinunter und hob nur die Schultern. Gleichzeitig sah er sich ungeduldig um, als warte er auf etwas Bestimmtes.

»Bist du so weit?«, fuhr Harry an Ben gewandt fort. Sein Blick tastete aufmerksam über seine Gestalt. Natürlich musste er die Kleidung erkennen, die er trug, aber es war ihm nicht anzusehen, was er davon hielt.

»Ja. Aber es wäre mir lieber, wenn wir Kapitän Schulz mitnehmen würden.«

»Unmöglich. In der Fahrerkabine ist nur Platz für zwei. Du wirst deine Freundin auf den Schoß nehmen müssen. Ich hoffe doch, es macht dir nichts aus.«

Ben lauschte eine Sekunde lang auf einen anzüglichen Unterton oder einen Klang von Spott oder Häme in Harrys Stimme, aber da war nichts von alledem. »Nein. Aber das kann Kapitän Schulz doch genauso –«

»Nein, das kann er nicht. Nicht in seinem Zustand. Ende der Diskussion.« Harry unterstrich seine Worte mit einer energischen Geste und wandte sich zugleich mit einem auffordernden Kopfnicken an Schulz, der nach den Handgriffen des Rollstuhls langte und das Gefährt ein Stück zurückzog, um es dann in Richtung der Schleuse zu bugsieren. Ben trat rasch zur Seite und überließ es auch Schulz ganz allein, den

Rollstuhl zu schieben, obwohl es ihm sichtlich Mühe bereitete und seine Kräfte wahrscheinlich fast überstieg. Aber er hatte van Staatens Worte nicht vergessen. Sicher war Schulz der Meinung, es Sasha irgendwie schuldig zu sein, sie auf diesem letzten Stück zu begleiten. Und er hatte wohl Recht damit.

»Aber wenn immer nur zwei Leute reingehen, dann müssen wir zwanzig Mal fahren, um alle zur *Princess* zu bringen«, murmelte er.

»Vierzig Mal«, verbesserte ihn Harry ungerührt. »Oder glaubst du, das Ding fährt von selbst zurück?«

»Aber das ist doch –«

»Zwei oder drei Leute können draußen auf den Aufbauten mitfahren. Das wird zwar ekelhaft kalt, aber wenn alles gut geht, brauchen wir auch nur ein paar Minuten bis zum Strand hinunter. Immer noch besser, als die ganze Strecke zu laufen.« Er wedelte ungeduldig mit der Hand. »Worauf wartest du?«

Auf nichts. Ben warf ihm einen sehr unsicheren Blick zu, beeilte sich aber dann, ebenfalls zur Schleuse zu gehen. Unmittelbar neben Schulz hielt er an und versuchte wieder, einen Blick auf Sashas Gesicht zu erhaschen; auch diesmal vergebens. Sie rührte sich noch immer nicht, hatte aber aufgehört zu zittern. Möglicherweise war das, was van Staaten ihr gegeben hatte, doch nicht nur ein harmloses Vitaminpräparat gewesen, aber es gelang Ben nicht, ihr deshalb böse zu sein. Schon die bloße Vorstellung, die trotz allem vorhandene relative Sicherheit der Station zu verlassen und sich inmitten eines Höllensturms in einem praktisch schrottreifen Schneemobil auf den Weg hinunter zum Strand zu machen, ließ ihn innerlich erschauern. Wahrscheinlich war es besser für Sasha, wenn sie von alledem nichts mitbekam.

»Noch drei Minuten«, sagte Schulz.

»Na dann«, murmelte Harry und machte Anstalten, an ihm vorbei in die Schleusenkammer zu treten. Ben blinzelte in die nahezu vollkommene Dunkelheit, die den winzigen Raum erfüllte, und sah jetzt, dass auch die äußere Tür weit offen stand oder vielleicht gar nicht mehr vorhanden war. Die Kälte trieb ihm die Tränen in die Augen und schmerzte bei jedem Atemzug.

»Warten Sie!«

Harry hielt mitten in der Bewegung inne und drehte sich zu Ramanov um. Der Professor war vier oder fünf Schritte hinter ihnen stehen geblieben und fuchtelte hektisch mit den Händen herum. Die Hälfte dieser Gesten galt Harry, die andere Hälfte eine Abordnung von gleich acht seiner Männer, die keuchend und schnaubend hinter ihm um die Gangbiegung kamen, wobei immer zwei eine schrankkoffergroße Aluminiumkiste zwischen sich schleppten. Jedes dieser Ungetüme sah aus, als wöge es eine Tonne, und die Männer ächzten unter ihrer Last, schienen Ramanov aber immer noch nicht schnell genug zu gehen.

»Was ist das?«, erkundigte sich Harry.

»Unsere Forschungsergebnisse. Aufzeichnungen, Disketten, DVDs und Bänder und ein paar unersetzliche Geräte. Wir müssen sie mitnehmen.«

»Kommt nicht in Frage.«

»Das haben nicht Sie zu entscheiden! Das da ist das Ergebnis von fünf Jahren harter Arbeit. Sie glauben doch nicht im Ernst, dass ich es –«

»*Sie* glauben doch nicht wirklich, dass ich dieses Zeug mitnehme und dafür vielleicht ein paar Menschen hier lasse? Wir haben nicht einmal drei Stunden, um alle zum Strand hinunter und auf die *Princess* zu schaffen. Ich bin froh, wenn die Zeit reicht, um die Menschen herauszubringen.«

»Sind Sie verrückt?« Ramanov sah ehrlich entsetzt aus. »Wissen Sie, was diese Forschungsergebnisse bedeuten? Wie viel Arbeit und Schweiß sie gekostet haben? Und wie viel –«

»Nein«, unterbrach ihn Harry erneut, »und es interessiert mich auch nicht. Wir haben genau zwei Fahrzeuge, von denen ich nicht sicher bin, wie lange sie durchhalten. Aber selbst wenn sie nicht unterwegs auseinander fallen, müssen wir mit jedem sechs oder sieben Mal fahren. Es wäre ein Wunder, wenn wir das in der knappen Zeit überhaupt schaffen.« Er schüttelte heftig den Kopf und trat so dicht an Ramanov heran, dass der Russe instinktiv einen halben Schritt vor ihm zurückwich. »Letzten Endes ist es Ihre Entscheidung, Professor. Welche vier ihrer Männer soll ich hier lassen, um diese Kisten mitzunehmen? Sollen wir Streichhölzer ziehen oder wollen Sie in ihre Personalakten sehen und suchen die raus, die sowieso auf Ihrer Abschussliste stehen?«

Ramanov wurde noch eine Spur blasser, und Harry ließ ihn einfach stehen und wandte sich an seine Mitarbeiter: »Das Zeug bleibt hier!«

Die Hälfte der Männer reagierte unverzüglich, blieb stehen und ließ die Kisten zu Boden sinken. Das schwere Poltern, das diese Bewegung begleitete, verriet Ben, dass sie tatsächlich so schwer sein mussten, wie sie aussahen, und wahrscheinlich nicht nur ein paar DVDs und Disketten enthielten. Die anderen stolperten noch ein paar Schritte weiter und hielten dann ebenfalls an, als Harry ihnen den Weg vertrat und demonstrativ die Hand auf den Pistolengriff legte, der aus seinem Gürtel ragte. Ratlosigkeit und Schrecken machte sich auf dem einen oder anderen Gesicht breit, aber auch etwas wie vorsichtige Erleichterung.

»Ich wiederhole mich nur ungern, und ich bin auch nicht sicher, ob ihr mich alle versteht. Aber eure Kumpels können ja übersetzen. Der Kram bleibt hier. Ich schieße jedem persönlich ins Bein, der auch nur noch einen einzigen Schritt mit den Dingern macht.«

Offensichtlich hatten ihn alle verstanden, denn auch die restlichen Kisten polterten nun lautstark zu Boden und ein Teil der Männer zog sich vorsichtshalber ein Stück weit zurück.

»Das werden Sie bereuen«, sagte Ramanov.

»Ja, vermutlich«, antwortete Harry leichthin. »Wenn das Zeug wirklich so wichtig für Sie ist, Professor, warum bleiben Sie dann nicht hier und passen darauf auf? Sobald alle sicher an Bord des Schiffes sind, schicke ich zwei Leute mit dem Schneemobil zurück, um Sie und ihr Gepäck zu holen.« Er gab Ramanov keine Gelegenheit, darauf zu antworten, sondern fuhr auf dem Absatz herum und kam wieder zur Schleuse zurück. »Ihr da«, sagte er, indem er – anscheinend vollkommen wahllos – auf die drei am nächsten stehenden Männer deutete, »kommt mit und steigt von außen auf den Wagen. Haltet euch gut fest. Ich halte nicht an, wenn einer abstürzt.«

Zumindest das bezweifelte Ben, aber Harry musste wohl ziemlich überzeugend geklungen haben, denn die drei Männer traten zwar gehorsam zu ihnen in die Schleuse herein, wirkten aber jetzt noch nervöser, als sie es ohnehin schon gewesen waren.

Ben hatte sich der äußeren Schleusentür inzwischen weiter genähert und versuchte irgendetwas zu erkennen, ohne dass es ihm gelang. Harry oder einer der anderen Söldner hatte das Schneemobil in der Zwischenzeit so vor dem Ausgang abgestellt, dass die offen stehende Tür auf der Beifahrerseite direkt vor ihnen lag, aber alles, was sich hinter dem verbeulten Gefährt befand, blieb hinter einem Vorhang aus undurchdringlicher Schwärze verborgen. Dann und wann glaubte er düstere Farben vor dem Horizont aufblitzen zu sehen, aber das konnte auch ein weiterer Streich sein, den ihm seine Nerven spielten. Plötzlich spürte er, dass er am ganzen Leib zitterte. Es war grausam kalt, trotz der dicken Kleidung, die er trug, aber das war nicht der Grund. Noch bis eben hatte er geglaubt sich nichts mehr zu wünschen, als endlich hier herauszukommen, und jetzt gab es nichts, vor dem er sich mehr fürchtete.

»Wie lange noch?«, murmelte er.

»Jetzt«, antwortete Harry. »Eigentlich sollte es schon vor ein Paar Sekunden –«

Der Sturm hörte auf. Er wurde nicht etwa leiser, verlor an Kraft und zog sich widerwillig zurück, sondern war von einem Atemzug zum nächsten *einfach nicht mehr da,* als hätte ihn jemand abgeschaltet, und für einen Augenblick schien die Stille, die nach dem seit Tagen anhaltenden Höllenlärm einkehrte, beinahe lauter zu sein.

Dann wurde es hell.

31

VIELLEICHT WAR ES DAS UNHEIMLICHSTE, was er in seinem ganzen Leben sehen sollte, auf jeden Fall aber das Unheimlichste, was er *bisher* zu Gesicht bekommen hatte. Dabei war der Anblick zugleich sonderbar undramatisch, aber vielleicht war es gerade das, was ihn so schlimm machte.

Am Himmel direkt über ihnen stand nicht eine einzige Wolke. Er war ganz im Gegenteil von einem so klaren, strahlenden Azurblau, dass es schon fast unnatürlich wirkte, ebenso wie der grellgelbe Dreiviertelkreis der Sonne, die über den gezackten weißen Horizont im Osten kroch, ohne die geringste Chance, ihren Weg hinauf ins Zentrum des Firmaments je beenden zu können. Der Wind war vollkommen erloschen, aber es war eine sonderbare, falsche Stille, die sich wie etwas Fremdes und Erstickendes über die weiße Einöde ringsum gelegt hatte und in der das rasselnde Motorengeräusch und die seltsam weichen Laute der breiten Gummiketten auf dem Schnee wie Eindringlinge wirkten. Etwas verbarg sich hinter diesem Schweigen, etwas, was ihn mit solcher Angst erfüllte, dass es ihm schier den Atem abzuschnüren schien.

Möglicherweise war es aber auch ganz profan Sashas Gewicht, das ihm das Atmen schwer machte. Harry hatte keineswegs übertrieben, als er gesagt hatte, er müsse sie auf den Schoß nehmen, und es war – wider Erwarten – ein alles andere als angenehmes Gefühl. Sasha wog vermutlich deutlich weniger als fünfzig Kilo, aber van Staaten und ihr Vater mussten sie in Kleider von mindestens noch einmal demselben Gewicht eingewickelt haben, und er saß nicht mehr wirklich auf einem Sitz, sondern dem abgeschälten Drahtskelett eines solchen. Jeder winzige Strebe und Schraube bohrte sich schmerzhaft in seine Oberschenkel, sein Gesäß und seinen Rücken, und Harry hatte das schnaubende Gefährt auf seine Höchstgeschwindigkeit beschleunigt und wich nur den allergrößten Hindernissen aus, sodass sie kräftig durchgerüttelt wurden. Die Station war schon nach wenigen Augenblicken hinter ihnen zurückgefallen, und als Ben das erste Mal auf die Idee kam, sich herumzudrehen, um zu ihr zurückzublicken, sah er nichts als einen verwaschenen orangenroten Fleck inmitten des Schnees, den die Gummiketten des Fahrzeugs in die Luft warfen. Dann war auch er verschwunden, als sie in den kurzen Canyon einbogen, der hinunter zum Strand führte.

»Alles in Ordnung?«, brüllte Harry über das Dröhnen des Motors hinweg. Ben hatte gar keine Luft, um zu antworten, und beließ es bei einem übertriebenen Nicken.

Da ihn der Anblick der rasend schnell vorüberhuschenden schimmernden Eiswände mehr beunruhigte, als er zugeben mochte (Harry fuhr deutlich schneller, als er diesem altersschwachen und zerschlagenen Gefährt zugetraut hätte, und ein einziger Fehler, eine winzige Unaufmerksamkeit, ein Hindernis, das er einen Sekundenbruchteil zu spät sah, konnte nur in einer Katastrophe enden), schaute er wieder zum Himmel empor. Sein strahlendes Blau und das abrupte Abbrechen des Sturms waren nicht das einzig Unheimliche. Der Himmel war nicht überall so. Hinter ihnen und einer sanften Krümmung folgend erhob sich eine massive Wand aus Schwärze, in der es ununterbrochen blitzte und wetterleuchtete. Farben jagten sich, und wenn man den Fehler beging, zu lange auf eine bestimmte Stelle zu schauen, dann begann man … Dinge zu sehen. Sie befanden sich am äußersten Rand eines gewaltigen kreisrunden Ausschnitts, der in die schwarze Wolkendecke gestanzt worden war: dem Auge des Orkans. Es war so gewaltig, dass Ben seinen gegenüberliegenden Rand nicht sehen konnte, doch die schwarze Wand hinter ihnen entfernte sich rasend schnell. Und es würde nicht sehr lange dauern, bis vor ihnen eine zweite Wand auftauchte und der Sturm erneut mit all seiner Urgewalt über sie hereinbrach.

Ben wurde unsanft aus seinen Gedanken gerissen – und das wortwörtlich –, als das Schneemobil das Ende des Canyons erreichte und mit einem so harten Schlag in die Waagerechte kippte, dass seine Zähne aufeinander schlugen und er Blut schmeckte. Dann verlor Harry die Kontrolle über das Steuer. Das Fahrzeug schlitterte zur Seite, begann sich träge und mit durchdrehenden Ketten auf der Stelle zu drehen und machte dann einen regelrechten Satz nach vorne, als Harry herunterschaltete und gleichzeitig noch mehr Gas gab. Für einen winzigen, aber schrecklichen Moment war Ben davon überzeugt, dass es umkippen und ihre Fahrt ein vorzeitiges und reichlich unsanftes Ende nehmen würde, dann aber erlangte Harry die Gewalt über das Schneemobil wie durch ein Wunder zurück und sie schossen regelrecht über das Eis.

»Nur noch ein paar Minuten!«, brüllte Harry. Ben hoffte inständig, dass er bis dahin nicht erstickt oder von diesem verdammten zerbrochenen Sitz aufgespießt worden war, und versuchte irgendwie, an Sasha vorbei einen Blick nach vorne zu werfen.

Was er sah, überraschte ihn. Er hatte den Strand anders in Erinnerung. Als er das letzte Mal hier gewesen war, war er von zahllosen Erhebungen, blitzenden Skulpturen aus Eis und gezackten Graten übersät gewesen. Jetzt lag er so glatt und schimmernd wie ein gewaltiger weißer Spiegel vor ihnen, so makellos, dass ihm das reflektierte Sonnenlicht die Tränen in die Augen trieb. Der Sturm, der tagelang gewütet hatte, musste ihn regelrecht glatt poliert haben. Bens Herz begann schneller zu klopfen, als diesem Gedanken konsequent der nächste folgte: Was hatte er der *Princess* angetan?

Er fand nicht einmal Gelegenheit, wirklich zu erschrecken, bevor er das Schiff sah. Immerhin war es noch da … aber das war vielleicht auch schon alles.

Die *Princess* lag weniger als drei Kilometer vor ihnen am Strand, ein riesiger, halb auf die Seite gekippter Berg aus Eisen, von dessen ehemals strahlendem Weiß, Grün und Blau nichts mehr zu sehen war. Zumindest über die große Entfernung sah es aus, als wäre das Schiff unter einem dicken Mantel aus Eis verschwunden. Und es lag deutlich schräger auf dem Strand, als Ben es in Erinnerung hatte. Und offensichtlich nicht nur er.

»Das sieht nicht gut aus«, schrie Harry. Er versuchte das Gaspedal noch weiter durchzutreten, aber ohne Erfolg. Alles, was er erreichte, war, dass der Motor gequält aufheulte.

Ben hätte ihm gerne widersprochen, aber er konnte es nicht. Erstaunlich schnell – wenn auch subjektiv quälend langsam – kam das Wrack der *Princess* näher, und sein Mut sank mit jedem weiteren Detail, das er erkannte. Es war keine Einbildung gewesen. Der Sturm hatte die *Princess* in den letzten Tagen ein gutes Stück weiter den Strand hinaufgetrieben, und sie ähnelte jetzt eher einer bizarren Eisskulptur als einem modernen Passagierschiff. Auch als sie näher kamen, konnte Ben keine größeren Beschädigung entdecken – die Explosion, die den hinteren Teil des Schiffes verheert hatte, schien sich zum allergrößten Teil im Inneren ausgetobt zu haben –, aber ihm war trotzdem klar, dass dieses Schiff nirgendwo mehr hinfahren würde. Zumindest nicht aus eigener Kraft.

Als sie sich dem Wrack weiter näherten, erkannte Ben, dass sie nicht die Ersten waren. Ein zweites Schneemobil (das noch Fenster hatte und darüber hinaus auch nicht aussah, als sei es versehentlich in eine Schrottpresse geraten) stand nur ein kleines Stück unter dem hoch aufragenden Rumpf des Schiffes auf dem Eis. Eine winzige, in eine fleckige weiße Montur gehüllte Gestalt winkte ihnen mit beiden Armen zu.

»Gerrit?« Harry nickte. »Aber wie kommt er hierher? Wir sind doch sofort losgefahren?«

»Er ist schon eine Viertelstunde vor uns aufgebrochen. Du hast doch nicht etwa geglaubt, dass sich Gerrit von ein bisschen schlechtem Wetter aufhalten lässt? Außerdem«, schloss er, während er das Fahrzeug mit einem brutalen Ruck unmittelbar neben dem zweiten Schneemobil zum Halten brachte, »wollte ich sicher sein, dass das Schiff noch da ist. Und keine böse Überraschung auf uns wartet.«

Ben verzichtete auf eine Antwort, schon weil ihm Harrys rabiates Bremsmanöver auch noch das letzte bisschen Luft aus den Lungen gepresst hatte und Sashas Gewicht sein Möglichstes tat, um ihn daran zu hindern, es durch neue zu ersetzen. Schon halb bewusstlos registrierte er, wie Harry aus der Kabine sprang, aber keine Anstalten machte, ihm zu helfen, sondern mit weit ausgreifenden Schritten über das Eis und zu einem ihrer drei Trittbrettfahrer lief, der bei der plötzlichen Bremsung offensichtlich den Halt verloren hatte und vom Wagen gefallen war. Ob es die beiden anderen noch gab, vermochte Ben nicht zu sagen. Im Augenblick interessierte es ihn auch nicht. Er versuchte vergeblich, Sashas Gewicht irgendwie so zu verlagern, dass er die Hand nach der Tür ausstrecken und sie öffnen konnte. Allmählich wurde die Atemnot richtig schlimm.

Die Mühe wurde ihm abgenommen. Jemand riss die Tür so derb von außen auf, dass sie sich mit einem protestierenden Quietschen aus ihren verzogenen Angeln löste und auf den Strand fiel, dann wurde er von Sashas Gewicht befreit. Mit einem erleichterten Keuchen rang er nach Luft.

Als er wieder einigermaßen klar sehen konnte, identifizierte er Gerrit als seinen Lebensretter. Der Söldner trug Sasha so mühelos auf den Armen, als wöge sie gar nichts, und sah mit einem eindeutig schadenfrohen Grinsen zu ihm hoch. »Alles in Ordnung?«

»Nein«, antwortete Ben wahrheitsgemäß, stemmte sich Grimassen schneidend aus seinem Folterstuhl hoch und sprang das kurze Stück auf den Eisstrand hinab. Jedenfalls versuchte er es. Der Sprung klappte, die Landung nicht. Seine misshandelten Muskeln quittierten mit einem letzten, gleißenden Schmerz den Dienst, und Ben schlug der Länge nach auf den Strand und konnte gerade noch die Arme hochreißen, um nicht ausprobieren zu müssen, was härter war: das Eis oder sein Gesicht.

Zwei oder drei Sekunden blieb er einfach liegen und wartete (vergeblich) darauf, dass sein Herz aufhörte wie rasend zu hämmern und (ebenso vergeblich) dass der pochende Schmerz in seinem Rücken und seinen Oberschenkeln nachließ. Dann rappelte er sich mühsam auf. Der schadenfrohe Ausdruck auf dem Gesicht des Söldners war immer noch da. Er hatte sogar zugenommen.

»Danke der Nachfrage. Mir ist nichts passiert. Alles okay.«

»Prima. Dann kannst du sie ja für einen Moment nehmen.« Und damit lud er Sasha dem vollkommen überraschten Ben auf die Arme und ging weg, ohne sich auch nur davon zu überzeugen, ob er unter ihrem Gewicht zusammenbrach oder nicht.

Ben wankte fast komisch hin und her, bevor er sein Gleichgewicht zumindest notdürftig wiedererlangte. Gerrit war inzwischen zu einer sonderbaren Metallkonstruktion gegangen, die zwischen den beiden nebeneinander geparkten Schneemobilen aus dem Boden ragte. Ein massives, wenn auch offensichtlich in aller Hast zusammengeschweißtes Dreibein aus rostigem Stahl, an dessen oberem Ende sich eine Rolle befand, über die ein nahezu fingerdickes Drahtseil lief.

Unter Sashas Gewicht wankend, aber ohne den geringsten Laut der Klage (er hätte sich eher in die Zunge gebissen) ging Ben zu ihm und betrachtete die seltsame Konstruktion misstrauisch. Was immer sie bedeuten mochte, Harry hatte offensichtlich kräftig untertrieben, als er behauptet hatte, Gerrit sei *eine Viertelstunde früher* losgefahren. Das Dreibein war mit Stahlschrauben im Boden verankert und sah aus, als wöge es eine Tonne. Der Söldner musste lange vor ihnen aufgebrochen sein, inmitten des tobenden Sturmes.

»Was ist das?«

Bevor Gerrit antwortete, beugte er sich in die offen stehende Fahrertür des Schneemobils. Als er sich wieder aufrichtete, hielt er eine gut einen Meter lange eiserne Kurbel in der Hand. Sie sah ein bisschen aus wie ein zu groß geratener Handbohrer oder eine jener abenteuerlichen, fingerabschlagenden Konstruktionen, mit denen man die ersten Automobile angeworfen hatte.

»Ich hoffe, du hast gut gefrühstückt.« Nach dieser wahrlich erschöpfenden Auskunft trat Gerrit an das Dreibein heran, hakte seine Kurbel in die Rolle an seinem oberen Ende ein und begann zu drehen. Ein erbärmliches Quietschen erscholl, während das Drahtseil über die offenbar in aller Hast und nicht vollkommen gerade angebrachte Rolle lief, und Bens Augen weiteten sich ungläubig, als sein Blick dem Seil weiter nach oben folgte.

Er hatte sich die ganze Zeit über gefragt, wie sie an Bord des Schiffes gelangen sollten. Trotz ihrer Schräglage ragte die *Princess* noch immer gute acht oder zehn Meter über ihnen in die Höhe; eine fugenlose Wand, die von dem Eispanzer, der das Schiff allmählich zu ersticken begann, nur noch glatter und unbezwingbarer gemacht wurde. Jetzt hatte er die Antwort.

Ben spürte ein neuerliches eisiges Frösteln, das diesmal nichts mit der Kälte zu tun hatte, als er begriff, welchen Weg sich Gerrit für sie ausgedacht hatte: denselben, auf dem sie das Schiff verlassen hatten. Das andere Ende des Drahtseils war am oberen Rand der schmalen Serviceluke befestigt, durch die sie aus dem Schiff geflohen waren, und Gerrits Bastelwut hatte offensichtlich keine Grenzen gekannt, denn im quietschenden Rhythmus seines Kurbelns schaukelte ein umgebauter Bürostuhl zu ihnen herunter. Über seiner Rückenlehne war eine Eisenstange angeschweißt, deren oberes Ende in das Drahtseil eingehakt war, und an den Armlehnen waren breite Lederschlaufen angebracht worden.

»Das … ist nicht dein Ernst!«, ächzte Ben. Die Konstruktion erinnerte ihn an ein mittelalterliches Folterinstrument oder den elektrischen Stuhl.

»Und ob. Es sei denn, dir sind mittlerweile Flügel gewachsen.« Gerrit kurbelte fröhlich weiter, bis der Stuhl quietschend und schaukelnd unmittelbar vor Ben anhielt, und machte eine auffordernde Kopfbewegung. Ben sah ihn alles andere als begeistert an, machte dann jedoch eine Bewegung, wie um Sasha in den Stuhl zu bugsieren, doch Gerrit schüttelte heftig den Kopf, nahm ihm seine nahezu leblose Last ab und deutete erneut auf sein selbstgebasteltes Hinrichtungsinstrument.

»Du zuerst – oder glaubst du, dass sie allein durch die Tür kommt?«

Dagegen gab es nicht viel einzuwenden … was nichts daran änderte, dass das Gefühl, mit dem er auf den immer noch heftig hin und her schaukelnden Stuhl kletterte, verdächtig nahe an Todesangst grenzte. Ganz instinktiv schnallte er seine linke Hand mit der ledernen Schlaufe fest und warf Gerrit einen Blick zu, ihm bei der anderen zu helfen.

Gerrit zog eine Grimasse und sah beinahe noch fröhlicher aus. »Prima Idee. Und wer macht dich oben los?«

Ben kapitulierte. Er war ziemlich sicher, dass sich Gerrit diese ganze bizarre Konstruktion nur ausgedacht hatte, um ihn zu quälen. Darüber würden sie später reden. Ganz bestimmt. Er nickte nur.

Sehr behutsam legte Gerrit das schlafende Mädchen ab, griff erneut nach seiner Kurbel und begann zu drehen.

Ben hatte es sich schlimm vorgestellt, aber das war es nicht.

Es war schlimmer.

Wahrscheinlich dauerte es nicht einmal eine Minute, bis er das andere Ende von Gerrits improvisiertem Sessellift erreichte, aber er starb in dieser Zeit tausend Tode. Der Eisstrand schien einen Kilometer unter ihm zu liegen, und wie es ihm gelungen war, seine Hand wieder loszubinden und durch die Luke zu klettern, hätte er hinterher nicht sagen können. Deutlich länger, als er für den Weg herauf gebraucht hatte, blieb er auf den Knien hocken und wartete darauf, dass das Schiff aufhörte, sich wie wild um ihn zu drehen. Als er schließlich aufstand und wieder an die Luke herantrat, hatte er immer noch das Gefühl, die ganze Welt würde ununterbrochen von einer Seite auf die andere und wieder zurück kippen.

Es war eigentlich unmöglich, aber er war trotzdem vollkommen sicher, Gerrits schadenfrohes Grinsen noch immer sehen zu können. Und es *war* breiter geworden.

»Alles in Ordnung?«, brüllte Gerrit zu ihm herauf.

»Nein!«

Gerrit winkte ihm vergnügt zu, hob Sasha auf und setzte sie behutsam in den Stuhl, den er in der Zwischenzeit wieder zu sich heruntergekurbelt hatte. Misstrauisch sah Ben zu, wie er das Mädchen sorgfältig festband; nicht nur ihre Handgelenke, sondern auch ihre Schultern und die Füße. Und er beförderte sie auch deutlich langsamer nach oben und hielt jedes Mal sofort inne, wenn der umfunktionierte Bürostuhl zu sehr zu pendeln drohte. Schließlich aber war Sasha oben angekommen, und Ben befreite sie vorsichtig von ihren Fesseln und hob sie zu sich herein. Der Stuhl bewegte sich bereits wieder quietschend und kreischend nach unten, und als Ben Sasha in einer halbwegs bequemen Position ein gutes Stück vom Eingang entfernt abgelegt hatte, befand sich bereits einer der Wissenschaftler der Station auf dem Weg nach oben. Erst als er schon beinahe angekommen war und Ben die Arme ausstreckte, um ihm beim Aussteigen behilflich zu sein, registrierte er, dass Gerrit nicht mehr an der Kurbel stand, sondern seinen Platz einem Mann der Stationsbesatzung überlassen hatte. Noch bevor der Wissenschaftler ganz zu ihm hereingeklettert war, wurden die Schneemobile gestartet und die beiden Fahrzeuge rollten nebeneinander los. Ben hätte erwartet, Fontänen aus pulverfeinem Schnee unter ihren Ketten emporschießen zu sehen, aber der Sturm schien den Strand vollkommen leer gefegt zu haben. Doch ihm fiel auch noch etwas auf, was ihn eindeutig beunruhigte. Das beschädigte Schneemobil, in dem Harry ihn hierher gebracht hatte, bewegte sich deutlich schneller als sein äußerlich viel vertrauenerweckenderer Zwillingsbruder, der zwar auch nur so über das Eis schoss, aber sichtbar ruckelte; außerdem schien Gerrit seine liebe Mühe damit zu haben, das Fahrzeug in der Spur zu halten. Harry hatte vorhin von sechs oder sieben Fahrten gesprochen, die jedes dieser Fahrzeuge machen musste, wollten sie alle Menschen aus der Station evakuieren, und Ben hatte sich natürlich vor allem Sorgen um ihr eigenes demoliertes Gefährt gemacht. Vielleicht war das ein bisschen voreilig gewesen.

Seufzend sah er noch einmal in den Himmel hinauf, jetzt in die entgegengesetzte Richtung wie gerade, was sich als ganz und gar nicht gute Idee herausstellte. Die brodelnde schwarze Wand hatte sich bereits ein gutes Stück weit entfernt, aber er konnte immer noch das Aufblitzen von Farben und gleißenden Energieentladungen tief in ihrem Inneren erkennen. Und er glaubte die unvorstellbaren Kräfte, die dort oben tobten, beinahe körperlich zu spüren.

Mit einiger Anstrengung löste er sich von dem Anblick und überließ es dem jungen Mann, dem er gerade hereingeholfen hatte, auf seinen Kollegen zu warten und ihm beim Einstieg behilflich zu sein, während er selbst zu Sasha eilte. Sie hatte sich nicht gerührt und schlief noch immer so fest, dass Ben sich fragte, ob jetzt nicht der richtige Zeitpunkt war, um damit anzufangen, sich *doch* Sorgen um sie zu machen, diesen Gedanken aber auch sofort wieder verscheuchte; und sei es nur, weil er van Staaten damit vermutlich bitter Unrecht tat.

Was nichts daran änderte, dass er sich um sie kümmern musste. Sasha lag auf der Seite, dick eingepackt in ihren Fellmantel, und er hatte ihre Kapuze so zurechtgeschoben, dass sie nicht nur ihr Gesicht schützte, sondern auch ein weiches Kissen zwischen ihr und dem Deck bildete. Dennoch lag sie auf nichts anderem als eisverkrustetem Stahl, der die Wärme förmlich aus ihr heraussaugen musste.

Hinter ihm erklang ein Poltern. Ben fuhr erschrocken herum, aber es war nur der zweite Wissenschaftler, der hereinkletterte und sich dabei alles andere als geschickt anstellte, sodass er prompt auf die Knie fiel und rücklings in die Tiefe gestürzt wäre, hätte sein Kamerad nicht blitzschnell zugegriffen und ihn festgehalten. Wissenschaftler!

Ben wandte sich wieder seinem eigentlichen Problem zu. Sein erster Impuls war, Sasha hochzuheben, damit sie nicht länger auf dem Boden lag, doch bevor er ihm nachgeben konnte, machte er sich selbst klar, dass das romantisch und heldenmütig gewesen wäre, aber auch ziemlich dumm. Ben war alles andere als gut in Form und musste schon um ihretwillen mit seinen Kräften haushalten. Statt also irgendetwas Voreiliges zu tun, das er spätestens in ein paar Minuten bereuen würde, versuchte er sich in Erinnerung zu rufen, wo genau auf der *Princess* sie sich gerade befanden; wobei die Betonung ganz eindeutig auf dem Wort *versuchte* lag. Schließlich war zumindest der letzte Teil ihres Weges hier herunter nichts anderes als eine kopflose Flucht gewesen, und sie hatten noch dazu einen ortskundigen Führer gehabt. Dennoch glaubte er zu wissen, dass man weiter vorne zu einer Treppe gelangte, die zu den Passagierkabinen führte.

Unverzüglich wollte er sich in Bewegung setzen, doch der junge Mann, dem er gerade hereingeholfen hatte, rief ihn zurück: »Wo du hin?«

»Nach oben. Ich suche den Weg zu den Passagierkabinen. Sasha kann hier nicht bleiben.«

Der junge Mann – er konnte nicht älter sein als Harry, hatte asiatisch anmutende Gesichtszüge, und Ben war plötzlich fast sicher, schon einmal mit ihm gesprochen zu haben, auch wenn er nicht sagen konnte, wann – schüttelte beinahe erschrocken den Kopf. »Bleiben.«

»Aber das geht nicht. Sasha –«

»Harry gesagt, alle bleiben. Hier.«

»Harry?« Was sollte dieser Unsinn jetzt schon wieder? »Du meinst, hier auf dem Schiff? Keine Angst, ich hatte nicht vor, wegzulaufen.«

Der andere wiederholte nur sein energisches Kopfschütteln und begann zusätzlich mit beiden Händen herumzufuchteln. »Unten. Hier. Harry sagen, sicherer. Recht.«

Zuerst meldete sich nur sein Trotz – aber dann sah er den Ernst in den Augen seines Gegenübers. »Du meinst, er glaubt, wir sind hier unten sicherer?«

Diesmal nickte der andere. »Besseren Raum suchen. Mehr Platz und mehr …« Er brach ab, suchte einen Moment mit ratlosem Gesicht nach den richtigen Worten und klopfte schließlich mit den Fingerknöcheln gegen die stählerne Wand neben sich. »Mehr Eisen.«

Und endlich glaubte Ben zu verstehen. Ganz offensichtlich hatte Harry den Männern eingeschärft, im Inneren des Schiffes zu bleiben, möglichst unter Deck und hinter möglichst viel, möglichst massivem Metall. Ben bezweifelte zwar, dass ihnen aller Stahl der Welt Schutz vor der Kälte bieten würde, vielleicht aber doch vor dem Sturm, der in weniger als drei Stunden wieder losbrechen musste.

Und vielleicht war da auch noch etwas anderes, vor dem sie geschützt werden mussten …

Allmählich wurde die Anzahl der Überlegungen, die er gewaltsam abbrach, unangenehm groß, aber Ben stopfte auch diesen Gedanken in dieselbe Schublade, bedeutete dem Asiaten mit einem stummen Kopfnicken, dass er verstanden hatte, und sah noch einmal auf Sasha hinab. Harry hatte zweifellos Recht – aber das änderte nichts daran, dass sie unmöglich hier bleiben konnte.

Er überlegte kurz, dann deutete er mit einer fast befehlenden Geste auf Sasha, sagte »Pass auf sie auf!« und drehte sich mit einem Ruck herum, um zu gehen. Ein Teil von ihm versuchte ihm zu erklären, dass er jetzt völlig aufgeschmissen war – den Weg nach oben konnte er mit ein bisschen Glück und ein wenig Nachdenken finden, aber in dem Irrgarten aus Sälen, Treppen, Räumen, Katakomben und Gängen im Inneren der *Princess* kannte er sich nun wirklich nicht aus.

Ben ignorierte die höhnische Stimme kurzerhand, ging den Korridor hinunter und bei der nächsten Abzweigung tiefer in die Eingeweide des Schiffes hinein.

Wenigstens ein paar Schritte weit.

Als er die erste Tür erreichte und aufstieß, erwartete ihn nichts als vollkommene Dunkelheit.

Noch etwas, an das er nicht gedacht hatte, dachte er niedergeschlagen, und Harry anscheinend auch nicht. Die *Princess* war ein Wrack. Ihr gewaltiges stählernes Herz hatte ebenso aufgehört zu schlagen, wie ihr elektronisches Gehirn zum Erliegen gekommen war. Es gab keinen Strom und damit kein Licht, und das nächste Bullauge war ungefähr eine Million Kilometer entfernt.

Ben wollte schon aufgeben, als er sich an etwas erinnerte, was Harry vorhin draußen getan hatte. Seinem Beispiel folgend griff er in die Tasche seiner weißen Tarnjacke und beglückwünschte sich selbst zu seiner Cleverness, als er etwas Schweres und Langes aus Metall berührte, das sich als wuchtige Stablampe entpuppte, als er es hervorzog. Mit den klobigen Handschuhen, die er trug, war es gar nicht so einfach, sie einzuschalten, aber nach ein paar Sekunden hatte er es geschafft, und ein bleicher, fast schon unangenehm greller Lichtstrahl teilte die Dunkelheit auf der anderen Seite der Tür. Dahinter lag nichts als ein vereister Gang, der nach einem Dutzend Schritte vor einem wuchtigen Metallschott endete. Ben ging hin, öffnete es mit einiger Mühe und wurde mit noch mehr Dunkelheit belohnt, in der sich selbst der starke Strahl der Lampe verlor. Das Echo sagte ihm, dass er sich in einer ziemlich großen und ziemlich leeren Halle befinden musste, aber es kam ihm hier drinnen beinahe warm vor, und der huschende Strahl der Lampe wurde nun auch nicht mehr von Eis reflektiert, sondern fiel auf mattes Eisen. Ben hatte nicht die geringste Vorstellung, wo er sich befand, aber der Raum war warm und mehr als groß genug, um vierzig Menschen unterzubringen. Auf jeden Fall war Sasha hier aus der ärgsten Kälte heraus, und das massive Metallschott, das zu öffnen er seine ganze Kraft gebraucht hatte, würde sie nicht nur zuverlässig vor dem Sturm schützen, sondern auch vor anderen Gefahren.

Ben ging noch einige Schritte in den Raum hinein und schwenkte den Lichtstrahl hin und her, ohne jedoch irgendetwas zu entdecken, machte dann kehrt und eilte zu Sasha und den anderen zurück.

Sasha hatte sich keinen Millimeter bewegt, aber der junge Asiate saß mit untergeschlagenen Beinen neben ihr auf dem Boden, hatte trotz der grausame Kälte den rechten Handschuhe ausgezogen und hielt ihre Hand, ein Anblick, der Ben ein flüchtiges, aber sehr dankbares Lächeln entlockte. Sein unbekannter Freund wollte ihm helfen, als er neben Sasha in die Hocke ging, sie auf die Arme lud und sich dann ächzend unter ihrem Gewicht wieder aufrichtete, aber er schüttelte nur rasch den Kopf und machte zugleich eine Geste in die Richtung, aus der er gerade gekommen war. »Dort hinten ist es wärmer. Ich bin gleich zurück.«

Rasch trug er Sasha in den großen Raum, tastete sich in vollkommener Dunkelheit ein paar Schritte weit voran und legte sie schließlich behutsam zu Boden, um lautlos fluchend die Lampe wieder herauszukramen und einzuschalten. Der bleiche Strahl offenbarte ihm auch jetzt nicht viel mehr als Dunkelheit und Leere, aber nach ein paar Augenblicken gewahrte er einen hüfthohen metallenen Absatz nur ein Stück links von sich. Er trug Sasha dorthin, legte sie auf das improvisierte stählerne Bett und schob und bugsierte sie so lange hin und her, bis er sie in einer einigermaßen bequemen Stellung glaubte. Sasha wachte auch dabei nicht auf.

»Ich muss dich jetzt allein lassen. Aber du brauchst keine Angst zu haben. Ich bin bald zurück und ich gehe auch nicht weit.«

Auch darauf erfolgte nicht die mindeste Reaktion, aber Ben redete sich zumindest ein, dass sie die Worte schon irgendwie gehört hatte. Er blieb trotzdem noch einmal eine Minute neben ihr stehen, bevor er seine Taschenlampe aufhob und, immer der Wand zu seiner Linken folgend, um sich in der stygischen Schwärze nicht zu verirren, einmal durch den Raum ging. Es blieb dabei. Er war anscheinend vollkommen leer. Ben hatte nicht die geringste Ahnung, wozu er einmal gedient haben mochte, aber es war halbwegs warm hier drinnen, und das Gefühl von massivem Stahl, der einen in allen Richtungen umgab, hatte tatsächlich etwas Beruhigendes.

Bevor er den Raum verließ, kehrte er noch einmal zu Sasha zurück und legte die Taschenlampe eingeschaltet so neben sie, dass ihr das grelle Licht nicht direkt ins Gesicht fiel, sie sich aber auch nicht in totaler Dunkelheit wiederfinden würde, sollte sie doch erwachen.

Als er sich herumdrehen und endgültig gehen wollte, berührte etwas das Schiff.

Ben erstarrte mitten in der Bewegung und lauschte mit klopfendem Herzen. Etwas …

Es kostete ihn nahezu seine gesamte Kraft, die Panik niederzuringen und sich zu halbwegs ruhigem Nachdenken zu zwingen. Er lauschte. Da war nichts. Der Boden unter seinen Füßen lag so reglos da, wie man es von einem Boden aus Stahl nur erwarten konnte, und er hörte nicht den mindesten Laut. Und da war auch keiner gewesen, so wenig wie es eine Erschütterung oder irgendetwas anderes gegeben hatte.

Und doch … er hat es gespürt. Ein Gefühl, das sich kaum in Worte kleiden ließ, als hätte etwas Riesiges, Unvorstellbares den Rumpf der *Princess* gestreift, lautlos und so sacht wie eine fallende Feder, zugleich aber auch mit einer Urgewalt, unter der die Wirklichkeit selbst erzitterte.

Und … hatte sich Sasha bewegt, als er die unheimliche Berührung zu spüren geglaubt hatte? Er war nicht sicher, aber …

Unsinn!

Ben rief sich in Gedanken zur Ordnung. Er war nervös, und das war verständlich, aber er musste sich hüten, seiner Fantasie auf den Leim zu gehen. Da war gar nichts.

Er musste länger gebraucht haben, als es ihm vorgekommen war, denn als er zum Ausgang zurückkehrte, sah er bereits wieder zwei winzige gelbe Umrisse über das schimmernde Eis herankriechen. Die beiden Schneemobile, die sich auf dem Rückweg befanden und die nächste Ladung Flüchtlinge brachten. Ben hatte damit gerechnet, auch den dritten Mann, den Harry und er bei ihrer ersten Fahrt mitgebracht hatten, hier oben anzutreffen, aber er stand – mit den Füßen aufstampfend, um sich wenigstens die Illusion von Wärme zu verschaffen – am unteren Ende des improvisierten Sessellifts und blickte den beiden Fahrzeugen sehnsüchtig entgegen. Wenn sie eine solch hirnrissige Aktion noch einmal planten, dachte Ben spöttisch, musste er Gerrit unbedingt daran erinnern, eine zweite Kurbel am oberen Ende seiner Do-it-yourself-Seilbahn anzubringen.

Diesmal waren es acht Personen, die aus und von den beiden Schneemobilen kletterten, und Harry und Gerrit warteten gerade lange genug, um keine von ihnen mit den durchdrehenden Gummiketten ihrer Fahrzeuge zu erwischen, bevor sie nahezu auf der Stelle wendeten und schon wieder davonbrausten. Offensichtlich verließen sie sich ganz darauf, dass die Leute schon wussten, was zu tun sei, um nach oben zu gelangen.

Sie wussten es, aber es verging eine kleine Ewigkeit, bis auch nur der Erste oben war, und es klappte nicht bei allen reibungslos. Ein Mann war so nervös, dass er auf halber Strecke in Panik geriet und um ein Haar aus dem Sessel gefallen wäre – ein Sturz aus vier oder fünf Metern Höhe, was sich nicht viel anhörte, auf dem stahlharten Eis aber nur unangenehm enden konnte; wenn nicht tödlich.

Alles in allem dauerte die Prozedur so lange, dass die beiden Schneemobile schon wieder am anderen Ende des Strands auftauchten, als der Vorletzte, eine offensichtlich verletzte Frau, es zu ihnen hereingeschafft hatte. Zu seiner Enttäuschung befanden sich auch diesmal weder sein Vater und van Staaten noch Schulz unter denen, die Harry und Gerrit brachten, aber Ben fasste trotzdem vorsichtig neuen Mut. Wenn es weiter so glatt lief, dann hatten sie die gesamte Station evakuiert, lange bevor das Auge des Orkans über sie hinweggezogen war.

Natürlich lief es nicht weiter so glatt.

Als die Schneemobile das nächste Mal kamen, bewegte sich Gerrits Fahrzeug deutlich langsamer. Lange bevor es auch nur die Hälfte des Strandes überwunden hatte, begann es immer deutlicher zu bocken und nach rechts und links auszubrechen, fiel nun rasch hinter das andere Gummikettenfahrzeug zurück und blieb schließlich, noch einen guten halben Kilometer entfernt, endgültig liegen. Harry machte keine Anstalten, auch nur anzuhalten oder gar zurückzufahren, sondern lud seine Passagiere ab, machte kehrt und raste zurück. Neben dem liegen gebliebenen Schneemobil hielt er nur ganz kurz an, fuhr dann weiter, und Bens Mut sank noch tiefer, als er sah, wie die insgesamt vier Passagiere, die Gerrit mitgebracht hatte, ab- und ausstiegen. Als Letzter verließ Gerrit das Schneemobil. Er machte sich nicht einmal die Mühe, die Tür zu schließen, bevor er losmarschierte. Das Schneemobil hatte es hinter sich, begriff Ben.

Immerhin gab es einen winzigen Lichtblick: als sie näher kamen, identifizierte er in einer der dick vermummten Gestalten seinen Vater … ein Augenblick der Erleichterung, der allerdings in der nächsten Sekunde etwas getrübt wurde, als er in einem seiner Begleiter niemand anderen als Professor Ramanov erkannte.

Obwohl sich die Männer beeilten, tauchte Harrys Schneemobil schon wieder am unteren Ende des Eiscanyons auf, noch bevor sie bei der *Princess ankamen*, und Harry befand sich bereits wieder auf dem Rückweg, als sein Vater als Erster auf dem wild hin und her pendelnden Stuhl nach oben gekurbelt wurde und umständlich zu ihnen hereinkletterte. Wenn Ben richtig rechnete, dann musste Harry jetzt noch vier- oder fünfmal fahren, bis die Station geräumt war. Er hatte keine Möglichkeit, einen Blick auf den Horizont auf der anderen Seite des Schiffes zu werfen, sodass er nicht sagen konnte, wie nahe ihnen die Sturmfront mittlerweile gekommen war, und sein Zeitgefühl musste er irgendwo auf der Wetterstation zurückgelassen haben, aber er war trotzdem ziemlich sicher, dass die Zeit reichte.

Dummerweise beruhigte ihn dieser Gedanke nicht im Geringsten.

Ben ließ es sich nicht nehmen, seinem Vater beim Einstieg zu helfen. Er nahm ihn auch sofort beim Arm, führte ihn ein paar Schritte weg und sah ihm aufmerksam ins Gesicht. »Alles in Ordnung?«

»Sicher«, antwortete sein Vater, während er die Schneebrille nach oben schob und mit tauben Händen versuchte seine Kapuze zurückzuschlagen. Ben erschrak, als er in sein Gesicht sah. Er wirkte völlig erschöpft – aber das galt für jeden hier, Ben nicht ausgenommen –, doch da war noch etwas, was schlimmer war als die Spuren der rein körperlichen Anstrengung.

»Bestimmt?«

»Bestimmt. He! Diese Frage sollte ich dir stellen, nicht umgekehrt. Ich bin hier der Erwachsene.«

»Du meinst, der alte Knacker.«

Das hatte komisch klingen sollen, nur ein harmloser Scherz, um die Spannung aufzulösen, doch es funktionierte nicht. Sein Vater sah nicht wütend aus, aber eindeutig verletzt, und Ben bedauerte seine Worte sofort. Er versuchte jedoch nicht, sie zurückzunehmen.

»Wo ist Doktor van Staaten?«, fragte er stattdessen.

»*Heidi* kommt mit dem letzten Wagen. Sie ist Ärztin. Sie hält es für ihre Pflicht, bis zum Schluss dazubleiben.«

»Und Kapitän Schulz?«

»Er ist Kapitän und anscheinend der Meinung, er müsse mit dem sinkenden Schiff untergehen«, sagte eine Stimme hinter ihnen.

Selbst wenn Ben sie nicht erkannt hätte, die Worte hätten ihm verraten, dass sie Ramanov gehörte. Betont langsam drehte er sich herum.

»Wo ist Alexandra ?«, fragte Ramanov, bevor er oder sein Vater irgendetwas sagen konnten. »Ist sie in Ordnung?«

»Ja.« Ramanov sah sich demonstrativ suchend um, und Ben fügte hinzu: »Ich habe sie weggebracht. In einen anderen Raum, wo es wärmer ist. Ich wollte ohnehin nach ihr sehen. Sie können mitkommen, wenn Sie wollen, Professor.«

»Das ist äußerst großzügig von dir, mein Junge.«

Ben drehte sich wortlos um und ging. Ramanov und auch sein Vater folgten ihm.

Es war nicht das erste Mal, dass er nach Sasha sah. Tatsächlich hatte er es inzwischen vier- oder fünfmal getan. Und auch die meisten anderen, soweit sie nicht zurückgeblieben waren, um den Sesselliftbenutzern beim Aussteigen zu helfen oder sich sonst wie nützlich zu machen (oder im Zweifelsfall einfach im Weg herumzustehen), hatten sich mittlerweile in den großen Raum zurückgezogen. Ein gutes Dutzend Taschenlampen brannte. Jemand hatte eine altertümliche Petroleumlampe mitgebracht, die eine Insel aus warmem Licht und vermeintlicher Wärme in einer Ecke des Raumes schuf. Ben sah zu seinem nicht geringen Erstaunen, dass sich etliche Männer und Frauen auf dem nackten Metallboden ausgestreckt hatten und schliefen. Woher sie den Nerv dazu nahmen, war ihm ein Rätsel. Ramanov eilte sofort zu Sasha.

»Gemütlich«, sagte sein Vater, der unmittelbar unter der Tür stehen geblieben war. »Eine bessere Unterkunft konntest du nicht finden?«

»Das war Harrys Idee. Er glaubt anscheinend, wir seien hier unten sicherer.«

»Genau genommen war es meine Anordnung«, sagte Ramanov, der ihre Worte offensichtlich gehört hatte; und ohne sich zu ihnen herumzudrehen.

»Anordnung?«, vergewisserte sich Bens Vater. »Aha.«

»Ja, meine Anordnung. Es ist sicherer hier unten … Sie können natürlich auch gerne in Ihre gemütliche Luxuskabine hinaufgehen, wenn Sie es wünschen, Doktor. Wenn sie noch steht, heißt das.«

Zu Bens Erleichterung antwortete sein Vater nicht darauf, er sah betroffen aus, und er selbst ging rasch zu Ramanov und Sasha hin. Sie hatte sich immer noch nicht gerührt, sondern lag weiter reglos da und schien so tief zu schlafen, dass es schon beinahe unheimlich war. Vermutlich hatte er sich vorhin getäuscht, als er glaubte, sie hätte sich bewegt.

»Was ist nur mit ihr?«, murmelte er.

»Es wird ihr besser gehen, sobald wir hier weg sind.« Seltsamerweise glaubte Ben jetzt eine Sanftheit in Ramanovs Stimme zu hören, die er nicht nur noch nie an ihm erlebt hatte, sondern ihm auch niemals zugetraut hätte. »Mach dir keine Sorgen.«

»Sie wissen schon, dass es kaum einen sichereren Weg gibt, jemanden zu beunruhigen, als ihm zu sagen, dass er sich keine Sorgen zu machen braucht?«

Ramanov versetzte ihn ein zweites Mal in Erstaunen, indem er ihn nur eine Sekunde verblüfft ansah und dann lächelte. Seine noch immer in einem unförmigen Handschuh steckende Rechte strich zärtlich über Sashas Gesicht, und auf seinen Zügen erschien ein Ausdruck von Schmerz, der Ben tief berührte. Anscheinend gab es irgendwo in ihm doch noch einen Rest von Menschlichkeit.

»Wir sollten trotzdem so etwas wie eine Suchmannschaft zusammenstellen«, schlug sein Vater vor.

»Wozu?«, fragte Ramanov, jetzt wieder in seiner gewohnt abfälligen Art. »Für den Fall, dass sich jemand verirrt hat oder den herrlichen Tag auf dem Sonnendeck genießt?«

»Einfach, um nachzuschauen, wie es dort oben aussieht. Außerdem könnten wir hier tagelang festsitzen. Möglicherweise gibt es dort oben ein paar nützliche Dinge, die wir dringend brauchen. Lebensmittel, Wasser …«

»Sie haben Ihren Robinson Crusoe wohl etwas zu gründlich gelesen, Doktor Berger. Ich kenne mich auf Luxusschiffen wie diesem nicht aus, ich bin aber trotzdem ziemlich sicher, dass sich die Vorratskammern irgendwo hier unten im Schiffsinneren befinden. Sobald mein geschätzter Herr Schwiegersohn eintrifft, wird er uns bestimmt sagen, wo wir alles Nötige finden.«

Da war sie wieder, diese Mischung aus mühsam zurückgehaltener Feindseligkeit und purem Hass, die sich hinter seiner aufgesetzten Überheblichkeit nur versteckte. Erneut fragte sich Ben, was zwischen Ramanov und Sashas Vater vorgefallen sein mochte, und erneut kam er zu dem Schluss, dass jetzt nicht der richtige Zeitpunkt war, um darüber zu reden.

»Aber in einem Punkt haben Sie Recht, Doktor. Ich werde ein paar Männer losschicken, um sich hier unten umzusehen. Vielleicht finden wir ja ein etwas gemütlicheres Fleckchen. Es könnte sein, dass wir für eine Weile hier festsitzen.«

»Aber Hilfe ist doch unterwegs?«, fragte Ben erschrocken.

Ramanov überlegte kurz und nickte schließlich, aber nicht so spontan und überzeugt, wie es Ben recht gewesen wäre. »Sicher«, sagte er, drehte sich halb zu ihm herum und zuckte mit den Achseln; eine Geste, die das genaue Gegenteil auszudrücken schien. »Eine ganze Flotte von Rettungsschiffen ist bereits unterwegs hierher. Sobald der Sturm nachlässt, werden wir abgeholt. Aber das kann eine Weile dauern.«

Was Ramanov als *eine Weile* bezeichnete, dachte Ben bedrückt, das war vermutlich irgendetwas zwischen einem Tag und einem Monat. Schaudernd sah er sich in dem eisernen Raum um. Die winzigen Inseln aus blassem Licht schienen die Dunkelheit, die sie aus allen Richtungen bestürmte, eher noch zu vertiefen. Dass es hier drinnen wärmer als draußen hinter der offen stehenden Luke war, änderte nichts daran, dass es immer noch grausam kalt war. Die Batterien der Taschenlampen würden nicht allzu lange halten, und auch wenn es sehr wahrscheinlich war, so hatten sie doch trotzdem keine Garantie, dass sie Lebensmittel oder auch nur Wasser fanden. Die Chancen, dass sie einen schlechten Tausch gemacht hatten, dachte er, während er Ramanovs Blick auswich, um ihm nicht zu zeigen, wie sehr ihn seine Worte erschreckt hatten, standen gar nicht so schlecht.

Er warf noch einen abschließenden, prüfenden Blick in Sashas bleiches Gesicht, bevor er sich mit einer fast schon übertrieben energischen Bewegung herumdrehte und wieder hinausging. Mittlerweile hatten sich genug freiwillige Helfer vor der Luke versammelt, sodass es eigentlich nichts für ihn zu tun gab, aber er hatte plötzlich das Gefühl gehabt, in der eisernen Halle keine Luft mehr zu bekommen. Zwar widerstrebte es ihm zutiefst, Sasha allein zu lassen, aber er wusste auch, dass sie bei ihrem Großvater in guten Händen war.

Zu seiner Überraschung kam ihm Gerrit auf halbem Weg entgegen. Der Söldner trug nicht nur seinen schweren Rucksack auf dem Rücken, sondern hatte sich auch eine sichtlich schwere Reisetasche aus Leinen über die Schulter gehängt und hielt die Maschinenpistole schussbereit in der Rechten. Aus seinem Gürtel ragten gleich fünf Ersatzmagazine. Anscheinend, dachte Ben beunruhigt, rechnete er mit Schwierigkeiten.

Gerrit sah nicht sonderlich begeistert aus, ihn zu treffen. Aber das konnte auch nur Einbildung sein – im Augenblick sah hier wahrscheinlich niemand besonders begeistert aus. Von nichts.

»Ziehst du in den Krieg?«, witzelte Ben.

Gerrit blieb ernst. »Das sind wir längst, Jungchen. Lust auf einen Spaziergang?« Ben nickte ganz automatisch, ohne auch nur über diese Frage nachgedacht zu haben. Er war einfach nur verblüfft, und Gerrit sah ihn mit einem Mal nicht mehr missmutig, sondern schon wieder mit seinem gewohnten schadenfrohen Grinsen an und hängte ihm unaufgefordert die Reisetasche über die Schulter. »Prima. Dann kannst du dich ja ein bisschen nützlich machen.«

Ben hätte gerne mit einer entsprechend frechen Bemerkung geantwortet, aber alles, was er herausbrachte, war ein halb ersticktes Ächzen. Die Reisetasche war nicht so schwer, wie sie ausgesehen hatte. Sie war sehr viel schwerer; Ben schätzte, dass sie gut zwei oder drei Tonnen wog. »Hast du die halbe Station eingepackt?«

»Nur den Stromgenerator, die Heizung und ein bisschen Werkzeug. Mehr ging nicht rein.« Er winkte mit der nun freien linken Hand. »Komm. Die Sonne geht bald unter, und meine Mutter hat mir eingeschärft, nach Dunkelwerden immer zu Hause zu sein.«

Irgendwie gelang es Ben, die Tasche auf seiner Schulter in eine Position zu rutschen, in der sie ihm das Schultergelenk nur halb auskugelte, bevor er sich Gerrit anschloss. Der Söldner warf im Vorbeigehen einen Blick in den Raum, in dem sich Sasha und die anderen befanden, wurde jedoch nicht einmal langsamer, sondern eilte ganz im Gegenteil so schnell voraus, dass Ben seine liebe Mühe hatte, nicht den Anschluss zu verlieren.

»Also, wohin gehen wir?«, keuchte er.

Gerrit gestikulierte mit der Maschinenpistole in seiner rechten Hand zur Decke. »Nach oben. Ich will nachsehen, was noch steht … und die eine oder andere Kleinigkeit erledigen.«

»Aha.« Und um das Maß voll zu machen, glaubte er Gerrits hämisches Grinsen regelrecht auf der Rückseite seiner weißen Kapuze sehen zu können.

Trotz allem fiel ihm aber etwas auf. Gerrit bewegte sich nicht nur gerade so schnell, dass es ihm stets Mühe bereitete, nicht so weit zurückzufallen, dass er ihn aus den Augen verlor, sondern auch sehr zielsicher. Zwei- oder dreimal bogen sie ab oder nahmen einen Treppenaufgang, und der Söldner zögerte kein einziges Mal. Ganz offensichtlich kannte er sich hier sehr viel besser aus als er. Ben war wohl nicht der Einzige, der dieses Schiff auf eigene Faust erkundet hatte, als es noch ein Schiff gewesen war.

Je weiter sie nach oben kamen, desto kälter wurde es. Ben geriet unter seiner Last bald ins Schwitzen, zitterte aber trotzdem vor Kälte, und er hatte das Gefühl, dass sich sein Atem nicht mehr in grauen Dampf vor seinem Gesicht verwandelte, sondern gleich in Eis.

Endlich erreichten Sie einen Teil des Schiffes, der ihm bekannt vorkam – auch wenn ihm der Anblick einen eisigen Schauer über den Rücken jagte, der nichts mit der äußeren Kälte zu tun hatte. Dicht hinter Gerrit, der am Schluss doch ein Einsehen gehabt hatte und wieder langsamer ging, trat er in den langen holzgetäfelten Flur, an dessen Seiten sich die Türen der ehemaligen Passagierkabinen reihten. Auch hier hatten Kälte und Eis längst jeden Quadratzentimeter erobert. Alles schimmerte weiß, es war grausam kalt, und die kriechende Erstarrung hatte alle Kanten und Winkel abgerundet und längst damit begonnen, jegliche Details zu verwischen. Mehr denn je hatte Ben das Gefühl, sich in einer Tropfsteinhöhle zu befinden, und das nicht nur im übertragenen Sinne – tatsächlich wuchsen hier und da unheimliche knorrige Gebilde aus Eis von der Decke herab, sodass er sich mehr als nur einmal bücken musste, und auch das Eis auf dem Boden war nicht eben, sondern bildete rutschige Täler und Hügel, eine Unzahl winziger Barrieren, die zu überwinden ihn enorme Kraft kostete.

Gerrit blieb abrupt stehen und schien zu lauschen, schüttelte aber dann nur wortlos den Kopf und ging weiter – was Ben ungemein beruhigte. Fast so sehr wie die Tatsache, dass der Söldner plötzlich seine Waffe hob und entsicherte, selbstverständlich ohne irgendeinen Kommentar dazu abzugeben.

Als sie die Treppe erreicht hatten, die zum ehemaligen Oberdeck des

Schiffs führte, bedeutete Gerrit ihm mit einem knappen Wink, zurückzubleiben, ergriff seine Waffe mit beiden Händen und eilte die Stufen so leichtfüßig hinauf, als wären sie nicht mit einer zentimeterdicken Eisschicht bedeckt und rutschig wie Schmierseife. Es hätte seiner Ermahnung gar nicht bedurft, damit Ben ihm deutlich langsamer folgte. Er brauchte gute zwei Minuten, um das knappe Dutzend Stufen zu überwinden, und als er es geschafft hatte, war er unter seiner Kleidung in Schweiß gebadet. Er glaubte zu fühlen, wie er auf seiner Haut gefror.

Vielleicht war es aber auch nur pures Entsetzen, das ihn frösteln ließ. Sie befanden sich nun in einem Teil des Schiffes, den er nur zu gut kannte … oder einmal gekannt hatte. Nur ein Dutzend Schritte vor ihm lag die offen stehende Tür zum Vorderdeck – Gerrit hatte sie längst passiert und war verschwunden –, und zu seiner Linken das, was einmal das Frühstücksrestaurant der *Princess of the Dawn* gewesen war. Jetzt hatte es sich in eine Eishöhle verwandelt. Die Scheiben waren unter der grausamen Kälte geborsten, und was er von der Einrichtung erkennen konnte, erinnerte ihn an das, was er unten im Labor der Station gesehen hatte. Auch hier gab es keine Kanten und scharfen Linien mehr, alles war weiß und grau, und die Kälte lag wie ein sichtbarer Dunsthauch in der Luft. Es gehörte nicht viel Fantasie dazu, Formen darin zu erkennen, unheimliche Gestalten und Dinge, die sich bilden wollten und im letzten Moment wieder auseinander trieben.

Aber wie lange noch?

»Wo bleibst du?«, drang Gerrits Stimme zu ihm heran. »Wenn du auf den Kellner wartest, der dir das Frühstück bringt, muss ich dich enttäuschen. Er ist gerade anderweitig beschäftigt.«

Ben war Gerrit im Stillen dankbar dafür, ihn aus seinen Gedanken gerissen zu haben. Seine eigene Fantasie entwickelte sich allmählich zu seinem ärgsten Feind. Fast schon zornig riss er sich von dem gespenstischen Anblick los und setzte seinen Weg fort, so schnell es seine Last und der spiegelglatte Boden zuließen.

Es wurde noch einmal spürbar kälter, als er durch die offen stehende Tür trat. Das unerwartet helle Sonnenlicht trieb ihm augenblicklich die Tränen in seine an das Halbdunkel im Inneren des Schiffes gewöhnten Augen, und Ben bildete sich keineswegs nur ein, sie praktisch sofort auf seinem Gesicht gefrieren zu fühlen. Er musste ein paarmal blinzeln, um etwas sehen zu können, und selbst dann war Gerrit in den ersten Sekunden kaum mehr als ein verschwommener Schemen in einem Ozean aus Weiß.

Wenn er gedacht hatte, dass sich das Schiffsinnere auf angstmachende Weise verändert hatte, so musste er für das, was er nun sah, wahrscheinlich ein neues Wort erfinden. Der Bug der *Princess* war kaum noch als solcher zu erkennen. Der Sturm hatte die Aufbauten nicht weggerissen, wie Ramanov vermutet hatte, doch die Kälte hatte hier draußen noch viel schlimmer gewütet als drinnen. Das dreieckige, spitz zulaufende Vorderdeck des Schiffes hatte sich in eine einzige wellige Landschaft aus Eis verwandelt. Es war nicht mehr auszumachen, wo das Schiff aufhörte und das Eis begann oder ob es überhaupt noch einen Unterschied gab.

Dann riss Ben erstaunt die Augen auf.

Gerrit stand im Bug des Schiffes und winkte ihm ungeduldig, weiterzugehen, aber er stand nicht dort, um die schöne Aussicht zu genießen. Es war hier, kam Ben zu Bewusstsein, wo alles begonnen hatte, und abgesehen von dem überall wuchernden Weiß hatte sich anscheinend nichts geändert. Gerrit war da, die unendliche Weite des Ozeans vor dem Schiff und neben dem Söldner ein weißes Gebilde, das an eine zu groß geratene rechteckige Satellitenschüssel auf einem metallenen Dreibein erinnerte.

»Wie hast du … das geschafft?«, murmelte Ben fassungslos. Natürlich konnte Gerrit die Worte über die große Entfernung hinweg nicht gehört haben, aber er wiederholte sein ungeduldiges Winken, als hätte er es getan, und Ben setzte hastig seinen Weg fort. Die spiegelglatt gefrorenen Stufen zum Sonnendeck hinunter zu überwinden überstieg beinahe seine Kräfte, und als er endlich neben Gerrit und der auf unmögliche Weise hier aufgetauchten Schallkanone ankam, war er so erschöpft, dass er die Tasche einfach von seiner Schulter gleiten und fallen ließ. Es klirrte hörbar.

Gerrit zog eine Grimasse. »Mein gutes Meissener Porzellan! Pass doch auf!«

Ben war zu müde, um auch nur zu lächeln. Erschöpft lehnte er sich gegen die Schallkanone. Seine Knie zitterten. »Wie … kommt die denn hierher?«

Gerrit ließ sich neben ihm in die Hocke sinken und zog den Reißverschluss der Leinentasche auf. Sie enthielt keine Bleibarren oder Betontrümmer, wie Ben geargwöhnt hatte, sondern war bis zum Gehtnichtmehr mit Werkzeug voll gestopft. »Was glaubst du, womit Tahia und ich beschäftigt waren, während ihr euren Schönheitsschlaf gehalten habt? Hier, halt das!«

Ben ließ den schweren Schraubenschlüssel, den er ihm in die Hand drückte, um ein Haar fallen; nicht aus Überraschung oder wegen seines großen Gewichts, sondern weil seine Finger mittlerweile trotz der dicken Handschuhe vor Kälte taub waren.

»Du hast mir etwas verschwiegen. Ihr habt insgeheim das Beamen erfunden und teleportiert euch von einem Ort zum anderen. Habe ich Recht?«

Gerrit lächelte knapp und richtete sich mit etwas in der Hand auf, von dem Ben nicht sicher war, ob es sich tatsächlich um ein Werkzeug handelte oder nicht eher um etwas, an dem van Staaten in ihren finstersten Träumen Spaß gehabt hätte. Vorsichtshalber wich er einen halben Schritt zurück, als der Söldner damit näher kam.

»Du hast ja keine Ahnung, was man schaffen kann, wenn man es muss. Nein, wir haben schlicht und ergreifend Glück gehabt. Ich weiß ja nicht, wen Ramanov als Mechaniker in seiner Crew eingesetzt hat –«

»Einen Ingenieur«, sagte Ben.

Gerrit verzog das Gesicht und streifte den Handschuh mit den Zähnen ab. »Ja, das dachte ich mir. So wie die Kiste ausgesehen hat, würde es mich wundern, wenn der Kerl ohne Hilfe eine Konservendose aufkriegt. War kein Problem, sie zu reparieren.«

»Und durch den Sturm hierher zu fahren.«

»Hast du geglaubt, ich lasse mich von ein bisschen kaltem Wind aufhalten? Was ist? Willst du nur rumstehen und mich voll quasseln oder hilfst du mir? Schraub die Verkleidung ab.«

Ben sah ihn noch einen halben Atemzug lang perplex an, machte sich dann aber mit tauben Fingern daran, Gerrits *freundlicher Bitte* nachzukommen. »Du rechnest mit Schwierigkeiten. Ich meine: Sonst hättet ihr euch wohl kaum die Mühe gemacht, dieses Ding hierher zu schleppen, oder?«

»Ich rechne *immer* mit Schwierigkeiten. Aber du hast Recht. Diesmal ganz besonders.«

»Du traust ihr nicht.«

Gerrit hielt mit Schrauben inne. »Du etwa? Weil dieses … Ding da unten aussieht wie deine Mutter?«

»Die Eiskönigin.« Ben schüttelte heftig den Kopf. »Du hast Recht. Es sieht aus wie sie – aber das ist dann auch schon alles.«

»Gut, dass du das auch so siehst.« Gerrit beugte sich wieder über die Schallkanone, als wäre das Thema damit abgehakt, aber Ben spürte, dass es das ganz und gar nicht war. Er hatte das Gefühl, gerade so etwas wie eine Prüfung erlebt zu haben … aber er konnte nicht sagen, ob er sie bestanden hatte oder durchgefallen war. Auch er setzte den Schraubenschlüssel wieder an, wenn auch mit bescheidenem Erfolg. Die Schrauben mussten festgefroren sein.

»Also, ich will jetzt nicht den Besserwisser raushängen lassen«, begann er nach einer Weile.

»Was dich nicht daran hindert, es trotzdem zu tun. – Aber braucht dieses Ding nicht Strom, um zu funktionieren?«, fuhr Ben unbeeindruckt fort und sparte sich die Frage, die ihm *eigentlich* auf der Zunge lag: Nämlich die, worauf Gerrit schießen wollte.

Der Söldner spießte ihn mit Blicken regelrecht auf. »Darum kümmert sich Tahia.«

Ben sah ihn fragend an. Er hatte nicht gewusst, dass Tahia ebenfalls schon an Bord war. Zumindest hatte er sie bisher nicht gesehen.

»Nur keine Angst.« *Und halt endlich die Klappe,* fügte sein Blick hinzu.

Ben hielt die Klappe. Er arbeitete verbissen weiter, und trotz anfänglicher Schwierigkeiten gelang es ihnen im Laufe der nächsten zehn oder fünfzehn Minuten, das Gerät so gründlich in seine Einzelteile zu zerlegen, dass Ben sich vorsichtshalber gar nicht erst fragte, wie Gerrit es jemals wieder zusammensetzen wollte – geschweige denn in der knappen Zeit, die ihnen noch blieb.

Apropos Zeit: Während sie beschäftigt waren, kehrte das Schneemobil noch zweimal zurück und entfernte sich ratternd wieder, und obwohl Ben sich fest vorgenommen hatte es *ganz bestimmt nicht* zu tun, blickte er doch irgendwann über die Schulter zurück und suchte den Himmel ab, und wahrlich nicht zum ersten Mal wünschte er sich prompt, es nicht getan zu haben. Das Firmament über ihnen war nach wie vor von einem fast schreienden Blau, aber weit draußen über dem Meer war eine dünne schwarze Linie erschienen, in der es manchmal grell aufleuchtete – der jenseitige Rand des Auges. Ihnen blieb nicht mehr allzu viel Zeit.

Gerade als er den Blick wieder abwenden wollte, bemerkte er noch etwas anderes, nicht erschreckend, aber doch so ungewöhnlich, dass er erstaunt die Augen aufriss und ein hörbares Ächzen von sich gab. »Was ist denn … *das?*«

Gerrit blickte in dieselbe Richtung wie er – aber dann nickte er nur, als hätte er das Normalste von der Welt gesehen.

Was es ganz eindeutig nicht war.

Am Himmel über ihnen standen zwei Sonnen.

»Aber das ist doch …«

»Zauberei?«, schlug Gerrit vor und machte ein gewichtiges Gesicht. »Schwarze Magie und das unheilige Wirken uralter falscher Götter?«

Ben sah ihn irritiert an und fragte sich, ob der Söldner ihn auf den Arm nahm, aber zugleich jagten ihm Gerrits Worte einen eisigen Schauer über den Rücken. Fast gegen seinen Willen sah er wieder zu der unmöglichen doppelten Sonne am Himmel hinauf. Der Anblick hatte etwas durch und durch Unheimliches – zumal er nun auch noch einen dritten, verwaschenen Fleck ein kleines Stück unterhalb der nicht ganz identischen Zwillingssonnen erblickte. Der Mond. Der Todesbote.

»Oder eine optische Täuschung«, fuhr Gerrit fort – wenn auch erst, nachdem er sich eine geraume Weile an seinem fassungslosen Gesichtsausdruck ergötzt hatte.

Diesmal sah Ben ihn zweifelnd an.

»Das Phänomen ist bekannt. Die Nebensonne. Es kommt nur hier vor. Muss wohl irgendwas mit Luftspiegelungen und den besonderen Wetterbedingungen in diesem Teil der Welt zu tun haben – aber jetzt frag mich bitte nicht nach Einzelheiten. Es ist jedenfalls nichts Bedrohliches. Du brauchst keine Angst zu haben.«

Den letzten Satz, fand Ben, hätte er sich getrost sparen können. »Bist du jetzt auch noch Meteorologe?«, fragte er feindselig.

»Nein. Aber ich schaue regelmäßig den Discovery-Channel. Mach weiter. Wir haben es gleich.«

Was den Tatsachen entsprach. Obwohl Ben *zusah,* hätte er hinterher beim besten Willen nicht sagen können, wie – aber Gerrit setzte das Zehntausend-Teile-Puzzle, in das sie die Schallkanone verwandelt hatten, innerhalb weniger Minuten zusammen, knallte schließlich den Deckel der Montageklappe zu und tätschelte das Gerät wie ein stolzer Vater sein Kind. »Fertig! Jetzt müssen wir nur noch den Stecker reinschieben und es kann losgehen.«

Ben setzte nun doch dazu an, zu fragen, *was* denn losgehen konnte, aber er kam nicht dazu, denn hinter ihnen polterte etwas, und dann sagte Tahias Stimme: »Dein Wunsch ist mir Befehl. Schalt ein. Auf der Leitung ist Saft.«

Ben drehte sich überrascht herum. Tahia stand kaum zwei Schritte hinter ihnen. Trotz der furchtbaren Kälte hatte sie ihre Kapuze zurückgeschlagen und den Reißverschluss ihre Jacke ein wenig geöffnet. Ihr Gesicht und vor allem ihre Hände (sie trug keine Handschuhe, wie Ben beinahe schon fassungslos registrierte) waren noch schmutziger und ölverschmierter als vorhin.

»Du hast den Generator zum Laufen gebracht?«, erkundigte sich Gerrit.

»Nein. Aber dort unten gibt es Batterien. Jede Menge und ziemlich große. Für ein paar Schüsse wird es reichen, keine Bange.« Mit einiger Verspätung nickte sie Ben zu. »Hallo, Ben.«

Er antwortete mit einem stummen Kopfnicken und sah sie nur weiter durchdringend an. Tahia war nicht nur lebensmüde, in diesem Aufzug an Deck herumzulaufen, Gerrit und sie verheimlichten auch ganz offensichtlich etwas vor ihm. Ihm fiel plötzlich auf, dass sie nicht nur eine Maschinenpistole bei sich trug wie Gerrit, sondern auch ihren geliebten Flammenwerfer, den sie wie ein Samurai sein Schwert auf den Rücken geschnallt hatte.

»Was ist hier los? Das ist doch keine reine Vorsichtsmaßnahme! Ihr rechnet damit, dass wir angegriffen werden, habe ich Recht?«

Er war beinahe sicher, dass Tahia nur den Kopf schütteln oder allenfalls mit einer flapsigen Bemerkung antworten würde, aber sie wurde auf einmal sehr ernst.

»Du hast doch nicht geglaubt, dass sie uns einfach so gehen lassen, oder? Nur weil dieses Ding aussieht wie deine Mutter, solltest du nicht den Fehler begehen, ihm zu vertrauen.«

»Das tue ich nicht. Aber –«

»Sie *können* uns gar nicht gehen lassen. Was glaubst du wohl, was hier los ist, wenn wir erzählen, was sie dort unten treiben? Dieses Risiko können sie gar nicht eingehen. Ich an ihrer Stelle würde es jedenfalls nicht tun.«

»Bisher hat sie Wort gehalten«, antwortete Ben, der sich zugleich fragte, warum er eigentlich widersprach. Er wusste ja, dass Tahia Recht hatte.

»Ach, haben sie das? Wir sind hier, das stimmt. Schön weit weg von der Station und dem Labor und allem, womit wir ihnen Schaden zufügen könnten. Und so ganz nebenbei sitzen wir hier wie auf dem Präsentierteller. Und selbst wenn sie uns nicht angreifen, brauchen sie nur zu warten, bis der Sturm uns erledigt, oder die Kälte.« Sie deutete fast zornig auf die schwarze Linie am Horizont. Sie war näher gekommen. Nicht viel, aber sie *war* näher gekommen. »Mach dir nichts vor. Vielleicht kommen wir hier raus, aber ganz bestimmt nicht *einfach so.«*

»Außerdem fehlt noch eine Kleinigkeit, bevor der Handel komplett ist«, sagte Gerrit.

»Und was?«

»Die Gefangenen«, sagte Tahia. »Die Leute von der *Princess.* Oder siehst du sie irgendwo?«

Ben starrte sie betroffen an. Er begriff es selbst nicht, aber Tatsache war, dass er die Gefangenen, von denen die Eiskönigin versprochen hatte, sie würden hier auf sie warten, schlichtweg *vergessen* hatte. »Aber sie hat –«

»– versprochen, dass sie hier auf uns warten«, unterbrach ihn die Söldnerin. »Ich habe das ganze Schiff abgesucht, aber hier ist niemand. Und wenn ich mich richtig erinnere, war das Teil des Deals, oder?«

»Du meinst …«, begann Ben, brach dann aber ab und spürte selbst, wie ihm das Blut aus dem Gesicht wich, als ihm klar wurde, was Tahia ihm *wirklich* zu erklären versuchte.

»Ich meine«, sagte Tahia, plötzlich beinahe sanft, aber auch in sehr nachdrücklichem Ton, »dass es ziemlich blauäugig wäre, uns darauf zu verlassen, dass sie ihr Wort hält. Ich an ihrer Stelle täte es nämlich nicht.«

Das hatte sie schon einmal gesagt, und Ben hatte es ihr schon einmal nicht geglaubt. Wenn er eines über die Söldnerin zu wissen glaubte, dann, sich auf das verlassen zu können, was sie sagte.

Und ganz offensichtlich konnte sie auch Gedanken lesen, jedenfalls in diesem Moment, denn sie schüttelte den Kopf, als hätte er die Worte laut ausgesprochen, und sie antwortete sogar darauf: »Ach, du meinst, ich täte das nicht? Nur weil ich auf eurer Seite stehe und euch ein paarmal geholfen habe?«

»So … ungefähr.«

»Ja, und genau da bist du auf dem Holzweg, Kleiner. Es kommt immer darauf an, was man zu verlieren hat, weißt du, oder zu gewinnen. Und sie haben eine Menge zu verlieren.«

»Aber sie *haben* doch schon gewonnen«, sagte Ben zögernd.

»Kaum.« Tahia lachte, leise und sehr, sehr humorlos. »Sag mal, hast du dich nie gefragt, warum sie so große Mühen auf sich genommen haben – und ganz nebenbei ein so enormes Risiko eingegangen sind –, um ausgerechnet deine Mutter herzuholen?«

Natürlich hatte er sich das gefragt, aber er hatte keine befriedigende Antwort darauf gefunden – vielleicht weil er es gar nicht wollte. Er wollte auch jetzt nicht über seine Mutter reden.

Tahia offensichtlich schon, und aus irgendeinem Grund schien sie seine Reaktion zu ärgern, denn sie ergriff ihn grob am Arm und zerrte ihn die wenigen Schritte zur Reling. Ben war viel zu perplex, um auch nur an Gegenwehr zu denken.

»Ich sollte wohl besser sagen: jemanden *wie sie.*«

Ben riss sich nun doch los, wich aber keinen Zentimeter von der Reling zurück. Er verstand gar nichts mehr. »Jemanden *wie sie*?«

»Einen Wissenschaftler. Jemanden, der wirklich gut auf seinem Gebiet ist – so wie deine Mutter. Jemand, der etwas vom Klonen versteht. So wie dieser Baxter oder wie er hieß. Du glaubst doch nicht, dass sie dieses Frankenstein-Labor *rein zufällig* hier eingerichtet haben, oder?« Sie zuckte mit den Achseln. Es wirkte wütend. »Vielleicht war der arme Baxter doch nicht gut genug. Oder er war gut und hatte das Pech, dass deine Mutter schlichtweg besser war. Ich meine ... ich verstehe nicht besonders viel davon, aber sie soll eine Koryphäe auf ihrem Gebiet sein ... gewesen sein.«

»Die Beste.« Ben begann allmählich zu ahnen, worauf Tahia hinauswollte. Aber das wollte er gar nicht wissen. Mit jeder Sekunde weniger.

»Ja, das dachte ich mir«, sagte Tahia grimmig. »Und jetzt schau dich hier um und sag mir, was du siehst.«

»Schnee. Eis. Und ein paar Felsen.«

»Ja, und vielleicht irgendwo ein paar Pinguine und Eisbären. Ein ziemlich ungemütliches Fleckchen. Eigentlich sind diese komischen Eiszombies ideal für eine Umgebung wie diese. Als hätte man sie dafür gemacht.«

»Das haben sie wahrscheinlich auch. Aber nicht meine Mutter. Sie waren schon vorher da.«

»Vermutlich sogar schon vor Baxter und Zar Iljitsch I. Wahrscheinlich schon eine Million Jahre vor ihnen. Weißt du, ich habe da eine Theorie.«

Sie hob abwehrend die Hand, obwohl er gar nicht vorgehabt hatte, etwas zu sagen. »Okay, es ist nur eine Theorie, aber ich habe mit van Staaten gesprochen und auch mit ein paar von den anderen Eierköpfen, und sie haben zumindest nicht gleich einen Lachanfall bekommen. Gehen wir einmal davon aus, dass wirklich alles so war, wie du es in deinen Träumen gesehen hast, dann sind diese … *Alten* vor zwei Milliarden Jahren untergegangen – oder genauer gesagt untergegangen worden, weil sie sich mit den Falschen angelegt haben. Und was von ihnen übrig geblieben ist – ihre … Seelen, wenn du so willst –, das wartet seitdem, eingesperrt in diese Diamanten, darauf, wieder zu erwachen. Ein cleverer Plan. Ich meine, was ist schon sicherer als ein Diamant. So ziemlich unzerstörbar, nicht wahr?«

Nun ja, das war eine *sehr vereinfachte* Version der Geschichte, wie er sie wahrscheinlich erzählt hätte, aber ganz falsch war sie auch nicht. Er nickte nur.

»Wenn du mich fragst, dann haben sie einfach nur Pech gehabt, sich ausgerechnet diesen Platz auszusuchen«, fuhr Tahia fort. »Ziemlich sicher, aber auch ziemlich abgelegen. Wir haben am eigenen Leib gespürt, dass sie im Stande sind, nicht nur Menschen zu beeinflussen, sondern auch so ziemlich alles andere – das Eis eingeschlossen.«

»Stimmt. Und worauf willst du jetzt hinaus?«

»Darauf, dass sie die Arschkarte gezogen haben, wenn es ihnen darum geht, die Welt zu erobern«, sagte Gerrit.

Tahia lächelte flüchtig und wurde sofort wieder ernst. »Ich hätte es anders ausgedrückt, aber im Prinzip hat er Recht. Die Eiskrieger sind verdammt effektiv in einer Gegend wie dieser … aber kannst du sie dir im Hochsommer in Frankfurt vorstellen? Oder als Sturmtruppen in der Sahara?« Sie schüttelte heftig den Kopf. »Und jetzt denk mal an das, was wir dort unten gesehen haben. Du erinnerst dich noch an deine Begegnung mit dieser haarigen Schönheit?«

»Die Spinne?« Bens Stimme zitterte, und für einen Moment hatte er Schwierigkeiten, zu atmen, weil er das Gewicht des Ungeheuers wieder auf der Brust zu spüren glaubte. Trotzdem machte er ein zweifelndes Gesicht. »Ich verstehe. Du meinst, sie … sie haben Baxter und später meine Mutter geholt, damit sie diese … diese Spinnenmonster züchten? Als Krieger?«

»Warum nicht? Mal ehrlich – womit würdest du dich lieber schlagen, wenn du die Wahl hättest, mit einem dieser Eisdinger oder der Spinne?«

»Einmal außer Acht gelassen, dass mich beide in Stücke reißen würden?« Ben zog eine Grimasse. »Ich verstehe. Du meinst die psychologische Wirkung. Sie wäre verheerend – aber mehr auch nicht. Ich weiß, worauf du hinauswillst«, fuhr er mit leicht erhobener Stimme und hörbar skeptisch fort. »Panik. Massenhysterie. Menschen, die schon beim bloßen Gerücht, dass eine Armee dieser Monster anrückt, die Flucht ergreifen –«

»Soldaten, die ihre Waffen wegwerfen oder erstarren«, fügte Tahia nickend hinzu. »Ich habe nicht vergessen, was Frank uns über Spinnen erzählt hat – erinnerst du dich? Es gibt fast keinen Ort auf der Welt, wo sie nicht vorkommen, und sie sind furchtbare Kämpfer, in Relation zu ihrer Körpergröße. Das Vieh, das dich angegriffen hat, muss so stark wie ein Rhinozeros gewesen sein. Und jetzt stell dir mal eine ganze Armee dieser Biester vor.«

Das tat Ben lieber nicht. »Es sind trotzdem nur Tiere. Ganz egal wie stark und gefährlich oder erschreckend sie auch sind. Sie hätten keine Chance gegen eine moderne Armee. Es sind nur dumme Tiere.«

»Ja. Dann wollen wir hoffen, dass sie nur ihre Körper verändert haben.«

Ben erschrak, aber auch diesmal nur kurz. Dann lachte er leise. »Das sind jetzt Horrorgeschichten. Wirklich – darüber habe ich oft genug mit meiner Mutter gesprochen. Es ist sicher möglich, gentechnisch veränderte Monster zu züchten, vielleicht sogar noch viel schlimmere als diese Spinnen, aber *intelligente* Monster? Das ist Science-Fiction. *Schlechte* Science-Fiction.«

»So wie Ungeheuer aus Eis, die herumlaufen und Schiffe überfallen.« Ben sah sie an, und die junge Söldnerin fuhr fort: »Ich will dir keine Angst machen, aber mir ist in den letzten Tagen eine Menge wie pure Magie vorgekommen. Vor einer Woche hätte ich noch über dieses Wort gelacht, aber jetzt nicht mehr.«

Ben starrte sie nur weiter an. Nicht weil ihn Tahias Worte so sehr erschreckt hätten (was sie taten), sondern weil er plötzlich das Gefühl hatte, dass das noch lange nicht alles war. Sie wollte ihm etwas ganz Bestimmtes sagen … aber sie tat es nicht.

»Worauf willst du hinaus?«

Tahia schwieg und sah weg, aber Gerrit erklärte: »Dass wir unter gar keinen Umständen zulassen dürfen, dass auch nur eines dieser Ungeheuer von hier entkommt.«

»Und was«, fragte Ben mit klopfendem Herzen, »willst du damit sagen?«

Darauf antwortete keiner der beiden.

32

IRGENDWANN KAM DAS SCHNEEMOBIL ZUM LETZTEN MAL ZURÜCK, und das vermutlich nicht nur, weil aus der dünnen schwarzen Linie am Horizont eine titanische Mauer aus von Blitzen durchzuckter Dunkelheit geworden war und die Zeit für eine weitere Fahrt gar nicht mehr ausgereicht hätte. Ben war wieder nach unten zur Luke gegangen und konnte schon hören, dass etwas mit dem Fahrzeug nicht stimmte, bevor es in dem schmalen Ausschnitt der Welt auftauchte, den er durch die offen stehende Tür sehen konnte. Das Motorengeräusch klang unregelmäßig und stotternd, und als das Schneemobil endlich da war, bewegte es sich ruckhaft und in einem wilden Schlingerkurs. Eine der beiden Gummiketten war gerissen, und das Fahrzeug schleppte sich auf dieser Seite auf kreischenden Eisenrädern über das Eis, in dem es eine schimmernde Narbe hinterließ. Es gab dieses Mal keine Passagiere, die außen auf dem Fahrzeug mitfuhren. Als das Schneemobil unter der *Princess* anhielt und der Motor mit einem letzten, sehr endgültig klingenden Röcheln erstarb, stiegen nur zwei Personen aus der verbeulten Kanzel; Harry selbst und van Staaten.

Harry kurbelte die Ärztin rasch in die Höhe und wartete nicht einmal ab, bis Ben und sein Vater ihr ganz hereingeholfen hatten, sondern griff mit beiden Händen zu, schwang die Kniekehlen über das straff gespannte Drahtseil und hangelte sich so schnell und geschickt wie ein Affe daran empor. Er besaß sogar die Unverschämtheit, nicht einmal außer Atem zu sein, als er kaum eine Minute später als Letzter hereinkletterte.

»Gut, das war's. Der Wagen hat's hinter sich. Es kommt keiner mehr. Macht den Laden dicht!«

»Was soll das heißen, es kommt keiner mehr?«, fragte Ben. »Wo ist –?«

»Ich sagte, es kommt niemand mehr. Also macht die verdammte Tür zu, bevor es hier drinnen noch kälter wird!«

»Wo ist Tooth, Harry?«

»Ich habe gesagt, es kommt niemand mehr. Was ist daran so schwer zu verstehen?«

Bens Mund war plötzlich so trocken, dass er gar nichts mehr hätte sagen können, selbst wenn es gewollt hätte, aber Gerrit kam ihm auch zuvor, indem er die schwere Eisentür mit beiden Händen ergriff und ächzend zuschob.

»Was ... bedeutet das?«, fragte Bens Vater. Er stand nur ein paar Schritte entfernt und hatte van Staaten in die Arme genommen, aber es war nicht zu erkennen, wer hier eigentlich wen zu beschützen versuchte.

Ben hielt seinen Blick weiter auf Harrys Gesicht gerichtet, aber der Söldner funkelte ihn nur an, und schließlich drehte er sich mit einem Ruck herum und trat auf seinen Vater und die Ärztin zu. »Du hast das gewusst, habe ich Recht?«

Die Frage galt van Staaten, aber das schien sein Vater nicht begriffen zu haben. »Gewusst? Was?«, fragte er ratlos.

Van Staaten löste sich aus seinen Armen. »Ben, du musst das verstehen. Es ist –«

»Wie konntest du so etwas tun? Du bist Ärztin! Ich dachte, du würdest Leben retten!«

»Es war seine Entscheidung, Ben.«

Ben drehte sich betont langsam herum, und er musste sich nicht einmal anstrengen, um Tahia genauso vorwurfsvoll anzublicken wie van Staaten gerade. »Seine Entscheidung? Und ihr habt alles versucht, um sie ihm auszureden, nehme ich doch an.«

»Es war sein eigener Wunsch«, antwortete Tahia sanft. »Niemand hat ihn darum gebeten. Ganz im Gegenteil. Aber du kennst doch Tooth. Wenn er schon abtreten muss, dann mit einem Knall. Einem möglichst großen.«

»Könnte mir vielleicht jemand verraten, was hier eigentlich los ist?«, fragte sein Vater verwirrt.

Niemand beachtete ihn.

»Ja, und ihr habt natürlich alles getan, damit es nicht so weit kommt.«

Wütend wandte sich Ben wieder zu van Staaten um. »Und ich nehme an, du hast auch alles getan, was –«

»Das reicht jetzt«, sagte Harry scharf. »Wir haben keine Zeit für so was. Schluss!«

»Aber was soll denn das alles?«, begehrte Bens Vater auf.

»Nicht jetzt, Doktor. Tahia – was ist mit den Geiseln? Irgendeine Spur?«

Die Söldnerin schüttelte den Kopf, und Harry nickte so grimmig, als hätte er nichts anderes erwartet. »Und die anderen? Sind sie in Sicherheit?«

»Ich denke ja. Willst du dir's ansehen?«

Harry nickte, und Tahia stürmte davon. Harry zögerte keine Sekunde, ihr zu folgen, und auch Ben wollte sich ihnen anschließen, doch sein Vater hielt ihn mit einem raschen Griff am Arm zurück. »Was zum Teufel bedeutet das?«

Ben riss sich mit einer zornigen Bewegung los. »Warum fragst du das nicht deine neue Freundin?« Und damit ließ er van Staaten und ihn einfach stehen und lief hinter den beiden Söldnern her.

Sein schlechtes Gewissen meldete sich schon, bevor er in der großen Eisenhalle angekommen war. Natürlich war er unfair gewesen, verletzend und schlichtweg gemein, und er bedauerte längst, ihr mit seinen Worten wehgetan zu haben – aber er war einfach … empört. Er zweifelte nicht daran, dass Tahia die Wahrheit gesagt hatte und es Tooths Entscheidung gewesen war; eine Entscheidung, die auf eine grausam logische Weise sogar *richtig* war und trotzdem so falsch, dass er am liebsten laut aufgeschrien hätte. Später, das nahm er sich fest vor, würde er sich bei Tahia und Harry entschuldigen. Und vor allem natürlich bei van Staaten.

Als wäre die Zeit in der Halle stehen geblieben, stand Ramanov noch immer neben seiner schlafenden Enkeltochter und schien nicht einmal von Harrys Erscheinen Notiz genommen zu haben; ein gespenstischer Anblick, der Ben für einen Moment sogar seinen hilflosen Zorn vergessen ließ. Noch unheimlicher war das, was er auf Ramanovs Gesicht gewahrte, als er neben ihn trat. Nie hatte er einen solchen Ausdruck von Trauer, Schmerz und Mitgefühl auf den Zügen des Russen erblickt. Er hatte niemals so … menschlich gewirkt wie jetzt und niemals so *verwundbar.*

Dann erschrak er, trat rasch an den eisernen Absatz heran und streckte die Hand nach Sashas Hals aus, um nach ihrem Puls zu fühlen, doch Ramanov griff blitzschnell nach seinem Handgelenk und hielt es fest. »Keine Angst. Sie schläft nur.«

Ben war verwirrt, gelinde ausgedrückt. Plötzlich war er nicht mehr sicher, ob der Ausdruck auf Ramanovs Gesicht der schlafenden Sasha galt oder etwas anderem, was nur er sehen konnte. »Ist … alles in Ordnung mit Ihnen?«

»Ja. Und mit ihr auch.«

Ben sah unsicher auf Sasha hinab. Sie lag noch immer vollkommen reglos da, in einer so tiefen Bewusstlosigkeit gefangen, dass sie dem Tod vielleicht näher war als dem Leben.

Ramanov musste seinen Blick richtig gedeutet haben, denn plötzlich lächelte er matt und berührte ihn noch einmal beinahe sanft – am Arm. »Mach dir keine Sorgen. Ihr wird nichts geschehen. Das werde ich nicht zulassen.«

Das klang ein wenig lächerlich – aber zugleich auch so ernsthaft, dass er es einfach nicht wagte, zu widersprechen.

Das übernahm ein anderer für ihn. »Wie rührend«, sagte Harry hinter ihnen. »Ich störe die kleine Familienfeier ja nur ungern, Professor, aber es gäbe da noch ein paar Punkte, über die wir reden müssten. Ihre Leute sind sicher untergebracht?«

Die Frage war ziemlich überflüssig, fand Ben. Die allermeisten von Ramanovs Leuten saßen oder lagen rings um sie herum auf dem nackten Metallboden. Ein erstaunlich großer Teil von ihnen war eingeschlafen; ein weiterer Beweis für die tiefe Erschöpfung, die von allen hier Besitz ergriffen hatte.

Ramanov hob nur wortlos die Schultern und strich Sasha noch einmal mit den Fingerspitzen über die Wange. Es war die letzte Reaktion, die Ben von ihm erwartet hätte. Konnte es sein, dachte er schaudernd, dass Ramanov … *aufgegeben* hatte?

Harry wartete einen Moment lang vergeblich auf eine Antwort, schürzte dann trotzig die Lippen und trat an die Wand unmittelbar neben der Tür, um mit den Fingerknöcheln dagegen zu klopfen. Ein dumpfes Geräusch erklang. Dann nahm er die Maschinenpistole von der Schulter und wiederholte sein Klopfen mit dem Kolben der Waffe. Diesmal dröhnte es, als wäre eine riesige Glocke angeschlagen worden.

»Klingt einigermaßen stabil«, murmelte er, während er die Waffe wieder schulterte und das Walkie-Talkie aus der Tasche zog. »Ich hätte mir etwas Besseres gewünscht, aber …« Er ließ den Satz unvollendet, was ihm etwas Bedrohliches zu verleihen schien.

»Etwas Besseres, wofür?«

Harry würdigte Ben nicht einmal eines Blickes, sondern wandte sich wieder an Ramanov. »Wie lange bleibt es noch hell, Professor?«

»Zwanzig Minuten. Ungefähr.«

Harry schien kurz angestrengt nachzudenken, dann hob er das Funkgerät an die Lippen und drückte die Sprechtaste. »Tooth? Verstehst du mich?«

Für Ben drang nur ein unverständliches Krächzen und Rauschen aus dem winzigen Lautsprecher, aber Harry schien damit zufrieden zu sein. »Gut. Du weißt Bescheid.« Er atmete tief ein, sah sich auf eine sonderbar … *scheue* Art im Raum um und sagte dann: »Also gut. Ich weiß, dass Sie mich hören, Gnädigste. Melden Sie sich.«

Nichts geschah. Aus dem Funkgerät kam nur statisches Rauschen. Harry machte ein ärgerliches Gesicht und setzte das Walkie-Talkie neu an. »Sparen wir uns doch die Albernheiten. Sie wissen, was ich von Ihnen will.«

Statisches Knistern. Vielleicht auch ein leises höhnisches Lachen.

»Also gut. Wenn Sie auf diesen Kinderkram bestehen … Ich rufe die Eiskönigin. Dr. Jennifer Berger. Den Obermotz oder wie immer Sie sich jetzt auch nennen. Ich weiß, dass Sie mich hören. Wir haben unseren Teil der Abmachung eingehalten. Jetzt sind Sie dran. Ich gebe Ihnen genau zehn Minuten, die Gefangenen hierher zu schaffen, oder Ihnen fliegt der ganze Laden um die Ohren. Das ist keine leere Drohung. Wir haben nichts zu verlieren, vergessen Sie das nicht. Und … ach ja, bevor Sie auf dumme Ideen kommen, lesen Sie im Lexikon nach, was man unter einem Totmannschalter versteht, und dann schauen Sie, was Tooth in der Hand hält. Zehn Minuten, von jetzt an.« Er schaltete das Gerät aus und ließ es in die Jackentasche gleiten.

Es wurde sehr still.

»Was bedeutet das?«, fragte Bens Vater misstrauisch.

»Haben Sie das immer noch nicht verstanden, Sie Dummkopf?«, murmelte Ramanov bitter. »Sie haben einen ihrer Männer zurückgelassen, um die Bombe zu zünden.«

Bens Vater wurde blass, und Harry sagte beinahe hastig: »Nur als allerletzten Ausweg. Falls sie versucht uns reinzulegen.«

»Sie könnte auf den Gedanken kommen, dass *wir sie* hereinlegen wollen«, murmelte Ramanov. Harry ignorierte ihn.

»Tooth? Sie haben … Sie haben Ihren eigenen Kameraden zurückgelassen, um –«

»Meinen Freund, Doktor. Und es war sein ausdrücklicher Wunsch. Seine Idee sogar.«

»Er wusste, dass er sterben wird«, fügte van Staaten hinzu. »Ich habe es ihm nicht gesagt, aber er wusste es.« Sie klang traurig, und Ben bedauerte erneut und noch mehr, was er gerade gesagt hatte. Er schwieg, warf ihr aber einen raschen, um Verzeihung bittenden Blick zu, und sie antwortete mit einem angedeuteten Nicken.

Wieder wurde es eine Weile sehr still, und wieder war es Bens Vater, der das Schweigen brach. »Und wenn sie die Bombe entschärfen?«

»Das werden sie zweifellos versuchen und es wird ihnen vermutlich auch gelingen. Aber nicht in zehn Minuten.« Harry lachte humorlos. »Tahia hat dafür gesorgt, dass das Ding hochgeht, wenn jemand dran rumfummelt. Sie brauchen mindestens eine Stunde, um sie zu entschärfen.«

»Zwei«, verbesserte ihn Tahia.

»Zwei«, wiederholte Harry. »Umso besser.«

»Und was … ist ein… Totmannschalter?«, fragte Robert Berger zögernd.

Harry hob seine Maschinenpistole, richtete den Lauf gegen die Decke und zog den Abzug durch. Nichts geschah. Die Waffe war gesichert. Harry blieb eine geschlagene Sekunde wie erstarrt stehen, dann ließ er den Abzug ruckartig los, sodass er mit einem hörbaren Klicken zurücksprang, und Tahia sagte: »Bumm!«

»Oh.« Bens Vater wurde noch ein bisschen blasser. »Und wenn … wenn er das Bewusstsein verliert oder stirbt?«

»Das wird er nicht«, versicherte van Staaten hastig. Harry hob nur die Schultern. »Ein gewisses Restrisiko besteht natürlich. Aber nicht für uns. Hier drinnen dürften wir sicher sein. Es gibt vielleicht einen ganz schönen Rums, aber –«

Etwas geschah. Es war kaum mit Worten zu beschreiben, weil es Teil einer Welt war, die nichts, aber auch *rein gar nichts* mit der zu tun hatte, die sie alle kannten. Es war, als … *stülpe sich die Wirklichkeit um* (zusammen mit einem Gutteil von Bens Eingeweiden), und es war kaum vorüber, da drang ein gellender Schrei zu ihnen herein, gefolgt von einem dumpfen Poltern und Rumoren und einem vielstimmigen Stöhnen und Wehklagen.

Ben fuhr erschrocken herum, und Harry, Tahia und Gerrit hoben in einer völlig synchronen Bewegung ihre Waffen und richteten sie auf die Tür – genauer gesagt auf das Mitglied der Stationsbesatzung, das in diesem Sekundenbruchteil hereinstolperte und mitten in der Bewegung erstarrte.

»Was?!«, blaffte Harry.

»Die … die Gefangenen«, stammelte der Mann. »Sie … sie sind plötzlich aufgetaucht. Wie aus dem Nichts! Überall!«

Van Staaten schnappte sich ihre Arzttasche und stürmte aus dem Raum. »Mitkommen! Alle! Ich brauche jede Hilfe, die ich kriegen kann!«

Nur zwei oder drei Männer in ihrer unmittelbaren Nähe erhoben sich müde, um ihr mit hängenden Schultern hinterherzuschlurfen, und Harry ließ endlich seine Waffe sinken und atmete hörbar aus: »Na also. Geht doch«, um im nächsten Augenblick herumzufahren: »Tahia! Gerrit! Ab nach oben! Ihr wisst Bescheid!«

Die beiden Söldner verschwanden wie weggezaubert, und Ben wagte zum ersten Mal, sich ein Gefühl vorsichtiger Erleichterung zu gestatten.

Ungefähr eine Sekunde lang. Vielleicht auch zwei.

Bis Sasha mit einem spitzen Schrei hochfuhr, ihren Großvater zur Seite stieß und aus der Tür rannte, bevor irgendjemand richtig begriff, was geschah.

Ben war der Erste, der seine Überraschung überwand und hinter ihr herrannte. Harry schrie etwas, was er nicht verstand und was ihn auch nicht interessierte, und er sah aus den Augenwinkeln, wie Ramanov zurücktaumelte und schwer zu Boden fiel, aber das beachtete er genauso wenig, jagte zur Tür hinaus – und stolperte prompt über eine Gestalt in einer zerfledderten Matrosenuniform, die vor der Tür auf dem Boden lag und vor zwei Minuten *ganz bestimmt noch nicht da gewesen war.* Und obwohl Ben plötzlich mit wild rudernden Armen um sein Gleichgewicht kämpfte, registrierte er, in welch erbärmlichem Zustand sich der Mann befand; ausgezehrt und hoffnungslos verdreckt und ganz eindeutig dem Tod näher als dem Leben.

Der grelle Schmerz, der in seinen Handgelenken explodierte, als er sich an der gegenüberliegenden Wand abfing, riss ihn unsanft in die Wirklichkeit zurück. Ben schluckte einen Schmerzenslaut hinunter, stieß sich an der Wand ab und sah gerade noch, wie ein pelzbesetzter weißer Umhang am anderen Ende des Ganges verschwand. *»Sasha! Bleib stehen!«*

Natürlich reagierte sie nicht und er stolperte weiter. Als er das Ende des Korridors erreichte, bekam er Sasha zwar noch einmal zu Gesicht, aber ihr Vorsprung war mittlerweile auf das Doppelte angewachsen, und sie schien immer noch schneller zu werden und regelrecht durch den Gang zu schweben, während er selbst immer mehr Mühe hatte, vorwärts zu kommen. Auch hier draußen waren plötzlich überall Menschen: Passagiere und ehemalige Besatzungsmitglieder der *Princess*, die in wirrem Durcheinander auf dem Boden lagen, zum Teil übereinander oder mit ineinander verstrickten Gliedmaßen, und ausnahmslos ohne Bewusstsein zu sein schienen. Er hoffte wenigstens, dass sie nur bewusstlos waren.

Sasha verschwand schon wieder durch eine Tür am Ende des Ganges, und Ben versuchte verzweifelt, irgendwie schneller zu rennen und sie einzuholen. Van Staaten, die neben einem bewusstlosen Matrosen kniete, sah überrascht auf und rief ihm etwas nach, und hinter sich hörte er hastig stampfende Schritte und Harrys Stimme, die seinen Namen brüllte, aber nichts von dem vermochte ihn aufzuhalten. Sasha! Er musste sie einholen, bevor sie das Deck erreichte, denn sie lief geradewegs in ihr Verderben, das *wusste* er einfach!

Aber er wusste auch ebenso sicher, dass er sie nicht einholen würde.

Trotzdem rannte er nur noch schneller, und nachdem er durch die nächste Tür gestürmt war, ging es sogar ein wenig besser. Auch hier lagen Menschen auf dem Boden, aber nicht so viele wie hinter ihm, sodass er ihnen ohne Mühe ausweichen und mehr Tempo machen konnte, doch unglückseligerweise galt das auch für Sasha. Er bekam sie noch ein- oder zweimal zu Gesicht, und schließlich sah er sie gar nicht mehr, sondern hörte nur noch das hallende Echo ihrer Schritte in der Dunkelheit vor sich.

»Ben, verdammt, warte!«, schrie Harry hinter ihm. »Willst du dir den Hals brechen?«

Widerstrebend lief Ben langsamer und hielt dann ganz an, damit

Harry zu ihm aufschließen konnte. Der Söldner hatte Recht: Das letzte bisschen Licht war schon lange hinter ihnen zurückgeblieben, und weiter in die vollkommene Schwärze zu stürmen, wäre glatter Selbstmord gewesen. Wie Sasha ihren Weg fand, war ihm ein Rätsel.

Mit zitternden Fingern grub er die Stablampe aus der Tasche, schaltete sie ein und lief weiter. Ein zweiter Lichtstrahl gesellte sich zu seinem und er hörte Harrys keuchende Atemzüge jetzt direkt hinter sich, und da waren auch noch mehr Schritte, langsamer und ein gutes Stück hinter ihnen und weiter zurückfallend. Er versuchte nur, seine Schritte noch mehr zu beschleunigen.

»Versuch nicht, mich aufzuhalten!«

Harry versuchte nichts dergleichen, sondern rannte nur mit einem kurzen Zwischenspurt an ihm vorbei. »Wo will sie hin, verdammt noch mal?«

Ben wusste die Antwort, aber er sparte sich seinen Atem lieber, um mit Harry mitzuhalten. Irgendwo, weit hinter sich, hörte er seinen Vater beinahe verzweifelt seinen Namen rufen.

Sie rasten eine Treppe hinauf, durch einen schier endlos langen, vereisten Gang und eine weitere, weiß überzogene Metalltreppe nach oben und fanden sich bei den Passagierkabinen wieder. Die Tür am Ende des holzgetäfelten Ganges stand offen, und für den Bruchteil einer Sekunde glaubte er einen weißen Schemen zu erkennen. Eine Woge grausamer Kälte schlug ihnen entgegen, und Ben hatte plötzlich das Gefühl, gemahlenen Diamantstaub zu atmen, aber irgendwie gelang es ihm trotzdem, wieder zu Harry aufzuholen, sodass sie endlich Seite an Seite die Treppe zum Frühstücksraum emporstürmten. Oben sah er gerade noch, wie Sasha die Tür aufstieß und auf dem Vorderdeck verschwand.

»Sasha! Um Gottes willen! Bleib stehen!«, brüllte er, ließ die Taschenlampe fallen und mobilisierte noch einmal sämtliche Kräfte, um nun sogar an Harry vorbeizusprinten und die Tür am anderen Ende des vereisten Flures aufzustoßen.

Er kam trotzdem zu spät.

Sasha hatte die Treppe zum Sonnendeck bereits erreicht und jagte hinunter, scheinbar ohne die Stufen auch nur zu berühren. Tahia und Gerrit, die das Deck kurz vor ihr erreicht haben mussten und nebeneinander hinter der Schallkanone standen, hätten sie möglicherweise sogar aufhalten können, aber sie waren offensichtlich zu perplex, um sich auch nur zu rühren, und Sasha jagte an ihnen vorbei zur Reling …

… und erstarrte.

Ben dachte nicht einmal an die Gefahr, in der er schwebte. Die Kälte *war* schlimmer geworden und schien sich ihm wie eine unsichtbare massive Wand in den Weg zu stellen, aber er rannte einfach hindurch, überwand die Stufen zum Sonnendeck hinab mit einem einzigen Satz und schlitterte auf Sasha zu. Mit ganzer Wucht prallte er gegen die vereiste Reling neben ihr und klammerte sich instinktiv mit beiden Händen fest.

Und erstarrte genau wie sie.

Plötzlich wusste er, dass er sich nicht getäuscht hatte. Etwas *hatte* das Schiff berührt und es war noch immer da, ein wabernder Schatten, formlos und sich windend und dicht unter der Meeresoberfläche, ein Gigant, der den Ozean von einem Horizont zum anderen auszufüllen schien und sie aus gnadenlosen Augen anstarrte. Er war da. Nyarlathotep war gekommen.

»Was zum Teufel –?«, fluchte Harry hinter ihm und brach dann mit einem schon fast komisch klingenden Japsen ab, als er den schweigenden Koloss im Wasser erblickte.

Sie standen einfach da, wie gelähmt durch die bloße Anwesenheit der blasphemischen Kreatur, des letzten Überlebenden aus einer Zeit, die zu Recht untergegangen war. Ben konnte nicht sagen, wie lange. Irgendwann gesellten sich sein Vater und Ramanov zu ihnen und erstarrten ebenfalls im Angesicht des uralten grausamen Gottes.

»O mein Gott!«, flüsterte Ramanov schließlich nach – einer Minute, einer Stunde? Zeit hatte jegliche Bedeutung verloren, als hätte selbst sie vor der unsagbaren Fremdartigkeit der riesigen Kreatur kapituliert – einer kleinen Ewigkeit. »Was … was sollen wir jetzt tun?«

Der Klang seiner Stimme, einer menschlichen Stimme, auch wenn sie Ramanov gehörte, brach den Bann, wenigstens für Ben, und er tat das Einzige, was er noch konnte. Es legte Sasha den Arm um die Schulter und drückte sie schützend an sich.

»Ihr hättet nicht herkommen sollen«, sagte Harry leise. »Keiner von euch.«

Ben verstand nicht, was er damit meinte, sein Vater und Ramanov offensichtlich auch nicht; keiner rührte sich. Wohin hätten sie jetzt noch gehen sollen?

Harry griff mit einer unendlich müde wirkenden Bewegung in die Tasche und zog sein Walkie-Talkie heraus. Ohne den Blick von Nyarlathoteps grausamer Erscheinung zu nehmen (das konnte er so wenig wie irgendeiner von ihnen), hob er das Gerät an die Lippen und drückte die Sprechtaste. »Tooth? Tut mir leid, alter Junge. Sieht so aus, als hätte es nicht funktioniert. Du weißt, was zu tun ist.« Er ließ die Sprechtaste los und drückte sie dann noch einmal. »Mach's gut, alter Junge. Wir sehen uns.«

»Was bedeutet das?«, fragte Robert Berger misstrauisch.

»Wenn Sie am Leben bleiben wollen, dann sollten Sie unter Deck gehen. Bringen Sie möglichst viel Stahl zwischen sich und … uns.«

»Wie?«, murmelte Bens Vater.

»Sie haben eine Minute. Wenn Sie sich beeilen, reicht das. Jetzt noch ungefähr fünfzig Sekunden.«

Wieder rührte sich niemand. Ben drückte Sasha nur noch ein wenig fester an sich. Sie zitterte. Er konnte ihre Furcht spüren. Aber nicht mehr lange. Gleich würde es vorbei sein.

»Wie Sie wollen.« Harry klang nicht sehr überrascht. Er klang auch nicht ängstlich.

Und er, Ben? Er würde jetzt sterben, das wusste er, aber zu seiner eigenen Überraschung hatte er trotzdem keine Angst, sondern empfand beinahe Erleichterung, dass dieser Albtraum endlich zu Ende war – und allenfalls ein sachtes Gefühl von Trauer, wenn er an all die Jahre dachte, die Sasha und er nun nicht mehr gemeinsam verbringen konnten.

»Sie haben das von Anfang an so geplant, habe ich Recht?«, fragte Ramanov.

»Noch dreißig Sekunden. Wenn Sie sich beeilen, können Sie es noch schaffen.«

Ramanov zog verächtlich die Mundwinkel nach unten, aber dann wandte er sich an Ben und deutete ohne einen Funken Hoffnung auf Sasha. »Meinst du nicht, dass sie leben sollte?«

Er stellte diese Frage nur, weil er glaubte sie stellen zu müssen, begriff Ben, und er wusste auch, dass Ramanov es wusste. Nichts, *nichts* auf dieser Welt war so wichtig wie Sasha, aber sie würde nicht überleben, so wenig wie er, Ramanov, sein Vater oder irgendjemand, der sich auf diesem Schiff befand. Die *Alten* waren vielleicht Götter, aber sie waren keine *gnädigen* Götter.

Noch zwanzig Sekunden. Vielleicht weniger. Ben schloss die Augen. Er spürte Sashas Nähe, ihren warmen Atem an seiner Wange und den süßen Duft ihres Haares, und so absurd es war, so vollkommen … *lächerlich* – in diesem Moment war er glücklich. Und irgendwie spürte er, dass Sasha es auch war.

Noch zehn Sekunden. Er presste sie fester an sich. Fünf.

Plötzlich war ihm kalt, furchtbar kalt, und nun spürte er doch, wie die Angst auf dürren Spinnenbeinen in seine Seele kroch. Aber ihr würde keine Zeit mehr bleiben, ihn wirklich zu berühren. Die Frist war um.

Noch eine Sekunde. Und keine mehr. Nichts geschah.

Vielleicht hatte er sich geirrt. Zeit, hieß es, war subjektiv. Sekunden konnten sich zu Ewigkeiten dehnen. Aber nichts geschah.

Die Minute, von der Harry gesprochen hatte, musste längst vorüber sein. Aber es geschah immer noch nichts.

Irgendwann öffnete er die Augen und sah in Harrys fassungsloses Gesicht. Nein. Nicht fassungslos. *Entsetzt.*

»Aber was –?«, murmelte der Söldner.

Und in dieser Sekunde erlosch die Sonne.

Ben blickte weiter in Harrys schreckensbleiches, unglaublich *enttäuschtes* Gesicht, und trotzdem sah er es so deutlich, als schaue er direkt hin:

Als Erstes erlosch die Nebensonne; auch wenn sie nur eine optische Täuschung war, so hatte sie doch Licht und Helligkeit verbreitet, sodass der Himmel um mehrere Nuancen dunkler wurde, als sie flackernd ausging. Dann – langsamer, fast als wehre sie sich vergeblich gegen die unvorstellbar Macht, die sie auszulöschen begann – verblasste auch ihre reale Zwillingsschwester, und nur noch der Todesbote stand am Himmel, riesig und mindestens dreimal größer, als er hätte sein dürfen, und knochenbleich. Alles andere war dunkel. Der Sturm war noch nicht ganz heran und doch erlosch der scharf abgezirkelte Dreiviertelkreis des Auges über ihnen. Der Himmel wurde nicht dunkel, sondern *schwarz*, eine Farbe jenseits aller Vorstellungskraft, die nicht nur das Licht, sondern *alles* auszulöschen schien.

Dann explodierte das Schiff hinter ihnen.

Jedenfalls kam es Ben im ersten Moment so vor. Was von den Fenstern über dem Sonnendeck noch übrig war, barst in einer lautlosen Wolke aus Glas und Eis auseinander, die Tür flog davon, und wirbelnde Holz- und

Metallsplitter prasselten wie bizarrer, tödlicher Hagel rings um sie herum auf das Deck. Ben spürte einen brennenden Schmerz an der Wange, dann die klebrige Wärme von Blut, aber er fühlte es zugleich auch kaum, denn dieser ersten Explosion folgte eine zweite Woge aus mattem Weiß und drahtigem Fell und staksenden dürren Beinen und schwarzen, seelenlos glotzenden Augen.

Spinnen. Dutzende.

Die meisten waren nicht so groß wie das schneefarbene Ungeheuer, das ihn im Labor angegriffen hatte. Viele hatten nur die Größe einer Katze, manche waren kaum größer als eine Hand mit gespreizten Fingern, aber es waren auch Giganten darunter, zwei, drei Meter mit weit gespannten Beinen messend, hässlich und mit schrecklichen, klickenden Fängen, gewaltig genug, um einem Mann ohne Mühe einen Arm abzuknipsen. Nahezu lautlos, aber unglaublich schnell, wie eine lebendige Lawine aus weißer Bewegung, flutete die Grauen erregende Armee aus den zerborstenen Aufbauten des Schiffes heraus und über das Vorderdeck.

Der Anblick lähmte sie. Ben, sein Vater und Ramanov standen einfach nur da und starrten die Springflut an, die aus dem Schiff sprudelte und sie im nächsten Augenblick verschlingen musste.

Nicht so Harry und die beiden anderen.

Gerrit war der Erste, der das Feuer eröffnete, dann begann Tahia zu schließen und nur den Bruchteil eines Atemzugs später auch Harry; mit einer Hand. Mit der anderen ergriff er Ben an der Schulter und zerrte Sasha und ihn hastig mit sich zurück, stieß sie an der Schallkanone vorbei und grob gegen die spitz zulaufende Reling im Bug. Tahia und Gerrit verfuhren auf dieselbe Weise mit Ramanov und Bens Vater, ohne auch nur eine Sekunde mit Schießen innezuhalten. Ununterbrochen feuernd bildeten die drei einen lebenden Schutzwall zwischen ihnen und der heranstaksenden Horrorarmee. Binnen Sekunden hatten sie zahllose Angreifer niedergestreckt – aber es kamen immer mehr und mehr Spinnen, und die gesamte kribbelnde Masse rückte unbarmherzig näher wie eine Naturgewalt, die nichts auf dieser Welt aufhalten konnte.

Und sie stürmten nicht nur aus einer Richtung heran. Ben registrierte plötzlich eine Bewegung aus den Augenwinkeln, fuhr herum und erstarrte dann schier vor Grauen, als ein dürres weißes Beinpaar über der Reling hinter ihnen auftauchte, gefolgt von einem zweiten und dritten und schließlich einem medizinballgroßen, haarigen weißen Balg, der mit entsetzlicher Behändigkeit an Deck zu turnen begann.

Tahia erledigte das Ungeheuer mit einem einzelnen Schuss, ließ ihre leer geschossene Maschinenpistole fallen und riss stattdessen den Flammenwerfer vom Rücken. Ein grellweißer Feuerstrahl schlug der Spinnenarmee entgegen und brannte eine gewaltige Lücke hinein, doch rechts und links davon stürmten immer noch mehr vielbeinige Ungeheuer heran.

Auch Gerrit stellte das Feuer ein, war mit einem Satz hinter der Schallkanone und schwenkte sie herum. Harry und Tahia ließen sich blitzschnell auf die Knie fallen, um nicht in die Schussbahn zu geraten, und die Waffe stieß eine Welle der Vernichtung aus, die wie ein Hammerschlag in die Spinnenarmee fuhr und einen wahren Vulkan aus Chitin und Fell in die Höhe schießen ließ. Tahias Flammenwerfer zischte ununterbrochen, und Harry jagte Salve auf Salve in die Masse der vorrückenden Tiere oder erledigte einzelne Angreifer, die über die Reling oder außen an der spiegelglatten Bordwand herangerast kamen. Es war ein Inferno, eine Momentaufnahme aus einer lodernden, kalten Hölle, und doch musste Ben plötzlich an das denken, was er vorhin zu Tahia gesagt hatte: Trotz allem waren es letztendlich nur geistlose Tiere, gegen die sie kämpften, die blind in ihr Verderben rannten. Wären sie auch nur zu fünft oder sechst gewesen, hätten sie den ungleichen Kampf vielleicht sogar gewonnen.

Aber das waren sie nicht.

Harry war der Erste, der fiel.

Tahia schwenkte die Mündung ihres Flammenwerfer mit unheimlicher Ruhe hin und her und verbrannte die heranstürmenden Monster gleich zu Dutzenden, doch eine besonders große, zehnbeinige Spinne lief trotzdem weiter, lichterloh brennend und eine Spur aus lodernden Pfützen und Lachen hinterlassend und einfach zu stur – oder zu dumm – um zu sterben. Noch bevor Tahia die Gefahr begriff, war das Ungeheuer heran, richtete sich auf die beiden hinteren Beinpaare auf und versuchte mit seinen sechs vorderen, brennenden Gliedmaßen nach ihr zu schlagen.

Harry jagte ihr eine abgehackte MPi-Salve in den Leib, die sie mit einem grotesken Salto und Funken sprühend wie ein bizarrer Meteor in die Masse der heranrückenden Spinnen krachen ließ, aber die winzige Ablenkung hatte gereicht: Eine Spinne von der Größe eines Schäferhundes sprang ihn an, riss ihn von den Füßen und schleuderte ihn hilflos gegen die Schallkanone. Seine Waffe flog in hohem Bogen davon und verschwand über der Reling, und beinahe in derselben Sekunde hörte auch Tahias Flammenwerfer auf, gleißende Verheerung zu speien, als die Söldnerin unter einer ganzen Flut aus kribbelndem Weiß und schnappenden Zangen und Kiefern verschwand. Etwas Riesiges, Weißes traf die Schallkanone wie eine geballte Faust mit zu vielen Fingern, riss sie von ihrem Dreibein und schleuderte sie ebenfalls über Bord, und Gerrit keuchte entsetzt und fiel mit ausgebreiteten Armen auf den Rücken, als eine gewaltige Spinne auf seiner Brust landete.

Dann war es vorbei.

Der Kampf hatte kaum länger als eine halbe Minute gedauert, in der die drei Söldner im wahrsten Sinne des Wortes die Hölle losgelassen hatten, aber nun war es vorbei. Das Sonnendeck der *Princess* sah aus wie nach einem Kamikaze-Angriff. Überall brannte es. Blubbernde Pfützen aus kochendem Eis begannen knisternd und knackend in der brutalen Kälte wieder zu erstarren, und überall lagen tote und zerfetzte Spinnen. Ben registrierte mit einer Art hysterischer Erheiterung, dass sich das Schicksal sogar noch einen allerletzten grausamen Scherz mit ihnen erlaubt hatte: Sie hätten es beinahe geschafft. Nur sehr wenige Spinnen hatten das Inferno überstanden, das die drei Söldner entfesselt hatten, vielleicht ein oder zwei Dutzend Tiere, die ziellos umherliefen oder mitten in der Bewegung erstarrt waren, als hätten sie vergessen, wozu sie überhaupt hergekommen waren. Ein paar von ihnen brannten immer noch. Nur einen Augenblick länger, dachte er wie betäubt, und sie hätten es geschafft. Aber sie hatten es nicht, und jetzt war es vorbei.

Und die drei Söldner …

… waren noch am Leben.

Es dauerte einen Moment, bis Ben es begriff. Tahia, Gerrit und Harry lagen hilflos auf dem Rücken, niedergehalten vom Gewicht der grässlichen Kreaturen, die auf ihrer Brust hockten. Harry blutete heftig aus einer Platzwunde an der Stirn, und Gerrits Blick war verschleiert, als wäre er halb bewusstlos, aber alle drei waren noch am Leben. Die Spinnen unternahmen nicht einmal den *Versuch*, sie zu töten.

Weil er sich geirrt hatte. Es war noch nicht vorbei. Es hatte noch nicht einmal richtig angefangen.

Es begann *jetzt.*

Ben spürte es, kaum einen halben Atemzug, bevor es geschah, und Sasha ganz offensichtlich auch, denn sie versteifte sich plötzlich an seiner Brust und begann dann am ganzen Leib zu zittern.

Der Himmel erlosch. Auch das allerletzte Licht verschwand, und über ihnen verbreitete jetzt nur noch der Todesbote seinen bleichen, falschen Schein, ein kaltgraues Licht, das kein Licht war, sondern etwas … *anderes, Verheerendes.* Es wurde vollkommen still.

Dann faltete sich die Wirklichkeit auseinander, und aus der absoluten Schwärze dahinter trat die Eiskönigin. Riesig, weiß und gekrönt und auf eine grauenhafte Weise schön hatte sie kaum noch Ähnlichkeit mit der Frau, die sie einst gewesen war, aber zugleich schien noch etwas schrecklich … *Vertrautes* von ihr auszugehen. Kälte umhauchte sie in weißen, staubigen Schwaden, und ihr Blick war nicht mehr der eines Menschen, überhaupt nicht mehr der eines lebendigen Wesens, sondern kalt, hart und gnadenlos und immerwährend wie ein Diamant.

Sie stand einfach da, blickte auf sie herab, und irgendwann, nach einer Ewigkeit, die ausgereicht hätte, Galaxien entstehen und wieder untergehen zu lassen, und doch nur der millionste Teil einer Sekunde war, machte sie eine kaum sichtbare Geste mit einer ihrer zahlreichen vielfingrigen Hände, und die Zeit kehrte zu ihrem normalen Verlauf zurück. Ben konnte wieder atmen, und die Spinnen krochen lautlos von Harry und den beiden anderen herunter, blieben aber aufmerksam und bebend vor Anspannung stehen, bereit, auf ein winziges Zeichen ihrer schrecklichen Herrin erneut anzugreifen. Gift tropfte von ihren Fängen und ätzte zischende Löcher in das Eis auf dem Deck.

»Ihr hättet nicht versuchen sollen mich zu betrügen«, sagte sie mit einer Stimme wie berstendes Eis.

Hinter ihr riss die Wirklichkeit ein zweites Mal auf, und aus der Schwärze zwischen den Dimensionen traten zwei, vier, schließlich sechs Drachenmänner aus schimmerndem Eis, geflügelte Giganten und gegen ihre Herrin trotzdem kaum mehr als Zwerge. Einer von ihnen trug etwas auf den Armen, das Ben erst nach ein paar Sekunden als menschlichen Körper identifizierte. Fast behutsam legte er ihn neben der Eiskönigin zu Boden und zog sich wieder zurück, bis seine gewaltigen Schwingen nahezu mit der Schwärze verschmolzen, die ihn geboren hatte.

Harry stemmte sich schwankend auf die Knie, wischte sich mit dem Handrücken das Blut aus dem Gesicht und kroch dann zu der Gestalt hin, die der Drachenmann gebracht hatte, um sie auf den Rücken zu drehen.

Es war Tooth. Seine Kleider waren zerrissen und zum Teil verkohlt, und auch der Verband über seinem Gesicht war zerfetzt, sodass die schrecklich verbrannte Haut darunter sichtbar wurde. Es kam Ben geradezu unglaublich vor, aber Tooth war ganz offensichtlich nicht nur noch am Leben, sondern auch bei Bewusstsein. Seine weit aufgerissenen Augen waren starr, aber nicht leblos, sondern von absolutem Entsetzen erfüllt. Er versuchte etwas zu sagen, doch seine Lippen bewegten sich nur stumm.

»Was haben Sie ihm angetan?«, zischte Tahia.

»Ich?« Einen Moment lang sah die Eiskönigin sie mitleidig an, dann wandte sie sich mit perfekt gespielter Überraschung an Harry. »Sagen Sie nicht, Sie haben es ihr nicht gesagt!«

»Gesagt?«, schnappte Tahia. *»Was* gesagt?« Harry blickte sie und die Eiskönigin mit steinernem Gesicht an.

»O nein, meine Liebe«, erwiderte die unheimliche Kreatur. »Das ist eine Familienangelegenheit, die mich nichts angeht. Ich dachte nur, Sie wüssten, wer Ihrem Freund das angetan hat.«

»Was soll das heißen? Harry!«

»Jetzt nicht«, antwortete Harry müde. Tahia machte einen zornigen halben Schritt in seine Richtung, doch eine der riesigen Spinnen hob sofort das vordere Beinpaar zu einer drohenden Geste, und die Söldnerin erstarrte wieder.

»Ich fürchte, später wird dazu keine Gelegenheit mehr sein«, sagte die Eiskönigin beinahe sanft.

»Weil es kein *Später* mehr gibt?«, vermutete Tahia.

»Wie gesagt: Ihr hättet nicht versuchen sollen mich zu betrügen.« Dunkelheit schien sich hinter ihr zusammenzuballen, wie um das Kommen von etwas anderem, Schlimmerem anzukündigen.

Tahia lachte humorlos. »Sie hatten doch dasselbe vor, oder?«

»Selbstverständlich. Ich gehöre zu den Bösen, meine Liebe. Ich darf das.«

Niemand antwortete, aber Harry beugte sich weiter vor und drehte Tooth behutsam vollends auf den Rücken. Ein dumpfes Poltern begleitete die Bewegung, und als Ben genauer hinsah, riss er erstaunt die Augen auf. Tooths rechter Arm steckte vom Ellbogen an abwärts in einer massiven Schicht aus Eis, die sich um die Hand herum noch verdickte, sodass es aussah, als liefe sein gesamter Arm in einer barbarischen weißgrauen Keule aus. Dennoch konnte man sehen, dass seine Finger unter dem Eis etwas umklammerten, was loszulassen der eisenharte Panzer aus erstarrter Kälte ihm unmöglich machte.

»Sie haben nicht wirklich geglaubt, dass ich Sie gehen lasse, oder?«, fragte die Eiskönigin. Auch darauf antwortete niemand – und wozu auch? Aber Ben stellte sich plötzlich die Frage, warum sie noch lebten. Die Art, wie die Eiskönigin den Totmannschalter überlistet und Harrys Plan damit zunichte gemacht hatte, war zweifellos ebenso simpel wie genial … aber er konnte sich trotzdem nicht vorstellen, dass sie nur hergekommen war, um ihren Triumph auszukosten.

»Das wird Ihnen nichts nutzen«, sagte Harry. Behutsam ließ er Tooths Hinterkopf und Schultern zurücksinken und richtete sich auf. »Sie haben Recht: Wir haben wirklich nicht damit gerechnet, dass Sie uns gehen lassen. Aber ich hatte auch nicht vor, *Sie* zu lassen.«

»Die Bombe wird explodieren«, vermutete die Eiskönigin. War das ein spöttisches Lächeln, tief in ihren eigentlich zu keinem menschlichen Ausdruck fähigen Augen?

»In weniger als einer Stunde. Tahia hat dafür gesorgt.«

»Sie haben nach wie vor keine Ahnung, womit Sie es zu tun haben, habe ich Recht? Sie können uns nicht aufhalten. Niemand kann das jetzt noch.« Sie wartete einen Moment sichtbar auf eine Antwort, als sie sie nicht bekam, drehte sie sich zu Ben um.

»Außer für dich«, sagte sie mit ihrer schrecklichen, mahlenden Stimme und trotzdem fast zärtlich, bittend. »Du kannst immer noch mit mir kommen.«

Ben sah nur trotzig in ihr auf so schreckliche Weise verändertes Gesicht und drückte Sasha noch enger an sich. Sie zitterte.

»Das gilt auch für sie.«

»Damit wir so werden wie du«, flüsterte Ben bitter.

»Ihr werdet leben. Ich will dir nichts vormachen. Es ist erschreckend und du wirst manches verlieren. Auch ich hatte große Angst am Anfang. Aber da ist auch so viel, was du bekommst.«

»Unsterblichkeit? Macht? Nein danke.«

»Nichts von alledem.« Die Eiskönigin schüttelte den Kopf. Die Dunkelheit hinter ihr schien die Bewegungen nachzuahmen und noch etwas hinzuzufügen. »Man kann es mit Worten nicht beschreiben. Begleite mich und du wirst es erleben. Ich verspreche dir und deiner Freundin weder Unsterblichkeit noch allumfassende Macht, aber ihr werdet sehr lange leben, ihr werdet Dinge erfahren wie kein Mensch jemals zuvor.«

»Nein danke«, sagte Ben noch einmal.

»Wie du willst«, erwiderte die Höllenkreatur plötzlich kalt. Für einen Herzschlag tastete ihr Blick über das Gesicht ihres Mannes, doch ihre Augen blieben so leblos und hart wie Diamant. Harry trat mit einem raschen Schritt und demonstrativ neben Sasha und ihn und schob die Hand in die Jackentasche. Einer der Drachenmänner machte einer drohenden halben Schritt auf ihn zu und blieb wieder stehen, als Harry seine Bewegung zu Ende führte und seine Hand nichts Gefährlicheres als das Walkie-Talkie hielt.

Die Eiskönigin blickte fragend – aber nicht besonders beunruhigt –, und Harry drehte sich mit einer sehr müde wirkenden Bewegung ganz zu Ben herum und sah ihm in die Augen. »Es tut mir so unendlich leid.«

»Rührend«, sagte die Eiskönigin, »aber ich fürchte, wir –«

Harry hob das Funkgerät an den Mund. »Kapitän. Es ist so weit.«

Die Augen der Eiskönigin wurden schmal. »Kapitän? Was soll das heißen?« Sie stieß einen zischenden, halb erschrockenen, halb wütenden Laut aus und streckte einen ihrer zahlreichen Arme in ihre Richtung, wie um nach Sasha zu greifen. *»Wo ist ihr Vater?!«*

Das Schiff erbebte wie unter einem Faustschlag. Schwarze Blitze zuckten über den Himmel, und das Meer türmte sich zu einem gewaltigen Gebirge aus brüllenden, schaumgekrönten Wogen auf und floh vor der Küste, als neben dem Schiff ein ungleich lauterer Schrei erklang und Nyarlathotep sich zu seiner ganzen Größe erhob, ein Berg aus schwarzem Fleisch und peitschenden Tentakeln und Gestalt gewordener Wut, der brüllend nach den zwergenhaften Gestalten schlug, die sich erdreistet hatten, seine Pläne zu durchkreuzen, und auch die Eiskönigin kreischte vor Wut und Schrecken und setzte sich zusammen mit ihrem halben Dutzend geflügelter Krieger in Bewegung.

Aber es war zu spät. Diesmal reichte nicht einmal mehr die Macht eines leibhaftigen Gottes, um das Schicksal noch aufzuhalten.

Ben schloss die Augen, drückte Sasha so fest an sich, wie er nur konnte, und legte ihr zusätzlich die Hand über das Gesicht, um sie vor dem alles verzehrenden Blitz zu schützen, der nun kommen musste.

Er kam auch, aber nicht sofort.

Es begann als ein dumpfes, vibrierendes Grollen, das direkt aus dem Herzen der Erde zu dringen schien und sich binnen eines einzigen Lidschlags zu einem unvorstellbar lauten Donnern und Brüllen steigerte, das selbst die Stimme des zornigen Gottes übertönte. Als der Blitz dann kam, war er tausendmal heller, als Ben erwartet hätte, ein gleißendes, unerträglich *grelles*, grausames Licht, das die Welt für einen Moment in ein mit harten Linien gezeichnetes Negativ ohne Farben verwandelte. Obwohl er die Augen so fest zusammengekniffen hatte, wie es nur ging, drang es mühelos durch seine geschlossenen Lider, als hätte das Schicksal entschieden, ihm selbst in seiner unwiderruflich allerletzten Sekunde auch nicht das winzigste Detail zu ersparen.

Dem Grollen und dem Licht folgte Stille, so allumfassend, dass es in den Ohren schmerzte; vielleicht hatte ihn der unvorstellbare Lärm auch taub gemacht. Abermals war es, als hätte die Zeit den Atem angehalten: Die Eiskönigin stand auf Armeslänge vor ihnen, die Arme wie zu einer tödlichen Umarmung ausgebreitet; neben ihr die Drachenmänner, mitten im Sprung eingefroren, die Klauen und Schnäbel zum Zupacken und Zerreißen bereit, mit gewaltigen gespreizten Flügeln; und hinter ihnen ragte Nyarlathotep selbst in die Höhe, gigantisch und schwarz, ein peitschender Wald aus Tentakeln und erstarrter Wut, höher als der höchste Kirchturm und so schrecklich, dass sein bloßer Anblick töten konnte.

Und dann, von einem Sekundenbruchteil auf den anderen, war von alledem nichts mehr da.

Die Steilküste, die schneebedeckte Ebene und die Station darauf verschwanden einfach. Gemartertes Metall schrie, und eine grausame weiße Hitze strich über ihn hinweg und war vergangen, bevor er sie wirklich spüren konnte. Der Panzer aus Eis, der das Schiff in seinem Würgegriff hatte, verwandelte sich in kochenden Dampf, der hinweggefegt wurde, noch bevor er Gelegenheit fand, sie zu verbrühen, und alles, *alles,* was an Deck der *Princess* nicht aus massivem Stahl bestand, glühte in einer einzigen lodernden Stichflamme auf und zerfiel zu Asche. Und was diesen höllischen Hauch überstand, das wurde von der Druckwelle getroffen und zertrümmert in das kochende Meer geschleudert. Die Eiskönigin, die Drachenmänner und Spinnen flammten auf und verwandelten sich in funkenglitzernde Gespenster ihrer selbst, und auch der tobende Gigant neben dem Schiff war plötzlich in Feuer gebadet und schrie, schrie,

schrie. Das Schiff erbebte unter dem Faustschlag eines unsichtbaren zornigen Gottes, brüllte wie ein waidwundes Tier und hob sich um einen halben Meter, um mit vernichtender Wucht auf den Strand zurückzufallen, und es war dieser unvorstellbar harte Schlag, der Ben endgültig von den Füßen riss und ihn auf das glühende Deck schleuderte.

Und dann, endlich, erlosch die Welt rings um ihn herum.

Es war hell, als er erwachte.

Das war das Erste, was er spürte. Dann die grausame gläserne Kälte dieses Landes, die wie eine unsichtbare Hand auf seinem Gesicht lag und ihm das Atmen schwer machte. Dann folgte das Gefühl, dass etwas fehlte, etwas ungemein Wertvolles und Wichtiges, und er fuhr mit einer erschrockenen Bewegung in die Höhe und sah sich panisch um. Er hatte Sasha in den Armen gehalten, als die Druckwelle ihn erfasst hatte, und nun war sie fort, und …

»Keine Angst. Ihr ist nichts passiert.« Eine Hand berührte ihn an der Schulter, und als Ben erschrocken herumfuhr, blickte er in das Gesicht seines Vaters, der neben ihm auf den Knien hockte und ihn mit einer Mischung aus Sorge und Erleichterung betrachtete. Mit der anderen Hand deutete er auf einen Punkt irgendwo hinter ihm, und als er sich umdrehte, erkannte er eine schlanke Gestalt in einem fellbesetzten weißen Umhang, die an der Reling stand und reglos auf den Ozean schaute. Ihr weißes Haar wehte im Wind.

»Niemandem von uns ist etwas passiert.«

»Und wieso … leben wir noch?« Ben wollte ganz instinktiv aufstehen und zu Sasha gehen, aber seine Panik erlosch so rasch, wie sie aufgeflammt war, und machte einer dafür umso größeren Verwirrung Platz.

Sein Vater deutete ein hilfloses Schulterzucken an und versuchte zu lächeln, aber es wirkte beinahe noch hilfloser. Mit einem hörbaren Ächzen legte er beide Hände flach auf die Oberschenkel und stemmte sich in die Höhe. Er schien etwas sagen zu wollen, aber dann schüttelte er den Kopf, und er führte auch die Bewegung nicht zu Ende, mit der er Ben auf die Füße hatte helfen wollen. Er sah sehr einsam aus.

Ben starrte ihn noch einen Moment verwirrt an, bevor er aus eigener Kraft aufstand. Er war nicht dort erwacht, wo ihn die Druckwelle zu Boden geschleudert hatte, sondern im Windschatten einer Skulptur aus spröde gewordenem Eisen, die früher einmal Teil der Decksaufbauten der *Princess* gewesen sein musste, und wenn er auch nur einen Sekundenbruchteil daran gezweifelt hätte, ob er die letzten, furchtbaren Augenblicke tatsächlich erlebt hatte, so hätte ein einziger Blick in die Runde diese Zweifel zerstreut.

Sein Vater und er standen auf blankem Metall. Nirgendwo war Eis zu sehen, und es war jetzt zwar kalt, aber nicht annähernd so mörderisch kalt, wie es hätte sein müssen. Auf dem Vorderdeck, das er zur Gänze überblicken konnte, war nicht einmal ein Schimmer von Weiß zu sehen, davon abgesehen bot es jedoch einen Anblick totaler Zerstörung. Nichts, was nicht aus massivem Metall bestand, war noch da. Und selbst das, was den Feuersturm und die nachfolgende verheerende Druckwelle überstanden hatte, war zertrümmert, zerbrochen und brandgeschwärzt. Der größte Teil der Reling auf der linken, dem Land zugewandten Seite war einfach abgerissen, die Deckplatten aus Metall verbogen und zerfetzt, und an manchen Stellen schimmerte das verbrannte Eisen, als wäre es geschmolzen und zu glasiger Härte wiedererstarrt. Ein durchdringender Brandgeruch hing in der Luft, und selbst der böige Wind, der ihm ins Gesicht blies, als er mit zögernden Schritten hinter seiner Deckung hervorkam, fühlte sich beinahe warm an.

Wieso lebten sie noch? Ben wusste es nicht, und der Anblick der Küste steigerte seine Verwirrung noch. In der Steilküste gähnte eine gewaltige Bresche, als hätte ein hungriger Drache ein Stück herausgebissen. Die Station war verschwunden und mit ihr sämtliches Eis, so weit sein Blick auch reichte. Der schimmernde Strand, über den sie hergekommen waren, hatte sich jetzt in eine zerschundene Landschaft aus nacktem schwarzem Fels verwandelt. Die beiden Schneemobile waren weg, und die *Princess* lag nun spürbarer schräger da, sodass er instinktiv die Arme ausbreitete und sehr vorsichtig ging, als er sich auf den Weg zu Sasha machte.

Auf halber Strecke wurden seine Schritte langsamer, bis er schließlich ganz stehen blieb. Sein Herz klopfte, und mit einem Mal wagte er es nicht, weiterzugehen. Sasha war nicht allein. Ramanov stand neben ihr und hatte ihr den linken Arm um die Schulter gelegt – aber das war nicht der Grund, aus dem er zögerte.

Es war vorbei. Der Albtraum hatte ein Ende, und sie hatten es überlebt, und trotzdem empfand er keine Freude, nicht einmal wirklich Erleichterung. Auf einmal wurde ihm klar, auf welch unheimliche Weise dieser Augenblick dem ähnelte, mit dem alles begonnen hatte. Sie waren wieder auf dem Vorderdeck des Schiffes. Jetzt wie damals stand Sasha, nur in ihren dünnen weißen Mantel gekleidet, an der Reling und blickte auf den Ozean hinaus, jetzt wie damals spielte der Wind mit ihrem Haar und bauschte ihren Mantel, und das sonderbar klare Licht schien ihre Gestalt wie mit einem flimmernden Schein zu umgeben, der sie zu etwas anderem, beinahe Überirdischem, auf jeden Fall aber Unberührbarem machte.

Und jetzt wie damals schien sie von ihrer Umgebung und allem, was rings um sie herum geschah, nichts wahrzunehmen, sondern war weiter gefangen in einer Welt, die nur sie sehen konnte, eingesperrt hinter unsichtbaren, aber undurchdringlichen Mauern.

Trauer überkam ihn. Sie hatten es überlebt, aller Wahrscheinlichkeit und aller Logik zum Trotz, aber was hatte sich für sie geändert? Er hatte Sasha schon vor langer Zeit und nur für sich das Versprechen gegeben, die Ketten zu zerreißen, die sie auf ewig in einem Universum aus Schmerz und Einsamkeit gefangen hielten, und er hatte dieses Versprechen nicht gehalten.

Sosehr er sich auch wünschte, zu ihr zu gehen und sie in die Arme zu schließen, in diesem Moment hätte er nicht die Kraft gehabt, dem Blick ihrer leeren Augen standzuhalten.

Statt seinen Weg zum Bug fortzusetzen, wandte er sich nach links, zu der Hand voll in angesengte weiße Kampfanzüge gekleideten Gestalten hin. Auch Harry und die beiden anderen Söldner schienen das Inferno nahezu unverletzt überlebt zu haben. Als Ben sie beinahe erreicht hatte, fiel ihm auf, dass neben dem reglos daliegenden Tooth eine dick vermummte Gestalt kniete: Dr. van Staaten, die ihre abgewetzte Arzttasche mitgebracht hatte und sich ganz offensichtlich nicht einmal von einer Atomexplosion davon abhalten ließ, ihrer Lieblingsbeschäftigung nachzugehen, denn sie setzte gerade mit sichtlichem Vergnügen dazu an, Tooth eine Injektion zu verabreichen. Als sein Schatten über das Gesicht des verletzten Söldners fiel, sah sie kurz auf und nickte, wandte sich dann aber wieder ihrem Patienten zu. Gerrit und Tahia, die sich ein paar Schritte entfernt hatten und in den Armen hielten (seltsam, dachte Ben. Die beiden hatten nie ein Geheimnis daraus gemacht, dass sie ein Paar waren, und doch konnte er sich nicht erinnern, jemals eine so intime Berührung zwischen ihnen gesehen zu haben), schienen gar keine Notiz von ihm zu nehmen, aber Harry zwang ein Lächeln auf seine erschöpften Züge.

»Ich dachte schon, du wirst gar nicht mehr wach.«

Ben deutete mit einer scheuen Kopfbewegung auf Tooth. Der Söldner hatte offensichtlich inzwischen das Bewusstsein verloren, aber Ben konnte auch sehen, dass sein Atem sehr ruhig ging, und trotz der schrecklichen Verletzungen wirkte sein Gesicht irgendwie friedlich. »Wie geht es ihm?«

Harry schwieg, aber van Staaten sagte: »Besser.«

»Besser? Sie meinen … *du* meinst, er hat keine Schmerzen mehr und wird auch keine mehr haben?«

»Nein, ich meine, besser.« Van Staaten zog die Nadel vorsichtig aus Tooths Vene und ließ die Spritze dann achtlos zu Boden gefallen. Sie rollte davon und blieb in einiger Entfernung an einer Kante hängen; ein schimmernder Fremdkörper auf dem Deck dieses auf sein stählernes Skelett reduzierten toten Schiffes. »Ich kann es nicht erklären. Aber es geht ihm tatsächlich deutlich besser. Wenn er innerhalb der nächsten vierundzwanzig Stunden in ein Krankenhaus kommt, dann hat er eine realistische Chance, es zu überleben.«

»Aber hast du denn nicht gesagt –?«, begann Ben verwirrt, und Harry unterbrach ihn:

»Das wird er, Doktor.« Van Staaten sah ihn zweifelnd an, aber der Söldner nickte nur noch einmal überzeugt. »Machen Sie sich keine Sorgen. Hier ist gerade eine Atombombe explodiert. In spätestens zwei Stunden wimmelt es hier von Schiffen und Flugzeugen.«

Van Staaten wirkte zwar noch immer skeptisch, aber sie widersprach nicht, sondern zögerte nur noch kurz, dann packte sie mit hektischen Bewegungen ihre Tasche zusammen und stand auf. »Mehr kann ich im Moment nicht für ihn tun. Aber ich habe noch eine Menge anderer Patienten. Wenn es kälter wird, dann bringt ihr ihn unter Deck.«

Sie eilte los, blieb aber nach zwei oder drei Schritten noch einmal stehen, um sich auf eine so fassungslos-ungläubige Art umzusehen, dass sie Ben beinahe leidtat. Schließlich ging sie weiter, und er wartete, bis sie sich mit einiger Mühe über das verdrehte Etwas nach oben gearbeitet hatte, das einmal die Metalltreppe zum Vorderdeck gewesen war, und in den zerstörten Aufbauten verschwand. Er war nicht überrascht zu sehen, dass sich sein Vater ihr anschloss, sondern erleichtert, aber auch traurig.

»Wie ist das möglich?«, murmelte er kopfschüttelnd, während er sich wieder zu Harry herumdrehte und seinen Blick dabei über das verheerte Deck tasten ließ.

»Ich nehme an, die Eiskönigin wollte sichergehen, dass er am Leben ist, wenn sie ihn uns zeigt. Eine tote Geisel ist nicht besonders wertvoll.«

»Das meine ich nicht«, antwortete Ben, obwohl ihm bei diesen Worten ein kalter Schauer über den Rücken rann. Vielleicht weil er spürte, wie nahe Harry damit der Wahrheit kam. »Ich meine das hier. Du hast es gerade selbst gesagt. Das war eine Atombombe. Wir müssten alle tot sein.«

»Frag nicht. Ich weiß es nicht, und ich bin nicht sicher, ob ich es überhaupt wissen will.« Seine rechte Hand, die noch immer das Walkie-Talkie hielt (Ben registrierte fassungslos, dass das Kunststoffgehäuse des Geräts halb geschmolzen war, als wäre es einer unvorstellbaren Hitze ausgesetzt gewesen, Harrys Finger aber nicht die winzigste Verletzung aufwiesen), deutete in den Himmel hinauf. »Es müsste längst dunkel sein. Und der Sturm …«

Er sprach nicht weiter, doch das war auch nicht nötig, denn er hatte in beiden Punkten Recht. Der Himmel über ihnen strahlte noch immer in einem kräftigen, wolkenlosen Blau, und von dem unheimlichen Sturm war nichts mehr zu sehen. Die düster leuchtenden Farben, mit denen eine uralte Macht ihren Besitzanspruch auf die Welt des Lichts kundgetan hatte, waren erloschen.

»Aber das kann doch …«, murmelte Ben.

»– überhaupt nicht sein, ich weiß.« Harry lächelte. »Mach dir nichts draus. Ich verstehe es auch nicht, aber ich bin sicher, dass sich in den nächsten Jahren die besten Wissenschaftler dieses Planeten mit genau dieser Frage beschäftigen werden. Ich glaube nur, sie werden sie auch nicht beantworten können.«

Ben wollte etwas sagen, aber Harry machte eine rasche, abwehrende Geste. »Vielleicht solltest du jetzt gehen. Wir haben bestimmt noch viel Zeit, um uns zu unterhalten. Im Moment ist da jemand anderer, mit dem du sprechen solltest.«

Ben sah traurig zum Bug hin. Ramanov hatte inzwischen den Arm von Sashas Schultern genommen und war nicht nur ein kleines Stück zur Seite getreten, sondern hatte sich herumgedreht, um in ihre Richtung zu blicken. Natürlich hatte Harry Recht, aber noch immer sträubte sich alles in Ben dagegen, Sasha auch nur nahe zu kommen. Er hatte sie – vielleicht nur im Traum, aber wenn, dann war es ein Traum gewesen, der auf seine Art realer als die Wirklichkeit war – so erlebt, wie sie hätte sein können, hätte ein grausames Schicksal es nicht anders entschieden, und er war nicht sicher, ob er es ertragen konnte, jetzt wieder dem stummen, autistischen Mädchen gegenüberzutreten, das er vor so langer Zeit an genau diesem Ort kennen gelernt hatte.

»Weiß sie, was mit Kapitän Schulz … mit ihrem Vater ist?«, murmelte er, statt Harrys Aufforderung Folge zu leisten.

Der Söldner nickte ernst. »Ja. Ich glaube, sie wusste es schon vorher.«

»So wie du.« Seine Stimme war frei von jedem Vorwurf, und Harry fasste die Worte auch nicht so auf. Er nickte abermals. »Du hattest von Anfang an vor, die Bombe zu zünden.«

»Es war der einzige Weg. Ich wollte es selbst tun, aber Schulz … Er hat behauptet, er sei todkrank und habe sowieso nur noch ein paar Monate zu leben. Ich weiß, dass das gelogen war. Aber etwas …« Ein schmerzerfüllter Ausdruck huschte über sein Gesicht und erlosch wieder. »Was immer sie mit ihm gemacht haben, hat etwas in ihm zerbrochen. Er wollte nicht mehr leben.« Er sah kurz zu Ramanov und Sasha hin und verbesserte sich. »Ich glaube, er wollte sich für sie opfern. Sie weiß es, glaub mir. Und jetzt geh hin und rede mit ihr. Sie wartet auf dich.«

Ben wollte es, aber seine Beine verweigerten ihm den Dienst. Plötzlich fragte er sich, ob es sich am Ende wirklich gelohnt hatte, all diese Schrecken zu erdulden. »Ich … ich kann das nicht.« Er kam sich feige vor und erbärmlich, aber es war die Wahrheit.

»Versuch es wenigstens, Ben. Wer weiß – vielleicht erlebst du ja eine Überraschung.«

Ben sah ihn irritiert an, und für den Bruchteil eines Atemzugs flammte eine wilde, heiße Hoffnung in ihm auf, aber sie erlosch auch ebenso rasch wieder und machte einem Gefühl noch größerer Niedergeschlagenheit Platz, als er erneut zu Ramanov und seiner Enkeltochter hinsah und erkannte, dass Sasha noch immer völlig reglos im eisigen Wind stand und über das Meer blickte.

Immerhin bewirkten Harrys Worte eines. Seine Scheu davor, in den Augen des Söldners als Feigling dazustehen, war auf einmal größer als die Angst, in Sashas Augen zu blicken, und so zwang er sich, die wenigen

Schritte zu gehen. Ramanov trat beiseite, und Ben blieb unmittelbar vor der Reling stehen, so dicht neben Sasha, dass sich ihre Schultern beinahe berührten. Er wagte es immer noch nicht, sie anzusehen. Manchmal war Ungewissheit doch besser als Gewissheit, denn sie ließ Platz für Hoffnung, und sei sie noch so gering.

»Hallo, Benjamin«, sagte Ramanov. Seine Stimme war leise und sehr sanft, und es lag etwas darin, was Ben bisher nur ein einziges Mal bei ihm gehört hatte, sodass er sich fast gegen seinen Willen zu dem Russen herumdrehte und ihm ins Gesicht sah. Und er erlebte tatsächlich eine Überraschung.

Ramanov sah so müde und schmutzig aus wie sie alle, und er war noch immer der energische Mann mit dem faltigen Gesicht, das eine Stärke und Entschlossenheit ausdrückte, die so gar nicht zu seinem Alter passen wollte. Aber zugleich erblickte er einen anderen Ramanov, einen Mann, der gütig war und – auch wenn er Worte wie dieses immer als albern abgetan hatte – edel. Dieser andere, verwandelte Ramanov, dachte er verwirrt, war ganz genau der Mann, den er sich als Großvater für Sasha vorgestellt hätte. Und wenn wahr war, was van Staaten über den unheiligen Einfluss des Ortes erzählt hatte, an dem sie sich kennen gelernt hatten, stand er jetzt zum ersten Mal dem wirklichen Ramanov gegenüber. Er konnte nicht antworten.

Ramanov lächelte, streckte die Hand aus, wie um nach ihm zu greifen, und schien es dann doch nicht zu wagen, ihn zu berühren. Stattdessen machte er eine Geste auf das Meer hinab. Bens Blick folgte der Bewegung, und erneut lief ihm ein eisiger Schauer über den Rücken.

Jetzt, wo der Sturm und das von Menschenhand entfesselte Inferno vorüber waren, lag der Ozean schon beinahe unnatürlich ruhig und glatt unter ihnen, eine gewaltige graugrüne Fläche, die irgendwo in unbestimmbarer Entfernung mit einem Horizont verschmolz, der sich nun doch allmählich grau zu färben begann. Aber er war nicht leer. Unmittelbar neben der *Princess*, größer, ungleich größer als sie und selbst jetzt noch grauenhaft anzusehen, trieb eine zerfetzte Masse im Wasser. Ihre wirkliche Form war nicht mehr zu erkennen, und was davon noch übrig war, befand sich in so rascher, brodelnder Auflösung, dass es verschwunden sein würde, lange bevor die Rettungsmannschaften eintrafen, von denen Harry gesprochen hatte. Aber noch war es da.

»Er ist tot. Seltsam.«

»Was?«, fragte Ramanov. Aus irgendeinem Grunde lächelte er immer noch auf diese sonderbare, milde Art. »Dass die Bombe ihn getötet hat?«

»Ich hätte nicht gedacht, dass ein Gott sterben kann.«

»Er war kein Gott, Benjamin. Nur der letzte Überlebende eines Volkes, das sich für Götter gehalten hat. Vielleicht hatten sie tatsächlich die *Macht* von Göttern. Aber ihr Fleisch war sterblich.«

»Sie können einfach nicht aus ihrer Haut, wie? Einmal Wissenschaftler, immer Wissenschaftler, nicht wahr? Sie müssen für alles nach einer logischen Erklärung suchen.«

»Weil es für beinahe alles eine logische Erklärung gibt.«

»So?« Ben machte eine Kopfbewegung auf das brandgeschwärzte Deck hinter ihnen. »Dann erklären Sie mir, Professor, wieso wir noch leben.«

Ramanov sah ihn an, lächelte und schwieg, und hinter ihm sagte eine sanfte, helle Stimme: »Weil sie einst deine Mutter war, Ben, und die Frau deines Vaters. Etwas davon war noch in der Eiskönigin. Und eine Mutter beschützt immer ihre Familie.«

Bens Herz schien einen Schlag zu überspringen und schneller und ungleichmäßig weiterzuhämmern. Eine Weile stand er nur da und starrte Ramanov an, dann drehte er sich, mühsam, zitternd und von nichts anderem als nackter Panik bei der bloßen Vorstellung erfüllt, er könne sich getäuscht haben und einem bösen Streich aufgesessen sein, den ihm seine Fantasie spielte, herum und sah in Sashas Gesicht.

Sie schaute ihn an.

Ihre Augen waren nicht mehr leer. Leben war darin, ein Leben, das so lange und so verzweifelt um seine Freiheit gekämpft hatte, und auf ihrem Gesicht lag ein scheues, ein ganz kleines bisschen aber auch ... spöttisches? ... Lächeln.

»Aber du ... wie ist denn das ...?« Das Schiff, der Ozean, der Himmel und die ganze Welt schienen sich um ihn zu drehen, und plötzlich fuhr er herum und starrte noch einmal auf die graue, schleimig zerfließende Masse unter der Meeresoberfläche, und er hörte noch einmal die Worte, die Sasha in seinem letzten Traum zu ihm gesagt hatten: *Ich gehöre ihm, Ben. Solange er lebt.*

Er spürte, wie sich seine Augen mit Tränen füllten und seine Hände die verbrannte Reling so fest umklammerten, als versuche er sie zu zerbrechen, und sein Herz schlug plötzlich so hart, dass jeder einzelne Schlag wehtat. *Solange er lebt.*

Sasha stupste ihm mit dem Zeigefinger in die Seite, und er drehte sich mühsam wieder zu ihr herum, brachte aber immer noch keinen Ton hervor. Seine Kehle war wie zugeschnürt, und alles, was er tun konnte, war, sie anzustarren, das Leben, das *Leben* in ihren Augen anzusehen.

Aber er musste auch nicht sprechen. »Ich würde mich gern ein bisschen mit dir unterhalten, Ben«, sagte Sasha. »Aber es könnte ein wenig dauern. Vielleicht ein paar Jahre. Oder mehr.«

ENDE